VAN AANGEZICHT TOT AANGEZICHT

Karleen Koen

Van aangezicht tot aangezicht

Uitgeverij Areopagus

© 1995 Karleen Koen
All rights reserved
© 1997 Nederlandse vertaling
Uitgeverij Luitingh ~ Sijthoff B.V., Amsterdam
Alle rechten voorbehouden
Oorspronkelijke titel: *Now Face to Face*
Vertaling: Pauline Moody
Omslagontwerp: Julie Bergen
Omslagillustratie: Oliviero Berni

Licentie-uitgave van ECI, Vianen

Opgedragen aan mijn lieve zuster,
Carmen Marie Smith Rawlinson.
Zij maakte het leven van ieder die haar kende tot iets
bijzonders.
Het stemt me dankbaar dat ze lang genoeg heeft geleefd
om dit manuscript te kunnen lezen.

Toen ik een kind was, sprak ik als een kind, voelde ik als een kind, overlegde ik als een kind. Nu ik een man ben geworden, heb ik afgelegd wat kinderlijk was.
Want nu zien wij nog door een spiegel, in raadselen, doch straks van aangezicht tot aangezicht. Nu ken ik onvolkomen, maar dan zal ik ten volle kennen, zoals ik zelf gekend ben.
Zo blijven dan: Geloof, hoop en liefde, deze drie, maar de meeste van deze is de liefde.

1 KORINTIËRS 13:11-13

Spionnen, verraad, financiële rampspoed, ambitie, romantiek –
fictieve en historische elementen vormen een weefsel van zilveren
draden tegen de achtergrond waarvan *Van aangezicht tot aangezicht* zich afspeelt.

Dit boek is natuurlijk in de eerste plaats een roman, en ver-
haalt van de liefdes, het leed en het avontuurlijke leven van een
fictief personage: Barbara, lady Devane. Maar ook de historische
periode waarin het verhaal van Barbara zich ontrolt is belangrijk
voor de handeling, want mensenlevens worden altijd beïnvloed
door de tijd waarin ze geleefd worden. *Van aangezicht tot aangezicht* speelt zich af in het begin van de achttiende eeuw, toen
twee mannen, neven, aanspraak maakten op de kroon van Engeland, beiden met recht. Aan deze rivaliserende aanspraak ging
een ingewikkeld web van gebeurtenissen vooraf. Toen de keurvorst van Hannover in 1714 het Kanaal overstak om tot koning
van Engeland te worden gekroond, waren de geesten van veel van
zijn Engelse onderdanen al ernstig verdeeld. Wie was de goede
koning? Was dat George, die nog nooit Engelse bodem had betreden, maar die nu de overtocht maakte vanuit Hannover? Of
was het Jacobus III, die zesentwintig jaar eerder in Londen was
geboren, en in rechte lijn afstamde van het Schotse Huis Stuart
en van een koning van Engeland, namelijk Jacobus I?

George of Jacobus?

Jacobus was de derde in lijn die deze naam droeg, en de twee
Jacobussen voor hem waren allebei koning van Engeland geweest.
De ene, Jacobus I was zijn overgrootvader; de andere, Jacobus II
was zijn vader.

Om het nog ingewikkelder te maken was deze man, deze Jacobus III – oftewel de Pretendent, zoals degenen die loyaal waren aan George I hem noemden – de halfbroer van Anne, de Engelse koningin die in 1714 was gestorven. Jaren eerder, in 1688,
hadden Anne en haar zuster Mary, die koningin was voor Anne
het werd, deze kleine halfbroer, die hun vader in de herfst van
zijn leven bij zijn tweede echtgenote had gekregen, de rug toege-
keerd. Velen zeiden dat Anne, toen haar kinderen de een na de
ander waren gestorven en het duidelijk werd dat zij zelf geen erfgenamen voor de troon zou nalaten, haar eerdere verloochening
in de laatste jaren van haar regeringsperiode betreurde en dat zij
wilde dat de kroon naar de man ging die zij alleen als zuigeling
had gezien. Hij was nu een volwassen man en een halfbroer, maar

een broer die ze verloochend had. En er waren zeker hovelingen en ministers in haar eigen hofhouding die ervoor ijverden, hetzij uit schuldgevoel over vroegere daden of uit eigenbelang, dat de kroon terug zou gaan naar degene die er door geboorte recht op had: Jacobus III.

Maar er was een wet, in 1702 aangenomen, waarin bepaald werd dat degene die de Engelse kroon droeg, protestant moest zijn. Bloedige godsdienst- en burgeroorlogen kenmerkten de jaren tussen de regering van koningin Elizabeth en die van koningin Anne. George van Hannover was de naaste levende verwant van het Huis Stuart die ook protestant was.

In 1688 werd Jacobus III, toen nog een baby, uit Londen weggehaald door zijn vader en moeder, toen koning en koningin van Engeland, omdat ze voor hun leven vreesden. Zij moesten meemaken dat de eigen volwassen dochters van de koning, Mary en Anne, openlijk tegen hun vader opstonden en achtereenvolgens de Engelse troon bezetten. Mary's echtgenoot, de Hollander Willem van Oranje, kwam in 1688 in Engeland aan op uitnodiging van een groot deel van de adel. Koning Jacobus was de rest van zijn leven doende met pogingen zijn troon terug te winnen; hij voerde twee invasies aan om dat te verwezenlijken. Zijn zoon, Jacobus III – de Pretendent die een rol speelt in *Van aangezicht tot aangezicht* – beraamde ook samenzweringen, voerde ook invasies uit.

Intriges, spionage, verraad, leugens en niet te vergeten ware liefde – dat zijn de ingrediënten van de geschiedenis, en van fictie. Welkom bij *Van aangezicht tot aangezicht*.

LIJST VAN PERSONAGES

De familie Saylor en vrienden

Barbara Montgeoffrey, gravin Devane – weduwe van Roger, graaf Devane, en kleindochter van de hertogin van Tamworth

Thérèse Fuseau – toegewijde kamenier van Barbara

Hyacinthe – een tienjarig slaafje, bediende van Barbara

Alice Saylor, hertogin van Tamworth – Barbara's grootmoeder en de weduwe van Engelands beroemdste generaal Richard Saylor

Anthony Richard Saylor ('Tony'), de tweede hertog van Tamworth – kleinzoon van de hertogin van Tamworth en erfgenaam van de titel en het grondbezit van zijn grootvader; neef van Barbara

Mary, lady Russel – Tony's zuster; Barbara's nicht

Charles, Lord Russel – echtgenoot van Mary, en voormalig minnaar van Barbara

Abigail, lady Saylor – Tony's moeder; schoondochter van de hertogin van Tamworth

Diana, lady Alderley – de dochter van de hertogin van Tamworth; moeder van Barbara

Clemmie – kamenier van Diana, lady Alderley

Louisa, lady Shrewsborough ('tante Shrew') – schoonzuster van de hertogin van Tamworth; oudtante van Tony en Barbara

Sir Alexander Pendarves – vriend van Louisa, lady Shrewsborough

Sir John Ashford – buurman en oudste vriend van de hertogin van Tamworth

Jane Cromwell – dochter van sir John Ashford; Barbara's jeugdvriendin

De eerwaarde Augustus Cromwell ('Gussy') – echtgenoot van Jane; secretaris van de bisschop van Rochester

Philip, hertog van Wharton ('Wart') – vriend van Barbara

Philippe, prins van Soissons – neef van de koninklijke familie van Frankrijk; vriend van wijlen Roger, graaf Devane

Annie, Perryman, Tim – bedienden van de hertogin van Tamworth in haar landhuis, Tamworth Hall

Het Huis Hannover

George I – koning van Engeland, tevens keurvorst van Hannover; geboren in Hannover

George, prins van Wales – erfgenaam van de troon via zijn vader, George I

Caroline, prinses van Wales

Tommy Carlyle – een hoveling aan het hof van George I

Robert Walpole ('Robin') – minister van George I

Lord Townshend – minister van George I; zwager van Robert Walpole

Lord Sunderland – minister van George I, en mededinger van Walpole en van Lord Townshend naar de gunst van de koning

Hertogin van Kendall – maîtresse van George I

Het Huis Stuart en jacobitische volgelingen

Jacobus III ('Jamie') – bekend als de Pretendent, geboren erfgenaam van de troon van Engeland; neef van George. Zijn volgelingen werden jacobieten genoemd

Laurence Slane (schuilnaam van Lucius, burggraaf Duncannon) – toegewijde vriend van en spion voor Jacobus III

De bisschop van Rochester – bisschop van de Anglicaanse kerk; geheim agent voor Jacobus III in Engeland

Christopher Layer – agent voor Jacobus III in Engeland

Philip Neyoe – agent voor Jacobus III in Engeland

Virginianen

Sir Alexander Spotswood – plaatsvervangend gouverneur van de kolonie Virginia

Kolonel Valentine Bolling – landeigenaar. Het landgoed van zijn neef, First Curle, werd bij een kaartspel verloren aan Barbara's broer

Klaus von Rothbach – aangetrouwde neef van Bolling, kapitein van Bollings schip

Kolonel Edward Perry – landeigenaar; buurman van Barbara

Beth Perry – dochter van kolonel Perry
Majoor John Custis – landeigenaar; deskundige op het gebied van tuinen en tabakszaad

John Blackstone – bediende, tot contractarbeid veroordeeld wegens zijn deelname aan de jacobitische invasie van 1715; opzichter voor Barbara

Odell Smith – opzichter voor Barbara op First Curle

Margaret Cox, majoor John Randolph – buren van Barbara in Virginia

Kano, Sinsin, Belle, Mama Zou, Jack Christmas, Moody, Green, Cuffy, Quash – slaven op First Curle

Herfst

❦

Toen ik een kind was, sprak ik als een kind, voelde ik als een kind,
overlegde ik als een kind. Nu ik een man ben geworden, heb ik
afgelegd wat kinderlijk was.

I

Op de eerste dag van september gleed een galei met één grote mast in het midden en één zeil door het water van de rivier de James in de koninklijke kolonie Virginia van Zijne Majesteit koning George i. Aan de riemen van het schip zaten slaven, en in het middenschip zat, als om haar belangrijkheid te benadrukken, de voornaamste passagier, Barbara Montgeoffrey, weduwe van een graaf en derhalve een gravin: gravin Devane. Ze was jong voor een weduwe, pas eenentwintig, even oud als de eeuw. Ze leek klein zoals ze daar zat, mooi maar breekbaar in haar rouwkleding – alles zwart, zoals in die tijd vereist was.

Andere passagiers waren de plaatsvervangend gouverneur van de kolonie, en haar bedienden: een jonge Franse kamenier en een page, die zelf een slaaf was. Twee mopshonden, een koe en zes tenen manden met kippen waren tussen en rondom de koffers, kisten, vaten en in oliedoek gepakte meubelen geduwd.

De rivier was breed, de hemel blauwig wit. Vogels tjilpten in bomen die als eeuwenoude schildwachten op de oevers stonden. Al enige tijd pakten zich in het oosten, uit de richting van Williamsburg – de voornaamste stad en hoofdstad van de kolonie – wolken samen, die over elkaar heen rolden en in elkaar opgingen. Bij deze bocht in de rivier waren geen huizen, alleen velden en bomen, een woud van bomen, reusachtige bomen, oerbomen, wellicht even oud als het land zelf, zeker ouder dan de kolonie, die pas sinds 1607 bestond op de oevers van deze rivier en van drie andere rivieren, die meer naar het noorden lagen.

'Is het nog veel verder, gouverneur Spotswood?' vroeg Barbara ongeduldig.

Terwille van haar had de gouverneur zich vrijgemaakt van zijn verplichtingen om aanwezig te zijn op een galei die de James opvoer.

'We zijn nog niet halverwege. Voelt u zich weer onwel? Zullen we aan land gaan? Perry's Grove is nog ongeveer een uur varen,' antwoordde sir Alexander Spotswood. Hij was een wat oudere man, over de vijftig, en was plaatsvervangend gouverneur van de kolonie. Terwijl hij sprak, stak er plotseling een wind op die de franje van zijn geitleren jas deed opwapperen en aan de zijkanten van zijn pruik rukte, een weelderige, formele, donkere pruik in de stijl die wijlen de koning van Frankrijk, Lodewijk xiv, in de mode had gebracht. Het haar was in het midden gescheiden zodat het majesteitelijk rond het gelaat hing.

'Ik voel me uitstekend, maar ik wou dat we eindelijk eens bij First Curle waren.'

Ze was uit Engeland naar Virginia gekomen om naar de plantage van haar grootmoeder te kijken, maar ze waren een week opgehouden omdat zij moest herstellen van een koortsaanval. Haar komst was geheel onverwacht, evenals die koorts; voor de gouverneur was het alsof er plotseling een schitterende vlinder in zijn kolonie was geland, een vlinder met buitengewoon indrukwekkende voorouders. De grootvader van de gravin, Richard Saylor, was een vermaard en geliefd generaal geweest in de langdurige oorlog met Frankrijk die de jongelingsjaren van de gouverneur – en die van zovele anderen – in beslag had genomen in de jaren tachtig en negentig, tot in deze eeuw toe. Richard Saylors militaire prestaties hadden hem een hertogdom opgeleverd. De gouverneur had ooit nog onder hem gediend.

Zou er regen komen, vroeg de gouverneur zich af, terwijl hij naar de hemel staarde. De wolken waren opeens dichterbij; hij kon er een eed op doen dat ze op zijn minst een mijl waren opgeschoven sinds de laatste keer dat hij gekeken had. Hij keek naar de kust en schatte waar ze zich bevonden en waar ze zouden kunnen schuilen als het zou gaan regenen.

Hij keek even naar de jonge gravin, die fragiele, zwarte vlinder. Hij dacht niet dat ze gemoedelijk zou reageren op een regenbui, hoewel ze tot nu toe alleen volmaakte manieren aan de dag had gelegd, volmaakte manieren die pasten bij een volmaakt gezichtje in de vorm van een hart, blank en bekoorlijk.

De kleindochter van het Leeuwenhart, dacht de gouverneur, die een ogenblik de tijd nam om zich erover te verwonderen hoe klein de wereld toch eigenlijk was. Richard Saylor werd door zijn soldaten altijd het Leeuwenhart genoemd. Te denken dat hij de kleindochter van het Leeuwenhart naar een plantage aan de rivier bracht die in het bezit was van de familie! Wat een eer. En wat een dure plicht. Hij keek nog eens naar de lucht. De wolken waren nu boven hen. Het ging inderdaad regenen.

Ga ik aanleggen of blijf ik varen, overwoog hij bij zichzelf. Wanneer wordt ze bozer: als ze nat wordt of als het nog langer duurt? Ze is ziek geweest. Ze is in de rouw. Ze is niet gewend aan onze ruwe gewoonten – kijk maar eens naar de entourage waarmee ze zich omringd heeft: een Franse kamenier, een kleine page, en twee mopshonden. Haar honden en haar bedienden waren in Williamsburg het gesprek van de dag. Ik kan maar beter een schuilplaats zoeken en ervoor zorgen dat ze niet nat wordt.

Grote, nadrukkelijke regendruppels spetterden op het oliedoek dat de tafels en stoelen, de vaten en koffers bedekte. Het water van de rivier bewoog onder de galei alsof iets groots en dreigends zich had omgedraaid. De wind deed de touwen en ijzeren ringen aan het zeil rammelen en de galei schommelde naar voren en naar achteren ondanks het gestage, krachtige ritme van de roeiers. De koe, die klem stond tussen kisten en vaten, rekte haar nek in de richting van het land en loeide.

Op dat moment sloeg de wind toe als een vuist, en er viel een mand vol kippen om, zodat de kippen eruit ontsnapten, klokkend, kakelend en tegen iedereen opvliegend. De honden begonnen te blaffen en de jonge page, die Hyacinthe heette, sprong omhoog en hing gevaarlijk buitenboord om een kip te grijpen.

'Hyacinthe! Ga zitten! Laat die kippen maar gaan! Wat gebeurt er, gouverneur Spotswood? Thérèse! In godsnaam, laat die honden hun kop houden!'

Het was de breekbare zwarte vlinder, Barbara, die dit zei, terwijl ze intussen haar page bij zijn lurven greep en naast zich op de houten bank trok.

Spotswood antwoordde niet, want hij was bezig zich door de lading een weg te zoeken naar de grote mast om het zeil te strijken, dat in zijn tuig flapperde als iets dat zich graag wilde bevrijden. Een kakelende kip vloog recht in zijn gezicht. De kip krijste. Maar niet harder dan hij zelf.

'Hel en verdoemenis en de verduivelde handen van Jezus Christus! Een onweersbui, dat is wat er gebeurt, lady Devane. En het is een flink onweer ook!'

Hij stootte de kip tollend overboord. Boven hen wolkte de hemel, onheilspellende, kuivende wolken. De dag was plotseling donker, alsof het avond was geworden. Barbara zag nog een kip kakelen en krijsen en amok maken tot ze in het water vloog en, tot het laatst kakelend en schreeuwend, onder water verdween dat intussen gevaarlijke schuimkoppen vormde.

'O, nee,' zei Hyacinthe in het Frans, 'uw grootmoeder, de hertogin...' Hij maakte zijn zin niet af. Maar dat was ook niet nodig. Barbara's grootmoeder, de hertogin van Tamworth, de vervaarlijke, ontembare weduwe van Richard Saylor, was bijzonder trots op haar kippen en koeien en wilde ze op haar plantage in Virginia hebben. Haar opdracht was heel duidelijk geweest.

'Maakt niet uit,' zei Barbara, ook in het Frans. 'De kippen zijn onbelangrijk, als wij maar veilig zijn.'

Ze hief haar gezicht op naar de regen, naar de donkere hemel, en voelde zich eerder vrolijk dan angstig vanwege deze plotselinge wildheid die zomaar uit het niets om haar heen opkwam. Tijdens de week dat ze ongeduldig in het beste bed in de beste slaapkamer van het huis van de gouverneur in Williamsburg had gelegen, ziek, lijdend aan de koude koorts, wat een van de risico's was waaraan je je blootstelde als je naar deze kolonie kwam, hadden ze haar gewaarschuwd voor deze plotselinge onweren. Ze hadden gesproken over onweren met woeste bliksems en oorverdovende donderslagen.

Carters, Burwells, Lees, Pages, Fitzhughs, Ludwells. Zij behoorden tot de grootste grootgrondbezitters, had de gouverneur haar verteld, de landadel van deze kolonie, en ze was ondanks de koorts verstandig genoeg om vriendelijk naar hen te glimlachen terwijl ze om haar ziekbed zoemden als bijen, als zoemende koloniale bijen, aangelokt door haar titel en familie, en de verrassing dat zij de oceaan was overgestoken om bij hen te komen. Ze kwamen te paard van hun plantages naar haar toe, zei de gouverneur. Ze brachten haar bloemen en verkoelende watertjes tegen de koorts; ze verontschuldigden zich uitvoerig voor het feit dat zij ziek was geworden, alsof het hun schuld was dat zij de koude koorts had. Ze babbelden honderduit over hun kolonie – hoe groot de baai was, hoe breed de rivieren, hoe dodelijk de slangen – en leken even trots te zijn op de gebreken als op de schoonheid ervan.

Ze smeekten haar vooral een bezoek te brengen aan hun plantages, en ze voelde de nieuwsgierigheid in hen branden, precies zoals de koorts in haar brandde. Ze was iets buitenissigs, iets nieuws. Een gravin. Een jonge weduwe. Iemand die kennelijk rijk was, zeker van haar positie, die in alle opzichten boven hen stond. De kleindochter van een van de beroemdste generaals van Engeland. Waarom was ze hier, vroegen ze zich waarschijnlijk af, terwijl de wereld in Londen aan haar voeten lag?

Omdat de wereld in Londen niet aan haar voeten lag. Maar dat zei ze natuurlijk niet.

Plotseling zigzagde er een blauwwitte bliksem, en voor haar verbaasde ogen knetterde en siste op de oever een boom en viel om, terwijl in de overgebleven stronk vuur siste. Nu volgde ook de bijbehorende, rollende slag van de donder, zo luid, zo plotseling en zo dichtbij dat ze een sprongetje maakte van schrik, terwijl haar kamenier Thérèse bijna begon te huilen.

'Naar de oever,' luidde het commando dat Spotswood tot Barbara's opluchting de slaven gaf. Ze keek even naar de jongen naast zich. Hyacinthe zag er angstig uit. Maar natuurlijk is hij bang, dacht ze. Hij is pas tien.

'Een avontuur,' zei ze om hem te troosten. Ze verwende hem, maar hij was snel en levendig en gemakkelijk om te verwennen. Ze was dol op hem.

'Jullie hebben geen last van zenuwen, jullie tweeën,' riep Thérèse snibbig. De regen had haar gesteven witte muts bedorven, die in elkaar was gezakt en slap om haar knappe gezichtje hing. 'We hadden nog een dag moeten wachten.' Thérèse spuwde de woorden uit in sissend Frans. Ze had tegen elke borst een grommende, zenuwachtige mopshond geklemd. 'U zult weer koorts krijgen, en wat moeten we dan?'

'De kippen,' zei Hyacinthe. 'De hertogin zei dat ik op haar kippen moest passen, dat jij het te druk zou hebben met andere dingen.'

Daar was weer een flitsende, gehoekte blauwwitte bliksemschicht, weer heel dichtbij, en Barbara dacht: dit is te veel avontuur. Gaan we verdrinken in deze koloniale rivier? Ik ben hier niet gekomen om te verdrinken.

Geliefde personen kwamen in haar gedachten. Roger, dacht ze, misschien verdrink ik in een rivier, en zie ik je toch snel terug. Harry, lach je me uit, omdat ik in jouw plaats hier in Virginia in een onweer verzeild ben geraakt? Roger was haar echtgenoot. Hij was met Kerstmis gestorven. Harry was haar broer. Hij was een jaar geleden in de zomer gestorven. Voor hen droeg ze zwart, voor hen en voor vervlogen dromen. De dood van dromen. Niets is moeilijker te verwerken, zei haar grootmoeder.

Weer kliefde de bliksem de hemel, en volgde de dreunende, oorverdovende donder met een eindeloos gebulder. De regen viel nu bij stromen neer. Grootmama, dacht Barbara, die de mensen die ze liefhad aftelde, Tony, Jane. De slaven waren een kreek ingeroeid die op de rivier uitkwam.

'Iedereen van boord!' riep de gouverneur, maar Barbara had zijn bevel niet nodig om in actie te komen. We zijn echt in gevaar, dacht ze. En wanneer je in gevaar was, vluchtte je. Dat had ze van jongsaf geweten.

Ze krabbelde door regen en wind van boord, struikelde in het ondiepe water en viel op haar knieën, maar een volgende blikseminslag, een volgende dreunende donderslag en ze was alweer overeind en rende door de regen, die neerkletterde als hagel, en pijn deed op de huid. De slaven zeulden bundels en bagage aan land – haar koffers en vaten uit Engeland, haar tafels en stoelen, de overgebleven manden met kippen. De koe worstelde en rukte met rollende ogen aan het touw dat haar vasthield op de galei.

Barbara kroop verder omhoog, bleef Hyacinthe en Thérèse aanmoedigen haar te volgen, totdat ze alledrie de modderige, hobbelige oever opklauterden naar een bos boven hen, dat bestond uit reusachtige bomen: pijnbomen, eiken, esdoorns, storaxbomen, ceders. Ze merkte dat ze op handen en voeten omhoogkroop, terwijl de regen haar rug geselde. De ondergroei schramde haar gezicht en armen en stak in haar borst en buik. De wind schudde de bomen boven haar heen en weer alsof het dunne boompjes waren in plaats van honderdjarige eiken en pijnbomen. Het was een hevig onweer. De kolonialen logen niet.

Barbara keek om of ze de gouverneur zag. Hij bevond zich nog in de galei, waar een slaaf bezig was met een bijl in de mast te hakken. Ze hoorde hem kraken toen hij als een boom omviel. Toen kwamen de gouverneur en de slaven uit de galei. Ze deden alle moeite om hem ondersteboven te keren. Waarom, dacht Barbara. De koe had zich losgerukt van haar touw of was losgesneden; ze sprong de galei uit op het moment dat hij ondersteboven draaide. Toen was de koe – grootmama's mooiste koe, dacht Barbara, maar ach – weg, ze plensde langs de oever en verdween in het struikgewas.

'Kom terug!'

De gouverneur riep haar iets toe en wees naar de lucht.

Terugkomen waarheen, dacht Barbara. Is hij gek geworden? Toen werd ze tot haar ontzetting verblind door een lichtflits en vlammen. Een boom ergens boven hen spleet tot aan de wortel open, en overal vlogen takken in het rond, boven haar hoofd, achter haar, om haar heen. Een verschrikkelijke lucht van verschroeide aarde en boom, van vuur en zwavel, een helse stank drong tot haar door, terwijl een oorverdovende roffel van de donder om hen heen bleef knallen, tot hun oren pijn deden van het geluid. Er hoefde niets meer gezegd te worden.

Barbara draaide zich dadelijk om en gleed de oever weer af, terwijl ze Hyacinthe met zich mee sleurde, tot ze weer bij de galei waren. Spotswood wees naar de plek onder de galei. Ze kroop eronder en sleepte Hyacinthe mee, en wist te vermijden dat ze zichzelf vastspietste aan de puntige uitsteeksels van de afgebroken mast. Thérèse volgde hen op de voet.

'De honden?' zei Barbara, bereid weer het onweer in te gaan om hen te zoeken, als dat nodig was.

Thérèse vouwde haar besmeurde, in een knoedel bijeengehou

den schort open, en daar waren ze. Van angst puilden hun ogen nog verder uit dan normaal.

Mooi. Iedereen was er, haar gezinnetje – Thérèse, Hyacinthe, de honden. Spotswood kwam ook op zijn buik binnenkruipen.

De slaven waren er al; ze zaten op een kluitje tussen de planken die als banken dienst deden. Tussen hen zaten ook een paar van de kippen. Barbara kon de bliksem nog ruiken, de schroeilucht van de verbrande boom; ze zag de explosie van boom en takken nog voor zich, hoorde de donder nog in haar oren. De regen hamerde op de kiel boven hen. Stroompjes water vloeiden onder hen en sleten diepere geulen uit. Op de plaats waar de zijkant van de galei het zand niet raakte, werd het duister van het onweer doorkliefd door voortdurende lichtflitsen terwijl de donder knalde en bulderde als een rondsluipend monster dat hen wilde verslinden.

'Een zomers onweer,' zei Spotswood na een ogenblik, alsof er een verklaring nodig was.

'Het is geen zomer!' zei Thérèse bits in het Frans; ze vergat Engels te spreken, vergat de beleefdheid die ze verschuldigd was aan de gouverneur van een der koloniën van Zijne Majesteit koning George.

Het was duidelijk dat ze meer te verwerken had gekregen dan ze aankon: wekenlang reizen aan boord van een vol schip waarvan het slingeren haar ziek maakte; aankomen in een kolonie waarvan het gebrek aan elegantie hen allen verraste; haar meesteres die een koorts had opgelopen maar, omdat ze te ongeduldig was om te wachten tot ze geheel genezen was, erop stond dat ze onmiddellijk op weg gingen naar de plantage van haar grootmoeder; en nu zaten ze, dank zij de onbesuisdheid van lady Devane, allemaal doornat onder een galei in een vreselijk onweer.

Thérèses gesteven witte muts met kant was weg, en haar donkere haar zat rondom tegen haar knappe, zachte gezichtje geplakt, een gezicht dat overdekt was met modder, schrammen en bloeddruppels. Een kip tuurde over haar ene schouder, zonder geluid te maken, en knipte met een oog. Barbara begon te lachen. Ze kon er niets aan doen. Niemand in Engeland zou zich dit hebben kunnen voorstellen. Ze hield haar handen voor haar mond om het tegen te houden, maar dat maakte het alleen maar erger.

Naast haar – ze hadden niet dichter bij elkaar kunnen zijn als ze samen de liefde hadden bedreven – zat Spotswood; zijn ambtspruik was verdwenen in de storm, water stroomde over zijn gezicht, zijn leren jas stonk als een oude geit. Hij snoof, want hij vond het opeens ook grappig. En hij was opgelucht. Hij had verwacht dat er nog een bui zou losbreken onder deze galei, een bui van tranen of woede. 'n Fragiele vlinder, ja, ja.

Er zat een veeg aarde op haar wang, en ook enkele schrammen. Haar japon was doorweekt, geruïneerd, gescheurd. Was ze ooit eerder zo nat geweest, zo vies en vuil? Je hebt dus de moed van je grootvader, dacht hij, en nog meer, denk ik: de taaiheid en het uithoudingsvermogen van je grootmoeder. Mooi. Als je die eigenschappen ergens nodig zult hebben, is het hier wel.

'Heb ik u al welkom geheten in Virginia?' vroeg hij. Hij waagde een schertsende opmerking, hoewel hij nog steeds niet zeker wist of ze zou besluiten er aanstoot aan te nemen.

Barbara lachte harder dan ooit.

Die middag riep Spotswood bevelen naar de slaven die, nu de regen was opgehouden, bezig waren bagage en wat ze verder konden vinden te redden. De hemel was zo helder en hard blauw alsof er nooit een onweer was geweest. Barbara's page, Hyacinthe, was in het bos boven de oever verdwenen. Thérèse zocht in een geopende hutkoffer naar droge kleding.

Barbara zat op de helling van de oever te kijken; ze probeerde alles in zich op te nemen, maar kon niet ophouden met rillen. Ik moet dit allemaal leren, dacht ze, hoe je je redt, hoe je improviseert, hoe je verliezen aanvult. Het was duidelijk dat hier veel geïmproviseerd zou moeten worden. Maar ze moest eerst ophouden met rillen.

Ze keek op, en Spotswood stond voor haar. Zonder zijn pruik leek hij strenger; zijn gezicht was gegroefd door de zon, beheerst, het gezicht van de soldaat die hij eens geweest was. Hij heeft onder je grootvader gediend, had haar grootmoeder gezegd. Ik zal hem een brief schrijven die hem in niet mis te verstane bewoordingen aan zijn plicht herinnert. De gouverneur keek tegelijkertijd boos en bezorgd. Wat had er in die brief gestaan, vroeg Barbara zich af. Bij haar grootmoeder wist je zoiets nooit.

'Mademoiselle Fuseau,' zei hij tegen Barbara's kamenier, 'zoek de kinabast.' Dit was een koortswerend middel. Hij knielde neer en pakte Barbara bij de arm.

'Kom, komt u maar mee, lady Devane, dan lopen we hier even langs de bocht van de kreek. Ze moet onmiddellijk droge kleren aan,' zei hij tegen Thérèse, die hen volgde. 'Ja, goed zo. Kom, lady Devane, nog een paar stappen. Zo. Mademoiselle Fuseau, ga uw gang.'

Hij liet hen alleen. Barbara opende haar mond om het bittere drankje te ontvangen, stak haar armen uit zodat Thérèse kon beginnen dingen los te maken.

Ik ben weer ziek, verdorie, dacht Barbara, terwijl ze haar schouders optrok en zich met ongeduldige bewegingen bevrijdde uit allerlei kledingstukken. Trek alles uit, dacht ze, alle rouwkleren: zwarte leren handschoenen, als een tweede huid; een zwarte japon, die eerst strak om middel en polsen had gepast maar die nu los om haar heen zat; een zwarte onderjurk; een baleinen hoepel; een korset met zwarte linten en veters; een hemdje; de kousebanden die haar zwarte kousen ophielden; zwarte schoenen. Alles uit, de vereiste donkere rouwkleding, die haar verlies aangaf. Haar broer was dood, en haar man. Beiden waren het afgelopen jaar gestorven.

'Ik wist het. Ik wist het,' hoorde ze Thérèse in het Frans mompelen. 'U bent te vroeg opgestaan. Iedereen kon het zien. "Blijf nog een paar dagen hier," zei ik, maar nee, we moesten naar de plantage. Alsof de plantage niet zou wachten. Barbaars land. Barbaarse rivier. Wat moeten we nu? Hebt u daaraan gedacht? Hun hoofdstad is niet veel meer dan een dorp, en dat is nog vriendelijk gezegd. Plantage. Wat betekent dat?'

'In het document staat huis en schuur en kookhut. Slaven. Er is een bron. Er zijn velden voor de tabaksteelt. En veel grond, Thérèse, zo'n tweeduizend morgen, waarvoor drie mannen, drie opzichters nodig zijn om erop toe te zien.'

'Wat voor grond, vraag ik u? Het huis in Frankrijk waarin ik als meisje ben opgegroeid was beter dan sommige van de huizen die ik vanmorgen vanaf de rivier heb gezien. U bent kletsnat, madame. Doorweekt. Die kippen. Hebt u dat gezien? In een oogwenk verdronken. Wij hadden ook kunnen verdrinken. Ik huiver wanneer ik eraan denk. Verdronken of tot as verbrand door de bliksem. Wij zullen geen hoepelrok aantrekken. Wat doet een hoepel ertoe in dit woeste land? Wie zal het weten? Wie zal het zien? Wild. Barbaars. Ik zal voor ons bidden vanavond.'

'Goed, doe dat maar, Thérèse. Ik ben afhankelijk van jouw gebeden.'

Ingeregen in een schoon korset – dat weerbarstige stuk onderkleding dat elke dame moet dragen om haar middel zo smal mogelijk te maken, om de boezem omhoog te drukken, om het lichaam of het wilde of niet, geschikt te maken voor de mode – stak Barbara haar armen omhoog zodat een droge japon over haar heen kon worden getrokken. Een zwarte natuurlijk. Ik zal blij zijn wanneer ik geen zwart meer hoef te dragen, dacht ze. Ik zal blij zijn wanneer ik het verlies niet meer voel. Het komt doordat ik ziek ben dat ik het nu zo hevig voel. Daar komt het vast door.

Ze steunde op Thérèse terwijl ze de bocht weer omliepen, en daar ging ze pardoes zitten in een plek zonlicht, en hief haar gezicht op naar de warme zon. Thérèse stapelde jurken en sjaals en mantels over haar heen, alle droge kledingstukken die ze maar kon vinden. Haar hondjes kropen bijeen in haar schoot, en Thérèse begon de spelden uit haar haar te trekken. Het was goudachtig rood en krulde, een van haar schoonheden, maar er was weinig aan Barbara dat niet mooi was, daarvan was ze zich wel bewust.

'Jij bent ook nat,' probeerde ze te zeggen, maar ze kreeg vreselijke hoofdpijn van de inspanning, en daarom liet ze Thérèse maar begaan, haar haar ontwarren, het drogen met een sjaal, het uitborstelen. Het was troostgevend als haar haar geborsteld werd; toen ze een meisje was, had haar grootmoeder het altijd voor haar gedaan. De hondjes lagen warm in haar schoot en het rillen leek wat af te nemen; ze was immers bijna hersteld van de koorts. Haar oogleden voelden zwaar, en de zon scheen warm op haar, en ze ging lekker met de honden in het zand liggen, alsof ze ook een hond was, en viel in slaap.

Ze sliep een hele tijd. Toen ze haar ogen opendeed, waren haar hondjes weg en was het laat in de middag. Ze ging rechtop zitten. De koorts scheen ook weg te zijn, maar haar hart deed pijn. Het was het plotselinge, onverwachte, uit het niets opkomende gemis, dat deel uitmaakte van het verdriet. Het was haar intussen meer dan vertrouwd. Op sommige dagen tijdens de overtocht – niets te zien dan lucht en zee – had ze gedacht dat ze er gek van zou worden. Ze miste Roger. Ze miste haar broer. Ze miste haar huis. Wat doe ik hier in 's hemelsnaam? dacht ze. Krankzinnig, had haar moeder gezegd; ze was tegen Barbara uitgevaren zoals alleen haar moeder dat kon. Ik houd het niet voor mogelijk dat je zoiets idioots gaat doen.

Barbara keek om zich heen. De gouverneur had een kamp ingericht, als een echte soldaat. Dat beviel haar wel. Natte kleren – japonnen, hemden, kousen, hoepelrokken, sjaals, broeken, mantels – lagen aan alle kanten uitgespreid over de struiken. Haar tafel en stoelen, nog in oliedoek gepakt, ondersteunden de achterkant van een tent die bestond uit het zeil van het schip. Ze telde de manden met kippen die het onweer hadden overleefd. Een... twee... ja, drie. Ze voelde zich al beter.

'Ik heb een paar van de andere gevangen.'

Het was Hyacinthe, die opeens achter haar stond. 'Kijk, madame.'

Ze keek. Daar waren ze, gevangen kippen die op hun zij lagen, stil, verslagen door onweer en jongen, want Hyacinthe had hun poten met touw aan elkaar gebonden.

'Heel slim.'

'Bent u nu weer in orde, madame?'

Nee, lieverd, ik ben niet in orde. Mijn hart doet pijn om alles wat ik verloren heb, en het voelt alsof het nooit zal genezen. En ik denk dat het misschien dom van me is geweest om hiernaartoe te komen.

'Ik voel me al veel beter. Dank je.'

'De koe is nog steeds weg.'

Als ze het zich goed herinnerde, was ze in slaap gevallen terwijl Thérèse aan het jammeren was over de kippen. Het was eigenlijk wel bar dat haar grootmoeder twee bedienden zoveel plichtsbesef had ingeprent, terwijl het niet eens haar eigen bedienden waren. Wanneer ze terugging naar Engeland zou ze het tegen haar zeggen.

Spotswood kwam de oever aflopen vanuit het bos daarboven, met een dood konijn dat hij bij de lange oren vasthield. Hij stapte op haar toe, tevreden over zichzelf.

'Het avondeten,' zei hij.

'Hoe hebt u dat klaargespeeld?'

'De slaven kunnen in deze bossen konijnen en vogels strikken, en nog veel meer. Help eens, jongen.'

Hij knielde bij het vuur en begon het konijn te villen. Barbara keek toe. Toen ze een meisje was, had haar broer, Harry, haar geleerd wild dat hij gevangen had te villen. En precies zoals Hyacinthe nu deed, hadden Harry, Jane en zij toen takken tot een ruw spit gesneden, en ze hadden met zijn drieën Harry's vangst gebraden in de bossen van Tamworth.

Er klonk een kreet uit de buurt van de galei, en een slaaf in de kreek hield een lijn omhoog. Aan het eind ervan spartelde een zilverkleurige vis.

'Nog meer avondeten,' zei Spotswood tegen haar.

'Heerlijk.'

In de hemel verschenen avondstrepen. Een windje deed de bomen ritselen, als een vrouw die vingers door haar haar haalt, en er dwarrelden een paar bladeren omlaag, nog zomers groen al was het de eerste dag van september, om zich neer te vlijen op de oever, op haar. Ze stak haar hand uit om er een te vangen, een spelletje dat Jane en zij als meisjes altijd hadden gespeeld. Het betekende geluk als je een blad ving. Toen er een in haar hand neerdaalde, sloot ze er voorzichtig haar vingers omheen en glimlachte bij zichzelf. Het was een verblindende glimlach, ook iets dat ze van haar grootvader had geërfd.

Spotswood, die naar haar keek, knipperde met zijn ogen. Met haar haar los en opgedroogd tot slordige krullen, met die grote ogen in de kleur van de hemel, met die glimlach die kleine, parelachtige tanden toonde, was ze de mooiste vrouw die hij ooit had gezien. Zelfs Valentine Bolling zou hierdoor worden geraakt. In elk geval zou Bollings neef Klaus, een man die oog had voor mooie vrouwen, zich aangesproken voelen. Mooi. Zolang het haar aankomst op First Curle gemakkelijker maakte. Hij had haar nog niet goed voorbereid op First Curle. Dat moest nodig gebeuren.

Opeens besefte hij dat ze terug staarde, met gebogen hoofd, gefronste wenkbrauwen en een hooghartige uitdrukking, dat ze hem uitdaagde alsof hij een of andere bediende was die een overtreding beging, en hij was zich dadelijk bewust van de kloof tussen hen; hij was een oude soldaat die onder haar grootvader had gediend, zij een gravin, kleindochter van een voorname hertog. Hij was dat vergeten toen ze onder de galei hadden gezeten, maar nu hielp ze hem eraan herinneren. Te denken dat hij haar als breekbaar had beschouwd. Misschien moest iemand Bolling waarschuwen.

Hij haalde met veel omhaal een ijzeren pan met ijzeren pootjes als een driepoot uit zijn bagage te voorschijn.

'Dit ijzer komt uit een mijn in het noordelijke deel van de kolonie.' Hij tikte op de pan. 'Ik ben er zelf met mijnwerkers heen gegaan. Deze kolonie is te zeer afhankelijk van de tabak. Niet dat iemand naar mijn theorieën wil luisteren. Iedereen gaat door zoveel mogelijk tabak aan te planten, en de prijs is weer gezakt. Ik denk dat de South Sea-zeepbel hier zijn invloed doet gelden, zoals een steen in het water kringen vormt die buitenwaarts uitdijen. Jullie hebben dat allemaal vorig jaar gehad. Nu komt het bij ons.'

Barbara huiverde. Het was alsof er een geest over haar graf liep.

'Edward Perry is dezelfde mening toegedaan. Herinnert u zich Perry? U hebt in Williamsburg met hem kennis gemaakt, maar toen was u erg ziek. We horen allerlei verhalen; is het nog steeds zo erg daar in Engeland?'

'Ja.'

Families geruïneerd, fortuinen versnipperd door de val van de aandelen in de South Sea Company, een duizelingwekkende, beangstigende daling waar geen eind aan scheen te komen. Iedereen voelde het – elk bedrijf, elk bankiershuis. Maandenlang leek er geen bodem te bestaan terwijl alles in heel Engeland in prijs daalde: grond, rijtuigen, vee, graan, andere aandelen. Haar broer, Harry, had zelfmoord gepleegd vanwege zijn verliezen. En haar man, Roger, was gestorven terwijl hij aan zijn verplichtingen als directeur in de compagnie trachtte tegemoet te komen. Hij had alles verloren, zodat ze niet alleen zonder hem, maar ook zonder landgoed was achtergebleven. South Sea. Ze haatte die woorden.

'Ik heb gehoord dat ze de directeuren van de South Sea Company beboeten. Naar mijn mening zouden ze gehangen moeten worden,' zei de gouverneur, terwijl hij de forel begon te schubben.

Ze zweeg. Ook al was hij dood, het Parlement had Roger beboet omdat hij directeur was. Ze had zijn grote huis in Londen, Devane House, moeten ontmantelen, de meubelen en de kunstvoorwerpen moeten verkopen, zelfs de stenen van de terrassen in de tuin, om de door het Parlement opgelegde som te kunnen betalen. Ze groef met haar vingers in het zand waarop ze zat, boos, haar keel dichtgeschroefd door onuitgesproken verdriet. Verdriet om dromen. Om wat had kunnen zijn, maar niet was en nooit zou zijn. Roger, zijn prachtige huis, zijn droom – hij droomde ook – waarvan nu weinig meer over was dan de grond waarop het rustte.

'Het Parlement was nog bezig de hoogte van de verschillende boetes te bepalen toen ik vertrok.' Ze sprak langzaam en zorgvuldig, omdat ze niet wilde dat de gouverneur zag hoe diep het haar raakte.

'Het is niet goed voor het koninkrijk als er zoiets gebeurt. Ik heb gehoord dat de maîtresse van de koning enorme hoeveelheden steekpenningen in de vorm van aandelen heeft aangenomen, maar toch lang niet zoveel heeft verloren als alle anderen. Hetzelfde hoorde ik over de ministers van de koning. Ik heb gehoord dat men hen wilde aanklagen. Ik zeg u, lady Devane, de Pretendent had vorig jaar het land moeten binnenvallen. De tijd was er uitnemend geschikt voor. Als oude soldaat weet ik dat soort dingen.'

'Bent u een jacobiet?' vroeg ze.

Ze was nieuwsgierig, geïntrigeerd. Jacobieten waren volgelingen van Jacobus III, die de Pretendent werd genoemd. Zij geloofden dat Jacobus de rechtmatige koning was, en niet George, de neef uit Hannover die nu op de troon zat. Haar broer, Harry, was jacobiet geweest, en haar vader ook.

'Mijn vader heeft altijd geloofd dat Jacobus II door zijn eigen Parlement verraden is,' antwoordde hij. 'Ik ben een Schot, lady Devane. Wij Schotten hebben in ons hart een zwak plekje voor het huis Stuart. Maar nee, ik ben geen jacobiet. De wet zegt dat George van Hannover koning is, en ik houd me aan de wet. Maar u hebt een jacobiet op een van uw kwartieren...'

'Kwartier? Wat is dat?'

Terwijl hij het uitlegde, fileerde de gouverneur de forel netjes, legde hem in de braadpan en schoof de pan naar het vuur waarboven het konijn aan het spit geroosterd werd.

'Het land dat aan uw grootmoeder toebehoort, strekt zich uit over de rivier. Het is verdeeld in stukken die kwartieren worden genoemd. Dit onweer heeft aangetoond dat u hier nooit zonder meer ergens op moet rekenen. Ik had u daar al eerder iets over willen zeggen.' En hij begon over een ander onderwerp en hield een preek over de kolonie. Wanneer ze op reis ging, moest ze zorgen dat ze extra proviand bij zich had, een bijl en een mes, vuursteen en staal en een deken en een musket en nog zo wat, zodat ze het zou overleven als ze door een ongeluk niet verder kon, zoals hun nu was overkomen. Naar de dichtstbijzijnde plantage was het enkele uren lopen door oerwoud en onderhout, en iedereen die de weg niet wist, zou verdwalen.

'Daarom stond ik erop u te vergezellen.' Hij keek haar met gefronste wenkbrauwen aan. 'Dit is niet de wereld waaraan u gewend bent, lady Devane.'

De wereld waaraan ik gewend ben, dacht Barbara, en in gedachten zag ze die wereld, bewoog ze als een pop temidden van de bewoners ervan, de koning, zijn zoon, de prins van Wales, de prinses, de hovelingen. Wat zou de Kikvors zeggen als hij me nu zag, dacht ze, in mijn verkreukelde japon, met mijn haar in mijn ogen hangend, mijn bezittingen uitgespreid als in een zigeunerkamp?

De avondschemer was zacht als een fluwelen masker aan haar wang, een schemering die was opgehelderd door het onweer, als een lei die je schoonveegt om opnieuw te beginnen. Zij begon ook opnieuw. Ga naar Virginia en neem een tijdlang afstand van de chaos die Roger je heeft nagelaten, had haar grootmoeder gezegd. Ga erheen en vertel me hoe het land erbij ligt, wat er aan winst wordt gemaakt, wat aan verlies. Zeg me of ik deze plantage misschien beter kan terugverkopen aan de kinkels die haar vroeger bezaten.

'Kunt u me laten zien hoe ver we nog van de plantage van mijn grootmoeder af zijn?'

'De plantage van uw grootmoeder. Ik ben blij dat u daarover begint. De rivier wordt smaller en maakt lussen, zodat hij in tegengestelde richting stroomt, een halve dagreis hiervandaan. De plantage van uw grootmoeder ligt in zo'n lus, de eerste.'

'En waar zijn de Bollings?' Een van de Bollings had haar grootmoeder geschreven dat hij de plantage terug wilde kopen.

'Verder langs de rivier, meer naar het westen. Uw plantage is de laatste plaats waar de rivier diep genoeg is voor tabaksschuiten. Ze is van waarde als laadplek; op de kade staat ook een pakhuis waar tabak van andere plantages wordt opgeslagen.'

Dat verklaarde waarom Bolling de plantage terug wilde, dacht Barbara.

'Ik had u willen vertellen over Valentine Bolling...'

'Valentine. Wat een veelbelovende naam.'

'Laat u zich daardoor niet misleiden. Valentine Bolling is nu de enige die nog over is, al heeft hij een aangetrouwde neef. Het nichtje is dood, maar Bolling houdt contact met zijn neef, Klaus von Rothbach. Lady Devane...'

De gouverneur staarde haar met een zorgelijk gezicht aan.

'Ik had u willen vertellen over Valentine Bolling. Hij behoort tot een bepaald type, hier... ouder, iemand die zich uit het niets eigenhandig een plaats heeft geschapen, uit bos en water en moeras en Indiaanse jachtvelden. Dat soort mannen is niet zachtaardig. Dat kunnen ze niet zijn.'

Ik heb Rogers huis leeggehaald, een geliefd huis, een prachtig huis, en het tot de laatste baksteen verkocht om in leven te blijven; ik heb een enorme schuld; ik heb mijn lieve broer begraven, en de enige man van wie ik ooit werkelijk heb gehouden, mijn echtgenoot. Ik ben echt niet bang voor die Bolling van u, gouverneur, dacht Barbara.

'U kunt de plantage natuurlijk gemakkelijk terugverkopen,' hoorde ze de gouverneur zeggen. 'Ik moet zeggen dat ik denk dat u er niet zult willen blijven, als u hem eenmaal bekeken hebt. Het is niet wat u gewend bent. Als u de plantage hebt gezien, kunt u meteen met mij mee teruggaan naar Williamsburg, of er nog een paar weken blijven, als u dat beslist wilt; in dat geval stuur ik mijn galei om u op te halen; u hoeft alleen bericht te zenden. En dan zal ik een schip zoeken om u vanuit Williamsburg terug te brengen naar Engeland.'

Hij had het dus allemaal al uitgezocht. 'De vis verbrandt,' zei ze.

Hij begon de pan uit de hete as te trekken, brandde daarbij zijn hand, vloekte, vroeg haar vergeving. De geur van gebakken vis vermengde zich met die van bradend vlees. Ik ben uitgehongerd, dacht Barbara.

Hij was niet op zijn gemak, dat zag ze wel. Wat zat hem dwars? Had hij nog meer waarschuwingen of raadgevingen voor haar?

'Ik heb geen borden, lady Devane.'

Ze glimlachte. 'Vroeger was ik een wild meisje dat door de bossen rende met mijn broer en een vriendinnetje. Ik kan heel goed met mijn handen eten, gouverneur.'

Hij schoof een stuk vis in haar handen, en ze gooide de verkruimelende, hete brokken van de ene hand in de andere tot ze ver genoeg waren afgekoeld om ze op te eten. Toen deelde ze de stukken vis met Hyacinthe en Thérèse. De nacht was gevallen, als een mantel die hen bedekte. Sap droop langs haar kin terwijl ze van de vis at. Geen souper in een koninklijke salon had ooit zo goed gesmaakt als dit avondmaal aan de waterkant, dacht ze, en ze herinnerde zich maaltijden als meisje, met Harry en Jane – toen aten ze ook in het bos, met niets dan een vuurtje; toen was het eten ook verrukkelijk en bevredigend.

Haar honden jankten en piepten en buitelden door de lucht toen Hyacinthe hun restjes toegooide.

'Waar zijn de slaven, gouverneur?' vroeg Barbara.

'Bij de galei. Ze hebben hun eigen vuur, hun eigen eten.'

Spotswood haalde een fles wijn te voorschijn uit zijn bagage, maakte hem open en presenteerde hem met een zwierig gebaar aan Barbara.

'Op het onweer,' zei ze. 'Dat we alles mogen overleven.'

Om beurten dronken ze uit de fles.

'U bent een man naar mijn grootmoeders hart,' zei Barbara, 'tot alles bereid.' Ze zag dat deze woorden hem genoegen deden. 'Mijn grootmoeder heeft een hekel aan wanorde, staat dat niet toe.'

Het leven van haar grootmoeder had een zeker ritme, een doelgerichtheid; het was troostrijk, net als dit vuur. Orde bedwingt chaos, dacht Barbara, precies zoals vuur het duister bedwingt.

De hemel schitterde van de sterren, als honderden wit fonkelende diamanten, uitgelegd op een zwart fluwelen japon. Overal klonken nachtgeluiden: krekels, kikkers, kabbelend water, geritsel in het onderhout. In de verte hoorde ze iets huilen als een hond, maar het was geen hond. Haar mopshonden, die nu in haar schoot lagen, hieven hun koppen. De korte haren op hun nek gingen overeind staan.

'Wolven,' zei Spotswood.

Thérèse, die met hen bij het vuur zat en met blote tenen die onder haar jurk uitstaken in het zand wriemelde, keek op. Ze was een Française en had op een boerderij gewoond; verhalen over wolven, kwijlende monsters die kinderen levend opvraten, waren iets dat haar even geregeld was voorgeschoteld als zwart brood en zure wijn.

'Ze zijn niet gevaarlijk,' zei Spotswood. 'Alleen in de winter kunnen ze hongerig genoeg zijn om mensen aan te vallen.'

Thérèse trok een lelijk gezicht als om te zeggen: Ziet u nou wat een barbaars oord. Barbara glimlachte. Hyacinthe speelde met een schildpad die hij langs de oever had gevonden. Ze riep hem en klopte op het zand naast haar; hij liet de schildpad in de steek, rolde zich tegen haar gestrekte been op als een klein dier en sliep ogenblikkelijk, zoals ze wel had verwacht.

Een van haar honden, het reutje, dat Harry heette naar haar broer, sprong van haar schoot en draafde weg, maar ze riep hem niet terug. Thérèse was nu in de tent en rommelde in haar valies, een stokoude, vaal geworden leren tas, in een poging om de boel op te ruimen. Orde uit chaos, dacht Barbara. Ongetwijfeld was ze ook op zoek naar een talisman tegen wolven. Spotswood strekte zich uit op het zand om een lange, Hollandse pijp tabak te roken. Barbara hoorde haar hondje blaffen.

'Misschien heeft hij de koe gevonden,' zei Barbara. Ze voelde er weinig voor haar grootmoeder te schrijven dat ze de koe was kwijtgeraakt. De verloren kippen waren al erg genoeg.

'Ik heb er twee slaven opuit gestuurd om uw koe te zoeken. Die zijn nog niet terug. Hoogstwaarschijnlijk zijn ze weggelopen. Sommige slaven proberen dat telkens weer. Als ze de bergen halen, worden ze gevonden door de Seneca – een woeste bergstam – die hen weer terugbrengt. Als ze Carolina, ten zuiden van ons, kunnen bereiken, leven ze daar temidden van de weggelopen slaven die als bedienden zijn aangenomen. Ik heb de Kamer van Handel in Engeland gevraagd het aantal toegestane slaven hier te verminderen, maar ze doen niets. We moeten een speciaal in-

voerrecht heffen om hen tegen te houden. Er zijn er hier te veel…
Als ze gezamenlijk in opstand zouden komen…'

Hij maakte zijn zin niet af. Barbara zweeg en probeerde in haar
hoofd het beeld van die zwijgende roeiers vandaag, de aanblik
van al die donkere gezichten die ze sinds haar aankomst had gezien, van mensen die kookten, schoonmaakten, tuinen wiedden,
hekken herstelden en water droegen, te rijmen met rebellie en
angst, maar het lukte niet.

'Wat gebeurt er met de slaven als u ze vindt?'

'Ze krijgen zweepslagen. Als ze echt onverbeterlijk zijn, worden hun tenen afgehakt.' Er was niets verontschuldigends in zijn
stem. Barbara zweeg om zijn woorden te verwerken.

De mops kwam op hen toe hollen met iets donkers en harigs
in zijn bek. O, nee, dacht Barbara. De mops schudde het heen en
weer, waarna het slap in zijn bek bleef hangen. Het was kennelijk dood.

'Wat heeft-ie gevangen?' zei Spotswood belangstellend, en
kwam overeind. 'Ik wist niet dat mopshonden konden jagen.
Hier, jongen. Hier!'

Harry legde zijn trofee aan de voeten van Spotswood en ging
netjes zitten, hijgend en met zichzelf ingenomen. Spotswood bukte zich en raapte zijn eigen pruik op.

Barbara lachte en klapte in haar handen om de hond te bewegen naar haar toe te komen.

'Brave hond!' zei ze tegen hem. 'Grote jager. Woest dier.'

Spotswood stak een stok in de grond naast het vuur en hing de
pruik erop te drogen. Het ding deed Barbara denken aan de verrotte hoofden van verraders die boven de stadspoort van Temple
Bar in Londen hingen. De hoofden die daar nu te zien waren, behoorden toe aan de edelen die de invasiepoging van de Pretendent
in 1715 hadden gesteund – een angstwekkend jaar was dat geweest, met de dood van de oude koningin, de komst van een nieuwe, buitenlandse koning die niet geliefd was, en een invasie.

'De Seneca rukken de schedelhuid met het haar van het hoofd
van een vijand en dragen dit aan een riempje opzij aan hun gordel,' zei Spotswood. 'Ze noemen deze trofee een scalp. Het lijkt
een beetje op een pruik. Maar met meer gedroogd bloed en los
vel eraan, natuurlijk.' Hij stak zijn arm uit. 'Voelt u dit eens.'

Ze streek met twee vingers over de zachte mouw van zijn jas.
De jas was schitterend geborduurd met puntige schelpen, paars
en wit.

'Een geitehuid, zacht gemaakt en boven rook gedroogd door

34

een jong meisje van de Seneca-indianen. Het is hier een belediging als je een man geitevel noemt. Het betekent dat hij een zacht ei is, een sukkel, een man uit het bos, een halve wilde.'

Ik moet grootmama een japon van geiteleer sturen, helemaal bewerkt met zulke schelpjes, dacht ze, en Tony ook zo'n jas, en ook iets voor Janes kinderen. Jane was haar beste vriendin, haar boezemvriendin. Tony was haar neef, de huidige hertog van Tamworth. Hij hield van haar. Ze zuchtte, en de gouverneur hoorde het.

'U bent ongetwijfeld uitgeput, lady Devane, na de dag die we achter de rug hebben. Uw kamenier heeft een bed voor u gemaakt in de tent. We moesten maar gaan slapen, want we gaan morgenochtend vroeg op weg. Goedenacht.'

'Aangename dromen, gouverneur.'

Aan de andere kant van het vuur wikkelde hij zich in een deken en ging met zijn rug naar haar toe op de grond liggen, alsof het een donzen bed was. Ze dacht nog even over hem na. Gisteren had hij een satijnen jas en witte kousen gedragen, en zilveren gespen op zijn schoenen; op zijn wang had hij zelfs een stukje zwarte zijde in de vorm van een maansikkel. Je moest hier op alles voorbereid zijn, dacht ze.

Ze hoorde een geluid. Geritsel. Een slaaf met een rafelige broek, aan de andere kant van het vuur, keek even naar haar en wendde toen snel zijn blik af, wijzend naar het vuur. Het was zeker zijn taak, dacht Barbara, er de hele nacht hout op te leggen. Even later was hij weg. Het leek alsof ze muziek hoorde. Ze legde de honden slapend en wel bij Hyacinthe, en liep langs de oever van de kreek tot ze het vuur van de slaven zag. Ze zaten eromheen, en een van hen hield iets aan zijn mond. Dat maakte dat lichte, fluitachtige geluid. Ze deed een stap naar voren, en de slaven stonden op, een voor een. De muziek hield op.

'Mag ik hier komen zitten?' vroeg ze. 'De muziek die jullie maken is zo mooi.'

Ze maakten een plaats voor haar vrij. Ze ging zitten en sloeg haar rokken om haar knieën. De slaaf bespeelde een korte fluit, zorgvuldig gesneden uit hout, uitgehold, met gaten voor de klank. Het was zeker een dierbaar bezit, dat het de storm had overleefd. Een ambachtsman, dacht ze, een muzikant, hier in de wildernis van Virginia. Het wijsje dat hij speelde had iets indringends, dat je niet losliet. Ze keek omhoog naar de hemel en de honderden heldere, stralende sterren, stipjes van licht in het donker, orde in de chaos.

Ga en vang een ster die valt, dacht ze, laat een alruinwortel baren. De regels kwamen uit Rogers lievelingsgedicht. Zeg wie spleet des duivels hoef/ en waar zijn de vergane jaren. God, dacht ze, vertel me waar Roger is gebleven, of hoe ik zonder hem moet leven.

De wind kwam door de bomen, wreef takken tegen elkaar, zodat ze kraakten en kreunden en huilden, als treurende vrouwen. De slaaf floot zijn zoete melodie. Zijn vrienden luisterden ernstig, met het licht van het vuur op hun haar. Ze hadden gevlochten haar met takjes en stokjes erin, en littekens op hun gezicht, littekens die eruitzagen alsof ze met opzet waren aangebracht. Wanneer? Door wie, vroeg Barbara zich af.

Hoe mooi was deze nacht, dit vuur, deze mannen met hun gezichten vol littekens en hun gevlochten haar; zo mooi dat de pijn bijna werd verzacht. Op sommige plaatsen was deze wildernis getemd, maar alleen daar. Woest, zoals Thérèse zei, gevaarlijk, barbaars. Mooi. Het paste bij haar stemming.

Tabak. Barbara dacht aan de woorden die de gouverneur die avond gesproken had, aan de woorden die ze had horen spreken door degenen die haar in Williamsburg waren komen bezoeken. Die mensen hadden ook over tabak gepraat. Het was het belangrijkste gewas van deze kolonie.

Als ik tabak ga telen, dacht Barbara, moet het wel de beste zijn.

2

Het was de volgende avond op de plantage First Curle, en zes slaven kwamen bijeen bij het keukengebouwtje, hurkten neer en begonnen eindelijk te eten. Ze hadden tot na donker op de velden gewerkt. De tabaksbladeren werden geoogst. Het was werken en nog eens werken voor de slaven tot de bladeren waren opgeslagen in de houten vaten die okshoofden werden genoemd, tot de winter kwam en de winterse koude hen even verloste van de tabaksplant die iedereen hier teelde.

Het licht kwam van het vuur in de keuken, een gloed die ze weerspiegeld zagen door de open keukendeur. De oudste van hen, die vele jaren scheelde met de rest, zat op het trapje. De andere slaven noemden haar eerbiedig Oude Grootmoeder. Ze was kokkin, nu ze te oud was voor de velden. Ze leek op iets dat uit versteend hout was gesneden, een en al holtes, rimpels, beenderen, met haar als een dunne, witgrijze stralenkrans om haar schedel, en benen als broze stokken.

Een van de slaven, neergehurkt voor de anderen, met zijn vingers gedoopt in de gemeenschappelijke kom met maïsbrij en zwijnevlees, vertelde over de nieuwe meesteres die die dag was aangekomen. Ze was jong. De slaaf, altijd een grapjas, wees op de jongste van het stel slaven, een meisje. Niet zó jong. Toen wees hij op Oude Grootmoeder. Zo oud ook niet. Ze was gekomen met een tweede vrouw – een dienares – en een jongen, net als zij een slaaf, maar toch weer anders. De galeislaven van de gouverneur, die meeaten met de plantageslaven, bevestigden dit.

Hij heeft mooie kleren, zei de grapjas die het verhaal vertelde. Zachte kleren. Zijn stem beschreef in het donker de kleren die Hyacinthe aan had, warme kleren, niet gescheurd, de kleren van een meester gedragen door een jongen zoals zij. Hij beschreef de glans van de gespen op de schoenen van de jongen, de zwierige veer op zijn hoed, de glans van de zilveren halsband om zijn hals.

Er waren ook twee honden – maar wat voor honden! Nog nooit had hij zulke honden gezien. Nog lelijker dan de opzichter – dit commentaar kreeg veel bijval. De verhalenverteller liep naar het trapje, waar de gloed van het keukenvuur een achtergrond voor hem vormde, liet zijn ogen uitpuilen om te laten zien hoe de ogen van de honden uitpuilden, en boog zijn armen naar buiten om te tonen hoe hun poten gebogen waren. Hij bukte zich en hield zijn hand boven de trap om aan te geven hoe klein ze waren. En zo waardeloos, zo nutteloos, dat ze hem niet eens hadden geroken toen hij daarstraks door het raam van het huis naar binnen had gegluurd om te zien wat er te zien was.

'Opzichter.'

Het woord viel in hun maaltijd, in hun gesprek als een steen in water, en ze verstomden. De enige geluiden waren nu die van de wind in de bomen, en van vingers die de houten kom leegschraapten.

Odell Smith, de hoofdopzichter van First Curle, kwam eraan. Hij had de ronde gedaan, had de kelder, de korenschuur, het rookhuis en de schuur afgesloten; hij was van streek door de afgelopen dag, van streek door de komst van Barbara en haar gevolg.

'Dooreten,' beval hij ruw. 'Er moet morgen gewerkt worden. Hard gewerkt. We moeten de bladeren in de tabaksschuren brengen. Dat weten jullie allemaal. Sinsin, neem de galeislaven mee naar het slavenhuis. Er is een nieuwe meesteres aangekomen. Ze heet lady Devane en ze komt van overzee, uit Engeland, waar onze koning woont. Jullie moeten haar precies zo gehoorzamen als meester Bolling. Dat was het.'

Krabbend aan zijn sproetige handen, die altijd verbrand waren door de zon, liep Odell naar zijn eigen hut, die naast het slavenhuis stond in de buurt van de eerste van de twee diepe kreken die deze plantage haar waarde gaven. Die middag was hij uit de velden gehaald door een jongensslaaf die de mooiste kleren aan had die hij ooit had gezien; hij kon zijn ogen bijna niet geloven. En zijn oren ook niet: de jongen vertelde hem dat zijn nieuwe meesteres was aangekomen en hem wenste te zien.

Nieuwe meesteres? Welke nieuwe meesteres? Het duizelde hem en hij was naar de keukenhut gegaan om met de slavin daar te praten, de oude Mama Zou, die alles wist wat ze eigenlijk niet mocht weten, maar er waren twee jonge vrouwen bij haar die bezig waren een avondmaal te bereiden voor zichzelf en de gouverneur van deze kolonie. De gouverneur. Gouverneur Spotswood was in eigen persoon de rivier opgevaren naar First Curle. Odell Smith had de gouverneur nog nooit gezien; hij had alleen van hem gehoord.

Een van die jonge vrouwen was een gravin. Odell had ook nog nooit een gravin gezien. Zij was de vrouw met haar dat iets lichter was dan het zijne, maar toch ook rossig, met grote ogen en een hartvormig gezicht. Hij was te verbaasd geweest om meer dan een paar woorden te stamelen en hulpeloos aan zijn handen te krabben.

De gravin had allerlei vragen gesteld: waar waren de slaven? Wanneer kon ze de plantage en de andere kwartieren aan de overkant van de rivier bekijken? Was hij bezig tabak te drogen? Wanneer kon ze dat zien? Wilde hij met haar en de gouverneur meeeten? Dat wilde hij niet.

Wat zou kolonel Bolling hiervan zeggen? Dat was de vraag die Odell nu bezighield, terwijl hij het houten trapje naar zijn hut opliep. Het was al erg genoeg dat die hertogin in Engeland iemand uit Engeland hierheen stuurde om toezicht op hen te houden, maar om dan ook nog een vrouw te sturen! En hij zat hier met een opslagschuur die volgestouwd was met vaten tabak voor kolonel Bollings sluikhandel, tabak die ze niet naar Engeland stuurden zoals de wet gebood, maar voor een betere prijs naar eilanden in het zuiden verkochten.

Deze gravin was eigenaresse van de kreek vanwaar ze die vaten per schip verstuurden; ze was eigenaresse van de opslagschuur waarin ze lagen. Wat zou er gebeuren als ze ontdekte dat ze tabak smokkelden? Wat moesten ze doen?

Odell was niet erg ontwikkeld. Hij wist genoeg om zijn eigen naam te kunnen schrijven, goederen te bestellen, okshoofden te berekenen, laadbrieven van de tabaksschepen te lezen. Hoe kon hij alles in een briefje schrijven? Hij had niet eens papier. Al het papier was in het huis, waar zij ook was. Bij nader inzien kon hij beter nadat hij de slaven had ingesloten, te paard naar kolonel Bolling gaan en het hem persoonlijk meedelen. Op die manier werd het niet zijn probleem, maar dat van kolonel Bolling. Kolonel Bolling zou het oplossen, zoals hij alles oploste.

Vroeg in de morgen lag Barbara in bed te dromen in de slaapkamer op de zolder van het kleine hoofdgebouw van First Curle. Ze droomde over Devane House, droomde dat ze van de ene schitterende kamer naar de volgende liep, met overal om haar heen gepolijst marmer, spiegels, verguldsel, beeldhouwwerk, ingelegde vloeren. De meubelen waren prachtig, de mooiste meubelen die door mensenhanden werden gemaakt: voetenbankjes, ladenkasten, armoires, kabinetten, Chinese vazen die even groot waren als zijzelf. De voetenbankjes en stoelen waren bekleed met stijf crewel-borduurwerk, kleurige garens, satijn, fluweel, gestreepte zijde, kwasten.

Ze zocht Roger, liep zoekend door de ene kamer na de andere, door hol klinkende galerijen en grote zalen. Ze wist dat hij hier was, vlak voor haar, net één kamer verder. Ze kon het voelen. Ze moest hem spreken. Ze moest hem zeer dringend spreken. In een van de kamers vond ze Jane, het vriendinnetje uit haar jeugd, met haar kinderen. Barbara tilde een van de kinderen op, een klein meisje dat het halssnoer dat ze om had beetpakte, een halssnoer van robijnen en diamanten. Denk om je halssnoer, zei Jane.

Ik heb tientallen halssnoeren, antwoordde Barbara, maar geen mooie kindertjes zoals die van jou.

Barbara zette het kind neer. Ze opende deuren die toegang gaven tot brede terrassen die uitzicht boden op uitgestrekte tuinen waarover heel Londen sprak. Daar was de vijver in landschapsstijl, lang en vloeiend van vorm, waarop zwanen dreven. Daar stond Roger, met een andere man. Trouw je in 't groen, niets zal het doen, hoorde ze Jane haar kinderen toezingen. Trouw je in 't rood, was liever dood. Liedjes die kleine meisjes zongen. Trouw je na de zomer, dan zal er geen rijkdom komen.

Wat was ze blij hem te zien. Haar hart leek wel een vogeltje dat opstijgt naar de hemel. Ongeduldig, onstuimig zoals ze vaak was, nam ze de zachte stof van haar japon op en begon naar hem toe te rennen op haar satijnen muiltjes met ivoren hakjes.

Roger, riep ze. Ik moet met je praten. De man die bij hem stond, draaide zich om zodat ze zijn gezicht zag. Het was Philippe.

Barbara werd wakker en haar hart klopte heftig; Philippe stond haar nog levendig voor de geest, zoals hij voor haar stond in zijn volle lengte, met dat litteken van een duel dwars over zijn wang. De gevaarlijke Philippe, haar tegenstander, haar vijand, een slang. Ze haatte hem. Het was moeilijk om vol haat wakker te worden.

Ze ging rechtop zitten en nam haar omgeving in ogenschouw. Ze bevond zich op de zolder van het huis op First Curle, in een ruimte die de oppervlakte van twee kamers eronder besloeg. Ze raakte haar linkerborst aan. Haar hart deed pijn, letterlijk pijn. Philippe deed haar zelfs hier pijn.

Ze stapte over Hyacinthe heen, die op de vloer naast het bed lag te slapen, opgerold in een deken. De honden hadden haar gedurende de nacht verlaten en lagen bij hem te slapen. Harry hief zijn kop op. Ze schudde haar hoofd en legde een vinger op haar lippen.

Ze vond een sjaal, sloeg die om haar schouders, opende de deur en sloop de trap af. De hal stond vol met koffers en vaten. Ze kon de gouverneur horen snurken. Zijn bed stond in een van de twee kamers die de benedenverdieping van dit huis vormden, een eenvoudig huis, stevig, degelijk, als een cottage op een van de hofsteden van haar grootmoeder.

Ze lichtte de klink van de deur op en stapte de koele ochtend in, terwijl een hondje langs haar naar buiten schoot. Harry. Even onbesuisd als haar eigen lieve broer, vandaar zijn naam. Charlotte was een luie hond, die altijd even lang sliep als Hyacinthe. Barbara bleef op de trap van het huis staan.

Voor haar op het erf van het huis stonden vier reusachtige pijnbomen, zo groot dat ze met haar armen hun stam niet zou kunnen omspannen. Daarachter liep een weg door een veld dat overging in bos. Aan haar linkerkant was een boomgaard achter een houten omheining. Opeens landde er een kip op het erf. Toen zag ze dat er kippen in de bomen zaten. Ze hadden daar de nacht doorgebracht; nu het licht werd, werden ze wakker.

Terug in het huis liep ze de hal door naar de deur aan de andere kant en liep het erf daar op. De achterkant van het huis lag naar de kreek gericht, maar de kreek was niet te zien, evenmin als de rivier waarover ze waren gekomen. Hierdoor had het huis iets van een geheim, iets dat bij nader inzien was neergezet in bos-

sen en velden. Hier was een houten hek, met daarachter tabaksvelden. Het hele erf werd hier in beslag genomen door een tuin,
een tuin verdeeld in rechthoeken die waren afgezet met oester-
schelpen. In een hoek van het erf stond het latrinehokje. Barbara liep erheen, opende de deur, en rook de bekende latrinelucht.
Juist. De keuken en de waterput, het rookhuis en de houtstapel
lagen rechts van haar.

Ze knielde bij een verwaarloosd, rechthoekig bed van de tuin
en schoof bladeren en afval opzij om te zien wat er stond. Wat
kruiden: ver doorgegroeide goudsbloemen, lavendel en marjolein,
een kool, lamsoor en een wijnstok. Een golf van heimwee over-
spoelde haar, zo hevig dat ze dacht dat ze doodging van heimwee.

Grootmama, dacht ze, het is niet wat we ons ervan voorstel-
den. Het is helemaal omringd door bossen. Er is geen gazon, geen
vijver in landschapsstijl, geen fontein. Voor haar geestesoog zag
ze Tamworth Hall, waar ze als meisje had gewoond, met zijn gedraaide schoorstenen, het druivenprieel, het terras, de visvijvers,
de hertenkamp, de bossen waar ze doorheen wandelde om bij
Janes huis te komen, het laantje naar de kerk. Ze zag ook Devane House in al zijn pracht – het Italiaanse marmer, de schilderij-
en van Verrio, een slaapkamer in groene zijde. De hond Harry
leek te snuffelen tussen de kruiden, en ze joeg hem weg en bleef
staan kijken, met een vermoeid gevoel alsof ze veel ouder was
dan haar eenentwintig jaren.

Wie had de narcissen en lelies geplant waarvan de donker-
groene bladeren langs dat hek groeiden, vroeg ze zich af. Jordan
Bolling was de naam die op de akte van overdracht voor deze
plantage had gestaan, maar door de aanblik van de lelies en narcissen ging ze zich afvragen of deze Jordan een vrouw had gehad.
En wat was er met haar gebeurd toen ze hoorde dat haar man
was gestorven? Geen echtgenote, maar deze Valentine Bolling had
haar grootmoeder die brief geschreven waarin hij vroeg of hij de
plantage terug kon kopen.

De gouverneur zou vandaag wegroeien om terug te keren naar
zijn verplichtingen en Williamsburg. Hij wilde dat ze met hem
mee terugging. Voor het eerst nam Barbara dit serieus in over-
weging, terwijl ze hier stond op een stuk boerenland dat in het
bos was uitgehakt.

Ze hield haar hoofd schuin om naar de stilte van de ochtend
te luisteren, die geen stilte was, maar net als op Tamworth, een
landelijke rust waarin je van alles kon horen: vogels die naar el-

41

kaar riepen, kleine schepselen die ritselden, de wind die in de boomtoppen ruiste, en als je goed oplette, jezelf.

Ik heb een hekel aan zwakke, jammerende vrouwen, Bab; ik heb er geen geduld voor, zei haar grootmoeder in haar hoofd.

Ik ook niet, grootmama.

Jaren, lieve Bab, het kost jaren – geen dagen, geen maanden, maar jaren – om te herstellen als het verdriet groot genoeg is.

Hoeveel jaren, grootmama?

Kijk me niet zo ongeduldig aan. Twee, misschien drie, of meer. Bah.

Wat nu bah, Bab. Je hebt alles verloren – man, broer, huis, fortuin, dromen, alles waarvan je dacht dat je het had. Gun jezelf de tijd om van die verliezen te genezen. Er zullen andere dromen komen.

Andere dromen? Andere liefdes? Hier? Barbara keek om zich heen, nam het kleine, stevige huis in zich op, de open plek waarop het stond, de schuur in de verte, de velden rondom, de dichte bossen.

Ze had aarde van de tuin aan haar vingers, rijk en kruimelig. Tabak put de grond uit, herinnerde ze zich een zekere majoor Custis in Williamsburg te hebben horen zeggen, zodat er altijd meer grond nodig is. Ze draaide langzaam rond in een kring en probeerde te besluiten wat ze zou gaan doen.

Barbara stond met de gouverneur bij de eerste kreek die de plantage doorsneed. Zijn slaven zaten al in de galei te wachten tot ze het schip naar de rivier konden bomen.

'Ik ga alleen weg omdat ik geen andere keus heb. Ik heb een vergadering met mijn Raad die ik niet mag missen. Maar dit bevalt me niet,' zei Spotswood. 'We hebben in elk geval afgesproken dat u over een maand, in oktober naar Williamsburg komt, tijdens onze dorpskermis, en dan zal ik een feest voor u geven en u aan de kolonie voorstellen zoals het hoort. Ik zal deze galei uit Williamsburg sturen om u te halen, en u kunt in stijl te paard langs de rivier terugrijden.'

Houd je het wel vol tot oktober, dacht hij intussen, want hij herinnerde zich de uitdrukking op haar gezicht toen ze gisteren van de kreek was komen teruglopen naar een leeg huis, opgeslokt door bossen en velden. Je hebt trots, dacht hij, misschien zelfs te veel. Hij was van plan bij Perry's Grove halt te houden, Edward Perry op te dragen een oogje in het zeil te houden. Door die gedachte voelde hij zich weer wat beter. Het Leeuwenhart zou Edward Perry hebben goedgekeurd. Er was in heel Virginia geen beter mens te vinden. Ze is heel moedig, zou hij tegen Perry zeggen, ze wil haar plicht doen jegens haar grootmoeder, wil leren hoe de plantage reilt en zeilt, maar ik zou mijn dochter niet alleen in zo'n verlaten oord achterlaten, beslist niet.

Barbara stak hem haar hand toe.

'Dank u dat u mij naar mijn reisdoel hebt gebracht. Ik zal mijn grootmoeder en mijn neef, de hertog van Tamworth, schrijven met hoeveel voorkomendheid u mij bejegend hebt – u was werkelijk zeer vriendelijk. Ik wens u een behouden reis, mijnheer.'

'Onthoud dit, lady Devane, als u iets nodig hebt, bevindt kolonel Perry zich op Perry's Grove; en u kunt uw naaste buren te voet binnen een uur bereiken.'

'Ja.' De advocaat van haar grootmoeder in Williamsburg had een kaart voor haar getekend. Die lag in het huis.

'Denk erom dat u, als u alleen uit rijden gaat, een deken en een mes meeneemt, en iets om vuur te maken.'

'Ja, ja, ik zal eraan denken. Vaarwel.'

Spotswood stapte in de galei en beduidde de slaven met een handgebaar dat ze konden beginnen het schip de kreek uit te bomen naar de rivier. 'Denk erom dat u zorgt dat er flink veel brandhout wordt gehakt. Het weer kan hier heel plotseling omslaan als de herfst begint.'

Hij riep haar nog verscheidene andere raadgevingen toe terwijl ze langs de oever van de kreek meeliep, dwars door kleine struikjes en om jonge boompjes heen stappend, terwijl haar laarsjes wegzakten in bladeren en modder. De galei gleed de rivier op. Hyacinthe en zij renden naar de rivieroever.

Spotswood zette zijn handen aan zijn mond om nog iets te roepen. 'U bent niet zo alleen als u denkt. De familie Randolph woont langs de rivier...'

Ze wuifde, het eentonige gezang waarop de slaven roeiden dreef over de rivier naar haar toe; ze schermde haar ogen af met haar hand om de galei na te kijken tot hij een bocht in de rivier, een krul omvoer. Zo, dacht ze, nu ben ik dus alleen. Ze keek om zich heen, naar bomen, rivier, velden. Niet zo alleen als u denkt, had de gouverneur gezegd, maar op dit ogenblik was het gevoel van vreemdheid dat de omgeving haar inboezemde overweldigend. Je laat alles achter wat je kent, de mensen die van je houden, je positie en het hof, had haar moeder geroepen. Wanneer je daar aankomt zal het niet zo zijn als je je voorstelt. Niets is ooit wat je je ervan voorstelt.

43

Je moet nooit weglopen voor de waarheid, want die zit op je schouder. Op het moment dat je het het minst verwacht, houdt hij je zijn lelijke gezicht voor en zegt boe. Een gezegde van haar grootmoeder. Waar ben ik aan begonnen, dacht Barbara. Wat weet ik van het leiden van een plantage? Waarom ben ik niet gewoon met de gouverneur mee teruggegaan? Boe.

Barbara keek naar het gezicht van Hyacinthe. Hij zag er troosteloos uit. Wat heb ik mijn geliefde bedienden aangedaan, dacht ze. Ze kneep even in Hyacinthes hand, en ze begonnen door de velden terug te lopen naar het huis.

We zouden dit veld niet opnieuw moeten beplanten, dacht ze, maar er gras op moeten laten groeien zodat het huis een groot gazon heeft tot aan de rivier.

Boven, in het huis, was een grote koffer met kleding geopend; een chaotische massa van linten, kant en veren, schoenen, kousen, handschoenen, korsetten, kousebanden en hemden hing eruit, parafernalia van een vrouw van hoge geboorte en naam. Sjaals, mantels, kanten mutsen, wollen doeken, moffen, waaiers. Ze zagen er hier vreemd uit, misplaatst. Thérèse zat geknield op de vloer en zocht satijnen linten uit, kersrood, zilverlamé, kaneelbruin, hemelsblauw, kleuren die Barbara had gedragen vóór de rouw. Tussen een stapel zwarte weduwenkleren piepten ook andere te voorschijn: duifgrijs, narcisgeel, primularoze. Om te gebruiken als ze uit de rouw was. Met Kerstmis zou Roger een jaar dood zijn. Zouden ze het hier zo lang volhouden? Wat moest ze doen? Hoe moest ze beginnen?

Ze ging zitten en bedacht dat Jordan Bolling dit bed waarschijnlijk uit Londen had laten komen: een groot hemelbed met hoge, gebeeldhouwde pilaren; aan de andere kant van de kamer stond een bijpassende ladenkast op hoge poten.

Hoe je moet beginnen, zei haar grootmoeder in haar hoofd. Door te beginnen. Orde uit chaos.

'We moeten gordijnen maken voor het bed, Thérèse, voor de winter komt, zodat we ze om het bed kunnen dichttrekken tegen de kou. Hyacinthe, ik moet eerst tot mezelf komen. Zoek papier en een pen. Die zijn misschien in de salon…'

'Salon? Waar is in dit kleine huisje een salon?' zei Thérèse smalend.

Beter smalen dan jammeren, dacht Barbara. 'De kamer waar mijn stoelen en tafel staan is van nu af aan de salon. Ga eens kijken of daar papier is, en pen en inkt, Hyacinthe.'

'Dit is de enige slaapkamer.'

'Je vergeet de bedden beneden, Thérèse. Als we er hier een in die hoek zetten en die grote kast ervoor schuiven, zou Hyacinthe een eigen plekje hebben.'

Wat moet ik doen, dacht Barbara. De hele plantage bekijken, te paard de rivier oversteken om de andere kwartieren te zien, kennis te maken met de twee andere opzichters, mezelf voor te stellen aan buren. Buren waren hier belangrijk, had de gouverneur gezegd. De mensen waren hier van elkaar afhankelijk, zei hij. Dit huis moest worden geschrobd en in de was gezet. Ze moesten gaan kijken wat er aan voorraden, aan levensmiddelen in de kelder was. Ze moest een telling houden van koeien en varkens en huishoudgerei. Ze moest een verantwoording hebben van de tabak die geoogst werd.

Er stond een opslagschuur bij de tweede kreek. De tabaksschepen namen de tabak daar in. Ze moest daar gaan kijken. Op Tamworth House werd in de herfst het fruit in de boomgaarden geplukt om wijn en brandewijn van te maken en voor gebruik in de keuken; er werden varkens geslacht en worsten en pasteien gemaakt; hout werd gehakt en opgeslagen; noten werden geraapt onder de bomen; kaarsen werden gegoten, zaden en kruiden gedroogd, vlees ingezouten. Was dat niet overal hetzelfde, het vormen van voorraad voor de winter? Ze moesten dus voorraden maken voor de winter.

Plotseling zag ze het houten kistje tussen haar linten en sjaals. Thérèse probeerde het te bedekken met een doek, maar te laat. Barbara knielde tussen de linten en opende het. Er zaten plattegronden en tekeningen in, het enige dat was overgebleven van het grote huis dat Roger in Londen had gebouwd, Devane House. En een paar leren handschoenen – haar handschoenen, die door Roger in dit kistje werden bewaard. Behoed uw hart boven al wat te bewaren is, had haar grootmoeder haar uit de bijbel voorgelezen. Roger, dacht Barbara, jij was mijn hart. Hoe moet ik je vergeten?

De zolderdeur zwaaide open. Het was Hyacinthe, en aan de uitdrukking op zijn gezicht was duidelijk te zien dat er iets opwindends was voorgevallen op First Curle.

'Monsieur Bolling is hier. Ik heb hem het erf zien oversteken.'

Bolling? De beruchte Valentine Bolling?

'Er is bezoek, Thérèse,' zei Barbara, plotseling even opgewonden als Hyacinthe. 'Onze eerste bezoeker.' Ze bracht haar handen naar haar haar. 'Hyacinthe, ga jij hem zeggen dat ik dadelijk bij hem kom. Vraag vergeving en geef hem iets te drinken.

Wat, Thérèse? Wat zullen we hem te drinken geven, behalve water uit de put? Weet je wat, Hyacinthe, ga naar de oude keukenslavin en vraag haar waar alles is. Doe wat je kunt tot ik verschijn. Vlug, Thérèse, ik wil niet onbeleefd zijn jegens mijn eerste gast.'

Nog terwijl de deur dichtging begon Barbara linten van haar japon los te trekken; een ogenblik later had ze een andere aan – een zwarte, vanzelfsprekend – en terwijl Thérèse de japon dichtknoopte en -strikte, stak ze haar haar opnieuw op. Weer een ogenblik later had Thérèse een potje rouge geopend en klopte een beetje van de inhoud daarvan op Barbara's wangen. Het volgende ogenblik waren de moesjes gevonden, die piepkleine, zachte, donkere zijden vormpjes, die met mastiek op het gelaat werden gelijmd, en die in Londen zo hevig in de mode waren.

'Alleen naast mijn wenkbrauw en bij mijn mond,' zei Barbara bevelend. 'Geef mij de rouge en dat stuk spiegelglas. Vlug, vlug, Thérèse.'

Te ongeduldig om op Thérèse te wachten bracht ze handig rouge op haar lippen aan, kamde haar wimpers en wenkbrauwen met de loden kammetjes en ging de trap af om haar eerste gast te ontmoeten.

Wat aardig van hem om op bezoek te komen, dacht ze, en ze voelde een snelle steek van pijn toen ze aan Roger moest denken, wiens manieren zo gepolijst waren dat er geen enkele onvolmaaktheid was. Hij zou een nieuwe buurvrouw ook hebben opgezocht, zou haar op alle mogelijke manieren hebben welkom geheten. Ze liep snel door de hal naar de salon, in de verwachting een man in een van haar Franse stoelen te zien zitten. Er was niemand, zelfs Hyacinthe niet. Ze kon de honden horen blaffen van achter een dichte deur, maar toen ze de deur van de tweede kamer aan de andere kant van de hal opendeed, keken alleen de honden haar aan. Ze ging naar het raam en keek naar buiten. Ook daar niemand.

Even was ze zo teleurgesteld als een kind. Ze liep naar het tuinerf. Niemand. Nou ja, dacht ze, hij zal zich dadelijk wel weer vertonen. Ze zag een pen, een inktpot en papier, door de gehoorzame Hyacinthe voor haar opgezocht, en ze ging zitten en begon een lijst te maken van wat ze allemaal moest doen. Als deze kolonialen dachten dat de kostbare kippen van haar grootmoeder 's avonds in de bomen op stok zouden gaan, moesten ze nog maar eens goed nadenken. 'Kippenren' schreef ze beslist, met ferme letters, en bedacht opeens dat ze voor haar grootmoeder een logboek over de plantage zou maken. Het blaffen van haar honden was een goed halfuur later de reden dat ze haar hoofd ophief en weer naar het raam liep.

Er waren twee mannen te paard onder de pijnbomen verschenen. De oudste was Bolling, vermoedde ze, en de jongste Klaus von Rothbach, de aangetrouwde neef. In grote opwinding over het feit dat ze gasten had, duwde ze tegen haar haar, streek de voorzijde van haar japon glad en liep de trap af en het erf op – maar haar hondjes renden voor haar uit naar de hengst waarop Bolling zat.

De hengst krabde met zijn voorbeen over de grond en probeerde te steigeren, zodat Bolling moeite moest doen om in het zadel te blijven. Het lukte Barbara de mopshondjes terug te roepen, hen mee terug het huis in te nemen en hen op te sluiten in een kamer. Vreselijk, dacht ze, vreselijke honden.

Weer buiten liep ze naar voren zonder acht te slaan op de zenuwachtige, dansende hengst.

'Ik ben lady Devane.' Ze deed kortaangebonden, jongensachtig, zonder kunstgrepen, en dus op haar bekoorlijkst. 'Dat waren mijn verschrikkelijke honden. Ik bied mijn verontschuldigingen aan voor hun gedrag. U kunt een paard prachtig leiden. Ik wilde u daarstraks niet laten wachten, maar ik moest me verkleden. U bent mijn eerste gast, ziet u, en ik wilde u ontvangen zoals het hoort. Ik hoop dat u beiden mij wilt vergeven.'

Gods ogen, dacht Klaus von Rothbach, terwijl hij alles in zich opnam, het kleine stervormige moesje bij haar linkeroog, en het dikke, rossig gouden haar, dat op zijn plaats werd gehouden door spelden met paarlen knopjes, maar waarvan hier en daar een lok ontsnapte en om haar gezicht krulde, met zijn bekoorlijke vorm; ze is inderdaad zo mooi als ze zeiden. Die stem van haar heeft de textuur van zwart fluweel.

'Ik ben Valentine Bolling,' zei de man die op de hengst zat, 'en dit is mijn neef, Klaus.'

'Wilt u niet binnenkomen?'

'Nee, ik kom niet binnen. Hoe vindt u de plantage, mevrouw?'

Barbara was onthutst door zijn weigering en zijn plotselinge vraag en wist niet goed wat er uit zijn stem en zijn gezicht sprak.

'Rommelig.'

'Er is een jaar geen meester geweest. Een jaar en vier maanden, om precies te zijn. U ziet het, lady Devane, ons verdriet duurt nog voort.'

De jongeman, die Jordan, had zelfmoord gepleegd, had haar

grootmoeder gezegd. Hij had zijn plantage met kaarten verloren aan haar broer, Harry, en zich later van het leven beroofd. Dat had toen weinig voor haar betekend, maar hier betekende het natuurlijk alles. Zijn oom was allicht boos en bedroefd. Het was echt verschrikkelijk. Zelf moest ze ook nog altijd herstellen van Harry's dood. Ze moesten samen rouwen om hun verlorenen, moesten praten over onbesuisde jongemannen en hoeveel je van hen kon houden.

'Ja, de omstandigheden waren tragisch...' begon ze.

'De omstandigheden, mevrouw, waren schandalig.'

En terwijl hij die woorden uitsprak, kwam de hengst te dicht bij Barbara, kwam vlak naast haar schouder naar voren zodat ze achterwaarts wankelde. Als ze geen ervaring had gehad in de omgang met paarden, zou ze bang zijn geworden. Nu viel ze alleen bijna om.

'Oom, houd daar onmiddellijk mee op!' riep Von Rothbach.

Bolling kon heel goed met een paard omgaan. Hij deed dit met opzet, kon Barbara nog net denken voordat Hyacinthe ergens vandaan kwam aanhollen, krijsend als een wilde. Hij rende met zijn hoofd tegen de flank van de hengst op, zodat het paard steigerde en op twee benen achterwaarts danste, en Bolling worstelde om hem in zijn macht te houden.

'Hyacinthe!' Barbara hield haar adem in toen ze hem onder die maaiende hoeven zag, maar de andere man, Von Rothbach, duwde de hengst weg met zijn eigen paard, leunde naar voren en hees Hyacinthe omhoog.

'Kleine idioot,' hoorde Barbara hem zeggen, en hij sprak Frans, foutloos Frans. 'Rustig wat. Dit is Engeland niet. Een slaaf kan gedood worden voor het slaan van een meester, zelfs een jongen die zo mooi is aangekleed als jij. Houd je kalm. Niemand zal je meesteres kwaad doen.'

'Geef hem aan mij,' zei Barbara, met een stem die trilde van woede. Hoe durfde Bolling zich zo te gedragen! Pas op voor je drift, zei haar grootmoeder in haar hoofd. Ik pas ervoor op, dacht ze. Haar drift was een van haar fouten.

'Ik heb uw grootmoeder een redelijk bod gedaan voor deze plantage,' zei Bolling grimmig en degelijk boven op zijn hengst. 'Mijn broer en ik hebben dit huis gebouwd. Mijn vader en moeder zijn hier begraven. Mijn broer ook, en mijn nichtje. Ik zal het aankoopbedrag met honderd pond verhogen. Ik ben er goed voor. U kunt mijn wissel verzilveren bij Micajah Perry of bij William Dawson, beiden kooplieden in Londen, of ik zal u de tegenwaarde geven in mijn beste tabak, al naar u wenst.'

Zijn vrijpostigheid was verbijsterend. 'U beneemt me de adem, meneer Bolling.'

'Kolonel.'

'Pardon?'

'Kolonel Bolling.'

'Kolonel? U bent dus militair? Dat was mijn grootvader ook. In welke veldslagen hebt u meegevochten tijdens de Franse oorlogen? Blenheim, onder Marlborough? Lille, onder Tamworth? Mijn grootvader, de eerste hertog van Tamworth, werd de held van Lille genoemd. Ook mijn overleden echtgenoot is soldaat geweest, soldaat en man van eer. Onbeleefdheid was hem of mijn grootvader vreemd.'

'Ik ben luitenant-kolonel van de militie van Virginia.'

'De militie... u schertst vermoedelijk?'

Klaus, toekijkend, dacht: mijn oom heeft haar helemaal geen angst aangejaagd. Onder die schoonheid school kracht. En woede. Wat een woede. U intrigeert mij, lieve gravin.

'Mijn aanbod, lady Devane.'

'Ik zal het mijn grootmoeder schrijven.'

'Zeven jaren; er zijn zeven jaar nodig om een goede tabaksplanter te vormen. En ook dan kunnen de regen, de rupsen, de stomheid van je slaven roet in het eten gooien. Zult u de slaven zweepslagen geven, lady Devane, wanneer ze weigeren te werken? Zult u door de velden rijden om de tabak in het oog te houden terwijl hij groeit? Zult u weten wanneer het blad gedroogd is? Het heeft dan een bepaalde structuur, een vlekkenpatroon. Een goede tabaksplanter kent die. Na zeven jaar heeft hij het in zijn vingers, als hij geluk heeft. En de okshoofden, lady Devane. Dat moet je ook kunnen. Te veel blad erin, en de duigen barsten open. Niet genoeg erin, en de tabak verkruimelt tot stof. En als je gewas niet verrot door de regen of bedorven wordt door de slaven, of de okshoofden breken, is er nog de koopman in Londen met wie je moet onderhandelen. Vrachttarieven, lady Devane, die jij moet betalen. Douaneheffingen die je betaalt, kortingen die je door de neus worden geboord, waar je meestal niet eens achter komt. Die spekken een andermans zak. Nooit een ogenblik rust, lady Devane. Nooit ontspannen. Niet voor een goede tabaksplanter.'

Vervelende grote beer van een man, dacht Barbara, denk je dat ik het niet kan? Ik kan alles wat ik wil. Dat heeft het afgelopen jaar me tenminste geleerd. Ik zou jou wel van dat paard willen gooien. Hoe durf je hier te komen en te proberen mij onder druk te zetten en bang te maken? De spieren van haar gezicht spanden zich en werden zichtbaar door de zachte huid heen. Mensen in Engeland zouden gezien hebben dat ze niet op haar beroemde grootvader leek, zoals iedereen zo vaak opmerkte, maar op haar grootmoeder.

'Ik zal mijn grootmoeder schrijven. Ik zal uw bod melden.' Ze sprak de woorden heel langzaam, heel overwogen uit.

Net honderd kleine vingertikjes, dacht Klaus.

Bolling snoof, een verachtelijk, ongeduldig geluid dat Barbara nog bozer maakte.

'Amuseert u zich dan maar. Het maakt mij weinig uit. Maar het moet niet te lang duren, anders is deze plantage mijn eerste bod niet meer waard. Ik verzeker u dat ik voor niets ooit meer betaal dan het waard is. Goedendag, mevrouw.'

Hij gaf zijn paard de sporen en was voor ze iets kon zeggen onder de grote pijnbomen vandaan de weg op gegaloppeerd.

'Varken!' riep Hyacinthe hem in het Frans na. 'Bullebak! Barbaar! Ik zag het, madame. Ik volgde. Hij wilde niet in het huis komen. Ik ging naar buiten met cider voor hem – ik zei tegen hem dat u gauw, heel gauw bij hem zou zijn, dat u zijn vergeving vroeg, maar hij wilde niet in het huis komen. Hij zei dat ik weg moest gaan en hem met rust laten. "Laten we maar eens gaan kijken wat voor schade ze heeft aangericht," zei hij, en toen gingen hij en deze man' – Hyacinthe wees naar Klaus, die op zijn paard zat, op beleefde afstand maar dicht genoeg bij hen om elk woord te horen – 'zij gingen naar uw velden. Ik moest heel hard lopen om hen te kunnen volgen, maar ik heb gehold, en ze praatten met de opzichter. Uw opzichter, nu. Ik heb het gezien.'

Hyacinthe was boos genoeg voor hen tweeën. Barbara zag hem nog uit het huis komen rennen en tegen de hengst opbotsen, allemaal voor haar. Hij had zich wel kunnen bezeren. De held.

'Wilt u mijn oom alstublieft vergeven.'

Klaus was afgestegen en liep langzaam op hen toe, met zijn handen uitgestoken in een gebaar van vrede, terwijl Barbara en Hyacinthe hem argwanend opnamen. Ze hadden allebei dezelfde uitdrukking op hun gezicht.

'Ik moet me voor hem verontschuldigen. Zijn gedrag wordt met het jaar erger. Hij maakt met iedereen ruzie. Laat me, om hem recht te doen, zeggen dat hij erg op zijn neef Jordan gesteld was, en hij heeft zelf geen kinderen, zodat Jordan eigenlijk zijn kind was. Het was een schok voor hem, zowel Jordans dood als het verlies van deze plantage. Hij heeft sindsdien maar wat zitten kniezen. Hij drukt zich misschien onvriendelijk uit, maar hij wil u echt geen kwaad doen.'

'Nee, hij zou alleen toelaten dat zijn paard me vertrapte, en mijn bediende ook. Daar steekt helemaal geen kwaad in. Wie bent u?'

'Jordan Bolling was mijn zwager. Ik was getrouwd met zijn zuster, moge zij in vrede rusten. Klaus von Rothbach, mevrouw.'

Barbara was nog steed pisnijdig, woedend omdat Bolling zijn paard tegen haar had laten oplopen, omdat hij zo had gehandeld en gesproken als hij had gedaan. Hij had haar tot vijand gemaakt voor ze de tijd had om zelf uit te maken of ze dat wilde zijn.

'En u bent niet boos op mij, in tegenstelling tot uw oom? Waarom niet, mijnheer?'

'Hebt u Jordan gekend?'

'Ik heb hem nooit ontmoet.'

'Dan hebt u hem immers niet aangezet om te gokken? Of om zijn plantage in te zetten bij een kaartspel? Die stommiteit heeft Jordan zelf uitgehaald.'

Barbara trachtte zich een mening over hem te vormen, over zijn kalme redelijkheid.

'Ik ben in vrede gekomen. Ik wens u geen kwaad toe. Ik verontschuldig me duizendmaal, en dat is nog niet genoeg, voor het gedrag van mijn oom.'

Zijn beleefdheid, die zo sterk contrasteerde met de grofheid van zijn oom, kalmeerde haar een beetje, evenals het feit dat het gesprek in het Frans werd gevoerd, de taal van alles wat beschaafd was. Ze nam hem nauwkeuriger op. Hij moest zeker dertig zijn. Hij had een zigeunerachtig, schalks gezicht, met vlakke jukbeenderen. De zon had dat gezicht gebruind tot een warme kleur.

'U hebt gelijk, duizend verontschuldigingen zijn nog niet genoeg, mijnheer Von Rothbach.'

'"Kapitein" – ik ben kapitein van een sloep voor mijn oom, en men kent mij hier dus als kapitein Von Rothbach,' en hij glimlachte, om aan te geven dat het hem niet was ontgaan dat ze zoëven in haar boosheid de spot had gedreven met koloniale titels. De glimlach veranderde zijn gezicht volledig, en maakte er een prachtige driehoek van van mond en jukbeenderen. Barbara voelde dat hij haar belangstelling prikkelde. Hij was intelligent en geestig.

'Wilt u alstublieft uw jongen waarschuwen dat hij zich hier goed moet gedragen. De wetten aangaande slaven zijn zeer streng.'

'Ik ken geen wetten over slaven.'

Hij had zich weer in het zadel gehesen; nu keek hij vanaf zijn paard op haar neer. 'Dan zal ik, als het mag, een dezer dagen naar u toe komen om u erover te informeren.'

Barbara hield haar hoofd scheef, en er speelde een glimlach om haar lippen. Flirten was ook een van haar fouten. Neem jezelf in acht, Bab, zei haar grootmoeder in haar hoofd. Ik neem me in acht, grootmama. Het kan geen kwaad om met een aantrekkelijke man te flirten.

Hij bleef waar hij was. 'Mag ik een dezer dagen naar u toe komen, lady Devane?'

'Ik weet het niet.'

'Zonder mijn oom. Dan kom ik als buurman en vriend.'

Op dit moment hadden die woorden een verrukkelijke klank, buurman en vriend. 'Misschien.'

'Ik zal dat opvatten als een ja.'

Hij reed weg, over het erf, het hoge gras van de weide in, met kaarsrechte rug in het zadel gezeten.

'Varken,' zei Hyacinthe.

'Hij is geen varken, geloof ik.'

'Die andere wel.'

'Ja, die wel.'

Klaus trof zijn oom met zijn rug tegen een boom aan in het bos bij de eerste kreek. Zijn paard stond vlakbij te grazen. Klaus steeg af.

'Je gedrag was onbehoorlijk, onvergeeflijk. Ik dacht bijna dat ik je zelf een mep moest geven. Wat bezielde je?'

'Ik zag alleen dat ze daar stond, op wat vroeger Jordans erf was, met die moesjes en dat beschilderde gezicht van haar. Ze hoort hier niet, en Jordan wel – alleen is Jordan dood, ergens in Engeland begraven bij een kruising van wegen. Hij mocht niet eens in gewijde grond op een kerkhof begraven worden, omdat hij zichzelf heeft gedood. Heb je nog bericht over de sloep?'

'Je sloep kan de eerste twee maanden niet hersteld worden. Wat moeten we doen? De timmerman heeft gedroogd hout nodig en dat heeft hij niet, hij moet het uit Maryland laten komen. Odell is zo zenuwachtig als een oud wijf over de vaten.'

Ze smokkelden tabak naar Hollands West-Indië in vaten met de opschriften MEEL en VARKENSVLEES. Klaus voer met de sloep de tweede kreek in, en daar laadden ze de vaten vanuit de opslagschuur.

'We doen het precies zoals altijd.'

'Dat kan nu niet.'

'Het kan nog één laatste keer.'

'Hoe voorkom je dat ze het merkt?'

'Dat laat ik aan jou over. Ga met haar uit rijden. Bezorg haar afleiding.'

'Ik heb dus jouw toestemming om bij haar op bezoek te gaan?' Klaus zei het op ironische toon.

'Je hebt mijn toestemming om te doen wat je maar wilt, tot de vaten zijn ingeladen.'

'En als de vaten zijn ingeladen?'

'Dan weet ik het niet, Klaus.'

Hoewel hij boos was op zijn oom legde Klaus zijn hand op zijn schouder, want er was verdriet in Bollings gezicht en berusting in zijn stem. Klaus wilde zeggen: Ja, ik mis Jordan ook.

'Het is een goede kreek die ik kwijt ben,' zei Bolling, 'een mooie, diepe kreek, en de laatste fatsoenlijke plek aan de rivier waar schepen kunnen komen zonder aan de grond te lopen. Wat voor de duivel denkt ze te gaan doen? Een plantage van tweeduizend morgen bestieren met de hulp van twee honden en een Franse kamenier?'

Bolling lachte, gemeend, donker, geamuseerd, en zijn lach was zo spontaan en zo onverwacht dat Klaus ook begon te lachen, in weerwil van zichzelf.

Barbara en Hyacinthe plukten perziken. De moesjes op haar gezicht, de prachtige japon met hoepelrok, de zijden kousen, dat was allemaal verdwenen. Ze had een jurk van Thérèse geleend, want zelf had ze niets dat simpel genoeg was, tenzij Thérèse er de ingewikkelde kantversieringen afhaalde en moeizaam het borduursel uithaalde. Ze droeg een grote strohoed met wapperende linten aan de achterkant, net zo'n hoed als ze gedragen had naar de feesten in de tuinen van Richmond House, buiten Londen. Daar brachten de prins en prinses van Wales hun zomers door; ze zouden er nu ook wel zijn.

Haar gedachten waren bij Bolling. Hij leek op een van de vlezige, volgegeten kooplieden die in hun koetsen kwamen aanrijden om haar in haar verdriet te bezoeken. Wij condoleren u, mevrouw, hadden ze gezegd, met het verlies van Lord Devane, mevrouw. Ze hadden zachte gezichten en nog zachtere handen, maar harde ogen, om het verlies te taxeren. Hun verlies, niet het hare. Onze innige deelneming, mevrouw, zeiden ze, maar de

53

schuld van Lord Devane blijft bestaan.

De pijlen van het verdriet waren dun en zilverwit, en staken haar. Als ze haar ogen dichtdeed, was het een jaar geleden, en zat ze in een tuin; Roger leefde nog, en de hoop dat ze eindelijk onderling tot overeenstemming zouden komen leefde dus ook nog en danste in haar als een kaarsvlam. Devane House was bijna voltooid en gaf evenveel opwinding als de speculaties in aandelen South Sea; het verrees steen voor steen en iedereen sprak er vol ontzag over. Hij bouwt het voor jou, Barbara, zeiden hun vrienden.

Het was liefde, had Philippe gezegd. Roger hield van mij. En ik hield van hem.

Barbara schudde haar hoofd en keek rond in de boomgaard, alsof Philippe van achter een perzikboom te voorschijn zou kunnen komen. Maar Philippe was in Engeland, en zij was in Virginia. Zo was het toch?

'Je had wel gewond kunnen raken, door zo onder dat paard te rennen,' zei ze tegen Hyacinthe, en ze dacht: wat geeft verdriet je een vermoeid gevoel.

'U had ook gewond kunnen raken, madame. De hertogin heeft gezegd dat ik op u moest passen.'

Grootmama, die toezicht hield vanuit Engeland. Barbara glimlachte. 'Vertel eens wat je hebt gezien en gehoord.'

Op dit bevel had Hyacinthe gewacht. 'Ze gingen naar de opzichter. Ik vind dat geen aardige man, madame, en hij moet niets van mij hebben, die meneer Odell Smith.'

'Hoe weet je dat?'

'Zijn ogen. Ik zie het in zijn ogen. De opzichter praatte over ons, hij beschreef ons. En ze hadden het over vaten.'

'Vaten? Wat voor vaten?'

'Ik weet het niet. Vaten.'

'Wat zei hij over ons?'

'Alleen dat we hier waren.'

'Ja, we zijn hier.'

Het gevoel van verlatenheid werd iets minder in de namiddagzon, door de bewegingen van het omhoogreiken om te plukken, het bukken om weg te leggen, door de voldoening van het zien dat de perziken de mand begonnen te vullen. De bomen in deze boomgaard waren in lange tijd niet behoorlijk gesnoeid of geënt of verzorgd, een langere tijd dan een jaar en vier maanden. Jordan was niet alleen bij het kaartspel nonchalant geweest.

Ze zou haar grootmoeder perzikenbrandewijn sturen, die van

deze vruchten gemaakt was. Ik heb heimwee, zei ze streng tegen zichzelf. Ik ben ver weg van alles wat me vertrouwd is, en in de wildernis. Dit zal op den duur thuis worden. Er zullen hier op den duur vrienden zijn. Dat moet toch wel?

'Ik ben een slaaf, ja, net als die hier?'

Zoals die hier? Nee en nog eens nee. Nooit zou hij 's nachts in een huis worden opgesloten om te slapen, nooit zou hij uit een gemeenschappelijke kom eten als een dier uit een trog, of in een galei aan zijn plaats vastgeketend worden.

'Je bent mijn liefste dienaar.'

'Ja, maar ik ben een slaaf. Antwoord alstublieft, madame.'

Roger had Hyacinthe aan haar gegeven, zes jaar geleden in Parijs. Het was toen, en nog steeds, het toppunt van modieusheid om een kleine zwarte page te hebben die je sleep of waaier droeg, die je wijn bracht, alleen was deze jongen meer dan een page, zoals Thérèse ook meer dan een kamenier was. Hyacinthe bleef doorvragen tot ze antwoord had gegeven. Hij was net zo'n kind als zijzelf was geweest, eigenzinnig en nieuwsgierig, hij liet zich niet gauw afschepen of voor de gek houden.

'Ja, je bent een slaaf. Mijn slaaf. Maar ook veel meer. Stil nu.'

Zeven jaar kostte het om een tabaksplanter te worden, had Bolling gezegd. Over zeven jaar zou ze achtentwintig zijn, al oud dus. Er was iets te doen op de weg die door haar weide liep. Er kwam iemand anders aan. Er kwamen veel mensen aan. Haar hondjes begonnen te blaffen.

Een kar met twee wielen, die achter een paard was gespannen, kwam aanrijden onder haar pijnbomen. Mannen en een jonge vrouw stegen af van paarden. Honden, die met hen mee waren gekomen, blaften. Haar eigen honden renden erheen om hen uit te dagen.

Een vrouw, groot en zo rond als een van de grote tabaksvaten die okshoofden werden genoemd, werd door twee mannen geholpen uit de kar te stappen.

'Laat die honden stil zijn,' zei ze tegen hen en reikte haar hand aan een oudere man, veel ouder. Zijn gezicht was gerimpeld, zijn zilverwitte haar werd lang en los gedragen als dat van een vrouw, als dat van de ridders en hovelingen uit de tijd van Karel I, wat in deze tijd raar en ouderwets stond. Net als het haar van Tony, dacht Barbara.

De honden die naar de hare grauwden, gehoorzaamden niettemin toen een van de jonge mannen floot, en sprongen achter elkaar in de kar. Haar eigen honden waren door het dolle heen, omdat ze dachten dat dit door hun toedoen kwam. De jonge vrouw uit het gezelschap lachte, boog zich naar de mopshonden en stak haar handen uit.

'Roep ze,' zei Barbara; Hyacinthe klapte in zijn handen en de mopsjes renden naar de boomgaard.

'Daar is Rosie, madame.'

Daar, achter de kar gebonden, was de koe van haar grootmoeder, het slachtoffer van het onweer, dat naar het scheen door deze mensen was gered. Barbara kwam van onder de perzikbomen naar voren en bleef onder een van de pijnbomen staan. Er waren minstens zeven mensen op haar erf, om maar te zwijgen van dat zestal honden in de bak van de kar.

'Ik ben lady Devane,' zei ze; haar hese stem, de stem van haar moeder, contrasteerde sterk met het engelachtige gezicht onder de grote hoed.

'Ik ben Margaret Cox, uw buurvrouw,' zei de ronde vrouw, wier ogen, schitterende, donkere knoopjes, bijna verdwenen in haar mollige gezicht. 'Dit zijn mijn kleinzonen, Bowler, James en Brazure. Dit is kolonel Edward Perry, ook een buur van u en van mij, en dit is zijn dochter Beth. Kolonel Perry heeft deze koe gevonden, lady Devane, en dacht dat hij misschien van u was. We hebben wat te eten voor u meegebracht, en nog een kleinigheid om u een beetje het gevoel te geven dat u thuis bent, en u welkom te heten. James, Brazure, haal het uit de kar voordat de honden het opvreten.'

'Het is me een genoegen – het is ons een genoegen – met u kennis te maken, lady Devane,' zei Edward Perry, en zijn stem klonk kalm, vredig, als het ruisen van riet in een rivier. De buiging die hij maakte was eigenaardig en ouderwets, en de ogen in zijn gerimpelde gezicht waren levendig en vriendelijk. Barbara vond hem meteen aardig. Hij was geheel in het zwart gekleed, en heel eenvoudig, net als de Quakers van Londen.

Barbara zag de jonge mannen verlegen naar voren komen met drie hammen, twee ongeplukte ganzen, zakken met iets erin en een mandvol kaarsen.

'In die zakken zit maïsmeel. Een van mijn schoonzonen bezit een korenmolen,' zei mevrouw Cox. 'Die kaarsen zijn gemaakt met lauriermirte. Ze ruiken lekker als ze branden.'

'Allemaal voor mij?' Barbara glimlachte, met de glimlach van haar grootvader, bekoorlijk, verblindend. Die glimlach is een geschenk, zei haar grootmoeder, niet je eigen verdienste; hij verdooft iedereen die hem ziet, dus denk erom hoe je hem gebruikt,

Barbara. Ik denk erom, grootmama.

'Kom binnen. Ik kan niet alleen eten. Ik wil niet alleen eten. U moet allemaal komen eten.'

Ze herinnerde zich dit, de vriendelijkheid van het platteland, de zorg van buren voor elkaar. Het was iets plezierigs, een veel beter einde van haar eerste volledige dag op First Curle dan kolonel Bolling geweest zou zijn. Wie goed doet, goed ontmoet. Ze kon voelen dat haar hart weer openging. Wat lief van hen om de eerste avond dat ze hier alleen was minder eenzaam te maken.

'Alstublieft,' zei ze, en ze meende elk woord dat ze zei, 'het zou me zoveel plezier doen.'

'Ja, dan moet het maar gebeuren,' zei mevrouw Cox.

'Kunt u mij vertellen,' zei Barbara tot hen allen toen ze het huis binnengingen, 'hoe moeilijk het is om tabak te telen?'

Kolonel Edward Perry pakte een zware zilveren bokaal van het zilveren blad dat Hyacinthe hem voorhield. Hij overzag de salon, die nog niet was opgeruimd maar die er al anders uitzag door de mooie tafel en stoelen, en door een schilderij dat uit Engeland was meegebracht en op de eenvoudige schoorsteenmantel was geplaatst. Mollige, naakte nimfen met verrukkelijke rondingen lagen in lome houdingen in een donkere tuin. De weelderigheid van de compositie, de vaardigheid van de penseelstreken waren voeding voor zijn ziel.

Ik was me er niet van bewust dat mijn ziel behoefte had aan voedsel, dacht hij, maar dat heeft zij blijkbaar. Zijn levendige, vriendelijke ogen richtten zich op Barbara, die in snel Frans tot haar page sprak, en vervolgens op zilveren schotels, borden, bokalen, dienbladen, uitgepakt maar nog niet opgeborgen, die op de tafel stonden. Hoewel hijzelf ook enkele fraaie dingen bezat, had hij zich niet kunnen weerhouden deze borden, dit blad te betasten, moest hij zijn vingers over het ontwerp laten glijden om de zwaarte van het metaal te voelen en het meesterschap van de zilversmid te bewonderen die de ingewikkelde decoratie van druiven en bladeren die zijn vingers betasttten had gemaakt.

Nu zong lady Devane een lied voor hen, een Frans niemendalletje, en haar kamenier zong de tweede stem, en net als de anderen in de kamer was hij sprakeloos over de schoonheid en de levendigheid hier in Jordans kale salon.

Het is Jordans salon al niet meer, dacht kolonel Perry; haar aanwezigheid is al zinderend voelbaar. Ze heeft het glanzende patina van dat zilver waar ik mijn ogen niet vanaf kan houden – en ik wed dat ze ook het solide binnenste ervan heeft, de kracht die buigt maar niet gauw breekt. Ze moet een sieraad zijn geweest aan het hof. Waarom is ze daar weggegaan om bij ons te komen?

Toen hij als jongere man naar Engeland was gegaan, had hij voor het eerst een Italiaanse opera gehoord, en hij had moeten huilen omdat de schoonheid van de muziek, van de stemmen zo onverwacht was, zo ontstellend prachtig en volmaakt. Iets van diezelfde emotie was nu in hem, hier in deze eenvoudige salon die getransformeerd was door schilderijen en Franse stoelen, door zilveren bokalen en de zekere gratie van de jonge vrouw die voor hen zong. Wat is er aan de hand dat ik zo getroffen, zo ontroerd ben, dacht hij, toen er een volgend lied begon.

'Vertel mij iets hierover,' zei hij later tegen Barbara, toen het zingen beëindigd was en ze naast hem zat en zich koelte toewuifde met een schitterende waaier. Hij wees naar de waaier, en zij gaf hem het ding in handen.

Hij bekeek het tafereel dat op de opengeslagen waaier geschilderd was: een rozentuin met taxusbomen op de achtergrond.

'Dat is Tamworth Hall, waar ik ben opgegroeid. Dit is de rozentuin die mijn grootvader heeft aangelegd.'

'De beroemde hertog van Tamworth?'

'Ja. Hij heeft de rozen geplant in zijn laatste levensjaren, toen hij al zwak en ziekelijk was. Mijn broer heeft me deze waaier gegeven voor mijn zestiende verjaardag.'

Wat een droefheid in dat mooie gezichtje, dacht Perry. 'Uw broer?' drong hij zacht aan.

'Harry. Hij is nu dood. Al mijn broers en zusters zijn dood.' Ze ging snel op een ander onderwerp over. 'Wat is het beste tabakszaad?'

'Zaad van Digges, van de Digges-plantage aan de York River, maar u kunt dit beter aan majoor John Custis in Williamsburg vragen, en niet aan mij. Denkt u erover tabak aan te planten?'

'Dit is een tabaksplantage.'

'Laat mij u vertellen, lady Devane, dat mijn tabakshandelaar in Londen me een droevig verhaal schrijft over de kwalijke invloed van de South Sea Bubble...'

Ik kan niet aan je ontkomen, Bubble, dacht Barbara. Haar handen klemden zich om haar ingeklapte waaier.

'... op de handel. Ik denk dat de tabak weer lage prijzen gaat doen. De laatste keer dat de prijzen kelderden, hebben we tien jaar gehad dat de verkoop weinig of niets opleverde. Ik denk dat we misschien weer zo'n tijd krijgen. Een verstandig mens zou zijn

– of haar – hoorns intrekken en zuinig leven.'

'Werkelijk?' Barbara glimlachte naar hem. Het was aardig van hem haar te waarschuwen. 'Dank u voor de raad.'

'Het is geen raad, maar eenvoudig mijn mening. Tabak groeit het beste op maagdelijke grond. We telen misschien drie jaaroogsten op een veld voor we verder gaan en een ander stuk ontginnen, om de oude velden rust te geven. Daarom is slechts een gedeelte van deze plantage beplant. Jordan hield rekening met de toekomst, met de tabak die hij over vier of vijf jaar zou moeten planten. Vertel me eens iets uit Engeland. Zijn de directeuren van South Sea al beboet?'

'Het parlement was bezig de uiteindelijke boetebedragen te bepalen toen ik uit Engeland vertrok.'

'Ik maakte uit mijn brieven op dat Robert Walpole zeer gehaat is. Denkt u dat hij zal aanblijven als 's konings minister?'

'Hij was een goede vriend van wijlen mijn echtgenoot, en mijn man zei altijd dat Robert een rots in de branding was.'

'Terwijl hij de ministers van de koning in bescherming neemt in verband met dit South Sea-debâcle? De mensen die mij brieven schrijven, zeggen dat het volk hem verfoeit, dat koning George hem zal moeten ontslaan.'

Barbara haalde haar schouders op.

'Komt er een invasie van de Pretendent?'

Het was al de tweede keer in een paar dagen dat deze vraag werd gesteld. Het was natuurlijk niets dan oude mannen die soldaatje speelden, maar toch vond ze de woorden van kolonel Perry nu verontrustender dan die van de gouverneur. Eind 1714 waren de clans in Schotland in opstand gekomen. Jacobus was geland en uitgeroepen tot koning. Zou hij weer een invasie wagen?

'Toen ik wegging, had hij het nog niet gedaan.'

'Ik zie aan uw gezicht dat u denkt dat hij het niet zal doen. Toch staan mijn brieven uit Engeland vol met klachten over koning George en zijn ministers. Het zou een volmaakt tijdstip zijn.'

'Zegt u dat niet.'

'U bent voor koning George?'

'Ik ben ervoor dat niemand die ik liefheb wordt getroffen door oorlog.'

'Heel verstandig van u.'

Later stond Barbara buiten op het erf om hen uitgeleide te doen. Het was een mooi tafereel: onrustige paarden, blaffende honden, lantaarns die werden aangestoken, mevrouw Cox die in de kar werd geholpen. Ze zei tegen Barbara: 'U zult geen betere buur, en geen betere vriend vinden dan Edward Perry, lady Devane.'

Een ogenblik later keek kolonel Perry vanaf zijn paard op Barbara neer.

'U zult geen betere buur, en geen betere vriendin vinden dan Margaret Cox,' zei hij. 'Ik kom morgen even bij u langs om te zien hoe u het maakt.'

De kar reed het donker in, met het hele gevolg.

'Als u niet genoeg vlees in de rokerij hebt,' riep mevrouw Cox nog, 'laat u het ons weten. Mijn jongens kunnen alles doden wat beweegt.'

Toen ze het huis inliepen, zei Barbara tegen Thérèse: 'Aan wie doet kolonel Perry me toch denken? Ik kan er niet opkomen.'

Thérèse keek haar verrast aan en gaf geen antwoord.

'Je weet het. Zeg het.'

'Aan Lord Devane.'

Aan Roger? Roger was de knapste man die ooit had geleefd, en de tijd deed niet meer dan een laagje vernis, wat verfijning aanbrengen op wat al mooi was. Iedereen had gezegd dat hij leeftijdloos was.

'De kleur van de ogen, de vorm van de mond, zijn gebaren, zijn manieren,' zei Thérèse. 'Als Lord Devane over de zeventig was geworden, dan zou hij er zo uitgezien hebben, denk ik.'

De ogen, dacht Barbara. Zijn ogen lijken op die van Roger, dezelfde kleur, een licht saffierblauw. Plotseling leek de belofte in de driehoekige glimlach van Von Rothbach niets waard, en haar hart deed pijn als vanouds. Nooit zou er weer iemand zijn zoals de dood van Roger. Hoe kon dat ook?

'Zaad van Digges,' zei ze hardop.

'Wat?' zei Thérèse.

'Niets, ik dacht alleen aan iets.' Ze ging tabak planten om over de dood van Roger heen te komen.

Waren ze thuis veilig? Ze moesten veilig zijn. Zij waren haar talismans, haar dierbaren. Waren ze in gevaar?

Natuurlijk niet. Wat Spotswood had gezegd, wat kolonel Perry zei: niets dan oude mannen die soldaatje speelden. Toch had ze in haar hoofd een herinnering aan Italië, aan het jacobietenhof daar met zijn achterbaksheden en zijn vervelde sfeer, de fatale gebreken van een hof in ballingschap. Maar in die omgeving waren toch ook stoutmoedige, toegewijde mannen geweest, die een troon konden heroveren. Ze had met een van hen geflirt in een tuin, en toen had ze gedacht: als er tienduizend zo waren als jij, zou koning George morgen terugreizen naar Hannover.

3

In de kleedkamer achter het toneel van een stampvol theater in Londen wreef Laurence Slane, een acteur die in de stad erg in de smaak viel, de olie over zijn gezicht waarmee de verf en de rouge verwijderd werden. Achter hem in de gang kon hij het publiek nog horen klappen, en om Laurence Slane horen roepen.

'Ze gooien met waaiers en sinaasappelschillen,' zei Colley Cibber, die eigenaar was van dit theater en de toneelstukken schreef voor de troupe. 'Ga terug naar het toneel en laat je nog een keer zien.' Cibber was opgewonden. Het was een tijd geleden dat iets het publiek zo had opgejut als Laurence Slane nu deed.

Slane schoof langs stapels geschilderde decors – kastelen, salons, bossen – en langs de touwen waarmee het gordijn werd neergelaten, langs zijn mede-acteurs en -actrices en stapte het toneel op, zonder aandacht te besteden aan de waaiers van dames waarmee dit bezaaid lag. Hij keek uit naar een signaal.

Onmiddellijk links en rechts van hem bevonden zich de beste plaatsen van het huis, in loges boven elkaar, waarvan de voorste bijna op het toneel zelf stonden. Afhankelijk van de kaartverkoop zat het publiek soms in stoelen op het toneel. Vanavond bevonden zich in deze loges een groep ministers van de koning met hun echtgenotes, en ook enkele leden van de beroemde familie Tamworth, onder wie de huidige jonge hertog en een van zijn tantes.

Op de rand van het toneel flakkerden kaarsen in lantaarns; daarachter kon Slane de parterre zien – de goedkoopste kaartjes, want het publiek moest er staan – en daarachter waren de houten banken en daar weer achter de gaanderijen, waarin zich nog meer mensen bevonden, voetvolk, en bedienden in de bovenste. Het klappen was toegenomen toen men hem in het oog kreeg, en hij bleef een ogenblik staan en liet het zich welgevallen, met de scherpe geur van sinaasappelschillen in zijn neusgaten.

In de parterre hield iemand een slordige bos witte rozen omhoog. Eindelijk het signaal. Slane voelde zijn hart zwellen van een emotie die leek op bloeddorst, als op het moment dat iemand zijn eerste stap zet in de richting van een vijand, wanneer hij die waarneemt in een veldslag.

Het signaal betekende dat de bisschop van Rochester hem wilde ontvangen.

Hij boog zich naar voren om de rozen aan te nemen en hield ze een ogenblik boven zijn hoofd in de hoogte, als een trofee – en dat waren ze ook – voordat hij het toneel afliep terwijl zijn naam telkens weer geroepen werd, terwijl het dameswaaiers regende op het toneel, terwijl de mensen met hun voeten op de vloer stampten.

'Ik ga het stuk prolongeren,' zei Cibber, met zijn ogen knipperend zodat hij nog meer op een konijn leek dan al het geval was. 'Nog vier, nee, vijf dagen erbij.'

De meeste stukken genoten slechts een kort leven voor het publiek er genoeg van kreeg en de toneelspelers en -speelsters met voorwerpen begon te bekogelen. 'Jullie zijn als dansende beren, als de beren die zich aan de overkant van de rivier de honden van het lijf moeten houden,' hield Cibber de spelers voor. 'Zorg dat ze zich amuseren, of ze keren zich tegen jullie.'

Voor een stuk spiegel waar scherven afgesprongen waren, en met de rozen in de holte van zijn elleboog verwijderde Slane de rest van de verf van zijn gezicht. Hoewel het gezicht dat terugstaarde kalm was, danste de geest erachter van vreugde.

Hij had het teken gekregen. De bisschop van Rochester wilde hem ontvangen.

Achter deze witte rozen lagen weken van uiterst behoedzaam manoeuvreren en intrigeren. Rochester, een bisschop van de Anglicaanse kerk, was een leider in de Tory-partij, een factie van het Engelse parlement die door koning George liefst genegeerd werd – met alle gevaren van dien. Slane was een zogenaamd ganzejong: hij behoorde tot een elitecorps van spionnen voor koning Jacobus III. Hij was sinds juni hier in Londen om zich een identiteit te verwerven, en om Rochester op te zoeken, die niemand vertrouwde – en met reden.

Het plan voor een invasie bestond sinds het bericht over de omvang van de South Sea Bubble hen had bereikt. Jamie, de Pretendent, koning Jacobus III, zoon van Jacobus II, neef van Karel II, broer van de verraderlijke koninginnen Maria en Anna, was in 1715 in Schotland gekroond als koning van Engeland, Schotland, Ierland en Wales. Maar Schotland was het enige land waar Jamie zijn kroon had gedragen. Zijn generaals hadden de slagen verloren tegen de generaals van George van Hannover, die hier al was.

'De South Sea Bubble heeft te veel dromen uiteen laten spatten,' schreef Rochester aan Jamie, die in Italië was. Rochester was de voorzichtigste en listigste van de onontdekte jacobieten, en stond aan het hoofd van alle jacobieten in Engeland. 'De Hannoveriaan en zijn ministers' – Whigs, de andere kant van het parlement – 'worden meer gehaat dan ooit tevoren. Kom dadelijk en eis uw troon op,' schreef hij. Ze waren inderdaad gehaat.

Buiten zag Slane de ministers van koning George die op hun rijtuigen wachtten. Een van de echtgenotes in het gezelschap wenkte Slane.

'Mag ik jullie voorstellen,' zei ze. 'Robert Walpole, Lord Townshend, Newcastle, dit is Laurence Slane.'

Slane boog voor de mannen en luisterde naar de vrouwen die hem complimenteerden met zijn optreden, met hoge stemmen als die van opgewonden jonge meisjes, en zachte ogen vol bewondering. Hij deed alsof hij niet hoorde dat ze zeiden dat hij heel knap was.

'Mooie rozen,' zei een van hen. 'Zijn ze van een bewonderaarster?'

'Ik ben ervan overtuigd dat u niets dan bewonderaarsters hebt,' zwijmelde een ander.

Slane deelde de rozen uit onder de aanwezige vrouwen en keek elk van hen aan met een glimlach in de ogen terwijl hij haar de hare overhandigde. Met het geamuseerde gevoel voorbestemd te zijn, hield hij er één achter en presenteerde die met een buiging aan Robert Walpole, de man die de andere ministers van koning George had weten te behoeden voor ontslag wegens hun aandeel in de South Sea Bubble. Hierom werd Robert Walpole door velen gehaat. De haat leefde in de straten, stond te lezen in de schotschriften die dropen van de achterklap, werd bezongen in balladen van straatzangers.

Het was goed dat die haat bestond en de mensen eraan herinnerde dat er een andere koning was waar ze maar om hoefden te vragen. Bedankt, ronde Robin, dacht Slane.

Walpole, een dikke man met zware oogleden, die handig met mensen kon manoeuvreren, staarde naar de witte roos, en toen naar Slane.

'Voor Zijne Majesteit koning George,' zei Slane, 'met mijn complimenten. Zeg hem dat hij vanavond als nooit tevoren leeft in de gedachten van deze nederige toneelspeler.'

'Kom en grijp uw troon,' had Rochester aan Jamie en zijn adviseurs geschreven toen het publiek om de hoofden van de ministers van koning George riep. Een invasie, nu.

In het voorjaar, zou Slane tegen de bisschop van Rochester zeggen als hij bij hem was.

De invasie zal in het voorjaar plaatsvinden.

4

Enkele dagen later schopte Barbara met de hakken van haar laarsjes in de flanken van haar paard om het te bewegen voorwaarts te gaan langs een omheining. De hekken die ze hier in Virginia maakten, heetten wormhekken omdat ze kronkelden als een worm die over de grond kruipt. Ze had er voor haar grootmoeder in het aantekenboekje een plaatje van getekend waarop je kon zien hoe de planken van de omheining op elkaar aansloten en eerst een hoek naar de ene kant maakten, en bij de volgende aansluiting een hoek naar de andere kant. Haar grootmoeder zou het grappig vinden een wormhek te hebben, zou er waarschijnlijk ook op Tamworth een willen laten maken. Ze was een paar mijl van het huis af, bij een van de velden waar slaven bezig waren met de tabaksoogst. Hyacinthe zat zwijgend achter haar op het paard. Daar was het huis op zijn open plek; verder, verspreid tussen de bossen, velden. Aan de overkant van de rivier lag nog meer land, nog meer velden, waarover nog twee opzichters toezicht hielden.

Hier, in dit veld, waren slaven bezig tabaksstengels te kappen; ze lieten elke plant liggen op het kleine heuveltje waarop hij gegroeid was, en gingen verder met de volgende plant, en zo verder.

'De tabak is niet allemaal tegelijk rijp, mevrouw,' zei Odell Smith, die hierbij tegen zijn zin als haar gids optrad. 'Ik ben heel wat tijd kwijt met het afrijden van de velden om te beoordelen waar het gewas nog een paar dagen, nog een week moet groeien. Het weer is mijn vijand. De tabak moet zo lang mogelijk doorgroeien, maar de herfstregens, die over een paar weken zullen komen, of een vroege vorst zouden de planten die nog niet gekapt zijn kunnen bederven.'

'Zodat u dus op uw gevoel moet afgaan,' zei Barbara.

'Gevoel en geluk. Als we meer slaven hadden, zou ik meer tabak kunnen binnenhalen.'

Een meisje verzamelde armenvol gekapte planten en droeg ze naar de rand van het veld. Barbara ging met haar paard naar een ruw staketsel dat daar stond; daaraan hingen de planten van gisteren en eergisteren te drogen. Ze staarde naar de bladeren, die nog groen waren, nog maar net begonnen te drogen. Hiervan waren de mensen in Virginia afhankelijk. Hiervan werd de snuif gemaakt die alle modieuze mannen snoven, in Londen en Parijs en in alle steden en stadjes in Europa.

'We hangen de planten een paar dagen in de open lucht voor we ze naar de schuur brengen,' zei Smith. 'Dan komt het eigenlijke drogen, lady Devane, dat het belangrijkste van alles is.'

'Waarom?'

'Nou, als het vochtig weer is – en het regent meestal in september – moeten we in de schuren vuren stoken om de bladeren te helpen drogen. U ziet meteen wat de tabaksschuur is. Er ontbreken planken zodat de tabak meer lucht krijgt. Als de bladeren niet op de juiste manier gedroogd zijn, komt er schimmel bij en dan bederven ze in de okshoofden. Dan vinden de handelaars een verrotte massa.'

'En wat doen ze dan?'

'Dan gooien ze de tabak weg, maar dan hebt u toch de vracht betaald voor de overtocht naar Engeland. En invoerrechten toen die in Londen aankwam.'

'Dank u, meneer Smith. Ik rijd nog wat verder en kijk rond.'

Elke dag probeerde ze verder van huis te gaan, de uithoeken van de plantage te leren kennen. Als ze elk paardenpad, elke boom, elk veld kende, dan zou ze First Curle kennen en er werkelijk meesteres van zijn.

'Als u even wacht, lady Devane, zadel ik een paard en kom ik met u mee. Ik zie niet graag dat u alleen op pad bent.'

'Nee, dank u. Wat u hier doet, is veel belangrijker voor mij.'

'Doe wat u niet laten kunt.'

Om de een of andere reden maakten zijn woorden haar driftig. Hij was ruw, ongeletterd, een man die niets anders kende, zo had kolonel Perry uitgelegd, dan deze bossen en kreken. 'Ik zal inderdaad doen wat ik niet laten kan, meneer Smith. Bij elke gelegenheid.'

Hij is een goede tabaksplanter, had kolonel Perry gezegd. Ze kon voelen dat Odell naar haar keek terwijl ze wegreed. Ze mocht hem niet, al was hij nog zo'n goede tabaksplanter. En Hyacinthe mocht hem ook niet. Zodra ze buiten het gezicht van de opzichter waren, hield ze stil.

'Ik heb geen idee waar we zijn, Hyacinthe. Geef de kaart eens.'

Achter haar stak hij zijn hand in zijn jasje en haalde de kaart eruit. Ze vouwde de ruw geschetste kaart open en keek erop om na te gaan hoe ze vandaag vanuit het huis gereden was. Ze was bij een soort bron. Het water kwam uit de grond en stroomde door het gras, dat hier hoog riet werd.

'Zie jij een bron?' vroeg ze aan Hyacinthe, geërgerd dat ze zo aan haar onwetendheid was overgeleverd.

Hij schudde zijn hoofd.

Ze volgde de buitenrand van het riet, behoedzaam om haar paard niet te laten struikelen in de moerassige grond. Na enige tijd ging de grond over in water.

'Is dit de eerste kreek of de tweede?'

'Ik weet het niet, madame. Kijk, madame, daar is een pad, tussen die bomen.'

Het was weinig meer dan een voetpad; de takken van de bomen aan weerskanten streken langs haar schouders terwijl ze het pad volgde tot het uitkwam op een open plek waar twee grove huizen stonden, een groot en een klein, zonder enige opsmuk – verweerde, ongeverfde planken, een dak, geen veranda, niets van versiering of luxe. Op de grond eromheen groeide geen gras. Toen ze op de kaart keek, zag ze dat er een slavenverblijf stond aangegeven aan de overkant van de eerste kreek. Die twee met inkt getekende rechthoekjes konden deze huizen zijn. Als dat zo is, dacht Barbara, moet ik eraan denken de bron erop aan te geven wanneer ik weer in het huis ben.

Ze draafde om het kleinste huis heen. Een tuin. Een houten stoel die tegen het huis was gezet. Hyacinthe wees, en ze liet het paard voorwaarts gaan naar een geselpaal. Er stond ook een ruwe schandpaal – twee planken bevestigd aan palen, in de planken uitgesneden gaten om iemands armen en hoofd in vast te zetten.

Nekbrekers, werden ze in Engeland genoemd, want als degene die erin stond flauwviel, kon zijn nek breken tegen het hout. Het was een van de bezienswaardigheden van Londen: iemand die met een kar naar een schandpaal werd gebracht, dat wil zeggen dat de veroordeelde een kar volgde waaraan hij of zij was vastgebonden, terwijl in de kar een man stond die hem met de zweep bewerkte; als hij de rit overleefde, werd hij vervolgens aan de schandpaal genageld. Ze had zo'n ding gezien toen ze voor het eerst in Londen was. Jane en zij hadden het gezien, en Jane had haar tranen niet kunnen bedwingen. Wat wreed, had ze huilend gezegd.

'Kijk, madame,' zei Hyacinthe. 'Wat is dat?'

Er lag een smalle kist op de grond, even lang als een man, nauwelijks groter dan een doodkist. In het deksel zaten ruwe luchtgaten.

Barbara steeg af, liep naar de kist, legde haar hand op het gesloten deksel, opende het. De scharnieren die de beide helften bijeenhielden, knarsten in de stilte om hen heen. Er zingen geen vogels, dacht Barbara. Ze liet het deksel met een klap dichtvallen. Goddank dat er niemand in lag. Wat zou ze gedaan hebben als er iemand in had gelegen?

'Waar is dat voor?' vroeg Hyacinthe.

'Ik weet het niet.' Maar ze wist het wel. Odell had waarschijnlijk ongezeglijke slaven in die kist opgesloten, tot ze niet ongezeglijk meer waren.

Aan de buitenzijde van het huis hing een verzameling tuigen en ketenen.

Waren die ook voor opstandige slaven? dacht Barbara.

Een van de apparaten zag eruit alsof het om een hoofd sloot. Nieuwe moeten getemd worden, had Odell gisterochtend gezegd. Ze bepalen zelf hoe gemakkelijk dat temmen gaat. Soms moeten oude gestraft worden.

U zult slaven moeten kopen, had kolonel Perry tegen haar gezegd. Over een paar weken wordt in onze wateren een schip verwacht dat slaven vervoert. Als u ze nu koopt, zullen ze tegen het voorjaar genoeg getemd zijn om op uw velden te werken. Als de tabak weinig opbrengt, moet u meer planten hebben om te oogsten, meer tabak om te drogen en te verkopen om op hetzelfde peil te blijven. Dan hebt u dus meer slaven nodig.

Ze bleef voor het slavenhuis staan, een lang, grofweg rechthoekig bouwsel. Barbara tuurde door de deuropening naar binnen, samen met Hyacinthe die ook was afgestegen en naast haar stond. Het huis was zonder fundering op de grond gebouwd, en de vloerplanken sloten niet overal op elkaar aan.

Ze stapten de stille ruimte binnen. Er was hier weinig om een leven iets eigens te geven: houten britsen of geweven matten als slaapplaats, een netjes opgevouwen deken, een zelfgemaakte bezem, hemden die aan een haak hingen, een kapotte kruik van aardewerk met een tak klimop erin, een aantal ijzeren potten bij de haard, een paar manden.

Aan één muur hingen tekeningen, een soort wild hert met twee lange, omhooggebogen hoorns, en figuren van jagende mannen, donker gearceerde mannen, te lang voor echte mannen, maar hun lengte gaf op de een of andere manier het gevoel van de jacht weer, van beweging en dood die tot leven kwamen. Was dit hun vroegere wereld?

Buiten huiverde ze en wreef over haar armen. Wat gaf deze

open plek haar een somber gevoel. Was het haar verbeelding of weerklonken de kreten van gegeselde slaven nog in de omringende bossen?

'Ze staren naar me, madame.'

'Wie?'

'De slaven. 's Nachts, wanneer ik in slaap val, in mijn dromen, staren ze me aan zonder iets te zeggen, net als in Williamsburg. Toen u ziek was, madame, en in bed lag, kwamen ze naar me toe en praatten tegen me in hun taal. Ik kon niet verstaan wat ze zeiden, maar ik zag wat er in hun ogen was. Hetzelfde wat hier in hun ogen is.'

'En wat was dat?'

'Haat, madame, voor u, en voor alle mensen zoals u, de meesters.'

'Stil, Hyacinthe. Geef me de kaart. Laten we eens kijken hoe we hier weg kunnen komen.'

Ze moesten dezelfde weg terug nemen als waarlangs ze gekomen waren. Bij de kreek liet ze de merrie drinken en boog zich voorover om op haar hals te kloppen, terwijl ze aan de woorden van Hyacinthe dacht. Wat zouden de mensen thuis vinden van wat ze zoëven gezien had? Somber, zo voelde ze zich van binnen, somber en plotseling wanhopig.

Het zou gauw warm worden. De middagen hier waren niet om uit te houden, maar dat zou over een paar weken veranderen, zei kolonel Perry. Dan zult u de schoonheid van onze herfst zien. Morgen of overmorgen zou ze de rivier oversteken naar de twee kwartieren aan de andere kant om kennis te maken met de twee opzichters en de velden te bekijken, de slaven.

De merrie was klaar met drinken. Barbara liet haar langs de oever gaan tussen de dikke bomen die daar groeiden, tot ze een houten aanlegsteiger zag die vanaf de oever aan de overkant uitstak.

Hier waren ze eergisteren geland. Ik weet waar ik ben, dacht ze. First Curle, ik begin je te leren kennen.

'Kijk, madame, kapitein Von Rothbach,' zei Hyacinthe.

Hij liep de houten steiger op. In het water lag de kleine boot die Hyacinthe gisteren in de schuur had gevonden.

'Kom naar de overkant, lady Devane,' riep Klaus von Rothbach, en wuifde naar haar. 'Kom een eindje varen.'

Barbara liet de merrie door de kreek plassen; toen het water boven haar middel uitsteeg, voor de merrie begon te zwemmen, dacht ze even: deze kreek is dieper dan ik dacht. Hyacinthe piepte angstig.

'Houd je goed bij mijn middel vast,' zei ze. 'Wees niet bang. De merrie brengt ons zwemmend naar de overkant.'

Dat was de waarde van de eerste kreek, dat hij zo diep en breed was dat een kleine sloep er kon binnenvaren. Daar hadden de Bollings hun eigen haventje aan te danken, had kolonel Perry gisteravond gezegd, terwijl hij met zijn vinger op de uitgerolde kaart tikte. Verder stroomopwaarts was de rivier te ondiep en te gevaarlijk. Tabaksschepen konden er niet varen. Zij had de laatste veilige plek om voor anker te gaan en tabak te laden, en ze mocht daar een kleine tol voor heffen.

'Ik dacht niet dat ik u al zo gauw zou weerzien,' zei Barbara. Ik ben blij u te zien, dacht ze, blijer eigenlijk dan ik dacht dat ik zou zijn.

'Maar ik heb toch gezegd dat ik langs zou komen. Waar hebt u die merrie gevonden?'

'Kolonel Perry heeft me haar geleend.'

'U bent hier nog geen drie dagen, en kolonel Perry leent u al een van zijn beroemde paarden? U hebt hem betoverd – maar ik vermoed eigenlijk dat u iedereen betovert die u wilt betoveren.'

Het is een Zwitser, zei mevrouw Cox. Hij komt uit Hannover, geloof ik, zei kolonel Perry. 't Is een bastaard, fluisterde mevrouw Cox, de zoon van een Zwitsers edelman die met Zwitserse mijnwerkers hierheen is gekomen om naar goud te zoeken op een stuk grond dat de gouverneur bezit. Uiteindelijk was hij gaan varen voor Bolling, was hij kapitein geworden op diens sloep, was hij met Bollings nichtje getrouwd.

'Rijd jij op het paard naar het huis,' zei Barbara geprikkeld tegen Hyacinthe, nog steeds met het sombere gevoel dat het slavenverblijf bij haar had teweeggebracht. Waarom zou ze die middag niet gaan zeilen? Waarom niet?

'Ik wil met u meevaren, madame.'

Goed. In de stemming waarin ze nu was, had ze behoefte aan een chaperonne. Ze was tot alles in staat. Ze had zich in lange tijd niet zo gevoeld, zo donker, zo koppig en bereid tot verzet. Wat is er gebeurd, dacht ze, dat ik me weer zo voel?

Terwijl Klaus de boot naar de rivier roeide, trok Barbara de speld uit haar hoed en hief haar gezicht op naar de zon. Het was of de warmte van de zon haar gezicht omvatte met de handen van een minnaar. De handen van een minnaar, dacht ze. Het is lang geleden dat ik een minnaar heb gehad. Na Charles niet meer.

'En,' zei hij, nu in het Frans, 'hoe zijn deze eerste dagen geweest?'

'Interessant.'

Ze was een brief begonnen aan haar grootmoeder, de hertogin.

'Liefste grootmama,' had ze geschreven, 'u hebt hier een klein huis en een boomgaard en drie opzichters, van wie ik er twee nog niet heb ontmoet, maar dat komt nog, en veertien slaven, die ik niet allemaal gezien heb, want sommige bevinden zich op andere delen van de plantage, waar de twee andere opzichters zijn. De namen van de slaven zijn Kano en Sinsin en Belle. De mannen hebben littekens op hun gezicht, grootmama, littekens op hun gezicht en op hun borst. Het ziet er griezelig uit, maar men vertelt mij dat het hun manier van doen is, het is een kenmerk van hun stam. Hun haar is gevlochten, en er zijn bewerkte takjes in de vlechtjes verwerkt. Ze hebben gaten in hun neus of in hun oren, waar ze vroeger sieraden in hebben gedragen.

De slaven werken halfnaakt in de velden of in de tabaksschuur, net als op gravures van wilden in boeken. De vrouwen, een oude slavin en een meisje, dragen een eenvoudige blouse en een korte rok. De mannen dragen een doek die om hun dijen en billen gewonden is, of een rafelige broek. Ze hebben namen zoals Green, Mama Zou, Cuffy, Jack Christmas, Moody, Quash. Morgenavond geef ik een etentje voor hen. De opzichter zegt dat ik tot morgen moet wachten, want er wordt van me verwacht dat ik hun rum geef, en dan zullen ze de hele nacht dansen te mijner ere; op zondag hoeven ze toch niet te werken, dus dan bespaar ik hem een dag dat hij ze tot werken moet dwingen terwijl ze de hele vorige nacht gedanst hebben. Kolonel Perry zegt dat ik meer slaven moet kopen als ik volgend voorjaar meer tabak wil planten.'

'Hebt u enig idee hoe mooi u bent?'

Klaus roeide niet meer, maar leunde op zijn gemak tegen het roer, terwijl hij naar haar keek, zonder zich te storen aan het feit dat ze haar bediende bij zich had. Uit zijn ogen sprak openlijke bewondering.

'De dag voordat wij met elkaar kennis maakten,' zei hij, 'was ik bij de Harrisons om iets aan mijn sloep te laten doen, die een gat in de romp heeft, en daar kwam Philip Ludwell langs. Hij had u in Williamsburg gezien, en hij kon over niets anders praten dan hoe mooi u was. Ik dacht dat hij overdreef, omdat mannen nu eenmaal vaak overdrijven, maar dat heeft hij niet gedaan. Hij heeft u geen recht gedaan met zijn beschrijving. Uw haar glanst als goud. Uw teint is als verse room. Zet uw hoed weer op, anders verbrandt u in de zon. Ik zou het erg naar vinden te zien dat u verbrand was.'

Ze kon iets in zich voelen opwellen. Met een loom, prikkelend gebaar, terwijl ze hem met een brutale, uitdagende blik recht in de ogen keek, bond Barbara de hoed weer op haar hoofd, voor ze zich afwendde en haar hand door het water liet slepen. Mensen in Engeland zouden op dit moment gezegd hebben dat ze op haar beruchte moeder leek.

Ja, ik weet hoe mooi ik ben, dacht ze. Ik weet hoe ik mannen kan laten denken dat ze van me houden, hoe ik ze kan laten kraaien en dansen en om me vechten. Het was een van de redenen waarom ze uit Engeland was weggegaan, om niet opnieuw een verhouding te beginnen met Charles.

Prikkelbaar, rusteloos, peinzend leunde ze over de rand van het bootje. Ze zouden heus niet van je houden, had haar broer Harry een keer gezegd, als ze wisten wat er achter je gezicht omging.

Jawel, toch wel, had ze geantwoord, en Harry had haar gekust, haar verrast met dat lieve, snelle gebaar van een broer. Je hebt gelijk, had hij gezegd, ze zouden van je houden, tot gek wordens toe.

Maar nu, grootmama, moet ik u nu schrijven over de vonk die zojuist van deze man naar mij is overgesprongen, en weer terug? Moet ik schrijven over de wanhoop die op dit moment mijn hart beheerst, alsof het leven geen betekenis, geen doel heeft, en wat kan het daarom schelen of ik pret maak? Ik wil het donker van het slavenverblijf vergeten. Ik wil het donker van Rogers dood vergeten. Waar kan dat beter dan in de armen van een man? Er is geen vergeten zo sterk als dat vergeten. Een flirt in Virginia? Waarom niet?

De in de rivier weerspiegelde vrouw staarde naar haar terug met meisjesogen. Nee, zei het meisje. Barbara kende dit meisje, haar vijftienjarige ik, krachtig in haar verlangens, krachtig in haar mening over de betekenis van het leven, gelovend in deugd en waarheid en eer.

Het was liefde, zei Philippe.

Ze stak haar hand in het water en liet haar spiegelbeeld verdwijnen. Ik zal doen wat ik zal doen wat ik zal doen, dacht ze.

Het donker was weer in haar, het donker van een jaar geleden, een donker dat ze met zoveel moeite had geprobeerd achter zich te laten. Het was terug, en het was dieper.

De mensen in Engeland zouden het hoofd hebben geschud.

5

'Blijf hier,' zei Barbara tegen Hyacinthe, en hij bleef in de roeiboot en zag haar tegen de touwladder van een groot schip op-
klimmen. Het was oktober. Ze waren al iets meer dan een maand
in Virginia.

Ik vind het hier afschuwelijk, dacht Hyacinthe, en de roeiboot
waarin hij zat, stootte tegen de romp van het grote schip waarlangs hij was vastgemaakt.

Er kwam een geluid; Hyacinthe, die op de plank zat die in de
roeiboot als bank diende, maakte een beweging van schrik en
ging meteen staan om in alle richtingen te kijken, maar er was
niets te zien behalve het schip en de rivier en de woeste, ongetemde, verre oever.

Hij hing gevaarlijk boven het water dat de roeiboot van het
grote slavenschip scheidde. De kolonisten noemden deze schepen
die de rivier opvoeren 'slavenschepen'; hun lading, hun vracht bestond uit slaven uit Afrika. Hij trachtte zijn oor tegen de romp
te leggen, maar de roeiboot bewoog doordat hij overboord leunde en hij viel bijna in de rivier. Toch hield hij zijn adem in om te
luisteren.

Boven het zachte gekabbel van het water uit hoorde hij kreunen. Weer dat geluid, het kwam van binnen in de romp. Hyacinthe deinsde zo snel als hij kon, zo ver als hij kon achteruit,
naar de achterkant van de roeiboot, en viel. De zon straalde fel
en verergerde de pijn in zijn hoofd, maar hij lette er niet op. Om
zijn hals had hij een zilveren band, met het wapen van graaf Devane erin gegraveerd, en daaronder was een halsketting waaraan
een medaille met daarop de afbeelding van een heilige hing. Hij
omknelde de medaille met zijn ene hand, sloot zijn ogen en bad
de gebeden die Thérèse hem had geleerd.

'Vlug, madame,' zei hij tussen de gebeden door, 'vlug. Dit is
niet goed.'

Barbara was aan boord van het slavenschip, op het midden-
dek. Een eindje van haar af op het dek stonden tien slaven. Ze
waren naakt en hun huid glom. Ze werden waarschijnlijk inge-
wreven met olie, had kolonel Perry haar gewaarschuwd, een
kunstgreep van slavenhandelaren om hen er op hun best uit te laten zien. Ketenen lagen in lussen van de benen van de ene slaaf
naar die van de volgende, zodat als er één viel, allen zouden vallen. Op andere delen van het dek, achter de bezaansmast bij de
boegspriet, waren nog meer slaven, in kleinere groepen, op de-

zelfde manier geketend, onder bewaking van matrozen. Er waren geen kinderen bij, en weinig vrouwen.

'Kijkt u hier maar eens, lady Devane,' zei de kapitein juist, 'hier hebt u een paar mooie exemplaren, in de kracht van hun leven, jong en sterk. Zij zullen goed werken, ze kunnen alles doen wat u maar wilt.' De slaven deinsden terug toen Barbara en de kapitein naderden. Hun enkelboeien schraapten over het houten dek.

'En deze hier' – de kapitein legde zijn vinger op de ronde arm van een vrouw – 'is uitstekend om mee te fokken. Er hingen twee kleintjes aan haar benen op de slavenmarkt in El Mina, dus ik kan onder ede verklaren dat ze vruchtbaar is.'

Waar zijn haar kinderen nu? dacht Barbara.

Haar gedachten gingen naar Hyacinthe. Hij kwam van de slavenmarkt in Parijs, was een van de nakomelingen van de stal Franse slavinnen van die markt die speciaal kinderen ter wereld brachten om verkocht te worden. Ik ben grootgebracht voor de verkoop, had hij haar een keer verteld. Ik heb het altijd geweten. Ik heb altijd geweten dat ik bij mijn moeder weg zou gaan. Ze had wel medelijden met hem gevoeld, maar zich nooit afgevraagd wat dat had betekend voor de vrouw die hem had gebaard. Ze had er ook nooit echt bij stilgestaan wat het voor hemzelf moest betekenen.

'Lady Devane is geïnteresseerd in veldslaven,' zei kolonel Perry. Hij had erop gestaan haar te vergezellen. Hij en twee andere planters hadden een belang genomen in dit schip, hetgeen betekende dat ze niet alleen deelden in de winsten of verliezen die het maakte, maar ook bericht stuurden aan een selecte groep planters, degenen van wie men mocht verwachten dat ze konden betalen, dat het schip op de rivier lag en dat men aan boord kon gaan. Munten werden hier weinig gebruikt, omdat er geen munt was om ze te slaan en omdat er toch niet genoeg van waren, en daarom werd de kapitein van het slavenschip met wissels betaald, die werden uitbetaald door tabakshandelaren in Londen, hetzij in tabak, hetzij met de belofte van tabak. Kolonel Perry had persoonlijk voor Barbara ingestaan; nu keek ze toe terwijl de kapitein de mond van een slaaf opende door het haar van de man hard naar achteren te trekken en het dunne uiteinde van een houten knuppel in zijn mond te wrikken.

'Ik ben een eerlijk man die geen oude slaven voor jonge probeert te verkopen. Sta stil, zwarte duivel, laat je door mevrouw bekijken,' zei de kapitein. 'Ze zouden dankbaar moeten zijn dat ik ze niet naar West-Indië breng. Daar doen we ze van de hand door middel van een zogenaamde scramble. We komen van tevoren een gemiddelde prijs overeen, brengen de slaven aan land, zetten ze op een flink erf, en zetten de hekken van het erf open voor degenen die ze willen meenemen. U hebt nog nooit zoiets gezien, lady Devane: planters die iedereen grijpen die ze te pakken kunnen krijgen, de verwarring, het geschreeuw. De arme drommels zijn verbijsterd en doodsbang. Nee, jij begrijpt helemaal niet hoe goed ik voor je ben, hè?' zei hij tegen de slaaf in wiens mond de knuppel stak.

Er was een oneindig lijkend ogenblik dat Barbara de slaaf in de ogen keek. Toen draaide ze zich om en liep weg. Ze ging naar de zijkant van het schip, dicht bij de opening van het ruim, die bedekt was met een luik van gekruiste latten. Door de gekruiste latten ontstonden luchtgaten. Er kwam een onaangename lucht uit het ruim. Ze naderde nog een paar stappen en tuurde naar beneden. Het was te donker om iets te zien, maar de lucht was te sterk om aan voorbij te gaan. Het was niet zomaar een lucht, maar een stank, van dood en ziekte. Hier werden de slaven bewaard wanneer ze niet op het dek waren – in het ruim, het ruim van een slavenschip, speciaal gebouwd om zoveel mogelijk stuks te bevatten, had ze vernomen.

Barbara greep de reling van het schip en ademde snel in en uit om niet te kokhalzen. Ze dwong zichzelf naar de rivier te luisteren, te proberen kalm te worden. Het uitzicht op de kust was prachtig: kolonel Perry had gelijk gehad. De herfst was hier schitterend. Wingerdranken, zo dik als haar pols, hingen van takken af; trossen oranjerode bessen werden gedragen door de takken van wilde hulststruiken die onder de bomen groeiden. In de weken dat ze hier was, waren de bladeren op een vernuftige manier dieprood en goudgeel geworden tussen het groen, als belofte van een komend feest, alleen was dat feest de winter.

De herfst komt hier langzamer dan in Engeland, dacht ze. Als ze maar niet hoefde te denken aan waar ze was, wat ze hier deed. De zomerhitte was feller en duurde langer. Het was vandaag ook erg warm. Hyacinthe had over de hitte geklaagd toen ze vanmorgen de rivier afzakten. Hij had er al een paar dagen over geklaagd... Opeens wist ze weer waar ze was, wat ze aan het doen was. Loop nooit weg voor de waarheid, want die zit op je schouder. En op een dag kijkt hij je vals aan en zegt boe.

Ze draaide zich om en wilde de waarheid onder ogen zien, maar zag dat kolonel Perry de leiding van haar had overgenomen; hij onderzocht de monden van slaven, knielde neer om hun benen te voelen, met een aandachtige uitdrukking op zijn gerimpeld, oud gezicht, en nergens kon uit worden opgemaakt dat wat hij deed iets bijzonders was. 'Van allen aan wie ik ben voorgesteld,' had Barbara aan haar grootmoeder geschreven, 'vind ik een verre buur, kolonel Edward Perry, het aardigst en het meest ontwikkeld. Hij heeft al bijna tachtig jaar aan deze rivier gewoond, grootmama, en hij is zo vriendelijk mij te behandelen alsof ik tot zijn familie behoor.'

Hij is op je gesteld, zei mevrouw Cox, en meer dan dat. Edward Perry is met bijna iedereen bevriend, maar het is duidelijk dat hij voor jou een bijzondere waardering heeft. En Barbara had een bijzondere waardering voor hem. Ze voelde zich omringd met liefde wanneer ze bij hem was, net als in de aanwezigheid van haar grootmoeder. Hij had haar grootvader kunnen zijn, of een engel – ja, had ze tegen Hyacinthe gezegd, mijn engel in Virginia, die door grootmama is gestuurd om over mij te waken. Dat zou echt iets voor haar zijn. God, zou ze zeggen, nu heb ik Barbara wel naar Virginia gestuurd, maar wie weet wat ze daar gaat doen, dus wilt u alstublieft een engel aan haar toewijzen, en niet zomaar een engel, maar een flinke, sterke.

'Deze twee zijn wel geschikt,' zei Perry. Er steeg een geluid op uit de kelen van de slaven, een geluid dat verloren ging in de masten en het tuig en de blauwe hemel van Virginia. Het weergalmde in Barbara's oren. Het trof haar in de ziel. Het is te wreed, had Jane huilend gezegd, over de bestraffing van misdadigers in Londen. Te wreed. Ja, dit was te wreed.

'Ze denken dat we hen kopen om hen op te eten,' zei de kapitein.

Matrozen begonnen de ketenen los te maken van de twee die kolonel Perry had uitgekozen. Een wilde beweging ontstond onder de andere slaven. Sommigen klampten zich aan hen vast, anderen schreeuwden en probeerden de matrozen aan te vallen, en die sloegen op hoofden en schouders met houten knuppels, van hetzelfde soort dat de kapitein had.

'Ik ben van gedachten veranderd,' zei Barbara.

'Dit zijn de beste van het stel,' zei Perry. Zijn stem klonk redelijk en vriendelijk; er klonk geen veroordeling in van haar plotselinge woorden. Hij had niet gewild dat ze meekwam aan boord van dit schip, maar zij had daar niet naar willen luisteren. Stuur uw opzichter Smith, had hij gezegd, want u zult het niet prettig vinden.

'Het zullen over zes maanden goede krachten zijn. U hebt slaven nodig om nieuwe tabaksvelden te ontginnen. Laat mij het kopen van de slaven voor u afhandelen. Het is niet nodig dat u daar de zorg van heeft. Het is geen werk voor u, en het kan gemakkelijk gedaan worden zonder dat u zich er verder druk over maakt. Ik zal de slaven door een van mijn mannen naar uw opzichter laten brengen, en hij weet wel wat hij verder moet doen. U hoeft deze mannen nooit meer te zien tot ze geschikt zijn gemaakt voor het veld, en dan bent u allang vergeten...'

'Nee.'

'Denkt ze dat ik omlaagga met mijn prijs?'

De kapitein was over het dek naar hen toe gekomen en had met een ongeduldig gefronst voorhoofd naar Perry geluisterd. 'Het is de beste tijd om te kopen. Ik kan de York River opvaren en in een maand mijn hele lading kwijt zijn.'

'Lady Devane heeft meer tijd nodig om te beslissen.'

'U hebt een heel eind gereisd vanmorgen, lady Devane,' zei de kapitein, die uit een ander vaatje tapte nu hij zag dat ze werkelijk wegging. Barbara was, haar rokken bijeengenomen in haar ene hand, behendig op de reling gaan zitten en was nu bezig met rokken en al de touwladder af te dalen die over de zijkant was geworpen om haar aan boord te nemen. Onder Barbara stond Hyacinthe, die met één hand de ladder vasthield alsof het ding daar was gegroeid. Hij staarde omhoog naar haar, met een bezweet gezicht vol spanning.

'Licht het anker,' zei ze tegen Hyacinthe, terwijl ze in de roeiboot stapte.

Ze hoorde iets dat op gekreun leek, en keek naar de hoge romp van het schip.

Het ìs gekreun, dacht ze, met haar handen op een riem. Lieve Jezus. Dat hoorde ze: het kreunen van degenen die te ziek waren om te worden getoond, maar nog niet dood. Verschrikkelijke vissen, haaien genaamd, volgden de slavenschepen, had mevrouw Cox haar verteld. Haaien aten mensenvlees, en een slavenschip verschafte hun goede maaltijden wanneer het de oceaan overstak, want menige slaaf stierf tijdens de overtocht.

'Roeien,' beval ze Hyacinthe, 'en hard. Probeer mij bij te houden.'

Zeilen was niet langer mogelijk nu de wind was gaan liggen. Eerder waren Hyacinthe en zij dapper aan komen zeilen, zodat het leek alsof ze een bonte vlinder met één enkele witte vleugel hadden gevangen en daarop over het water reden.

Aan boord van het slavenschip keek Perry haar na, hij keek

naar de resolute bewegingen van de riemen in en uit het water, de rechtheid van haar rug en die van de jongen terwijl ze weg-roeiden. Ze roeiden alsof duivels hen op de hielen zaten. Edward Perry, voormalig lid van de Raad van de gouverneur, eigenaar van veel grond, reiziger naar andere koloniën en waarnemer van de rivier, hoorde zichzelf opeens zacht, in het Latijn, een zin ci-teren die bij hem opkwam:

'De mens is de mens een wolf.'

Ja, hij had hetzelfde gevoeld – de walging, de afschuw – toen hij voor het eerst aan boord van een slavenschip was gekomen. Nu was hij eraan gewend. Is dat een goede zaak, vroeg hij zich af, dat ik hieraan gewend ben geraakt, dat ik het niet langer met afgrijzen bezie?

De kapitein had Perry bevreemd aangekeken toen hij hem La-tijn hoorde spreken.

'Ik zal de slaven kopen,' zei Perry.

Dat kon de kapitein verstaan.

Barbara en Hyacinthe roeiden een hele tijd. Barbara vond troost in de regelmatige, monotone beweging van de riemen, in het zwel-len en spannen van de spieren in armen en schouders, in de toe-nemende pijn daar en in haar handen. Ze keek niet één keer om naar het slavenschip, maar staarde voor zich naar een ver ver-wijderd punt in het water, waar ze naartoe roeide maar dat ze nooit bereikte. Tenslotte was de pijn in haar schouders en han-den genoeg om haar te dwingen op te houden.

Haar japon was nat onder de oksels en bij haar hals en boe-zem. Haar haar was uit de spelden gezakt en kleefde aan haar bezwete gezicht en nek. Naast haar ademde Hyacinthe in en uit, snel, oppervlakkig, als een kleine blaasbalg die ze te hard had la-ten werken. Het roeitempo was te hoog voor hem geweest, dat kon ze zien, maar hij had niet geklaagd. Hij was even nat ge-worden van hun inspanningen als zijzelf. Natter zelfs.

Held, trouwe gezel, dacht ze, terwijl ze hem met genegenheid bekeek. Hij was bij haar op al haar onderzoekingstochten hier; hij was meester van de linkerriem van de roeiboot; hij was de eni-ge buiten Klaus von Rothbach die het aandurfde met haar mee te gaan wanneer ze zich oefende in het zeilen. Zelfs kolonel Per-ry zei dat hij liever op de wal bleef om te kijken.

Ze hoorde een zwak gesnater en keek omhoog; in de verte zag ze een enorme, wiebelende reeks formaties, donkere stipjes, vo-gels, ganzen of eenden, honderden vogels, meer dan ze ooit in haar leven bij elkaar had gezien. Kolonel Perry had haar gewaarschuwd naar hen uit te kijken: het was een zeker teken van de herfst, een zeker teken van Gods genade voor ons, zei hij. Wat prachtig, dacht ze. De overvloedigheid van alles hier was verbijsterend. Sierlijke, gevleugelde karavaan, dacht ze, ze zouden in Engeland nooit geloven dat jullie met zovelen zijn, nooit.

'Wat hebt u daar gezien... op het slavenschip, madame?' Hyacinthe kon de woorden nauwelijks uitbrengen, zo hijgde hij.

De keerzijde van dit land en zijn schoonheid. 'Niets. Ik heb niets gezien.'

Ze waren uit de stroom van de rivier, dicht bij de oever, een woeste, ongetemde oever, waarop overal wilde bloempjes bloeiden als sterretjes. Kolonel Perry's dochter, Beth, had haar gedroogde bloemen laten zien die ze in het voorjaar op de rivieroever had gevonden; die bloemen leken op madeliefjes, met kleine bruine vlekken op hun bloemblaadjes, als de littekens van de slaven. Barbara huiverde weer, net als op het slavenschip. Het geluid van de rivier vulde haar oren.

Het kwaad, Hyacinthe. Ik heb een duidelijke vorm van het kwaad gezien, en het heeft me tot in mijn ziel bang gemaakt. Loop nooit weg voor de waarheid, want die zit altijd op je schouder. Wat moet ik doen?

Ze dacht aan het etentje dat ze voor de slaven had gegeven. Ze had een japon van zwarte moiré zijde aan gehad, en smaragden oorknoppen. Er was ham en rum voor de slaven; haar komst hier zou de reden zijn om feest te vieren. Ze had op de trap voor het huis gestaan terwijl Odell Smith de slaven een voor een aan haar voorstelde. Wat een schouwspel zou dat geweest zijn voor een toeschouwer; o, ze had gewild dat Jane, of haar grootmoeder, of Tony, of zelfs de prins en prinses van Wales het hadden kunnen zien – de zwijgende mensen, de donkere nacht die alles omhulde: de lantaarns en kaarsen betekenden niets in die duisternis. Zijzelf in haar mooie kleren, glinsterend en glimlachend, de slaven in wat alleen kon worden beschreven als bij elkaar geraapte kledingstukken. Ze hebben niet veel nodig, zei Odell. Ze zijn niets gewend.

Ze had een toespraak gehouden, met het hart kloppend in haar keel omdat alles – zijzelf, de anderen, het bos dat duidelijk zichtbaar was vanaf de trap van dit huis dat nauwelijks groter was dan een boerenhuisje – haar een fantasie leek, buiten de tijd en de wereld, alsof ze door een wervelwind was meegevoerd naar de donkere nachthemel en op de maan was neergezet. Een van de slaven was moeizaam naar voren gestrompeld toen zijn naam werd afgeroepen, en in het licht van de lantaarn zag ze dat de tenen van zijn rechtervoet ontbraken. Ze had zich even flauw gevoeld bij het zien van de werkelijkheid van wat daarvoor slechts woorden waren geweest, woorden van de gouverneur, van Klaus von Rothbach, die haar bepaalde wetten uitlegden, noodzakelijke wetten, zeiden ze, zoals: onverbeterlijke weglopers worden de tenen afgehakt. En naast haar in de nacht had Hyacinthe gestaan, die niet stil wilde zijn, maar telkens weer in het Frans herhaalde: Zijn voet, madame! Kijk, ziet u zijn voet.

'Mijn hoofd doet pijn. Het deed pijn toen ik op u wachtte,' fluisterde Hyacinthe.

Hij beefde. Barbara legde haar wang tegen zijn voorhoofd. Het was gloeiend heet. Hij had koorts. De koude koorts. Thérèse was er nog maar net van hersteld.

'Leg je hoofd in mijn schoot.'

Ze maakte haar hoed los en legde hem over zijn gezicht terwijl hij zijn hoofd op haar knieën legde.

'Ik zal ons naar huis roeien. We zijn er bijna. Je zult je beter voelen als we maar eenmaal uit deze zon zijn. Waarom heb je niets gezegd? Wat? Je hebt het wel gezegd? Dan heb ik niet geluisterd, en dat spijt me erg.'

Toen ze de boot naar First Curle had geroeid, was hij er nog erger aan toe.

'Kun je lopen, liefje?'

Bladeren met bronsachtige en gele toetsen zweefden stil rondom haar omlaag terwijl ze de roeiboot veilig op de oever trok. Hyacinthe lag ineengezakt over de bank en gaf geen antwoord.

Natuurlijk kan hij niet lopen, hij kan niet eens opstaan, anders had hij het wel gedaan, dacht Barbara, woedend op zichzelf. Ze nam hem op en merkte dat zijn benen tot onder haar knieën bungelden. Kinderen groeien zo snel, zei Jane altijd. Hyacinthe was gegroeid in de maand dat ze hier waren geweest, daar kon ze een eed op doen. Half rennend, half lopend ging ze met hem het pad af.

Daar was het huis. Gelukkig, want ze begon buiten adem te raken. Ze voelde Hyacinthes tranen, warm van de koorts, in haar hals. Ze dacht aan wat hij haar had gevraagd nadat ze de rivier waren overgestoken om de andere kwartieren van de plantage te bekijken. Zou u mij slaan, had hij gevraagd.

Heb ik je ooit geslagen, had ze verbluft geantwoord. Het kwam doordat de opzichter, niet Odell, maar de man die opzichter was over het kwartier dat ze gingen bekijken, in alle onschuld had gevraagd of ze wilde dat haar bediende 's nachts bij de andere slaven in het slavenhuis werd opgesloten.

'Thérèse!'

Barbara schopte met haar laarsje tegen het hek.

De hondjes kwamen uit het huis aanrennen, zodat hun poten gebroken stukjes schelp van de oesterschelppaden opwierpen, en daar was Thérèse ook, die de trap van het huis afstormde toen ze zag dat Barbara Hyacinthe droeg terwijl de hondjes jankend omhoogsprongen en probeerden zijn handen te likken.

'Wat is er gebeurd? Hoe heeft hij zich bezeerd? Is hij uit de boot gevallen? Ik wist dat het zou gebeuren.'

'Hij heeft de koorts gekregen. Help me hem te dragen.'

Hyacinthe kreunde toen ze hem tussen zich in namen. Ze werden niet geholpen door de hondjes die bij elke stap tussen hen in holden en wanneer ze maar konden Hyacinthes handen likten en te veel blaften. In het huis legden Thérèse en zij hem in het bed in de kamer beneden.

'De koude koorts,' zei Thérèse met haar hand op Hyacinthes hoofd. 'Weg, honden, laat hem met rust.' De hondjes waren in het bed gesprongen om bij hem te zijn en luisterden niet naar haar. 'Hoe moet dat nu met Williamsburg?'

'Ik wil niet... hier blijven,' zei Hyacinthe.

'Praten doet pijn.' Barbara pakte zijn hand. 'Stil maar.'

Over twee dagen zouden ze met zijn drieën naar Williamsburg gaan, waar de gouverneur een feest gaf om haar aan de 'landadel' van deze kolonie voor te stellen. De mensen kwamen uit nabije en verre gewesten, had ze gehoord, alsof ze waren opgeroepen voor een bijeenkomst van hun bestuurlijk lichaam, hun Lagerhuis. Alleen kwamen nu de echtgenotes en dochters ook mee. Het gebeurt niet vaak dat we zo bij elkaar komen, zei kolonel Perry. De hele kolonie praat erover. Sommige vrouwen zijn boos omdat de gouverneur hun niet genoeg tijd heeft gegund om japonnen uit Engeland te bestellen.

'Laat me... niet hier, madame, ze zullen... me opeten. Ze... kreunden, ik heb het gehoord... De vogels komen te dichtbij... ze pikken naar mijn ogen...'

'Hij weet niet wat hij zegt,' zei Thérèse. Ze kneep haar lippen op elkaar, en Barbara zag dat ze erg van streek was. Ja, Hyacinthe was het kind voor hen allebei.

Barbara rende de trap op om het kinabastwater te halen dat ze voor haar eigen koorts had gekregen. Zij op haar beurt had Thérèse de drank gegeven. Ze hield de fles, onregelmatig geblazen en bruin van kleur, omhoog naar het middaglicht en zag dat er nog maar een klein beetje over was. Ze staarde een ogenblik naar een stapel japonnen. Er was geen plaats om ze op te bergen, behalve weer opgevouwen in de koffers, en daarom had Thérèse ze uitgelegd als lichamen, op elkaar gestapeld, zodat ze konden luchten.

Wat was het dom geweest van haar grootmoeder en haar om japonnen en Franse stoelen in te pakken, terwijl hier behoefte was aan kleding voor de slaven, aan gereedschap... en aan geneesmiddelen, zoals het aqua mirabilis van haar grootmoeder, een verkoelend watertje tegen koorts dat geurde naar kruidnagelen en nootmuskaat, citroenmelisse en rode rozen, dat geurde naar thuis.

Barbara had al besloten dat ze met het eerste schip van het voorjaar naar Engeland zou terugkeren; ze had zoveel met grootmama te bespreken, veel meer dan in een brief mogelijk was. Als haar grootmoeder van First Curle wilde maken wat er volgens Barbara van gemaakt kon worden, diende er muntgeld te worden uitgegeven, en dat had Barbara niet. Iemand om geld vragen, zelfs als het haar grootmoeder was, diende persoonlijk te gebeuren. Waar ga je die munten aan besteden, zou haar grootmoeder zeggen, en welk voordeel levert mij dat op? Alles wat ze dacht en zag kwam in haar opschrijfboekje.

Het zou in elk geval tijd zijn om terug te gaan en te overwegen wat er met haar eigen landgoed gebeurde. Ze had hier steeds vaker aan moeten denken terwijl ze bezig was First Curle te bekijken: dat ze zelf ook een landgoed had, al bestond dat nu alleen uit grond en schulden. Terwijl ze nadacht over tabak en velden en opzichters, over de proviand en het hout die moesten worden opgeslagen om hen allen door de winter te helpen, dacht ze aan Devane Square. Zou het onder haar bewind weer tot bloei kunnen komen, in plaats van onder dat van Roger?

Halverwege de trap af hoorde ze een stem die ze meteen herkende, een prettige stem die Frans sprak.

'Maak een groot vuur en leg meer dekens over hem heen. Hoe meer hij zweet van de koorts, hoe beter het is. Ik weet er alles van. Er is altijd wel iemand van mijn bemanning die eraan lijdt. Jullie moeten hem dikwijls baden, tenminste ieder uur, zodat de koorts niet te hoog oploopt.'

Barbara bracht haar hand naar haar haar, dat nog steeds om haar gezicht hing, en ging meteen op een trede zitten om het weer een beetje netjes op te steken. De bewegingen van haar armen waren volmaakt sierlijk, als buigende lelies in een tuin. Haar handen fladderden blank tegen het weelderige rossig-goud van haar haar. Ook haar hals was blank, lang en slank, als die van een zwaan.

Ze was mooi, zei Klaus elke keer dat ze hem zag, de man over wie ze nog niets geschreven had in al haar brieven, de man die haar nu al twee of zelfs drie keer per week kwam opzoeken, de man met wie ze op het punt stond naar bed te gaan.

In de kamer zag ze Klaus over het smalle bed gebogen staan; hij hield Hyacinthe bij de schouders neergedrukt terwijl Thérèse hem probeerde te bedekken met de dekens die hij had afgeschopt.

'Verzet je niet tegen de dekens, maar blijf stil liggen als je kunt. Laat de koorts maar komen. Ah, lady Devane.' Hij glimlachte, zodat zijn gezicht en ogen oplichtten.

'Kunt u me helpen hem zijn kinabastwater te geven, kapitein?'

'Natuurlijk. Maar u weet zelf hoe bitter het is.'

Ze stuurde Thérèse om rum en suiker te halen uit de kelder onder het huis en putte zelf het water uit de bron door de emmer aan het touw op te halen.

Terwijl Thérèse rum, water en suiker mengde om aan Hyacinthe te geven nadat hij het bastwater had ingenomen, wikkelde Klaus Hyacinthe stevig in een deken, alsof hij hem inbakerde.

'Van u neemt hij het eerder aan,' zei Thérèse tegen Barbara. Er stonden kringen onder Thérèses donkere ogen, en ze was te mager. Ze was zelf nog herstellende van de koude koorts; het leek of het erbij hoorde dat je, als je in deze kolonie kwam, de koude koorts kreeg.

'Doe je mond open,' zei Klaus, 'zodat je meesteres je je medicijn kan geven. Het zal je beter maken. Het smaakt bitter, maar je moet het toch allemaal inslikken, hoe bitter het ook is... Goed zo, slikken. Brave jongen. Nog een slok. Nu mag je dit opdrinken; mademoiselle Fuseau heeft het voor je klaargemaakt. Brave jongen, je bent een dapper ventje. Wat zeg je? Ja, ik weet het. Je hoofd doet pijn.'

Hij legde Hyacinthe weer neer en trok zijn handen onder de deken vandaan.

'We moeten de berevacht over hem heen leggen,' zei Thérèse. 'Bij mij heeft dat de koorts sneller doen overgaan.'

'Die hebben we weer boven gelegd,' zei Barbara, en Thérèse ging hem halen.

Barbara zocht een paar doeken, maakte ze nat en veegde er

zacht Hyacinthes gezicht mee af. Klaus knielde neer bij de haard en legde er wat droge takken in om een vuur te maken.

'Suja, suja kindje,' zong Barbara, met haar lage, hese stem, die aan rook deed denken.

Klaus sloot even zijn ogen, om te genieten van die stem. Je hield je adem in als je die stem voor het eerst hoorde. Hij was een zinnelijke man die niet bang was voor genot. Zij was ook niet bang voor genot. Dat zagen ze in elkaar. Het was een soort belofte tussen hen.

Hij haalde van buiten meer hout voor het vuur en plaatste het zo dat de blokken vlam zouden vatten en branden. Hij stond op, terwijl hij zijn handen afveegde aan zijn broek, en zag twee miniaturen op de schoorsteenmantel staan, die hij nog niet eerder had opgemerkt. De lijstjes waren schitterend met fijn gedecoreerd goud waarin kleine amethisten en pareltjes gevat waren. De mannen die op de kleine schilderijtjes waren afgebeeld, waren meer pruik dan man, maar een ervan leek enigszins op Barbara, iets in de ogen. De andere moest haar echtgenoot zijn. Klaus had gehoord dat haar man veel ouder was geweest dan zij. Ze sprak zelden over hem. Hij besefte opeens, nu hij hier naar de miniaturen stond te kijken, dat ze weliswaar veel praatten over zeilen en over deze kolonie, en over hemzelf, maar dat zijzelf zelden onderwerp van gesprek was.

Wie was zij? Ik heb Saylor House gezien, zei kolonel Perry. Haar grootvader heeft het gebouwd. Het is een van de bezienswaardigheden van Londen. In een van de bezienswaardigheden van Londen te wonen, en nu in dit kleine, eenvoudige huis en dan toch niet te klagen of te huilen of weg te gaan. Waarom bleef ze hier? Was ze gevlucht voor dingen die ze gedaan had? Een man – hij kon zich goed voorstellen dat er een man in het spel was. Met haar zinnelijkheid en doortastendheid kon dat haast niet anders. Hij keek toe terwijl ze met haar kamenier de berevacht om de jongen schikte, zag hoe de hondjes op het bed sprongen, en om en om draaiden om naast hem te gaan slapen.

'Brave honden,' zei Thérèse.

'Slimme honden,' zei Barbara. 'Jullie houden de wacht bij onze Hyacinthe.'

Ze hadden dit huis weer gezellig gemaakt, deze vrouwen. Er waren wilde bloemen en lelies in bekers gezet; bosklimop in potten rankte langs de schoorsteenmantel; op de stoelen lagen kussens, over tafels en koffers waren kleurige sjaals gedrapeerd, aan de muren waren schilderijen opgehangen; overal hing de geur van bijenwas en lauriermirte. Ze hadden er een thuis van gemaakt.

Odell klaagde. Hij was bang voor haar. Hij zei dat ze overal rondneusde, dat ze de bijgebouwen voor de winter geschilderd wilde hebben, dat ze had bevolen dat er een kippenhok gebouwd moest worden, dat het slavenhuis hersteld moest worden. De voorraadschuur, zei Odell. Ze heeft allerlei vragen gesteld, wilde de inhoud inventariseren. Ze is boos omdat kolonel Bolling de sleutel niet heeft gestuurd. Die vaten liggen me zwaar op de maag, Klaus. Ik zal blij zijn als ze weg zijn.

Ik zal ook blij zijn als ze weg zijn, dacht Klaus. Ik wilde dat ze niet tussen haar en mij in stonden. Plotseling had hij een hekel aan zichzelf, aan zijn rol als spion en bewonderaar – en dat was niet eens een rol. 'Ik vraag verlof,' zei hij plotseling, en klakte zijn hakken tegen elkaar, terwijl een spoor van een glimlach zijn gezicht vertrok.

'Ik breng u naar uw paard,' zei Barbara. Buiten schopte ze tegen een oesterschelp. Hij zag dat ze met haar gedachten elders was, bij de jongen. 'We hebben niet genoeg bastwater. Zou er in de voorraadschuur bastwater zijn? Ik heb geen sleutel, moet u weten; uw oom heeft me er nog steeds geen gegeven.'

Ze mocht voor geen prijs in die schuur komen. Over een paar dagen zouden de vaten met smokkeltabak weg zijn. Terwijl zij in Williamsburg was, zou hij met zijn sloep hierheen varen en ze inladen. Dan zou de maskerade voorbij zijn. Waarom heb ik er bij mijn oom niet op aangedrongen dat hij ze weghaalde, schoot door hem heen. Waarom dacht ik dat we dit bedrog zo lang zouden kunnen volhouden?

'Uw buurman, kapitein Randolph, heeft bastwater, dat weet ik zeker,' hoorde hij zichzelf snel zeggen, en hij had een hekel aan de charme, de vlotheid. 'Laat mij u daarheen vergezellen. Ik weet een bospad waarboven de bomen uittorenen als reuzen. Het is donker en koel. We zouden onderweg kunnen afstijgen om een eindje te wandelen; misschien kunnen we wat wilde munt vinden. Hyacinthe zou het prettig vinden als zijn gezicht werd gebet met muntwater. We kunnen hier binnen een uur weer terug zijn, en dan heeft u genoeg kinabastwater om uw bediende te laten herstellen, zodat u naar Williamsburg en uw feest kunt vertrekken zonder u over hem zorgen te hoeven maken.'

'Ik denk niet dat ik ga.'

'Niet gaan? Dat is uitgesloten. U zult de helft van de harten in de kolonie breken, en de andere helft laten huilen van nieuwsgierigheid. U moet natuurlijk gaan. Ik heb me op niets zo verheugd als op het vooruitzicht met u te dansen, sinds ik heb gehoord dat er een feest zou komen. De hele raad van de gouverneur zal aanwezig zijn, en ook de meeste lagerhuisleden met hun echtgenotes. Mannen laten het drogen en verpakken van hun tabak liggen om uwentwil. U hebt geen idee wat een eer dat is.'

'Ik kan hem niet alleen laten.'

'We hebben het over een bediende van tien jaar of meer, een slaaf. We zullen iemand zoeken die voor hem kan zorgen terwijl u weg bent. Anders beledigt u de gouverneur en de voornaamste mannen van de kolonie, de mannen die de beste tabak telen. U hebt zo vaak gezegd dat u dolgraag met hen over tabak wilde praten.'

Hij knipte met zijn vingers.

'Mevrouw Cox! Mevrouw Cox zou hier kunnen komen om bij hem te blijven; zij gaat toch niet naar Williamsburg, want de reis is te vermoeiend voor haar. Ze is te rond,' fluisterde hij, zodat Barbara moest lachen, alsof de bovenmatige rondheid van mevrouw Cox een geheim was. 'U hoeft het haar alleen maar te vragen. Ze is erg op u gesteld, en ze is uw buurvrouw. We doen hier dingen voor elkaar. We hebben alleen elkaar.'

'U hebt overal een antwoord op, lijkt het. U brengt me in verleiding, kapitein.'

Hij keek haar een ogenblik recht in de ogen, omdat haar woorden hem in het hart troffen, omdat hij nooit had verwacht haar zo aardig te zullen vinden. Begeren, ja; maar aardig vinden, nee.

'Doe ik dat?'

'Ja,' zei ze terwijl ze hem ook aankeek. Daar had je het weer, dacht hij, die onomwonden vitaliteit van haar, waardoor hij vele uren aan haar dacht.

'Ik zal een paard voor u zadelen,' zei hij.

Toen hij over het hek stapte en naar de paardeweide aan de rand van de open plek voor het huis liep, keek Barbara hem na. Daarna liep ze over de oesterschelppaden heen en weer om niet meer naar hem te kijken.

Ik ben in de rouw; ik zal dus niet dansen, dacht ze. Ze had opgemerkt dat hij in het huis naar de miniaturen had gekeken. Een van de miniaturen stelde haar grootvader voor. Als je van plan bent wilde streken uit te halen, moet je even naar die miniatuur kijken, Bab, had haar grootmoeder gezegd, en bedenken wie je grootvader was, de voortreffelijkste man die ik ooit heb gekend. Barbara zuchtte. Ik ben maar van vlees en bloed, grootmama, ik ben geen heilige.

De andere miniatuur stelde Roger voor. Ze tikte met de neus van haar schoen tegen een doorgeschoten goudsbloem en dacht: goudsbloemen betekenen verdriet. Ze tikte tegen ijzerhard, waarvan ze de betekenis niet meer wist, en bukte zich vervolgens om een blaadje rozemarijn te plukken, dat staat voor herinnering. Ze hield het onder haar neus.

Herinnering. Roger, ik ben serieus aan het flirten met de kapitein van een sloep, een koloniaal. Zijn gezicht intrigeert me, de stemmingen en gedachten die erop te lezen zijn. Hij zit niet eenvoudig in elkaar, zoals zovelen hier. Dat blijkt uit zijn geboorte in een ander land, zijn opleiding, zijn avontuurlijk leven. Hij is niet getrouwd, zoals Charles, en is ook geen verlegen jongen, zoals de kleinzonen van mevrouw Cox, die helemaal te paard hierheen komen om me te bezoeken maar niets weten te zeggen als ze hier eenmaal zijn. Ik ben eenzaam, Roger. Ik mis de armen van een man om me heen, de aanwezigheid van een man in mijn bed. En het donker is weer in me, de oude donkerte die ik zo vreselijk vind.

De wind streek door de pijnbomen die aan de andere kant van het huis stonden, en bij dat geluid, eenzaam, treurig, kneep Barbara het blaadje rozemarijn tussen haar vingers fijn en keek uit over de tabaksvelden die vanaf de plaats waar ze stond te zien waren.

Had Roger haar ooit werkelijk gekend, het meisje achter haar ogen? Tot het laatst toe had ze gedacht dat dat zo was – en gedacht dat hij nog meer van haar hield omdat hij haar kende.

Haar neef, Tony, kende haar, het meisje van binnen, en Tony hield van haar. De kleinzonen van mevrouw Cox deden haar aan Tony denken met hun ernstig zwijgen, hun lange schaduwen. Trouw met me, Bab, had Tony gezegd. Maar dat had ze niet gedaan.

Zal ik ooit hertrouwen, vroeg ze zich af. En maakt het iets uit, als ik het niet hoef te doen voor de familie of om politieke redenen, en zelfs niet kàn trouwen aangezien ik op dit moment niets te bieden heb en een man die met me trouwt zou opzadelen met een onmogelijke schuld?

Wat stak er voor kwaad in om haar luim te volgen, om zich weer levend te voelen op een manier die alleen slapen met een man meebracht? Het had niets te betekenen, voor hem niet en voor haar niet. De kapitein leidde een paard naar een boomstronk die als opstapje diende bij het opstijgen.

Er is een weduwe, zei mevrouw Cox, in het volgende gewest,

die Klaus von Rothbach nu al een jaar het hof maakt. Het zou een goede partij voor hem zijn; ze heeft veel grond. Mevrouw Cox had veelbetekenend geglimlacht; de lach was een plooi in haar dikke gezicht. Een weduwe die grond bezit is hier een goede vangst, zei ze. Met Lettice Bolling trouwen was een slimme zet geweest. Na haar dood had hij een deel van haar land gekregen. Maar dat is niet veel, zei mevrouw Cox. Deze weduwe heeft veel.

Klaus had niets over die weduwe gezegd. Het is oneerlijk, dacht Barbara, om niets over haar te zeggen, terwijl het zo duidelijk is wat er tussen ons speelt. Nu zag ze haar minnaar, Charles, bij haar in de tuin van de plantage staan, midden tussen de goudsbloemen, en hij keek haar met gefronste wenkbrauwen aan, zoals hij zo vaak deed. Je bent een flirt en een jokkebrok, Barbara, had hij gezegd.

Goed, ze was een flirt geweest, maar Charles was de jokkebrok. Ze haatte leugenaars. Roger loog ook, fluisterde het meisje van binnen, maar daarop schudde Barbara haar hoofd. Nee, niet echt. Jawel, wel echt, zei het meisje. Klaus had niets over de weduwe gezegd. Deed dat er iets toe?

Ja, het deed er iets toe.

Ze schoof het hek acher zich op de grendel, stapte op de boomstronk en hees zichzelf in het dameszadel, zonder gebruik te maken van Klaus' uitgestoken handen. Ze stopte haar rokken om zich in. De japon die ze vandaag aan had, was van Beth Perry. Thérèse was bezig andere jurken voor haar te maken, eenvoudige, bruikbare jurken, waarvoor ze stof had gekocht bij het voorraadhuis van kolonel Perry. Ze droeg er geen hoepel onder, wat Thérèse heel erg vond, maar wat had je aan een hoepel om je rokken te laten bollen wanneer je uit zeilen ging in een bootje of te paard door de tabaksvelden wilde rijden. In Williamsburg zou ze een hoepelrok dragen, en weer moesjes aanbrengen op haar gezicht, en alles zijn wat van een gravin uit Londen werd verwacht, en intussen zou ze vragen stellen over tabak.

'Wie het eerste bij de weg is,' zei ze met die plotselinge eigenzinnigheid die zo bekoorlijk was, en ze draaide het hoofd van de merrie in die richting.

Later herinnerde ze het zich, terwijl ze keek naar Klaus die mevrouw Randolph plaagde, naar hem keek terwijl hij de serieus ingestelde buurman, kapitein Randolph, een glimlach ontlokte, en ze herinnerde het zich weer op de terugweg naar huis, toen hij munt plukte en haar die met een driehoekige glimlach aanbood. Hij was bezig haar de sterrenbeelden te leren. 'Ik kom terug als het donker is,' zei hij, 'om u Orion te laten zien.' Ze herinnerde zich dat ijzerhard verrukking betekende.

6

Barbara was vijf dagen in Williamsburg geweest. Vanavond zou er bij de gouverneur thuis een groot slotfeest zijn te harer ere. Vanavond zou ze Klaus zien. Nu liepen zij en kolonel Perry door de tuin van John Custis, de neef van kolonel Perry, aan de rand van het dorp. Ze was tevreden over de tijd die ze hier had doorgebracht; ze had raadsleden, lagerhuisleden, echtgenotes en dochters leren kennen, vrienden gemaakt, honderd en één vragen over tabak gesteld, en nu was ze welgemoed bezig planten te kopen.

Een schip dat naar Engeland zou gaan lag in een van de kreken die aan het dorp grensden; de brief aan haar grootmoeder was al in handen van de kapitein. Maar er moest meer mee; ze moest geschenken sturen aan iedereen die haar dierbaar was.

De tuin van Custis besloeg verscheidene morgens. Een gedeelte bestond uit geschoren hagen, bloemen in strakke bedden, jonge boompjes, in keurige rijen geplant. Maar aan de overkant van een ravijn werd de tuin wild; daar had men de inheemse bomen – ceders, pijnbomen, eiken – in al hun natuurlijke pracht laten staan, met kleinere bomen eronder, en ook struiken en wilde bloemen. De bomen zelf, hier en aan de overkant van het ravijn, waren haast een baaierd van goudtinten, roden, helder botergeel. Af en toe kwam er een windvlaag die de losse bladeren deed opwaaien en aan haar rokken en haar hoed rukte.

'Een kornoelje misschien, lady Devane?'

Custis liep met haar over een van zijn klinkerpaden.

'Uw grootmoeder, de hertogin, zal ongetwijfeld een kornoelje willen hebben voor haar tuin. Ze bloeien in het voorjaar, lady Devane, en het zijn onze mooiste bloeiende bomen, met witte bloesems zo groot als uw gezicht, en een onvergelijkelijke geur. De Indianen maken van de bast een drank tegen koorts. Ik heb verscheidene fraaie exemplaren naar de Royal Society gestuurd. Zelf geef ik de voorkeur aan seringen. Daarvan kweek ik alles wat ik te pakken kan krijgen. Ze doen het hier niet zo goed als elders misschien, maar ik heb er een zwak voor. Ik zoek alle bossen af, weet u, als een soort dorpsgek, graaf uit wat me bevalt, kijk hoe het groeit. Van mijn vrienden mag ik hun bossen afstruinen, ze laten me maar begaan, beschouwen me als getikt. Ze sturen me van heinde en ver dingen toe – zaden, wortels, jonge boompjes.'

'Laat u niet door deze man voor de gek houden. Hij weet meer van planten dan wie ook in de kolonie,' zei kolonel Perry.

Custis wees naar de struiken aan de rand van het ravijn; op de takken zaten toefjes felrode bessen, als druppels bloed. 'Moerashulst. Die bessen blijven eraan zitten tot het voorjaar. U zou uw grootmoeder een hulststruik kunnen sturen en wat van onze jasmijn. En ook wat van onze bergprimula's, mooie plantjes, lady Devane, echt iets voor een vrouw, met trosjes trompetvormige, blauwe bloemen. Ik heb ze hier in mijn bloembedden aangeplant. Prachtig in het voorjaar, prachtig. O, en een granaatappel, ze moet beslist een granaatappel hebben, met rode bloemen in de zomer en later rode vruchten. Onze neef, Will Byrd, die nu in Engeland is, heeft er een aan de koning ten geschenke gegeven.'

'Lady Devane heeft rozestruiken meegebracht,' zei Perry.

Custis' neus trilde. Het was alsof hij een verrukkelijk gerecht voor het avondmaal rook. 'Toch niet de Tamworth-roos...'

'En spinaziezaad,' vervolgde Perry. 'De spinazie van haar grootmoeder is al even beroemd.'

Barbara glimlachte. De manier waarop kolonel Perry zijn neef plaagde was even schitterend, even opwekkend als de hele dag was geweest. 'Neemt u me mee over de brug, majoor Custis, om me uw wilde tuin te laten zien?'

Ze begon in het ravijn af te dalen. Er waren treden in de wand aangebracht, die naar een houten brug leidden, die over het water van een riviertje op de bodem van het ravijn was gelegd. Hier veranderde de sfeer van de tuin al. Het formele was weg. De rokken van haar japon streken over sparrekegels, eikels, hopen felgekleurde bladeren. 'Ik zou een goede vriend van mij graag zo'n kornoelje willen sturen waar u over sprak, en ik weet dat mijn grootmoeder er dolblij mee zou zijn,' zei ze. 'Zou u me er twee uit uw tuin willen verkopen?'

'Misschien wel. Waarmee zou u mij dan betalen?'

Wees gewaarschuwd, had kolonel Perry gezegd, John Custis kan heel venijnig zijn. Hoe ouder hij wordt, hoe minder hij van mensen moet hebben. Maar als hij je aardig vindt, kun je je geen betere vriend wensen.

'Met Engelse shillings, een stekje van een roos, een spinaziezaadje, een Franse waaier, een okshoofd tabak, een paar kuikens uit eieren van kippen van Tamworth, de beste room van mijn koe, die hier al een onweer heeft overleefd, en een Frans liedje, speciaal voor u gezongen. Had u nog meer gewenst?'

Er gleed een snelle glimlach over zijn gezicht die even snel weer weg was. Haar antwoord beviel hem.

Hij wees naar een boom. 'Wasachtige, witte, geurige bloemen in het voorjaar, lady Devane, als kolen zo groot. We noemen hem moeraslaurier. En dit is een moerbei. Onze wilden hier weven mantels van de bast.' Hij bukte zich en raapte een tak op van de grond. Aan de top zat een kegel van karmijnrode zaden. 'Van de moeraslaurier,' zei hij, en bood haar de tak aan alsof hij uit wierook en mirre bestond – en voor hem was dat ook zo, vertelde kolonel Perry later. 'Stuur deze zaadkegel naar uw grootmoeder met de complimenten van majoor Custis, en zeg haar dat ze over zeventig jaar de mooiste bomen van heel Engeland zal hebben.'

Barbara volgde hem over het bruggetje. Het water eronder was bezaaid met bladeren die weggevoerd werden naar hun bestemming. 'Iedereen zegt dat hier twee typen tabak worden geteeld, orinoco en zoet geurende.'

'Uw grond is het meest geschikt voor de zoet geurende soort. U mag uzelf gelukkig prijzen, lady Devane, want die brengt de hoogste prijzen op. Al teelde Jordon Bolling ook een goeie orinoco. De Hollanders houden van een sterkere tabak – dat is de orinoco – evenals de Fransen en de Spanjaarden. Het vervelende is dat orinoco niet langer dan een jaar bewaard kan worden, terwijl de zoet geurende gewicht verliest in de okshoofden, zodat het lastig kan zijn hem goed te verpakken. Te veel en er komt schimmel in. Te weinig en hij verkruimelt, zodat er niets van overblijft.'

'Wat zou het beste tabakszaad zijn?'

'Uw opzichter heeft natuurlijk zaad, maar omdat u het vraagt: de familie Digges aan de York River, van hieruit naar het noorden, heeft een fameuze zoet geurende soort, die in Londen bekend is en de hoogste prijzen opbrengt.'

Iedereen zei hetzelfde: zaad van Digges.

Majoor Custis wees naar een boom met blad dat glansde als een gazen japon. 'Zilverahorn. Een schitterende boom. De bladeren zijn van boven groen, van onderen zilverwit, en als de wind erdoorheen waait, glinsteren ze als het ware. Uw grootmoeder zou een zilverahorn zeker op prijs stellen. Ik kan het weten. Ze doen mij wat, en zoals Edward hier u kan vertellen, heb ik eelt op mijn ziel.'

'Dan moet mijn grootmoeder beslist een zilverahorn hebben. Hoe kan ik aan tabakszaad van Digges komen?'

'U zou aan die malle ouwe John Custis moeten vragen wat hij ervoor wil hebben.'

'Alle rozenstekken die ik heb meegebracht zijn voor u vanwege uw vriendelijkheid me vanmorgen zo ter wille te zijn, en ik moet u zeggen dat de seringen op Tamworth Hall tot de mooiste behoren die ik ooit heb gezien. Misschien is mijn grootmoeder over te halen een aantal stekken af te staan... als het werd gevraagd door iemand die haar na stond.'

'Dit is je reinste omkoperij. Edward, jij bent er getuige van. Twee rozestekken, een hoeveelheid spinaziezaad, een sering, en we zijn akkoord. U krijgt het zaad. Ik zal u vertellen wat die malle ouwe John Custis nog meer in petto heeft voor een dame zoals u: een geheim waarin niemand gelooft. De beste tabak groeit op drooggelegd moerasland. Ik heb een vriend uit Engeland, ook een plantengek zoals ik, die een aantal jaren bij ons is komen wonen. Terwijl hij hier was, speelde hij met de kunst van de tabaksteelt, huurde een stuk grond, legde een moeras droog, gunde het een jaar om te drogen. En een jaar daarna groeiden er planten die twee keer zo groot waren als die van anderen, met mooiere tabaksbladeren eraan dan u ooit hebt gezien. Niemand hier laat zich overhalen om hetzelfde te doen. Ze hebben al die moeite er niet voor over, ziet u, omdat er altijd meer land is achter de horizon.'

Nadat ze klaar was met haar aankopen, wandelde ze met kolonel Perry over het lange gazon dat voor het huis van de gouverneur was aangelegd.

'Toen ik in Engeland was, heb ik Saylor House gezien,' zei kolonel Perry. 'Toen leefde uw grootvader nog. Het was voorjaar, en ik ben in de tuinen geweest; er waren zeker tweehonderd Hollandse tulpen geplant. Rode tulpen, herinner ik me, het zuiverste karmijnrood dat ik ooit heb gezien.'

'Bent u in Saylor House geweest? Dat wist ik niet. Het Huis van Oranje stuurde hem elk jaar tulpen omdat mijn grootvader en Willem van Oranje samen hadden gestreden in de oorlog en omdat grootvader Willem steunde toen hij naar Engeland kwam om de plaats van koning Jacobus in te nemen. Mijn neef, Tony, houdt de tuinen nog steeds open, en elke winter komen er tulpen, want de Hollanders hebben mijn grootvader niet vergeten.'

Perry kwam voor haar staan zodat ze moest blijven stilstaan, nam een van haar handen in de zijne en drukte die zacht.

'Hebt u enig idee hoe vriendelijk u de afgelopen week bent geweest, met voortdurend mensen om u heen? Ik weet dat de paardenrennen die te uwer ere gehouden zijn, de picknicks en diners hier, in uw ogen onbeduidend moeten hebben geleken, misschien zelfs belachelijk. Maar u bent niet anders dan vriendelijk geweest, terwijl u ons had kunnen bespotten. U hebt deze week menig vriend gemaakt, lady Devane. En u hebt zoëven John Custis voor u gewonnen. Ik verzeker u, dat is geen gemakkelijke opgave. Iedereen is vol van uw vriendelijkheid. Ze zijn verheugd en trots dat u gekomen bent om in ons midden te zijn.'

Zijn ogen straalden leven en schoonheid uit, als twee identieke edelstenen; Rogers ogen hadden precies die kleur, dacht Barbara.

'Waarom bent u hier?' vroeg hij.

Er was geen reden waarom ze zijn nieuwsgierigheid zou moeten bevredigen. U bent een eerzaam man, dacht Barbara. In een opwelling zei ze: 'Er rust een zware schuld op mij. Mijn echtgenoot was een directeur van South Sea, en de boete die zijn nalatenschap is opgelegd is zeer hoog. Hij was nog meer geld schuldig, voor een huis, aandelen en grond die hij had gekocht. En toen de Bubble uiteenspatte – is ons bezit eigenlijk ook uiteengespat. Ik denk dat je zou kunnen zeggen dat ik ben gevlucht.'

'Denkt u hier fortuin te gaan maken?'

'Ik denk mijn plicht te doen jegens mijn grootmoeder. Zij wilde het een en ander weten over First Curle, wat het was, wat het zou kunnen worden. Ik had behoefte aan enig respijt van al mijn verliezen. Maar ik denk dat mijn fortuin in Engeland ligt. De kaarten daar – de boete die mijn landgoed is opgelegd, de schuld – zijn nog niet uitgespeeld. Hoe langer ik hier ben, hoe meer ik daaraan denk. Ik ga in het voorjaar terug, om aan mijn grootmoeder verslag uit te brengen over wat ik hier heb aangetroffen en over wat ik hier ben begonnen, en om me te bekommeren om mijn landgoed.'

'Zult u naar Virginia terugkeren?'

'De rivier, de bomen, de hemel, bepaalde mensen zijn bezig een plekje in mijn hart te veroveren. Ik denk wel dat ik altijd terug zal komen.'

Ze waren bij het huis van de gouverneur, een groot, degelijk, vierkant bakstenen gebouw van drie verdiepingen, met ramen in het dak, en bekroond door een witte koepel.

In de hal zei hij tegen haar: 'Wat u me zojuist hebt verteld, zal onder ons blijven, lady Devane...'

'Natuurlijk. Dat wist ik voor ik het zei.'

Zijn wangen kleurden licht. 'Ik voel me vereerd door uw vertrouwen.' Hij sprak stijf, heel anders dan gewoonlijk. 'Vaarwel, tot vanavond.'

Er verscheen een bediende. 'Mijnheer Randolph is hier om u te spreken, lady Devane. Hij is in de tuin,' kondigde hij aan.

Toen Barbara de tuin inliep, zag ze Randolph, de advocaat van haar grootmoeder, aan de oever van een langwerpige vijver die de gouverneur in zijn tuinen had laten aanleggen.

'Hebt u het?' zei Barbara terwijl ze op hem toeliep.

'Ik heb het, maar ik moet u waarschuwen dat uw buren het niet zullen waarderen. Het brengt slaven in verwarring, mevrouw, als ze zien dat een van hun broeders de vrijheid krijgt.'

Barbara nam het vel papier van hem aan en vouwde het open. 'Ik denk niet dat de vrijheid van één kleine jongen de kolonie zal ontregelen.' Daar was het, het document dat Hyacinthe zijn vrijheid gaf.

Er bestond een oude wet, had deze jongeman haar verteld, die eiste dat bevrijde slaven de kolonie dienden te verlaten binnen zes maanden nadat ze hun vrijheid gekregen hadden, maar die was niet opgenomen in de herziene slavenwetten van 1705. Gelukkig maar. Wanneer ze dit document aan Hyacinthe gaf en hem uitlegde wat het betekende, zou hij misschien ophouden met kniezen.

'Er is nog een andere zaak,' zei Barbara tegen hem. 'Kom mee naar binnen.'

Randolph was een ernstig, serieuze jongeman, die wel iets weghad van de man die Rogers klerk van het huishouden was geweest. 'Hoe kan ik land verwerven, dat niet op mijn naam staat maar toch van mij is?'

'U wijst iemand aan als stille beheerder en zet het land op zijn naam. Waar gaan we heen, lady Devane?'

'Naar mijn slaapkamer,' antwoordde ze. Ze tilde haar rokken op en rende zowat de trap op, terwijl hij aarzelend volgde. 'Thérèse,' zei ze terwijl ze de slaapkamer binnenging, 'ik heb mijnheer Randolph mee naar boven genomen.'

Hij bleef onzeker in de deuropening staan.

'De vergadering van de raad van de gouverneur was erg interessant voor mij, met name toen er gesproken werd over de toewijzing van grond.' Aan Jeremy Clower, vierduizend morgen; aan Edmund Jennings, tienduizend; aan Drury Stith, drieduizend.

Tot Randolphs verbazing tilde ze een kussen op van het bed, en daar lagen juwelen, diamanten, parels, smaragden, in oorbellen, in halssnoeren, in broches en armbanden. Langzaam en met grote ogen liep Randolph erheen.

'We bewaren ze in de zoom van Thérèses japon. Ik wil dat u er een deel van meeneemt om er grond voor te kopen. Ik houd van gokken.' Barbara glimlachte, maar Randolphs blik was op de juwelen gevestigd. 'En ik wil gokken met grond.'

Voor tabak is grond nodig. Dat had ze telkens weer horen zeggen sinds ze hier was. Kolonel Perry, kapitein Randolph en kolonel Bolling bezaten al het land rond First Curle, mijlen in de omtrek – dat zei Margaret Cox tenminste – land dat ze nu niet gebruikten, maar dat ze zouden gaan gebruiken.

'En daar is een brief van Zijne Majesteit.' Ze liep naar een tafel, zocht tussen enkele papieren en overhandigde Randolph de brief die op haar had liggen wachten toen ze in Williamsburg kwam. 'Zijne Majesteit is zo vriendelijk om te zeggen dat ik helemaal geen pacht hoef te betalen.'

'W-werkelijk,' stamelde Randolph. De wet stelde dat er voor elk stuk aangekocht land pacht, een soort belasting, moest worden betaald aan Zijne Majesteit, omdat het land van hem was. Deze brief, met handtekening en zegel van George I, ontsloeg Barbara van die belasting.

'Vanavond zal ik hiervan wat dragen – de parels, nietwaar, Thérèse? Maar deze' – ze veegde de smaragden en een paar van de diamanten bijeen alsof ze niets waard waren, en legde ze in zijn handen – 'geef ik aan u om te bewaren en te gebruiken voor de aankoop van grond. Maar nu moet ik afscheid van u nemen, mijnheer Randolph. We praten morgen voor ik vertrek verder, want ik heb een idee waar we grond zouden kunnen kopen, en ik weet dat u ook ideeën zult hebben. Voor dit moment, vaarwel, mijnheer Randolph.'

Opeens stond hij buiten de slaapkamerdeur. Hij bleef een ogenblik naar de juwelen staan kijken voor hij ze voorzichtig in zijn zak stopte. Hij moest haar een ontvangstbewijs geven. Hij zou haar een ontvangstbewijs geven! Zijn broer, haar buurman, had haar visites beschreven, de hondjes die haar slaafje kunstjes liet doen, de Franse liedjes, niemendalletjes die ze voor de kinderen zong, die lachten van verrukking. Ze droeg japonnen die een koningin niet zouden misstaan. Ze is werkelijk heel bijzonder, had zijn broer gezegd, ze stelde me de ene vraag na de andere over tabak, over het leiden van een plantage.

Ze was inderdaad heel bijzonder, dacht Randolph, en ook uitputtend. Bij de gedachte aan de hoeveelheid grond die hij met deze juwelen zou kunnen kopen, bij de gedachte aan de beste koop die voor deze hoeveelheid gedaan zou kunnen worden, bij het overdenken van de toekomst, een uitdaging waar hij plezier in had, dacht hij: en ze is ook opwekkend!

Kolonel Edward Perry ging niet, zoals hij zich had voorgenomen, terug naar het huis van zijn neef, maar hij liep naar de zijkant van het huis van de gouverneur, naar een hoge, breed vertakte eik buiten de tuinen, buiten de omringende muur. Van daaruit keek hij omhoog naar de ramen van de kamer waar zij verbleef. Hij was diep getroffen dat ze hem zo in vertrouwen had genomen. Honderd mannen moeten verliefd op je zijn geworden vanwege je gezicht. Zijn er ook mannen die verliefd op je zijn geworden om je hart? Ik lijk wel een kleine jongen, dacht hij, tot over mijn oren verliefd.

Hoe komt het dat je me nog steeds zo ontroert, zo van binnen beweegt? Het was alsof hij na al die jaren plotseling op iets bekends was gestuit, iets dat hij allang had opgegeven als verdwenen, niet wetend dat hij het had opgegeven tot het verlorene weer gevonden was. Zijn thuis was de rivier, wier traag vloeien hij al die jaren had gadegeslagen. Zijn thuis waren de dichte wouden, de paardenpaden die erdoorheen waren uitgehakt, de zware zomerhitte, het isolement dat de winterse stormen met zich meebrachten, de eenvoudige, ruwe vriendelijkheid van mensen die hij zijn hele leven had gekend; maar toch leek dat alles nu een droom, verbleekt naast de aanwezigheid van Barbara op First Curle.

Tot nu toe was hij tevreden geweest, vooral gedurende de laatste jaren van zijn leven, waarin hij leefde in een rust die hem het gevoel gaf dat hij even mooi, even krachtig vloeide als de rivier. Het was alsof God hem op alle mogelijke manieren had gezegend, en hij, zich bewust van die zegeningen, had geprobeerd ze terug te geven. Ze raakt mijn hart op een wijze die ik niet begrijp, dacht hij, en de diepte van mijn emotie maakt me bang.

Hij besloot naar de kerk aan de andere kant van het grasveld te gaan. Daarbinnen zou het stil zijn; er zou niemand zijn. Hij zou op een bank gaan zitten en nogmaals hiervoor bidden. Hij had nu de gewoonte te bidden, hoewel hij er pas laat mee was begonnen, een jaar of vijftien geleden, toen zijn zoon gestorven was. De jongen was evenals zijn dochter Beth laat in zijn leven gekomen, bij een jongere echtgenote, een vrouw van wie hij had gehouden, die gestorven was bij de geboorte van Beth. Het gebed had zijn leven veranderd, had hem gered van de waanzin die het verdriet om de dood van zijn zoon meebracht. Het zou hem nu ervoor behoeden, een dwaas te zijn of, als dat niet het geval zou zijn, zou hem gewezen worden, zoals altijd, wat hij met haar moest doen, want op de een of andere manier waren zij en hij onverbrekelijk met elkaar verbonden. In haar nabijheid zijn maakte de band alleen nog hechter, en hij moest dit dus aanvaarden. Het was bijna alsof ze delen waren van een ziel die in tweeën was gespleten en vervolgens weer tot elkaar gekomen. Een dichterlijke gedachte – die hem ook weer bang maakte, die ergens diep van binnen opwelde, uit een verstrengelde plek in hem die hij nog nooit had onderzocht, waarvan hij niet had geweten dat ze bestond.

'Een wet dat de tabak naar Engeland moet gaan, een wet dat het okshoofd een bepaalde maat moet hebben, een wet dat een planter beboet moet worden als hij de uitlopers die aan de stengels groeien nadat de bladeren eraf zijn gesneden, in vaten verpakt – wat hebben ze veel wetten voor tabak,' zei Barbara tegen Thérèse.

Nicotiana is de Latijnse naam ervoor, dacht ze terwijl Thérèse haar japon losreeg, en ze herhaalde in gedachten de woorden van majoor Custis: er bestaat hier een inheemse soort, die door de Indianen werd geteeld voor wij hier voet aan wal zetten. Die plant was, en is nog steeds, heilig voor hen. Wanneer je met een Indiaan een pijp tabak rookt, doe je dat niet omdat het lekker is, maar veeleer om een overeenkomst, een verdrag of een contract plechtig te bekrachtigen. Ze offeren tabak aan het water om van een goede visvangst verzekerd te zijn, strooien tabak uit over hun velden om een goede oogst te hebben. Heilig, ziet u. Ze gebruiken hem niet overvloedig, zoals wij.

Ze nam zich voor minder planten te telen, minder tabak te verbouwen, maar wel de beste. Klasse, werd die genoemd: tabak die door bepaalde planters werd geteeld, waarbij men op kwaliteit kon rekenen. Kolonel Perry had een klasse; kapitein Randolph ook. En zij zou ook klasse krijgen, als ze begon met zaad van Digges. Er waren geen rapporten over de tabak van Bolling ter inzage, geen logboek over zijn tabaksteelt. Die had zijn oom natuurlijk meegenomen. Niets aan te doen. Ze zou schrijven naar de handelaren in Londen die Jordans tabak hadden gekocht; beter nog, ze zou hen een bezoek brengen wanneer ze terugging naar Engeland.

Ze zou haar eigen klasse-tabak telen, de allerbeste, uit het beste zaad. Ze stelde zich Tony, Wart, Charles, alle modieuze jonge mannen die ze kende voor, die snuif onder hun neusgat hielden en niesten, snuif gemaakt van haar klasse-tabak. Ze kon haar klasse in de mode brengen; ze wist dat ze het kon. De mensen aan het hof dachten aan niets anders dan in de mode zijn, waren dag en nacht aan het piekeren of een japon wel volgens de laatste stijl was, maakten zich druk over de plaats van een moesje. Ze zou een okshoofd aan de favoriete tabakshandelaar van de prins van Wales sturen, met haar complimenten.

Ze hoorde het geluid van een harp en zuchtte. Muzikanten die repeteerden voor vanavond. Over nog een paar uur zou de benedenverdieping vol mensen zijn. Ze hief haar melkblanke, slanke armen boven haar hoofd en dacht aan een zoete, milde tabak. Zou een tabaksfabrikant de verkruimelde bladeren kunnen vermengen met lavendel? Of met munt. Lady D, zouden ze de snuif die ze maakten kunnen noemen. Of misschien – nog beter – de Hertogin, naar haar grootmoeder.

Thérèse had haar japon voor vanavond uitgelegd op het bed. Daar lagen de juwelen en veren, de linten en kanten, het korset dat haar middel zou insnoeren en haar borsten omhoogdrukken, dat haar zo zou samenpersen dat ze geen tien passen zou kunnen hardlopen zonder buiten adem te raken. Daar stonden het doosje met moesjes, de dons voor rouge, de parafernalia van een dame.

Ze liep naar het raam. Het zag uit over het park. De gouverneur had dit huis gebouwd en dit park aangelegd. Hij nam zelf grond in bezit, ging op onderzoek uit, had een plantage bij de bergen, was altijd bezig. Hij liet zijn sporen na.

Ik ga op bevel van de gouverneur naar Williamsburg om de mensen van dit gewest te vertegenwoordigen als Lagerhuislid, zei kolonel Perry, en ik heb de eer zitting te hebben in de rechtbank van dit gewest. De behoeften van mijn buren neem ik met me mee naar Williamsburg wanneer de gouverneur een vergadering uitschrijft om wetten te maken; ik luister naar hun problemen en neem mijn besluiten dienaangaande op de gewestelijke rechtszitting. Hoe kan ik een billijk besluit nemen als ik de behoeften van mijn buurman niet ken?

Of zijn leugens en bedrog, zei mevrouw Cox. De kolonel is de eerlijkheid in persoon. Hij is douaneofficier op de rivier, heeft in de raad van de gouverneur gezeten voor hij door kuiperij zijn positie kwijtraakte en hij te trots en eerbaar was om terug te vechten. En hij kan zo nodig grond beoordelen, en ook een goed, duidelijk testament opstellen. Kolonel Perry heeft ook zijn sporen nagelaten.

Welke sporen had zij in het leven nagelaten?

'U moet rusten,' zei Thérèse, 'zodat u er vanavond mooi uit-ziet.'

Met gefronst voorhoofd keek Barbara neer op het park.

Koop ik slaven? Kan ik slaven kopen? Kan ik doen zoals de anderen hier, en domweg mijn ogen sluiten voor de wreedheid ervan? Heb ik een keus? Hoe kan ik anders de tabak telen die ik hebben wil? Vanavond zou ze Klaus zien. Hij had beloofd op haar feest te komen. Er zou iets tussen hen gebeuren voor hij weg-voer. Ze kon het voelen. Ze trommelde met rusteloze vingers op een raamkozijn.

Hyacinthe, wat doe jij op dit moment? Gedraag je je? Nee. Hij was woedend geweest omdat ze hem achterlieten, maar te koort-sig om mee te kunnen.

Die vraag deed haar denken aan anderen, aan thuis, aan haar vriend Wart, aan haar minnaar Charles. Gedroegen zij zich be-hoorlijk? Nee. Het hofleven was te vervelend, de sleur te geest-dodend. Je moest je amuseren, anders ging je dood. Ze gedroe-gen zich nooit behoorlijk. Tony wel, haar lieve neef, degelijk en betrouwbaar.

Misschien kon ik daarom niet van je houden, dacht Barbara, je was te fatsoenlijk voor mij.

7

Wat gebeurt daar, dacht Laurence Slane. Het was laat, heel laat, na middernacht, maar nog geen dageraad, en hij zat in een klei-ne taveerne aan een van Londens grote pleinen, te midden van edelen, klaplopers en hoeren, van wie de meesten meer wijn op hadden dan goed voor hen was. Het was het nachtelijke tijdstip voor relletjes, en die ontstonden dan ook.

'Ik zou niet dulden dat men een nicht van mij op die manier beledigde,' zei de hertog van Wharton.

'Ik zal het niet dulden,' zei Charles, Lord Russel. Hij stond op zodat hij zijn stoel omstootte. 'Zegt u dat nog eens, mijnheer.'

'Een rel?' zei Tommy Carlyle tegen Slane. 'Laten we gauw gaan kijken. Ik ben dol op rellen.'

Het werd stil in de taveerne: het gelach en het luide gepraat stierven weg, alsof de omstanders, die aanvoelden dat er iets aan de hand was, de ruzie niet wilden missen.

'Ik zei...' Een man stond onhandig op van zijn stoel. Zijn stem klonk luid en beschonken, hij schreeuwde bijna.

Wie is die man, dacht Slane. Hij herkende de anderen aan de tafel – Tony, de jonge hertog van Tamworth; Tamworths zwager, Charles, en Charles' vriend, de hertog van Wharton. Zij vertegenwoordigden grote en trotse families; Tamworth en Wharton waren jong geweest in 1715 toen George de troon besteeg. De wereld lag aan hun voeten, en ze hadden alle tijd, alle mogelijkheden om te doen wat van hen werd verwacht: hun leven en erfgoed te verdoen met drinken, gokken en hoeren jagen. Er was geen oorlog om hen uit te dagen, om de hartstochten van jeugd en mannelijkheid op te koelen. Ze moesten het doen met liederlijkheid.

'Ik zei dat het de komende winter wel eens koud zou kunnen zijn in het bed van de prins van Wales, terwijl het warm is in dat van de een of andere vent in Virginia,' zei de man, Tom Masham.

Stommeling, dacht Slane. Dit loopt uit op een duel, en nog voor zijn gedachte ten einde was, stond Tony op en stootte de man zijn vuist in het gezicht.

Dit verraste Slane; hij had verwacht dat Charles, die al stond, iets zou doen, niet Tamworth.

Nu barstte er een pandemonium los. Tom Masham viel tegen Slanes metgezel Tommy Carlyle aan, die gilde als een vrouw. Mashams hoertje van die avond gilde nog harder dan Carlyle en sprong de hertog van Tamworth op de rug terwijl ze hem met haar vuisten bewerkte. Charles viel over Masham heen, die op de vloer zat. Het leek erop, dacht Slane spottend, dat Charles zou afmaken wat Tamworth begonnen was. Het tweetal rolde door zaagsel en gemorste wijn als twee vechtende jongens.

De hertog van Wharton lachte, een uitzinnig geluid. Hij bevond zich buiten het gewoel, maar genoot ervan.

'Raak hem nog een keer, Charles!' riep Wharton. 'Tony, laat je niet door die vrouw op je kop zitten. Geef haar een mep!'

'Ik roep de nachtwacht.'

De taveernehouder had zijn knuppel gepakt, maar durfde die bij de adellijke klanten niet goed te gebruiken. De nachtwacht, dacht Slane. Daar heeft niemand wat aan. Dat waren oude mannen, die tot taak hadden door de straten te lopen, de uren af te roepen en relschoppers en dronkaards op te pakken. Niet alleen hun leeftijd maakte hen minder doeltreffend, maar ook hun eigen drankzucht. Het zou het beste zijn als ik hier wegging, dacht Slane, maar ondanks zichzelf had hij opeens de hoer bij haar middel gepakt en was hij bezig haar van de hertog van Tamworth af te trekken. Ze schopte en krabde naar hem, maar Slane hield haar armen stevig vast en fluisterde haar overredende woorden in, zodat ze in de war raakte.

'Rustig maar. Vechten is niet nodig. Kom hier zitten en laat die ruwe kerels het maar uitvechten zonder jouw hulp.'

Hij zag dat sir Gideon Andreas, de bankier van de koning – die naar men zei binnenkort tot graaf zou worden bevorderd – Charles en Masham uit elkaar had gehaald; Andreas was daar sterk, breed en groot genoeg voor, terwijl zijn positie en leeftijd – hij was minstens vijftien jaar ouder dan zij – hem een gezag gaven dat gehoorzaamheid afdwong.

Slane liet het dronken hoertje huilend achter en ging naar buiten. Hij ademde de nachtlucht in, aanmerkelijk frisser dan in de taveerne. Barbara, dacht hij, omhoogstarend naar een enkele ster hier en daar, nu heb je waarschijnlijk een duel veroorzaakt, terwijl je niet eens hier bent. Ben je nog steeds zo mooi als toen ik je voor het laatst zag? Blijkbaar wel.

Hij draaide zich om toen hij iemand uit de taveerne hoorde komen. De hertog van Wharton.

'Er komt een duel, ik weet het,' zei de hertog.

'Je hebt er alles aan gedaan om het zover te krijgen. Ik dacht dat Tamworth een vriend van je was.'

'Dat is hij ook.'

'Als al zijn vrienden zo zijn als jij, heeft hij geen vijanden nodig.'

'Je zult dit gebruiken,' zei de hertog, en voor Wharton de taveerne weer binnenging, dacht Slane heel even een duivels licht in zijn ogen te zien blinken.

Ja. Het schandaal dat hieruit voortkwam, kon in hun voordeel gebruikt worden om de onlustgevoelens jegens George te voeden. Slane zette er de pas in. De bisschop van Rochester had iets nodig om zich over op te winden. Een gemeen, smerig schotschrift hierover zou daar precies geschikt voor zijn. Duels waren bij de wet verboden. Het zou de indruk wekken dat de koning niet in staat was zijn eigen mensen in het gareel te houden. Het invasieplan is onderweg, had Slane Rochester verteld. Koning Jacobus was in Italië; zijn meest betrouwbare adviseurs – van wie er één generaal was in het Franse leger – waren in Frankrijk; daarom moesten de plannen uit Parijs komen. Van Rome naar Parijs, en vandaar naar Londen, dat kostte tijd, zei Slane.

Te veel tijd, antwoordde Rochester. Toornig. Onmogelijk. Ongeduldig. Voor hij op weg ging, was Slane gewaarschuwd dat Rochester zo zou zijn. De waarschuwingen waren terecht geweest.

In een ander leven was Slanes roepnaam Lucius. Houd hem aan mijn kant, Lucius, zei Jamie.

Lieve Merel, dacht Slane, ik mis je. Ik mis Italië. Koning Jacobus III had zwarte ogen, als van een merel, en een bruine teint, als van een zigeuner; door zijn beste vrienden werd hij Merel genoemd. In een ander leven hoorde Slane tot die trouwste vrienden. Lucius, burggraaf Duncannon, bezat grote gebieden in Ierland, gebieden die hij nooit had gezien, want zijn familie was er rond 1690 weggevlucht, toen de oude Jacobus II getracht had zijn troon terug te winnen door een invasie te leiden vanuit Ierland, en de Engelsen – als overwinnaars – terugsloegen door het eiland tot de bedelstaf te brengen. Zodat hij eigenlijk burggraaf van niets was.

Horden Ierse en Schotse soldaten, edelen en verwanten waren uitgezwermd over Europa, naar de verschillende hoven, om zich zo goed mogelijk te handhaven, zodra het duidelijk was geworden dat Jacobus II niets meer zou doen, dat Willem van Oranje hem verslagen had, op het veld en in de geest, en dat ze moesten wachten tot zijn zoon, Jamie de Merel, de kroon veroverde.

Barbara, dacht Slane, waarom belasteren ze je? Ik herinner me jou niet als slecht. En nu zal je neef Tony misschien om jou het leven laten. Wat heb je uit de verte nog een verwoestende invloed.

De volgende dag stapte de tweede hertog van Tamworth, Anthony Richard Saylor – de middelste naam kwam van zijn beroemde grootvader en verried de ambities van zijn moeder – White's Koffiehuis binnen.

Als je de deur opendeed, kwam je een rookgordijn tegemoet afkomstig van de pijpen die gerookt waren door de mannen die hier de hele morgen hadden gezeten. Tony knikte naar de vrouw die het geld voor thee of koffie in ontvangst nam en ging zitten aan een tafel bij de ramen die uitzicht boden op de straat. Het was zo laat in de middag dat er niet veel mensen meer binnen waren; op dit tijdstip gingen de mannen die de ochtend en de voormiddag hadden doorgebracht in een van de talloze koffiehuizen in Londen, waar ze praatten, pijpen rookten, de nieuwsbladen en brieven met scheepsberichten lazen, en ook de advertenties voor elixers, pillen, snuif en verjongende dranken die aan de muren waren geplakt, naar huis om enkele uren bij hun vrouw te zijn en het avondmaal te gebruiken.

Na het avondmaal volgde een wandeling langs de dubbele bomenrij die de Mall van St. James's Park vormde. Het doel van deze wandeling was te zien en gezien te worden. Wanneer dan de zon onderging, begaf een man zich naar een toneelstuk of een opera, of naar het hof als de koning die avond gasten ontving. Of hij begon aan de onvermijdelijke avondronde langs de taveernes, om te gokken en te drinken en weer te praten, tot laat in de avond, wanneer het tijd werd voor serieus drinken en serieus hoereren. Het gokken ging altijd door. Tony had wel eens vrienden 's ochtends zien beginnen met kaartspelen in een koffiehuis, om het de volgende dag pas te verlaten. Zijn neef, Harry, had bij zo'n marathon een plantage gewonnen, de plantage waar Barbara nu was. Tony was erbij geweest toen Harry die had gewonnen.

Tony drukte op de plek op zijn slaap waar het hardnekkig klopte. Deze hele zomer was een nachtmerrie geweest. Hij kon niet slapen. Hij kon niet eten. Hij kon niet denken. Hij had Virginia op een wereldkaart moeten opzoeken om te proberen enig zicht te krijgen op Barbara's onverwachte, heimelijke vertrek. Geen bericht van Barbara aan hem, geen brief om het uit te leggen of zijn zegen te vragen of zelfs om vaarwel te zeggen, niets dan het verbijsterend harde feit – ze was weg – waarmee hij na een lange reis naar Tamworth werd geconfronteerd.

'Eerste liefde,' zeiden ze. 'Kalverliefde.' 'Uit het oog, uit het hart.' Want wat baat het een mens de gehele wereld te winnen en aan zijn ziel schade te lijden? Barbara was zijn ziel. Ze was dat, sinds hij zestien was, altijd geweest. Hij trommelde ongeduldig met zijn vingers op de tafel en staarde uit het raam. Hij wachtte. Hij had de lange benen van zijn vader en grootvader en ook hun blonde haar, dat hij op schouderlengte droeg, als een vrouw, maar bijeengehouden met een lint, wat in deze tijd van geschoren hoofden en pruiken niet modieus was. Als hertog was hem dit excentrieke gebaar vergund; als hertog was hem veel vergund – eigenlijk alles wat hij wilde. Zijn gezicht was gewoon – hij was niet knap, maar ook niet lelijk. Als hij glimlachte, verscheen er in zijn ene wang een kuiltje, en de glimlach was ernstig en verlegen, zodat mensen die hem goed kenden ernaar uitkeken, alsof ze wachtten op een glimp van een kostbare schat.

Tony's zwager, Charles, kwam het koffiehuis binnen. Een ogenblik stokte Tony's adem. Charles, zijn trouwe vriend, was zijn secondant in wat waarschijnlijk een duel zou worden; Charles was vermoedelijk bij zijn tegenstander geweest.

Charles was gekleed voor een avond in Londen, in een satijnen jas, waar bij de mouwen het kant van het hemd dat hij eronder droeg te zien was, met een weelderige pruik op zijn hoofd, en een zwart zijden, cirkelvormig moesje op zijn ene gladde jukbeen. Als jij niet met hem vecht, zal ik het doen, had Charles gisteravond gezegd, en toen was zijn jukbeen niet zo glad.

'Masham weigert zijn excuses aan te bieden.' Charles trok een stoel onder de tafel uit, ging zitten en strekte zijn benen onder de tafel. 'Als wapen heeft hij pistolen gekozen. Heb jij een paar duelleerpistolen?'

'Nee – of ja. Mijn vader – ik heb een paar pistolen die van mijn vader zijn geweest. Wanneer is het precies, Charles?'

'Om halfvijf. Morgenochtend. In Hyde Park. Onder de twee eiken bij de weg naar Piccadilly.'

'Hij zit er nog steeds; ik dacht dat hij op een van de sinaasappelmeisjes wachtte of op een van onze toneelspeelsters, maar toen Polly naar hem toe ging om even te kijken, was hij niet geïnteresseerd.'

'Misschien is hij ziek,' zei Slane. Hij trok zijn jas aan, en zei toen ongeduldig, omdat hij wist waarop Cibber wachtte: 'Ik ga wel even kijken wat hij wil.'

'Bedankt, Slane. Ik betaal je niet genoeg, Slane,' zei Cibber, terwijl hij Slane volgde langs de decors en langs de toneelspeelsters die hun japonnen aantrokken achter opgestapeld meubilair.

'Daar zit hij,' fluisterde Cibber.

De hertog van Tamworth was voor de middagvoorstelling gekomen en was tijdens de avondvoorstelling op zijn plaats blijven zitten. Nu was het over negenen en hij zat er nog steeds, in het donker.

Slane, klein, stevig en lenig, sprong behendig van het toneel af, pakte de lantaarn aan die Cibber hem gaf, en liep het duister in.

Hij was gewend aan mensen te zien hoe het met hen was, en in het licht van de flakkerende lantaarn was het duidelijk dat de jonge hertog in een shocktoestand verkeerde. Slane had dit eerder gezien, de lege, ontredderde uitdrukking op het gezicht van mannen op het slagveld na de slag, als ze gewond waren maar nog niet wisten waar of hoe ernstig. Hoe oud is hij, vroeg Slane zich af, terwijl zijn blik de extreme bleekheid van Tony's gezicht afzocht. Het was een aardig gezicht, krachtig, benadrukt door ogen in de kleur van een zomerhemel. Tweeëntwintig misschien?

Hoewel Slane zelf achtentwintig was, had hij zijn eerste veldslag meegemaakt op veertienjarige leeftijd; hij had toen tegen familieleden van deze man – zijn vader en grootvader – gevochten in de Franse oorlogen. En daarna had hij bovendien in ballingschap de volwassenheid bereikt; niemand bij wie hij hoorde, geen plaats, geen huis waar hij thuishoorde, want de familiebezittingen in Ierland waren weggegeven aan hen die de voorkeur hadden gegeven aan Willem van Oranje, in plaats van aan Jacobus II. Nergens thuishoren haalde het overlevingsinstinct in een mens naar boven, en maakte hem oud voor zijn tijd.

Hij voelde weinig meer dan verachting voor deze jonge edelen van George I, die nooit in een veldslag hadden gevochten, nooit gebrek hadden gekend. Men zei dat Robert Walpole, een van de ministers des konings, pochte dat elke man te koop was. In deze wereld, onder dit bewind, was dat ook waar. De South Sea Bubble had het bewezen.

'Uwe genade, het stuk is afgelopen,' zei Slane. 'We willen de deuren sluiten en voor vannacht naar huis gaan.'

Vanuit zijn ooghoek kon Slane zien dat Cibber handenwringend en zenuwachtig stond toe te kijken; hij wilde een hoge, adellijke bezoeker niet beledigen, maar wilde wel net als iedereen weg uit de schouwburg om zijn bed op te zoeken.

Tony stond op. Hij weet niet eens waar hij is, dacht Slane.

'Volgt u mij, uwe genade, het is tijd om weg te gaan,' zei Slane opgewekt, en hij dacht: het duel is natuurlijk vastgesteld.

Het loopt op een duel uit, had die geaffecteerde kolos van een hoveling, Tommy Carlyle, vandaag gezegd. Let op mijn woorden, Slane.

Dit was waarschijnlijk het eerste duel van de hertog. Slane herinnerde zich nog zijn eerste veldslag. Hij had de nacht ervoor nauwelijks geslapen, en zijn handen hadden zo gebeefd voor de strijdkreet kwam, dat hij zijn zwaard had laten vallen en bijna zijn eigen voet had afgehakt.

Toen ze op straat stonden, wenste Slane de hertog het beste, zei hem vaarwel en begon fluitend naar zijn huurkamer te lopen, die niet ver was. Hij dacht aan Rochester, die zich zo vrolijk maakte over deze twist. Jonge honden, had Rochester gezegd, oneerbiedig en goddeloos, net als de huidige regering.

Zorg dat de onvrede blijft bestaan tot ik aankom: dat waren zijn orders van Jamie. Het schotschrift dat Rochester bezig was te schrijven over dit duel om de weduwe van een directeur van South Sea zou daarvoor zorgen. Maar nu maakte Slane een fout; hij keek om en zag dat de hertog van Tamworth nog altijd op de plaats stond waar hij hem had achtergelaten, met nog steeds die versufte, verdoofde uitdrukking op zijn gezicht. Hoewel hij zichzelf al vervloekte terwijl hij zich omdraaide – hij had een zwak voor gekwetste schepselen, vogels met gebroken vleugels, honden waarbij de ribben door de vacht staken – begon hij terug te lopen.

'Welke dag is het vandaag, Slane?'

'De zevende oktober.' En dan, omdat de hertog verder niets zei: 'Mijn kamer is hier niet ver vandaan. U kunt daar even rusten.'

Slane ging even bij de pasteibakker onder zijn kamer aan en haalde een vleespastei en een kan bier. In zijn kamer stak hij een kaars aan en zette het eten neer.

'Gaat u zitten.' Hij maakte een handgebaar naar de ene stoel die hij met de kamer had gehuurd.

'Hallo, schatje,' zei hij tegen de vink in de vogelkooi op de tafel die hij ook met de kamer had gehuurd. 'Heb je me gemist?' Hij zette het deurtje van de kooi open. De vink hipte eruit, en Slane verkruimelde wat van de pasteikorst voor haar; ze hipte ernaartoe om de kruimels op te pikken.

'Ze had een gebroken vleugel.' Hij streek met zijn vinger over het ruggetje van de vink. 'Ik heb haar voor niets gekregen op de zondagsmarkt hier vlakbij.'

Slane floot en stak zijn hand uit, en de vink sprong erop. Hij hief de hand op, en toen hij weer floot, vloog de vink op zijn schouder. 'Braaf meisje,' zei Slane. 'Ik hou van je.' Even later leek de vink zich veilig te voelen met Slanes schouder als startpunt; ze sloeg haar vleugels uit en vloog de kamer rond, en nog eens en nog eens, tot ze eindelijk boven op een pilaar van het bed ging zitten, haar kopje schuin hield, en begon te zingen. Toen glimlachte Tony, een ernstige glimlach, de glimlach die was als een onverwachte goede daad of een heerlijk geheim, en toen Slane die glimlach zag, merkte hij dat hij gauw op moest staan en naar het open raam moest gaan om daar in de vensterbank te gaan zitten, om het gezicht van deze man, en zijn verdriet, maar niet te hoeven zien.

'Vanuit mijn raam, uwe genade, heb ik meer dan eens naar beneden gekeken om naar dieven en struikrovers te zwaaien die op weg waren naar de galg van Tyburn. De karren rijden door Wych Street en Drury Lane op weg naar Tyburn Road. In de avondschemer tippelt hier ook een menigte hoeren, maar ik moet helaas zeggen dat u die net hebt gemist. Neemt u wat van de pastei, uwe genade. Hier is een mes; snijd gewoon een stuk af en eet dat op. Neem nu ook nog een slok uit die kruik. Mooi. U zult zich beter voelen als u een volle maag hebt.'

Ontspannen schommelend met zijn ene been begon Slane over het theater te praten – over Cibber en diens gierigheid; over de toneelspeelster die vanmiddag dronken was komen aanzetten, zodat ze allemaal om haar heen hadden moeten spelen, terwijl ze midden in haar belangrijkste claus in slaap was gevallen. Hij praatte vlot, maar dacht intussen de hele tijd aan Rochester. Dit bewind heeft de hartstochten van zijn jongelieden niet in de hand, zei Rochester, en het doet zijn best de rug van de Anglicaanse kerk te breken. Daarom ben ik jacobiet geworden, Slane, omdat ik heb gezien dat George van Hannover geen vriend van de Moederkerk is, maar onze bisschoppen en prelaten koopt op dezelfde manier als hij de loyaliteit van de Whigs koopt. Het gezag van de Kerk wordt bezoedeld, en keer op keer in opspraak gebracht. Alles is tegenwoordig te koop, Slane, zelfs God.

Terwijl hij praatte, zag Slane in de straat beneden hem een klein meisje dat een kaars vasthield. Ze zette de kaars in de modder van de straat en holde weg; haar gestalte was heel even zichtbaar in het licht. De kaars was een signaal voor hem. Goddank, dacht Slane.

'Uwe genade, ik moet me verontschuldigen. Er is een dame aan wie ik beloofd heb dat ik haar vanavond zou bezoeken, en ik moet haar niet boos maken door haar te laten wachten. Blijft u hier zolang u wilt.'

De kaars beduidde dat er een brief was aangekomen uit Frankrijk, of mogelijk uit Italië, een belangrijke brief die alleen hij en een paar anderen te zien zouden krijgen. Laat het het plan voor de invasie zijn, dacht hij, terwijl hij naar een stuk spiegelglas stapte om zichzelf te bekijken, alsof hij werkelijk naar zijn liefje ging. In zekere zin was dat ook zo – al zou Rochester van kleur verschieten als hij hem zijn liefje zou noemen. Maar de bisschop was beslist iemand die Slane moest opvrijen.

Het gezicht in de spiegel was een gezicht dat menige vrouw graag zou zien, en velen zagen hem ook graag. Hij had donkere wenkbrauwen boven wijd uiteen geplaatste, al even donkere ogen. De neus was breed, evenals de mond. Een knappe kerel, noemde men hem. Lady Shrewsborough had gezegd dat hij de knapste vent was die ze in tijden had gezien. Zij was een stokoud familielid van de hertog die op ditzelfde moment in Slanes enige stoel zat. Als uw manieren bij uw gezicht passen, had ze gezegd, moet u maar eens aankomen, dan spelen we een spelletje kaart. Ik kan een heleboel over iemand te weten komen op grond van de manier waarop hij speelt.

En nu was Slane dank zij haar bezig in de salons van Londen net zo in trek te raken als hij op het toneel was. Wat natuurlijk nuttig was. Hoe dieper hij zich ingroef in het hart van dit hof, hoe beter hij Jamie kon helpen.

De bisschop van Rochester was ongeduldig. In plaats van zichzelf zag Slane Rochester in de spiegel. Waar blijft ons invasieplan, zou de bisschop vragen. Het is onderweg, zou Slane hem verzekeren. Hij zou uren op Rochester inpraten, en hem kalmeren zoals je een onrustige havik kalmeerde: We voeren de invasie in het voorjaar uit, zoals u ons hebt aangeraden; tijdens de verkiezingen, zoals uw advies luidde.

Rochester zou in zijn handen wrijven. Zeven jaar, zou hij zeggen; dat zei hij iedere keer. Het is zeven jaar geleden sinds er een verkiezing is geweest voor het Lagerhuis. Heel Engeland zal ruziën om stemmen. Menigeen zal bij zichzelf terugdenken aan de oude tijd toen er een Stuart op de troon zat, in plaats van deze buitenlander.

De Zweden zouden troepen leveren, of de Spanjaarden. Er zouden hier opstanden komen, van al degenen die al in 1715 in opstand hadden willen komen, die hadden gewacht. Slane en Rochester hadden Engeland opgedeeld in militaire districten, hadden daar loyale jacobieten geplaatst, om alvast te stoken, om in het geheim wapens en muntgeld te verzamelen.

Ik kan de koorts voelen, Slane, zei Rochester. Voel jij hem ook? Het is de koorts van de South Sea Bubble, waardoor we nog geteisterd worden, de koorts opgewekt door de manier waarop koning George en zijn ministers ons hebben bedrogen. Er was nog steeds veel onrust over de uiteindelijke boetes die de directeuren van South Sea waren opgelegd. Niemand vond dat de boetes hoog genoeg waren. Zovelen hadden fortuinen verloren met het speculeren in South Sea-aandelen dat geen boete, geen straf hoog genoeg was om de gevoelens van verontwaardiging, van verlies weg te nemen. De mensen waren hun vertrouwen in koning George kwijtgeraakt, zagen zijn ministers als inhalig en corrupt omdat die ze hadden geprofiteerd toen de aandelen South Sea stegen maar hadden geweigerd datgene te doen wat gedaan moest worden toen ze begonnen te kelderen. In augustus hadden de mensen een pop verbrand die een van de ministers des konings, Robert Walpole, voorstelde. Het gerucht ging dat hij ontslagen zou worden omdat de mensen hem zo haatten.

Slane kon in de spiegel het beeld van de doodstil zittende hertog van Tamworth zien, en hoewel een deel van hem met de man te doen had, was een ander deel koel en onaangedaan. Tony was zijn vijand, een man die, ook al had hij verder niets misdaan, met name mocht worden gehaat vanwege zijn grootvader, Richard Saylor. Saylor had Willem van Oranje gesteund. Een uitmuntend soldaat, had koning Jacobus II hem genoemd en hij was aan alle hoven vermaard om zijn tactische vermogens en zijn verfijnde manieren, 'Hij heeft de moed van een leeuw en de mildheid van een heilige.' Leeuwenhart, had men Richard Saylor genoemd, naar een andere beroemde strijder uit de Engelse geschiedenis. En daarom kon Slane naar zijn kleinzoon Tony kijken en daarbij tegelijkertijd medeleven en verachting voelen.

Een tijd geleden zou hij uitsluitend verachting hebben gevoeld. Ben ik niet meer zo scherp als ik zou moeten zijn, vroeg hij zich af. Het jarenlang intrigeren begon zijn tol te eisen, het jarenlang hoven afreizen, om wapens en geld bedelen voor Jamie, het keer op keer zien mislukken van plannen om hier het land binnen te vallen en de overwinning te behalen. Het putte hem uit om samen te werken met een opvliegend man als de bisschop van Rochester, die mensen net zo lief vervloekte als zegende; het putte hem uit te horen hoe Rochesters twijfels en angsten een echo waren van zijn eigen twijfels en angsten. God behoede me, dacht Slane, God behoede de Merel en mij...

Vaarwel, jonge hertog. Jij gaat straks duelleren en zult misschien sterven, en ik ga een invasie beramen, en zal daarvoor misschien uiteindelijk ook het leven laten. Wij hebben meer gemeen dan jij zou denken. Als jouw grootvader Jacobus II trouw was gebleven, zouden we nu misschien samen een invasie beramen. Of we zouden niets te beramen hebben gehad, want als je grootvader en anderen zoals hij loyaal waren gebleven, zouden wij gewonnen hebben.

Buiten, in het donker, dacht Slane aan Barbara. Hij moest dit duel voor zijn eigen doeleinden benutten, en dus haar naam bezoedelen. Dat vond hij niet prettig. Hij dacht aan Charles, Lord Russel, die haar minnaar was geweest, en dat maakte het weer gemakkelijker. Hij vond Charles niet aardig, met zijn opvliegendheid en trots. Als Charles er niet geweest was, zou de jongeman die nu in Slanes stoel zat, misschien niet oog in oog staan met de dood. Zou Barbara erom treuren als haar neef Tony stierf? Hij hield van haar, maar hield zij ook van hem?

Lang geleden – in Italië, en als burggraaf Duncannon – had Slane Barbara korte tijd het hof gemaakt. Ze was toen wispelturig geweest, bekoorlijk, ze leefde in onmin met haar echtgenoot, en was vreemd genoeg – en in Slanes ogen sierde het haar – kuis. Ze was verleidelijk, maar liet zich nooit veroveren; ze was helemaal niet wat men van haar dacht. Het scheen dat ze later die kuisheid had laten varen. Ik zou beter voor haar zijn geweest dan Charles Russel, dacht hij.

Toen hij deze missie naar Londen accepteerde, had hij gedacht dat zij hier zou zijn, en dat hij zich schuil zou moeten houden omdat zij hem kende, dat hij op de achtergrond zou moeten blijven van de actie, het gevaar, de slimmigheden en gewaagde daden die het intrigeren noodzakelijk maakte. Waarvan had zijn moeder hem ook weer beschuldigd? Dat hij gevaar nodig had om het gevoel te hebben dat hij leefde. Er was een kus geweest tussen Barbara en hem, een kus die ze op een keer, lang geleden, in een tuin waren begonnen; hij was toen burggraaf Duncannon en zij was, nu ja, Barbara, lady Devane, de zuster van Harry, een toegewijd jacobiet. Dat was nu echt ironisch: een van Richard Saylors kleinzonen, Harry, was een jacobiet geweest. De verkeerde kleinzoon is doodgegaan, dacht Slane, maar dat wordt misschien in de komende uren rechtgezet.

Dan zullen eindelijk alle kleinzonen van Richard Saylor dood zijn.

Donker. Het was zo donker op straat dat Tony over niets struikelde, zo zwart was alles. Hij stak zijn handen voor zich uit en werd wakker. Een seconde lang wist hij niet waar hij was. Hij zag een paar kaarsen branden. In het licht daarvan zag hij een vogelkooi, met het deurtje open, en een vink erin. O ja. Hij was in Laurence Slanes huurkamer, en hij moest duelleren. Het donker was geen droom; het was werkelijkheid.

Over enkele uren zou hij tegenover een man staan, met de ochtendnevel tussen hen in. In gedachten zag hij Hyde Park voor zich, hoorde de stilte daar, de ademloze rust van de vroege morgen. Voor zijn geestesoog zag hij twee mannen zich een aantal passen van elkaar verwijderen, zich omdraaien en op elkaar schieten. Een van hen viel neer.

Hij liep naar een raam en keek naar buiten. Hij vroeg zich af hoe laat het was, maar dit deel van Londen, dat nu vervallen was, dat niet meer in tel was, had geen straatverlichting, geen lantaarns aan de gebouwen, en hij kon niets zien, al kon hij wel gepraat horen, gelach, gezang, geruzie van de klanten van de taveernes en bierhuizen beneden. Om dicht bij de schouwburg waar hij optrad te zijn, woonde Slane in een van de zijstraten bij Covent Garden, een open markthal in het centrum van Londen waar straatventers fruit, groenten en kruiden verkochten.

Hij had niet in slaap willen vallen. Nadat Slane was weggegaan had hij alleen nog even in de stoel willen zitten. Maar toen was hij op het bed gaan liggen en had zijn ogen gesloten, en daarmee was het bekeken.

Hij moest weg. Het was vast al bijna tijd voor het duel. Hoe laat is het, dacht hij, terwijl hij de straat opliep, in de richting van de markthallen van Covent Garden. Alle kramen onder de arcaden die twee zijden van de markthallen omringden waren gesloten, maar er was flauw licht te zien door de open ramen en deuren van drie schuren, die zomaar in de markthal waren neergezet, als losse gedachten die de oorspronkelijke architect beslist zou hebben afgekeurd. Daar binnen waren de feestvierders aan het drinken en zingen; de hoeren waren hun zakken aan het rollen en de klanten waren te versuft om het erg te vinden. Deze taveernes bleven de hele nacht open; in een van deze tenten had hij ruzie gekregen met Tom Masham.

Voor zijn geestesoog zag Tony Charles weer opstaan uit zijn stoel. Als jij niet met hem gaat vechten, Tony, had Charles gezegd, doe ik het. Tony keek op naar de hemel. Sterren. De nacht had de wolken en de mist van de kolenrook opgelost zodat er sterren te zien waren. Ze hadden nog nooit zo stralend, zo helder geleken. Een lichtbundel van een lantaarn danste op en neer. Het was een ordebewaarder van de parochie, die 's nachts door de straten ging met een lantaarn en een knuppel. Tony vroeg hem hoe laat het was.

'Twee uur in de morgen, mijnheer.'

Tegen betaling van een muntje vergezelde de ordebewaarder hem door de aardedonkere Half Moon Alley, langs waterplassen, langs afval en slapende bedelaars, tot ze op de Strand kwamen, de enige rechte straat in het oude gedeelte van Londen, een volgebouwd Londen met smalle, bochtige steegjes die namen hadden als Cornhill Street en Threadneedle Row. Hier hingen aan de gebouwen lantaarns die genoeg licht gaven om te kunnen zien waar je liep. Aan het einde van de Strand, aan de kant van het oude Londen, stond midden op de straat een kerk. Toen Tony jonger was, ging hij daar met zijn zusjes naar het meidansen kijken, want bij de kerk stond een meiboom. Die was op zijn ereplaats teruggezet bij de restauratie van Karel II, ten teken dat de Puriteinse overheersing voorbij was en dat de oude tijd in ere werd hersteld. Maar de meiboom bleek wankel gefundeerd te zijn, hij wiebelde te veel om er de lange linten omheen te vlechten, en drie jaar geleden had sir Isaac Newton, die voorzitter was van de Royal Society, hem gekocht en naar een vriend in Wanstead gestuurd, die hem kon gebruiken als paal om een telescoop op te bevestigen. De laatste meiboom van Londen was verdwenen. Het was een teken des tijds, zei Tommy Carlyle, die altijd zulke dingen zei, dat de meiboom nu deel uitmaakte van een telescoop.

Er was geen verkeer op de Strand, zoals er overdag altijd was, zoals er eerder op de avond was geweest, nadat hij van Charles had gehoord dat het tijdstip voor het duel was vastgesteld, en hij deze straat was afgelopen, zonder te weten waar hij heen ging of waarom, alleen dat hij moest lopen. Geen koetsen op dit uur; er waren geen kruiers; zelfs de fakkeldragers, die 's nachts met hun toortsen rijtuigen en voetgangers bijlichtten, waren naar huis gegaan.

Ik zou niet dulden dat iemand een nicht van mij op die manier beledigde, had Wart gisteravond gezegd in de taveerne van Tom King, en zijn gretige oogjes onder hun zware oogleden blonken van kwaadaardigheid en wijn. Ik duld het ook niet, zei Charles, en hij stond op, gooide een stoel omver. In zijn trage, verwarde dronken denken had Tony één ding geweten: Charles mocht niet nog eens duelleren, niet om Barbara.

Tony passeerde de massieve voorgevel van Northumberland House, dat nog steeds bewoond werd door Howards en Percy's, als een van de laatste grote huizen die langs deze straat waren overgebleven. Toen zijn grootmoeder een klein meisje was, had er van de ene kant naar de andere een hele rij grote huizen gestaan: Essex House en Arundel, Somerset, Savoy, Salisbury. De huizen hadden zich in overdadige pracht uitgestrekt van hun entree aan de Strand tot tuinen en terrassen aan de achterkant die uitzagen op de Theems. Na de grote brand van 1666, waarbij een groot deel van de Londense binnenstad tot de grond toe was afgebrand, was de adel meer naar het westen gaan wonen – dat was de bloeitijd van Covent Garden geweest – en hadden speculanten de reusachtige huizen en hun fraai aangelegde tuinen opgekocht en alles gesloopt om opnieuw te beginnen. De vader van zijn grootmoeder was zo'n speculant geweest, die daarbij bijna failliet was gegaan, maar zijn grootvader had er profijt van gehad, en hij nu ook. Hij was eigenaar van de helft van de wirwar van huizen en logementen en gebouwen aan de Theemskant van de Strand. Hij had twee dingen geërfd: rijkdom en moed.

Nu was hij bij Charing Cross; de Strand eindigde hier, en kwam hier samen met twee andere straten in een van de drukste kruispunten van de stad. Een populair gezegde luidde dat iemand die wilde weten wat er in Londen omging, alleen maar naar Charing Cross hoefde te gaan, en bij het hekwerk dat het standbeeld van Karel 1 midden op het kruispunt omringde hoefde te gaan staan, om iedereen te zien en alles te horen. Er stond hier ook een openbare schandpaal, maar daar keek Tony niet naar, en hij zag ook de figuur die er zo'n beetje in hing niet; het was te alledaags om nog naar te kijken.

Toen hij hier vanmiddag was langsgekomen, had er een appelventster bij het standbeeld van Karel 1 gestaan, met haar mand appelen aan haar blote voeten, en een bak gloeiende houtskool en een ijzeren plaat om appels voor klanten op te roosteren. Als u een appel koopt, voorspel ik u de toekomst, mijnheer, had ze gezegd, maar hij had het maar half gehoord. Nu zou hij zijn toekomst wel willen weten, maar ze was nergens te bekennen.

Als het dag wordt, kan ik al dood zijn, dacht hij. Hij probeerde zich het tafereel dat hij vanmiddag zo vanzelfsprekend had gevonden weer voor de geest te halen, het geluid van de rijtuigen en wagens en karren met hooi, het gevloek van de koetsiers en wagenmenners dat zich vermengde met de kreten van de straatventers:

'Koop mijn vette kippen!'

'Lange garen veters, lang en sterk!'

'Koop mijn strengen harde uien!'

'Groene walnoten!'

'Messen en scharen te slijpen!'

Er was een algemeen gedruis van orgeldraaiers, zangers van balladen, waterdragers, pasteiverkopers, blaasbalgherstellers: het Londense straatleven op zijn luidruchtigst, waar alles te koop was wat je maar wilde. Een man kon naar een andere man of vrouw toegaan en kersen kopen, vroege erwten, peperkoek, melk, paling, waterkers, zoete broodjes, konijnen. Hij kon lavendel kopen, bezems, stoelen, oude kleren. Elk seizoen had zijn eigen waar: het voorjaar bloemen en kruiden; in juni waren er kuipen met makreel; in de herfst pruimen, peren en walnoten; met Kerstmis waren er kruiwagens met rozemarijn, laurier, hulst, maretak. Als hij morgen doodging, zou hij sterven zonder dit alles ooit weer te horen, zien of ruiken. Hij moest ervoor zorgen dat dit duel zo goed mogelijk geheim bleef, moest ervoor zorgen dat iedereen beloofde er niet over te spreken, ook niet als ernaar gevraagd werd, zodat Barbara's naam zoveel mogelijk beschermd werd. Ik haat duels. Hij herinnerde zich dat ze dat zei, herinnerde zich dat ze hem verteld had hoe een duel Harry had veranderd. Hij herinnerde zich het schandaal dat vorig jaar was ontstaan rond het duel om haar, waarbij de deelnemers vreemd genoeg niet zo werden verguisd en beschimpt als zij.

De straat waar hij woonde was niet ver hiervandaan. Daar was het ook stil. Er brandden kaarsen voor hem in de hal van zijn huis, en de lakei die hem gewoonlijk naar bed begeleidde, zat onderuitgezakt in een stoel te snurken. De hakken van Tony's schoenen leken luid te klikken op de zwart-witte marmeren tegels van de grote hal, maar de lakei sliep door.

Zijn grootvader had dit huis gebouwd op het toppunt van zijn roem en glorie als krijgsman, toen iedereen dacht dat Lodewijk xiv van Frankrijk had kunnen doen wat hij wilde als Lodewijks generaals geen rekening hadden moeten houden met Richard Saylor, die verheven was tot eerste hertog van Tamworth. Het huis bevatte de vereiste ingewikkelde barokversierselen van die tijd, ingewikkelde stucplafonds met kostbare schilderingen van Italiaanse en Franse meesters tussen de gipsen krullen en ook in vergulde ovale lijsten boven alle deuren.

Dit huis, Saylor House, was een van de bezienswaardigheden van Londen, omdat het ook vol stond met marmeren bustes van grote mannen, Marlborough en Godolphin, prins Eugene en koning Willem, mannen met wie zijn grootvader bevriend was geweest; in de vele ontvangstkamers stonden Franse en Hollandse meubelen, en er waren ook verzamelingen van porselein en medailles, cameeën en schilderijen. In de grote salon hingen bekende wandtapijten, waarop de militaire overwinningen van de eerste hertog waren uitgebeeld. Op zeker moment werd gedacht dat Tony's grootvader Marlborough zou vervangen als kapitein-generaal van de legermacht van Hare Majesteit koningin Anna.

In de hal hing een reusachtig portret van zijn grootvader; aan weerszijden gingen schitterende trappen omhoog die zich boven weer verenigden tot een brede overloop, en onder beide trappen hing een portret, een van Tony's grootvader en een van zijn grootmoeder, de stichters van dit huis. En de scheppers van een erfgoed dat Tony verplicht was in stand te houden en te vergroten, zoals hij naar behoren had gedaan door middel van de bezittingen en landerijen en huuropbrengsten die zijn aanstaande bruid meebracht – bezittingen, landerijen en huuropbrengsten die nu in gevaar waren, ongeacht of hij bleef leven of doodging.

Je bent een brave jongen, Tony. Mijn jongen. De man die deze woorden had gesproken was in de jaren voor zijn dood niet langer de machtige generaal die op dit portret te zien was, maar eerder een parodie daarop, zwak, vergeetachtig, beverig, oud, en stapelgek. Toch waren de zachtheid, de goedheid gebleven. Daar deed de krankzinnigheid niets aan af. Erbarmen naar zijn aard is niet bekrompen, dacht Tony. Het daalt als milde regen uit de hemel.

Ondanks de ziekte, of zoals sommigen zeiden, de duivel, of wat het ook was dat de geest van zijn grootvader in die laatste jaren had aangetast, was er niemand geweest zoals hij. Tony bleef opkijken naar het portret. In de buurt ervan hing een ander, kleiner portret, een portret van Tony's vader, ook een soldaat, die hertog zou zijn geworden voor Tony, maar die in het moerasland van Vlaanderen gesneuveld was, aan stukken gehakt door Franse soldaten, die wraak namen op Tony's grootvader, zei men, wraak op Richard, de generaal, het Leeuwenhart, voor wie de Fransen zo bang waren. Tony's vader was vechtend gestorven, zeiden ze, en had tot het laatste ogenblik zijn verachting uitgeschreeuwd tegen de vijanden die hem omsingelden en doodden. Het karakter van een held, stof voor legenden.

Heeft mijn vader aan mij gedacht, had hij zijn moeder gevraagd toen het bericht van zijn dood hen bereikte. Doe niet zo mal, had zijn moeder gezegd, daar had hij geen tijd voor. Natuurlijk heeft hij aan jou gedacht, zei zijn grootvader, rijzig en goudkleurig, want de waanzin had zich toen nog niet geopenbaard, en hij tilde de jongen, Tony, op zijn schoot – in die tijd had zijn grootvader in alle opzichten meer dan levensgroot geleken. Er is een seconde, Tony, een tijd zo kort als een oogwenk, voor de dood, dat de geest van een stervende man sneller dan welke vogel ook uitvliegt naar wat hem lief is in zijn leven. Daarom, Tony, heeft hij aan jou gedacht... Ik zie je vader in jou. Maar de grote strijder die dat zei was nu een gebroken, oude man. Kom hier en geef deze oude dwaas een knuffel, zei de oude soldaat, en de jongen tot wie hij sprak stortte zich in de armen van zijn grootvader. Herinneringen aan zijn grootvader hadden in Tony's gedachten een warme tint, als oud goud, als een verborgen, begraven schat. De ogenblikken met zijn grootvader waren altijd goudkleurig geweest.

Hij begon de trap te beklimmen; het licht van de kaars was niet voldoende om de marmeren borstbeelden in hun nissen te onthullen, of het ingewikkelde beeldhouwwerk van de trapleuning en balustrade, ambachtelijke meesterstukken te midden waarvan hij bijna zijn hele leven had doorgebracht. Hij stond niet stil bij zijn slaapkamer, maar ging verder naar de volgende verdieping, waar de bibliotheek van zijn grootvader was. De bibliotheek bevatte in leder gebonden boeken in het Latijn, Grieks, Frans, Italiaans en Engels, waaronder veel zeldzame edities, gedrukt in Amsterdam. De bladzijden waren dun, ritselden wanner ze werden omgeslagen, en de letters waren heel klein en moeilijk te lezen. Hierin stond alle kennis van wetenschappers en filosofen in de westelijke wereld, van Plato en Aristoteles, Cicero en La Rochefoucauld tot Spinoza en Newton en Locke, mannen die hun leven hadden gewijd aan het zoeken naar de zin van het bestaan, naar de waarheid van de band tussen hen en hun Schepper. 'De rede is de gave waarmee God de mens heeft gekroond,' schreven zij. Of: 'Ik denk, dus ik ben.' 'Er is niets in de geest dat zich niet eerst aan de zintuigen heeft voorgedaan,' schreven zij. Of: 'Geen mens is een eiland.' 'Het wezen van God is niet te begrijpen.' Tony had hier de laatste maanden veel tijd doorgebracht, om te zoeken naar een antwoord, de zin van de wereld, iets dat zijn hart vrede kon geven, maar hij had niets gevonden om de pijn van Barbara's afwezigheid te verzachten.

Er was een schrijfblad, dat met scharnieren was bevestigd tussen de gebeeldhouwde boekenkasten, en er waren natuurlijk ook pen en papier. Hij zette zijn kaars neer en trok een stoel bij, doopte zijn pen in de inkt en schreef krassend de woorden aan zijn grootmoeder, de hertogin. Als ze deze brief ontving, zou hij gestorven zijn, en daarom vroeg hij haar te doen wat ze kon om zijn moeder te troosten. Zijn grootmoeder zou het hem nooit vergeven als hij stierf, en daarmee stonden ze quitte, want hij voelde dat hij zelfs met de dood voor ogen niet in staat was te schrijven dat hij zijn grootmoeder vergaf dat ze Barbara had weggestuurd.

De hertogin had een harde geest, beweeglijk als kwikzilver. Ze had geweten hoeveel hij van Barbara hield, had vermoedelijk tot de laatste penny berekend wat een huwelijk met Barbara voor zijn bezit zou hebben betekend – het zou het hebben vernietigd – en dus had ze de teugels zelf in handen genomen. Ze had geen gesprek met hem gehad, ze had hem niet gevraagd zijn hartstocht af te wegen tegen Barbara's schuld, te denken aan zijn plicht jegens de familie, die plicht boven de liefde te stellen – ze had domweg Barbara weggestuurd. Het was een verbijsterend verraad. Hij eindigde de brief met uitsluitend een handtekening.

Hij pakte een tweede vel papier om een brief aan Barbara te schrijven, maar hij kraste alleen haar naam en hield daarna de pen bewegingloos vast tot de inkt eruit droop en een inktvlek vormde.

Tegen de muur stond een portret, een portret van Barbara, een portret dat hij had weggenomen uit haar opgeslagen bezittingen. Het was geschilderd toen ze vijftien was en net getrouwd. Ze glimlachte naar de toeschouwer, en haar glimlach was bekoorlijk, en zij was bekoorlijk, de schoonheid was al zichtbaar in haar grote ogen en hartvormig gezicht. Twee mopshondjes lagen aan haar voeten. Een kleine zwarte page hield haar waaier vast. Ze droeg diamanten en een soepel vallende satijnen japon. Tony had het portret weggenomen als een dief en het hier verborgen. 'Ik houd van je,' schreef hij. 'Ik zal nooit van iemand houden zoals ik van jou houd.' Hij kon niet eten. Hij kon niet slapen. Hij kon niet denken. Om haar.

Hij kraste nog briefjes voor zijn moder en zuster, waarin hij zijn liefde en eerbied beschreef – ze hoeven dit misschien niet te lezen, dacht hij steeds – en strooide toen zand over het papier om de inkt te drogen. Hij zocht in een lade naar zijn zegel en lak, maar kon geen van beide vinden; daarom vouwde hij de brieven dicht en schreef er de namen op. Hij zou het aan een bediende of aan zijn moeder overlaten ze te verzenden als de afloop fataal was. Fataal. Hij voelde ijs stollen rondom zijn hart, en hij probeerde zijn ademhaling, die onregelmatig was geworden, weer in het gareel te krijgen. Het bonzen van zijn hart klonk luid in zijn oren. Hij was moe van alle emoties, was zich ervan bewust dat de tijd verstreek.

En als mijn hand nu trilt wanneer ik het pistool afvuur, dacht Tony. Hoe kan mijn hand niet trillen wanneer ik het pistool afvuur?

Hij stond op. Hij moest de duelleerpistolen gaan zoeken. Hij begon te rommelen door de laden van de fraai bewerkte kast in zijn kamer, smeet hemden en handschoenen, halsdoeken en vesten, kousen en schoengespen opzij, maar hij kon de duelleerpistolen niet vinden. Tenslotte staakte hij het zoeken en ging op het bed zitten.

De tijd verstreek, misschien zijn laatste ogenblikken op aarde. Wie zou om hem treuren als hij stierf? Zijn zuster, Mary; zijn moeder; zijn grootmoeder – maar haar verdriet zou gedeeltelijk woede zijn omdat hij het had gewaagd dood te gaan. Het was jouw plicht, zou ze zeggen, vermoedelijk bij zijn graf, te leven, niet te sterven. Zijn oudtante Shrew. Aan wie hij trouwens nog twintig pond schuldig was. Ze zou waarschijnlijk zijn nalatenschap erop aanspreken. Charles, de echtgenoot van zijn zuster. Hij wilde liever niet aan Charles denken. Wart – wie wist er werkelijk wat er in Wart omging? De prinses van Wales. Zij was een van de meest ontwikkelde vrouwen die hij kende, en ze zou deze daad van hem, dit duel, buitengewoon stom vinden, vooral als hij hierbij het leven liet. Wie nog meer? Een handjevol bedienden. En Barbara. Zij zou om hem treuren. Zij hield van hem – niet op de manier die hij wilde, misschien, maar ze hield van hem, en wanneer Barbara van je hield, wist je dat. Hij werd beschouwd als een onwaardige Tamworth, geen zwaan zoals Barbara was en zoals haar broer, Harry, was geweest. Hij was stil, zeiden de mensen. Een beetje traag, zeiden ze. Excentriek, fluisterden ze. Dat was hij. Dat was hij niet. Wat Barbara ook wist.

Hij hoorde de roep van de nachtwacht. 'Vier heit de klok, en alles is wel.'

Niet waar, helemaal niet waar. Niet alles was wel.

Het was alsof hij buiten zichzelf stond en toekeek. Het was alsof hij helemaal geen deelnemer, geen hoofdrolspeler was.

Charles stond naast een rijtuig, zag hem niet, schrok toen Tony naar hem toe kwam en zijn naam noemde. Hij hoorde zichzelf tegen Charles zeggen dat hij zijn duelleerpistolen kwijt was, en Charles haalde zijn eigen exemplaren uit een houten kistje te voorschijn, alsof hij had geweten dat Tony de zijne niet zou kunnen vinden. Tony ging onder de twee eiken staan en luisterde naar de nachtgeluiden. Er waren nog geen vogels wakker. Hij dacht aan het vinkje van Slane dat over de tafel hipte.

Hij hoorde paardehoeven op de grond klepperen voor hij het rijtuig zag. Zijn tegenstander, Thomas Masham, klom uit het rijtuig, met zijn secondant, die tot Tony's verrassing de bankier sir Gideon Andreas bleek te zijn. Andreas kwam op hen toelopen. Hij was groot, vlezig en ouder, en had Tony's vader kunnen zijn.

'Ik ben gekomen om dit tegen te houden als dat mogelijk is. Geef de schuld aan de wijn, de maanstand, aan wat dan ook, maar vraag excuus en ik zal voor jou bemiddelen, Tamworth.'

'Ik heb al met Masham gesproken.' Charles mengde zich in het gesprek. 'Gisteren.'

'De beslissing is niet aan jou,' zei Andreas.

'De hertog van Tamworth kan zich niet met ere terugtrekken,' zei Charles.

Eer. Een man diende bereidheid te tonen om bij de minste belediging te vechten, moest daarmee doorgaan ook al liet hij daarbij het leven, anders was hij geen man maar een lafaard. Zo was de norm van de tijd. Tony was de kleinzoon van een machtig generaal. De zoon van een dappere krijger. Het karakter van helden. Stof voor legenden. Richard Saylors kleinzoon.

'Tony,' zei Charles, 'hij heeft je nicht beledigd – en mijn nicht ook, door haar huwelijk.'

'Ik zal me nu niet terugtrekken,' hoorde Tony zichzelf zeggen. Het verbaasde hem dat hij nog íets kon zeggen. 'Ik wil erop aandringen dat Masham goed begrijpt, en u ook, sir Gideon, dat dit duel absoluut geheim moet blijven, ook als een van ons gewond raakt. Niet om wat er met ons zou kunnen gebeuren als het duel wordt ontdekt, maar omwille van de dame in kwestie, die in het geheel niets heeft misdaan. Ik wil daarop Mashams woord, en het uwe.'

'Dat spreekt vanzelf,' zei Andreas. Ook dit was de norm, de afspraak, dat duels geheim waren – omdat ze tegen de wet waren, en de deelnemers dus gearresteerd konden worden; en omdat ze vaak over een vrouw gingen.

'U gaat niettemin nog met hem praten?' zei Tony.

'Ja.' De bankier knikte.

Tony keek Andreas na terwijl hij dat deed, keek terwijl Charles en Andreas de pistolen inspecteerden en ze begonnen te laden. De geur van kruit drong een ogenblik krachtig door in zijn neusgaten. Ze lieten het kruit in de loop lopen, drukten het aan met de speciale metalen staaf, deden er de kleine loden bolletjes in – te klein om een man te doden; hoe kon zo'n klein dingetje een man doden? Vervolgens inspecteerden ze de lopen nogmaals. Tony voelde een koelheid over zich komen, een helderheid. Er was niets, niets anders in de wereld dan dit moment, en hoewel hij had gevreesd dat hij zou trillen als een vrouw wanneer het eindelijk aanbrak en zodoende al zijn verborgen zwakheden zou prijsgeven, voelde hij nu niets dan een soort kilte. Het was alsof de ijzige wind van een storm rondwervelde en zich in zijn geest vastzette, zodat zijn gedachten werden afgekoeld tot absolute helderheid. Er was niets dan het nu, geen emotie, geen herinnering. Er was het nu, en daarna zou er iets anders zijn.

Hij liep naar de open plek, naar de andere mannen. Hij boog voor Masham, boog zijn hoofd terwijl Andreas een gebed uitsprak, hij pakte een pistool, sloot zijn vingers eromheen. Het was zwaar; de kolf paste in zijn hand alsof hij ervoor gemaakt was. Hij ging het park in, waarboven de hemel juist begon te kleuren, vage, fraaie tinten aan de horizon. Charles liep naast hem en praatte tegen hem: hij moest niet in paniek raken; hij moest richten voor hij vuurde; hij moest zijn hoofd koel en helder houden; Masham was niet erg bedreven met een pistool. Het pistool lag zwaar in Tony's hand.

Er waren jaren van vriendschap tussen hem en Charles – maar het enige wat Tony nu zag was hoe Charles opstond uit zijn stoel en zei: 'Als jij niet met hem gaat vechten, doe ik het.'

Masham kwam naar voren en boog; op zijn gezicht was niets te lezen. Tony deed hetzelfde. Nu stond hij met zijn rug naar Masham toe en hij kon de warmte van zijn lichaam voelen, maar die verwarmde niet het ijs in zijn hoofd. Iemand was aan het aftellen, en hij liep voorwaarts, terwijl het in zijn oren luid zoemde, zodat het tellen bijna overstemd werd. Hij zou zo eeuwig doorlopen, tot het getal twintig gehoord werd, en daar was het al, eerder dan hij had verwacht. Hij draaide zich om, en al het bloed in zijn lichaam stroomde naar zijn hoofd, en hij hief zijn arm, net als Masham. Hij drukte zijn vinger tegen de trekker. Er dreunde een knal, die pijn deed aan zijn oren. Er kwam rook uit de loop van zijn pistool terwijl er iets langs hem floot en toen de rook wegtrok, zag hij mannen naar een gevallen lichaam rennen, en hij liet zijn arm zakken. Ergens hoorde hij de eerste droevige ochtendroep van een duif.

Charles brulde als een wilde, omhelsde hem, droeg hem half mee, en hij dacht, langzaam want het bloed trok weg uit zijn hoofd en hij voelde zich misselijk: ik ben niet dood... Hij zou gevallen zijn als Charles er niet was geweest om hem te ondersteunen.

'Je moet onmiddellijk weg, voor er een nachtwacht komt,' hoorde hij Charles zeggen. Zijn gezicht straalde van vreugde, van een woest, manisch enthousiasme, alsof ze een geslaagde kwajongensstreek hadden uitgehaald of de Tower of London hadden bestormd. Charles' knecht leidde zijn paard naar voren en Tony stak zijn voet in de stijgbeugel. Vanaf de plaats waar hij stond, kon hij zien dat Andreas bij Mashams lichaam stond, dat niet bewoog.

'Zorg jij voor Masham, Charles. Zorg dat er een arts naar hem komt kijken. Dadelijk. Ik zal ervoor betalen. Haal een arts voor hem.'

Charles keek naar het rijtuig; Andreas en een bediende tilden Mashams lichaam op om het in de koets te leggen. De paarden sprongen schichtig weg en het rijtuig bewoog met een ruk naar voren; er was een spoor van donkerrood, van bloed, en Mashams armen en benen bungelden er slap bij.

'Ja, dat zal ik doen. Kun jij ergens heen?'

Alles moest nu brutaalweg ontkend worden. Iedereen moest doen alsof er niets gebeurd was.

'Blijf bij Masham, Charles. Zorg dat hij alles krijgt wat hij nodig heeft.'

De zon was op, in een heldere, frisse morgen, die koud aanvoelde aan zijn gezicht en handen. Tony draafde op zijn rijdier door Green Park, langs het grote huis en de tuinen van de hertogin van Buckingham, dan St. James's Park in, waar hij zijn paard langs een van de lange bomenlanen liet gaan. Melkmeisjes dreven koeien voor zich uit naar een vijver. Ze lachten naar hem en boden hem een beker verse melk aan, als hij daarop wilde blijven wachten. Hij herkende de lege ruimte van het.gebouw van de Parade en Horse Guards.

Zijn oudtante Shrew, ofte wel lady Shrewsborough, zoals de wereld haar kende, woonde te midden van de doolhof van huizen en tuinen die gebouwd waren op het terrein en tegen de restanten van het afgebrande paleis Whitehall, dat zich vroeger over een halve mijl uitstrekte langs de Theems en – als je op tante Shrews woord af kon gaan – wel tweeduizend kamers telde. Hij draafde nu over de Parade, en de hoeven van zijn paard weerklonken luid op de keien. Hij steeg af om zijn paard door een steeg en een straat te leiden, en vervolgens de oude geheime tuin van het voormalige paleis in. Hij bond het paard aan een boom vast en klom over een schutting, wat gemakkelijk ging dank zij zijn lange benen. Daar was de achterzijde van het huis van tante Shrew.

Hij ging zitten tegen haar tuinmuur om even uit te rusten. Het beeld van Masham die zijn pistool hief liet hem niet los; nog steeds zag hij de rook uit de loop krinkelen, hoorde hij het vreemde, fatale lied van de loden kogel die voorbijvloog; het was zijn leven dat voorbijvloog. Geef me een kus en doe er twintig bij; met honderd bij die twintig ben ik nog eens zo blij, luidde een rijmpje in zijn hoofd. Hij had Barbara nooit in hartstocht gekust. Een kalverliefde, zeiden ze. Hij had Barbara willen leren van zijn liefde, de diepte en tederheid ervan.

De buit behoort toe aan de overwinnaar. Ik kwam. Ik zag. Ik

overwon. Ze hadden nooit alle delen van zijn vaders lichaam gevonden. Je bent een brave jongen, Tony. Ik had het beste met jullie voor, ik heb Barbara weggestuurd omdat dat het beste leek,
zei zijn grootmoeder, huilend. Eens zul je het begrijpen.

Belachelijk dat hij een uur geleden had gedacht dat hij het zijn
grootmoeder nooit zou vergeven. Hij leefde en had dood kunnen
zijn. Hij vergaf haar alles. Als Masham niet doodging, zou het
leven volmaakt zijn, zelfs zonder Barbara, alleen omdat hij nog
leefde. Zelfs de lucht die hij inademde was zoet in zijn neusgaten. Tony sloot zijn ogen. Ik zal nooit meer duelleren, dacht hij.
Nooit. Niets is dat waard.

In het huis smeet Tony's oudtante een kaart op tafel. 'Na de verkiezing in het voorjaar zullen er weer meer Tories in het Lagerhuis zitten...'

Haar minnaar, sir Alexander Pendarves, schudde van nee, maar
ze lette niet op hem want ze had het tegen Slane. Het drietal was
laat begonnen met gokken, toen Slane na middernacht bij hen
had aangeklopt, in de wetenschap dat ze nog op waren. Geen van
drieën had nog geslapen.

'... en Zijne Majesteit zal de Tories plaatsen in zijn kabinet
moeten geven. Hij staat nu onder invloed van schurken, een ro-
versbende van Whigs, de schurken die ons de South Sea Bubble
hebben geleverd. Lumpy is de enige Whig die ik kan uitstaan.'
Lumpy was de naam die zij aan Pendarves gaf.

'Robert Walpole heeft de South Sea Company nooit gesteund,'
zei Pendarves.

'Dat maakt hem nog geen minder grote schurk. Hij heeft de
mensen die dat wel deden in bescherming genomen, de kerels die
de halve natie aan de bedelstaf hebben gebracht met hun inha-
ligheid en hun financiële trucs. Robert Walpole is de redder van
bedriegers en zwendelaars, binnen het kabinet van de koning en
daarbuiten. Het is natuurlijk toch al helemaal mis wanneer de
koning van Engeland niet eens Engels spreekt.'

'Hoor eens, Lou, geen jacobitische praatjes alsjeblieft.'

'"Jacobitisch", "jacobitisch" – jullie Whigs noemen alles wat
jullie niet aanstaat meteen jacobitisch. Het is niet jacobitisch om
de waarheid te zeggen. Het huis Guelph regeert over ons. Nou
vraag ik je, Slane, wat is dat voor naam: "Guelph"? Geen Engelse naam volgens mij. – Ha, ha, die slag is voor mij! Ik heb gewonnen!' Ze harkte de munten naar zich toe, kakelend als een
toneelheks, een heks gekleed in een kort gewatteerd jak over een

losvallende nachtpon van geborduurde katoen. Ze droeg tevens een rode pruik en en kanten muts; in elke plooi en rimpel van haar gezicht zat een dikke laag poeder, en ze had drie moesjes aangebracht, alsof ze tweeëntwintig was in plaats van vele malen dat aantal jaren. In haar bloeitijd was Louisa, lady Shrewsborough, een van de schoonheden aan het hof van Karel II geweest; ze had haar fijne, ranke gestalte behouden, waarmee ze menig man had betoverd, die later had ontdekt dat ze het gestel van een staaf ijzer bezat.

Slane schudde zijn hoofd om haar geluk bij het spel. Men zei dat ze de beste kaartspeelster van Londen was, buiten de prinses van Wales.

'Je krijgt die vijftienduizend pond uit mijn eigen zak!' zei Pendarves.

'Vijftienduizend?' zei Slane.

'Ik heb ruim een kwart van mijn fortuin verloren toen de aandelen South Sea kelderden,' zei tante Shrew. 'Je zou nooit geloven hoe Londen toen in een gekkenhuis veranderde, toen de mensen zagen dat de koers daalde. Op een bepaald moment was het zo dat als je vijf pond opnam op een biljet van een goudsmid, dat nog maar drie pond waard was als je de stad door was. Ik had tienduizend pond uitstaan bij een goudsmid. Op een donkere nacht vertrok hij in alle stilte naar Brussel, met medeneming van mijn geld en dat van anderen, en is nooit meer teruggekomen. Ik hoop dat hij de syfilis krijgt van een Belgische hoer. Ik zeg je, Slane, ik heb nog nooit zoiets gezien, terwijl ik toch ben opgegroeid tijdens de nasleep van een burgeroorlog. Wat heb ik niet allemaal gezien! Noem maar op, onrust, oproer, samenzweringen, verraad, en ook voorspoed, rust en overvloed. Ik heb vijf koningen of koninginnen op de troon van Engeland zien zitten. Ik was in Londen toen Willem van Oranje hierheen overstak om het land te bezetten en koning Jacobus II vluchtte. Maar ik heb nooit iets gezien dat de panische razernij evenaarde die zich van ons meester maakte toen de aandelen van de South Sea Company begonnen te zakken.'

'Het is maar al te waar,' zei Pendarves.

'Goudsmeden vertrokken met de noorderzon met goud dat anderen hun hadden toevertrouwd. Banken in Amsterdam droegen hun vertegenwoordigers in Londen op aandelen te verkopen. Gevestigde maatschappijen, met stevige grondvesten – de Bank of England, de East India Company – zagen de prijzen van hun aandelen dalen. Gelden bevroren waar ze waren, of erger, ze verdwenen. Je kon geen vijfentwintig pond per wissel van Londen naar Dublin sturen.'

Slane, die zo rusteloos was dat hij dacht dat hij zou ontploffen, moest opstaan. Het nieuws over de problemen met South Sea had Italië bereikt; er was ook bericht gekomen dat het tijd was voor een invasie, maar ze waren er onvoorbereid door overvallen, er was geen plan, geen geld, er waren geen troepen geleverd door een van de vijanden van George van Hannover. 'Wacht dan maar,' schreef de bisschop van Rochester, 'tot het parlement wordt ontbonden en we onze verkiezingen hebben in het voorjaar van 1722.' De brief die hem de vorige avond had bereikt, deelde hem mee dat het plan voor de invasie over enkele dagen van Jamie zou komen.

'Nog een spelletje?' zei Slane.

'Dat kun je niet betalen, man. Ik zal je toch al geld moeten lenen voor je avondmaal.'

'Ik kan me ook geen spelletje meer permitteren,' zei Pendarves, en de kwast boven op zijn stijve, vierhoekige nachtmuts schudde mee met zijn hoofd.

'Onzin, Lumpy. Je moet nodig eens in bad. Dat wordt onze inzet. Als ik dit spelletje win, ga je morgen in bad.' Ze deelde de kaarten bekwaam, en Pendarves en zij begonnen zwijgend en verbeten te spelen; er werd alleen gesproken om een nieuwe kaart te vragen of Slane de punten toe te roepen. Na enige tijd verscheen haar huismeester in de deuropening met een vreemde uitdrukking op zijn gezicht.

'Zijne genade, de hertog van Tamworth,' zei de bediende. Aha, dacht Slane, Tamworth heeft het dus overleefd. Dat doet me deugd.

'Nou, laat hem dan boven komen.'

Tony kwam vaak in de vroege morgenuren om met haar en Pendarves te kaarten. Je zou in bed moeten liggen met je hoer, of bij White moeten zitten met de jongelui, zei ze vaak tegen Tony, en dan antwoordde hij steevast dat haar gezelschap te verkiezen was boven dat bij White en zeker boven dat van een hoertje, en dat deed haar altijd plezier.

'Dat zal niet gaan, mevrouw.'

'Wat bedoel je, "zal niet gaan"? Een punt voor mij, Lumpy.'

De bediende liep naar het raam, lichtte het op en wees; tante Shrew maakte een hoofdbeweging naar Slane, die uit zijn stoel opstond en zich bij de huismeester aan het raam voegde.

'Ik geloof dat u beter kunt komen kijken,' zei hij tegen haar.

Ze legde haar kaarten neer, liep met tegen haar voeten klapperende laaggehakte muiltjes naar Slane bij het raam en tuurde naar beneden in haar tuin; ze mocht dan oud zijn, maar ze had nog een arendsblik. Ze schudde haar hoofd en gaf de bediende enkele bevelen.

'Haal zijne genade onmiddellijk naar boven en zeg tegen Lucy en Betty dat ze het bed in de blauwe slaapkamer gereed maken.'

Ze nam weer plaats aan het kaarttafeltje, een rank geval dat gemaakt was in het begin van de regeringsperiode van koningin Anna, toen het kaartspel bijzonder populair was geworden. De kaarten waarmee Pendarves en zij speelden, waren kleine, smalle rechthoekjes, waarop de verschillende maatschappijen waren afgebeeld, de uiteengespatte zeepbellen, die in de eervorige zomer uit het niets waren ontstaan, toen het speculeren in effecten zo'n hoge vlucht had genomen. Er hadden onder andere maatschappijen bestaan voor het importeren van grote ezels uit Spanje, het verzekeren van huwelijken tegen wanhoop en het zoet maken van zout water. 'Tony,' zei ze tegen Pendarves, 'ligt buiten bij mijn tuinmuur te slapen. In de olie, dronken als een kanon, wed ik.'

Ze raapte haar kaarten op en legde er twee neer. 'Gewonnen.'

Pendarves staarde beteuterd naar zijn kaarten. Hoewel hij een bad best had kunnen gebruiken. Korreltjes snuif kleefden in zijn mondhoeken. Ouderdomsvlekken streden met rimpels en plooien op zijn gezicht en handen. Er zat vuil onder zijn nagels en op de delen van zijn voeten die zichtbaar waren in hun muilen. De bediende verscheen weer in de deuropening.

'Zijne genade wil niet boven komen, mevrouw.'

'Hoe bedoel je, wil niet boven komen?'

Tante Shrew ging naar het raam.

'Tony!' riep ze naar beneden. 'Kom boven een spelletje kaarten als je niet wilt komen slapen. Je weet toch dat je me nog twintig pond schuldig bent. Ik zou je moeten laten arresteren wegens schuld.' Ze zweeg terwijl Tony iets terugriep, iets dat Slane noch Pendarves konden verstaan.

Ze ging weer aan het kaarttafeltje zitten, fronste haar voorhoofd, schudde de kaarten en begon ze te delen, maar alleen aan zichzelf. Ze perste haar lippen op elkaar en staarde naar de kaarten, verlegde er hier een, daar nog een, gaf zichzelf nog een paar kaarten die ze peinzend bekeek terwijl ze ze omdraaide.

'Gaan we vandaag niet slapen?'

Pendarves was bezig zich uit te kleden, en gebaarde naar Slane hem te komen helpen, alsof hij een knecht was. 'Wie weet?'

had hij tegen tante Shrew gezegd, 'Slane kan vroeger best iemands knecht geweest zijn. Die donkere ogen bevatten geheimen.'

'Ze is het vergeten van dat bad,' fluisterde hij Slane toe. Nu hij naakt in bed lag, bood Pendarves geen aangename aanblik. 'Dat laten we maar zo, hè?'

'Er is iets gebeurd. Ik zie het in de kaarten.' Ze tikte op een ervan. 'Zeg eens, Slane, jij weet immers alles wat er in deze stad omgaat. Waarom lag mijn neef bij mijn tuinmuur te slapen, terwijl hij niet dronken is, en waarom was hij op dit uur van de morgen niet dronken, terwijl hij dat de hele zomer wel is geweest? En waarom wil hij niet boven komen?'

'U doet me te veel eer. Ik weet het niet.'

Ze tikte met haar nagel op een andere kaart. 'Kijk hier eens. Schandaal.' Een schilfer vastgekoekte poeder in de rimpels van haar gezicht liet los en viel op de tafel. Ze veegde hem ongeduldig weg. 'Ik zie een schandaal in de kaarten. Mijn schoonzuster, de hertogin, is van streek. Zij staat ook in de kaarten. En Barbara, ik zie Barbara ook, wat me verbaast.'

'Ik vind het vreselijk als ze zo begint,' zei Pendarves tegen Slane.

'Oktober is een rode maand, zegt de hertogin altijd,' zei tante Shrew. 'Het blad aan de bomen, knalrood. Probeer niet te beweren dat je hier niets vanaf weet. Alles wat in deze stad gebeurt komt jou op de een of andere manier ter ore. Vertel me wat je weet.'

Op ditzelfde moment waren de mannen die de Hannovers graag belasterden en beledigden, bezig met veel pret het schotschrift op te stellen. Het zou vandaag of de volgende dag gedrukt worden, zodat het duel over een paar dagen algemeen bekend zou zijn.

'Er was ruzie,' zei Slane.

'In het holst van de nacht en in een taveerne natuurlijk.'

'En er is een belediging geuit, en zijne genade de hertog moest zijn eer verdedigen.'

'Zijn eer? Heeft iemand Tony beledigd? Dat doet toch niemand. Er valt niets te beledigen.'

'Men beledigde een lid van de familie.'

'Welk lid? Wie heeft die belediging geuit?'

'Tom Masham.'

'Een duel – er is een duel geweest, met Tony als een van de deelnemers.'

Ze ging aan haar toilettafel zitten. Die stond vol met potjes rouge – karmijn, Franse, chinawol – en potten poeder: gewone,

Frans bruine, en poudre d'iris voor het haar; oranjebloesem, à la reine en maréchale voor het gelaat. Er lagen papillotten voor haar en pruiken, en verder linten en veren en juwelen, nonchalant tussen de rest uitgestrooid alsof ze niet echt waren, maar dat waren ze wel. Ze graaide behendig tussen de rommel op haar toilettafel terwijl Slane naar haar toe kwam, haar hand pakte en zijn hoofd boog om die ten afscheid te kussen. Dit was een inbreuk op de etiquette – hij behoorde haar hand niet te kussen maar zich er alleen over te buigen – maar zij moedigde zijn vrijpostigheid aan. Ze peuterde de moesjes van haar gezicht en mepte met een poederdons tegen de tafel om de poeder los te maken voordat ze haar gezicht ermee beklopte.

'Waar ga je heen?' vroeg Pendarves klaaglijk.

'Uit.'

Nu haar gezicht spierwit was, met dik poeder in elke groef en rimpel van haar gezicht, tuitte tante Shrew haar lippen om er karmijnrode rouge op uit te smeren, zonder zich erom te bekommeren dat veel daarvan in de talloze rimpeltjes om haar mond kroop.

'Tony Saylor is te gelijkmoedig om met een andere man te gaan vechten om een belediging, zelfs als hij dronken is,' zei ze. 'Iemand moet iets over Barbara hebben gezegd. Mijn achternicht, Slane, die nu in Virginia is. Ze is een grote schoonheid, maar minstens een even grote robbedoes...'

'En lijkt dus veel op haar tante,' merkte Pendarves zacht op tegen Slane.

'... en Tony is stapelgek op haar. Als dit duel in de openbaarheid komt, zal het een stokje steken voor dat huwelijk dat zijn moeder voor hem heeft geregeld en waar ze zo trots op is. Ik was er kapot van toen ik hoorde dat Abigail hem aan die lui van Holles had gekoppeld. Whigs' – ze sprak het woord uit alsof ze het over ongelovigen of duivels had – 'Whigs tot op het bot. Erger kan het niet. Ik ben altijd een Tory geweest, en dat zal ik blijven ook. Hierdoor krijg ik misschien tijd om een aardig Tory-meisje voor Tony te zoeken. Lord Oxford heeft vast wel ergens een nichtje of zo. Na de verkiezing in het voorjaar zullen er weer meer Tories in het Lagerhuis zitten...'

Pendarves schudde van nee tegen Slane.

'... en dan zal Zijne Majesteit ons plaatsen in zijn ministerraad moeten geven.' Ze staarde kritisch naar de stokoude, vervallen, bespottelijk toegetakelde vrouw in haar spiegel. 'Ik was ook een schoonheid in mijn tijd.' Ze wierp het hoofd als een merrie in de nek, naar de spiegel en naar Pendarves.

'Dat ben je nog, Lou.' Pendarves knipoogde wulps naar haar vanuit het bed.

Haar kakelende lach vulde de slaapkamer. Ze stak haar hand omhoog en kneep Slane in de wang – hij stond nog steeds naast haar – zo hard dat hem de tranen in de ogen sprongen. Met haar vingers in zijn wang gedrukt trok ze zijn hoofd omlaag zodat het op een van haar magere schouders kwam te rusten. Ze staarden naar hun spiegelbeeld – zij, oud, kwiek en beschilderd en hij, met donkere ogen, jong, mannelijk.

'Jij zou ook gek op me zijn geweest, Laurence Slane,' zei ze tegen hem. 'Je zou niet tevreden zijn geweest je als je me niet had gehad.'

'Ik bèn gek op u,' antwoordde Slane, en hij meende het. Zij was een jacobiet, een van de meest loyale.

'Het plan is onderweg,' zei hij heel zacht. In de spiegel ontmoetten hun ogen elkaar, en ze glimlachten naar elkaar.

8

De schemering was gevallen over First Curle. Rook uit de schoorsteen van de keukenhut kringelde omhoog en viel uiteen in de avondlucht. Slaven waren bezig geweest houten wiggen in de stam van een omgevallen boom te drijven; en toen Odell Smith riep dat ze konden ophouden, legden ze hun houten hamers neer en begonnen naar de keukenhut te lopen. Van nu tot de volgende ochtend konden ze grotendeels zelf over hun tijd beschikken.

'Schiet eens op, Belle,' riep Odell naar het jonge meisje dat de taak had de takken van de gevallen boom tot aanmaakhout te hakken. Ergens in de verte blaften honden; terwijl het meisje een laatste blok kloofde, keek hij in de richting waaruit het geluid leek te komen.

'Breng de bijl hier,' zei hij. Toen ze hem aan zijn voeten legde, stak hij zijn hand uit en legde hem op haar schouder, een ronde schouder, strak van de jonge, getrainde spieren. Zijn hand bleef daar liggen tot het meisje naar achteren stapte, zich omdraaide, wegholde en over de gevallen boom sprong. Ze sloeg op de vlucht door haar jeugd en nog iets. Smith staarde haar, met een gezicht waarop niets te lezen was, een tijdlang na voor hij zich bukte om de bijl op te rapen. Het blaffen van de honden was luider, en weer keek hij waar ze waren, maar hij zag ze niet.

Net als de slaven begon hij naar de keukenhut te lopen, naar zijn avondmaal, terwijl hij dacht: haar jongen is dus in de buurt. Vervloekte hoop last hebben we van hem doordat hij is weggelopen. Als ik hem vind... maar Odell stond zichzelf niet toe de gedachte af te maken, want als hij de jongen vond, kon hij niets doen.

Hoog boven in een boom hield Hyacinthe zich stil. Het geluid van de wind en van zijn eigen hartslag suisde in zijn oren. Toen hij zeker wist dat de opzichter ver genoeg weg was, klom hij naar beneden, floot de hondjes en zocht zich slingerend tussen de bomen en langs velden een weg naar de open plek waar het huis stond. Hij sloop voorzichtig om de keukenhut en kroop in het hol dat hij gemaakt had achter het in de houtschuur opgetaste hout. De hondjes kropen bij hem.

'Ssst,' beval hij, 'geen geblaf meer.'

Hij deelde het eten dat hij uit de keukenhut had gestolen met de honden. Hij had een beetje hoofdpijn, maar hij had het bastwater hier en ook de kleine, bruine fles met rum. De rum smaakte vies, maar maakte hem licht in het hoofd, blij, slaperig. Hij miste Thérèse en madame niet zo erg als hij van de rum dronk. Er waren hier nog meer dingen die hij gestolen had: de zweep van Smith, zijn hoofdkussen, een deken. De honden en hij sliepen op het kussen en de deken.

Gauw zou mevrouw Cox met haar enorme dikte in de deur van het huis verschijnen, en hem telkens weer roepen. Gisteravond had ze haar kleinzonen laten komen om naar hem te zoeken. Ze zat op de mooie stoelen van madame, die gelukkig geen armleuningen hadden zodat haar omvang ergens naartoe kon. Ze rookte pijpen. Hij wilde niet dat ze hier was. Hij wilde niemand hier hebben. Ga weg, had hij brutaal tegen haar gezegd, maar ze had hem uitgelachen. Ik ga niet weg, zei ze, en jij ook niet. Daarom was hij weggelopen.

Gisteravond hadden ze het erover gehad dat ze hem in de kelder zouden opsluiten als ze hem vonden. Dat had hij gehoord. Zij zal het niet prettig vinden, had hij mevrouw Cox tegen een van haar kleinzonen horen zeggen, maar wat moet ik anders? Hij is al sinds vanmiddag weg. Geef hem maar aan mij als jullie hem vinden, had Smith gezegd. Ik zal hem leren hoe slaven zich moeten gedragen. De imbecielen. De idioten. De barbaren. Hij wist hoe hij zich moest gedragen.

Hyacinthe dacht erover naar Williamsburg te gaan lopen, maar die stomme kolonialen zouden misschien denken dat hij een ontsnapte slaaf was en hem in de gevangenis stoppen. Nou, ze zouden hem niet vinden. Hij bleef hier achter de houtstapel wonen en zou alles in de gaten houden tot madame weer thuis was. Dan zou hij haar alle slechte dingen vertellen die haar bedienden deden terwijl zij weg was, dat Smith dat meisje, Belle, bang maakte. Mevrouw Cox aaide de honden maar keek hem boos aan. En ze sloop stiekem naar boven om naar de japonnen van madame te kijken, ze met haar handen aan te raken. Het kon haar niets schelen of hij leefde of doodging. Ze had meer op met de honden dan met hem.

Ze zou hem aan Odell Smith overgeven als ze hem vond, dat wist hij zeker, en Smith zou hem afranselen met deze zweep die hij gestolen had. Smith had ook niet veel met hem op, dat zag hij in de ogen van de opzichter. Hij zou Hyacinthe met de zweep ranselen tot het vel van zijn rug er in repen bij hing. Kano, een van de slaven hier, was op die manier met de zweep geslagen. Het was aan zijn rug te zien, met lelijke, dikke littekens, alsof er touwen onder de huid door liepen. Het was waar, en Hyacinthe zou dat ook aan madame vertellen.

Hij rilde. Het was nacht geworden. De nacht viel plotseling en nam al het licht weg. Dan was hij bang, dan wilde hij terug naar het huis en daar blijven, misschien zelfs in de kelder als het moest. Hij duwde de hondjes opzij, kroop onder de deken en maakte zich zo klein mogelijk. Het vervelende van weglopen was dat het moeilijk was om terug te gaan. Hij kon niet teruggaan, nu niet meer, pas wanneer madame thuis was, omdat zij het zou begrijpen. Je trots, zou ze tegen hem zeggen, je trots brengt je telkens in moeilijkheden, Hyacinthe. En later, nadat ze hem een standje had gegeven, zou ze hem iets vertellen wat ze als meisje had gedaan, zoals de keer dat ze met monsieur Harry was weggelopen naar Maidstone, of dat Jane en zij brandewijn aan de varkens hadden gegeven. Ik ben streng gestraft, zou ze zeggen, en jij zou ook streng gestraft moeten worden, maar ze zou hem niet erg straffen, omdat ze wist dat het bekennen dat je iets gedaan had al de halve straf was.

Hij sloot zijn ogen voor de nacht, die alles inktzwart kleurde: de bossen, de velden, de kreken als talloze kleine vingers van de rivier, de moerassen. De rivier was hier bij First Curle smaller, maakte een lus, maar was naar het zuiden breder, bij het dorp Williamsburg was hij verscheidene mijlen breed. Hij was vriend, vijand, broodwinning, diep genoeg voor schepen om zijn wateren op te varen, op zoek naar datgene wat deze kolonie zijn bestaan, zijn nederzettingen, zijn wetten, zijn groei, zijn wreedheid jegens anderen had gegeven: tabak.

9

'Ze draagt parels vanavond. Ze zitten in haar haar, in haar oren, overal.'

'Ik wou dat haar jongensslaafje en haar hondjes waren meegekomen. Ze zeggen dat het slaafje Frans spreekt. Ze zeggen dat hij een pakje aan heeft dat mooier is dan dat van de gouverneur. Ik had die hondjes zo graag willen zien...'

Het was vol in de grote hal van het gouverneurshuis, en de twee salons aan de oostzijde van het huis waren al zo gevuld dat het onmogelijk begon te worden om nog een plekje te vinden waar je rustig kon staan. Alle vrouwen droegen hun beste japon, alle mannen hun fraaiste jas en pruik voor deze gelegenheid, de finale van de introductie door de gouverneur van hun beroemde bezoekster uit Engeland. Het dorp Williamsburg was tot barstens toe vol; de mensen waren ingetrokken bij familieleden of vrienden die hier woonden of een huis hadden; de rest verbleef in de paar taveernes of bij mensen die op naburige plantages woonden. Vanavond werd er flink uitgepakt met een feest met orkest – twee violen, een hobo, drie fluiten en een harp die speciaal was aangevoerd uit de kolonie Maryland.

Buiten, op de met gras begroeide terrassen die trapsgewijs afliepen naar de in de tuin aangelegde langwerpige vijver, waren kolonel Bolling en Klaus von Rothbach aan het ruziën.

'Ik verwachtte niet dat ik jou hier zou zien,' zei Bolling. 'Ik verwachtte dat je al weg zou zijn.'

'Ik wilde dit niet missen. Ik ben gekomen om te dansen,' zei Klaus. Bolling draaide zich om en zag waar Klaus' blik heen ging: naar lady Devane, naar Barbara die met de gouverneur en kolonel Perry wandelde. Ze ritselde en glinsterde als een door de wind bewogen jonge boom. Ze droeg een japon van glanzende zwarte moiré-zijde met zwaardere mouwen, met zilverdraad in ruitpatroon bestikt. Op haar ene schouder zat een dot van zilveren en zwarte linten, en ook bij haar lijfje, waar de jurk een v vormde om de zwelling van haar borsten te tonen. Om haar hals was een lang parelsnoer gewonden. Haar haar was gepoederd, haar wangen met rouge gekleurd; er zaten moesjes bij haar mond en wenkbrauwen, en de wenkbrauwen waren donker gemaakt met een loden kammetje, evenals haar wimpers. Ze glimlachte links en rechts naar de mensen die haar groetten. Er hingen zware paarlen oorbellen in haar oren. De haarspelden met paarlen knop hielden afhangende zwarte en grijze veren op hun plaats. Ze droeg witte kousen, zwarte brokaten schoentjes met ivoren hakjes en ivoren gespen, een paarlen armband over lange handschoenen en een zware paarlen ring. Bolling kneep zijn ogen half toe.

'Jij zou een reis maken, als ik me goed herinner,' zei Bolling. 'Honderd vaten tabak, vaten waar we de afgelopen maand zoveel mogelijk tabak in gestouwd hebben en waar stuk voor stuk het woord "varkensvlees" in gebrand is. Het bevalt me niets dat je nog hier bent.'

'Ik zal die reis maken. De sloep is klaar. Ik heb haar gisteren overgevaren bij de Harrisons vandaan. Ze ligt op ditzelfde moment in de kreek. De kreek van de gravin.'

'En de vaten?'

'In de voorraadschuur. Ik ga vanavond terug, dan laden we de vaten en vertrekken voor morgenmiddag. Niemand zal er ooit achter komen.'

'Het zou beter zijn als je vanavond nog vertrok. Daar betaal ik je voor, om beter te zijn. Je bent gekomen om haar te zien.' Bolling, gedrongen, stevig, ongeremd, priemde zijn vinger in Barbara's richting. 'Doe niet zo stom, Klaus. Zij is de kleindochter van een hertog. Met lui zoals jij speelt ze alleen maar wat. Je hebt een weduwe aan de haak met een mooie plantage, grond en familieleden in de Raad. Maak dat niet kapot om haar.'

'Je hebt me zelf opgedragen haar bezig te houden. Als ik haar niet had opgezocht op First Curle, zou ze hier vanavond misschien niet eens zijn. Ze was eigenlijk niet van plan om naar Williamsburg te komen, omdat haar jongen ziek is. Ga weg, oom. Laat me met rust.' Ik ben degene die weken achtereen op zee zal zijn, dacht Klaus. Ik ben degene die opgehangen zal worden wegens smokkelarij.

'Ga jij liever weg, ga terug naar de kreek, laad die vaten, vertrek. Het bevalt me niet dat je hier bent. Het bevalt me helemaal niet.'

Klaus antwoordde niet, en na hem nog even te hebben aangestaard, liep Bolling boos weg.

Barbara zat onder de bomen in de tuin en keek naar de nachtvlinders die om de lantaarns heen fladderden. Af en toe kon ze zich niet weerhouden om op te staan en te proberen een vlinder-

tje weg te jagen, maar het was een zinloos gebaar. De brandende kaarsen in de lantaarns lokten ze onweerstaanbaar aan, en op
de grond onder elke lantaarn lagen tientallen dode of stervende
nachtvlinders.

'Een man die afkomstig is van een schip met veroordeelden is
opzichter van een van mijn kwartieren aan de overkant van de
rivier,' zei Barbara tot de gouverneur en kolonel Perry. 'Hij heet
John Blackstone en zijn contract is voor tien jaar. Hoe vaak komen er schepen met veroordeelden aan?'

'Men kan ze een paar keer per jaar verwachten.'

'Zijne Majesteit loost hier de ongewenste elementen – dieven
en moordenaars – uit zijn gevangenissen, alsof wij een riool zijn,'
zei kolonel Perry. 'Ik vind het onjuist.'

'Er is hier ruimte genoeg voor iedereen,' zei gouverneur Spotswood.

Barbara was de rivier overgestoken en te paard naar de open
plek van het kwartier aldaar gereden, waar een ruwe hut op een
veld met tabaksstoppels stond, om kennis te maken met John
Blackstone. Hij was gekleed in vodden en had een ruige, onver-
zorgde baard en lang haar, dat met een reep stof was bijeenge-
bonden. Hij zei dat hij de Afrikanen rustig hield door 's avonds
voor hen op de doedelzak te spelen; het zijn nu ook jacobieten,
net als ik, zei hij. Een neef van hem was factoor, of vertegenwoordiger van een tabaksfirma in Glasgow en woonde ergens aan
de rivier zodat hij gemakkelijker tabak kon inkopen voor de firma. Deze neef had Blackstone de doedelzak laten toesturen. Hij
speelde een afscheidsmuziekje voor Barbara toen ze wegreed, met
Hyacinthe achter zich op het paard. Ze dacht, toen de vreemde,
schelle klanken van de doedelzak door het hele bos weerklonken:
hier moet ik ze thuis van vertellen, van deze halfwilde Schot die
hier leeft te midden van de slaven van mijn grootmoeder, die dansen bij het gejammer van de doedelzak. Blackstones kwartier leverde veel tabak op.

'Blackstone is helemaal geen dief of moordenaar,' zei Barbara.
'Hij is hier dank zij de slag van Sheriffmuir.' Bij Sheriffmuir had
Jacobus III na de dood van koningin Anne met George van Hannover gestreden om de Engelse kroon. Maar Jacobus was niet
verder gekomen dan Schotland en was uiteindelijk weer weggevaren, zodat de Schotse clans het verder met de Engelse, Han-
noveriaanse en Hollandse troepen mochten uitvechten.

'Ja,' antwoordde de gouverneur. 'In 1716 heeft Zijne Majesteit ons een schip met gevangengenomen verraders gestuurd.'

'O, u hebt dus een jacobiet?' zei Perry. 'Ik was vergeten dat Blackstone een jacobiet was.'

'Jacobiet, van Jacobus,' zei Spotswood.

'We noemen hem de Pretendent,' zei Perry, 'en hij is de zoon van Jacobus II, neef van Karel II, kleinzoon van Karel I, en achterkleinzoon van Jacobus I – en Jacobus I was de gekozen erfgenaam van koningin Elizabeth.'

'Dat doen we omdat het nu hoogverraad is om iets anders te doen,' zei Spotswood moeilijk.

God zegene de Kerk; God zegene de koning, de verdediger van de Kerk; God zegene (zegenen kan geen kwaad) de Pretendent. Maar wie die Pretendent is en wie die koning, God zegene ons allen, dat is weer een ander verhaal.

Wat zou gouverneur Spotswood doen als ik hem dat voorhield, vroeg Barbara zich af. Vaarwel Oudjaar, want met je harde bezem, verdreef je de arme Tory uit St. James. Vaarwel Oudjaar, en oude monarch, oude Tory; vaarwel oud Engeland, je verloor je glorie – dat zeiden ze in 1715 en 1716 in heel Engeland, toen de ene grote, edele Tory na de andere vertrok, bevreesd voor de processen wegens hoogverraad waarmee ze werden bedreigd, toen er Lagerhuisverkiezingen werden gehouden en de Tories door de Whigs werden verslagen als nooit tevoren. Het was een akelige, gevaarlijke tijd geweest. Volgens de wet ging de troon naar een neef, George van Hannover, omdat hij protestant was en Jamie katholiek. Toch hadden velen het gevoel dat Jacobus de rechtmatige koning was. Men zei dat koningin Anne in het laatste halfjaar van haar leven, toen ze erg ziek was, zelf wilde dat de troon naar haar halfbroer ging, die ze jaren tevoren had verloochend. Sommige Tory's hadden gewed dat ze het nog zou meemaken. De bezem had ook Barbara's familie getroffen. Zonder afscheid te nemen of zelfs maar een briefje te sturen was haar vader verdwenen, zodat haar moeder als een met kokend water overgoten kat kon proberen het feit dat hij als jacobiet gebrandmerkt was te overleven.

John Blackstone was op zijn knieën gevallen, eerst ongelovig, daarna in gespeelde verering, toen ze die regels voor hem had opgezegd. 'Hoogverraad,' had Hyacinthe haar toegesist, tegen haar aangedrukt in het zadel achter haar.

En wat zou gouverneur Spotswood zeggen, vroeg Barbara zich af, als ik hem vertelde dat mijn vader een jacobiet was en Engeland moest ontvluchten om zijn hachje te redden, dat hij sneuvelde in dienst van de Pretendent? Maar nee; toen mijn vader stierf had hij geen trouw meer, was hij niet eens meer trouw aan zichzelf. Hij had alles verspild.

Ze keek naar de nachtvlinders en hun gevaarlijk verlangen naar licht, en dacht aan haar vader, die Harry en zij in Italië begraven hadden zien worden. Je vader is een idioot, had haar grootmoeder een keer gezegd, buitengewoon ontstemd omdat de Hannovers de troon met meer gemak hadden bezet dan iedereen had voorspeld en de ontrouw van haar vader nu een bedreiging vormde voor de hele familie en alles wat ze hadden bereikt. Ik vervloek de dag waarop je moeder met hem is getrouwd, had haar grootmoeder gezegd, al is een huwelijk met je moeder een vloek op zichzelf.

Er kwam muziek aanzweven vanuit het gouverneurshuis. Mensen kuierden over de paden, hun gesprekken hoorbaar als zacht gemurmel. Het denken aan mijn vader heeft me treurig gestemd, dacht Barbara, dat we met zoveel hartstocht de verkeerde dingen najagen.

'U bent mij een dans verschuldigd, geloof ik. Ik ben de rivier afgezakt om met elke mooie vrouw te dansen die er te zien is, en ik moet met u beginnen.'

Barbara klapte haar waaier uit en keek over de rand ervan naar Klaus. Was hij een verkeerd ding om na te jagen?

'Ik ben in de rouw, kapitein Von Rothbach. Ik dans vanavond niet.'

'Ook niet één keer?'

'Ook niet één keer.'

'Dat is een ernstige tegenslag voor mij. En wanneer is uw rouwperiode afgelopen?'

'Op eerste kerstdag.'

'Dan kom ik de dag erna op bezoek. Gouverneur, kolonel Perry.' Hij boog, glimlachte en beende weg.

'Het dansen begint nu ongeveer,' zei Spotswood. 'Komt u ernaar kijken. Er zijn geen slechte dansers in mijn kolonie, en kapitein Von Rothbach behoort tot de besten.' Uit het gouverneurshuis klonk een vreugdevol gejoel op, dat werd gevolgd door kreten, alsof iemands optreden de menigte opzweepte.

'Gaat u vooral met de gouverneur mee,' zei Perry. 'Ik wil nog wat buiten blijven, maar ik zal straks bij u komen zitten, als u het goedvindt.'

In de hal had zich een kring gevormd, en in het midden daarvan danste Klaus. Niemand anders – en allen waren goede dansers – legde zoveel kracht en enthousiasme aan den dag. Zijn partner, een mollige vrouw met donker haar, gilde toen hij haar hoog in de lucht tilde, een beweging uit een dans die terugging tot de tijd van koning Hendrik VIII. De mensen stonden tegen de muur; ze klapten in de handen en riepen Klaus' naam elke keer dat hij een ingewikkelde pas uitvoerde. Zijn gezicht glom van het zweet; hij had zijn pruik afgenomen en opzij gegooid. Barbara keek toe. Is dat die weduwe van hem, vroeg ze zich af. Aan de andere kant van de ruimte zag ze Bolling in een deuropening staan; hij keek ook toe met een afkeurende uitdrukking op zijn gezicht.

Ze liep naar hem toe en zei: 'Laat er vrede tussen ons zijn. Mijn broer heeft zich met een scheermes de keel doorgesneden. De ene dood is vergolden met een andere, het leven van mijn lieve broer is gegeven voor dat van uw Jordan. Oog om oog. De stand tussen ons is gelijk.'

Hij staarde haar even aan en zei toen: 'Alleen, mevrouw, als dat scheermes bot was.'

Ze wilde hem een klap met haar waaier geven, maar hij greep haar arm en drukte hem naar beneden. 'U speelt met mijn neef. Hij heeft een mooie mollige weduwe, ja die vrouw die nu met hem danst, een weduwe die van hem weg zou lopen als ze wist hoe hij met u flirtte. U hebt mijn plantage genomen, en nu bemoeit u zich met zaken die u niet aangaan. Er is niets wat een vrouw als u aan een man als mijn neef kan geven, behalve verdriet. U weet het en ik weet het. En van ons beiden, lady Devane, ben ik tenminste eerlijk genoeg om het te zeggen.'

Barbara deed een stap achteruit, draaide zich om en liep de hal uit, een smalle gang door, en ging snel de trap op, niet naar de slaapkamer die haar was toegewezen, maar via de smalle trappen naar de tweede verdieping van het huis. Om een donkere hoek was de wenteltrap die omhoogleidde naar de koepel van het dak, een kleine ruimte met ramen aan alle kanten. Barbara duwde een raam omhoog en stapte naar buiten op het dak – dat was hier plat, met een hekwerk aan vier kanten – en haalde diep adem.

De nacht was zacht rondom haar en koel. De hemel straalde van de sterren. Woorden spookten door haar hoofd. Klaus die zei: 'U bent mij een dans verschuldigd, geloof ik.' Verschuldigd? Wat was ze wie dan ook verschuldigd? Woorden die Roger in zijn liefdesbrieven had geschreven, die hij van zijn lievelingsdichter, John Donne, had gestolen voor zijn eigen doeleinden. Haar knappe Roger – maar niet knap genoeg voor wat hij nastreefde, of juist te knap; en toen ging hij dood: Kom leef met mij en wees mijn lief,/ En nieuwe vreugden vinden wij.

Ze wreef over haar armen. Je hebt de hele zomer een gevaarlijk spelletje gespeeld, had Charles een keer tegen haar gezegd, en nu zei hij het weer in haar gedachten. Ondanks dat kon ik het niet laten van je te houden – waarmee ik alleen bewijs dat ik een idioot ben. Maar wat bewijst deze zomer over jou, Barbara?

Iemand kwam de koepel binnen; Barbara stapte in de donkerder schaduw van een schoorsteen. Maar het ivoren hakje van een van haar schoenen maakte geluid, toen Klaus door het raam dat zij had geopend naar buiten stapte.

'Het is nog geen eerste kerstdag, maar ik kom toch een dans opeisen,' zei hij. 'Wat is dat op uw gezicht? Huilt u – huilde je?'

'Nee. Nee, ik huil nooit.'

Toen stak hij zijn hand uit en raakte met een vinger haar wang aan, en hij voelde dat ze loog. Hij stak zijn handen naar voren als om haar uit te nodigen voor een dans. De muziek van beneden kwam door de open ramen naar buiten, zweefde zacht naar boven. Eén dans, boven op het dak, waar niemand het kon zien – wat kon dat voor kwaad? En daarom legde ze haar hand in de zijne.

Iets sidderends, een levende vonk sprong op dat moment van hem over op haar en ze dacht: dit had ik niet moeten doen. Ze zag dat het hem evenzeer had geraakt. Maar toen was ze al in zijn armen. Ze voelde zijn lippen die haar voorhoofd beroerden, toen haar wangen, haar hals, haar mond.

Je bent veel te teder, kapitein, dacht ze, en ze sloeg haar armen stevig, en toen wild, om zijn nek. Ze kusten elkaar, en ze dacht: ik wil dit, ik wil het helemaal, ik wil het. Zijn handen waren op haar borsten, die nu bijna helemaal uit haar japon kwamen, en er waren kussen op haar hals, op de bovenkant van haar borsten, en ze dacht: we zullen paren, op deze plek onder de sterren. Mooi. Dat is dan eindelijk geregeld tussen ons.

'Ik moet aldoor aan je denken,' zei hij. 'Er is een vrouw, een weduwe... Daar komt iemand aan.' En hij trok haar snel in de diepe schaduw van de schoorsteen.

In de koepel verscheen een tweede paar, dat begon te kussen, net als Klaus en Barbara hadden gedaan; maar hun kussen werden afgewisseld met beloften en liefdesbetuigingen. Naar hun hartstocht te kijken, hen toewijding en trouw te horen zweren was alsof ze een plens koud water in haar gezicht kreeg. Het was liefelijk, maar voor haar bitterzoet. De stemming van enkele ogenblikken tevoren, toen ze met deze man naast haar onder de sterren zou hebben geslapen, verdween spoorloos.

Het paar ging weer naar beneden; in het maanlicht kreeg ze de indruk dat Klaus' ogen blonken als die van een wolf. 'Ze zijn weg,' zei hij.

'En jij moet ook gaan.'

'Wat is er? Wat is er aan de hand?'

'Ga weg, alsjeblieft.'

'Ik begrijp het niet.'

'Wanneer u terugkomt van uw reis, kapitein, dan zullen we verder zien.'

'Beloof je dat?'

'Ik beloof het.' Hij wilde niet weg. Barbara zag het en leunde tegen de schoorsteen; ze staarde omhoog naar de sterren en luisterde naar het geluid van hem die het dak overstak, en daarna naar de stilte.

Woorden tuimelden door haar gedachten, woorden die Roger haar had geschreven, de woorden van John Donne: Kom hier mijn lief, en leef met mij,/ Nieuwe genoegens vinden wij,/ Van gouden zand, kristallen beek,/ En zijden lijn, en zilv'ren haak./ Daar stroomt de rivier zo fluisterzacht,/ eer door jouw blik dan zonverwarmd./ Daar talmen verliefde vissen even,/ om zich in jouw net te begeven./ ... Laat and'ren kleumend met hun hengels,/ Hun benen snijden aan schelp en stengels,/ En voor de arme vis uitzetten/ Wurgende fuik en onzichtb're netten:/ ... Jij bent die vissers ver de baas,/ Want jij bent zelf je eigen aas;/ De vis, die zich daarin niet verstrikt,/ Is ach, verstandiger dan ik.

Roger, dacht ze, ik ben niet verstandig.

Bollings woorden waren vreselijk, maar wel eerlijk. Wat zou er gebeuren als Klaus en zij geliefden werden? Ze wilde zijn voordelige verbintenis niet verstoren. Het doel van het huwelijk was bezit te vergroten en stand te verhogen, dat begreep ze heel goed. Haar eigen huwelijk had dat ook gedaan, had geholpen haar familie weer in de gunst te brengen, want Roger viel in de smaak bij de Hannovers. Als zij iets met Klaus begon, zou ze dan genoeg hebben aan gestolen ogenblikken zo nu en dan? Zou ze – als ze van hem begon te houden – niet meer willen?

Ze tilde haar donkere, zware rokken op en wipte soepel de koepel in, ging de trap af op haar schoenen met ivoren hakjes; ze voelde zich gedwarsboomd, prikkelbaar, verward en onder dat alles, bedroefd.

Onder aan de trap stond kolonel Perry naar haar te kijken.

Het was bijna alsof hij op haar wachtte, en de manier waarop zijn gezicht naar haar opkeek, de manier waarop het kaarslicht de plooien verzachtte en de beenderen verlichtte, maakte dat ze halverwege bleef staan. Zijn ogen waren als zeldzame, volmaakte, gelijke edelstenen in zijn gezicht; ze hadden de kleur van Rogers ogen, en het leek een ogenblik alsof Roger haar erdoor aankeek, haar aankeek en troost bood. Haar hak bleef haken en ze struikelde, maar hij was in een oogwenk op de trap en ving haar op.

'Lieve, hebt u zich bezeerd? Kunt u lopen?'

'Ja, ik kan lopen.' Ik heb me niet bezeerd, maar ik heb wel pijn.

'De Iroquois zijn gearriveerd,' zei hij. 'Ze gaan allemaal dansen ter ere van u.' Hij bracht haar omlaag naar de hal, en ze was zich bewust van andere dingen, te veel lichamen, te veel brandende kaarsen, te veel geluid. Het was alsof de scène boven met Klaus en de korte gedachte dat ze Roger had gezien, al haar zintuigen hadden verscherpt. Toen zag ze hen, de afgezanten van de Iroquois, die hier waren om met de gouverneur te onderhandelen over een verdrag, en haar feest opluisterden met hun aanwezigheid, wat de gouverneur speciaal zo geregeld had. Ze stonden bij de haard, met boven hun hoofden het vergulde wapen van koningin Anne in de schoorsteenmantel. Er was een cirkel van open ruimte om hen heen, alsof niemand er te dichtbij wilde staan. Ze bleef stilstaan.

Ze waren halfnaakt, met schitterende veren hoofdtooien op hun hoofd, verf op hun gezicht en blote borstkas, rammelende bereklauwen om hun hals en aan hun oren, en lange mantels van bont en veren om hun schouders. Aan hun voeten hadden ze zachte schoenen zonder hakken, bezet met schelpen en kralen.

'Ze hebben zich feestelijk gekleed ter ere van u en van de koning, uit wiens naam ik gezegd heb dat u gekomen bent.' De gouverneur was aan haar zijde en leidde haar naar een stoel, almaar pratend. 'Die schelpen op hun kleding heten peak. Ze worden ook gebruikt als wampum, hun betaalmiddel. Dat zijn mocassins aan hun voeten, gemaakt van herteleer. Hun vrouwen maken een hertevel zacht en droog boven de rook van een vuur.' De Iroquois hadden kunstig gesneden stokken in hun handen met een harde, houten bol aan het uiteinde.

'Strijdknotsen, tomahawks,' zei Spotswood.

De Iroquois hadden ondoorgrondelijke ogen, holle wangen, een donkere huid; de verf deed Barbara denken aan littekens op hun gezicht. Opeens zag ze de slaven van First Curle voor zich in deze kledij. Dan zouden hun littekens een geheel vormen met hun kleren, deel uitmaken van wie ze waren, betekenis hebben op een manier die nu ontbrak.

'Mohawk, Oneida, Onondaga, Cayuga en Seneca: de vijf stammen van de Iroquois.' Spotswood vertelde haar nu dat de Indianen honderden mijlen te voet konden afleggen om hun vijanden te besluipen, waarbij ze zich uitsluitend voedden met iets dat rockahominy heette, en dat was gedroogde en tot poeder vermalen Indiaanse maïs. 'Volk van slangen, worden ze genoemd.'

'Ze eren de dapperheid van hun tegenstander door hem onder vreselijk lijden te laten sterven als ze hem vangen,' zei Perry. 'Het zingen van het doodslied van een krijger is even belangrijk als zijn daden. Een krijger zingt terwijl hij sterft, hij vertelt het verhaal van zijn leven, van zijn dapperheid.'

Barbara maakte een diepe révérence, een révérence die gepast zou zijn voor koningen of hun gezanten; deze mannen – hun wildheid, hun onverwachte, beschilderde, met kralen versierde, schitterende ongetemdheid – leken één met wat ze in zichzelf had gevoeld, en met alles wat ze tot nu toe hier in Virginia had gezien, de brede rivieren, de oeroude bomen, het schouwspel van half-naakte, nachtzwarte slaven, werkend in velden onder weidse, blauwe luchten; het leek alles één met de boosheid die Bolling haar had doen voelen, de begeerte die Klaus had gewekt, de boosheid en het verdriet, zelfs nu na een heel jaar nog steeds niet overwonnen, maar in haar golvend en opwellend, zodat ze zich er wild door voelde, zodat ze in Edward Perry een oudere Roger meende te zien.

De twee afgevaardigden van de Iroquois waren even indrukwekkend in hun staatsiekledij als welke buitenlandse afvaardiging naar het hof van koning George ook. Zij bezaten de bergen, had kolonel Perry haar verteld: 'Het is goed dat ze nu eindelijk een verdrag met ons willen sluiten, want de Fransen hebben zich aan de andere kant van de bergen gevestigd.'

Zulke mannen moeten inderdaad bergen bezitten, dacht Barbara, terwijl ze in de voor haar gereserveerde stoel ging zitten om naar de wonderlijke, vreemde zangen te luisteren. Ze leken op niets wat ze ooit gehoord had. Wilde zangen van wilde priesters, dacht ze, die spotten met de keurig afgewerkte, zorgvuldige grootsheid van deze zaal, die een imitatie is van zijn Engelse tegenhanger aan de overkant van de zee.

Er kwam een ogenblik dat ze naar de mensen om haar heen keek en schrok van wat ze zag. Trots dat deze wilde mannen gekomen waren om voor haar op te treden, maar in die trots angst, vermengd met haat, gemaskeerd door beleefdheid. Haat, zei Hyacinthe, ik zie haat in hun ogen. Het is stom van de Iroquois om een verdrag met ons te sluiten, dacht Barbara. Hoe kan er ooit genoeg land zijn voor deze mannen, en voor de tabak die de grond zo snel uitput? Wij zullen onze verdragen met hen schenden, zoals we overeenkomsten met andere Indianen hebben geschonden, met de wilden aan onze grenzen.

Kolonel Perry had het haar beschreven, hoe degenen van wie dit land vroeger was geweest, nu tol betaalden aan degenen die het van hen hadden gestolen; het aantal volwassen mannen en vrouwen van de stammen nam af, door rum, pokken, stammenoorlogen, dood. Hoe had kolonel Perry het gezegd? Virginianen begeerden grond, begeerden eretitels, erebaantjes, wilden benoemd worden tot sheriff en kolonel, raadslid en klerk. Ik ben vroeger ook meedogenloos geweest, even meedogenloos als Valentine Bolling, zei hij.

Hebzucht kende ze; het hof en Londen zouden niet bestaan zonder hebzucht. De South Sea Bubble was uiteengespat op de scherpe rand van de hebzucht. Haar man en haar broer waren eraan gestorven. Hoe kon je verstandig leven in een wereld vol hebzucht? Als de Iroquois ons de oorlog zouden verklaren, had de gouverneur gezegd op de dag dat ze de Raadszitting bijwoonde, zou 's konings leger hen nog niet eens kunnen verslaan. Drijf ons de zee in, Iroquois, dacht ze, want wij zullen jullie je land afnemen. De tabak vreet het op, en we moeten altijd meer hebben.

Ze zongen voor haar, ze dansten een trage, woeste dans op het ritme van hun eigen stemmen, zoals ze de slaven op First Curle ook had zien doen op sommige maanverlichte nachten. En er was verder geen enkel geluid te horen in de hal en haar hart werd vol. Het was tot de rand toe vervuld van wilde smart om alles wat er niet meer was, maar dat was goed, dat was in orde; het verdriet werd gekalmeerd door hun liederen, want het was alsof ze in haar hart lazen en de woorden zongen die de volheid ervan recht deden.

Toen ze klaar waren, stond ze op en liep trots op hen toe, en overhandigde hun zwijgend haar waaier met zijn ivoren handgreep. Een van hen klapte hem open om te kunnen zien wat erop geschilderd was, een gezicht op Tamworth. Ze maakte voorzichtig de zware oorhangers uit haar oren los, trok uit haar haar zowel de veren als de broche waarmee ze op hun plaats werden gehouden, en hield ze, terwijl ze een diepe revérence maakte, in haar uitgestoken handen als eerbewijs.

'Prachtig!' riep kolonel Perry, en zijn woorden klonken hoog op naar het plafond.

'Ja!' antwoordde Spotswood, en plotseling hoorde ze geklap en meer kreten, nu de een na de ander begon te juichen.

Later zat ze naar het dansen te kijken, dat op een meer bezadigde manier was hervat toen de Iroquois de hal hadden verlaten. Het was een bijzondere avond geweest. De gouverneur had, aangestoken door haar initiatief, de Indianen zijn eigen jas en pruik gegeven.

'Ze zullen zorgen dat er geen negerdorpen komen. Dat hebben ze toegezegd – als ze in de bergen weggelopen slaven van ons tegenkomen, worden die bij ons terugbezorgd,' zei Spotswood tegen haar, met een kleur op zijn militaire gelaat, verheugd over het succes van haar gebaar, het succes van deze avond waar iedereen over sprak. 'Excuseer mij, lady Devane, ik moet voor het vuurwerk gaan zorgen.'

'Negerdorpen? Wat bedoelt hij daarmee?' vroeg Barbara aan Perry die naast haar zat.

'Het zijn nederzettingen van slaven die uit hun slavernij zijn ontsnapt,' antwoordde Perry langzaam. Barbara zag dat hij naar zijn dochter Beth keek, die met Klaus danste. 'In Spaans Florida en op de Westindische eilanden in het zuiden bestaan dorpen van voormalige slaven die van hun meesters zijn weggelopen. De kolonisten zijn niet talrijk genoeg om hen te verslaan en moeten daarom in vrede met hen samenleven. Waardoor was u daarstraks zo van streek?'

'Kolonel Bolling had iets gezegd dat mij pijn deed. Ik vroeg of het vrede kon zijn tussen ons; ik zei dat onze dierbaren beiden dood waren en dat we quitte stonden. En hij antwoordde dat dat alleen het geval was als het scheermes bot was geweest.' De rest, van Klaus en de kus boven op het dak, vertelde ze niet. 'De eigendomsakte die ik heb omvat ook de walserij en het magazijn bij de tweede kreek, zodat ik mij, als ik wil, de goederen in het magazijn zou kunnen toeëigenen.'

'U moet nooit met iemand onderhandelen als uw voornaamste emotie boosheid is. Bolling zou een proces tegen u aanspannen bij de gewestelijke rechtbank, en de jury daar zou zijn samengesteld uit mannen die hem iets schuldig zijn voor wat ze van hem hebben gekocht. Ze zouden zich tegen u uitspreken, als u alles in beslag zou willen nemen, omdat uw aanspraak hun te hoog zou lijken. Hem kennen ze, u niet. Het is beter te zeggen dat de helft van de goederen in het magazijn van u is, zodat de arbeid die kolonel Bolling in de afgelopen jaren heeft verricht door middel van een eerlijk aandeel wordt erkend. Ik stond vroeger ook bekend als een harde onderhandelaar, lady Devane...'

'Ik geloof u niet.'

'Niemand naaide mij een oor aan. Maar ik heb intussen geduld en wijsheid verworven.'

'En wat voor wijsheid hebt u mij te bieden?'

'Dat wat in het voordeel van een ander is, ook in mijn voordeel kan zijn.' Hij stond op en zijn gezicht betrok.

'Wat is er?' vroeg Barbara die de uitdrukking op zijn gezicht zag.

'Mijn dochter heeft te veel plezier in haar dans met kapitein Von Rothbach.'

'U mag hem niet?'

'Ik mag hem bijzonder graag. Maar als men langer dan een generatie op dezelfde plek woont, krijgt men een gevoel van noblesse. Mijn grootvader heeft evenals de kapitein ergens overzee een warm bed achtergelaten en is hierheen gekomen om een beter leven te vinden. Daarvoor respecteer ik mijn grootvader; ik ben hem er dankbaar voor, want zijn noeste arbeid was het begin van mijn erfdeel. Maar voor Beth wil ik iets meer.'

De dans was afgelopen en Beth kwam naar hen toe, en haar mooie ogen – de ogen van haar vader – straalden van blijdschap. En Klaus was bij haar. Nu kwam ook de mollige, oudere vrouw met de donkere ogen, met wie hij eerder had gedanst, erbij. Zijn weduwe, dacht Barbara.

'Ik hoor dat u morgen een reis gaat maken,' zei Perry tegen hem.

'Ja. Ik vaar vannacht nog terug de rivier op, ga aan boord van mijn sloep, en vertrek.'

'Hij is hierheen gekomen om met mij te dansen,' zei de oudere vrouw, en Klaus keek Barbara aan, die haar ogen neersloeg om wat ze in de zijne zag. Ik ben van plan eerlijk te spelen, en dat moet jij ook doen, dacht ze, en ze kon de kus die ze hadden gewisseld weer voelen, proeven, en betreurde dat ze er niet mee was doorgegaan.

'U maakt mij er al te zeer van bewust hoe oud ik ben,' zei Perry, met een gebaar waardoor zijn dochter naast hem kwam staan.

'Het vuurwerk begint,' zei iemand en ze liepen naar buiten. Het eerste stuk was prachtig, een draaiend rad waar de vonken vanaf spatten. Iedereen klapte en in het licht zag Barbara de Iroquois opkijken naar de hemel.

'Wilt u morgen, voor we weggaan, met me meegaan naar het

kamp van de Iroquois?' zei ze tegen kapitein Perry. 'Ik wil wat dingen van ze kopen.'

'Moerasmirte, kornoelje – wat gaat u uw dierbaren nog meer sturen?' zei hij met een glimlach.

Mocassins voor Jane, een geiteleren gewaad voor grootmama, een tomahawk voor Tony. Ik ben blij dat deze avond bijna afgelopen is.

'Uw broer, Harry, heeft dus met een scheermes zijn keel doorgesneden,' zei Perry zacht, terwijl vurige patronen boven hen de sterren overtroefden. 'Wat verdrietig voor u.'

'Hoe wist u dat mijn broer Harry heette?'

'Dat hebt u me verteld.'

'Nee, ik heb nooit zijn naam genoemd.'

'Dat hebt u wel, dat kan niet anders. Of iemand anders heeft hem genoemd.'

'Ik kan me niet voorstellen dat iemand het weet.'

'Uw kamenier weet het, uw jongen. Een van hen heeft het gezegd. Wat is er? U lijkt van streek. Hoe heb ik u gekwetst?'

'U hebt me niet gekwetst. Ik heb mezelf gekwetst.' Weer het donker in mij, de kus, verdriet om Roger, alles verknoopt in mijn hart. Ik zag hem in uw ogen toen ik van het dak naar beneden kwam. Ik voelde me op dat moment helemaal verwilderd, ondersteboven, alsof hij niet dood was, en al dat verdriet, de verlatenheid, het hierheen komen een droom was geweest.

'Ik ben moe, kolonel Perry, erg moe. Wilt u mij excuseren?'

Later, toen ze in haar bed lag, dacht ze: Roger zal nooit terugkomen. Dat deel van mijn leven is voorbij. Ik moet het loslaten. Het was moeilijk los te laten wat je liefhad. Ze had in haar leven te veel moeten loslaten. Sinds haar veertiende had ze zoveel mensen van wie ze hield verloren: haar vader, haar broers en zusters, Harry, Roger. Ze stompte met haar vuisten in de dekens. Zwaar, zwaar hen te zien sterven. Ik begin het vertrouwen in het leven te verliezen, dacht ze. Afleiding, dat vind ik tenminste in mijn geflirt met Klaus. Als ik met hem begin, hoef ik niet naar mijn verliezen te kijken. Ik gebruik hem zoals ik Charles gebruikte, en vóór hem Richelieu.

Het was liefde, zei Philippe.

Roger, dacht ze, je hebt me in de steek gelaten. En toen heb je geprobeerd me weer het hof te maken, maar je ging dood voordat je ons leven samen in vervulling kon laten gaan. Ik haat je omdat je bent doodgegaan. Ik haat je omdat je me met schulden en in wanhoop hebt achtergelaten.

Ik wou dat ik me aan Klaus had gegeven; alles zou beter zijn dan voelen wat ik nu voel.

Ze doezelde weg in dromen over Venetië in de winter, in de tijd van het carnaval, wanneer iedereen zich vermomde. Ze zag nevel opstijgen uit de kanalen, zag pretmakers verkleed als Pantalone en Colombine, twee figuren uit de Italiaanse komedie, ronddansen door de smalle straatjes. In haar oren klonk het geluid van gedroomde hakken die klikklak over stenen boogbruggen gingen, in haar ogen het beeld van gedroomde sneeuw die neerviel op de schouders van zwarte mantels, van mantels die over de stenen van de piazza's slierden. Terwijl ieder hoofd van man of vrouw bedekt was met een voorover gezette, grote driekantige hoed waaraan een zwart of wit masker was vastgemaakt, zodat alleen de mond zichtbaar bleef. Daar stond Roger, in een lange mantel, met een driekantige hoed en een zwart masker, en hij wenkte haar. Ze rende zo snel als haar rokken toelieten, rende met haar hele hart en haar hele ziel naar hem toe, en toen ze bij hem was, kon ze alleen naar zijn witte handschoen staren, naar de kleine paarlen knoopjes waarmee die was dichtgemaakt, voordat ze de zo verhulde hand pakte en naar haar mond bracht om hem teder te kussen, want hij was haar liefste. Je hebt me alleen achtergelaten, zei ze. Ik dacht dat ik eraan zou sterven.

De onder het carnavalsmasker zichtbare mond lachte zijn betoverende glimlach. De vis die zich niet vangen laat, is verstandiger dan ik. Ik ben weggegaan uit Virginia, zei ze tegen hem. Ik moest wel. Ze wilden Hyacinthe opeten.

Trek je er niets van aan, zei hij. Kom en dans de gavotte met mij.

10

De tweede kreek bij First Curle sneed diep in het landschap van bomen en onderhout, en er lag een sloep met gestreken zeilen voor anker. De bomen vormden een omlijsting van groene en bruine schaduwen, met gouden en oranje vlekken; de boeg van de sloep was blauw en gebouwd om snel door het water te klieven, een noodzaak in de Caribische wateren, waar zeerovers even veelvuldig voorkwamen als haaien. Dat blauw viel Hyacinthe op. Mevrouw Cox had hem nog niet gevonden, en daar was hij blij om, maar hij was ook erg moe en bijna bereid om gevonden te worden. De hondjes waren ergens achter hem, ze snuffelden rond en plasten tegen bomen, terwijl hij in deze plantaardige schuilplaats bleef staan om te kijken.

Er verscheen een man van benedendeks. Het was Odell Smith, die hij haatte, en hij praatte met kapitein Von Rothbach, die na Smith uit het ruim van de sloep was gekomen, en gebaarde daarbij met zijn handen.

'Ben jij ook zo blij dat we de vaten eindelijk hebben ingeladen?' hoorde hij Klaus zeggen.

'God, ja...'

Juist op dat punt kwamen de hondjes hijgend en buiten adem van hun speurtochten, achter Hyacinthe te voorschijn. Harry spitste zijn oren toen hij de sloep zag. Hij hief een pootje en blafte. Smith draaide verrast zijn hoofd om, en Klaus ook.

Hyacinthe zou nooit weten wat hem aandreef om weg te rennen: iets in de manier waarop het gezicht van Smith veranderde, iets in de manier waarop het vel in zijn nek en op zijn armen begon te prikken, iets in de manier waarop zijn hart opeens geweldig hard begon te bonzen. Smith riep hem niet, maar hees zich direct over de zijkant van de sloep en rende over de loopplank naar het zanderige strand van de kreek.

De hondjes waren de reden dat Hyacinthe bleef stilstaan. Ze waren met hem meegehold, en alledrie renden ze blindelings door het onderhout, sprongen over boomwortels, doken onder laaghangende takken door, terwijl hij hen en zichzelf aanspoorde. Toen waren ze opeens niet meer bij elkaar, en hij probeerde tegelijkertijd te rennen en om zich heen te kijken om te zien waar ze gebleven waren, terwijl zijn adem als een vuist in zijn keel opsteeg. Achter zich hoorde hij het geluid van Smith, die net als hij rende, en Klaus die hun beiden iets toeriep; en juist deze zwijgende, wanhopige wedstrijd tussen Smith en hem vertelde hem, hoewel zijn geest het ontkende, dat dit geen spelletje was, geen dwaze angst, maar wel degelijk iets gevaarlijks, duisters, dodelijks, en onbekends. Hij hoorde blaffen en grauwen, en daarop de stem van Smith die vloekte.

O nee, dacht hij, alsjeblieft Harry, alsjeblieft Charlotte, rennen! Hij schreeuwde de woorden in gedachten uit. Toen hoorde hij een hoog keffen. Het drong schel door het gonzen in zijn oren, door de ademhaling als een blaasbalg in zijn keel, door het brandende gevoel in zijn longen. Een van de honden was gewond. Niet teruggaan, hoorde hij de stem van binnen zeggen. Rennen. Ren zover mogelijk weg.

Maar hij kon nu een hond horen jammeren, een zielig, smekend gejank van pijn, terwijl de andere grauwde en blafte, hoog en wild kefte. Hij bleef een ogenblik staan, vechtend tegen de angst die opsteeg als water waarin hij verdronk. Hij huilde bijna om het gewicht van het besluit dat hij moest nemen. En toen rende hij terug, verdoofd en blindelings, vol boze, wanhopige moed, en de jongen in hem stierf, was dood, alsof hij zijn lot reeds voorzag.

I I

Sir John Ashford draafde te paard over de weg naar Tamworth Hall, een reusachtig, schitterend bouwwerk in Tudor- en barokstijl, dat het voornaamste huis van de omgeving was. Aan weerszijden van hem lagen de akkers die bij Tamworth Hall hoorden, en hij pauzeerde een ogenblik om ze te bekijken. Evenals op zijn eigen akkers was het koren al gemaaid en binnengehaald.

Volgens de traditie was wat er overbleef op geoogste akkers voor diegenen die geen eigen akkers hadden. De arenlezers, voornamelijk vrouwen, zongen flarden van oude volkswijsjes en praatten onderling terwijl ze hun versleten zakken en tenen manden vulden. Wie ijverig werkte, kon genoeg graan verzamelen om haar gezin met het meel dat ervan gemalen werd, een winter lang te voeden.

Overal waren kinderen geweest; ze hoorden evenzeer bij de naoogst als de stoppels op het veld waarop de vrouwen werkten. De kleine kinderen hadden onder bomen gezeten, zodat hun moeder hen in het oog kon houden, en met grassprietjes gespeeld of onrijpe bramen gegeten. Zuigelingen hadden in mandjes gelegen en konden kijken naar de paar vlokkige, zilverwitte wolken in het uitgestrekte doorschijnende blauw van de hemel boven Tamworth op het eind van de zomer.

Nu lagen diezelfde zuigelingen in hun mandjes onder grote eiken en hazelaars, tussen het dorre blad en de varens van de bossen van Tamworth, terwijl hun oudere broers en zusjes bezig waren de eikels en hazelnoten te rapen die op de grond waren gevallen. De hertogin van Tamworth, de eigenaresse van Tamworth Hall en de omringende landerijen, gunde hun ook de afgevallen appels, pruimen en peren die haar bedienden de moeite niet waard vonden om te verzamelen in haar boomgaarden.

Als hij hieraan dacht – dat het tot de traditie van Tamworth

Hall, van Ladybeth, zijn eigen naburige hofstede, en van andere behoorde, de minder fortuinlijken een bestaan te verschaffen – voelde sir John een innerlijke vrede, een gevoel van juistheid en evenwicht dat hij was kwijtgeraakt toen hij in Londen was, een gevoel dat hij eigenlijk niet meer had gehad sinds de South Sea Bubble. Evenals anderen had hij vermogen verloren door de koersval, had hij bankroet en ondergang onder ogen moeten zien.

Misschien, dacht hij, zal alles nu weer goed komen. We hebben het weer een jaar gered, een nieuwe oogst binnengehaald. Zijn hofstede, de rituelen van het platteland, de riten van oogsten en zaaien, van seizoenen en natuur, die alle onveranderlijk in elkaar overgingen, vormden een vaste, duidelijke, voortgaande draad in zijn leven waaraan hij troost en een grote standvastigheid ontleende.

Sir John begon een oud oogstlied, 'Harvest Home', te neuriën terwijl hij zijn sporen in de flanken van zijn paard drukte. De oprijlaan naar Tamworth Hall lag voor hem. Het landhuis, met zijn grote, achthoekige erkers, gedraaide schoorstenen en enorme afmetingen maakte evenzeer deel uit van het landschap als het kerkepad of de meidoorn die elke meimaand bloeide. Het was er geweest in de tijd van zijn vader, en in die van zijn grootvader, en een leven zonder dat grote huis was voor hem evenmin voorstelbaar het waakte over hen allen; het was een toevluchtsoord in geval van nood – als op een morgen wakker te worden en te merken dat er geen zon aan de hemel stond.

Herfst, dacht sir John. Vuurrode bladeren. 's Ochtends rijp op het gras. Bramen plukken. Alles is goed met de wereld.

'We hebben geploegd, we hebben gezaaid, we hebben geoogst, we hebben gemaaid, we hebben de schoven binnengehaald': het was een wijsje dat ouder was dan hij, ouder dan zijn vader en grootvaders; het hoorde bij het ritueel, bij de traditie, bij het leven zelf. Hij reed onder de lindebomen van de laan die naar het grote huis Tamworth Hall leidde, het huis waar zijn goede vriendin, de hertogin van Tamworth woonde; hij zong de woorden nu luid en zijn diepe stem steeg op en mengde zich met de herfsthemel.

'"De druiven groeien er in het wild, overvloedig en in tal van soorten…"'

Annie, de kamenier van de hertogin van Tamworth, las haar meesteres voor om haar te kalmeren, want ze was in een lastige en prikkelbare stemming.

Het boek ging over Virginia en was geschreven door een koloniaal; sinds Barbara weg was, wilde de hertogin over niets anders horen.

Ik heb mijn lieve Barbara naar een paradijs gestuurd, dacht de hertogin; deze gedachte had ze iedere dag; het is waar, maar het is alleen zo ver weg. Het kan nog maanden duren voor er ook maar één brief komt, en schepen konden vergaan op verraderlijke klippen, of door stormen omslaan de zee in, zodat mooie jonge kleindochters als Barbara verdronken. Zeerovers – ze had onlangs gehoord dat er zeerovers waren langs de koloniale kust. Stel dat zeerovers het schip waarop Barbara zich bevond, hadden gekaapt?

'"... waarvan sommige heel zoet zijn, en aangenaam van smaak, en andere wrang en scherp, en wellicht meer geschikt voor wijn of brandewijn.'"

'Ik dacht zojuist aan zeerovers,' zei de hertogin.

'Er staat hier niets over zeerovers.'

Annie, mager, bruin en ongeduldig, tikte op de bladzijde van het boek, een boek waarvan ze schoon genoeg begon te krijgen. Ze wist langzamerhand meer over Virginia dan goed was voor een mens. Gisteren had de hertogin zich zorgen gemaakt over de wilden in de kolonie.

'Het is uw buik zeker weer? U hebt weer last van winderigheid. Als u vanmorgen kruidenthee had gedronken zoals ik u heb gevraagd, zou u nu rustig zijn.'

Ik heb mijn lieveling naar een druivenparadijs gestuurd en zal in geen maanden weten of ze ook maar veilig is aangekomen, dacht de hertogin, en mijn meid weet niets anders te doen dan kwebbelen over kruidenthee. Annie is een koppig oud wijf. 'Ik wil geen thee.' De hertogin sprak met de verschrikkelijke waardigheid van iemand die niet tevreden te stellen is. Mijn bedienden zouden meer geduld moeten hebben, meer rekening moeten houden met oude, zieke mensen.

Een lakei was de lange, galmende galerij binnengekomen waarin ze zaten, een geliefde ruimte vanwege de vele ramen die alle uitzicht boden op tuinen: het gazon, het terras, de doolhof, de bossen. Beide vrouwen keken verbolgen in zijn richting.

'Sir John Ashford is hier,' kondigde de lakei aan.

'Werkelijk? Het is een mooie boel als mijn oudste vriend moet worden aangekondigd alsof hij een marskramer is die zijn waren komt verkopen. Heb je geen hersens in je hoofd, Perryman? Laat hem onmiddellijk binnen. Je had moeten weten dat je hem binnen kon laten.'

En terwijl de bediende wegliep om te doen wat hem gezegd was, zei de hertogin tegen het uitzicht: 'Mijn bedienden zijn onmogelijk, en ik zou ze allemaal moeten ontslaan. Ik ben te oud en te weekhartig...'

'Oud, ja. Maar weekhartig? Geenszins.'

Sir John kwam met grote stappen aanlopen door de galerij van de hertogin, en zijn laarzen klonken zwaar en dof op de houten vloeren. Annie, de gezelschapsdame en verzorgster van de hertogin, haar vertrouweling en stimulans, dacht: mooi, nu kan ze hem een poosje kwellen en ons een ogenblik respijt geven.

De hertogin stak haar handen uit naar sir John en hij gaf haar een klinkende zoen op de wang.

'Ik heb vandaag ruzie gehad met mijn imker. Ik wil Barbara in Virginia bijen sturen,' zei ze.

'Dat is onmogelijk.'

'Dat zei hij ook. Ik had kunnen weten dat ik van jou geen hulp zou krijgen.'

'Er waren brieven voor je in het dorp, en ik dacht, kom ik ga ze maar eens brengen. Deze is van de familie Holles, en aangezien je zo trots bent op het huwelijk dat de jonge hertog gaat sluiten, dacht ik dat je die wel meteen zou willen zien.'

Sir John liet de brieven in de schoot van de hertogin vallen, trok een stoel bij en plofte erin neer, terwijl hij zijn blik over haar liet gaan.

De hertogin leek piepklein, zo diep in haar stoel weggezonken, en dat was ze ook. De tijd had haar doen krimpen, had sinds lang elk spoor van jeugd weggenomen. Door het verstrijken ervan was ze blootgelegd, zoals water schelpen op het strand blootlegt, zodat iedereen nu haar wezen kon zien in de donkere, flitsende ogen, in de structuur van haar elegante, fijn getekende gezicht, mager als de kop van een windhond.

Er was kracht in dat magere gezicht, en ongeduld, en scherpe intelligentie, maar ook sinds de dood van haar kleinzoon Harry vorig jaar, een nieuwe kwetsbaarheid, alsof ze voor ieders ogen verdroogde tot niets, en een volgende krachtige windvlaag haar zou wegvoeren. Ze werd overal heen gedragen door een lakei omdat haar benen te zwak, te broos waren om haar te dragen.

Sir John daarentegen was breed en flink, even stevig als een van haar eiken buiten. Hij was al dertig jaar haar buurman, en nog langer haar vriend.

Ze had de brief van de familie Holles geopend.

'Ze nodigen me uit om op bezoek te komen.'

'Heel gepast, want je wordt familie van hen... Ik heb besloten dat ik terugga om de herfstzitting van het parlement bij te wonen. Ik vertrek over een paar dagen.' Sir John zei het met een beschaamd gezicht, alsof hij een misdaad opbiechtte.

'Nou zeg!' riep de hertogin.

Sir John ging nooit naar Londen voor de herfstzitting. Hij kwam meestal ergens na Kerstmis aanzetten en vond dat het Lagerhuis blij mocht zijn dat hij er was. Maar sinds de boetes voor de South Sea-zaak waren vastgesteld, was iedereen in rep en roer. Sir John had de hele zomer in Londen doorgebracht om de bedragen die Walpole en de andere ministers van de directeuren wilden opeisen, aan te vechten. Hij had over niets anders gepraat toen hij net thuis was.

'Het schijnt dat Walpole niet wil dat de koning het parlement ontbindt; ze zeggen dat er in het voorjaar geen verkiezing komt. Terwijl ze het al zeven jaar hebben uitgesteld! Men zegt dat Walpole de koning voorhoudt dat de tijden te onrustig zijn voor verkiezingen, dat de Whigs te veel zetels zullen verliezen.'

Er was een verontwaardigde uitdrukking op zijn gezicht gekomen; hij blies zich op, klaar voor de strijd. Ze maakten altijd ruzie over dit soort dingen, hij en zij.

'Ik vertrouw die schoft van een Walpole niet – neem me niet kwalijk dat ik me zo grof uitdruk, Alice, maar als je had gezien in wat voor bochten hij zich heeft gewrongen om de koning en de ministers en de directeuren van South Sea te beschermen...'

'En is dat hem gelukt?'

'Je weet heel goed dat het hem is gelukt.'

De strijd tussen de facties van Whigs en Tories om macht bij de koning was al even oud als de hertogin. Ze was er niet van onder de indruk.

'Maar dat is toch ook zijn taak? Want hij is zelf toch ook een minister van de koning? Of een minister nu een Whig of een Tory is, hij staat in dienst van de koning en moet doen wat hij zegt.'

'Zijn taak,' zei sir John, die een rode kleur begon te krijgen, 'is hen die straf verdienen in het openbaar aan de kaak te stellen zodat ze gestraft worden voor hun leugens en bedrog, in plaats van hen te beschermen! De Meester van de Doofpot, zo wordt Walpole nu genoemd, en dat is precies wat hij is!'

'Bah,' zei de hertogin. Het was een geliefd stopwoordje van haar. 'De Tories hebben niets gedaan dan over hun eigen voeten struikelen sinds koning George op de troon zit. Maak je toch niet druk om die Walpole. Jullie moeten ophouden met onderling gekissebis en samenwerken zodat die aanstaande verkiezing zoden aan de dijk zet. Als er genoeg Tories in het parlement worden gekozen, zal de koning weer een paar van jullie tot minister moeten benoemen.'

'Ga je me nu vertellen hoe ik politiek moet bedrijven?'

'Inderdaad. Er was niemand beter dan ik in mijn tijd.'

'Jouw tijd is voorbij, Alice. Alles is nu anders.'

'O ja? Krabben de mensen elkaar de ogen niet meer uit om het leven te behouden, als de inzet hoog is en de verliezen enorm? Verraden ze degenen die hen helpen niet meer, als het beter uitkomt hen te verraden?'

'Waarom neem ik het op me om bij jou op bezoek te gaan?'

Hij graaide naar zijn hoed. Haar oordeel over het hof, over het leven, maakte hem altijd van streek. 'Ik kom je brieven bezorgen als een lakei, en jij leest me de les alsof ik een groentje ben die nog nooit in Londen is geweest. Ik bedank daarvoor. En als je het weten wilt, we werken al samen. We laten onze onderlinge geschillen rusten en houden elke wet tegen die de ministers van de koning proberen in te voeren. Dus je ziet!'

Hij boog, als een stijve houten marionet, en stotterde van woede.

Deze ruzie was voorbijgaand; ze hadden hem gewoon weer opgevat waar ze gebleven waren. Morgen praatten ze weer tegen elkaar – en maakten ze ook weer ruzie. Ruzie maken met hem maakt me jaren jonger, zei de hertogin altijd tegen Barbara.

Verkwikt keek ze neer op de brieven die hij haar had gebracht. Hoewel ze hier in alle rust buiten woonde, in plaats van in de drukte van Londen en het hof, onderhield ze een enorme correspondentie, waaraan ze veel plezier beleefde. Terwijl ze de ene brief na de andere opende, zag ze dat er telkens werd gesproken over Robert Walpole, 's konings minister, die in het afgelopen voorjaar tot Eerste Minister was benoemd als beloning voor de wijze waarop hij de South Sea Bubble had behandeld.

'Walpole komt op voor de bedriegers en zwendelaars,' schreef de een.

'De koning is niet speciaal op hem gesteld en vertrouwt hem evenmin,' beweerde een ander. 'Walpole houdt het geen zes maanden meer vol als minister.'

Ze keek naar een portret dat tussen de vele andere in deze lange rechthoekige ruimte hing. Haar dode Richard keek in alle rust vanuit zijn geschilderde wereld naar buiten.

Ik herinner me dit soort schermutselingen in de hoogste regionen van de macht waar Walpole zich nu bevindt, dacht de hertogin. Verraden worden, vaak door dezelfden die je in de kring van de macht hadden gemanoeuvreerd, hoorde bij de eer de koning te dienen; je overleefde het, of niet.

'Gaat u bij de familie Holles op bezoek?' vroeg Annie.

'Nee.'

'Is er een brief van de hertog?' vroeg Annie.

'Nee,' antwoordde de hertogin kortaf. O, Richard, dacht ze – het was haar gewoonte met haar dode echtgenoot te converseren, meestal hardop – Tony is nog koppiger dan ik. Ik kan er niet meer tegen. Ik houd van hem. Waarom vergeeft hij me niet?

'Waarom schrijft hij niet?' zei ze tegen Annie. 'Ik ben oud. Ik kan elk moment doodgaan.'

'Hij schrijft nog wel. Gun het wat tijd. Hij zal u vergeven. Ik voel het in mijn botten. Hij is de beste van allemaal.'

De hertogin keek naar haar.

'Even lief als zijn vader, God hebbe zijn ziel,' zei Annie. 'Liever nog. Goedhartig. Even slim als zijn oom, jongeheer Giles was. Stil. Het blijft allemaal verborgen. Hij zal op de lange duur de beste blijken te zijn. Let op mijn woorden.'

Lieve Jezus, dacht de hertogin, de anderen waren gestorven. Wie weet hoe ze geworden zouden zijn?

In de galerij waar ze zat begon een reusachtige klok het uur te slaan. Het was vijf uur in de namiddag.

Een, sloeg de klok.

Tony, dacht de hertogin. Ze had gehoord dat hij de hele zomer in Londen in de kroegen had doorgebracht, om zijn liefdesverdriet te verdrinken na het onverwachte vertrek van Barbara, van wie hij dacht te houden.

Twee, sloeg de klok.

Tony was vreselijk boos geweest toen hij ontdekte dat Barbara weg was. Hoe durft u, had hij tegen de hertogin gezegd. De waarheid is dat u dacht dat ik voor haar niet goed genoeg was, maar dat ben ik wel.

Wat hij haar niet kon vergeven was haar verradersrol bij het ongemerkte vertrek van Barbara, waar niemand iets vanaf wist tot het te laat was. Hij had zich van haar afgewend. Hij, die ze ooit absoluut ongeschikt had geacht om Richards titel te erven, was in de laatste jaren veel voor haar gaan betekenen. Ze zag in hem bepaalde tekenen die wezen op het karakter van zijn grootvader.

Wij zijn geen stukken op een schaakbord, grootmama, had hij

tegen haar gezegd. We zijn levende, ademende wezens met een hart en een ziel. Hij was niet dom. Hij zag dadelijk dat zij Barbara bij hem vandaan had gemanoeuvreerd.

Drie, zei de klok.

Een wellustige vrouw, noemden sommigen Barbara. Er waren misstappen in haar verleden, ze had mensen verkeerd beoordeeld en impulsief gehandeld, maar was ze wellustig? Nee, Barbara, ik wens niet dat je net zo wordt als je moeder – en hier waren de gedachten van de hertogin even koud als een stromende rivier in de winter, alsof Barbara's moeder, Diana, niet haar enige dochter was, haar enige nog levende kind. Diana, die eens de schoonste vrouw aan het hof was geweest, was nog altijd mooi, net als Barbara, Diana's dochter. Schoonheid is voor een vrouw niet alleen een zegen, maar ook een vloek, dacht de hertogin. Grootmama, ik zal het beter doen, had Barbara gezegd. Is dat waar? Is dat mogelijk, wanneer het geschenk van je gezicht en je jonge lichaam je met zo weinig moeite zoveel kan opleveren?

Vier.

Het is jouw schuld, Roger. Het is jouw schuld dat ze uit de band sprong, het is jouw schuld dat ze bankroet is, maar wat hebben zij of ik eraan dat te zeggen? Jij bent al even dood als Richard.

Vijf.

De familie, de familie was het enige wat telde. Richard en zij hadden een fortuin gebouwd op as, hadden hun naam met evenveel eerbaarheid en evenveel bekendheid omgeven als welke andere naam ook. Tony moest dat behoeden, moest er nu het zijne aan toevoegen. Dat was zijn plicht. Hij mocht honderd vrouwen liefhebben, maar slechts met één vrouw trouwen, en wel met haar die het meeste toevoegde aan de fortuin en de naam van de familie. En het scheen dat hij dat ook deed, ondanks zijn liederlijke gedrag en zijn drinken. Hij had zich verbonden om met de oudste dochter van de familie Holles te trouwen. Dat was een overwinning; het was een goede, sterke familie met veel land, die in de gunst stond bij dit hof.

Glorie, zoals de Fransen het noemden, wat betekende dat men zich boven alles in dienst stelde van zijn naam, van zijn familie, van zijn huis, wat betekende dat men de plicht op de eerste plaats stelde, iets wat iemand van de rang van de familie Saylor altijd moest doen.

'Tony doet wat hij behoort te doen,' zei de hertogin. 'Dat verheugt me.'

Haar ogen dwaalden van het ene portret in de galerij naar het andere. Richards belangrijkheid, zijn positie en de hare, de afstand die ze hadden afgelegd op de ladder, waren hier voor iedereen zichtbaar in de geschilderde gezichten van de groten. Karel II hing hier, en zijn broer, Jacobus II, die Engeland in de steek had gelaten.

De dochters van Jacobus II hingen hier, regerende koninginnen na hun vader, koningin Mary en koningin Anne, en ook de man van Mary, de Hollander koning Willem. Een familie die niet beter is dan de mijne, die ook van elkaar vervreemd en uiteengevallen is net als de mijne, dacht de hertogin. Het gebeurt met ons allemaal, denk ik. Zelfs in de hoogste regionen.

'Zijne genade zal schrijven,' zei Annie. 'Ik voel het in mijn botten.'

'Je botten hebben het ook wel eens mis gehad.'

'Ik ga kruidenthee zetten,' zei Annie.

'Ik wil geen kruidenthee...' Maar Annie was al weg. Annie luisterde nooit. Ze was een koppig oud wijf dat haar zin doordreef, dat altijd de baas speelde. En zelf was ze oud en ziek, en geneigd tot dagdromen. Haar bedienden wisten dat. Ze zouden gehoorzamer moeten zijn, net als haar familieleden, en moeten accepteren dat ze altijd hun eigen belang voor ogen had.

Jij en ik, James, dacht de hertogin, terwijl ze het portret van die dwaze koning bekeek. Het was bijtender dan een slangetand om ondankbare kinderen te hebben. Haar familieleden waardeerden haar toegewijde arbeid niet. Ze vonden haar bemoeizuchtig en achterbaks. Ze had geen achterbaks botje in haar lijf.

Haar ogen vielen dicht. Ze soesde. Annie zou het hele eind vanuit de keuken komen aanlopen, haastig zodat de thee nog warm zou zijn, en haar slapend aantreffen. Enfin, daar kon ze niets aan doen. Ze was oud.

Net als het koninkrijk had ze een verschrikkelijk jaar overleefd, een jaar met sterfgevallen, boosheid, verlies, verwijdering. Ze had haar rust hard nodig.

Heks, je hebt Barbara weggestuurd, zei Diana, haar dochter, een gedroomde Diana, donker en levendig in haar schoonheid. Als een gouden sieraad op een varkenssnuit, zo is een schone vrouw die zich niet in acht neemt. In Diana's neus zag ze een gouden sieraad.

Het is een paradijs, zei de hertogin, een waar paradijs.

Niets is een paradijs, zei Diana.

Haal dat sieraad uit je neus, snauwde de hertogin. Er staat een zeerover achter je die je erom zal vermoorden.

Charles, lord Russel, en de hertog van Wharton stonden bij Blackfriars Stairs, waar Londenaars roeibootjes huurden om de Theems over te steken, Londens waterige hart en waterweg. Het was een trap tussen de monumentale St. Paul's kathedraal, waarvan de koepel majestueus boven de hele stad uittorende, en de Fleet, een zijrivier van de Theems, waardoor tegenwoordig een voortdurende, trage stroom van slachterijafval en bloed stroomde vanaf een open plein waar vee werd verkocht en waaromheen de slagers zich hadden gevestigd. Een vrouw drong zich tussen de twee mannen in met de bedoeling plaats te nemen in het bootje dat zij zojuist hadden gewenkt.

'Dat is onze boot, mevrouw,' begon Charles, maar toen hij zag wie het was, glimlachte hij. 'Lady Alderley, dat is lang geleden!'

Diana, lady Alderley, Barbara's moeder, bekeek de man van top tot teen.

'Mijn beste Charles,' murmelde ze terwijl ze hem haar hand toestak, met een diepe, hese stem die even veelbetekenend was als de blik die ze hem schonk. 'Waar is Tony? Is hij niet bij jou?'

'Nee, vandaag niet. U kent natuurlijk mijn vriend, de hertog van Wharton...'

Diana viel Charles in de rede zonder aandacht te besteden aan de man die hij probeerde aan haar voor te stellen. 'Het is vreselijk lang geleden dat wij elkaar hebben gezien, Charles. Daar moeten we iets aan doen. Ik sta erop dat je me de komende week op een ochtend een bezoek komt brengen. Beloof je me dat? Prachtig. Ik heb nog niets van Barbara gehoord. Jij wel? Nee? Nou ja, brieven uit Virginia doen er maanden over om hier te komen, heb ik gehoord. Ik ga nu naar huis om me te verkleden en dan ga ik naar de schouwburg. Ik moet die toneelspeler zien waar iedereen over praat, die Laurence Slane. Weet je wat, ga mee? Breng Tony ook mee.'

Ze negeerde Wharton volkomen.

'Wat is dit voor drukte hier?' vervolgde ze. 'Ik moest me er met mijn ellebogen een weg doorheen banen.'

Wharton kwam naar voren en gaf het antwoord. 'Veroordeelden zullen vanuit Newgate op transport worden gesteld.' De gevangenis Newgate stond in de buurt van Blackfriars Stairs. 'En het gepeupel verzamelt zich hier om het te zien. Kijk daar, in de rivier, daar liggen de boten die hen naar de schepen zullen brengen.'

'Ruim baan!'

De menigte week mompelend uiteen toen een paar honderd

mannen, aan enkels en polsen geketend, de brede, glibberige treden af schuifelden, terwijl hun bewakers schreeuwden dat de mensen opzij moesten gaan. Er lag een drom bootjes bij de laagste trede als een troep eenden die op voedsel afkwam. De voorste mannen glibberden voetje voor voetje de treden af en klommen zo goed en zo kwaad als het ging in de boten. De boten zouden hen naar de schepen brengen, die voor anker lagen aan de andere kant van London Bridge, waarvan de lage bogen grote schepen verhinderden verder naar het oosten te varen. Er stonden ook enkele karren van de gevangenis te wachten, vol mannen die gevangeniskoorts hadden maar toch getransporteerd werden.

Plotseling was er opschudding: een man was uitgegleden over de glibberige modder op de laagste trede en trok drie anderen, die aan hem vastgeketend waren, mee in het water van de Theems. Diana zag het en begon te lachen, en haar lach klonk als een zilveren belletje, en haar robijnrode mond opende zich en vertoonde een gebit waarin geen tand ontbrak. Dat was ongewoon bij een vrouw van middelbare leeftijd, maar ja, niets aan Diana Alderley was gewoon.

Een gerechtsambtenaar en een politieagent sprongen in het water om de mannen eruit te trekken, die spartelden en worstelden uit angst dat ze zouden zinken door het gewicht van hun voetboeien.

'Ik dacht dat die ene zou verdrinken. Jammer. Waar gaan ze heen, Charles?' Diana's beroemde ogen, die een wonderlijk violette tint hadden, glansden.

'Naar de York River,' antwoordde Wharton voor Charles zijn mond kon opendoen. 'Ik merk wel dat u even onwetend bent als slechtgemanierd, lady Alderley. De York is een rivier in de kolonie Virginia, mevrouw. Zullen wij een van die kerels vragen een hartelijke groet over te brengen aan Barbara, voor hij haar de keel afsnijdt?'

De man die Diana Alderley volledig met haar mond vol tanden kon doen staan was in Londen nog niet bekend, en honderd man zouden hem van harte hebben toegedronken als hij had bestaan, maar ze viel toch even stil. Na een ogenblik vroeg ze Charles haar naar een roeiboot te brengen; er lag er een naast de trap te wachten, buiten de massa bootjes voor de veroordeelden.

'Waarom ga je met die Wharton om?' vroeg ze terwijl hij haar de hand reikte om haar in de boot te helpen. 'Hij is niet goed snik. Ik heb hem nooit aardig gevonden, nooit. Ga vanavond met me naar de schouwburg, dan kunnen we over Barbara praten.'

'Wharton is een vriend van me.'

'Een gevaarlijke vriend. Vraag maar aan Harry. Probeer vanavond mee te gaan.'

'Misschien.'

'Hoe gaat het met Tony? Je hoort de laatste tijd allerlei geruchten over hem.'

Charles keek de andere kant op, naar de rivier, en de gelijkmatige, vriendelijke uitdrukking op zijn gezicht stierf weg. 'Hij drinkt te veel, hij doet wat elke man doet wanneer de vrouw die hij liefheeft, weggaat.'

'Zorg voor hem, Charles. Hij bewondert jou. Ik dacht dat hij in staat was aan boord te gaan van een tabaksschip en achter Barbara aan te gaan.'

'Ik geloof dat ik zelf ook in staat ben aan boord te gaan van een tabaksschip om achter haar aan te gaan.'

Diana klopte hem op de arm. 'We krijgen haar wel weer terug, Charles. Dat zul je zien. Zij ging toch niet naar de York River? Nee, natuurlijk niet, dat was de James River. Ja, want ik herinner me nog wat ik dacht toen ik hoorde dat ze weg was: echt iets voor mijn moeder om Barbara aan de andere kant van de zee naar een rivier te sturen die naar zo'n domme koning is genoemd. Mijn vader zei altijd dat koning Jacobus zijn koninkrijk niet zou zijn kwijtgeraakt als hij op Engelse grond was gebleven en de strijd erom was aangegaan met Willem van Oranje.'

'Ik geloof dat de rivier genoemd is naar zijn grootvader, Jacobus I, en niet naar koning Jacobus II,' zei Charles, maar de roeiboot stak al van wal; Diana, die bezig was haar lange rokken te schikken, hoorde hem niet, en het zou haar niet geïnteresseerd hebben als ze het wel had gehoord.

Toen Wharton en Charles zelf in een bootje zaten, en de roeier hen naar Westminster bracht, het deel van de stad waar het koninklijke paleis van St. James stond en waar de stenen stadshuizen en pleinen van de edelen van koning George waren, zei Charles: 'Wat deed je gemeen tegen lady Alderley, Wart. Men zegt dat het vertrek van Barbara haar zwaarder valt dan je zou denken.'

'Krokodilletranen. Ze geeft niet echt om iemand behalve zichzelf.'

'Waarom heb je zo'n hekel aan haar?'

Gokker, hoerenloper, jacobiet, had ze Wharton genoemd na de dood van haar zoon Harry – alsof hij ervoor had gezorgd dat Harry te veel speelde of schulden maakte; alsof haar overleden echtgenoot, van wie ze gescheiden was toen zijn ambities haar niet meer uitkwamen, zelf ook geen gokker, hoerenloper en jacobiet was geweest. 'Ze heeft me uitgemaakt voor jacobiet.'

Charles lachte. Wharton ging rechtop staan in de boot. Hij was onmogelijk mager, met knokige, uitstekende ellebogen; zijn armen eindigden in handen met vreemd lange vingers, zijn dunne benen in lange, smalle voeten. Hij had een smal gezicht en peinzende ogen. In tegenstelling tot Charles was er niets knaps aan hem – behalve zijn ogen. Zijn scherpe geest schemert erdoorheen, zei Barbara tegen mensen die wilden luisteren.

Door zijn beweging helde de boot naar één kant, maar de roeier was bekwaam, had ervaring met onrustige passagiers, met jonge edelen die te veel gedronken hadden.

'God zegene de Kerk; God zegene de koning, de verdediger van de Kerk!' schreeuwde Wharton zodat de hele wereld het kon horen. 'God zegene de Pretendent, want zegenen kan geen kwaad. Maar wie de Pretendent is en wie de koning, God zegene ons allemaal, dat is weer een ander verhaal.'

'Amen,' zei de roeier, en Wharton wierp hem een muntstuk toe, dat de roeier opving zonder een misslag te maken.

'Zie je wel, heb ik het niet gezegd?' zei Wharton tegen Charles. 'Elke Londenaar is eigenlijk een jacobiet.'

12

Barbara reisde vanuit Williamsburg terug in de koets van kolonel Perry, en ze waren bijna bij zijn plantage. Haar buren, de Randolphs, reisden met hen mee in hun eigen koets.

'Het rijtuig van de familie Randolph staat stil,' zei Perry. 'Ze zullen toch geen wiel verloren hebben? Ik ga even kijken.'

Ik wil even mijn benen strekken, dacht Barbara, en ze stapte uit het rijtuig en bleef op de weg staan. Voor zover ze kon zien was er niets aan de hand met het rijtuig dat voor het hunne reed. Ze zag de kleinzoon van Margaret Cox, Bowler, die vanaf zijn paard met kolonel Perry en kapitein Randolph praatte. Ze zwaaide naar Bowler en liep naar de mannen toe. Toen ze bij hen kwam, hielden ze op met praten.

'Ben je gekomen om ons naar huis te escorteren?' vroeg ze plagend aan Bowler. Hij liet zich zo gemakkelijk plagen. Maar hij staarde haar alleen maar aan.

'Lady Devane,' zei Perry, terwijl hij zijn hand uitstak om haar

bij de arm te vatten. 'Er is iets onplezierigs gebeurd op First Curle.'

'Iets onplezierigs?'

'Hyacinthe is verdwenen.'

'Kom van je paard af,' zei ze tegen Bowler.

'Lady Devane,' zei Perry, 'u kunt niet...'

'Kom van dat paard af, Bowler Cox. En wel meteen!'

Ze trok met beide handen aan zijn stijgbeugel, en Bowler steeg
af. Kapitein Randolph begon haar de les te lezen, maar Barbara
zette één voet in de stijgbeugel en hees zich op het paard, zodat
alle mannen een geschokte blik op een donkere kous en een witte dij konden werpen voor ze haar weerspannige hoepelrok naar
beneden drukte, haar hakken met kracht in de flanken van het
paard schopte en de weg af galoppeerde.

Beth Perry en Thérèse waren uit de koets gekomen, en Beth
holde op de mannen toe en riep: 'Vader, we moeten iets doen...'

'We kunnen het oostelijke veld doorsteken, dan treffen we haar
ergens in de buurt van uw plantage,' zei Bowler tegen kolonel
Perry, nog ietwat beduusd over de wijze waarop ze zijn paard
had gevorderd en de manier waarop hij dat had laten gebeuren.

'Over de rivier zou ze sneller op First Curle zijn geweest. Waarom heb je dat niet tegen haar gezegd? Waarom heb je haar zo
weg laten rijden?' De vrouw van kapitein Randolph leunde uit
het rijtuig, woedend op iedereen.

'Ik heb geprobeerd haar tegen te houden,' zei kapitein Randolph.

'Kletskoek! Niemand van jullie heeft iets zinnigs gedaan. Zoiets
plompverloren tegen haar zeggen...'

'We gaan verder,' zei Perry, die de leiding overnam. 'Rijd jij
door het oostelijke veld en kijk of je haar op de weg kunt op-
vangen. Als je haar op tijd treft, breng je haar naar mijn plantage, dan brengen we haar vandaar over de rivier naar huis.'

'Is de jongen weggelopen?' vroeg mevrouw Randolph.

'Hij is weg, meer weet niemand ervan,' zei Bowler. 'Iedereen
die niet naar Williamsburg was gegaan, is naar hem aan het zoeken. Er is sprake van dat ze gaan dreggen in de kreek bij het
huis...' Het duurde even voor hij verder kon spreken, want de
vrouwen maakten geluiden van afgrijzen. 'Odell Smith denkt dat
hij misschien verdronken is.'

'Genadige heer Jezus,' zei mevrouw Randolph.

'Beth,' zei Perry. Hij knikte in de richting van het tweede rijtuig, naar Thérèse, die niet helemaal met Beth was meegekomen,

maar bij de paarden van het tweede rijtuig was blijven staan. Daar stond ze, klein, fragiel, donkerharig, tegen de massieve vormen van de koetspaarden.

Barbara boog zich diep over de nek van het paard, dreef het voort, fluisterde aanmoedigende woorden; haar gedachten tolden rond en ze stelde zichzelf steeds dezelfde vragen: hoe lang was hij al weg? Was hij verdwaald in het bos? Hij kon gevallen zijn, zich bezeerd hebben zodat hij niet kon lopen, hij kon wachten tot ze hem kwamen zoeken. Hadden ze een kaart van de plantage getekend, de slaven uit de velden gehaald, hen groepsgewijs de bossen en velden ingestuurd? Gebruikten ze Harry en Charlotte? Dat drietal had bij elkaar geslapen sinds de honden pups waren en Hyacinthe een klein jongetje – sinds Parijs, toen Roger hen alledrie aan haar had gegeven. Omdat het mode was, maar ook, zoals ze later had begrepen, om haar gezelschap te houden, zodat ze niet zou klagen wanneer hij te vaak weg was.

Ze had altijd gedacht dat ze, als ze een kind had gekregen – al was het maar van een minnaar – niet al de domme, spilzieke, kwetsende dingen zou hebben gedaan waaraan ze zich na Rogers verraad had overgegeven. Maar ze had geen kind gekregen. Ze zou nooit een kind krijgen, en daarom was Hyacinthe haar kind.

Ze boog haar hoofd om een boomtak te ontwijken en schopte in de flanken van het paard. Sneller, paard, sneller, dacht ze. Ze zou doorrijden tot het paard erbij neerviel; dan zou ze lopen tot ze een nieuw paard vond.

Na enige tijd werd ze zich bewust van het geluid van een ander stel paardehoeven. Ze keek achterom: het was kapitein Randolph te paard, die haar in volle galop achterop reed. Ze trok aan de teugels van het paard, vertraagde tot handgalop, maar hield niet stil.

'De rivier!' riep hij terwijl zijn paard naast haar kwam. 'Dat gaat sneller dan over deze weg. Volg mij.'

Hij wendde zijn paard in een ruime cirkel, en zij bracht haar dier weer in galop om het zijne bij te houden. Ze had geen idee waar ze precies was ten opzichte van First Curle; ze wist alleen dat ze er uiteindelijk zou komen als ze deze weg volgde, en dat Will Randolph een snellere weg kende. Na enige tijd verlieten ze de weg om een kleiner weggetje in te slaan, ze kwamen langs velden en weiden, omheind met hekken, passeerden tabaksschuren met drogende bladeren, passeerden tot slot een stal en een reusachtige duiventil. Dat was Perry's Grove; ze herkende het aan die duiventil. Ze draafden de bijgebouwen voorbij, langs het huis, over het gazon en naar de aanlegsteiger in de rivier, waar een kleine zeilboot lag.

Kolonel Perry en zijn dochter waren uit het huis gekomen. Barbara klopte op de nek van het paard, en dat schudde zijn manen en brieste vermoeid. Randolph hielp haar afstijgen.

'U rijdt als de duivel,' zei hij, 'en dat bedoel ik als compliment.'

'Wilt u even binnenkomen, lady Devane?' vroeg Beth.

'Thérèse?' zei Barbara.

'Ze is nu binnen, en rust. Ze is onwel geworden in het rijtuig.'

'Wilt u hier wachten?' vroeg kolonel Perry.

'Nee, ik wil naar First Curle.'

Hij vatte haar bij de elleboog en bracht haar naar de rivier. Hij legde uit dat de zeilboot zijn beste, zijn snelste boot was, dat kapitein Randolph en hij haar naar First Curle zouden brengen. Hij sprak eenvoudige, vriendelijke woorden. Bowler Cox zat in de boot, stak haar zijn hand toe om haar te helpen instappen; zijn jonge gezicht stond bezorgd en meelevend. Ze ging naar de boeg, langs een slaaf, en wendde haar gezicht in de richting van First Curle; ze bleef ineengedoken bij de boeg zitten, afgezonderd van de anderen, die haar met rust lieten. De zeiltocht leek verschrikkelijk lang te duren.

Perry's slaaf manoeuvreerde de zeilboot behendig de eerste kreek in, en Barbara tilde haar rokken op en stapte uit de boot voor iemand haar kon helpen. Ze rende de oever op, het pad naar het huis in, maar haar corset was te strak, en op het laatst moest ze met haar hand tegen haar zij gedrukt langs de velden naar het omheinde erf van het huis lopen. De mopshond Harry kwam op haar af rennen.

Barbara knielde bij hem neer. 'Harry, waar is Hyacinthe?'

Margaret Cox kwam naar buiten met een kleinzoon achter zich, haar gezicht gezwollen van het huilen. Toen ze Barbara in het oog kreeg begon ze weer te huilen en drukte een zakdoek tegen haar gezicht.

'Wilt u zo vriendelijk zijn mee naar boven te gaan en me te helpen iets anders aan te trekken,' zei Barbara tegen haar.

In de slaapkamer op zolder knielde Barbara neer bij een koffer; ze gooide fijne kant, kousen en handschoenen opzij op zoek naar een jurk die geschikt was om te dragen nu ze Hyacinthe ging zoeken.

'Hij is gewoon niet meer thuisgekomen,' zei mevrouw Cox. 'Ik miste hem vier middagen geleden.'

Barbara stond op. 'Vier dágen? Is hij al vier dagen weg?'

Ze had het gevoel alsof iemand haar honderd oorvijgen had gegeven, zodat het haar duizelde.

'Die eerste middag maakte ik me eigenlijk nog geen zorgen. Ik wist dat hij er genoeg van had in huis te zitten; ik vond het wel best dat hij was weggegaan. Maar toen de avond viel, kwam hij niet terug. Ik riep hem, en toen er geen antwoord kwam, heb ik mijn kleinzonen laten halen en die hebben voor me gezocht. Ik heb Odell Smith op de hoogte gebracht. De volgende dag hebben mijn kleinzonen naar hem gezocht, en meneer Smith heeft de hondjes horen blaffen, en er was wat eten gestolen uit de keuken. We dachten allemaal dat hij op de plantage was, we dachten dat hij...' Ze zweeg.

'Maak mijn veters los, alstublieft. Ga door. U dacht dat hij ergens in de buurt was en niet binnen wilde komen.'

'Ja. Op de derde dag had ik het niet meer. Ik ben naar meneer Smith toegegaan en zei dat we het aan lady Devane moesten vertellen. We moeten haar uit Williamsburg halen. Maar meneer Smith zei dat we nog één dag moesten wachten. Hij zei dat hij de hele middag zou gaan zoeken met de slaven, en dat hebben we ook gedaan. En toen, vanmorgen, hebben we bericht gestuurd naar de buren, of ze wilden komen helpen, en Bowler is u gaan zoeken. Hyacinthe vond het niet prettig dat ik bij hem was, lady Devane. Ik probeerde me er niets van aan te trekken, maar hij was niet gelukkig.'

'Hij vond het niet prettig dat hij thuis moest blijven. Het had niets uitgemaakt wie er bij hem was. Waar is Charlotte?'

'Zij is ook spoorloos, lady Devane. Alleen deze hond kwam terug, op de derde dag. Onder de modder. Met doorns en bladeren in zijn vacht.'

Beneden trof ze kolonel Perry, kapitein Randolph en Bowler in haar salon aan. Perry keek haar gespannen aan. 'U gaat er toch niet zelf op uit?'

'Dat is niet nodig, lady Devane,' zei kapitein Randolph. 'Er zijn al een heleboel mensen aan het zoeken – uw buren, uw opzichter, een aantal slaven. Als hij te vinden is, zullen zij hem vinden.'

'En hij is te vinden,' zei Perry. 'Ik heb met Bowler hier gesproken. Ze zoeken overal, langs de weg, op andere plantages; ze hebben zelfs bericht gestuurd naar uw andere kwartieren. U moet u niet nodeloos inspannen. U moet hier gaan zitten en rustig afwachten. Kom, gaat u zitten. We kunnen een spelletje kaarten. Mann Page zei dat u zeventien shilling hebt gewonnen van zijn neef in Williamsburg.'

Ze ging zitten, nam de kaarten die hij uitdeelde aan, speelde kaart na kaart; toen hield ze midden in het spel op, stond plotseling op.

'Als u bij het zoeken verdwaalt,' zei Perry, 'wordt de zaak alleen maar ingewikkelder.' Hij raapte de kaarten op en begon ze weer te schudden.

Ze keek niet naar hem of naar de anderen. Ze liep naar buiten, het erf op. Daar bleef ze staan.

'Ze moet iets te doen hebben,' zei Perry tegen Randolph. 'Laat haar maar.'

Eten en drinken. De zoekers zouden moe en hongerig terugkomen. Dat was iets wat ze kon doen. Barbara liep van het erf naar de keuken en dacht over alles wat er gedaan moest worden, maar op de tafel zag ze al enorme hammen en broden, schotels met pastei en bonen, houten kommen met vijgen en noten. Die waren van naburige plantages gekomen, van moeders en dochters, die niet konden komen zoeken, maar hun manvolk en hun overvloed stuurden. Het was een vriendelijk gebaar, bijzonder vriendelijk, maar op dit moment deed het haar sterk denken aan een begrafenismaal.

'Wat weet jij, Mama Zou?' vroeg Barbara, maar de oude slavin schudde haar hoofd.

Ze ging terug naar het huis en liet zich door Bowler helpen met het uit de kelder halen van bruine flessen met rum, een brood suiker en kannen met cider om punch te maken.

Ze stak alle vuren in de haarden aan, ging van salon naar salon om kaarsen aan te steken, bracht samen met Bowler het voedsel uit de keuken naar het huis en ging tenslotte naar buiten om rusteloos langs de rand van het erf te lopen tot ze eindelijk het geluid van paarden, mannen en honden hoorde. Ze rende naar de schuur en zocht naar Hyacinthe tussen de mannen en de paarden.

'Hebben jullie hem niet gevonden?' zei ze tegen niemand in het bijzonder. 'Alstublieft,' zei ze tegen de afstijgende mannen, 'kom alstublieft in huis voor een kop punch en wat eten.'

Ze ging naar elke man toe om de uitnodiging te herhalen en zich aan hem voor te stellen als ze hem nog niet kende, en hem te bedanken voor zijn tijd en moeite. Ze moest nog een keer langs de rand van het erf lopen om haar zelfbeheersing terug te vinden, voor ze naar binnen kon gaan.

Bij de deur aan de andere kant van de hal, achter de trap, zag ze Valentine Bolling en kapitein Perry staan.

'Uw kamenier is hier,' zei Perry. 'Ze is boven.'

'Wat doet u hier?' zei Barbara tegen Bolling. 'Bent u gekomen om u te verkneukelen?'

Hij keek haar woest aan. 'Ik heb het nieuws nog maar net gehoord. Ik ben gekomen om te helpen.'

'Hij is niet te vinden,' zei Perry zacht.

'Ik wil nog één dag,' zei Barbara. Ze stak haar kin in de lucht, klaar om te discussiëren, te smeken of te huilen, klaar voor alles wat nodig was om haar zin te krijgen.

'Als u hem opgeeft als weggelopen slaaf, zal de sheriff zijn beschrijving aanplakken op het gewestelijke gerechtsgebouw,' zei Bolling.

'Hij is geen weggelopen slaaf.'

'De mededeling zou heel zorgvuldig geformuleerd moeten worden,' zei Perry. 'Weggelopen slaven worden soms bij het vangen gedood. Er is geen straf voor degenen die hen doden.'

'Hij is geen slaaf meer. Ik heb hem zijn vrijheid gegeven. Hij is ontvoerd. Zeerovers. Gouverneur Spotswood zei dat er overal langs de kust zeerovers waren.'

'Zeerovers komen zelden zo ver de rivier op,' zei Bolling. 'En ze zijn meestal niet geïnteresseerd in jongensslaven – neem me niet kwalijk: jongensbedienden die voorheen slaven waren.'

'Een Seneca, een Cherokee, een Tuscarora,' zei Perry langzaam, alsof Barbara zijn gedachten op een nieuw spoor had gezet. 'Als hij de rivier is overgestoken, kan hij op een jachtspoor zijn gekomen en gevangengenomen zijn.'

'Ik zal een beloning uitloven. Een diamanten halssnoer.'

'Hij is geen diamanten halssnoer waard,' zei Bolling.

'Een diamanten halssnoer en een paar oorbellen.'

'U kunt een beloning van dertig pond uitloven, en als hij te vinden is, zal hij bij u worden gebracht.'

Koopman, dacht Barbara, sommige dingen hebben geen prijs.

'U hebt misschien wel gehoord dat de Geheime Raad en het Parlement ons in hun wijsheid opschepen met veroordeelde misdadigers uit Newgate.' Bolling keek haar aan alsof ze imbeciel was. 'Het nieuws over een diamanten halssnoer zou binnen enkele dagen langs de hele rivier bekend worden. U zou wel eens allerlei onwelkome bezoekers over de vloer kunnen krijgen. Nog onwelkomer dan ik.'

'Kapitein Randolph heeft een broer die boven de stroomversnellingen in de rivier woont. Er zijn daar paden die gebruikt worden door de Indiaanse handelaars. We kunnen ervoor zorgen dat het bericht van de verdwijning van de jongen wordt doorgegeven. De gouverneur zou zijn rangers op de hoogte kunnen brengen,' zei Perry.

'Rangers?' Ze herhaalde het woord gretig, want het klonk hoopvol.

'Die patrouilleren langs de grenzen, voorbij de bovenloop van de rivieren...'

'De jongen is een sl... – een bediende,' zei Bolling ongeduldig. 'De gouverneur zal heus geen rangers voor hem inzetten. Dat moet ze begrijpen. Leugens zullen haar niet helpen.'

Hij zal rangers inzetten als Robert Walpole hem dat opdraagt, dacht Barbara. Of Zijne Majesteit. U hebt geen idee wie in Engeland mijn vrienden zijn, kolonel Bolling. Maar toen bedacht ze wanhopig dat het maanden zou duren om iets van hen te horen.

'Dat is dus afgesproken: we zoeken nog één dag. En we lichten de gouverneur in. Als u mij nu wilt excuseren.' Ze ging de trap op voor een van beiden kon antwoorden.

Bolling liep de salon in, knikte de verschillende daar aanwezige mannen toe, zag Margaret Cox alleen zitten en ging naar haar toe.

'Je bent hem dus kwijtgeraakt, hè?' zei hij.

Ze gaf geen antwoord. Hij liet haar zitten en liep via de hal naar de andere salon.

Boven waren Barbara en Thérèse in gesprek.

'En als hij nu dood is?' zei Thérèse. 'Hoe kunnen we dat verdragen?' Haar gezicht was gezwollen van het huilen.

'Tot we hem vinden is hij niet dood, Thérèse. Luister naar mij. Ik kan niet in dit huis blijven. Ik ga hem zelf zoeken. Wil je met me meekomen?'

'Ja.'

'Mooi. Jij gaat eerst naar beneden. Loop rustig om de trap heen en ga de deur aan het eind van de hal uit. Hier, neem Harry mee. Wikkel deze mantel om hem heen zodat niemand hem ziet. Wacht dan op mij.'

Barbara grabbelde in een koffer, haalde er een hemd uit, trok een mantel van een haak, en telde tot honderd. Langer wachten kon ze niet. 'Blijf hier,' hadden ze haar gezegd. 'Deze bossen zijn erg dicht.' Maar ze wilde niet hier blijven. Ze ging doen wat ze ging doen, en geen man zou haar tegenhouden. Ze liep de trap af, bleef even staan op de onderste tree. Ze kon in beide salons stemmen horen. Ze draaide snel langs de trap naar de deur aan het eind van de hal en stapte naar buiten. Ze wachtte nog even, terwijl ze haar mantel bij haar hals vastmaakte. Niemand volgde haar. Geen maan vannacht, dacht ze, omhoogkijkend. Geen maan voor Hyacinthe. Thérèse kwam van achter een pijnboom te voorschijn.

'Heb je Harry?'

'Ja.'

'Mooi. Er zal in de keuken wel een lantaarn zijn. Ik ga hem halen.'

Toen dat gebeurd was, bukte ze zich en hield de hond het hemd van Hyacinthe onder de neus. 'Brave hond. Brave hond. Zoek Hyacinthe. Waar is Hyacinthe, Harry?'

De mops blafte en rende de nacht in, en Thérèse en zij volgden.

'Wat is dat?' zei Margaret Cox. 'Horen jullie het ook?'

Ze opende de deur, en het geluid werd duidelijker, een zangerig, klaaglijk gejammer dat steeds luider werd. Tenslotte kwamen er mannen in het gezicht: voorop een baardige reus, die het erf van First Curle opstapte, met zo'n vijf slaven achter zich, en de doedelzak waarop hij speelde nog een laatste keer toekneep.

'Het is John Blackstone,' zei Bolling, die naar buiten was gelopen. Iedereen in het huis was naar buiten gekomen toen de doedelzakklanken luider waren geworden.

'We hebben gehoord dat de jongen weg is en zijn gekomen om hem te helpen zoeken,' zei Blackstone. 'Zij kunnen alles vinden,' en hij bewoog zijn grote, zware hoofd naar achteren om de slaven die bij hem waren aan te duiden.

'U zit toch aan de overkant van de rivier op een ander kwartier?' zei Perry.

'Ik ben de veerman geld schuldig omdat hij ons heeft overgebracht, maar ik denk wel dat lady Devane het zal betalen als we de jongen vinden,' antwoordde Blackstone.

'Komt u maar binnen, meneer Blackstone,' zei mevrouw Cox, 'dan ga ik haar halen.'

'Ik ben moe,' zei Barbara. 'Hoe lang denk je dat we gelopen hebben, Thérèse?'

'Zeker een uur. Harry! Ik zie hem niet, madame. Madame!'

Barbara struikelde, en haar verraste kreet veranderde in een gil toen ze een oever afgleed waarvan ze niet had geweten dat hij er was. Ze viel in water; bij het horen van de plons riep Thérèse haar naam.

Door de schrik van het water dat zich boven haar sloot, sloeg Barbara haar armen en benen uit. Toen ze haar hoofd boven water had, zag ze het licht van de lantaarn, hoorde Thérèse haar naam roepen, en bewoog in die richting. De oever was vlakbij, maar zo steil dat ze er bijna niet tegenop kon klimmen. Maar Thérèse was daar, op haar knieën, en had haar hand uitgestoken om haar te helpen, en Barbara krabbelde terug naar boven, terwijl de banden van haar mantel haar bijna wurgden en haar zware rokken haar bewegingen belemmerden. Ze hoestte en proestte en begon te huilen toen ze boven was, wat helemaal niet erg was want Thérèse huilde ook.

'We zijn twee idioten,' zei Barbara. 'Geef mij die lantaarn.' Ze ging staan, maar ze zag niets dan bomen. Ze ging zitten en probeerde niet te rillen.

Het was niet zózeer van de kou. Het was meer omdat ze echt bang was geworden. Als dit met Hyacinthe was gebeurd, dacht ze, had hij het dan overleefd? Terwijl er niemand was om hem te helpen? Ik moet daar niet aan denken. Ik moet geloven dat hij leeft.

'Laten we hier maar blijven,' zei ze, 'tot het ochtend wordt.'

U zult verdwalen, had kolonel Perry gezegd. U kent de bossen niet goed genoeg. Ze kende ze zo goed dat ze de tweede kreek had gevonden: ze was er zojuist in gevallen. Thérèse kwam naast haar zitten. Barbara pakte haar hand. 'Hyacinthe heeft Charlotte bij zich. Met Charlotte erbij zal hij zich niet zo alleen voelen.'

Na enige tijd vielen ze in slaap, en werden na elkaar met een gil wakker, toen Harry pardoes uit het donker in Barbara's schoot sprong.

Barbara werd wakker. Ze hoorde een doedelzak en stond op. 'Hier!' riep ze naar het geluid, 'hierheen! Thérèse, word wakker, we zijn gered.'

En daar in de verte zag ze tot haar vreugde brandende lantaarns op en neer gaan, terwijl het geluid van de doedelzak sterker werd.

'God zij dank,' zei Perry, toen hij het tweetal zag.

Barbara rende naar hem toe, met haar rokken klevend aan haar benen. 'Ik ben verdwaald.'

'Ja, en nu bent u gevonden.'

Ze stond in de nevelige regen, bij een plek waar de tweede kreek in de rivier uitkwam. Ze hadden haar een tweede dag gegeven, maar het regende al een uur, en ieder buitenkind wist dat de regen sporen uitwiste, geuren wegnam. Ze had de hele morgen te paard in beide richtingen langs de rivier gereden, op zoek naar een teken, achter Harry aan, die nu eens hierheen, dan weer daarheen rende, toen kolonel Perry was komen aanrijden om haar te zeggen dat ze verder stroomopwaarts iets hadden gevonden. Ze stond nu te kijken op de oever.

Aan de overkant lag een kleine roeiboot op een kleine reep zand dicht bij de andere oever. Al enkele minuten had ze de hoofden van slaven in het water zien verdwijnen en weer bovenkomen. Blackstone was er ook, zwemmend tussen de slaven. Er was plotseling activiteit in de roeiboot, toen degenen die erin zaten zich eruit bogen om samen met de slaven en Blackstone in het water iets te doen. Ze duwde de kap van haar mantel naar achteren en schermde met haar handen haar ogen af tegen de regen. Ze hadden iets in de boot getrokken.

Perry legde zijn arm om haar heen. Ze hief haar gezicht, bleek en strak, een ogenblik op naar de regen, met gesloten ogen, en toen ze ze weer opendeed, zag ze de roeiboot dwars op de stroom naar hen toekomen. Tony, dacht ze, waar ben je? Ik heb je nodig, nu. Toen Roger was gestorven, was Tony op zijn paard door sneeuw en ijs komen aanrijden om op Tamworth te zijn, om haar te troosten. Ze had zijn gebaar tot op dit moment niet naar waarde geschat.

Ze hadden problemen met het aanleggen van de boot. Blackstone sprong eruit; het water kwam tot aan zijn schouders, maar hij duwde de boot naar de oever. Een slaaf gaf hem iets kleins aan, in een stuk deken gewikkeld. Het was te klein om een jongen te zijn, zag Barbara. Blackstone liep de oever op, en Barbara had de indruk dat hij voor driekwart uit benen bestond. Ze veegde de regen uit haar gezicht en deed haar best om iets op te maken uit de uitdrukking op zijn gezicht. Hij scheen iets te willen zeggen, maar het enige wat hij deed was neerknielen en voorzichtig de deken opslaan. Daar lag Charlotte, verward in slijmerig wier. Harry begon haar lijfje onmiddellijk te besnuffelen; hij jankte en betastte haar met zijn voorpoot.

'Haar rug is gebroken,' zei Blackstone. Hij wees naar haar kop, naar een klein gat en het gerimpelde, witte vel eromheen. 'Uit haar lijden geholpen,' zei hij. Barbara knielde neer om haar aan te raken. Ze duwde Harry opzij, vouwde de deken weer om haar hondje, en raapte haar op.

'Nu wil ik liever naar huis,' zei ze.

Ze reed naar het huis, terwijl Harry achter haar meedraafde, op zijn beurt gevolgd door Perry. Bij de schuur steeg ze af. Bij het hek van het erf rende Harry haar blaffend voorbij. Ze keek op en zag Thérèse in de deuropening staan.

'Hij is niet gevonden,' zei ze. 'Maar Charlotte wel.'

Thérèse keek naar het door de deken bedekte hoopje in Barbara's armen.

'Hyacinthe is niet dood,' zei Barbara, haar krachten verzamelend, ergens diep uit haar binnenste een woeste vastberadenheid puttend, 'tot hij gevonden is.'

13

Enkele mijlen stroomopwaarts van het huis van tante Shrewsbury stapte de prinses van Wales aan boord van de koninklijke sloep. De sloep was omhangen met karmijnrood en goudkleurig laken en de vlaggen wapperden ter ere van deze gelegenheid. Ze knikte genadiglijk naar de roeiers en hun voorman. De prins van Wales en zij zouden een aantal dagen op Hampton Court doorbrengen, en ze reisden er over water heen.

Tot het bezoek was in een opwelling besloten – en het was dus iets bijzonders, want prins George deed zelden iets in een opwelling. Hij was een gewoontedier; je kon je horloge gelijkzetten op de onveranderlijke sleur van zijn dagen: 's morgens audiënties en officiële zaken, 's middags een rit in het rijtuig of een lange wandeling; dan zijn middagslaapje; 's avonds backgammon of basset; om negen uur 's avonds een uurtje alleen met Mrs. Howard, zijn maîtresse. Niet om halfnegen, of om kwart voor negen, maar precies om negen uur. Dag na dag na dag werd dezelfde regelmaat gevolgd, werden dezelfde paden in de tuinen bewandeld, dezelfde partners gekozen voor het kaartspel, het dansen of het bed.

De prinses ging terug naar haar stoel onder de vergulde, beschilderde baldakijn, en glimlachte naar haar hofdames, die opgewonden waren over de reis en kwetterden als vogels, terwijl de rokken van hun lange japonnen onder hun mantel opbolden als de kelken van evenzovele bloemen.

Gistermiddag had de prins, toen ze met hem door de tuinen van Richmond House wandelde, tegen haar gezegd: 'Laten we morgen naar Hampton gaan.' En toen ze liet merken dat dit haar verraste, zei hij: 'We geven een feest. Ja, een klein feest. Dat zal lady Alderley wel leuk vinden. Ze heeft het moeilijk met de afwezigheid van haar dochter.' En hij had op een voldane, tevreden manier voor zich uit geglimlacht, en later tegen iedereen die hij tegenkwam in alle toonaarden over zijn voornemens gepraat.

De prinses stond een van haar hofdames toe een zachte wollen omslagdoek om haar heen te vlijen. Ze glimlachte naar een van haar lievelingen – een jonge ongetrouwde vrouw die in haar huishouden diende als 'maid of honor'. Ze glimlachte naar Harriet, die met de jonge hertog van Tamworth zou trouwen. Het was een goede verbintenis: de krachtige Whig-familie Holles werd gekoppeld aan een familie van legendarische roem – waar ook schandalen en afvalligheden bij hoorden, maar dat deed er nu niet toe. Ze lette niet op de anderen die naar haar keken (er keek altijd iemand naar haar) terwijl ze wachtte op haar echtgenoot, die aan de andere kant van de sloep bezig was met de muzikanten. Ze kon zijn stem horen, altijd te luid, en zo nu en dan het murmelen van een heel andere stem, een vrouwenstem, diep, hees, onmiskenbaar. De stem van lady Alderley, van Diana, die toepasselijk genoemd was naar de mythische jageres.

Hovelingen sprongen links en rechts opzij toen de prins aan kwam wandelen om zich onder de baldakijn bij de prinses te voegen. Hij had Diana aan zijn arm. Ze maakte een revérence voor de prinses.

'Toe, mijn beste,' zei de prinses terwijl ze Diana recht in de beroemde, violetblauwe ogen keek. Die hadden menig man in de val gelokt, onder wie ook de man die op dit moment in Londen het meest werd gehaat: Robert Walpole. Diana en Walpole hadden enkele jaren geleden een verhouding gehad. Ze had het feit dat ze door huwelijk gebonden was aan Alderley, een beruchte jacobiet, overleefd en was een verhouding begonnen met Walpole, een man wiens loyaliteit aan het huis Hannover onbetwist was. Ze kwam altijd op haar pootjes terecht, als een kat.

'Komt u hier naast mij zitten. Uw gezelschap zal ons plezier doen... Ik hoor dat er nog geen bericht is van lady Devane in Virginia. U zult wel erg ongerust zijn,' zei de prinses. Ze zorgde ervoor dat ze altijd alles wist, alle roddels, alle schandaaltjes, alles wat er omging bij de mensen die het hof dienden.

'Ik bid God dat het mijn dochter goed gaat.' Diana, wier diepe stem zelfs bij de prinses een huivering over de rug liet lopen, wendde haar blik af en keek uit over de rivier, alsof haar verdriet ondraaglijk was; zo gunde ze de prins en prinses een blik op haar profiel, dat in zijn onvolmaaktheid op de een of andere manier aangrijpend was; de eens weergaloze schoonheid was getekend door verzakkingen en lijnen. Toch was het nog een heel bijzonder gezicht.

Laurence Slane zou het haar niet verbeteren, zoals ze de rol van tragische moeder speelt, dacht de prinses: de droevige oogopslag, de ondertoon van heftig verdriet in de stem. Diana had de woede van de prins om Barbara's vertrek op de een of andere manier in haar voordeel weten te keren. Lady Alderley ziet er vandaag onwel uit, hoorde ze hem zeggen. Of: lady Alderley lijkt bedroefd. Hij meende zijn eigen emoties in Diana te zien. Slimme jageres. Mannen naar haar hand zetten, dat kon ze.

De sloep schommelde, toen hij van de oever werd afgeduwd. De riemen staken recht omhoog naar de hemel, alle precies gelijkvormig. Toen kwam er een geblaft commando, en de riemen doken als verweerde bruine vogels precies op hetzelfde moment in het water. De wind van de rivier lichtte de randen van de kanten mutsjes van de dames op en speelde met de lange krullen van de mannenpruiken. Er klonk een geroezemoes toen de muzikanten begonnen te spelen.

Tommy Carlyle, een enorm grote, massieve man met rouge op zijn wangen en een diamant in zijn ene oor, zei: 'Ik zal u niet zeggen hoe ik over de Fransen denk, omdat men mij heel vaak voor een Fransman aanziet, en verscheidene van hen hebben me het in hun ogen grootst mogelijke compliment gemaakt, namelijk: "Meneer, u lijkt precies op ons…"'

'Goed…' zei de prins, en klapte in zijn handen. 'We zijn op weg.' Hij sprak met een Hannoveriaans accent, dat de hovelingen achter zijn rug bespotten. Maar hij sprak tenminste Engels, in tegenstelling tot zijn vader, die zich in het Latijn of in het Frans met zijn Engelse onderdanen onderhield.

'Ik zal u alleen vertellen,' vervolgde Carlyle, 'dat ik brutaal ben; ik praat erg veel; ik ben luidruchtig en oppervlakkig; ik zing en dans onder het lopen; en bovendien geef ik een enorm bedrag uit aan haarpoeder, veren en witte handschoenen.' Degenen die hem hadden gehoord begonnen te lachen.

De prins glimlachte, want hij dacht dat het lachen hem gold, het uitstapje dat aan hem te danken was. Hij was vandaag zo blij als een uit zijn krachten gegroeide jongen. Ze hadden in geen maanden een uitstapje gemaakt, en Hampton was een van hun meest geliefde paleizen.

Het was een schitterend paleis, een groots Tudor-schouwspel

van rode baksteen met gedraaide schoorstenen, ramen met verticale raamstijlen en stenen poorten. Het bevatte drie grote binnenhoven, waarvan de laatste opnieuw ontworpen was door sir Christopher Wren. Wren had de Tudor-muren laten slopen en een formele, barokke reeks staatsiezalen ontworpen, waarvan de klassieke gevels regelmatig en volmaakt waren, en alle ramen bij elkaar pasten. De binnenhof van Wren bood uitzicht op de tuinen. Als je via de rivier bij Hampton Court aankwam, leek het alsof het gisteren gebouwd was. Maar als je per koets of te paard aan de voorzijde aankwam, werd je anderhalve eeuw teruggezet naar de tijd van de Tudors, van Hendrik VIII en Elizabeth en de Bloedige Mary.

'De geest van de arme kleine koningin Catherine waart over de galerij van de staatsiezalen,' zei de prins. Het was zijn favoriete spookverhaal over dit paleis. Een paar plaatsen van hem verwijderd zat zijn maîtresse, Mrs. Howard. Ze glimlachte lief terwijl ze haar best deed hem boven de muziek uit te verstaan, maar haar lieflijkheid verbleekte en verwelkte naast het donkere drama van Diana.

'Koningin Catherine schreeuwde: "Vergeef mij, hoor mij aan, heer!"' zei de prins. 'Maar de wachten sleurden haar terug naar haar vertrekken. Haar echtgenoot, Hendrik VIII, in de koninklijke kapel, moet haar gehoord hebben, maar hij was niet vergevingsgezind. Haar hoofd ging eraf...' De prins maakte een snelle, klievende beweging met zijn hand, en verscheidene dames grepen met een gilletje de arm van de man die naast hen zat.

De prinses dacht: ze had iets geleerd moeten hebben van haar voorgangster Anna Boleyn. Anna's emblemen en initialen waren nog terug te vinden in het beeldhouwwerk van de grote, kathedraalachtige zaal van Hampton.

'De moraal,' zei de prins terwijl hij een belerende vinger omhoogstak, 'vertrouw geen vorsten.' Daarop barstte hij in een van zijn maniakale lachbuien uit.

Iedereen lachte mee, ook zij die het verhaal al eerder hadden gehoord. En ook zij die het verhaal niet hadden gehoord, maar naar de muziek hadden geluisterd.

Op de oever bleven mensen staan om naar de koninklijke sloep te kijken, die statig als een zwaan voortgleed over de rivier. De mannen namen hun hoed af. De vrouwen maakten een knix, het wit van hun schort blonk in de zon. Maar je hoorde geen gejuich. Dat niet meer. Vroeger was er gejuich geweest – zo niet voor de prinses, dan toch voor de prins of zijn vader. Maar nu toonden de gezichten geen glimlach van sympathie. Een reeks namen van degenen die het afgelopen jaar verdwenen waren, uit de gunst geraakt of dood, ging de prinses door het hoofd: Aislabie; Craggs; Stanhope; Knight; Devane, haar allercharmantste Roger.

De hele koninklijke familie was bezoedeld, bevlekt door het schandaal: de prins, als voormalig gouverneur van de South Sea Company; de koning, als gouverneur van de compagnie; de maîtresse van de koning, de hertogin van Kendall, en zijn ministers wegens het aannemen van steekpenningen en speciale gunsten. 'Als we het deze winter en dit voorjaar volhouden,' had Robert Walpole hun gezegd – o, ze hingen aan zijn lippen in St. James's Palace – 'zal uw huis het overleven.'

Walpole was een grote, onhandige, joviale karikatuur van een Engelse landedelman, met een belachelijk vollemaansgezicht, donkere, overhangende wenkbrauwen en een forse buik. Hij had gebluft en gevleid en gedreigd en toegegeven, en had op de een of andere wijze – door praten, door ingewikkelde parlementaire procedures, door te weten wanneer mee te geven en wanneer standvastig te zijn – het Lagerhuis, die gevaarlijke Engelse broedplaats van narigheid, van regelrechte rebellie weten af te houden. Het afgelopen jaar was er overal gefluisterd over rebellie. Het koninkrijk beefde en was uitgeput, boos om het onrecht dat het in de South Sea Bubble zag, en het gaf de schuld aan de regerende vorst en zijn familie, gedeeltelijk omdat ze buitenlanders waren. Rebellie. De prinses huiverde.

De Engelsen, zei de koning hoofdschuddend. Ze hadden Karel I onthoofd. Ze hadden zijn zoon, Karel II, gevraagd uit ballingschap terug te keren om over hen te regeren, maar hadden een hekel aan zijn broer, Jacobus, en hadden daarom Willem van Oranje uitgenodigd het land binnen te vallen, om zich van Jacobus te ontdoen toen diens beleid hen bang maakte. De Engelsen zijn een verraderlijk volk.

Walpole zal het geen zes maanden uithouden als minister van mijn vader, het volk van Engeland veracht hem te zeer, had de prins haar nog onlangs gezegd. De prins verachtte Walpole ook. Mijn vader zal hem wegsturen om het volk tevreden te stellen. Vertrouw geen vorsten, zelfs niet als je hen hebt gered.

De sloep was geland. Twee heren van het huishouden van de prinses sprongen eruit toen hij tegen de oever stootte, dicht bij het kleine stenen barokpaviljoen dat Willem van Oranje aan Hampton Court had toegevoegd. De muzikanten speelden door terwijl iedereen opstond van banken en stoelen. De prins hielp

Diana opstaan, terwijl zijn officiële maîtresse, Mrs. Howard, een paar pas verder zat – om maar te zwijgen van zijn vrouw.

John Hervey bood de prinses zijn hand. Ze stond hem met een glimlach toe haar te begeleiden naar het zomerhuis, waar ze plaats nam op een vergulde leunstoel met geborduurde bekleding. Het was een drukte van belang; de stalmeester van de prins riep bevelen, bedienden snelden toe, en de dames en kamermeisjes en heren van het huishouden haastten zich naar het paleis om te zorgen dat alles gereed was om hen te ontvangen.

De muren en plafonds van het paviljoen waren door Verrio beschilderd met een reeks bekoorlijke, weelderige taferelen van de kunsten en van de god Jupiter en diens geliefden. De prinses staarde naar naakte armen en benen, bloemen en wolken, zwanen en stieren, gewelfde buiken en borsten, dunne, wapperende sjaals en gewaden die meer onbedekt lieten dan ze bedekten. Ze staarde naar een van Jupiters liefjes, een blonde vrouw die eruitzag zoals zij er zelf nog niet zoveel jaren geleden had uitgezien, mooi, roze en mollig. De prinses was nog steeds roze en mollig; het mooie was een beetje verwelkt, zoals dat nu eenmaal ging, maar haar intelligentie niet. Die was gebleven, en was aangescherpt door haar komst naar Engeland, om te regeren over een volk dat hen haatte, bespotte en belasterde, dat verdeeld en twistziek was.

Iemand bracht haar een glas wijn. Haar lieve Mary, zuster van de hertog van Tamworth en nu getrouwd met die knappe schavuit Charles, Lord Russel. Mary droeg een zakjapon – de nieuwste Franse stijl, die Barbara, lady Devane, in de mode had gebracht. De voorzijde van de japon had geen taille, maar viel recht van het lijfje naar de vloer. Mary's haardracht, zacht krullend om het gezicht, was ook Frans, geïnspireerd door de figuren op de schilderijen van Watteau. Roger, Lord Devane, beschermheer van alles wat mooi was, had het werk van de Fransman Watteau in Engeland geïntroduceerd. De schilderijen waren voor iedereen te bewonderen geweest in de Tempel der Kunsten die hij naast Devane House had laten bouwen. Het schitterende Devane House, dat nu weg was; Devane House, Roger, de Tempel der Kunsten, alles was weg, de gebouwen ontruimd – op zichzelf al misdadig – en het hout, het marmer, de stenen van het plaveisel waren verkocht om de boete van Lord Devane te betalen. South Sea, dat zoveel, zovelen had kapotgemaakt; ook de rust die ze hadden gemeend eindelijk te hebben bereikt, na zes jaar op de troon.

'Waar is lady Alderley?' vroeg de prinses.

'De prins wandelt met haar in het park,' zei Mary.

'Ach, juist... Zeg tegen Mrs. Clayton dat ik basset wil spelen.'
Ze was niet van plan te gaan kniezen over Diana, de slimme jageres die nog steeds in de koninklijke tuin rondsloop, nog steeds
hoopte een prins van den bloede voor haar dochter in de wacht
te slepen. Waarom kniezen terwijl die dochter niet eens hier was?
Iedereen die met de prinses speelde, basset of een ander spel, moest
een hoge inzet durven wagen; het was een teken van haar karakter, dat velen over het hoofd zagen.

Laurence Slane liep door een smal straatje, in een buurtje in de
grote en grootse schaduw van Westminster Abbey, dat een kleine enclave van lelijkheid en armoede vormde, met scheef gezakte, vervallen huizen en modderige erven. Hij bevond zich aan de
westelijke rand van de stad; de bebouwing hield hier op, bij een
groot moeras dat Tothill Fields heette. In de verte, aan de andere kant van het moeras, waren boerderijen, akkers, boomgaarden en een pad dat naar het dorp Chelsea leidde.
    Slane ontsloot een deur in een bakstenen muur van een van de
bij de Abbey behorende tuinen en liep er snel doorheen om zich
toegang te verschaffen tot de gebouwen waar de deken en de geestelijken van de Abbey woonden of werkten. Toen hij door een
gang liep, zag hij een man naderen, en zijn geest raakte van slag.
Hij duwde tegen een deur, maar de deur was afgesloten; hij zat
in de val. Je moet je er gewoon uit bluffen, dacht hij; het is waarschijnlijk een bediende, die zich niet zal herinneren dat hij me
heeft gezien, tenzij ik iets doe waardoor hij het zich wel herinnert.
    Maar het was Gussy – Augustus Cromwell, een klerk van de
bisschop van Rochester. En een jacobiet. Gussy kopieerde de brieven die Rochester naar het buitenland stuurde, zodat Rochesters
handschrift niet herkend zou worden als de brieven onverhoopt
werden onderschept. Slane en Gussy hadden, samen met anderen, een hele nacht besteed aan het opstellen van het schotschrift
over de hertog van Tamworth. Gussy passeerde hem zonder een
woord te spreken, alsof hij hem niet had gezien. Brave kerel, dacht
Slane.
    'Zorg dat deze deuren niet op slot zijn,' zei Slane toen Gussy,
lang en mager, als een gevallen engel, hem passeerde, 'zodat ik
me zo nodig in deze kamers kan verschuilen.' En dan, om Gussy te plagen: 'Er zit inkt op je kin.'
    'Op jouw kin ook.'
    Het was niets voor Gussy om een grapje te maken. Het was

een ersntige man, vriendelijk en zachtmoedig. Gussy was waarschijnlijk erg tevreden over het schotschrift. Het was eindelijk verspreid, aangeplakt in de straten.

'Rode zwerver, rode zwerver, laat Jamie komen...' Slane fluisterde een jacobitisch rijmpje maar moest toen glimlachen om de schrik die op Gussy's gezicht te lezen was. Hoewel er niemand in de gang was, waren er natuurlijk regels waaraan mannen als Gussy, honderden mannen, geestelijken en timmerlieden, heren en kooplieden zich hielden; regels over geheimhouding, dat je nooit mocht laten merken wat je werkelijk dacht, zodat het op een dag mogelijk zou zijn dat Jamie werkelijk kwam.

Veilig aangekomen in een eenvoudig gemeubileerde kamer op een bovenverdieping bekruiste Slane zich voor de figuur van de bloedende Christus op een fraai ivoren crucifix aan de muur; vervolgens stak hij een kaars aan en plaatste die in het derde boograam in een van de muren. Toen dit gebeurd was, begaf hij zich achter een kamerscherm dat aan één kant van de kamer stond. Hier was nog een raam – zijn ontsnappingsweg als het nodig was, maar wel een gevaarlijke route, waar hij via een regenpijp omlaag moest klimmen naar de binnenplaats beneden, waar de zon nooit doordrong; maar toch een ontsnappingsmogelijkheid. Signalen, tekenen, geheime wachtwoorden, ontsnappingsroutes, leugens om te verbergen wat hij gedaan had of waar hij geweest was, voortdurende waakzaamheid – dit alles vormde het systeem waarnaar hij leefde.

Hoe weet je nog wie je bent, vroeg zijn moeder. Terwijl hij controleerde of het raam zich gemakkelijk en zonder lawaai naar buiten liet duwen, zoals de bedoeling was, stond Slane zichzelf een gedachte aan zijn moeder toe; hij zag haar levendige, expressieve gezicht voor zich, de energie waarmee ze leefde en bewoog. Zij wilde dat hij uit Jamies dienst trad. Je hebt genoeg gegeven, zei ze. Kom bij mij en laat mij je helpen een echt leven in te richten. Hij strekte zich uit op de brits. Hoewel hij Rochester bericht had gestuurd dat hij hem op een bepaald tijdstip kon aantreffen, zou hij misschien toch een aantal uren moeten wachten.

Een Franse jezuïet had hem een reeks gebeden geleerd waarmee de geest in een waakzame doezelende toestand kon worden gebracht, waardoor het wachten dragelijk werd; wachten was namelijk een belangrijk onderdeel van zijn werk. Brieven moesten geschreven worden, meestal door een derde, zodat het handschrift van een belangrijk man niet tegen hem kon worden gebruikt als de brieven ontdekt mochten worden. Dat kostte tijd. Vervolgens bevonden de meest vertrouwde adviseurs van de Merel zich in Parijs, en de brieven moesten dus over Parijs reizen, maar de Merel zelf was in Italië, zodat berichten en bevelen verscheidene plaatsen moesten aandoen voor ze uiteindelijk in Engeland aankwamen. Slane trof het dat hij geboren was met de gave, geduld te oefenen.

Toch bleek hij er vandaag moeite mee te hebben zijn geest te kalmeren. Hij had er al zijn zelfbeheersing, die niet gering was, voor nodig om de schuilplaats die het scherm bood niet te verlaten en door het vertrek te gaan ijsberen. Het bericht dat hij meebracht was dan ook erg opwindend.

Na enige tijd hoorde hij de deur opengaan, en hij hoorde een trage, schuifelende stap, het geluid van iemand die zich op krukken voortbewoog: de bisschop van Rochester.

'Zingt Gode luide onze kracht: laat vreugde horen aan Jacobs God,' zei Rochester.

'Steekt de trompet bij nieuwe maan, op de afgesproken tijd, onze plechtige feestdag.'

Slane kwam achter het scherm vandaan terwijl hij het antwoord uitsprak, en stond tegenover de ziekelijke, toornige, briljante bisschop van Rochester, deken van deze kerk en de man die beschouwd werd als de meest bekwame leider van de Tory-partij.

De jongere man hielp hem naar een stoel en zette de krukken tegen een muur; Rochester leed aan jicht in de benen en liep moeilijk. 'Wel, Slane,' zei hij, 'is ons schotschrift gedrukt? Ik ben er bijzonder tevreden over. Het zal de oude George op gevoelige plaatsen steken, als een doorn. Hij heeft zelfs zijn meest doorluchte families niet in de hand. We moeten het ongenoegen blijven aanstoken. Ik geloof dat we dat ook doen. Ik heb vanmorgen gesproken met een paar goede mannen, goede Tories, van wie sommigen vrienden van ons zijn, maar anderen niet – Walpole probeert de Hannoveriaan te laten denken dat alle Tories jacobieten zijn, maar dat is niet zo. Als dat zo was, zou koning Jacobus zijn kroon al dragen. We hebben vanmorgen vergaderd om te bespreken wat de Tories zullen doen zolang het Parlement nog bijeenkomt. Er waren zelfs een paar Whigs bij, Slane. Walpole en de andere ministers hebben veel vijanden gemaakt, en we zijn het erover eens dat we alles doen wat in ons vermogen ligt om elke wet die koning George en zijn ministers bij deze laatste zitting willen inbrengen, tegen te houden. We zullen het uiterste doen om de mensen eraan te herinneren wat de afgelopen zeven jaar dat de Whigs aan de macht waren, hebben gekost. Gussy heeft me vanmorgen, toen ik me aankleedde, stukjes voorgelezen uit dat schotschrift over Tamworth. Die jonge Wharton is een geslepen schavuit, nietwaar? Ik heb begrepen dat hij het grootste deel ervan heeft geschreven. Ik betreur het alleen dat de naam van lady Devane zo duidelijk moest worden gemaakt. Ze noemden geen namen, maar drukten een initiaal af – hertog van T voor de hertog van Tamworth, of lady D voor lady Devane, met een beschrijving die genoeg is om duidelijk te maken wie bedoeld was.

Ik betreur dat ook, dacht Slane. Wharton en hij hadden hierover gesproken. Zoek een manier om niet aan te geven wie de dame is, had Slane gezegd.

Barbara zou willen dat we dat wel deden, had Wharton geantwoord.

Is zij dan een jacobiet, had Slane gevraagd, verbluft, geïntrigeerd.

Nee, maar als ze er een was, zou ze een hele goeie zijn.

Laten we dame dan niet nader beschrijven, had Slane gezegd.

Nee, zei Wharton. Ze bewoog zich in de hoogste kringen; haar echtgenoot was directeur van South Sea; de prins van Wales heeft naar haar gunsten gedongen; haar moeder is de minnares van Walpole geweest. Zij is precies wat we nodig hebben. Ze kan dienen als symbool van deze regering, van alles wat er niet aan deugt – de zedeloosheid en de hebzucht die er heersen.

Beschouw je haar als zedeloos? Ondanks zichzelf was Slane nieuwsgierig naar Whartons mening. Wharton was een vreemde man, een van de briljantste die Slane ooit had gekend, en ook een van de onevenwichtigste. En hij haatte vrouwen, hoewel hij toch niet op dezelfde manier van mannen hield als Tommy Carlyle.

Ik houd van Barbara, zei Wharton tot Slanes verbazing. Ze is als een zuster voor mij.

Zou je je zuster dan belasteren?

In het belang van de goede zaak, ja, en jij zou hetzelfde doen. Bab zal het ons vergeven, vooral als we winnen. Als we winnen, schelden we haar de schuld kwijt die op haar nalatenschap rust en huwelijken haar uit aan een Tory-hertog, en we maken in het openbaar ons excuus omdat we haar naam hebben bezoedeld. Ben je daar tevreden mee?

'Het invasieplan is aangekomen,' zei Slane tegen de bisschop.

Rochesters gezicht, een vlezig vierkant van rimpels en gefronste wenkbrauwen, veranderde van kleur, werd bijna jongensachtig.

'Ik moet een veilige ontmoeting regelen tussen de boodschapper die het bij zich heeft en de paar mensen die u het meest vertrouwt,' vervolgde Slane.

'Vertel me er alles over wat je weet. Schiet op man, want ik heb me opgevreten van ongeduld en twijfel.'

Alsof ik dat niet wist, dacht Slane. 'De invasie staat op het programma voor het voorjaar, tijdens de algemene verkiezingen, zoals u had aangeraden.'

'Ja, dan is alles in rep en roer, iedereen is tegen iedereen en maakt ruzie met iedereen. En verder? En verder?'

'Er moet geld worden bijeengebracht om naar de hertog van Ormonde in het buitenland te sturen, die het invasieleger zal aanvoeren.' Ormonde, die onder koningin Anne kapitein-generaal van het Engelse leger was geweest, had niet het formaat van Marlborough of Tamworth, maar zijn mannen droegen hem niettemin op handen.

'Ormonde! Dat is prachtig nieuws,' zei Rochester. 'Ken je dat verhaal – dat toen Ormonde het land uitvluchtte om niet wegens hoogverraad terecht te moeten staan, George de Hannoveriaan tegen zijn ministers zei: "Jullie gaan te ver met jullie dreigementen. Jullie sturen de beste man naar mijn neef Jamie!"' Hij lachte, zijn vierkante gelaat straalde en zijn ogen flitsten en glinsterden. 'Ormonde. Uitstekend, uitstekend. Hij was bemind bij de manschappen, bemind bij het volk.'

'Hij moet landen op de plek die u als het meest geschikt aanwijst, en de troepen vandaar naar Londen leiden.'

'Welke troepen? Hoeveel man? Wie leveren ze? De Fransen? De Spanjaarden? De Zweden?'

Slane haalde diep adem. Nu kwam het erop aan. Als hij Rochester langs dit punt kon loodsen, was de weg vrij. 'De troepen zullen mannen zijn die u en de anderen in het geheim bijeenbrengen.'

'Wàt?'

Het woord kwam brullend uit Rochester, bleef even als een slecht voorteken boven hun hoofden hangen, en sloeg toen te pletter op de muren van het kamertje.

Slane liep naar een van de boogramen en keek naar buiten, naar de binnenplaats beneden hem. Het was een verkeerde beweging, maar Rochesters reactie leek zoveel op zijn eigen reactie dat hij even niet kon veinzen. Onder zijn donkere wenkbrauwen leken Slanes ogen op stenen. Geen buitenlandse troepen, had hij de vorige avond gedacht. De vorige keer hadden we buitenlandse troepen om ons te helpen. We nemen een enorm risico door een invasie te plegen zonder buitenlandse steun. Maar het was niet aan Slane om hierover vragen te stellen, al had hij onmiddellijk een brief vol vragen aan Jamie gestuurd. De mensen in Parijs en Rome hadden hun taak, en hij had de zijne. Ze moesten een zet doen, een stoutmoedige zet, en de kaarten laten vallen zoals ze vielen. Een moment waarop alles volmaakt was, zou nooit komen. Een man bepaalde zijn eigen lot, als hij zich maar doortastend genoeg voorwaarts bewoog.

Wat hadden de jezuïeten hem geleerd? Je moest de blik gevestigd houden op het verlangde doel, niet op de vertragingen en hindernissen. In hem groeide het gevoel dat het, als ze dit keer niet de overwinning behaalden, voorbij zou zijn.

Achtentwintig was te jong om dergelijke gevoelens van zinloosheid te hebben. Hij kwam ertegen in opstand. Luister naar wat er binnen in je leeft, zei zijn moeder altijd.

'Een invasie moet worden ondersteund door buitenlandse troepen, Slane,' zei Rochester, met woede en ongeduld in zijn stem. Als hij zich kwaad maakte, was hij de schrik van het Hogerhuis. 'Er is geen tijd om voor april de benodigde sterkte bijeen te brengen.'

Slane antwoordde koppig: 'We hebben mensen aan elk hof, van Frankrijk tot Rusland. Wie weet wat er tegen april gebeurd zal zijn, wat er voor allianties gevormd zullen zijn, wie ons troepen zullen toezeggen? We weten al zeker dat de Ieren uit de Franse regimenten zich achter Ormonde zullen scharen; de katholieke clans in Schotland zullen ook opstaan om ons te helpen, zoals ze tot nu toe ook altijd hebben gedaan. We wijzen de besten in elk graafschap aan om manschappen bijeen te brengen, mannen die hun buren kennen, die weten wie ze kunnen vertrouwen. Het enige wat de mannen hoeven te doen is hun mond houden, wapens verzamelen en opmarcheren wanneer Ormonde geland is. Verder niets. Daarna zullen de gebeurtenissen hun loop hebben. Anderen zullen mee gaan doen. Hun hart zal hen daartoe aanzetten. Het is mogelijk dat zelfs het Engelse leger de kant van koning Jacobus zal kiezen. De hertog van Ormonde is nog altijd geliefd bij zijn mannen, zoals u zoëven zei.'

Rochester zat te draaien op zijn stoel, alsof hij geen rust vond. Er kwam een koppige trek op zijn gezicht. 'Ik kan me met dit plan niet verenigen.'

God in de hemel, dacht Slane, u kunt ons nu niet verlaten. 'We hebben een plan, waarin de mensen in Parijs zich kunnen vinden, waarin de mensen in Italië zich hebben kunnen vinden, waarvoor een man als de hertog van Ormonde bereid is zijn leven te wagen. Begrijpt u dan niet, dat de slag al half gewonnen is als je maar een plan hebt en het uitvoert? Voorwaarts gaan met zelfvertrouwen en moed, daar komt het nu op aan.'

Voorwaarts gaan en niet aarzelen als oude wijven bij hun kopje thee, of oude mannen. Oude mannen raakten hun wil kwijt. Daar hadden Wharton en hij het de vorige nacht over gehad: de oudere jacobieten begonnen te vermoeid en te voorzichtig te worden, maar wilden de leiding niet overdragen aan de jongeren.

'De hertog van Ormonde zal hetzelfde effect hebben als buitenlandse troepen. Ik heb horen zeggen dat u Ormonde altijd blindelings zou volgen. Denkt u niet dat er op ditzelfde moment soldaten in het leger zijn die er net zo over denken?'

'De ondergang is hier, Slane, in deze kamer. Ik draag haar in mijn hart. Ik vervloek de dag dat dit allemaal begonnen is. Er zijn drie mislukte invasies geweest, Slane, drie. Toen een daarvan plaatsvond, zat ik in het Hogerhuis terwijl er brieven van verraders werden voorgelezen die men ontdekt had. Ik luisterde naar mijn eigen woorden.'

'Uw moed is welbekend. Niemand twijfelt eraan. Laat er nu iets van zien.

'Ik heb de moed van tien leeuwen, Slane, als het plan deugt. Met dit plan kan ik niet instemmen. Het is te zwak.'

'Een moment als dit zal zich niet zo gauw opnieuw voordoen. De mensen koesteren nog wraakgevoelens vanwege de South Sea Bubble. Ik heb sir Alexander Pendarves en lady Shrewsborough er nog onlangs over horen praten, terwijl u weet dat Pendarves een buitengewoon trouwe Whig is. Toch maakt zelfs hij zich zorgen over de malaise die het koninkrijk bevangen heeft. De tijd is rijp. Het land is uit balans, de afkeer van de koning is weer even groot als tijdens het eerste jaar van zijn regering.'

'Er moeten anderen worden geraadpleegd. Ik wil de last van deze beslissing niet alleen op mijn schouders nemen.'

Slane knielde neer voor Rochesters stoel. De beenderen van zijn gezicht waren hard, evenals zijn stem, die absoluut oprecht klonk; zijn ogen bliksemden, dwingend en meeslepend, zodat Rochester zijn eigen ogen maar sloot, alsof hij anders verschroeid zou worden.

'U bent onze leider. Laat mij de zorg om de ondergang. Ik ben hier om niemand anders te dienen dan u – zo luidt mijn opdracht, bij monde van koning Jacobus zelf. U hebt zijn vader, Jacobus II, en zijn zuster, koningin Anne gediend, en u zult hem dienen. Alleen u kunt hem op de troon brengen, en wanneer hij erop plaats neemt, zoals zijn godgegeven recht is, zult u zien dat dat alle ellende en alle zorg waard was, en zult u beloond worden als geen ander die hem dient, zowel voor uw kundigheid als voor uw moeite. Dat zweer ik u. Waar u voorgaat, zullen anderen volgen. Gaat u dus krachtig voor, neem de leiding. Ik zal in alles uw rechterhand zijn. Mijn opdracht was bij u te blijven zolang u mij nodig hebt. En ik zal zelfs daarna bij u blijven.'

'Ik voel mij zoals onze heer Jezus zich voelde tijdens zijn verzoeking in de woestijn. Ben je een engel of een duivel, Slane?'

'Van beide heb ik iets in me, heer, zoals elk kind van God.'

'Niettemin kan ik dit plan niet steunen. Ik moet met anderen overleggen.'

'En als die met het plan instemmen?'

Rochester zei niets.

Slane sloot zijn ogen, opdat Rochester de opstandigheid en boosheid erin niet zou zien. Hij dacht al aan de woordenwisselingen die zouden volgen wanneer sommigen, die al bang waren, zich van Jamies kant terugtrokken, en zo weer anderen afschrikten. Zo spelen wij op de viool terwijl Rome brandt, dacht Slane. En onze leider wenst de leiding niet op zich te nemen.

De prinses van Wales geeuwde met haar hand voor haar mond. O, de verveling. Ze speelde een kaart, wetend dat ze de slag zou winnen. Haar stemming werd er niet beter op, hoewel haar ramen op Hampton Court toch het beste uitzicht boden op de tuinen met hun promenades, hun fonteinen en het door sir Christopher Wren aangelegde kanaal, het Long Water, waarin zich nu een prachtige zonsondergang weerspiegelde. De dag was redelijk goed verlopen: de prins had gewonnen bij het kegelen; later had men gewandeld in de tuinen. De maîtresse, Mrs. Howard en de oude graaf van Peterborough waren verdwaald in de doolhof, wat iedereen erg vermakelijk had gevonden, behalve de prins, die erdoor geïrriteerd was.

Een breedgeschouderde, maar toch vrouwelijk aandoende man, die liep als een beer op schoenen met hakjes, verscheen in de deuropening van haar salon. Hij had een overdreven grote pruik op zijn hoofd en rouge op zijn wangen, had zijn wenkbrauwen donker gemaakt met loodverf en droeg een diamanten oorbel in zijn ene oor – iets waarom hij befaamd was, meer nog dan om de verf op zijn gezicht.

'Carlyle' – de prinses legde haar kaarten neer en stak hem haar handen toe, zodat hij zich erover kon buigen – 'je redt me van de dood door verveling. Hervey, neem mijn plaats aan de kaarttafel in zodat ik een wijle met deze vreselijke man kan praten.' Tommy Carlyle had nieuws, boosaardig slecht nieuws over iemand; het was op zijn gezicht te lezen. Het was een van de dingen die ze van hem het meest waardeerde. Je kon er altijd op rekenen dat hij van de ergste dingen op de hoogte was, en er met smaak over vertelde. Hij was voor haar een bron van veel informatie.

'Breng mij naar het raam,' zei de prinses, 'en laten we van de zonsondergang genieten.'

Bij het raam aangekomen overhandigde hij haar het schotschrift. De inkt was nog zo vers dat hij door Carlyles vingers gevlekt was. Zo deden ze het hier, met kleine nieuwsblaadjes, gedrukt op geheime persen, die schandaaltjes en geruchten verspreidden, en iemands eer door het slijk haalden. De mensen geloofden alles wat gedrukt stond, ook al was het onwaar. Haar ogen gingen snel over het blaadje: er had een duel plaatsgevonden om de mooiste vrouw van het koninkrijk, een vrouw die door de South Sea geruïneerd was, een vrouw die naar Virginia had moeten vluchten om aan de begeerte van een prins te ontsnappen. De huidige regering stond in het teken van begeerte, goddeloosheid en zedeloosheid, het huidige Engeland werd te gronde gericht door klaplopers, wellustelingen en lelijke hoeren in dienst van Zijne Majesteit. Er werd weer gewag gemaakt van de South Sea Bubble; men werd eraan herinnerd hoe allen hadden moeten lijden onder de hebzucht die er de oorsprong van was. Met 'lelijke hoeren' werd de hertogin van Kendall beledigd, die sinds jaar en dag de maîtresse van de koning was. De 'mooie vrouw' kon niemand anders zijn dan Barbara, lady Devane. Met een voor haar ongewoon heftig gebaar verfrommelde de prinses het schotschrift tot een prop.

'De hertog van Tamworth en Tom Masham hebben geduelleerd,' zei Carlyle. 'Ik ben benieuwd of Tamworths huwelijk nu van de baan is. Ik was in de taveerne toen die ruzie begon. Vreselijk. Tom Masham had flink gedronken, en hij zei...'

En hier hield Carlyle opeens op en bracht zijn hand naar zijn mond, alsof hij zichzelf wilde verhinderen zich vreselijk te vergalopperen. De prinses wist dat hij de formulering van wat hij haar nu ging vertellen, verbeterde, zoals ze ook wist dat Carlyle nooit iets per ongeluk deed.

'Masham brulde, zo hard dat iedereen het kon horen, dat het deze winter misschien koud zal zijn in Lord Russels bed, maar dat het warm zal zijn in het bed van een of andere Virginiaan. U vindt het schokkend nieuws, zie ik. Het is inderdaad ontstellend. Vreselijk. Deze regels over South Sea...' Carlyle pakte het verfrommelde schotschrift uit haar hand, vouwde het open en begon te lezen: "Ministers beschermden lieden die oorzaak waren van de ellende van miljoenen, van het dalen van het krediet, de ontmoediging van de handel, het kelderen van aandelen." Zelf ben ik van mening dat Walpole Lord Devane juist beter had moeten beschermen.'

Een ongeduldige uitdrukking verscheen op het gezicht van de prinses.

'Ik verveel u. Niemand wil nog worden lastig gevallen met South Sea. Als u mij toestaat, hoogheid.'

Zwijgend zag de prinses hoe Carlyle als een reusachtige nachtvlinder van de een naar de ander fladderde om het nieuws te verspreiden. Hij haalde een extra schotschrift uit zijn zak. Natuurlijk. De mensen vormden groepjes van twee en drie personen en bespraken fluisterend wat Carlyle hun nu had verteld, wat hij niet eerder had gezegd: dat Tom Masham had gezegd dat het deze winter koud zou zijn in bed van de prins van Wales, maar warm in dat van een of andere Virginiaan.

Plotseling werd de prinses teruggevoerd naar twee zomers geleden, toen Barbara aan het hof gekomen was en aller harten had veroverd. En zij, de prinses, die trots was op haar kalme natuur, had als een gewonde leeuwin gereageerd op haar verliefde prins.

De prinses haatte het hof op dit moment meer dan menselijkerwijs mogelijk leek. Als ze voldoende genaderd zou zijn om het te kunnen zien, had ze zich in een tiental paar ogen kunnen spiegelen. Al die mensen keken naar haar.

Weet zij wat er gezegd werd, vroegen ze zich af. De arme prinses... zou ze huilen als ze alleen is, wilden ze weten. De prins is nog niet over zijn passie voor Barbara heen; kijk maar hoe hij zich vastklampt aan haar moeder, lady Alderley. Wie herinnert zich niet zijn verdriet toen het bericht kwam dat Barbara vertrokken was, zijn woede. Barbara zou de maîtresse zijn geworden, als ze was gebleven.

Het hele leven van de prinses speelde zich af ten aanschouwen van anderen: geen ruzie was geheim, geen verdriet; zelfs haar barensweeën moesten openbaar zijn zodat anderen konden zien dat de kinderen die geboren waren werkelijk uit haar koninklijke schoot waren voortgekomen, en niet uit die van iemand anders.

De prinses kon een kille woede voelen opstijgen. Stoute Barbara, slechte Barbara, hoe durf je je weer onder ons te vertonen? Als ik ooit koningin van Engeland word, dacht de prinses, verban ik je naar een kerker, het koudste, donkerste hol dat ik kan vinden, ik zweer het. En ik laat je moeder naast je vastketenen.

Woede was goed. Die gaf haar de benodigde kracht om zich rustig, met vaste blik, te verheffen en de salon met een uitdrukking van innerlijke kalmte te verlaten. Hoe kan ik je bezeren, Barbara, dacht ze. Laat mij een manier vinden, ik bid erom.

'Zijne Hoogheid vraagt verlof om binnen te komen,' fluisterde Mrs. Clayton, de kamerdienares van de prinses enige tijd later.

De prinses voelde zich een ogenblik vreselijk machteloos. Waarom moest haar echtgenoot juist nu komen, nu Barbara's naam nog als een brandmerk in haar huid brandde? Alleen, hij had natuurlijk niemand anders om zijn eigen ware gevoelens te vertellen. En zij had hem al heel lang de vrijheid gegund haar alles te vertellen, ook wanneer datgene wat hij vertelde haar alleen kon kwetsen.

Het was een van haar machtsmiddelen over hem – een machtsmiddel dat zijn prijs had, maar ze was sinds lang geoefend in het beheersen van emoties, het voorrang verlenen aan gezond verstand. Nu wierp ze even een blik op zichzelf in de spiegel. Haar haar was glanzend geborsteld; er prijkte een aardig slaapmutsje op; haar nachtjapon was dun, wit en doorschijnend. Er zouden bepaalde gevoelens bij hem worden wakker gemaakt. Ze plooide haar nachtgewaad wat losser. Mrs. Clayton opende de deur en de prins van Wales stormde naar binnen, zwaaiend met het schotschrift. Hij was vierkant gebouwd, licht van huid, en had lichtblauwe, enigszins uitpuilende ogen. Hij was moedig in de strijd en dom in de politiek.

'Moet je dit horen!' Hij begon de tekst voor te lezen zonder haar zelfs maar te groeten. 'Dit duel is het zoveelste voorbeeld van de zedeloosheid en goddeloosheid die als onkruid tieren onder dit stelletje ministers van Zijne Majesteit, mannen die bereid zijn hulp te geven aan afvalligen en goddelozen...'

Hij ging maar door, en las alle punten voor die het pamflet zo handig aansneed, refererend aan verschillende impopulaire wetten die de afgelopen jaren waren doorgevoerd. In dit twistzieke land was er geen wet die niet iemand misnoegde.

Jullie moeten begrijpen, had de koning een keer gezegd, dat wij hier regeren volgens een bepaling in de Engelse wet, namelijk dat hij die regeert, protestant moet zijn. Deze wet, die ons tot wettig koning maakt, kan ook ongeldig worden verklaard. Neef Jacobus had evenveel recht op deze troon als wij, maar hij is katholiek. In het laatste jaar van de regering van koningin Anne hebben ze geprobeerd de wet te veranderen. Als zij nog een paar maanden langer had geleefd, zou het hun gelukt zijn. De Engelsen.

'"Een man die zijn edelen niet in de hand heeft, kan geen koninkrijk besturen," zal hij zeggen!' De prins ging nog steeds tekeer. Dat was een van zijn gebreken: hij kon zijn drift niet beteugelen. '"Je edele heren drinken te veel," zal mijn vader zeggen! "Ze gokken! Ze hoereren! Ze smeden samenzweringen! Je bent niet geschikt om mij op te volgen. Ik zou je moeten terugsturen naar Hannover, in plaats van toe te staan dat je hier tegen mij intrigeert!" Tegen hem intrigeren! Ik doe helemaal niets! Mijn edelen doen ook niets! Duelleren om een vrouw is doodgewoon!'

Hij was bezig via een omweg over Barbara te beginnen. De prinses voelde het aankomen. Hij wilde haar naam uitspreken. Hij wilde dat de prinses hem die naam hoorde zeggen, en dat ze hem de gelegenheid gaf haar afwezigheid te bejammeren.

De prins legde zijn hoofd in de schoot van de prinses, en zij streelde zijn hoge, vierkante voorhoofd, want ze kende de manier waarop zijn geest werkte beter dan hijzelf. Hij verlangde terug naar de verrukkelijke, lome, gouden dagen van de zomer van eerverleden jaar, naar de tijd waarin zijn begeerte naar Barbara had gebloeid en hem in de waan had gebracht dat, als zijn maîtresse maar jong en mooi genoeg was – Mrs. Howard was nu tenslotte al in haar derde decennium; de prins en prinses in hun vierde – de tijd voor hem stil zou staan. Hij zag dat de koning nog jaren zou kunnen leven, en dat hij, de prins, nog eindeloos lang gedwongen zou zijn aan het hof de tweede viool te spelen. En zijn vader en hij waren het zelden eens; ze maakten zo vaak ruzie dat de Engelsen erom lachten. Het smachten naar Barbara gaf hem nieuwe werelden om te veroveren; het verhulde de waarheid.

Maar niemand kon terug naar die tijd, en Barbara was tenslotte in Virginia.

'Het spijt me dat de Molly's er niet meer zijn,' zei hij.

De Molly's waren haar twee mooiste hofdames geweest, Molly Lepell en Molly Belenden. Ze waren getrouwd en hadden het hof verlaten. Net als Harriet Holles, die vanavond met toestemming van de prinses stilletjes was weggegaan, zodat ze niet geconfronteerd hoefde te worden met het gefluister en geroddel over haar verloofde en het duel.

En het jong van de jageres, Barbara, dacht de prinses. Het spijt je ook dat zij er niet meer is. Maar dat kun je niet zeggen; je trots staat het niet toe. De manier waarop ze is weggegaan, heeft die trots gekwetst.

Ik had gedacht dat het jong de maîtresse had kunnen worden, ondanks het feit dat ze daar niets voor voelde, want wie weet ooit wat er precies in het hart van een ander leeft? Lieve God, dacht ik, toch niet zo'n jonge, mooie vrouw die misschien, onder al dat geflirt, een scherp verstand heeft. Ik vond die combinatie bedreigend, omdat ik het in verband bracht met de jageres, haar moeder, die geen hart heeft.

Ik dacht dat je liefdevolle medeleven met Barbara na de dood van haar echtgenoot en de afbraak van zijn mooie huis het eind van het spel zou inluiden. Ik zag hoe mooi, hoe kwijnend ze was bij de rouwdienst van haar man, ik heb gezien hoe je erdoor geroerd was. Nederlaag en vernedering leken voor mij weggelegd. Ik kon 's nachts niet slapen. Walpole, zei ik, hem in vertrouwen nemend zoals nooit tevoren omdat hij me in een moment van wanhoop had betrapt, wat moet ik doen?

Geduld, raadde hij me. Wacht af wat het lot brengt. En toen kwam het bericht dat Barbara naar Virginia was gegaan. Het jageressejong was weggeglipt, als een dief in de nacht. Wat ongelooflijk grappig, wat heerlijk. En wat ongelooflijk dom. Het was prettig te weten dat Barbara iets doms kon doen. De prinses deed nooit iets doms.

'En lady Devane,' zei de prinses nu, terwijl ze de naam welbewust traag uitsprak. 'Zij was een sieraad voor ons hof, net als de Molly's. Maar ze was veel gevaarlijker. Eerst was er het duel van Landsdowne. En nu dit van Tamworth. Het zal onze jonge mannen beter gaan zonder haar provocerende aanwezigheid. Ik moet je zeggen dat ik het altijd onattent van haar heb gevonden, kwetsend, onbeleefd, om zomaar weg te gaan, zonder afscheid te nemen. Daaruit bleek een gebrek aan eerbied voor onze positie. Voor jou. Mijn lieve kleine Harriet Holles heeft het hof al verlaten. Het huwelijk met Tamworth zal wellicht niet doorgaan – jammer, want het was een mooie verbintenis. De Tamworths zijn niet altijd even standvastig geweest in hun trouw, lieve. Dit huwelijk zou daarover meer zekerheid hebben gegeven.'

'Dan is lady Devane dus slecht.'

Heel slecht, vooral omdat jij nog zoveel aan haar denkt, dacht de prinses. De jageres wist natuurlijk dat je nooit meer los zou kunnen komen, wanneer je gewend zou zijn aan haar jong om je heen. Ik heb geboft want het jong is weggelopen, maar ik ben er nog. Ik zal altijd de eerste, de oudste en wijste van je gewoonten zijn. En eens zal ik koningin zijn. En pas dan maar op, Barbara. Pas ook nu maar vast op.

De prins legde zijn hand op de borst van de prinses, die zichtbaar was door de doorschijnende nachtjapon en het geopende nachtgewaad; zij legde haar hand op de zijne.

Hij was heer en meester, nietwaar? Hij was prins van dit koninkrijk, nietwaar? Zonder hem zou ze niet alles zijn wat ze moest zijn, alles wat ze was: verstandiger, geslepener, listiger dan welke man ook die hier snoevend als een haan rondstapte aan het hof. Hij die geduld heeft, kan in alles slagen. Walpole wist dat, en was daardoor een veel verstandiger man dan men vermoedde.

Er was buiten haar niemand die deze prins volledig kon vertrouwen. Die omstandigheid vloeide voort uit het prins-zijn. Diep in zijn hart, en ondanks zijn driftaanvallen, zijn grofheid, zijn pruilbuien en zijn boosheid op zijn vader wist hij dat zij hem zou bijstaan, wat hij ook voor domme dingen deed; dat zij eigenlijk, al zou geen van hen beiden dat ooit toegeven, de slimste van hen tweeën was. Verreweg de slimste, bijna even slim als haar schoonvader, de buitenlander, de 'opgeblazen Hannoveriaan', zoals de Engelsen hem spottend noemden, die dit twistzieke eilandje al zeven hele jaren had weten te behouden, langer dan voorspeld was. De prins wist dat hij niet de slimheid van zijn vader had, maar hij wist ook dat zijn vrouw die wel had. Een beetje kennis was een gevaarlijk ding, nietwaar?

'Zij is slecht,' beaamde de prinses. Ze leunde achterover en ontspande haar witte, mollige benen. 'Ze moet gestraft worden. We moeten een manier bedenken om haar te straffen.'

Hij trok aan het voorpand van haar gewaad, als een drammerig kind. 'Ja.'

'Laat me zien hoe je haar zou straffen... Ah...'

Ja, dacht de prinses, terwijl de prins zich tegen haar aan drukte. We zullen haar straffen, voortaan. Ik zal je herinneren aan haar wispelturigheid, haar trouweloosheid, haar brutale streken, zodat er in je liefde een angst groeit, zo groot dat zelfs een heilige – en Barbara is geen heilige – daaraan voorbij zou kunnen gaan... Misschien blijft ze in Virginia. Ja, dacht de prinses, de koning voelt zich schuldig aan alles wat Roger ten onrechte heeft moeten verduren. Hij heeft haar al gevrijwaard van belastingen in Virginia. Als hij haar nog meer vrijwaringen geeft, zal ze daar blijven tot in eeuwigheid, amen. Dat is een mooi gebed. Zorg dat haar schuld hier hoog blijft, dat ze in Virginia een goed leven heeft. Kan ik daarvoor zorgen? Hij die geduld heeft, kan in alles slagen. Zij die geduld heeft, ook.

14

Diana zat aan haar toilettafel en knipte haar nagels met een schaartje van ivoor en goud, een handeling die Clemmie, haar kamenier, niet goedkeurde, want er waren goede en verkeerde dagen om dat soort dingen te doen; de oude volkswijsheden werden juist voor dit soort dingen doorgegeven en haar meesteres had de verkeerde dag gekozen.

'"Knip je op maandag dan blijf je gezond,"' mopperde Clemmie terwijl ze de japon klaarlegde die haar meesteres vandaag zou dragen. De klanken die ze voortbracht – ze leek nog het meest op een ton, rond en groot – waren een gemompel, maar toch zo duidelijk dat de woorden 'maandag' en 'gezond' eruit sprongen.

'Je lijkt wel op de oude getrouwe van mijn moeder, die prachtige ouwe Annie. Houd je mond of ik stuur je naar Tamworth om boete voor me te doen.'

'"Knip je op vrijdag dan krijg je verdriet."'

'"Knip je op zaterdag dan komt morgen je lief..."' hoorde ze uit Clemmies richting.

Er werd op de deur geklopt, gebiedend en ongeduldig. Diana en Clemmie keken elkaar aan; er was maar één persoon die Diana tot op Hampton Court kon hebben gevolgd.

Robert Walpole, een van 's konings ministers, First Lord of the Treasury en Chancellor of the Exchequer, en zonder twijfel op dit moment een van de meest gehate mannen in Engeland, opende de deur en trad binnen, alsof Diana en hij niet sinds juni onenigheid hadden gehad.

'Bij Gods bloed! Je had me tenminste kunnen laten weten dat je uit Londen wegging,' zei hij, terwijl hij zijn donkere pruik van zijn hoofd trok en op het bed wierp. Hij haalde een mollige hand door zijn kortgeknipte haar en nam het schouwspel van Diana aan haar toilettafel, met één kous aan en één kous uit, in zich op. De kouseband die om het gekouste been was gebonden, vertoonde een met kleurig garen geborduurde spreuk.

'"Mijn hart is gebonden, ik kan niet weg."'

Hij citeerde de spreuk op de kouseband. Hij kende hem omdat hij haar de kouseband had gegeven, evenals de kous.

Ze had alleen haar hemd en korset aan. Het hemd was van uiterst dunne, witte batist, en Walpole kon haar blote benen, haar dijen en het donkere haar daartussen erdoorheen zien. Het korset was geborduurd met zilverdraad, en om haar schouders had ze een Spaanse omslagdoek, waarvan de felle kleuren goed pasten bij haar donkere schoonheid. Haar borsten bolden boven het korset uit, bijna geheel ontbloot, vol en weelderig. Walpole was geen man die zich gauw uit het veld liet slaan, maar de langdurige ruzie met Diana had hem zichtbaar uitgeput. Ze was al heel lang zijn minnares, maar ze hadden ruzie sinds Barbara's vertrek in juni, en dat verdroot hem zeer.

'Ik zou je moeten vermoorden. Hoe haal je het in je hoofd weg te gaan zonder mij te zeggen waar je heen ging?'

Ze gaf hem de schuld van het feit dat Rogers boete niet verder verlaagd was, van het feit dat Barbara was weggegaan. 'Diana, ik verdraag deze behandeling niet. Ik laat me door geen enkele vrouw zo bejegenen. Ik zou je als een kip de nek kunnen omdraaien en er geen moment spijt van hebben...'

Er vloog een schaartje rakelings langs zijn gezicht. Het kwam links van hem tegen het beschilderde wandpaneel en viel als een ivoor-met-gouden vlinder op de vloer. Als het in zijn oog was gekomen, zou het hem half blind hebben gemaakt. Het gebaar scheen hem te kalmeren.

'Iedereen praat over dat duel,' zei hij. 'Ik heb gehoord dat Tom Masham er slecht aan toe is.'

Dat ze het schaartje gooide, had hem niet verbaasd, maar dat ze na deze woorden onmiddellijk begon te huilen, verbaasde hem wel. Diana kon mooier huilen dan hij ooit een vrouw had zien doen; haar ogen werden niet rood, ze kreeg geen druipende, rode neus, er waren alleen tranen die langs dat eens ongeëvenaarde gezicht biggelden uit de nog steeds ongeëvenaarde violetblauwe ogen. Het betekende meestal niets wanneer ze huilde, behalve dat ze had besloten dat tranen zouden opleveren wat ze op dat moment wilde hebben. Maar hij kende haar goed genoeg om te weten dat ze nu echt huilde: er was een of andere emotie bij haar geraakt, een waarheid, een behoefte.

Hij was zo aan haar trucs en leugens gewend dat dit hem van zijn stuk bracht. Walpole voelde zijn eigen keel dik worden van emotie. Diana had haar portie verdriet gehad. Haar kinderen dood, haar dochter verweduwd en weggegaan. Verdomme, ze was het meest immorele, zelfzuchtige, keiharde kreng dat hij ooit tot zijn ongeluk had gekend, waarmee hij ooit tot zijn geluk had geslapen, waarvan hij ooit zo dom was geweest te gaan houden. Hij ging naar haar toe, knielde naast haar neer en nam haar in zijn armen, haar half fijn drukkend tegen zijn omvangrijke buik. Ze was zo soepel in zijn handen als een gedroomde odaliske. Hij verlangde naar haar, zoals hij altijd naar haar verlangde, en hij hield van haar, dwaas die hij was. Haar huilen brak zijn hart.

Hij drukte haar tegen zich aan, en binnen de kortste keren bedierf ze zijn mooie hemd met haar poeder en rouge en loden oogverf, bedierf ze zijn dure vest en zijn kanten halsdoek. Nu, dacht hij. Hij trok haar half, droeg haar half naar het bed en ging daar naast haar liggen. Ze hadden al maanden ruzie. Hij drukte haar tegen zich aan en streelde haar naakte rug onder de Spaanse omslagdoek, en zijn handen gingen naar de voorkant van haar korset, maakten de veters los, terwijl hij woordjes mompelde, vastbesloten, geconcentreerd.

Clemmie, die zag uit welke hoek de wind woei, legde de japon weg en sloot de deur om hen alleen te laten.

'Diana...' Walpoles vingers kneedden het naakte vlees van haar rug, gingen toen weer naar de voorkant; hij had het korset eindelijk losgekregen. God, haar borsten. Hij wilde zijn gezicht ertussen vlijen. Hij wilde ze voelen, likken. Het was zo vreselijk lang geleden dat ze samen hadden geslapen.

'Barbara zou hier moeten zijn. Ze zou dit duel moeten kunnen benutten...'

Hij kuste haar mond, kuste haar gezicht en maakte tegelijkertijd de knopen van zijn broek los; hij was maar op één ding gericht. Door deze ruzie had hij Diana te lang niet in zijn bed gehad, en hoewel vrouwen gemakkelijk te vinden waren, was een vrouw als Diana dat niet. Hij kon de begeerte in zich voelen als vuur, als een vlam die aan hem likte zoals een vrouw zou kunnen doen, met een heet, puntig tongetje. Haar tranen vergrootten slechts zijn begeerte. Hij vond haar huilen buitengewoon erotisch.

Hij kreunde en beet in haar nek, hoewel ze probeerde van hem weg te schuiven. Haar borsten waren nu bloot, en hij kwam bovenop haar, en dempte de klaagzang, haar dochters naam met zijn mond. Toen was er geen houden meer aan – haar aanblik, haar naaktheid onder zijn handen, haar geur, haar weelderige vormen, hun ruzie, haar boosheid op hem, zijn boosheid op haar – dat alles maakte hem tot een wildeman.

Hij rukte het hemd weg en spreidde haar benen met de zijne en drong in haar binnen. Toen was hij thuis, hij was in zijn heerlijke, willige, gek makende Diana, en alleen hij wist dat hij van haar hield en hoe gevaarlijk dat hun relatie maakte. Want zij kende geen medelijden, geen goedheid. Ze was wreed en primitief, de meest zelfzuchtige persoon die hij ooit had gekend; God stond hem bij omdat hij van haar hield. Als zijn vrouw dood was geweest – dat was ze goddank niet – zou hij met haar zijn getrouwd, hoewel hij wist dat hij niet kon rekenen op trouw of hartstocht om haar te binden. Ze was een wild dier; nu had hij haar een ogenblik getemd, haar laten buigen voor zijn wil, maar alleen dit ogenblik.

God, deze gedachten brachten hem tot razernij. Hij wilde haar verpletteren met zijn begeerte, met zijn nood. Hij wilde het uitschreeuwen in de morgen. Hij bewoog regelmatig, bewust, snel voor zo'n zware man. Hij stroomde in haar leeg, en zijn tong was in haar hals, in haar mond, hier, daar, overal, hij verlangde zo naar haar, hij had haar zo nodig. En zij lag als een lappenpop onder hem en streelde hem niet, kuste hem niet één keer terug. En daar was hij, de bergtop die alle mannen beklommen, hij huiverde ervan, kreunde ervan, viel op haar neer en fluisterde haar naam. Hij was – nog net – genoeg bij zinnen om niet tegen haar te zeggen dat hij van haar hield.

Ze wurmde zich onder hem uit; hij verwachtte eigenlijk dat ze zou opstaan, dat ze zou zeggen dat hij weg moest, maar ze bleef stil naast hem liggen, en hij dacht bij zichzelf: ja, ze heeft mij ook gemist in haar bed. Het komt nog wel goed tussen ons.

De slaap begon over hem te komen met de veiligheid van die gedachte, met de bevrediging van de begeerte. God, hij had behoefte aan slaap. Hij had geen nacht rustig geslapen sinds ze ruzie hadden, en nu schreeuwde het gepeupel op straat om zijn hoofd – ze noemden hem de Meester van de Doofpot, de man die de schuldigen afschermde, ze noemden hem nog veel meer lelijks. Hij voelde zich als een beer belaagd door honden, zo'n zielige, mottige beer die aan zijn ketting rukte terwijl de pitbullhonden hem aanvielen, de honden wier kaken zich sloten tot de dood erop volgde, als ze je eenmaal te pakken hadden. Wat er allemaal over hem gezegd en geschreven werd... Hij had ook gevoelens, net als ieder ander.

Gods wonden, het was goed hier in bed te liggen bij Diana, zijn verschrikkelijke, zelfzuchtige lief, die hem zou vergeven. Hij zou zorgen dat ze hem vergaf. Sunderland. Die listige, corrupte adder, die hij als collega-minister aan zijn boezem moest koesteren. Er was een gerucht dat er veranderingen zouden komen in het kabinet, dat de firma Townshend en Walpole, zoals zijn zwager en hij zich graag noemden, eruit lag – het deed er niet toe dat hij als de steunpilaar van die firma, de favoriete minister van de koning, de adder zelf ervoor had behoed om met schande overladen ontslag te moeten nemen. Vertrouwen; je kon niemand vertrouwen op dit niveau. Hij sliep, als een zuigeling, groot en verzadigd, zolang het duurde.

Diana steunde op een elleboog en staarde naar hem, die gestrande walvis naast haar. Ze duwde tegen hem, en hij rolde snurkend op zijn zij. Zijn hemd was opengevallen en onthulde zijn dikke, donkere, krullende borsthaar. Ook zijn broek was open en hij was daar ontbloot, bevredigd, slap. Hij had niet eens zijn schoenen uitgedaan.

'Bronstig zwijn,' zei ze. Ze pakte zijn pruik van de tafel en veegde zich ermee af tussen haar benen.

Later, toen hij wakker werd, zat ze weer bij haar toilettafel, terwijl Clemmie geknield bezig was een kouseband vast te maken om haar been. Walpole ging rechtop zitten in het bed en begon zijn gekreukte kleren uit te trekken, die hij op de vloer gooide. Dik, donker haar bedekte zijn schouders, armen en handen. Op middelbare leeftijd was hij fors, stevig, met benen als boomstammen.

'"Mijn hart is gebonden, ik kan niet weg." Ik kan niet weg, lieveling, want jij hebt mijn hart. Dit was de eerste keer dat ik behoorlijk heb geslapen sinds jij hebt gezegd dat je me nooit meer wilde zien.'

Hij grinnikte, schudde de kussens op en ging weer liggen, net of hij in zijn eigen slaapkamer was, bij zijn eigen familie, een toonbeeld van welgemoedheid en oprechtheid. Hij was meestal welgemoed en oprecht, twee van zijn meest gewaardeerde eigenschappen.

'Clemmie, bolletje, mijn beste prijskoe, een beker wijn alsjeblieft. Waar ga je heen, lieveling?'

'Ik moet met de prins wandelen in de tuin. Dat duel zit hem dwars. Hij zal zich bij mij beklagen over Barbara. Een jaar,' zei ze tegen haar zorgelijke gezicht in de spiegel, 'het zal waarschijnlijk een jaar duren voor ze weer thuis kan komen. Als ze hier was, konden we iets ondernemen...'

Wat dan, dacht Walpole.

'Het is een kolonie, godnogtoe – wat moet ze daar doen? Ik word half gek als ik er te veel aan denk, aan alles wat ze heeft opgegeven.'

Tommy Carlyle, een van de meer extravagante hovelingen, was

kort nadat het bericht zich had verspreid dat Barbara naar Virginia was gegaan, aan het hof verschenen met een zwarte band om zijn arm. Om wie rouwt u, was hem gevraagd. Ik rouw om lady Alderley's gefnuikte ambities, had hij geantwoord. Londen en hof hadden wekenlang pret gehad om zijn antwoord.

'... Het kan haar nooit bevredigen te kijken hoe de hennep...'

'Tabak,' corrigeerde Walpole verstrooid.

'... groeit aan de verkeerde kant van de oceaan. Daar is ze te koppig, te impulsief voor. Dat is ze altijd geweest. Het is volgens mij allemaal de schuld van mijn moeder.'

En van mij, en van wie je maar kunt bedenken, dacht hij. Behalve van jouzelf.

'Ik schrijf haar vandaag nog een brief om te vragen of ze naar huis komt,' zei Diana. 'Trouwens, ik vertrek vanmiddag naar Londen.'

Wat heeft ze in de zin, dacht Walpole. Niet veel goeds. 'Kom hier en laat mij je troosten, lieveling. Laat mij je in mijn armen nemen. De vorige keer dacht ik alleen aan mezelf, maar dit keer zal ik zorgen dat jij er ook plezier aan beleeft...'

'Ze zou niet zijn weggegaan als de schuld niet zo groot was geweest. De schuld zou niet zo groot zijn geweest als Rogers boete verminderd was.'

'Diana, ik kon niet meer doen dan ik heb gedaan. Hoe vaak moet ik je nog zeggen dat de boete over enige tijd verlaagd zal worden. Al heeft dit schotschrift daar niet erg aan meegeholpen. De mensen mopperen weer over South Sea, alsof het weer vorig jaar herfst was en de aandelen net begonnen te kelderen. Wanneer alles wat minder vers in het geheugen ligt, zal ik ervoor zorgen dat de boete wordt verlaagd.'

Als ik dan tenminste nog minister ben, dacht hij. Bovendien is Barbara nog jong. Een reis naar een kolonie was maar een ogenblik in haar hele leven. Over een jaar of zo zou hij een flink deel van de boetes laten terugbetalen; de koning had van meet af aan beloofd dat te steunen.

Zullen ze de Bubble gedurende de rest van mijn regering tegen me blijven gebruiken had de koning gevraagd.

Ja.

'Ik zei, kom hier.'

Tot zijn grote verbazing gehoorzaamde ze; maar later, toen ze zich verder had aangekleed en hem alleen had gelaten, voelde hij zich wanhopig. Hij ging weer in de kussens op haar bed liggen en staarde omhoog naar het in de bedhemel geweven patroon.

Hij dacht aan het schotschrift, dat zo vals, zo scherp en precies raak, als een slang, toesloeg om herinneringen aan verliezen wakker te maken en de woede om die verliezen weer op te wekken. De adder Sunderland, de favoriete minister van de koning, meende dat Tories moesten worden toegelaten in het kabinet. Ze zouden niet met de jacobieten hier samenzweren, zei hij, als ze een kans zagen om minister te worden. Het beleid, hen buiten te sluiten, berust op een denkfout. Is dat zo, vroeg Walpole zich af. Maak ik een denkfout?

Alleen de tijd zou het leren. Je moest vertrouwen op de tijd en op jezelf, verder was er niet veel om op te vertrouwen.

'U eet te veel geroosterd brood,' zei Annie. 'Ze heeft de hele dag te veel gegeten,' zei ze tegen hun bezoekster op Tamworth Hall. Het was Jane Cromwell, de dochter van sir John Ashford.

Rode bladeren, rode bessen, rode linten in heur haar, dacht de hertogin. Oktober is een rode maand. Vanaf de plaats waar ze zat, kon ze een bepaalde heuvel van Tamworth zien met daarop de eeuwenoude eiken, die nu hun eikels lieten vallen, met bladeren in een schitterend herfstachtige mengeling van goudgeel en karmijnrood. Jane en Barbara zaten als meisjes altijd onder de eiken en speelden met de eikels als kopjes. Elfenkopjes, hadden ze de doppen van de eikels genoemd, want de doppen waren zo klein dat boselfjes en kabouters eruit konden drinken.

Nu lagen er onder de eiken rijpe eikels op de grond, bij honderden. De vogels lieten de doppen achter, maar er waren geen kleine, vrolijke meisjes meer om ze te verzamelen en ermee te spelen. Het ene meisje was vertrokken naar de kolonie Virginia; het andere zat bij de hertogin in de salon, en had zelf vier kinderen, die op elkaar waren gevolgd als de treden van een trap. Het bevalt me niet hoe Jane eruitziet, had sir John tegen de hertogin gezegd voor hij naar Londen vertrok, vastbesloten om de Whigs bij de laatste zitting van het parlement in de luren te leggen. Er is iets aan de hand tussen Gussy en haar. Grootmama, ik moet u vragen om voor mij een oogje op Jane te houden, had Barbara gezegd, vleiend en charmant zoals alleen Barbara kon zijn. Bah, alsof zoiets haar gevraagd moest worden. Harry en Jane hadden gevreeën in de appelboomgaard. Jane was van haar, zoals alles op Tamworth van haar was.

'Moeders kolen zijn niet wit geworden,' zei Jane tegen Annie.

'Heeft ze ze op een stenen vloer gelegd?'

Ze hadden een verdrag kunnen bespreken, zo ernstig waren ze, maar het najaar was een druk en doelgericht seizoen voor een huisvrouw op het platteland: er moest jam worden gemaakt, groenten en kruiden moesten geoogst en ingemaakt worden, er moesten met bijenwas geurig gemaakte talg- en bieskaarsen worden vervaardigd, vlees moest worden ingezouten en gerookt, eieren gepekeld, aardappelen ingekuild tegen de vorst; het najaar was het seizoen van oogst en inmaak, het seizoen om voorraden aan te leggen voor de koude sneeuwrijke dagen van de winter, wanneer de vorst een rand van rijp vormde op ramen en keukenemmers.

Barbara was in Virginia waarschijnlijk ook met zoiets bezig, zijzelf of haar bedienden. De hertogin stelde zich een uitgebreid regiment bedienden voor met als achtergrond een groot, fraai stenen huis; sommige bedienden waren natuurlijk donker, zoals Hyacinthe. De hertogin zag een kleiner Tamworth voor zich als ze aan Virginia dacht.

'Heel mal,' zei Jane. 'Onderweg dacht ik een heks te zien.'

Jane, die altijd in het bezit was geweest van een lieve, verlegen glimlach, had die nog. Ze had vorig jaar een kind verloren, een jongetje van vier. Jane, die geen robbedoes was zoals Barbara, geen schurk zoals Harry, had de hertogin altijd doen denken aan de viooltjes in haar bossen, die hun verlegen gezichtjes verborgen hielden, terugschrokken voor de harde blik van de wereld, die zich erlangs spoedde en dacht, omdat hij niet het geduld had om te kijken, dat er niets te zien was. Zalig zijn de zachtmoedigen, want zij zullen de aarde beërven.

Die tekst had de hertogin nooit aangesproken. Niemand met gezond verstand zou deze aarde willen hebben, met de hebzucht en kwaadaardigheid en slechtheid die er heersten. Zalig die treuren, want zij zullen vertroost worden. Dat leek er meer op. Zorg voor Jane, grootmama. Dat had Barbara, aan wie de hertogin haar hart had verpand, haar opgedragen. Zelfs bosviooltjes moesten hun kans krijgen.

'Heksen bestaan niet. Bijgelovige onzin. We leven in 1721, niet in 1621,' zei ze.

'Zigeuners,' zei Annie. 'Ik heb gehoord dat er zigeuners in de buurt zijn.'

'Laat Perryman de staljongens waarschuwen om goed op te letten, Annie. Ik wil niet dat er zigeuners in mijn bossen kamperen. Ze stelen als raven.'

'Ja,' zei Jane. 'Ik heb waarschijnlijk een zigeunervrouw gezien in het bos.'

'Ik denk erover,' zei de hertogin, 'om Barbara ganzen, schapen, een kaaspers en bijen te sturen.' Hoewel haar imker daar
moeilijk over deed.

'Ik mis Barbara vreselijk,' zei Jane.

'En ik denk erover om een kruidentuin aan te leggen voor de
lente. Ik ben natuurlijk oud. Niet zo sterk als vroeger. Ik ben snel
afgeleid, mijn gedachten dwalen af, Jane. Engelwortel en anijs
voor de kruidentuin... misschien ook brem en balsem.'

'Ik zou u kunnen helpen, zolang ik hier ben.'

'Karwij en kamille.'

'Smeerwortel, koriander en sleutelbloem,' zei Jane.

Jane praat me naar de mond, dacht de hertogin, in mijn kinds-
heid. Goed, dat heb ik nodig, en voor mij moet ook gezorgd worden. We krijgen wel weer een blos op die wangen, Janie, reken
maar. Je zult weer opbloeien in de herfstzon van Tamworth, als
je mijn kruidentuin aanplant. Je gedachten zullen met iets anders
bezig zijn dan rouw.

'Ik heb een recept voor sleutelbloempudding in het oude receptenboek van mijn moeder; je hebt nog nooit zoiets lekkers geproefd. Polei, pioenen en viooltjes. Rozemarijn en wijnruit.'

'Wijnruitwater doodt vlooien,' zei Annie.

'Doornappel en tijm. Ik heb een mooi liedje gemaakt, Jane,' zei
de hertogin. 'Je moet de kruiden oogsten op een mooie, droge
dag, alleen de beste planten. Laat ze in de schaduw drogen. Doe
ze in zakken om te drogen, en doe ze als ze verkruimelen, in potten met wijde halzen...'

'... goed afgesloten potten,' vulde Annie aan.

Jane keek neer op haar handen. 'Ik moet maar steeds denken
aan Jeremy.'

Jeremy was het kind dat gestorven was. Natuurlijk moest Jane steeds aan hem denken.

'Hij was altijd bang in het donker. Soms droom ik 's nachts
dat hij me roept. "Mama," zegt hij dan, en ik word wakker en
heb het gevoel dat het kistje te nauw is, dat de zijwanden tegen
hem aandrukken. Hij was bang in het donker.'

'Ik moet een goede kruidentuin hebben. Je zult wel moeten werken als je eraan meehelpt. Lijkt het je iets om een poesje mee te
nemen voor je kinders? Dulcinea, zullen we Jane een van onze
kleine poesjes geven?' Dulcinea was de kat van de hertogin. De
hertogin noemde al haar katten Dulcinea.

'Vader zou...'

'Er bezwaar tegen hebben? Helemaal vanuit Londen? Zolang

het poesje maar geen Whig is, denkt hij heus niet aan ons. Laat je vader maar aan mij over.'

Ga naar Tony toe, had ze tegen sir John gezegd, en geef hem deze brief. In de brief stond dat het haar wens was dat sir John Tamworth bleef vertegenwoordigen in het Lagerhuis. Ze gaf ook haar mening over de mannen op de verschillende andere landgoederen die Tony bezat, maar voegde er genadiglijk aan toe dat Tony, nu hij hertog was, mocht doen wat hij wilde, behalve wat sir John betrof. Ze schreef hem om hem de weg te wijzen, zei ze, want bij de vorige verkiezing van Lagerhuisleden, zeven jaar geleden, was hij nog een jongen geweest. 'Je hebt mannen nodig die je kunt vertrouwen,' schreef ze. 'Je hebt mannen nodig die zullen stemmen zoals jij hen vraagt te stemmen, wanneer er een wet is die je aangenomen wilt hebben. Je zult je ervan moeten vergewissen dat ze dat goed begrijpen, want ze blijven zeven jaar zitten, en in zeven jaar kan een man onafhankelijk worden van zijn landheer, als hij er niet aan wordt herinnerd dat dat niet gaat.' Ze had de namen opgeschreven van mannen met wie hij volgens haar moest gaan praten, mannen die gewend waren invloed uit te oefenen door middel van de Lagerhuisleden die ze in de hand hadden. 'Of je een Whig of een Tory bent,' had ze geschreven, 'maakt mij niet uit, zolang je maar handelt in het belang van deze familie, en zolang je maar mannen uitkiest die dat van hun kant ook zullen doen.'

'Brieven.'

Tim, haar lakei, die naar het dorp was geweest om brieven te halen, stapte de kamer binnen. Met zijn gehavende grijns – zijn twee voortanden waren in het midden afgebroken – boog hij en legde een brief in haar schoot.

Hij was van Tony. Het hart van de hertogin klopte als dat van een jong meisje. Juni, juli, augustus, september, oktober. Eindelijk had hij haar Barbara vergeven. Op de tiende oktober, dacht de hertogin bij zichzelf met vreugde in haar hart, verzoenden mijn kleinzoon en ik ons. Ze scheurde de brief naast het zegel open.

'Ik zei toch dat hij zou schrijven. Mijn botten. Ik heb het in mijn botten gevoeld,' zei Annie tegen Jane.

Een duel. Hij ging duelleren en vroeg of ze voor hem wilde bidden als hij stierf. Stierf? Tony kon niet sterven. Er zou een bruiloft komen, en verkiezingen. Plotseling zag ze Tony, hoe hij vorig voorjaar naast haar bed had gezeten en kalm over Barbara's problemen sprak. Ze herinnerde zich de kracht in dat gezicht, en de stille hartstocht. Opeens raakte ze bevangen door een geweldige angst, gecombineerd met schrik; ze kreeg geen adem meer; ze klauwde in de lucht voor haar, en de kat op haar schoot sprong weg. De wereld tolde om haar heen. Alle gezichten doemden vergroot op, Jane, Tim, Annie, met monden die allemaal tegelijk dingen zeiden die ze niet kon horen. Waarom mompelden ze zo dat ze het niet kon verstaan, ze wisten toch dat ze oud was?

Richard, dacht ze, door hun domheid ga ik nu vallen. Vang me op.

'Wat is dat?' De hertogin trok het linnen laken koppig voor haar mond.

'Het is een siroop van viooltjes tegen de koorts,' zei Annie.

'Ik heb geen koorts.'

'U voelt veel te warm aan! Ik heb zelf aan uw voorhoofd gevoeld. En aan uw wang. U voelt veel te warm aan!'

Het was niets voor Annie om zo geëmotioneerd te doen. De hertogin opende haar mond voor de siroop. Haar hart deed pijn, een knellende band van verdriet zat eromheen. Viooltjessiroop hielp niet tegen hartepijn. Maar daarmee hoefde je bij Annie niet aan te komen.

'Is Jane er nog?'

'Natuurlijk is ze er nog! U moet slapen. U moet...'

'Laat haar bij me komen; daarna ga ik slapen.'

In de antichambre kwamen Tim en Perryman, de huismeester, naar Annie toe en dromden om haar heen als een paar vogels van wie het humeurige jong uit het nest is gevallen.

'Wat heeft...'

'Is de hertog...'

Annie duwde hen opzij om naar Jane toe te gaan. Natuurlijk was de hertog niet dood. Als hij dood was geweest, hadden ze het al geweten. Dan zou er een speciale boodschapper zijn gestuurd. De brief was vóór het duel geschreven, begreep Annie, voor het geval dat het ergste zou gebeuren, en een stomme bediende had hem bij vergissing toch verzonden.

'Ze wil u zien,' zei Annie tegen Jane, en tegen de mannen zei ze nors: 'Ik kom dadelijk bij jullie.'

Annie bracht Jane de slaapkamer binnen. De gordijnen waren dichtgetrokken, het was stil in de kamer. 'Vermoeit u haar niet te veel.'

Met een werveling van rokken was Annie weer weg. Jane ging voorzichtig op het grote bed zitten.

'Ik heb Barbara naar een paradijs gestuurd,' zei de hertogin.

'In Virginia groeien druiven en populieren, pijnbomen en ceders. Hout groeit bij iedereen voor de deur, en zo snel dat het zeven jaar nadat het is gekapt alweer brandhout oplevert. Er zijn kersen, pruimen en dadelpruimen. Ik mis Barbara, Jane. Ze was het licht in dit huis – onze kaars, noemde Annie haar. "Daar gaat onze kaars." De hertog van Tamworth houdt van haar. Wist je dat? Hij heeft me niet vergeven dat ik haar heb weggestuurd. Maar het was het beste voor iedereen. Waarom wil niemand dat inzien? Dat ik altijd doe wat voor iedereen het beste is. Herinner je je nog die keer dat Barbara en Harry en jij mijn varkens brandewijn hadden gevoerd? Ik dacht dat de knechts het bestierven van het lachen. En het was ook nog mijn beste brandewijn.'

'Dat duel?'

'Als Tony dood was, zouden ze er al bericht van hebben gestuurd.' U dacht dat ik voor haar niet goed genoeg was, grootmama, zei Tony in haar gedachten, maar dat ben ik wel. Het deed pijn zich die woorden te herinneren.

'Ik vertelde Jeremy altijd over mijn avonturen met Barbara en Harry. Op het laatst vertelde ik ze telkens opnieuw omdat ze hem schenen te troosten. Hij is in mijn armen gestorven,' zei Jane.

'Waar zou hij beter kunnen sterven?'

Een vrouw was geen samenstel van stenen wielen en houten palraderen. Dat alleen gesmeerd hoefde te worden om altijd te blijven draaien. Elk kind dat ze ter wereld bracht had tijd nodig om in haar te groeien, nam kracht uit haar weg. Ik zal zeer vermeerderen de moeite uwer zwangerschap, had de Heer gezegd. Met smart zult gij kinderen baren. Hij had gemakkelijk praten. Hij hoefde ze niet te baren, en Hij hoefde ze niet te begraven. 'Zorg voor Jane, grootmama,' had Barbara haar opgedragen. Maar nu leek het er eerder op dat Jane voor de hertogin zorgde.

'Zie je die miniatuur daar,' wees de hertogin, en Jane pakte een portretje van de tafel naast het bed. 'Mijn zoon, Giles, was de enige van de drie die op mij leek; de anderen waren helemaal kinderen van Richard Saylor. Maar Giles was mijn kind, klein, donker en pienter. Hij is aan de pokken gestorven, Jane. Hij was op kostschool, en we hadden gehoord dat er in die buurt pokken waren, en ik heb Perryman erheen gestuurd om hem te halen, en hij bracht hem inderdaad thuis, maar in een doodkist. Ik heb hem niet meer gezien voor zijn dood. Ik heb geen van mijn jongens gezien voor hun dood. Dus je ziet het, Jane, je hebt het beter getroffen dan ik, want jouw Jeremy is tenminste gestorven met de liefhebbende armen van zijn moeder om hem heen.'

Jane veegde een traan weg.

Ja, huil maar, dacht de hertogin, toe maar. Laat niemand je vertellen dat je niet moet huilen. Dat vertellen ze je namelijk. Haar gedachten gingen naar Richard. Zijn verdriet, zijn schuldgevoel was naar binnen geslagen, was in waanzin omgeslagen, en had hem dag na dag verteerd tot ze tenslotte haar gouden man had verloren en zijn krankzinnige schim had begraven. Ze zou nooit van iemand houden zoals ze van Richard Saylor had gehouden. Bosviooltjes en leeuwenharten, onverbiddelijk aanbiddelijk. Houd mijn hand vast, Jane, en laat mijn ouderdom troost vinden in jouw stralende jeugd.

In de antichambre zei Perryman tegen Annie: 'Ze is...'

'Warm! Ze heeft waarschijnlijk koorts!' Annie keerde zich woest tegen Tim als een bruine wervelwind. 'Heb je geen verstand in je kop? Haar zomaar die brief geven!' Ze mepte naar hem, en hij weerde haar met geheven armen af. Haar klappen zouden hem niet gedeerd hebben; hij was twee keer zo groot als zij. 'Geef in het vervolg alle brieven voor haar aan mij! Al haar brieven, hoor je!'

'Dat zou niet gepast zijn,' zei Perryman. 'Ik denk niet dat ik dat kan toestaan. Ik ben rentmeester van dit huishouden.'

'"Kan toestaan"! Dikke, ouwe kapoen dat je bent! Je bent niets! Ik ben de kamenier van de hertogin! Ik weet wat het beste is!'

Toen barstte Annie tot hun verbazing in tranen uit en rende de deur van de antichambre uit. Tim keek haar verbluft na; hij had haar nooit eerder zien huilen. Hij wist niet dat de Heer haar traanbuizen had gegeven.

'Je zult de brieven van de hertogin blijven bezorgen als altijd,' zei Perryman na een ogenblik waarin ze beiden sprakeloos waren. Uiteraard herstelde Perryman zich als eerste. 'Maar als er een bij is van zijne genade de hertog, zul je me daarover inlichten, zodat ik hare genade erop kan voorbereiden.'

Tim, een grote, flinke, vrolijk uitziende kerel, zei niets. De brieven aan Annie geven. De brieven aan Perryman geven. Ha. De hertogin zou hem met een botte bijl de kop afhakken als hij dat deed, en die twee zouden erbij staan kijken wanneer zijn kop over het gras rolde, en Perryman zou zeggen: 'Daar kan ik niets aan doen' en Annie: 'Geef hem nog een klap met die bijl'.

Een prachtig schotschrift, dacht Slane, die als een leeuw door zijn kamertje ijsbeerde terwijl Rochester en anderen het invasieplan bespraken. Heel Londen gonsde van het nieuws over de hertog van Tamworth en over het duel. De details, die duidelijk in het schotschrift stonden, waren dan ook verrukkelijk. Iedereen had het over de South Sea Bubble, over wie wat had verloren. Gekonkel en leugens, dat herinnerde men zich graag.

Tony zat in een kleine antichambre van St. James's Palace te wachten tot de koning hem zou ontvangen, volgens de oproep die hij had gekregen. Het plafond was versierd met fraai stucwerk als omlijsting van allegorische schilderingen, die bestonden uit de gebruikelijke nimfen in wapperende, doorschijnende gewaden, en de onvermijdelijke strijders in hun zegewagens. Tony staarde omhoog naar een van die nimfen, maar zijn gedachten waren niet bij wat hij zag, helemaal niet. Er was zijn leven geweest voor het duel, en er was zijn leven nu. Het leek alsof hij nergens kon komen zonder te merken dat er iemand naar hem keek. Gefluister verstomde wanneer hij een kamer binnenkwam, en begon dan weer. Masham was ernstig ziek – koorts in het bloed, zei de dokter.

Vergeef me, zei Tony tegen Masham, want hij was hem sinds het duel dagelijks gaan bezoeken. Er valt niets te vergeven, zei Masham. Ik was een dronken idioot. Het duel had Mashams geest buitengewoon helder gemaakt, net als Tony's geest. Het spijt me erg dat de naam van je nicht zo over de tong gaat, zei Masham.

Masham weigerde met iemand te praten, weigerde toe te geven dat er een duel was geweest. Tony deed hetzelfde. Maar soms, wanneer hij zichzelf in het oog kreeg in een spiegel – en er was geen groot huis in Londen dat niet kon bogen op een spiegelwand – wist hij niet wie hem daar aanstaarde. Hij vond het afschuwelijk dat er over hem gekletst werd, maar dat er over Barbara gekletst werd, was nog erger. Ze zeiden zulke gemene dingen. Er scheen nooit zo'n wulpse vrouw te hebben bestaan als Barbara.

Daarom had hij het gevoel dat hij haar in de steek had gelaten. Hoewel hij wel wist dat ze het hem zou vergeven, wist hij niet of hij het zichzelf kon vergeven. Had het duel nog maar een paar dagen geleden plaatsgevonden? Het leek een heel leven. En die stomme knecht van hem had de brieven verzonden, zodat zijn moeder en zuster al dagen in tranen waren. Je had wel dood kunnen zijn, zeiden ze huilend tegen hem. Hoe kon je? Barbara is slecht voor iedereen.

Achter hem hoorde hij iemand opmerken: 'Ja, de meest linkse nimf vertoont inderdaad een zekere gelijkenis met de goddelijke Barbara.'

Tony keek om naar wie dat had gezegd. Tommy Carlyle. Een beer van een vent, met rouge op zijn gezicht als een vrouw, op schoenen met dieprood gelakte hakjes, wat erop wees dat deze modieuze heer al wat ouder was. Jonge mannen droegen die niet meer. Carlyle ging zitten op een van de met zijde overtrokken bankjes, sloeg zijn benen over elkaar en bewonderde de strikken op zijn schoenen.

'We vernamen dat men je gisteren uit Holles House heeft zien komen. Hoe gaat het met Lord Holles en zijn gravin – en met je schattige aanstaande bruidje?'

Carlyle speurde naar nieuws, als een echte roofvogel. Tony hield zijn gezicht strak. Het leek de laatste dagen wel of zijn gezicht vastgevroren was. 'Heel goed, dank je.'

'Je kunt het me net zo goed vertellen, want ik kom er anders toch wel achter. Gaat het huwelijk door of niet? Ik ben je vriend, meer dan je denkt, Tamworth.'

Ik schijn het beetje rede dat ik had kwijt te zijn, dacht Tony bij zichzelf, want ik heb zin om het hem te vertellen. Carlyle zou nog geen geheim kunnen bewaren als zijn tong werd weggenomen.

'Ik heb de eer Harriet over een jaar mijn bruid te mogen noemen.'

Er was veel dat hij Carlyle niet vertelde: de vernedering in de salon op Lord Holles te moeten wachten als een ongehoorzaam jongetje; dat hij Harriets vader de waarheid had verteld, terwijl het excuus hem als een prop in de keel stak. Dat hij had gevraagd of hij Harriet mocht zien om haar zijn excuses te maken, wat niet werd toegestaan.

De hertog van Wharton was haar neef. Hij zou Wart vragen haar een persoonlijke brief van hem te brengen. Daarin vroeg hij haar om vergeving voor zijn gedrag en zei dat, hoewel haar vader het huwelijk alleen een jaar had uitgesteld, zij zich alsnog terug kon trekken als ze dat wilde. Hij zou haar wensen laten prevaleren boven die van haar vader. Dit leek hem niet meer dan billijk.

'Moet ik je daarmee feliciteren of condoleren? Je bent een krent in de pap, beste hertog. Al was je onnozel en kreupel, dan zouden ze nog hun dochter aan je uithuwelijken.'

'Ik heb niet de wens het huwelijk af te gelasten.'

Carlyle zweeg een ogenblik om dit te verwerken. Toen zei hij: 'We vernemen dat een zekere bankier Devane Square heeft bezocht: sir Gideon Andreas die, zoals ik je niet behoef te vertellen,

ook bekend is als Midas Andreas. Sir Gideon is een van de be-
heerders die de activa moeten verkopen die van de South Sea-di-
recteuren zijn verkregen om hun boetes te betalen. De leden van
die raad zullen wel het een en ander in hun eigen zak steken, zou
ik denken. Zou hij erop uit zijn Devane Square voor zichzelf te
verwerven, denk je? En ik kan zweren dat ik heb gemerkt dat de
ijver waarmee Walpole, onze dikke heerboer uit Norfolk, op-
treedt in de debatten over de boetes voor de directeuren, een iet-
sepietsje is verslapt, met name wat betreft de boete van Roger.'

'Roger en Walpole waren vrienden.'

'En vrienden verraden elkaar nooit, bedoel je dat? Eigenbelang
komt nooit op de eerste plaats?'

'Beweer je dat Walpole Roger niet heeft verdedigd? Zo kun je
het ook interpreteren. Maar ik zag een man die redde wie hij kon,
een man die daarvoor nu de prijs betaalt dat het volk hem haat.
Ik dacht dat Walpole en jij vrienden waren.'

'Ah, daar komt de lakei van de koning aan. Je hebt een onderhoud met Zijne Majesteit, nietwaar? Ja, dat weet ik ook. Vervelend hè, dat ik alles weet. De mensen praten, en ik luister. Je moet
nog veel leren, beste hertog, over politiek en intriges. Zal ik je le-
raar zijn? Eerste les, Tamworth: sommigen komen omhoog door
hun slechtheid, en sommigen komen ten val door hun goedheid.'

Een bediende stond zwijgend in een deuropening. Tony stond
op. 'Geldt dat ook voor jezelf?'

'Natuurlijk.' En toen zei Carlyle, tot Tony's verbazing: 'Kom
bij me langs wanneer je wilt. Ik begrijp beter dan wie ook wat
verraad is, en wat vriendschap is.'

In de privé-vertrekken van het paleis maakte een Turkse soldaat die een van de persoonlijke bedienden van de koning was –
de koning werd hatelijk aangeduid als de heer die twee Turken
hield – een buiging voor Tony en opende een deur die deel uitmaakte van een gelambrizeerde muur. Heel even hoorde Tony de
klanken van een zingende vrouw – ze had een aangename stem
– en de hoge, scherpe tonen van een klavecimbel. Door de deur
kon hij een korte blik werpen op een koninklijk huiselijk tafe-
reeltje. Een jonge vrouw, een van de nichtjes van de hertogin van
Kendall, zong als een menselijke zangvogel voor de componist
Handel, die met haar aan het klavecimbel stond. De hertogin zelf,
haar magere armen en hals getooid met schitterende juwelen,
stond bij een reusachtige vogelkooi, die de vorm had van het
poortgebouw in Tudor-stijl van dit paleis. De vogels in de kooi
zongen ook.

Tony zag nog net de mond van de hertogin bewegen; ze zei: 'Luister.' De man tegen wie ze sprak, was Robert Walpole. De koning trad naar voren door de deur; hij had zijn hofnar bij zich, een dwerg, meegebracht uit Hannover. Dat was ook iets waarmee iedereen de spot dreef, dat de Hannoverianen zo barbaars waren dat ze nog hofnarren hadden.

De deur sloot zich weer achter hen. Tony kon nog gedempt de muziek horen rijzen en dalen, de stem met de melodie en het klavecimbel met de tegenmelodie.

'Mooie muziek, Uwe Majesteit,' zei hij met een buiging.

Zijn hart klopte als een trommel die soldaten opriep tot de strijd. De mogelijkheid was levensgroot aanwezig dat de koning hem zou vragen zijn plaats op te geven als een van de heren in dienst van de prins van Wales. Dat zou nog het dichtst bij een straf komen. Een echte straf hoefde Tony niet te verwachten, aangezien Masham niet toegaf dat er een duel had plaatsgevonden, en hij ook niet, en er dus geen duel was geweest. Er was alleen een schotschrift waarin sprake was van een duel.

'Mooie muziek van een mooie jonge vrouw.'

De koning sprak Frans. De heer uit Hannover, zoals de koning werd genoemd wanneer iemand hem wilde beledigen, had een lange neus en kwabbige wangen, beide het voorwerp van spot in de nieuwsbladen. Maar zijn ogen, heel licht van kleur, waren schrander en niet onvriendelijk.

'Uw gedrag...' De koning had samen met Tony's grootvader, met Marlborough en prins Eugene en Willem van Oranje, gestreden tegen de geweldige ambities van Lodewijk XIV van Frankrijk. 'Uw gedrag valt ons tegen. Ik denk dat het uw grootvader ook tegen zou vallen. Hij was een eerbaar man, en meer dan dat, hij was een grand seigneur.'

Die uitdrukking stond voor iets meer dan een 'gentleman'. Het betekende iemand die edel was in de ruimste zin van het woord, in elk aspect van zijn gedrag, die zich strikt hield aan de regels van zijn klasse en geboorte, die zich altijd gedroeg zoals hij zich behoorde te gedragen, naar eer en geweten. Tony voelde het bloed naar zijn wangen stijgen. Hij hield zijn ogen gevestigd op de schoenen van de koning, met hun vierkante neuzen, hun zilveren, met diamanten bezette gespen en hun rode hakken – nu het teken van oude mannen, die rode hakken.

'Hij is nog jong.'

De koning sprak alsof Tony er niet bij was. 'Zo is de jeugd nu eenmaal. Impulsief. Vurig. De familie van mijn goede Lord Devane heeft al genoeg geleden. Zeg hem dat. Zeg hem dat ik verlang dat hij zich verstandig gedraagt. Zeg hem dat hij de dame in kwestie geen goed doet door zich te misdragen. Vraag hem of ze in de kolonie is aangekomen. Vraag hem of er al bericht van haar is. Zeg hem dat ik haar een boodschap heb gezonden van mijn welwillendheid. Zeg dat tegen hem.'

'Er is geen bericht,' zei Tony.

'Ik zal zorgen dat de boete die haar nalatenschap is opgelegd, verminderd wordt, Tamworth. Maar niet nu, nu er in de straten een zeker schotschrift rondgaat dat brult hoe hebzuchtig ik ben, dat de mensen die ik liefheb liederlijke klaplopers noemt. Jullie Engelsen zijn wreed. We houden ons nu al meer dan een jaar bezig met de South Sea Bubble; we moeten ons weer aan andere zaken gaan wijden. Maar dat gerucht over een duel is door gewetenloze mannen gebruikt om oude zaken weer op te rakelen, om verdeeldheid te zaaien. De mensen worden weer herinnerd aan wat ze menen geleden te hebben. We hebben allemaal geleden.'

De koning was uitgesproken. De dwerg maakte de deur voor hem open, en de muziek werd weer luider hoorbaar. De deur ging dicht en alles werd weer gedempt. Tony was alleen achtergelaten.

Het gesprek was niet verlopen zoals hij had verwacht. Wat verwachtte ik, dacht Tony, een soort straf? Dat de koning hem uitschold, hem vertelde dat hij een dwaas en een heethoofd was, zoals de prins van Wales zou hebben gedaan? Lord Holles zei ook niet: 'U bent geen man voor mijn dochter' maar alleen: 'Laten we enige tijd wachten, tot de geruchten zijn verstomd.'

Sommigen komen omhoog door hun slechtheid, en sommigen komen ten val door hun goedheid.

Hij liep onder het poortgebouw van St. James's Palace door, al denkend aan zijn volgende taak. Zijn tante Diana was gisteren uit Hampton Court in Londen aangekomen, en had het sindsdien buitengewoon druk gehad.

'Schat,' zei Diana, boven Tony over de trapleuning hangend en hem daarbij een onthutsend uitzicht op haar borsten gunnend. De rouge op haar lippen was karmijnrood. Ze droeg diamanten en saffieren, en ze was mooi – opmerkelijk, eigenlijk – in het kaarslicht.

'Ik ben bij je langs geweest,' zei ze, terwijl ze de trap afliep en hem vriendelijk haar handen toestak. Ze had vriendelijk tegen hem gedaan sinds ze te weten was gekomen dat hij met Barbara wilde trouwen. 'Maar je moeder zei dat je niet thuis woonde.'

'Ik moet met u praten, tante.'

'Natuurlijk. Maar ga eerst met mij mee naar boven; laat me je mijn gasten voorstellen...'

'Nee, alstublieft, nu meteen.'

Ze stak haar arm door de zijne en bracht hem naar een salon. 'Je ziet er vreselijk uit, schat, moe en akelig. Je doet me opeens aan je vader denken. Ik heb in geen jaren aan hem gedacht. Hij was mijn liefste broer.'

'Ik ben vandaag bij Tom Masham geweest om te zien hoe hij het maakte.'

Ze wendde haar ogen niet af en begon ook niet iets anders te doen, dat moest hij haar nageven. Ze wist wat er ging komen, en bood hem het hoofd.

'Hij zei dat u bij hem was geweest, en hem muntgeld had geboden om niet toe te geven dat er een duel was geweest. U bent ook bij Lord Holles geweest. Hij wilde me niet vertellen waarover u met hem hebt gesproken, maar hij heeft me wel gevraagd of ik eerdere verplichtingen had waardoor ik gebonden was, of die me later in verlegenheid zouden kunnen brengen. Ik heb geen idee wat u tegen hem te zeggen had.'

'Wil je Barbara of niet?'

De vraag benam hem de adem.

'Want als je haar niet wilt, moet je me dat nu zeggen, dan laat ik je precies doen wat je wilt. Dan mag je jezelf suf zuipen, hoereren tot je vroeg sterft aan de Franse pokken, en voor het altaar staan om met dat stomme wicht van Holles te trouwen, waarmee je je in de korste keren doodverveelt. Ik zal geen vinger uitsteken om je tegen te houden. Maar als je mijn dochter wilt hebben, kun je beter goed naar mij luisteren. Op dit moment zitten in mijn salon enkele mannen van de Raad voor Handel en Plantages, en bovendien nog een paar Virginianen. Waarom denk je dat ik hun gezelschap verdraag? Niet omdat ze zo geestig of charmant zijn, kan ik je verzekeren. Het is omdat ik denk dat ze Barbara misschien kunnen helpen, en omdat ik alles zal doen wat ik kan om haar vanuit deze kant van de wereld te helpen. Als dat betekent dat ik me schuldig moet maken aan moord en doodslag, moet dat maar. Zij is het enige kind dat ik nog heb, en ik wil alles voor haar, Tony. Ik wil alles wat dit leven een vrouw te bieden heeft. Ik wil dat haar schuld wordt kwijtgescholden. Ik wil zekerheid voor haar in een huwelijk zoals ze verdient. Kinderen, huizen, japonnen, juwelen, wat ze maar verlangt. Ze zal haar dagen niet slijten in afhankelijkheid en...'

'Ze zal haar dagen ook niet slijten als hertogin van Tamworth.'

'Maar... Je hebt toch om haar hand gevraagd...' Diana begon warempel te stotteren.

'Ze heeft indertijd voor ons beiden een beslissing genomen. Het was een juiste beslissing, besef ik nu.'

Zijn hoofd voelde alsof er een groot vuurwerk in was ontstoken dat hem helemaal wegvaagde.

'Zegt u mij dit: dacht u dat ik haar, als maîtresse of als mijn vrouw, met de prins zou delen? Hoorde dat bij uw plan?'

'Natuurlijk niet. Ik zou nooit...'

'U hebt haar op haar vijftiende uitgehuwelijkt aan de hoogste bieder. U hebt haar liaisons aangemoedigd; u hebt haar de prins voorgehouden alsof ze een lekkere kluif was, en hij de hond die van haar mocht genieten. Voor wie denkt u dat Barbara is gevlucht, tante Diana? Niet voor mij. Ik ben niet de eerste man die zich om haar als een dwaas gedraagt, en ik zal de laatste niet zijn. Ze was niet bang voor mijn hartstocht. Ze was niet bang voor míj. Ik denk dat ze gevlucht is voor u en voor uw grenzeloze, liefdeloze ambities, ambities die u er nu toe hebben gebracht te handelen op een wijze die ik niet zal aanmoedigen. Ik heb verplichtingen die verder gaan dan verlangen. U zult mij niet betrekken bij uw ambities, tenzij ik u daarvoor uitdrukkelijk toestemming geef. En ik geef geen toestemming. En u zult zich nooit meer met mijn zaken bemoeien.'

De lakei in de hal moest rennen om de deur op tijd voor hem te kunnen openen. Buiten bleef hij even staan voor hij een rijtuig wenkte om hem naar de rand van de stad te brengen, naar Devane Square.

Carlyles woorden spookten door zijn hoofd. Wat zou Midas Andreas daar zoeken, de man die alles wat hij aanraakte in goud veranderde? Toen hij er aangekomen was, wandelde Tony over een van de klinkerstraten van het onvoltooide plein, dat nu overwoekerd was met onkruid, bezaaid met gapende gaten waar eens bomen hadden gestaan. Iedereen in Londen had in de tuin gewandeld die hier vroeger was geweest; Roger had uit de hele wereld planten laten aanvoeren. Slechts aan één kant van het plein waren stadshuizen gebouwd. Die stonden er nog, zij het ontdaan van hun fraaie inrichting binnen. Er stond ook een kleine kerk, ontworpen door sir Christopher Wren. De kerk en de huizen stonden in eenzame pracht tegenover elkaar in de velden tussen de weg en Hyde Park. Voor de ramen waren planken gespijkerd, de voordeur was met een ketting afgesloten. De decoratie van het interieur van de kerk was nooit voltooid.

Tony liep naar een fontein achter de kerk, waar de toegangspoort van het huis had gestaan. De fontein was begroeid met mosplakkaten, de stenen figuur van een nimf was bedekt met mosplakkaten. Het huis had hier gestaan, maar er restte nu niets anders dan stukken gebroken baksteen van de muur die eromheen had gestaan. In de verte kon je de kerktoren van het gehucht Marylebone zien. Elke plant, elk ijzeren ornament, elke vensterbank – alles, alles was verkocht om de boete te betalen, of was opgeslagen in een pakhuis.

De zon spiegelde zich in het water van een lange, rechthoekige vijver. Verdwenen waren de honderd sinaasappelbomen in houten kuipen, de kleine, volmaakte stenen Tempel der Kunsten die Roger opzij had laten bouwen, als een zomerpaviljoen, om zijn verzameling schilderijen en beelden in onder te brengen.

De klok in de kerktoren van Marylebone begon te beieren. Andreas denkt waarschijnlijk dat de stad deze kant opkomt, dacht Tony. De grondprijzen waren nu laag; er werd niet veel verkocht. Er werd niet gebouwd. Waar gebouwd werd, was de bouw gestaakt.

'Zie hoe een listige, vuile bedrieger Britannia's beurs leeghaalt door middel van de bedrieglijke listen van South Sea.' Zo luidde het onderschrift bij een populaire houtsnede; het afgebeelde gezicht van een directeur van de South Sea Company was dat van Roger. Hij was een van de voornaamste zondebokken van de crisis. Ik heb gedaan wat ik kon, had Walpole vermoeid gezegd. Het getier tegen Roger was te luid. Geef me een jaar, Tamworth, of twee misschien, en ik zal zorgen dat de boete wordt verminderd. Ze hoeft het maar een jaar of twee vol te houden.

Een vrouwenfiguur rees op uit een schelp in het midden van de fontein, net als op het beroemde schilderij van Botticelli van Venus die uit de zee oprijst, maar hier waren de gestalte en het gezicht van de vrouw die van Barbara. Tony stak zijn hand uit om het mos aan te raken dat haar ene slanke been bedekte.

Wat had Carlyle voor?

Carlyle en Walpole waren lang vrienden geweest. Walpole had wel een hoge prijs betaald voor zijn plaats in het kabinet; maar alles had zijn prijs. Tony betaalde zelf ook een prijs voor het feit dat hij een hertog was. De prijs was dat hij plicht en erfgoed boven liefde moest stellen.

Maar die prijs bracht op zijn beurt weer privileges mee. Het scheen dat niemand meer zou doen dan hem een vermanende vinger voorhouden. Zelfs Masham vergaf hem. Het leek zelfs waarschijnlijk dat Masham en hij vriendschap zouden sluiten. Ze hadden daar vandaag nog om gelachen.

'Ik voel me een lappenpop waar het zaagsel uit gelopen is,' had Masham gezegd, met een hoge kleur van de koorts. 'Ik ben helemaal veranderd, ik zweer het je, Tamworth. Jij niet?'

Het karakter van helden, stof voor legenden. En voor gokkers, aan de kant van mijn grootmoeder, dacht Tony. Spelers. Mijn vader was niet veel meer dan iemand die met grond en gebouwen gokte, had zijn grootmoeder een keer gezegd. Het was interessant te proberen je de toekomst voor te stellen, te bedenken naar welke kant een stad zich zou kunnen uitbreiden.

Ik zal de volgende paar dagen door Londen rondrijden, dacht hij, om te bekijken wat er gaande is, zodat ik ervoor kan zorgen dat Barbara profijt heeft van de grond waarop ik nu sta; ze mag niet meer verliezen. En dan ga ik weg uit de stad; ik maak een rondreis langs mijn landgoederen, om kennis te maken met de mannen die komend voorjaar zetels willen in het Lagerhuis. Maar eerst ging hij naar huis om twee brieven te schrijven: een aan Harriet, en een aan zijn grootmoeder, met wie hij niet langer gebrouilleerd was. Dat was tenminste door deze hele toestand bereikt.

Terwijl een kerkklok vlakbij tien uur sloeg, liep Tony door de donkere straten naar het huis van zijn tante Shrew. Hij voelde zich bijna gelukkig. De brief aan zijn grootmoeder was geschreven. Hij floot een deuntje terwijl hij de trap beklom naar de salon van tante Shrew. Zoals hij al had gedacht, zat ze te kaarten met haar minnaar. Ze waren beiden overdadig gekleed, zij met een belachelijk jeugdige, kastanjebruine pruik op die in krullen op haar benige schouders viel, overal waar ze maar een plekje kon vinden juwelen, het gezicht besprenkeld met de gebruikelijke portie witte poeder, rode rouge en donkere moesjes.

Pendarves zag er al even schitterend uit met een donkere jas en een grootse pruik. Tony kende hen goed genoeg om te weten dat ze niet veel meer hadden gedaan dan een ritje maken in hun rijtuig en het avondmaal opeten. Meer zou te veel tijd van het kaarten afnemen. Toen tante Shrew Tony zag, glimlachte ze, en wuifde naar hem met een arm die aan elke vinger een ring toonde, en armbanden tot aan haar elleboog. Ze vond het heerlijk te rinkelen en rammelen van de juwelen. Ze was trots op haar juwelen. Ik weet mijn minnaars te kiezen, pochte ze tegen haar achternichten, die haar achter hun waaier uitlachten maar dat nooit openlijk zouden durven doen, en mijn minnaars weten mijn juwelen te kiezen.

'Kijk eens naar Lumpy,' zei ze. 'Hij is in bad geweest en zou met de koningin naar bed kunnen. Je ziet er uitgeput uit, jongeman. Hoe ging je gesprek met Zijne Majesteit? Moet ik naar de Tower om je te bezoeken?' Ze kakelde en speelde met veel armbandgerinkel een kaart uit.

'Hij heeft me gevraagd niet meer te duelleren.'

'Een redelijk verzoek, moet ik zeggen. Je bent me nog twintig pond schuldig.'

Tony ging achter haar staan zodat hij haar kaarten kon zien. Hij boog voorover en kuste de bovenkant van haar pruik, met een lichte glimlach om wat ze in haar hand hield. Ze ging winnen.

'Je bent me twintig pond schuldig, neef, geen penny meer, geen penny minder. Laat die Harriet Holles maar zitten, nu er toch een schandaal aan je kleeft, trouw met een Tory en ik zal je de schuld kwijtschelden, je in mijn testament al mijn geld nalaten en met blauw satijnen schoenen komen dansen op je bruiloft.'

'Ik dacht dat de goudsmid er met uw geld vandoor was gegaan, tante Shrew. Sir Alexander' – Tony wendde zich tot Pendarves – 'wie, behalve wijlen graaf Devane, bezit er grond bij Tyburn Road?'

'De familie Grosvenor, Lord Scarborough. Ik heb geen idee wie nog meer.'

De deur ging open, en Laurence Slane kwam de kamer binnen; zijn gelaatsuitdrukking was somber, zijn donkere wenkbrauwen waren strepen boven de donkere ogen.

'Je ziet eruit of je nieuws meebrengt, Slane,' zei tante Shrew.

Slane keek naar Tony, die plotseling wist dat zijn hertogelijke titel, de geërfde roem van zijn grootvader onbelangrijk waren. Hij zou er uiteindelijk toch niet gemakkelijk vanaf komen.

'Het gaat over Masham, hè?' zei Tony.

'Toch niet dood?' zei tante Shrew, terwijl ze met een klap van de armbanden de kaarten neerlegde.

'Ja,' zei Slane. 'Tom Masham is dood.'

Tony liep door Russell Street naar het belangrijkste marktplein van Covent Garden. De fruit- en groenteventers van Covent Garden waren nu weg. In de drie tenten begon het brassen. Een klein bloemenmeisje stond bij de herdenkingszuil midden op het plein; omdat ze het vroeg, kocht hij een paar tuiltjes bloemen van haar, en met de munt die hij haar gaf rende ze joelend weg in het donker. Aan de overkant zag hij onder de arcade een jonge vrouw achter de ramen zitten. Ze speelde een spelletje patience en keek af en toe naar buiten. Ze was aardig om te zien – te koop, als een man haar wilde. Alle katjes zijn gelijk in het donker, zei Charles Russel, en geen vrouw is toewijding waard. Je hebt het mis, Charles.

Een rijtuig reed voorbij, de paardehoeven klakten op de keien. Woorden die vandaag gezegd waren weerklonken in zijn hoofd, als het laatste gelui van kerkklokken:

Vrienden verraden elkaar nooit, zeker?

Je grootvader was een eerbaar man, een grand seigneur.

Tom Masham is dood.

Barbara had met hem getrouwd kunnen zijn. Hij was zo smoorlijk verliefd dat hij zonder meer met haar zou zijn weggelopen, om met een speciale vergunning te trouwen. Ze had hertogin van Tamworth kunnen zijn, en zijn nalatenschap zou leeggeplunderd zijn, opgeslokt zijn door de schuld van Devane. Je bent een beste jongen, Tony, mijn jongen.

Ik heb een man gedood, dacht Tony, en om niets. Liefdesverdriet verbleekt in vergelijking met deze zielenood.

Hij scheidde een tuiltje bloemen van de andere en legde het aan de voet van de zuil in het midden van het marktplein. Die stond daar ter ere van zijn grootvader, de grand seigneur, die voor het erfgoed had gezorgd dat nu op hem rustte.

Vervolgens legde hij een tweede tuiltje naast het eerste, voor zijn vader, die hij niet goed had gekend, maar die zo dapper gestorven was als een man maar kan sterven.

Tenslotte legde hij een derde tuiltje neer, voor Barbara, als laatste vaarwel aan de vrouw die niet had geprofiteerd van een onervaren, verliefde idioot, die hem had geleerd, net als zijn vader en grootvader, dat eer niets te maken heeft met geslacht, leeftijd, of begrenzing; eer had uitsluitend, en in laatste instantie, te maken met gedrag.

15

Philippe, de Franse prins van Soissons, stond bij een van de hoge ramen in de grote salon van Saylor House en staarde naar het fraaie park waarin bladeren loom, alsof ze alle tijd van de wereld hadden, omlaagzweefden om te landen op rechte grindpaden en bloembedden. Er waren tuinlieden in touw die de bladeren op hopen harkten en verbrandden. Het was een tafereel van orde, netheid, natuur bedwongen door de mens, en het parkontwerp was een verkleinde imitatie van de parken bij het paleis van Versailles, aan de overkant van het Kanaal. Versailles was als bouwwerk het wonder van beschaafd Europa geweest, en elk koninklijk huis had het nagevolgd; zelfs deze Hannovers, die in de oorlogen tegen Frankrijk hadden gevochten en die nu over Engeland regeerden, hadden in hun provincie op het continent een klein duplicaat ervan.

Hij was net van het Engelse hof gekomen, dat zoals alle koninklijke hoven zijn uiterste best deed de verfijnde details van de Franse hofetiquette na te volgen, maar toch niet te vergelijken was met het origineel. Hij keek neer op dit park, zo uitermate Frans van opzet: de lanen, de vijver, de fontein. Ook deze salon, gevuld met voorwerpen en meubelen die vervaardigd waren door de beste Franse ambachtslieden, hoewel de man die dit huis had laten bouwen de Fransen op het veld had verslagen. Zijn gezelschap, Tony's moeder Abigail was gekleed in een zakjapon, wat op het moment de grote mode was, een mode afkomstig van het Franse hof.

Het was voor Philippe duidelijk dat de vernederende vredesverdragen van 1713 en 1714 niets betekenden; Frankrijk rustte slechts om zijn kostbare jonge koning, de achterkleinzoon van Lodewijk XIV, de tijd te geven om op te groeien tot een man. De regent die de jonge koning leidde, wist dat een welgekozen retraite soms deel uitmaakte van de strijd.

Uit Abigails richting kwam gesnuf. Philippe had haar het bericht gebracht van Tom Mashams dood. Londen praatte de hele morgen over niets anders dan het duel van haar zoon en Mashams dood.

'"De maan is onder, de Plejaden; 't is middernacht, de tijd verglijdt, ik slaap alleen." Ik citeer Sappho, de tiende muze, mijn beste Abigail.'

Maar toen zijn beste Abigail, die geen muze was, niet antwoordde, omdat ze natuurlijk niet wist wie Sappho was, glimlachte Philippe zuinigjes naar het park, omdat hij zich toch ten koste van haar had weten te amuseren. Roger, dacht hij, jij zou de versregels gekend hebben. Ik mis je nog altijd. Zal ik ooit herstellen van je dood?

'Sappho was een Griekse dichteres,' zei hij.

'Was? Is ze dan dood?'

'Aangezien ze zeshonderd jaar voor Christus leefde, moeten we wel aannemen dat ze dood is.'

'Dan is ze dus niet christelijk?'

Abigail bette haar gezicht met een zakdoekje, en sprak zonder ironie. Er was weinig in het leven dat Abigail vermocht te amuseren; zij was de dochter van een graaf en was moeder geworden van een hertog, twee bronnen van distinctie die ze nooit vergat.

'Nee.' De ironie in Philippes stem was dodelijk, bijtend, maar bleef geheel onopgemerkt door haar; het was een van de redenen waarom ze goede vrienden bleven. 'Hoeveel langer moet ik deze tranen nog aanzien, Abigail? Ik moet zeggen dat ik je erg burgerlijk vind.'

'Het kan me niet schelen hoe je me vindt. Dit duel, dat smerige schotschrift, nu dit overlijden – het is allemaal te erg. Ik ben nog nooit zo van streek geweest. Ik heb nooit iets anders gewild dan het geluk van mijn zoon.'

'Onzin. Je wilt niet zoiets simpels als het geluk van je zoon.'

Sinds de South Sea Bubble zaten de Hannovers niet meer rustig in Engeland, en hoewel Frankrijk bij verdrag gehouden was geen hulp te verlenen aan een zekere Jacobus Stuart, ook genaamd de Pretendent, was het voor zijn overleving ook gehouden datgene te doen wat voor het land zelf het beste was. Hij had daarover tot diep in de nacht zitten praten met de Franse ambassadeur.

'Had je liever gezien dat Tony zich de belediging had laten welgevallen,' vroeg hij, 'zodat er dan nu in de stad gekletst zou worden dat de hertog van Tamworth een aartszwakkeling is die de vrouwen van zijn familie rustig laat beledigen? Hij heeft eervol gehandeld. Hij heeft als man gehandeld. Ik zou hetzelfde hebben gedaan.' Hij hàd hetzelfde gedaan – inmiddels meer keren dan hij zich kon herinneren.

'Hij had wel kunnen sterven.'

'Maar hij is niet gestorven. Masham is gestorven.'

Philippe zuchtte bij het horen van de hernieuwde geluiden van Abigails geween. Hij draaide zich om zodat hij haar kon zien, en na enige tijd naar haar te hebben gekeken, hinkte hij naar haar toe. Hij hinkte tengevolge van een oude wond, opgelopen in een veldslag. Hij had nog een verwonding, een litteken van een duel, van een zwaard dwars over zijn gezicht – een trots, hooghartig gezicht, dat de man erachter weerspiegelde. Philippe was een prins van den bloede, verwant aan de koningshuizen Valois en Capet. Trots was iets dat hij met de melk van zijn min had opgezogen.

Hij ging op een voetenbankje bij haar zitten. 'En als ik er nu eens voor kan zorgen dat het huwelijk van je zoon nog binnen een jaar plaatsvindt?'

'Jij? Kun jij daarvoor zorgen?'

'Ik kan zoveel, mijn beste Abigail. Is dat wat je wilt? Je hoeft me maar te bevelen.'

Ze staarde hem een ogenblik aan, met haar opgeblazen, trotse gezicht. Hij wist wat ze zou zeggen. Ze haatte en vreesde Barbara, al was het alleen maar omdat Barbara Diana's dochter was. Ze wilde haar zoon veilig getrouwd hebben, met iedereen behalve Barbara.

'Ja.'

'Dan zal het gebeuren.'

'Hoe? Wat ga je dan doen? Je vertrekt vandaag naar Frankrijk.' Ze verborg haar gezicht in haar zakdoek en begon weer te huilen. 'Ik zal je vreselijk missen.' En dan, terwijl ze naar hem opkeek, en door de tranen heen haar vastberadenheid op haar vlezige gezicht te lezen was: 'Binnen een jaar?'

Hij kon haar gedachten lezen. Ze was aan het rekenen: wanneer zou Barbara op zijn vroegst terug kunnen zijn? Hij knikte.

'Je bent erg lief voor me, Philippe, meer dan lief.'

Ik ben helemaal niet lief, dacht Philippe. Het was liefde, had hij tegen Barbara gezegd toen ze hem had gevraagd of Roger van hem had gehouden. Zij had hetzelfde antwoord kunnen geven, als hij zo dom was geweest haar die vraag te stellen, maar hij was niet zo dwaas, zo impulsief als Barbara. Roger had van haar gehouden, meer dan Philippe hem ooit van iemand had zien houden, behalve haar grootvader, Richard Saylor. Dat vergaf hij haar niet. Dat zou hij haar nooit vergeven.

'Barbara,' krabbelde Tommy Carlyle. Zonder pruik en rouge was hij gewoon een forse, bijna alledaags uitziende man met een diamanten oorbel in zijn ene oor. Hij zat in een slaapkamer aan een bureau en schreef: 'Barbara, je moet naar huis komen.' Hij keek om zich heen naar wat hij had verzameld om haar toe te sturen: alle pamfletten en schotschriften die deze zomer waren verschenen. Op de opeenvolgende blaadjes werd het gezicht van Roger steeds groter, terwijl de gezichten van anderen kleiner werden. Walpole had Roger geofferd, had hem tot zondebok gemaakt voor alle anderen, zodat die anderen zouden overleven. Het was overduidelijk. En niemand wilde luisteren. Misschien zou Barbara ook niet naar hem luisteren, maar hij moest het proberen. Hij schreef langzaam en zorgvuldig op wat hij dacht. 'Roger is een zondebok geworden,' schreef hij, 'zie je dat niet? Walpole had de boete die zijn nalatenschap is opgelegd kunnen verminderen, maar hij heeft er de voorkeur aan gegeven anderen te beschermen. Kom naar huis, Barbara, en bind de strijd met hem aan. Ik ken hem al twintig jaar, en ik begin te denken dat hij de meest meedogeloze man is die ik ken. Dat zou ik een jaar geleden nooit hebben gezegd. Kom naar huis.' Het was wel het minste wat hij voor Roger kon doen, voor Roger die zijn vriend was geweest. Er waren maar heel weinig mensen die hij dat woord gunde.

Jane keek uit het raam van haar moeders keuken op Ladybeth Farm. Het glas-in-loodraam had vele ruitjes van helder, dik glas, afgeschuind bij de randen en met een oneffenheid in het midden, op het punt waar het glas van de blaaspijp was afgebroken nadat het rondgedraaid en afgeplat was, en haar zicht op de buitenwereld was dus vervormd. Maar niet zo vervormd dat ze niet kon zien dat het een donkere, bewolkte middag was. De wind stak op; hij deed haar een beetje denken aan haar dochter Amelia, zo lukraak, onbezorgd en bijna vrolijk liet hij de bladeren ronddwarrelen.

'Nee,' zei haar moeder geprikkeld. Ze stond met haar keukenmeid aan weerskanten van de grote eiken tafel die voor bakdoeleinden werd gebruikt. Het tafelblad was een tafereel van overvloed, een hoorn des overvloeds die Jane had helpen vormen van houten kommen met bruine eieren en geelwitte boter, jutezakken waar walnoten en krenten uitrolden, kegelvormige suikerbroden, nu gebroken, hopen fijn wit meel en fijngemaakt broodkruim.

'Je neemt drie pond fijn meel op één pond karwijbonen, een pond boter, een mengel room, een lepel biergist, elf eieren en wat rozenwater met muskus,' zei haar moeder.

Ze bakten karwijtaartjes om aan haar vader in Londen te sturen. Aan een groot houten rek dat aan de zoldering was opgehangen, hingen slappe haverkoeken over touwen die van de ene naar de andere kant waren gespannen. Voor hem bestemd brood stond al af te koelen op planken in de voorraadkeuken. Het maakte niet uit dat haar vader in Londen vers brood kon kopen. Haar moeder had ook puddingen gemaakt, en de bovenkant van de vormen zorgvuldig afgedekt met bruin papier. Behalve de taarten, het brood en de puddingen zouden er nog potten door haar moeder gemaakte gelei en jam meegaan in de zadeltassen van de bediende: kersen in gelei, groene abrikozengelei, witte kweepeergelei. Het maakte niet uit dat haar vader zelf al heel veel had meegenomen.

Jane boog zich naar voren om het vuur op te poken met de langstelige bakvork. Een wolk van vonken wervelde omhoog en er viel een kooltje vuur uit.

'Een doodkist of een beurs?' vroeg de bediende.

Dood of rijkdom. Zij zou al tevreden zijn met een gelukkig hart, wat ze lang geleden had gehad, vóór Jeremy's dood, vóór Harry's dood. Iedere keer dat ze naar Tamworth liep, verwachtte ze Harry van achter een boom te voorschijn te zien komen. Harry en Gussy zaten altijd 's avonds buiten onder de eik, om naar de vuurvliegjes te kijken en te praten over de laatste dagen van koningin Anne, toen de rivaliteit tussen Whigs en Tories was omgeslagen in haat en wraakzucht. Gussy was op Harry gesteld geweest. Hun laatste kind, dat na Harry's dood, na Jeremy's dood geboren was, was Harry Augustus genoemd. Dat was Gussy's idee geweest.

Het kooltje had de vorm van een doodkist. Ergens begon een kind te huilen. Jane trok de banden van haar schort los en pakte de dikke wollen omslagdoek die aan een haak bij de deur hing. Ze trok aan de leren greep van de zware boogvormige buitendeur.

'Waar ga je heen?' De vraag van haar moeder werd op scherpe toon gesteld. 'Dat is Harry Augustus die ik hoor huilen – Jane!'

Een plotselinge windvlaag trok haar mee over het erf. Ze wist dat ze haar moeders gezicht achter het raam zou zien als ze omkeek, dus ze keek niet om, maar stapte snel over de stenen die hier en daar in het modderige erf waren aangebracht, vervolgens naar het kleine, witte, houten hek in de stenen muur, en dan langs de stallen en de schuur de beschutting van het bos in, het bos van de hertogin van Tamworth. Jane dacht: ik had steltschoenen aan moeten trekken – houten zolen verhoogd door ijzeren ringen – want haar eigen schoenen met hun dunne zolen waren al vochtig van de bladeren en koud van de grond. Maar ze ging niet terug.

De wind rukte aan haar rokken en wikkelde ze om haar heen; bladeren, goudgeel, karmijnrood, oranje, wervelden rondom haar door de lucht. Voor het eerst sinds lange tijd was ze niet in verwachting. Het was een gevoel dat haar naar het hoofd steeg. De eiken, beuken, paardekastanjes en iepen in de bossen van de hertogin lieten hun bladeren vallen. Binnenkort was het Allerheiligen, dan kwam Guy Fawkes Day, en dan Kerstmis. Ze struikelde half over een boomwortel, of misschien kwam het doordat de gedachte aan Kerstmis haar deed denken aan haar kind, dat met Kerstmis was gestorven. Hij lag nu in een klein graf bij de hulpkerk in Petersham, het gehucht waar Gussy en zij woonden, bij het dorp Richmond. Ze had bosviooltjes en driekleurige viooltjes op zijn graf gezaaid. Barbara had haar geholpen.

Gussy was predikant bij de hulpkerk van Petersham en deed ook klerkenwerk in Fulham, in het paleis van de bisschop van Londen daar. En nu ook voor de bisschop van Rochester, in Westminster Abbey, wat betekende dat hij meestal weg was. Jane bleef even staan om op adem te komen. Ze was bij de beek. Die stroomde klaterend, ergens heen. Ze ging zitten in de vochtige blaren bij de rand van de beek en stak haar hand uit. Er viel een blad in haar hand. Een blad vangen betekende geluk. Vroeger ging ze met Barbara en Harry vissen in deze beek – niet dat ze ooit iets vingen, maar ze hadden veel pret, want Barbara slaagde er altijd in haar jurk nat te maken, en dan spatte ze Jane ermee nat. Vlieg, lieveheersbeestje, naar oost of west, naar noord of zuid. Vlieg naar de man die mij kiest als zijn bruid. Dat zongen Barbara en zij altijd.

Wat leek die meisjestijd ver weg. Ze verwachtte geen kind omdat Gussy en zij niet bij elkaar waren. Waarom moet je zo vaak weg zijn, zei ze tegen hem. Ze maakten ruzie; ze was opvliegender sinds Jemmy's dood. Haar hart was opengebarsten, en ze had het nog niet helemaal kunnen lijmen. Gussy en zij maakten ruzie, en ze ging bij hem weg om haar vader en moeder te bezoeken, waar ze langer bleef dan ze eigenlijk wilde, terwijl ze hoopte dat hij haar zou komen halen. Maar hij kwam niet.

Primula, smalle weegbree, slangelook, rosa solis, rozemarijn, stond in het receptenboek van haar moeder, een schat aan recepten die van moeder op dochter waren doorgegeven, dat ze gisteravond had ingekeken. Bremkruid en balsem. Annie had een kruidenkussen gestuurd om nare gedachten weg te nemen. Karwij en kamille. Polei en pioen.

Gisteravond had ze de woorden voor haar kinderen opgezegd. 'Polei en pioen,' bauwde Amelia haar na, zodat Thomas en Winifred krom lagen van het lachen. Ze sliep bij haar kinderen, als een zeug omringd door slapende biggetjes. Ze leek zo net een ouder kind, zei haar moeder berispend. Je hoort bij je echtgenoot te zijn. Doornappel en tijm. Viooltjes en wilgen. Nog een keer, nog een keer, hadden haar kinderen gevraagd, tot ze de woorden niet meer kon uitspreken zonder zelf in de lach te schieten. Wintergroen en wondkruid. Geef me mijn meisjestijd terug, toen ik geen zorgen en verdriet had, alleen dagen in de zon met Barbara en Harry. En als mijn man niet meer van me houdt?

Ze hoorde iets. Was het een rijtuig? Was het Gussy die haar en de kinderen naar huis kwam halen? Het rijtuig kwam dichterbij. Ze zag het heen en weer slingeren over de weg die naar het dorp Tamworth ging, een rijtuig dat te mooi was voor Gussy. Het rijtuig reed over de smalle brug waar de beek onderdoor kabbelde. Niemand kwam ooit naar dit dorp. Opwinding! De mensen zouden buiten zichzelf zijn.

Met een plotselinge glimlach nam Jane haar lange rokken op en rende als een meisje, het meisje dat ze geweest was, onder de eiken, beuken en paardekastanjes door, terwijl de herfstbladeren wervelend door de lucht dwarrelden, naar het dorp. Ze zou zich verstoppen, zoals Barbara en zij vroeger altijd deden, en kijken. Ze moest onder het rennen een beetje lachen, ze zag zichzelf al, zich als een dwaas verstoppend achter bomen en huisjes. Haar moeder zou denken dat ze gek was geworden. Maar Barbara zou het begrepen hebben. Barbara zou gezegd hebben: 'Wat, vindt Gussy je niet aantrekkelijk meer? Kom hier, dan trek ik je deze japon van mij aan, en ik plak hier een moesje op je wang – hier nog wat rouge, daar wat poeder – en dan moet jij maar eens naar Gussy toe gaan en hem aan het verstand brengen waarom hij weer van je moet houden.' De gedachte dat ze Gussy zou verleiden, deed Jane hardop lachen. Als Barbara hier was geweest, zou ze de moed hebben gehad om het te doen. Barbara zou haar hebben gedwongen het te doen. Maar Barbara was niet hier, en al haar eigen moed lag begraven in het graf bij Jeremy.

Een zwaar rijtuig reed zwaaiend en hobbelend de hoofdstraat van het dorp Tamworth in. Kinderen die in de aarde van de straat speelden, holden naar binnen om het hun moeder te vertellen. Vrouwen die zaten te spinnen, met de voordeur op een kier om wat frisse lucht te hebben, namen hun voet van de plank die het wiel aandreef en keken naar buiten. Oude mannen, die in een leunstoel tegen de muur van hun huisje zaten te dommelen, genietend van de herfstzon, openden één oog en keken. De koets was bruin gelakt en reed op grote wielen met metalen banden. Een koetsier zat op de bok, en twee lakeien hielden zich achteraan vast. De koetsier trok aan de teugels en met rinkelend tuig en veel gestamp en geschraap van hun benen kwamen de zes paarden voor het rijtuig aan de ene kant van de dorpsmeent tot stilstand. Iemand in de koets trok een lederen rolgordijntje omhoog en leunde uit het raam. Het was een man, en hij droeg een lange pruik. Een driekantige hoed, waarvan de hoge randen met galon waren afgezet, wees op de voorname plaats die de passagier in de maatschappij innam: hij was van adel. De man tikte met een lange rotanstok op de zijkant van het rijtuig. De koetsier boog zich naar hem over.

'De kerk,' zei de man.

Het was niet moeilijk om de kerk van Tamworth te vinden; hij stond aan de andere kant van de meent, en was bovendien het meest indrukwekkende gebouw van het dorp, omdat hij het enige grote gebouw was. De koetsier klakte met zijn tong tegen de paarden, en liet ze een van de kleine weggetjes die langs de meent liepen afdraven.

De koets hotste onder de gespreide armen door van een rij eiken die aan de oost- en westkant van de meent stonden, eiken zo enorm groot dat ze wel honderd jaar geleden geplant moesten zijn. Ze gaven schaduw aan de huisjes aan weerzijden van de meent, waarop deze morgen geen kuierende dorpelingen, schapen of koeien te zien waren. Iedereen die nog in het dorp was, keek toe van achter ramen, deuren en hekken, maar zo dat een buitenstaander er niets van zou merken. Het rijtuig hield stil voor het lage, puntige kerkportaal.

'Tim zegt dat er jongens uit het dorp zijn die u willen spreken,' zei Annie tegen de hertogin.

De jongens praatten al terwijl ze de slaapkamer van de hertogin binnenkwamen; ze praatten door elkaar heen, want elk wilde degene zijn die haar het nieuws bracht.

'Er is een vreemdeling in het dorp...'

'In een deftig rijtuig...'

'Een buitenlander, een Fransman, zei de huishoudster van dominee Latchrod.' Wat al voldoende was om de vreemdeling te veroordelen, aangezien de oorlog met Frankrijk nog vers in het geheugen lag. Alles wat minder dan vijftig jaar geleden gebeurd was, lag nog vers in het geheugen. De huishoudster had evengoed kunnen zeggen dat het een struikrover was.

'Met een litteken over zijn ene wang...'

'Zijn stok heeft een gouden knop, net als die van u, uwe genade...'

'Hij zit in uw kapel. Toby hier heeft door het raam gekeken en hij heeft het gezien.'

'Tim, ga naar de stal en laat mijn rijtuig in gereedheid brengen,' zei de hertogin. 'Annie, ik moet mijn zwarte japon hebben, die met de groene linten. Perryman – doe maar niet of je niets hoort, ik weet dat je aan de deur staat te luisteren – zorg dat ik warme bakstenen heb voor mijn voeten, en de omslagdoek voor in het rijtuig.' De hertogin liet haar benen over de rand van het bed bungelen terwijl Tim, die de jongens nog steeds ondervroeg, hen wegvoerde uit de slaapkamer.

'U kunt geen vier stappen lopen zonder om te vallen,' zei Annie. 'Wie is die vreemde dan, dat u er zo nodig naartoe moet?'

'Heb je niets mee te maken. Doe wat je gezegd wordt.' Het was het enige geheim dat ze voor Annie had, echt het enige, en ze mocht het niet onthullen. Rogers minnaar was in Richard Saylors kapel komen kijken.

'Nou zeg!' zei Annie beledigd.

'Het gaat over iets ondoorgrondelijks,' snauwde de hertogin. 'Kleed je me nou nog aan, of moet ik schellen om een kamermeisje?'

In de stilte van de kapel kon Philippe zijn eigen ademhaling horen. De huishoudster van de dominee was onbeschoft geweest, ze had de deur nagenoeg in zijn gezicht dichtgesmeten toen hij vroeg of de kapel afgesloten was. De hertogin doet de kapel niet op slot, had de vrouw gezegd, precies even kortaangebonden als provinciale lui in zijn eigen land. Te midden van de grafstenen had een zonnewijzer gestaan met een stenen voetstuk waarop een spreuk was gebeiteld. 'Waakt en bidt' waren de woorden die erop te lezen stonden. 'De tijd vliegt als een schaduw heen.'

De kerk was ontworpen door een landgenoot van hem, een van de Normandiërs die in 1066 met Willem de Veroveraar het land waren binnengevallen. De invloed van een andere landgenoot, Le Vau of Mansart, was ook in deze kapel te vinden, die bijna zevenhonderd jaar later was gebouwd ter ere van de nagedachtenis van Richard Saylor, de beroemde oorlogsheld. Op een graftombe lag een marmeren figuur, die gemaakt had kunnen zijn door Bernini, de grote Italiaanse beeldhouwer voor wie koning Lodewijk XIV van Frankrijk zoveel waardering had gehad. Hij stelde Richard voor.

Maar Philippe hinkte op een marmeren zuil af, waarop een borstbeeld prijkte van Roger Montgeoffrey, graaf Devane, dat besteld was door zijn gravin, Barbara, zonder op de kosten te kijken. De gelijkenis was indrukwekkend. Degene die het beeld had gemaakt, was buitengewoon getalenteerd geweest. Ja, Barbara had een goede keus gedaan, maar dat had Philippe wel geweten. Haar uitzonderlijkheid was al aanwezig geweest in het ontluikende meisje dat Roger had getrouwd, zonder te weten dat hij van haar hield, uitzonderlijkheid die samenging met schoonheid.

Wat ging zijn ademhaling moeizaam. Hij was hier het enige levende wezen. Aan de muur hing een bronzen plaquette waarop de geboorte- en sterfdatum van de graaf vermeld stonden, de naam van zijn vrouw, en vervolgens een reeks veldslagen waarin hij zich had onderscheiden. Philippe bracht zijn gehandschoende hand naar de plaquette om met een vinger de laatste woorden te volgen: 'Ik daalde neer als een engel.'

'Magnifique, Barbara,' zei hij hardop in het Frans. Onder heren, onder krijgers bestond de code, dat een vijand eer verdiende voor iets dat goed was gedaan.

Hij sloot zijn ogen, zag bajonetten flitsen in het zonlicht, fluiten spelen, vaandels wapperen, wolken drijven in een blauwe hemel. Een koning, het gelaat beschaduwd door een grote hoed, op een onrustige hengst wiens tuig bezet was met zilver en diamanten en blonk in de zon; jonge officieren te paard, allen overdadig gekleed, de schitterende uniforms versierd met satijnen strikken, kanten lubben, juwelen en medailles, en met pruiken en hoeden op het hoofd alsof het een bal betrof.

Maar het was geen bal, maar een militaire parade voor hun vorst, koning Lodewijk XIV, de grootste monarch die de wereld ooit had gezien. Voor die vorst een onafzienbare menigte van duizenden infanteristen, de beste van Frankrijk, die elegant in de pas liepen en exerceerden voor hun koning. Het was een herinnering aan jeugd en kracht, aan eer en strijd.

Onhandig – door zijn mank zijn had hij zijn elegantie verloren – knielde hij op één knie en nam een rozenkrans van parels en amethist uit zijn zak. Langzaam liet hij de kralen een voor een door zijn vingers gaan, terwijl hij bad voor Roger, van wie hij had gehouden, en die van hem had gehouden. Het was liefde, had hij tegen Barbara gezegd, en dat was waar.

Het rijtuig van de hertogin ratelde door de lindelaan. De hertogin had de belangrijkheid van de ontmoeting eer aan gedaan: ze droeg juwelen en gesteven groene linten op een formele zwarte japon, een fluwelen mantel afgezet met bont, zwarte damasten schoentjes met goudkanten appliqué langs de zijkanten en grote zilveren gespen op de wreef, zwarte zijden kousen, een hoepel, onderrok en onderjurk. Enkele diamanten glinsterden bescheiden tussen de plooien van haar muts. Ze droeg diamanten in haar oren en had zelfs gestaan op een plek rouge op elke wang en een maanvormig moesje bij haar ene ooghoek. Enkele ogenblikken later was het rijtuig in het dorp, en de koetsier hield halt naast de meent. De hertogin leunde uit het raam; daar stond het rijtuig van de prins, met de koetsier wachtend ertegenaan geleund, terwijl de postiljons zaten te dobbelen op de stenen treden van het kerkportaal. Ze haalde diep adem. Hij moest haar rijtuig passeren op weg naar zijn bestemming. Annie zat in de hoek en hield haar in het oog; geen beweging of uitdrukking ontging haar. De hertogin keek neer op haar handen. Ze was zo ijdel geweest handschoenen aan te trekken, leren handschoenen met pareltjes op het zigzagpatroon waarmee de bovenkant bestikt was.

'Hij komt uit de kapel, uwe genade.'

De koetsier liep terug naar de voorste paarden om hen in bedwang te houden wanneer het andere rijtuig voorbij zou komen. De hertogin greep zich met beide handen vast aan de rand van het raam. Ze zag hem. Hij liep over het kerkhof. Hij hinkte. Ja, Barbara had gezegd dat hij mank liep. Twee bedienden snelden toe om het portier van het rijtuig voor hem te openen. Hij klom in het rijtuig. Hij had een dikke, krullende pruik en weelderige kleding, zijn mantel was met rood gevoerd. Het rijtuig zette zich in beweging. De koetsier floot naar de paarden en liet een zweep knallen boven hun hoofden. Met een ruk schoot het rijtuig naar voren.

Ze had het gevoel dat ze ging flauwvallen, maar ze mocht niet flauwvallen, want dan zou ze dit missen. Het rijtuig passeerde. Daar was hij, een al vrij oud, trots gelaat en profil, zodat het litteken dat Barbara had beschreven niet zichtbaar was. Nu draaide hij zich om en keek naar haar, en het litteken was er, zoals Barbara had gezegd. De hertogin keek hem aan zonder te glimlachen. Hij bracht twee vingers naar zijn voorhoofd, als saluut, en toen zag ze dat hij beduidde dat zijn rijtuig moest stoppen.

Lieve Jezus, hij wilde met haar spreken.

Toen zijn rijtuig op een paar passen afstand van het hare stilstond, sprong de postiljon die achterop meereed, eraf en rende naar voren, eerst naar zijn raam en toen naar haar rijtuig.

'Brieven voor de hertogin van Tamworth,' zei de postiljon.

'Vraag je meester of hij nog wat wil blijven. Zeg hem dat de hertogin van Tamworth hem uitnodigt.'

De hertogin hield zich vast aan de rand van haar raam en luisterde naar het kloppen van haar hart. Ze dacht duizend dingen tegelijk, zonder samenhang. Mij is de wrake, zegt de Heer. Sodom en Gomorra. De straf van de vrouw van Lot. Oordeelt niet, opdat gij niet geoordeeld wordt. Weer een brief van Tony. Wat hierin stond, geen flauw idee. Had ze de moed om hem te openen? Ze zag dat de postiljon had gedaan wat ze had gevraagd; ze zag de deur van het rijtuig opengaan, zag de prins eruit stappen en moeizaam naar haar toe komen.

'Wie is dat?' siste Annie.

'Stil. Zit mijn muts recht? Mijn japon, strijk die plooi eens glad. Er is een oorbel gevallen...'

'Nee, hij zit er nog. U hebt er nog nooit zo goed uitgezien.'

'Uwe genade, naar mijn gevoel hebben wij al kennis gemaakt,' zei Philippe, die bij het raam van de hertogin stond.

Zijn stem klonk innemend, diep, met een spoor van een buitenlands accent. Met half toegeknepen ogen keek de hertogin hem uitdagend aan, deze man die Barbara leed had aangedaan. Hij heeft een trots gezicht, trotse ogen, en hij was koud, dacht de hertogin, wreed. Barbara had gezegd dat hij de wreedste man was die ze ooit had gekend. Ja.

'Bijzonder vriendelijk van u om mij met een uitnodiging te vereren, uwe genade, maar helaas, ik heb een lange reis voor de boeg, want ik ga terug naar mijn huis in Frankrijk. Ik kan niet talmen. Ik heb nooit de plaats gezien waar Lord Devane die, zoals u misschien weet, mijn vriend was...'

Houdt hij me voor de gek, dacht de hertogin.

'... begraven was. En ik nam mij voor om, voordat ik Engeland zou verlaten, te gaan kijken. Vergeef me als ik de rust van uw dorp verstoor. Ik hoop dat ik geen aanstoot heb gegeven door de kapel binnen te gaan. Als dat wel zo is, vraag ik ook vergeving, voor de manieren van een onbeschaafde buitenlander. De ene brief is van uw kleinzoon, de andere van zijn moeder. Ik moet u waarschuwen dat ze nieuws bevatten dat verontrustend kan zijn.'

'Ik weet van het duel af. Hoe is het met mijn kleinzoon?'

'De ander, Masham, is dood. U kunt zich wel voorstellen dat Londen over niets anders praat.'

'Ah.'

Tony zou het er moeilijk mee hebben. Hij had een goed hart.

'Ik geloof dat de moeder van de jonge hertog u vraagt te komen, maar dat zou een zware reis zijn, is het niet, voor iemand van uw leeftijd. Uw invloed zou nu veel goed doen, maar...' Philippe haalde zijn schouders op.

Verbeeldde ze het zich, of daagden zijn ogen haar uit? Die Franse pad. Natuurlijk zou het een zware reis zijn. Ze reisde bijna nooit, omdat ze oud was, en zwak, zoals iedereen kon zien die ogen in zijn hoofd had. Maar als het moest, kon ze naar Londen reizen... als de familie haar nodig had. Ja, natuurlijk hadden ze haar nodig. Waar was ze met haar hoofd? Het verloor zich in nevelen en oude herinneringen.

Ze had meteen de dag nadat ze Tony's per ongeluk verzonden brief had ontvangen op weg moeten gaan naar Londen. Dan zou ze er nu al geweest zijn. Haar aanwezigheid, haar naam zouden het decorum herstellen na al deze verachtelijke capriolen. Ze zou een bezoek brengen aan Lord Holles in Londen en eens en voor al alles tussen de twee families regelen. En ze zou een bezoek brengen aan koning George en met hem spreken over de hoogte van Rogers boete, het feit dat Barbara erdoor geruïneerd was. Ja.

'Het huwelijk tussen uw kleinzoon en Lord Holles' dochter is een jaar uitgesteld. Erg jammer. Hebt u al bericht ontvangen van uw kleindochter?'

'Nee.' Een jaar? Wat was dit nu weer? Waarom had Abigail dan niet dadelijk geschreven, per speciale bode? Omdat ze dacht dat ze het alleen wel afkon. Bah. Abigail was een trotse domoor. De hertogin had haar nooit aardig gevonden.

'Zo heel ver weg, Virginia. Ik betuig u mijn eerbied, uwe genade. Het borstbeeld van Lord Devane is zeer fraai, evenals de inscriptie.'

Er kwam een kortstondige uitdrukking van droefheid op zijn gezicht, diep en ijzig. Toen wenste hij haar alle goeds, zei haar vaarwel. Opgeruimd staat netjes, Fransman, dacht ze. Richard had jullie allemaal in de pan moeten hakken. Dat huwelijk een jaar uitgesteld? Dat was nergens goed voor. Een vogel in de hand was meer dan tien in de lucht.

Het vergde al haar zelfbeheersing om niet uit het raam te gaan hangen om hem terug te zien lopen naar zijn rijtuig. Nu liet ze dat aan Annie over, en liet haar elke beweging beschrijven die hij maakte tot ze het geluid van de wielen van zijn koets op de weg hoorde. Toen schoof de hertogin zelf naar het raam en keek met eigen ogen, staarde het rijtuig na tot zelfs het stof dat de wielen opwierpen weer op de weg was neergedaald. Ze was toch niet in een zoutpilaar veranderd? En hij ook niet.

'Zullen we nu naar huis gaan?' vroeg Annie.

'Ja. Naar huis.'

De hertogin leunde tegen de leren rug van het bankje van het rijtuig, met de brieven in haar hand. Binnenkort zouden ze naar Londen vertrekken. Dat zou Annie niet verwachten, ze zou zorgelijk doen en zeuren over de verandering in haar leventje, omdat ze nu eenmaal zo'n koppig oud mens was. Het zou Annie goed doen, het zou iedereen goed doen. Je moest af en toe iets onverwachts doen. Over onverwacht gesproken, wat zou Abigail opkijken. De hertogin en zij hadden nooit met elkaar kunnen opschieten.

Ha.

16

Het gejammer van de doedelzakken, schril en dissonant, vulde Slanes oren en veroorzaakte kippevel op zijn armen. Aan alle kanten om hem heen hadden de mannen hun mond geopend om de strijdkreet van hun clan te schreeuwen, wilde kreten die de mannen in beweging zetten. De vijand stond als een muur voor hen, in een vaste formatie, die niet week. Slane bleef in de pas met de mannen aan weerskanten van hem en schreeuwde zijn familienaam, Duncan, als strijdkreet, hoewel hij het huis van zijn vader in Ierland nooit had gezien, en een helderziende clangenoot had gezegd dat hij het nooit zou zien. De soldaten waar hij op afrende richtten hun musketten terwijl de paarden in het gewoel achter hen steigerden en schreeuwden van angst om het geluid van de doedelzakken.

Slane werd met een schok wakker. Zij hart klopte luid, de angst vormde een knoop in zijn ingewanden.

Het duurde even voor hij weer wist waar hij was, in de kleine kamer in de buitengebouwen van Westminster Abbey. Nog even later wist hij ook dat hij niet alleen was. Er was iemand anders bij hem in de kamer, wachtend, aan de andere kant van het kamerscherm.

De droom vervaagde en hij stond op, kalm, beheerst, zonder één overtollige of onhandige beweging, en duwde met zijn hand tegen het raam, dat geluidloos openging. De binnenplaats beneden opende zich als de ingang van een donkere put.

'Prijs de God van Jacob met luider stemme. Ik durfde u niet wakker te maken.'

In Rochesters stem hoorde Slane dat de beslissing gevallen was. Nog op zijn brits staande drukte hij zijn handpalmen tegen zijn ogen van opluchting.

Goddank, o Gode zij dank. De nachtmerries die hij de afgelopen nachten had gehad. Nu of nooit, zeiden de stemmen in hem. Kom naar huis, drong zijn moeder in zijn dromen aan. Verlaat Jamie. Het zal nooit lukken.

'Kom te voorschijn en laat je lelijke smoel zien,' zei Rochester. 'Stuur dadelijk koeriers uit naar Frankrijk en Italië.'

'Om wat te zeggen?'

'Dat ik het plan accepteer. Dat ik de leiding op me neem.'

Weet u dat zeker, wilde Slane zeggen, maar hij zei het niet. Onmogelijk, prikkelbaar, wreed was Rochester geweest in zijn geaarzel, al zou je dat nu niet zeggen. Het had geen zin Rochester te vertellen dat hij schade had aangericht, dat hij de gelederen verdeeld had door de onvolkomenheden in de opzet met briljante helderheid aan te duiden. Verscheidene belangrijke mannen hadden zich teruggetrokken met de verklaring dat ze liever hun tijd en vertrouwen in God en de komende verkiezingen stelden dan in koning Jacobus. Ze waren wellicht gebleven als Rochester niet openlijk had beredeneerd waar hij bang voor was.

'Geen nieuwjaarsgeschenken dit jaar, Slane,' zei Rochester. 'In plaats daarvan zal al ons muntgeld dit jaar nu naar koning Jacobus gaan. Kom, drink een beker wijn met mij, op het jaar waarin koning Jacobus op zijn wettige troon zal plaatsnemen. Lang leve de koning, hoera voor de koning, maar wie die koning is, staat nog te bezien...'

'Op de revolutie,' zei Slane rustig. Hij wilde Rochester kalmeren. Eerst was hij niet vooruit te branden, nu ging hij weer veel te hard.

Die avond had Slane zoals was afgesproken, laat op de avond een ontmoeting met de hertog van Wharton, in een taveerne. Tot zijn verbazing zag hij Charles, Lord Russel, bij Wharton zitten. Waarom ben jij hier, dacht Slane terwijl hij stijfjes boog Wharton en ik zouden een vertrouwelijk gesprek hebben. En dan, zijn wenkbrauwen fronsend toen hij Charles van top tot teen opnam: ik denk nog steeds dat ik beter zou zijn geweest voor Barbara dan jij.

'Charles, ik heb de eer je burggraaf Duncannon voor te stellen,' zei Wharton, 'de meest vertrouwde raadsman van koning Jacobus.'

Hierdoor werd Slane volkomen overvallen. Niemand mocht zijn naam weten. Dat was absoluut noodzakelijk. Zijn anonimiteit was het enige dat hem beschermde.

Snel en soepel herstelde hij zich, hoewel er een spiertje in zijn gezicht trilde. Hij zei: 'De hertog vleit me. Ik ben eenvoudig Laurence Slane.'

Terwijl hij moeite deed om geen boosheid of ontsteltenis te laten merken, dacht hij: hoe durft Wharton zo stom te doen, zo vrij om te springen met informatie die hem als voorrecht was meegedeeld? Geen opzienbarend begin van een opstand. Ik ben afhankelijk van een idioot.

Wharton begon onbeheerst te lachen; zijn smalle, lelijke gezicht was rood. Hij is dronken, dacht Slane.

'Zijne genade is zichzelf niet,' zei Slane tegen Charles. 'En ik ook niet. Hij verwart me met iemand anders.'

'Maak je geen zorgen over Charles,' zei Wharton, die zich naar Slane overboog om luid te fluisteren. 'Hij is een van ons. Ik doe een eed op zijn loyaliteit. Hij is mijn meest trouwe adjudant en staat direct onder mij wat betreft de graafschappen die ik kan inzetten. Kijk daar eens, Slane, in die hoek. Zie je die forse oude man? Dat is sir John Ashford, een doorgewinterde Tory. Geen jacobiet, zeker niet. Die staat voor Kerk en huis en God behoede de koning. Als je die zou kunnen bekeren, Slane, wat? Wat is er?' Want Slane had zijn handen op de tafel gezet en bracht zijn gezicht dicht bij dat van Wharton.

'Kom mee naar buiten, nu meteen. Naar buiten, of ik sleep je naar buiten. En u ook,' zei hij tegen Charles.

Zodra ze buiten waren, duwde Slane Wharton tegen een muur, met kracht, en de jongere man zakte erlangs naar beneden, met een niet-begrijpende uitdrukking in zijn donkere, schitterende ogen. Charles maakte een beweging, maar Slane zei: 'Ik neem het ook tegen jou op, niet bij zonsopgang met pistolen, maar nu meteen, met mijn vuisten, als je tussenbeide probeert te komen. Dit is geen spel.'

Slane keek neer op Wharton. 'Het gaat hier om leven en dood. Als je niet tegen drank kunt, moet je niet drinken. En als je me ooit nog eens aan iemand voorstelt aan wie ik niet gevraagd heb te worden voorgesteld, vermoord ik je.'

'Ik bedoelde er niets mee, Slane. Je kunt Charles vertrouwen...'

'Ik vertrouw niemand, en jij zou dat ook niet moeten doen.'

Slane keek opzij naar Charles, die niet dronken was zoals Wharton. Hij stond met zijn ene schouder tegen de muur leunend te luisteren, met een ernstige uitdrukking op zijn gezicht. Knap ben je wel, dacht Slane. Vond ze je daarom leuk? 'Wij beiden hebben elkaar nooit ontmoet anders dan als Laurence Slane en Lord Russel. Ben ik duidelijk?'

'Heel duidelijk,' zei Charles.

Wharton wilde opstaan, maar Slane duwde hem weer neer. Hij hoorde de adem uit Whartons lichaam komen, hoorde hoe schor het klonk toen hij weer inademde. Hij knielde neer en pakte de lange kin van de man in zijn hand. 'Pas op. Pas op voor jezelf. En voor mij.'

Hij stond op. Hij moest weg. Hij was zo kwaad dat hij iets zou doen waar hij spijt van zou krijgen, als hij niet nu meteen wegging.

Toen hij verdwenen was, met klinkende stappen op de keien, bukte Charles zich om Wharton overeind te helpen. 'Dat was erg stom, Wart.'

'Ja.' Wharton veegde zijn kleren af, iets minder dronken nu. 'Het was zeker stom. Hij heeft gelijk, en ik had ongelijk.'

'We zullen winnen,' zei Charles. 'Met kerels zoals hij zullen we winnen.'

'Als kerels zoals ik het niet verpesten.'

17

Het leek of op de hele wereld alleen de sloep bestond, terwijl ze door de golven kliefde, met bolle zeilen in de wind. Zover het oog reikte, was er niets anders te zien, behalve water en lucht. De boeg en de achtersteven van de sloep waren soepel van lijn en bewogen door het water met de gratie van een merrieveulen. Het vaartuig, dat de Virginianen kenden als Bermuda-sloep, naar het gelijknamige eiland in de Caribische Zee, stond bekend om zijn snelheid – noodzakelijk in deze wateren waar zeerovers loerden. Spanjaarden, Fransen en Engelsen hadden toen het oorlog was van hun respectieve regeringen opdracht gekregen schepen te plunderen, maar velen waren hier gebleven om de scheepvaart te bedreigen, of het nu oorlog was of niet. Het Caribisch gebied was ideaal voor zulke rovers. Geen Europese regering zond het aantal schepen dat noodzakelijk zou zijn geweest om hier toezicht te houden. Het betekende niets voor hen, een zee bezaaid met eilandjes op een kaart, een gebied om over te strijden of om concessies over te doen, een oord om wrakhout heen te sturen; rusteloze jongere broers, en militairen die geen oorlog hadden om in te vechten of geld om promotie te kopen.

'Hij zegt dat hij een geest hoort. Een paar van de anderen geloven hem. Ik dacht dat u het moest weten. Hij wil vannacht een offer brengen,' zei een matroos tegen Klaus, die aan het grote rad stond waarmee de sloep op koers werd gehouden.

De boven hen gehesen zeilen boden een schitterend schouwspel, en het geluid dat ze maakten, was muziek voor zeevarende mannen, iets dat Klaus op de wal miste. Op de wal werden zeelui wakker uit dromen waarin altijd de zeilen bolden, wit en groots, en waar het kraken van tuig en want als de zang van een koor was.

'Wat voor offer?' zei Klaus.

'Een kip.'

'Geef hem zijn kip. We lopen binnenkort binnen in Spaans Florida en dan kopen we wel meer gevogelte. Ben jij er vanavond bij wanneer hij het doet? Zeg dat hij de geest om een gunstige wind moet vragen, als hij toch bezig is.'

De matroos grijnsde en sloeg zijn blote hielen tegen elkaar in navolging van Klaus. De bemanning was op hem gesteld. Toen zijn taak aan het roer afgelopen was, ging Klaus benedendeks, liep door de smalle gang naar zijn hut en haalde daar een glas water, dat hij voorzichtig droeg, soepel meegevend met het slingeren van de sloep, naar de plaats waar de vracht lag. De rijen vaten bevatten, naast tabak, echt meel en varkensvlees. Bolling was wel voorzichtig.

'Jongen,' zei hij. 'Hyacinthe. Geef antwoord.'

Hij wachtte, maar er volgde slechts een stilte. Na zich ervan te hebben overtuigd, wat hij dwangmatig bleef doen, dat de aanwezigheid van de jongen niet anders kon worden waargenomen dan door de ogen van een Afrikaan – een van de bemanningsleden was een slaaf – stak hij de lantaarn die hij bij zich had aan en zocht zijn weg tussen de vaten. De jongen was verborgen achter de vaten, en de prop zat nog op zijn mond gebonden. Hij staarde naar Klaus omhoog met een doffe, lege uitdrukking. Klaus maakte de prop los, veegde het gezicht van de jongen af en goot voorzichtig water in zijn mond.

'Slikken,' moest hij zeggen, eerder deed de jongen het niet; het was alsof het kind had vergeten hoe je in leven moest blijven. Klaus scheurde wat brood in stukjes, weekte die in water en stopte er een in de mond van de jongen.

'Eten,' beval hij, en de jongen kauwde even, voor hij zijn hoofd afwendde en weigerde. Het was mogelijk dat hij verhongerde voor ze een haven bereikten. De ene kant van het gezicht van het kind was nog gezwollen, gekneusd als een kapotte vrucht, waardoor het waarschijnlijk pijn deed om te kauwen, maar het bloeden uit zijn oor was opgehouden.

'Weet je wie ik ben?' Klaus gaf zijn stem een vriendelijke, geduldige klank. 'Vertel eens hoe je heet. Hoe heet je, jongen? Je hebt me je naam horen roepen, toch?'

De jongen antwoordde niet. Hij had nog niets gezegd sinds het ogenblik dat Odell hem tegen de grond had geslagen.

'Ik moet dit nu weer voor je mond binden.' Klaus bracht de prop weer aan. Hij maakte de handen en voeten van de jongen los om de armen en benen een beetje te kunnen bewegen. Het was alsof je een grote lappenpop bewoog.

'Kun je staan? Wil je een poosje lopen?'

Er kwam geen antwoord, maar hij vroeg het toch. Hij bond de jongen weer vast, al was hij er zeker van dat de jongen niet kon ontsnappen, er niet over dacht te ontsnappen. Klaus vroeg zich zelfs af of het kind nog gedachten hàd. Maar als hij niet meer kon denken, was het eigenlijk beter – dan was hij nog het beste af.

'Ik kom terug. Je hoeft niet bang te zijn voor het donker...'

Nog terwijl hij het zei, vielen de ogen van de jongen dicht. Klaus bleef nog even op hem neerkijken; boosheid en een soort verdriet streden met gezond verstand en instinct tot zelfbehoud. Die verdomde Odell. Het was voor hen beiden beter geweest als het kind was doodgegaan terwijl Odell stond neer te kijken op wat hij had gedaan, verbijsterd; het ene hondje stond woest tegen hen te grauwen, het andere jankte zacht. Dan had de schuld bij Odell gelegen; nu lag die op de een of andere manier bij Klaus. Er zat niets anders op. Als het kind niet doodging, zou hij een van de slavenhandelaars in Spaans Florida betalen om aan boord te komen en de jongen heimelijk mee te nemen. Dan zou Odells wandaad Odells wandaad zijn; was het eigenlijk niet al zo?

'Ik heb geen keus,' zei Klaus boos tegen de jongen.

De jongen had hen niet stiekem moeten bespieden. Odell had niet in paniek moeten raken. De jongen had Odell al helemaal niet moeten aanvallen, als een klein, woest beest van een kind. Klaus dacht aan lady Devane, aan Barbara, aan haar gezicht en hoe ze er op het dak had uitgezien. De kus tussen hen zou altijd onvoltooid blijven, de hartstocht tussen hen nooit in daden worden omgezet. De jongen stond tussen hen in.

Winter

Want nu zien wij nog door een spiegel, in raadselen, doch straks van
aangezicht tot aangezicht.

18

In de prille ochtenduren waren ze op jacht. Barbara's adem kwam in ongelijkmatige stoten naar buiten; ze probeerde geluidlozer, soepeler te bewegen, zoals de slaaf van kolonel Perry, maar in haar eigen oren was ze luidruchtig en onhandig. Hoe kon het ook anders op de berijpte grond, maar Cuffy, de slaaf van kolonel Perry, aan haar rechterkant, bewoog zonder geluid. Kapitein Randolph, de kleinzonen van mevrouw Cox, de anderen die aan de jacht deelnamen – er was niemand te zien. Ze waren vooruitgegaan, en ze had hen uit het oog verloren. Ze rustte even uit en liep toen weer door, met in haar oren het geluid van haar laarsjes in het berijpte gras. Na enige tijd zag ze een open plek – en toen zag ze plotseling het hert. Het graasde in gras dat glinsterde van rijp.

'Kijk,' fluisterde ze naar Cuffy, en te zamen met het woord kwam een wit wolkje lucht uit haar mond.

Zonder één beweging te verspillen knielde Cuffy neer, goot kruit in het musket dat hij bij zich had en stampte het aan. Het hert hief zijn kop en keek van de ene kant naar de andere, plotseling op zijn hoede, en snoof de lucht op. Zijn kop en gewei tekenden zich in duidelijke lijnen af tegen de winters kale bomen achter hem. Het was een schitterend gezicht. Barbara hief het musket en richtte, maar het geweer was zwaar en ze kon het niet stil houden.

'Help me,' vroeg ze Cuffy.

Met een snelle beweging kwam Cuffy achter haar staan en ondersteunde haar armen met zijn handen.

'Ja,' zei ze. Dit was het juiste moment. Ze hoefde alleen de trekker naar achteren te drukken.

'Nu, mevrouw,' fluisterde Cuffy in haar oor.

Het musket sloeg hard tegen haar schouder, wat pijn deed, en haar oren tuitten van de keiharde knal die het kruit gaf toen het de musketkogel uit de lange loop dreef. Door de rook heen die uit de loop opsteeg zag ze het hert opspringen, blindelings een paar voet over de open plek rennen en neervallen.

Ik heb het gedood, dacht ze.

Binnen enkele ogenblikken kwam kolonel Perry uit het bos aanrennen. Hij had zijn hoofd tegen de koude beschermd door een oude hoed vast te binden met een sjaal van Beth. Hij kwam bij Barbara en Cuffy staan, die bij het gevallen dier stonden. De zon was opgekomen, niet versluierd door wolken. Het licht stroomde krachtig omlaag door de kale boomtakken. Er hing een zware geur van pijnbomen in de lucht, en Barbara zoog haar longen ermee vol alsof het een soort parfum was; de geur mengde zich met het felle zonlicht en het beeld van het hert op de berijpte, glinsterende grond, alsof het tussen verstrooide diamanten was gevallen. Dit zal ik me altijd herinneren, dacht ze.

'Een bijzonder gelukkig schot,' zei Perry, en nadat Cuffy iets tegen hem had gezegd in een mengsel van zijn eigen taal, Engels en Spaans: 'Cuffy zegt dat hij u zijn ogen heeft gegeven om mee te schieten, maar het hart dat de trekker overhaalde was het uwe. En dat is het hart van een krijger.'

Barbara had de Afrikaan in de ogen gekeken. Er was eerbied op zijn gezicht te lezen, en ze glimlachte.

Beth kwam uit het bos aanlopen. Perry riep zijn dochter. 'Kom eens kijken naar het hert dat lady Devane geschoten heeft.'

Cuffy had intussen een mes uit zijn gordel getrokken en hield het, terwijl zijn ogen op Barbara gericht bleven, voor zijn gezicht omhoog, met het lemmet vlak. Met een soepele, wrede sierlijkheid bukte hij zich en sneed de keel van het hert door. Een paar jagers waren uit het bos gekomen met hun slaven. Kreten als strijdgehuil gingen bij de andere slaven op toen het verse, donkere bloed begon te stromen in de kou. Terwijl hij Barbara aankeek, doopte Cuffy zijn vingers in het bloed en strekte zijn hand naar haar uit.

Dit was een gewoonte van de slaven. Barbara had het de opzichter, John Blackstone, zien doen wanneer hij op First Curle met de slaven op jacht was. Omdat zij degene was die het hert had gedood, moest zij zichzelf besmeuren met zijn bloed. Zo gingen de kracht en listigheid van het hert op haar over.

'U hoeft het niet te doen...' begon kolonel Perry, maar Barbara trok haar handschoen al uit. Met het warme bloed op haar vingers maakte ze een streep op haar voorhoofd en toen – gehoorzamend aan een ingeving – ook op haar wangen.

Een voor een volgden de slaven haar voorbeeld, doopten hun vingers in het bloed en brachten tekens op zichzelf aan; kolonel Perry en Cuffy deden hetzelfde. Barbara zag wel dat Beth geschokt was door het bloed dat op haar gezicht opdroogde, evenals kapitein Randolph en de kleinzonen van mevrouw Cox, maar ze waren te beleefd om iets te zeggen. Ze gingen voorzichtig met haar om; het verhaal hoe ze Bowler Cox zijn paard had afgenomen was algemeen bekend geworden.

Toen de jacht van die ochtend afgelopen was, ging ze op haar knieën bij het vuur zitten om naar de slaven te kijken, die haar hert aan een boom hingen en het begonnen leeg te halen en te villen.

Haar buren en zij gingen jagen. De mannen legden voorraden aan voor de winter, nu het weer koud genoeg was om het vlees te kunnen bewaren. Maar ze namen ook, zag ze wanneer ze meeging, een tijd vrijaf van plantages en plichten, van echtgenotes en gezin, om een soort jachtritueel te volvoeren – en nog iets, dat ze niet helemaal onder woorden kon brengen: een bijeenzijn dat met de jacht samenhing, dat blijkbaar de vriendschap tussen hen versterkte.

Ze vonden het best dat zij meeging. Margaret Cox ging vroeger ook met ons mee op jacht, zei kolonel Perry. En ik vond het heerlijk, zei mevrouw Cox. Heerlijk, de stilte van een vroege morgen in het bos. En de jacht vond ik ook heerlijk. De uitdaging om goed te mikken.

Het was interessant om na afloop van de jacht te luisteren naar de gesprekken, wanneer iedereen om het vuur stond om zich te warmen en een krachtige, hete rumpunch te drinken die boven het vuur in een ijzeren pot werd gemaakt. Ze wisten wie zijn vrouw en zijn slaven sloeg, wie slechte tabak in de okshoofden deed, wie op het punt stond zijn plantage te verliezen.

Ze had gehoord dat ze vonden dat Klaus von Rothbach een uitstekende keus had gedaan met zijn weduwe, vanwege de grond en de familiebetrekkingen die ze hem zou opleveren als ze trouwden. Ze had gehoord dat iedereen een hekel had aan de gouverneur, dat de ruzies tussen hem en leden van het Lagerhuis zo hoog waren opgelopen dat er brieven waren gekomen uit Engeland, van de minister van buitenlandse zaken, waarin iedereen werd berispt. Ze wilden een andere gouverneur. Op ditzelfde moment waren er mannen in Engeland – Virginianen – bezig te doen wat ze konden om ervoor te zorgen dat er een ander werd benoemd in plaats van Spotswood.

Aangezien de mannen over iedereen praatten, besefte ze dat ze waarschijnlijk ook over haar praatten. Daar dacht ze 's avonds aan, toen ze thuis was van de jacht. Dan hadden ze heel wat te bespreken. Ze glimlachte even bij de gedachte aan wat ze vermoedelijk zeiden. Veel. Ze had niet stilgezeten sinds de verdwijning van Hyacinthe.

Ze had niets van Hyacinthe gehoord, ondanks de beloning, ondanks de beschrijvingen die bij alle veren langs de rivier waren aangeplakt, ondanks het feit dat het bericht was doorgegeven aan alle rechtbanken, alle kerken in het gewest, op speciaal bevel van de gouverneur, die haar de ene brief na de andere stuurde. 'Kom naar Williamsburg,' schreef hij, 'tot uw bediende gevonden is.' Ze weigerde. Hij was naar First Curle gekomen om haar op te zoeken, maar toen was zij, met John Blackstone als begeleider, op reis geweest naar de streek achter de watervallen, een gevaarlijke reis van enkele dagen, om te spreken met mensen die zich daar gevestigd hadden, om bekend te maken dat er een beloning was uitgeloofd voor het vinden van Hyacinthe. Wekenlang was ze van de ene uithoek van het gewest naar de andere gereden, tot het weer dat uiteindelijk onmogelijk had gemaakt. Niets anders had haar kunnen tegenhouden. Ik ga niet geduldig thuis zitten wachten, had ze tegen kolonel Perry gezegd. Dat zou u ook niet doen.

Vaak kon ze 's nachts niet slapen, en ijsbeerde door haar kamer; dan dacht ze aan Hyacinthe en vroeg zich af of hij soms ergens gevangen werd gehouden door een inboorlingenstam, als slaaf. Er bestond een afspraak tussen de Iroquois en de kolonisten dat weggelopen slaven opgespoord zouden worden en, dood of levend, teruggebracht. Wees sterk, wees dapper, fluisterde ze Hyacinthe in gedachten toe. Haar keel deed pijn, dat kwam door zijn afwezigheid; ingehouden tranen, zou haar grootmoeder hebben gezegd. Ze miste haar grootmoeder. Het zou een weldaad zijn geweest om nu de kracht van de hertogin van nabij te kunnen voelen. Maar omdat dat niet zo was, stelde ze zich voor wat haar grootmoeder zou hebben gedaan, en deed dan hetzelfde. Geen wonder dat ze over haar praatten. Waarvoor had Bolling haar ook weer uitgemaakt bij hun laatste ruzie? Een dwaze winkelierster.

Dus nu bent u een winkel begonnen, hè, had hij gezegd, terwijl hij haar woest aankeek, met zijn handen in zijn zij en zijn hoofd schuin. Keek hij haar ooit anders dan woest aan? U zult de enige laadplaats voor goederen zo ver stroomopwaarts bederven, en ook deze mooie plantage.

Alleen als het scheermes bot was: dat was ze niet vergeten. Ze hadden gedeelde belangen kunnen hebben in het magazijn, in de droogschuur; in plaats daarvan had ze hem gezegd zijn aandeel mee te nemen en op te krassen.

Wie van ons is er nou dom, had ze hem gevraagd, hem naäpend met haar handen in haar zij, haar hoofd schuin. Ik, met mijn landgoed aan de rivier, of u, met niets? Hij was zo woedend geworden dat ze dacht dat hij ter plekke uit zijn vel zou springen.

238

Kolonel Perry kwam naast haar bij het vuur staan en spreidde zijn handen om ze te warmen; de gedachte aan Bolling verdween. Barbara glimlachte om zijn oude, gedeukte hoed en de sjaal eromheen.

'Er is een jongleur in Williamsburg,' zei hij, 'ik heb zijn diensten gekocht voor mijn kerstdiner. U komt vanavond met ons mee naar huis. Dat heeft Beth zo besloten, en wanneer mijn dochter iets besluit, valt er niet aan te tornen.'

De lieve leugenaar. Hij had het zelf zo besloten. Hij wist dat het morgen, op eerste kerstdag, een jaar geleden was dat Roger was doodgegaan. Elke dag kwam hij, ongeacht het weer, naar haar toe, te paard, of hij liet zich door Cuffy over de rivier roeien, zodat de aanblik van hem als hij de hal binnenstapte evenzeer een deel van haar leven was geworden als het beeld van de slaven die bij de keuken hun eten kwamen halen, of Blackstone die elke morgen naar het huis kwam wandelen om haar te begroeten en het werk van de dag door te spreken, of het geluid van de doedelzak die 's avonds een jacobitisch soldatenlied door het bos snerpte, als goedenacht.

Klaus von Rothbach was terug. Zijn sloep was een eind stroomafwaarts gesignaleerd, had Margaret Cox haar verteld. Barbara was door kou en regen naar de tweede kreek gelopen, maar de sloep was er niet. Maar dat was ook logisch. Ze had Bolling zijn goederen uit het magazijn laten weghalen. Het was nu alleen van haar.

Er was in haar hart een groot verlangen, een wildheid als koorts. Het verlies van Hyacinthe, na dat van Roger en anderen: het was te veel. Te veel verlies. Ze dacht telkens terug aan de kus op het dak, aan de hartstocht toen, vitaal, opwindend. Wanneer u terugkomt van uw reis, kapitein, had ze tegen hem gezegd, en zijn ogen hadden geglansd. En na Hyacinthes verdwijning leken de kus, het verlangen groter geworden te zijn, de redenen om niet met hem te slapen gering. Ze kon hem gewoon nemen – die weduwe maakte niets uit – hem nemen met een glimlach en een kus, genadeloos met hem paren, al die wildheid, al dat verdriet uitleven in hartstocht en lichamelijkheid.

'Ik ga nu naar huis,' zei ze tegen kolonel Perry.

'Wat? Wilt u niet meer jagen?'

'Ik heb een hert gedood.'

'Maar er zijn nog meer herten in het bos.'

'Ik hoef er niet meer te hebben. Ik heb dit hert.'

'U hebt het dus gedood om te zien of u het kon?'

'Ja, ik geloof het wel.'

'Gaat u nog eens jagen?'

'Ik weet het niet.'

'U hebt nog bloed op uw gezicht.'

Ze wilde het laten zitten. Ze wist niet waarom. Hij bracht haar naar een boomstronk, zodat ze haar paard kon bestijgen.

'Wilt u een geleide?' zei hij.

'Ik weet de weg.'

'Past u dan goed op.'

'Ik pas altijd goed op.'

'Nee, lieve, dat doet u niet.'

U bent dapper, roekeloos, bijzonder, dacht hij terwijl ze wegreed. Waak over haar, zei de aartsengel, zorg voor haar; wijs haar de weg. De weg waarheen? Waarom droomde hij dit; dezelfde droom, die hij een paar keer per week had, waarvan hij wakker werd, die hem beangstigde? Zelfs bidden nam die angst niet weg. Wat in zijn binnenste gebeurde, was te vreemd. Alles in hem vocht en verzette zich tegen de gedachten die bij hem opkwamen.

'Ik geloof dat u net als lady Devane naar huis moet gaan,' hoorde hij een stem zeggen.

Perry keek om; het was Beth, zijn dochter – zijn vreugde, zoals hij haar altijd noemde, al was ze de laatste tijd niet zo vrolijk. Ze nam hem met ernstige ogen op en zei niets wanneer hij dagelijks naar lady Devane ging. Ze begreep het niet. Ze was verbijsterd over zijn toewijding aan Barbara, verbijsterd en jaloers. Mijn diepe achting voor lady Devane doet niets af aan mijn liefde voor jou, probeerde hij haar te zeggen, maar haar hart was nog zo jong. Het begreep het niet.

'Geloof je dat, vreugde van mijn hart?'

'Ja, dat geloof ik. Ik geloof dat u dit jaar niet meer zou moeten jagen. Wat we verder nodig hebben, kan Cuffy doden. Ik geloof dat u moet rusten. U ziet er erg moe uit, vader. Het maakt me bang. Ga vanavond niet naar lady Devane. Stuur Cuffy om haar naar ons huis te begeleiden. U hebt weer gedroomd, zeker?'

'Ja, ik heb weer gedroomd, lieverd.'

'Ziet u, dat maakt me ook bang.'

Perry legde zijn arm om Beth, voelde haar stevige lichaam. Haar stevigheid, haar jeugd maakten hem bewust van zijn broosheid; ze was maar een jaar jonger dan Barbara.

Er verscheen altijd een man in Perry's dromen, de knapste man die hij ooit had gezien, als een aartsengel met blauwe stenen als ogen, een engel die op de aarde was gevallen. Zorg voor haar.

Laat haar de weg zien, beval de engel. Hij had Beth iets van de droom verteld, want ze kende hem te goed om niet te merken dat iets hem van streek maakte.

Het woelde en golfde in zijn binnenste. Alles veranderde. Hij kon het voelen. Barbara had hem veel over haar grootmoeder verteld. Hij had erom geglimlacht, had de hertogin bijna voor zich gezien, met haar witte kat Dulcinea, haar stok, haar lakei; hij had Annie en Tamworth Hall en het grote portret van Barbara's grootvader in de slaapkamer van de hertogin voor zich gezien. Ze zegt altijd, zei Barbara, terwijl ze haar grootmoeder nadeed door haar lippen op elkaar te persen en haar voorhoofd te fronsen, ze zegt altijd dat alles verandert, maar er verandert niets. Er stond hem een grote beproeving te wachten, de grootste beproeving die hij had gekend.

'Ik denk dat je gelijk hebt, vreugde van mijn hart. Ik ga naar huis om te rusten, en ik zal doen wat je zegt, en dit jaar niet meer jagen.'

'Goed zo.'

De droom ging ook over Beth, de vreugde van zijn leven. Ze keerde hem in de droom haar rug toe. Er was iets aan het veranderen tussen hen. Hij zag het gebeuren, maar kon het niet tegenhouden omdat hij het niet begreep. Waarom? Hij vroeg het zich af wanneer hij 's nachts wakker werd met dit gevoel, wanneer een angstig voorgevoel hem beving, angst, een verlangen om zich terug te trekken, zich te verbergen. Waarom? Ik ben uw trouwe dienaar geweest. Waarom?

Omdat alles verandert, maar ook niets verandert.

'Ze zal gauw thuiskomen,' zei Thérèse. 'Ik moet gaan. We logeren vannacht bij kolonel Perry.'

Maar ze bleef liggen in het smalle bed van Blackstone, in de opzichtershut die vroeger van Odell Smith was geweest. Ze bracht haar hand omhoog en pakte hem zacht bij zijn baard, denkend: je hebt een aardig gezicht, John Blackstone – die ogen, zo helder, zo vol leven. Ze volgde de lijn van zijn neus, breed, met gewelfde neusvleugels, sensueel, volgde de lippen omkranst door de baard. Minnaar en vriend, *cher*, dacht ze, wat ben ik blij dat ik je gevonden heb.

Hij slaakte een diepe, steunende zucht, die als een soort kreunen uit zijn lichaam kwam, en legde zijn zware hoofd tegen haar hals; ze wreef met haar blote voet over zijn rug en zijn dijen. Hij was zo groot dat hij niet zijn volle gewicht op haar kon laten drukken. Wanneer hij stond, raakte zijn hoofd het plafond, zodat hij moest bukken. Hij torende boven de slaven en de meeste andere mannen uit als een soort vrolijke reus.

Nu kuste hij haar hals en zijn mond ging omlaag naar haar borsten, naar elk topje.

'Waarom lach je?'

'Omdat ik een man ben, en omdat jij een mooie Française bent en in mijn bed ligt, en omdat wat we zo meteen weer gaan doen, voordat je weg moet, me gelukkig maakt. Maakt het jou niet gelukkig? Kom hier, Thérèse, en laat me je bekijken.'

Zijn lach – bulderend, energiek – was wat haar het eerst was opgevallen. Zijn lach en het feit dat hij de slaven vriendelijk behandelde. Niet anders dan jij en ik, Thérèse, had hij over de slaven gezegd, net zo goed vrienden van me als wie ook. Ik ben ook een slaaf, voor zolang als de rechters van George van Hannover hebben bepaald dat ik moet dienen, maar in tegenstelling tot hen zal ik eens vrij zijn.

Hij deed alles in het groot – lachen, eten, drinken. Zowel madame als zij verbaasden zich over de hoeveelheid rum die hij kon drinken zonder om te vallen. Als de slaven op bepaalde nachten, wanneer de maan een bepaalde grootte had, in een kring om het vuur dansten, op muziek die ze met hun keel en op zelfgemaakte houten trommels en ratels maakten, zat hij er al drinkend naar te kijken, en op het eind ging hij staan als een boom die daar geworteld was, en zwaaide heen en weer op de muziek. Dan riep hij woorden die hij in hun taal kende – maan, vuur, voeten, rum – en de namen van de slaven – Jack Christmas, Moody, Mama Zou – terwijl de slaven lachten en om hem heen dansten, om hem en zijn grootheid te vieren. Vriend, noemden ze hem, stampend, zingend en in hun handen klappend, Blackstone, zongen ze, broeder.

Ik vind dat een sympathieke man, had madame gezegd, nadat ze met hem die reis naar de watervallen had gemaakt. Hij is te vertrouwen. En nadat Odell Smith bij hen was weggegaan had ze gezegd: Thérèse, ik maak hem opzichter op First Curle.

Blackstone trok Thérèse boven op zich.

'Raak me aan,' zei hij, en de mond in de krans van baard lachte niet meer.

Ze was er klaar voor, als een vrouw van de straat, als een loopse teef, omdat ze het genot kende dat zou komen, zijn mond op de hare, zijn handen, zachte handen, die haar soepel bewogen voor zijn genot, voor het hare, alsof ze niets woog, en hun wezen, het mannelijke, het vrouwelijke, gelijkwaardig, hetzelfde wilde. De ring die aan een ketting om haar nek hing sneed in haar vlees.

'Doe hem af,' zei hij, zijn ogen als spleten bijna dichtgeknepen.

Ze had de ketting niet afgedaan sinds de dag dat madame Barbara haar de ring had gegeven. Thérèse hield hem een ogenblik stijf omklemd voor ze zich naar voren boog om hem op de vensterbank te leggen. Blackstone omvatte haar heupen en plaatste haar met kracht terug op hem, en de beweging gaf zoveel genot dat ze kreunde en de ring vergat.

Hij hield de beweging tussen hen in stand, tandeknarste, boog zijn hoofd naar achteren en zei woorden die ze niet verstond. Waren het misschien woorden uit zijn barbaarse Schotse taal? Waren het Afrikaanse woorden? Hij was klaar en deed zijn ogen open, ze waren helder en stralend; hij schoof haar van zich af, maakte plaats voor haar tegen zijn buik, bracht zijn hand naar de vensterbank, pakte de ketting, hield hem omhoog en bekeek de ring. Het was een rouwring, van het soort dat bij een begrafenis werd gegeven aan degenen die het meest van de dode hadden gehouden.

'Vertel.'

Moest ze hem dat vertellen? Minnaar, vriend, kameraad, man, jongen: de broer van madame Barbara, Harry Alderley; haar lieve minnaar die had gegokt in de South Sea, te hoog had gegokt, te veel had vergokt, en de dood had gezocht.

Thérèse zei niets, nam Blackstone de ketting en de ring af. Hoe moest ze die tijd beschrijven, die krankzinnige, fantastische tijd, toen iedereen wel wat aandeeltjes had, toen iedereen een lakei of actrice kende die nooit meer zou hoeven werken, omdat ze aandelen South Sea hadden gekocht en weer verkocht, voor veel geld. Hoe moest ze de val beschrijven: dat niemand het eerst geloofde, en vervolgens het noodlot dat zich verspreidde, als een rode vlek, overal. Harry had grote schulden gehad. De jongen in hem kon het verlies niet onder ogen zien.

Blackstone bedekte hen beiden met een deken, legde een been over haar heen, een zwaar been dat haar gevangenhield. Er liep een traan over haar wang. Hij stak zijn vinger uit, raakte de traan aan en bracht hem naar zijn mond en proefde. Ah, dat vond ze ook leuk aan hem, zijn eetlust, zijn behoefte alles van het leven te proeven. En hij vond zijn geluk in wat er was. Kijk naar die boom, Thérèse, kijk naar die maan, kijk naar het dansen van de slaven. Die schoonheid, zei hij. Grote Broer, noemden de slaven hem. Groot Hart.

Als ik dit niet had, dacht ze terwijl ze uit bed stapte en haar japon zocht om hem weer aan te trekken, en even wachtte om te genieten van haar vermoeidheid, dan zou ik gek worden. Voorjaar. Ze zouden in het voorjaar teruggaan naar Engeland, terug naar Londen, naar smalle straten en stegen, te veel gebouwen, overal mensen, de straatventers met hun kreten, walnoten te koop, oude kleren, vis en oesters, naar het leven, tierig, druk, wreed, vitaal, levend. Maar dat duurde nog drie hele maanden. Winter, zei madame, we moeten alleen de winter zien door te komen, Thérèse. Madame kwam later misschien terug in Virginia – ze zei het zelf – maar Thérèse niet. Ze zou nooit terugkeren naar deze kolonie van rivier, bos en slaven, nooit, zelfs niet voor de warme handen, lange benen en zeer luide lach van John Blackstone, opzichter, jacobiet en verrader, proever van vrouwentranen, begraven schat, door haar gevonden hier midden in een Virginiaans woud. Blackstone was niet genoeg. Niets was genoeg om het leven hier goed te maken, het leven hier dat had geleid tot het verlies van Hyacinthe.

Op First Curle trof ze Harry op het erf met het houten hek eromheen. Hij blafte en sprong omhoog om aan Barbara's rok en handen te ruiken.

'Grote jager,' zei Barbara tegen hem, neerknielend om over zijn kop en rug te krabbelen, 'ik heb nu dezelfde titel als jij. Ik heb vandaag een hert gedood. Heeft Thérèse je naar het erf verbannen?'

Toen ze de salon binnenkwam, zag ze dat John Blackstone in een Franse stoel zat. Thérèse stond achter hem en knipte zijn haar met een schaar. Zijn baard was ook geknipt en even herkende Barbara hem bijna niet. Hij had een edelman uit de Tudor-tijd kunnen zijn, met zijn keurige baard, alleen hadden die edelen op de portretten in de galerij van Tamworth paarlen oorbellen in hun oren, als zwierige zeeschuimers, en hun baarden waren blond geverfd of nog feller rood dan die van Blackstone. Het waren pauwen, had haar grootmoeder gezegd, voor de pauwin die over hen regeerde – koningin Elizabeth.

'Ik word gefatsoeneerd voor de kerst, lady Devane,' zei Blackstone terwijl hij opstond. Hij nam Barbara langdurig op, het bloed van de jacht dat nog op haar gezicht zat, en begon toen te lachen. Het geluid vulde de kamer, zoals zijn grote lichaam de kamer vulde, en verwarmde hem, zoals hij hem ook verwarmde met zijn energie en zijn verhalen en belangstelling voor alles. Hij wist meer over slaven dan mannen die hier hun hele leven waren geweest. Hij wist alles over tabak. Hij wist waar de geheime paden door het woud waren en wat de beste nacht was om naar sterren te kijken.

U kunt verrekken als u die misdadiger de baan geeft die ik hoor te krijgen, had de tweede opzichter aan de overkant van de rivier tegen Barbara gezegd toen ze hem was gaan vertellen dat ze John Blackstone de leiding gaf over First Curle. En dus was hij net als Odell Smith bij haar weggegaan. Ze had een andere kunnen aannemen, maar de woorden 'De prijs van de tabak daalt; doe het rustig aan en leef op bescheiden voet' klonken nog in haar hoofd.

Op het gevangenenschip hierheen was ik op een haar na dood geweest, had Blackstone haar verteld tijdens hun gezamenlijke tocht. Het duurde een jaar voor ik me weer helemaal goed voelde. Vanaf dat moment heb ik gezworen elke dag te leven alsof het mijn laatste was. Dit is mijn thuis, tot mijn contract afgelopen is. Ik zal het leren kennen, en ik zal het liefhebben. Nu ken ik het, en heb ik het lief. Ze vond dat mooi gezegd en herhaalde de woorden wanneer ze 's avonds buiten op de trap zat om naar de sterren te kijken of de slaven een kringdans zag doen: ik zal het leren kennen, en ik zal het liefhebben.

'Bloed staat u goed, lady Devane.'

Het opgedroogde bloed van het hert dat ze die morgen had gedood was dramatisch, woest, schokkend op haar gezicht.

'Ik heb vandaag een hert gedood. Het musket deed pijn aan mijn schouder toen het afging.'

'Wanneer u naar Engeland teruggaat, zullen ze zeggen dat Virginia een wilde van u heeft gemaakt. Ze zullen mij de schuld ervan geven en nog een jaar aan mijn straf toevoegen, als ze het te weten komen.'

Blackstone schertste, wilde haar aan het lachen maken. Oneerbiedig, brutaal, zou haar grootmoeder over hem zeggen, hoewel hij dat niet was; ze zou hem aardig vinden, net als Barbara, om zijn brutaliteit en levensvreugde.

Het begon al donker te worden buiten, hoewel het nog middag was. De winter kan hier streng zijn, had kolonel Perry haar gewaarschuwd. Zorg dat al het werk gedaan is – brandhout gehakt, graan opgeslagen, vlees ingezouten, kaarsen gemaakt – want er zullen dagen komen dat de paardenpaden onbegaanbaar zijn, en dan ben je alleen met jezelf en God en de herinnering aan al je daden, goed en slecht.

Thérèse was bezig de lantaarn aan te steken die ze elke avond in een raam zetten voor Hyacinthe, zodat hij kon zien waar zijn thuis was.

'Ik geloof dat we zowel zaad van Digges als gewoon zaad moeten zaaien,' zei ze, terwijl ze een kaart van de tafel oppakte. Ze kwam terug op een oud twistpunt tussen Blackstone en haarzelf. Hij was enthousiast over haar idee een speciale soort te telen, en was bereid nog verder te gaan dan zij, en uitsluitend Digges-zaad te zaaien. Daarom had ze hem als opzichter gekozen nadat Odell Smith was weggegaan: na haar tocht met hem had ze het gevoel dat hij net als zij een gokker was – misschien zelfs meer een gokker dan zij, niet bang om iets te wagen.

'Als dat zaad van Digges nou niet opkomt? Of als de zaailingen de lente niet overleven? We weten hoe de andere tabak groeit, want die heb je hier al jaren geteeld. Wat moeten we beginnen als we volgende herfst weinig of geen tabak hebben om in vaten te doen? Dat zou mijn grootmoeder niet prettig vinden. En jij bent niet degene die haar onder ogen moet komen, Blackstone. Dat ben ik.'

Je moet meer zaad zaaien dan je nu berekend hebt, zei kolonel Perry. Een zaadje voor de merel, een zaadje voor de worm en een zaadje om te groeien, dat zeggen we bij het zaaien.

Blackstone bleef waar hij was, hij torende boven haar uit en zijn woorden kwamen krachtig als slagregens. Dat waardeerde ze ook in hem, dat hij opkwam voor datgene waarin hij geloofde.

'Ik zal die zaailingen koesteren alsof ze mijn eigen kinderen waren,' zei hij. 'Ik zal buiten in de velden slapen om bij ze te zijn. Ik zal Mama Zou speciale gebeden voor hen laten zeggen.'

'Mijn besluit staat vast. Gemengd zaad,' zei Barbara. 'Een mengsel van ons oude zaad en het nieuwe. We moeten deze nieuwe tabak nog leren kennen, Blackstone, zien wat hij doet. Dat kun je nog niet weten.'

'U bent een koppige vrouw, lady Devane.'

Ze maakte een buiging voor hem, zoals een man voor een andere man zou buigen. 'Dank je.'

Hij had een moeras gevonden dat ze volgens hem zouden kunnen droogleggen. Daar was hij ook enthousiast over, en hij liet haar telkens weer het verhaal van majoor Custis vertellen over de tabak die op een drooggelegd moeras was geteeld.

Majoor Custis had een theorie, zei kolonel Perry, dat een man net als de planten van de aarde, van binnen telkens weer een cyclus van dood en wedergeboorte doormaakt, en dat hij die moet doorstaan, en als hij daartoe niet bereid is, zal hij van binnen afsterven. Majoor Custis zei bijvoorbeeld – en daarbij had kolonel Perry op de lelies in de tuin gewezen – 'Kijk daar maar eens naar. Hun lange, puntige, groene bladeren zijn nu slap, bruin, en sterven af tot er niets van over is. Ze rusten, ze keren terug naar binnen, naar de aarde waaruit ze voortkomen; ze vragen niet waarom, maar weten dat er in het voorjaar groene spruiten en knoppen zullen komen: zichtbaar geworden hoop, zichtbaar geworden vertrouwen. En dan de heerlijke bloeitijd.'

Zegt u dat er voor mij een heerlijke bloeitijd zal komen?

Lieve, het kan niet anders. Je moet de afwezigheid van je bediende Hyacinthe met vertrouwen doorstaan, ik smeek het je: vertrouw op de Heer – en toen had Barbara weer zo'n krankzinnig ogenblik gehad dat ze Roger in zijn ogen meende te herkennen. Alleen zou Roger niet gezegd hebben dat ze op God moest vertrouwen, want hij had niet in God geloofd. Hij was modieus en uitdagend geweest in zijn ongeloof. Toch sliep ze die nacht niet goed. Ze lag te woelen in bed en droomde verwarde dromen over Devane House, en dat ze met lelies in haar armen in St. James's Palace door lange gangen holde.

'Ik ben nog niet met je klaar. Ga zitten,' zei Thérèse en pakte de schaar. Gehoorzaam nam Blackstone weer in de stoel plaats.

Barbara ging ook zitten en Harry sprong op haar schoot. Ze pakte een kam om de hond te kammen. Het licht van het haardvuur speelde over haar en het hondje in haar schoot, en alles was schaduw en vuur, licht en het donker van het opgedroogde bloed tegen haar blanke huid.

'Ik ben om dat moeras dat ik wil droogleggen heen gelopen,' zei Blackstone. 'We zouden aan de ene kant een dam moeten maken en aan de andere kant een kanaal.'

'Hoe lang denk je dat het zou duren?'

'Tja, dat hangt ervan af hoeveel mannen eraan werken. Met vijf man denk ik dat we het binnen een jaar zouden kunnen klaren.'

'Zodat ik het in het volgende voorjaar als veld zou kunnen gebruiken?'

'Inderdaad.'

Er werden nu bedden aangelegd voor het tabakszaad. Op aanraden van kolonel Perry werd as van verbrande maïsstengels in de bedden gewerkt, en spoedig zou het kostbare zaad worden gezaaid.

Zodra in het voorjaar de laatste vorst geweken was, wanneer

zij naar Londen zou vertrekken, zouden de slaven de velden gaan bewerken en de winterse aarde verkruimelen. Ze zijn de hele dag met de hak bezig, zei Blackstone. Het is zwaar werk. Kostbare zaailingen zouden worden overgebracht naar de kleine aardhopen die ze tabaksheuvels noemden.

In de salon drong het verre geluid van huilende wolven door. Dat hoorde hier bij de winter. Barbara voelde aan het opgedroogde bloed op haar gezicht en bedacht dat ze, als ze terug was in Londen, kolonel Perry Rogers boek met tekeningen van de zestiende-eeuwse Italiaan Palladio zou sturen. Kolonel Perry wilde een groot huis voor Beth laten bouwen, als onderdeel van haar bruidsschat; hij zou met genoegen kijken naar het verfijnde, gedetailleerde vakmanschap dat Palladio in zijn tekeningen toonde. Ze kon al voor zich zien hoe hij met zijn vingers de lijnen van de tekeningen volgde. Het zou haar plezier doen ze hem te sturen. Ze zag al voor zich hoe verrast hij was, hoe hij voorzichtig de bladzijden omsloeg, in diepe concentratie. Hij had oog voor schoonheid, net als Roger had gehad.

'Grootmama,' had ze in een brief geschreven, 'ik weet dat u hem bijzonder aardig zou vinden.' En tegen kolonel Perry had ze gezegd: kom naar Engeland. Ik wil dat u kennis maakt met mijn familie. Ze had een idee in haar hoofd, die twee met elkaar te laten kennis maken, de hertogin en kolonel Perry. Ze had een wonderlijk gevoel, een soort kriebel, dat ze elkaar aardig zouden vinden, en meer. Als ze aan haar grootmoeder en kolonel Perry dacht, wilde ze lachen.

Haar gedachten gingen naar Devane House, zwierven door de verdwenen kamers en salons die Roger had ontworpen en ingericht. Haar gedachten waren nu vaak bij Devane House, ze dacht aan behoud, herstel, een nieuw begin.

Het vuur knetterde en flakkerde in de haard. Barbara glimlachte om de gedachte dat ze haar grootmoeder een vrijer zou brengen, en kamde langzaam Harry's vacht, terwijl ze met Blackstone een gemoedelijk gesprek over tabak voerde. Ze dacht af en toe aan Klaus von Rothbach, en wat ze zou zeggen als ze hem terugzag. Thérèse voltooide het knippen van Blackstones haar.

Barbara verontschuldigde zich en liep de trap op, met het hondje achter zich aan. Ze opende het houten kistje en zocht tussen de eigendomsbewijzen voor grond die erin zaten. 'Koop meer grond,' schreef ze altijd aan Randolph in Williamsburg, 'zoveel mogelijk grond.' Het aangekochte land lag voorbij de watervallen van de vier rivieren, want al het land tussen de rivieren zelf was al verkocht, al had er zich nog niemand gevestigd. Ze bezitten het, had mevrouw Cox haar verteld. Kolonel Perry, kapitein Randolph en King Carter. Ze houden het vast voor zonen en kleinzonen.

En ik houd nu ook iets vast, dacht Barbara, iets dat niet van grootmama is, maar van mijzelf.

Beneden zei Thérèse: 'Je flirt met haar.'

Blackstone lachte en trok haar op schoot, maar ze gaf hem een mep en stond op. 'Begeer je haar?'

'Ik begeer alle vrouwen, Thérèse, oud en jong. Ze is mooi, maar ver verheven boven mannen zoals ik. Jij hebt mijn hart. Haar bewonder ik alleen.'

'Heb je dan een hart? Is er één man die een hart heeft?'

'Je moet niet boos zijn, mijn Frans vrouwtje, omdat ik een vrouw mooi vind. Kom op mijn schoot zitten en geef me een zoen.'

'Nee.'

Hij stond op en liep de salon uit naar de hal. Onwillekeurig bewonderde ze zijn lange gestalte, de manier waarop hij liep en bewoog, de manier waarop zijn hoofd op zijn schouders stond.

'Er is altijd en alleen het nu, Thérèse. Bederf het niet.'

'Bederf jíj het niet,' snauwde ze.

Met nijdige bewegingen veegde Thérèse de vlokken haar van zijn hoofd en baard bij elkaar, bracht ze naar het vuur en gooide ze erin. Ze knielde neer, denkend aan Harry, aan zijn ontrouw, die ze had genegeerd omdat dat gemakkelijker was en ook omdat je van een man van zijn stand niet kon verwachten dat hij trouw was, en zeker niet aan een vrouw zoals zij, een bediende. Ze had de bewondering gezien in Blackstones ogen, als knetterende vonken van het vuur. Het had haar boos gemaakt. Wat betekenen wij voor hen, vroeg ze zich af. Niets? Alles, had Harry gezegd, maar hij had toch anderen bemind. Dat is geen liefde, had hij gezegd.

Wat was het dan?

Voorjaar. In het voorjaar zou ze ver weg zijn. En in de tussentijd zou ze John Blackstone misschien haar lichaam geven, maar op haar hart zou ze heel zuinig zijn.

Het werd donker en de huishoudster liep van tafel naar tafel om de kaarsen aan te steken. 'Ik zie haar in de kerk in de bank van de familie Perry zitten. De oude kolonel Perry is erg op haar gesteld geraakt. Hij gaat altijd bij haar op bezoek.'

De huishoudster van de plantage die het eigendom was van William Byrd, die zelf in Londen was, gaf de roddelpraatjes van het gewest door aan Klaus, die bezig was te doen wat hij altijd deed na een zeereis: van plantage naar plantage rijden, om zich op de hoogte te stellen van het nieuws en vrienden op te zoeken, en zich weer in te stellen op thuis zijn. Hij was nog niet naar First Curle gegaan, hoewel zijn gedachten eromheen cirkelden, en om haar die er woonde.

'Er is niets vernomen van haar vermiste jongen, kapitein Von Rothbach. Ze is helemaal naar World's End gereden om hem te zoeken, en heeft met de buitenlanders die daar gevestigd zijn gepraat – in hun eigen taal, moet u weten.'

De watervallen in de rivier werden World's End genoemd. De buitenlanders waarover ze sprak waren hugenoten, protestanten die door het katholieke koninkrijk Frankrijk verbannen waren. Byrd had hun een plaats gewezen boven de watervallen, op onontgonnen land dat zijn vader jaren tevoren had opgeëist. Byrd had de hugenoten tienduizend akker gegeven, maar ze bebouwden slechts honderd akker; tienduizend akker was niets voor mannen zoals Byrd en Perry, die honderdduizenden akkers grond in eigendom hadden. Ik zal veel grond hebben, dacht Klaus, als ik met mijn weduwe trouw. Het was een troostrijke gedachte, alsof de grond de herinnering aan Hyacinthe zou uitwissen.

'Ze heeft een Iroquois uit Williamsburg meegenomen om te zien of hij een spoor kon vinden dat de jongen misschien had achtergelaten, maar de Iroquois heeft niets gevonden. Ze zeggen dat dat het moment was dat Odell Smith besloot om bij haar weg te gaan, toen hij die Iroquois zag. Ze heeft de gouverneur gevraagd om de rangers eropuit te sturen om naar haar jongen te speuren, maar de gouverneur zei dat ze tot het voorjaar moesten wachten, wanneer de bergpassen weer begaanbaar zijn. Hij wilde niet dat een van zijn rangers aan de andere kant vast zou komen te zitten door vroege sneeuw.'

'Ja, ik heb bij het veer een aanplakbiljet met de beschrijving van de jongen gezien.'

De jongen was geen slaaf. Klaus' oom had hem verteld dat ze Hyacinthe de vrijheid had gegeven toen ze in Williamsburg was. Hoe was de reis, Klaus, vroeg Bolling. Je ziet eruit of je niet helemaal jezelf bent. Ze heeft me uit het magazijn gezet, moet je weten. Ze heeft mijn helft van de goederen zo ver mogelijk bij de rivier neergezet en zei dat ik moest opkrassen.

Waarom?

Ze zei: Omdat het scheermes niet bot was. Maar het heeft mijn broer wel degelijk gedood.

'Ze zijn bij alle veren langs deze rivier aangeplakt, op bevel van de gouverneur. Ze heeft de andere twee kwartieren van First Curle opgedoekt. Toen Odell Smith wegging, heeft ze zijn baan aan die wildeman, die Schot aangeboden, en aangezien Ephraim Crawley er al jaren tweede opzichter was, en bovendien geen misdadiger, zei hij, is hij ook bij haar weggegaan. Het schijnt dat ze de kwartieren aan de overkant niet meer gaat beplanten, alleen op First Curle gaat ze planten.'

'Alleen op First Curle,' herhaalde Klaus. Odell werkte nu voor zijn oom, op een kwartier voorbij de watervallen. Het was prettig geweest te weten dat hij Odell niet zou hoeven tegenkomen. Nu kan ik het vergeten, had hij bij zichzelf gedacht. Ik wou dat ik haar ook zo gemakkelijk kon vergeten.

De deur van de bibliotheek ging open en Beth Perry kwam binnen. Toen ze Klaus zag, bleef ze staan.

'Kapitein Von Rothbach. Ik had gehoord dat u terug was. Het is goed om u te zien.' Ze stak de huishoudster een boek toe, die het van haar aannam.

'Hebt u het uit? Zoekt u gerust een ander uit. U weet dat kolonel Byrd er geen bezwaar tegen heeft.'

'Hoe was uw reis?' vroeg Beth aan Klaus.

Hij antwoordde niet.

'Waar bent u geweest?' hield Beth aan.

'Jamaica, Curaçao, Tobago, Martinique. Eilanden. Blauw water, zo helder dat je de vissen in de diepte ziet zwemmen. Lagunes, verborgen als kostbare parels. Bergen die in de verte oprijzen als een ruggegraat. Een wereld voor avonturiers, een wereld voor piraten.'

Beth liep naar de boekenkast waar de vele boeken van kolonel Byrd stonden, die hij met zijn buren deelde. Het was hier de gewoonte dat zij die meer hadden, hun weelde met anderen deelden. Ze raakte de rug van een boek aan. 'Lady Devane raadde me een boek aan, het heette *Het leven en de vreemde avonturen van Robinson Crusoe*, maar ik zie het hier niet staan. U weet natuurlijk dat haar jongen vermist wordt.'

'Ja, dat heb ik gehoord.' Klaus had de aanvechting om ervandoor te gaan, om Beth Perry midden in een zin achter te laten.

'Ze zei dat hij als een kind voor haar was. Ik kan me niet voorstellen dat ik een slaaf als – kapitein Von Rothbach, wat is er?'

'Het wordt al donker, en ik heb nog een lange rit voor de boeg.'

'Gaat u dan niet naar huis. Kom bij ons overnachten. Lady Devane zal er ook zijn.'

'Nee, ik kan onmogelijk overnachten.'

De gedachte haar te zien voor hij er aan toe was, maakte hem kortaangebonden.

'Komt u dan morgen?' Haar mooie ogen – ze had de ogen van haar vader – rustten op hem.

'Morgen?'

'Eerste kerstdag. Iedereen is uitgenodigd. Uw oom zal er ook zijn. Vader laat een jongleur komen.'

'Ja, ik zal er zijn.'

'Goed zo.'

Perry's huis was vol mensen. In elke kamer waren de tafels hoog opgetast met voedsel: geglazuurde cakes, kalkoenen, hammen, met rum en suiker geconfijte vruchtjes. De tafels werden verlicht door grote zilveren kandelaars, gegoten in een rijk patroon van bladeren en bloemen. Die waren van Beths moeder geweest. Barbara had haar zilveren dienbladen en kandelaars van First Curle meegebracht. Overal stonden bruine flessen met wijn en rum; de wijn was een lichte madeira die kolonel Bolling had meegebracht. De perzikenbrandewijn van kolonel Perry stond er, gemaakt van de perziken uit zijn boomgaard. Er waren schotels met forel en gebraden kip, en tinnen kommen met pecannoten en walnoten.

Barbara had dagen door haar bossen gelopen om ranken te zoeken waar nog wat groen aan zat, en sparretakken en -kegels te plukken. De vorige avond hadden Beth, Thérèse en zij kransen van wingerdranken en klimop gemaakt, die nu aan de muren hingen. Vanmorgen vroeg had ze de sparretakjes en sparreappels tussen de schotels gelegd, en de geur van dennenbossen vermengde zich met de geur van het eten. Ze droeg een sparretakje in het haar; de groene naalden staken fel af tegen het rossig-goud, tegen de zware, zwart fluwelen japon die ze droeg, afgezet met kant zo wit als verse sneeuw. Er was niet genoeg plaats voor iedereen die gekomen was, en daarom zat ze op een vensterbank om naar de jongleur te kijken.

'Ik moet u iets zeggen.' Het was Valentine Bolling. Ze had hem de hele dag weten te ontlopen.

Barbara klapte bits haar waaier open en begon zich snel te bewaaieren. 'Ik zit naar de jongleur te kijken.'

'Ik kom binnenkort vaten met varkensvlees en okshoofden met tabak in de walserij brengen.'

Ze draaide haar hoofd snel naar hem toe, zodat de dennenaalden als een vluchtige groene streling haar wang beroerden, en keek hem aan.

'Het is de gewoonte om iedereen vandaag met een kerstwens te begroeten, of met "Christus zij met u". Vrolijk kerstfeest, kolonel Bolling. Daar komt niets van in.'

'Het is de wet. U kunt me niet tegenhouden. U moet okshoofden accepteren als ik de ligprijs betaal. Hij die een walserij aan de rivier heeft, moet okshoofden opslaan die hem gebracht worden.'

'U kunt me niet wijsmaken dat er geen andere walserij aan de rivier is waar u ze kunt brengen.'

'Er is geen andere walserij in de buurt.'

Barbara klapte haar waaier dicht. 'Zeg nog eens hoe die wet luidt.'

'Hij die een walserij aan de rivier heeft, moet de okshoofden van zijn buren opslaan.'

'Okshoofden. Met tabak. Geen vaten met varkensvlees. U kunt uw okshoofden brengen, maar anders niets. En u kunt me beter meteen diezelfde dag betalen, anders zou er iets mee kunnen gebeuren.'

Hij keek haar kwaad aan, zonder berouw en uitdagend. 'Wat zou er kunnen gebeuren?'

'Ze zouden in de rivier kunnen vallen. Ik zou het erg jammer vinden, natuurlijk, maar dan lagen ze in het water.'

Elke dag liep zij of Thérèse naar de walserij om de okshoofden te tellen die zich in de lange loods ophoopten. Soms kwamen er planters langs om te zeggen dat ze okshoofden hadden achtergelaten. Soms lieten ze ze zonder meer achter. Iedereen bereidde zich voor op het voorjaar, op het eerste tabaksschip. Bolling hield er een veroordeelde bediende op na die de hele winter en het vroege voorjaar in het magazijn woonde om de aantallen okshoofden te noteren die door buren werden gebracht, en ook om goederen uit de opslag te verkopen.

Bolling leverde een dienst: het verpakken van tabaksbladeren in een okshoofd. Hij kocht onverpakte tabak van zijn buren, wat kolonel Perry ook deed. Barbara dacht erover iemand in het magazijn te laten wonen, om de goederen te verkopen, de administratie bij te houden, en – waarom niet – de tabak van anderen te verpakken, zoals Bolling had gedaan. Alle benodigde gereedschappen – de touwen, de katrollen, de zware stenen die werden gebruikt om de tabaksbladeren stevig te pletten en in de okshoofden te persen – waren aanwezig. Waarom zou ze geen tabak inkopen, net als haar buren?

'Waar is kapitein Von Rothbach?' vroeg ze aan hem.

'Hij komt wel.' Bolling nam Barbara van top tot teen op. 'Hij zal zijn dame begeleiden.'

Barbara hield de waaier omhoog zodat alleen haar ogen te zien waren. 'Ik beloof dat ik niet vreselijk zal flirten.'

Ze beloofde niets. Ze wilde Klaus dolgraag zien, en ze was ook boos op hem. Ze had vandaag gehoord dat hij bij de familie Randolph was geweest, bij de familie Farrar, bij de familie Eppes. Maar niet bij haar. Hij had bij haar moeten komen, al was het alleen om haar te condoleren met het verlies van Hyacinthe, waarover hij natuurlijk had gehoord. Iemand had het hem ongetwijfeld verteld. Haar trots, zei Harry, maakte dat deel van haar wakker dat tegelijk roekeloos en koel kon zijn, de verleidster, de flirt, dodelijk. Pas op wat je doet, had hij gewaarschuwd.

Wie van ons begiftigd zijn met charme en schoonheid, Bab, zei haar grootmoeder in haar hoofd, terwijl ze vermanend haar vinger hief tegen een veertienjarig meisje dat nog niet wist dat ze die gaven bezat, en ook niet wat ze betekenden, wie van ons daarmee begiftigd zijn, dienen die gaven vriendelijk, bescheiden en eerlijk te gebruiken, anders bezeren we anderen ermee. En eens zal die pijn zich tegen haar keren.

'Slet,' zei Bolling.

Barbara hield haar hoofd scheef, bewoog met de waaier en glimlachte stralend. 'Ja.'

Hij snoof verachtelijk en liep weg.

Laat in de middag wandelde Klaus de salon binnen, in gezelschap van de donkerharige vrouw uit Williamsburg. Barbara voelde haar trots en boosheid overeind komen als de staart van een pauw. Ik zou je gemakkelijk kunnen hebben, dacht ze. Kijk hen in de ogen, had Richelieu gezegd. Hij was haar eerste minnaar buiten Roger, en hij had haar opgeleid in de verleidingskunst. Zodra ze je vertrouwen, moet je hen pijn doen. Dan proberen ze te ontsnappen, maar dat kunnen ze niet. De pijn verlamt hen, maakt jou tot marionettenspeler, hen tot marionet.

Onder haar bewonderaars was een graaf geweest, de zoon van een hertog, en een hertog, en ook knappe jonge mannen van het jacobitische hof van koning Jacobus. Twee mannen hadden om haar een duel uitgevochten.

Wat betekent een scheepskapitein, met hen vergeleken, vroeg ze zich af. Ik laat het er maar bij.

Ze zag hem door de kamer gaan en mensen begroeten. Tenslotte kwam hij naar haar toe.

Zo, dacht ze, wat kun je tot je verdediging aanvoeren?

'U bent even mooi als altijd.'

'Waarom bent u mij niet komen opzoeken? Ik had dat van u verwacht.' Ze zei het onomwonden, zonder koketterie, zonder verleidelijk te doen.

Hij antwoordde niet. Ze zag een blos op zijn gezicht komen, weer weggaan. Ze dacht aan het gezegde van haar grootmoeder: niets verandert en alles verandert. Er was iets veranderd: hij begeerde haar niet meer. Wel, wel.

Hij had tenminste de beleefdheid kunnen hebben haar dat te komen vertellen, maar de gedachte aan Charles kwam bij haar op, hoe ze hem had gebruikt om niet van Roger te houden – en toch van Roger had gehouden. Het spelletje van Richelieu, zonder de kilheid, maar toch een spel. Laat maar, dacht ze, maar haar trots stak. Er is nooit liefde tussen ons geweest, alleen begeerte.

'Ik heb gehoord dat uw bediende verdwenen is,' hoorde ze hem zeggen. 'Ik bied u mijn condoléances aan.'

'Ik aanvaard ze.'

'Ik kan u een andere slaaf brengen. U hoeft het maar te vragen. De slavenmarkten van Cartagena zijn vol jongetjes...'

'Ik wens u een gezegende kerst, kapitein.'

Ze liep een andere salon in, zag de kleinzonen van Margaret Cox. Woede beving haar, dat Klaus dacht dat Hyacinthe kon worden vervangen als een zoek geraakte hond. Voor deze mensen was hij een hond. Ik ben gevaarlijk, dacht ze. Ik moet een tijdje oppassen met mezelf.

'Iemand heeft mijn gevoelens gekwetst,' zei ze tegen de jongens Cox. James, Brazure en Bowler Cox waren een beetje verkikkerd op haar. Ze kwamen alleen met zijn drieën bij haar op bezoek, alsof ze met zijn drieën moesten zijn om daartoe de moed te vinden. 'Mag ik een poosje bij jullie komen zitten?'

Ze stonden op, en een van hen stootte zijn bord eten om zodat het over hem heen viel; de tweede stamelde iets onsamenhangends; de derde kon helemaal geen woord uitbrengen. Ze ging tussen hen in zitten, op haar gemak; hun onhandigheid amuseerde haar – en ontroerde haar ook. Het meisje in haar zei: dit is echt, dit is eerlijk, dit is goed. Geniet van hun onschuld. Vind je eigen onschuld terug.

Na enige tijd kwam kolonel Perry de kamer binnen. Barbara zag hem van de een naar de ander kijken, tot hij haar tenslotte bespeurde, en er een glimlach op zijn gezicht kwam. Ze voelde dat er vrede in haar hart kwam. Daar was nu eens echte liefde, vriendelijk, standvastig, veilig. Daar waren Rogers gratie, Rogers hoffelijkheid, gerijpt tot iets zo edel dat ze er geen woorden voor kon vinden. Ja, haar grootmoeder moest hem beslist leren kennen.

'Brazure, Bowler, James, zorgen jullie goed voor haar?' zei hij, terwijl hij naar hen toe kwam.

De drie jonge mannen stonden weer op, waarbij de een tegen de ander opbotste, zodat Barbara erom moest lachen.

'Ik moet lady Devane mijn zaaibedden laten zien,' zei hij tegen de jongens Cox. 'Heeft jullie grootmoeder haar zaaibedden al afgedekt? Anders moeten jullie haar gaan zeggen dat ik denk dat we vandaag sneeuw zullen krijgen. Zo,' zei hij tegen Barbara, terwijl hij met haar wegliep, en zij op zijn arm steunde, 'ik ben een goede gastheer geweest en heb met al mijn gasten persoonlijk gesproken; ik ben een goed Lagerhuislid geweest en heb naar klachten en grieven geluisterd; en nu ga ik doen wat ik zelf wil en alleen met u praten. Hebt u een prettige dag gehad? Vond u de jongleur leuk? U bent nog steeds in het zwart. Wilt u op oudejaarsavond een gekleurde japon aantrekken, om mij een genoegen te doen?'

Vandaag was Roger precies een jaar dood. Haar rouwperiode was om. Waar is mijn woeste verdriet om jou, Roger, het verdriet dat ik hierheen heb meegebracht? Is het afgezwakt tot dit weemoedige gevoel om wat had kunnen maar niet heeft mogen zijn? Niet heeft mogen zijn. De woorden zijn niet meer hartverscheurend. Heeft het verdriet om Hyacinthe mijn gevoel voor jou weggedrukt? Of heb ik zo'n verdriet om hem dat ik niet meer merk hoe verdrietig ik nog om jou ben? Houd ik minder van je, of is dit wat grootmama bedoelt als ze zegt dat de tijd alles heelt? Ben ik aan de beterende hand? Alles heeft een groter doel dan wij kennen, zei kolonel Perry. Als je dat gelooft wordt het leven een avontuur, zelfs in wanhoop.

Ze liepen door de salon. Klaus was er nog, omringd door een menigte vrouwen; hij voorspelde de toekomst, las hun de hand. Het is een slavenkunst die ik in Jamaica heb geleerd, had hij Barbara verteld. Hij had afgelopen herfst in haar handpalm gekeken, voor hij vertrok. Ik zie een man die u erg mooi vindt, had hij gezegd.

'Hebt u Blackstone de slaven laten opdragen as van maïsstengels door de aarde te werken waarin u de zaailingen hebt uitgeplant? Heeft hij de bedden afgedekt met hooi en schutbladen van maïs?' hoorde ze kolonel Perry vragen.

Ze waren buiten; hij stond stil om haar mantel onder haar kin vast te binden alsof ze een kind was, trok voorzichtig de kap over haar haar, met een geconcentreerde uitdrukking op zijn gezicht. Bij de rivieroever was een grote boom omgevallen; hij had er klimop en wingerd omheen geplant die majoor Custis hem had gegeven, om over en om de stam heen te laten groeien, zodat de boom groen en mooi werd, ook al was hij dood. Hij had er een zitplaats in laten uithakken, zodat hij hier kon gaan zitten en naar de rivier kijken. Mijn geest wordt één met God, zei hij, wanneer ik naar het stromen van de rivier kijk. Ik vind vrede.

'Iemand heeft me vandaag pijn gedaan,' hoorde ze zichzelf zeggen. 'Of misschien heb ik mezelf pijn gedaan. Trots, weet u, ik ben erg trots.'

Hij luisterde, zei niets, tilde haar handen op, kuste haar knokkels. Waar, zou haar grootmoeder willen weten, waar heb je pijn? Kom bij me, Bab, dan geef ik er een kusje op en maak het weer beter. Er was niets onbetamelijks in de kus van kolonel Perry, alleen tederheid, de tederheid die was als iets warms dat haar omringde. Ik ben erg op u gesteld, dacht ze. Was ik op Klaus gesteld? Ik weet het niet.

Een kerstliedje van thuis ging door haar hoofd: 'Fiedeldij, fiedeldij, Kerstmis gaat zo snel voorbij.' De pijn was ook snel voorbijgegaan.

'Kijk' – ze hief haar gezicht, en de zuiverheid van haar profiel was prachtig om de zien – 'het is gaan sneeuwen.'

'Ik moet het tegen de anderen gaan zeggen, zodat ze op tijd naar huis kunnen.'

'Kunnen we heel even gaan zitten? De sneeuw voelt als kusjes op mijn gezicht.'

In het huis wendde Beth zich van het raam af, van de aanblik van haar vader en Barbara die op de bank zaten als geliefden.

'U hebt mijn toekomst nog niet voorspeld,' zei ze tegen Klaus.

Hij keek in haar uitgestrekte hand en zei iets met de strekking dat ze in de familie van King Carter zou trouwen. Zijn gedachten waren weer bij Barbara, bij wat hij had gevoeld toen hij haar zag: een mengeling van begeerte, schuldgevoel en eerbied. De gemengde gevoelens woelden door zijn hoofd.

'Mijn toekomst bevalt me niet, kapitein Von Rothbach. Geef me een andere.'

Verrast keek Klaus Beth aan.

'Verander hem,' zei ze. 'Alleen u kunt dat doen.'

Hij zei niets, onzeker over wat hij in haar stem hoorde – of zeker, maar hij kon het nog niet goed geloven.

'Verander hem.'

'U zult trouwen...'

'Met een buitenlander, denk ik, en daarna lang en gelukkig leven.'

Ze trok haar hand koeltjes uit de zijne terug, en liep van de ene gast naar de andere om te zeggen dat het was begonnen te sneeuwen. Eigenlijk zou haar vader dat moeten doen. Velen zouden nu naar huis moeten gaan, om niet onderweg te blijven steken.

'Zullen we gaan?'

Klaus keek in de ogen van zijn weduwe uit Williamsburg; hij knipperde met zijn ogen, haast alsof hij niet begreep wat ze zei. In zekere zin was dat ook zo. Het duizelde hem nog van de plotselinge wending van de fortuin, die de armen van Beth Perry voor hem had geopend. Zijn toekomst bestond, plotseling en zonder waarschuwing, uit de keuze tussen het derde deel van de erfenis van een weduwe of de hele erfenis van een enige dochter.

Het gewoel van gevoelens stierf weg. Er kwam iets voor in de plaats: ambitie, opportunisme.

19

Blackstone zat op het erf op zijn doedelzak te spelen. Achter hem stonden alle slaven van First Curle in rijen opgesteld; sommigen hadden een kaars in de hand, sommigen sloegen op trommels, sommigen rammelden met rammelaars. Het geluid van de pitten in de rammelaars leek op het ruisen van regen. De trommels en rammelaars waren verfijnde voorwerpen, zorgvuldig vervaardigd van hout en gespannen vel, of uitgeholde kalebassen of takken. Ze waren versierd met houtsnijwerk, veren, kralen en schelpen.

Zij geloven dat het ritme van de trommel je hart wekt, had Blackstone haar verteld. Het geluid van de rammelaars roept je geest op.

Het was een prachtig gezicht. Barbara opende de deur verder. Blackstone hield op met spelen en zei, toen ze in de deuropening stond, half lachend tegen haar: 'Wassail' – een oud woord, zo oud als Engeland, dat 'heil', 'gezondheid' betekende. Het was een nieuwjaarswens.

Toen hij die avond Thérèse in nachtpon op de trap passeerde, zei hij tegen haar: 'Ik ben vanavond de eerste vreemde in dit huis. Ik breng jullie het geluk van het komende jaar. Ziet u de kleur van mijn haar, mademoiselle Fuseau? Het betekent geluk voor u. Maar als mijn haar donker was, zou u me niet binnen moeten laten want dan zou ik ongeluk brengen, maar dat is het niet en dus ben ik hier. Kom, dames, ik heb de wassail klaar. U moet er een beker van drinken met de slaven en mij.'

'Het is midden in de nacht,' zei Barbara.

'Natuurlijk is het dat. Wanneer kan het nieuwe jaar anders beginnen?'

Hij begon weer op zijn doedelzak te spelen en marcheerde een van de salons in, rondom de tafel en de hal weer in. Barbara en Thérèse trokken laarsjes aan en volgden hem naar buiten, zodat de sneeuw aan de zoom van hun mantel koekte. De storm van eerste kerstdag had alles met sneeuw bestrooid als met witte suiker, had bomen omgewaaid en de paardenwegen tussen de plantages geblokkeerd. Gisteren hadden de slaven hard gewerkt om de paden naar First Curle vrij te maken zodat Barbara nieuwjaarsgasten kon ontvangen als de zon op was. Ze had al een paar dagen niemand gezien; door het weer was reizen niet mogelijk geweest.

Op elkaar gepakt in het huisje van Blackstone dronken ze wassail. Het gekruide bier, dat Blackstone had vermengd met rum, was sterk; toen ze drie bekers op had, begon Barbara zacht de woorden te zingen van een wijsje dat Blackstone regelmatig speelde, een triest wijsje. Een wijsje van mijn land, zei hij, geschreven nog voor jullie Engelsen bij ons de baas kwamen spelen.

'"Morning has broken, like the first morning,"' zong Barbara, en haar stem klonk hees en liefelijk.

Blackstone sloot zijn ogen bij de klank van haar stem, geroerd door het feit dat Thérèse zo dichtbij zat dat hij haar kon aanraken, geroerd door de aanwezigheid van al deze mensen in zijn kleine hut, geroerd door het geluk dat hem de laatste maanden ten deel was gevallen. Je flirt met haar, zei Thérèse beschuldigend tegen hem, en haar Franse hart was koel. Ja, hij flirtte – hoe kon een man anders? – maar het enige wat hij ermee beoogde was haar eer te bewijzen. Lady Devane had een mooie inborst. Hij was een boef; zijn tijd was haar gegeven als straf voor zijn trouw aan koning Jacobus. Ze was niet verplicht hem ook maar een penny te betalen voor de tijd dat hij haar diende. Jordan Bolling had hem niets betaald. Maar zij had gezegd: ik zal je evenveel geven als Smith ontving voor zijn werk als opzichter. Dan zul je, als je tijd erop zit, iets hebben om mee te beginnen. Er was hoop in zijn leven gekomen. De wassail en het zingen brachten tranen in zijn ogen, en de hoop ook.

'Nieuwjaarsgeschenken,' zei Barbara. 'Ik moet nieuwjaarsgeschenken gaan uitdelen. Kom, sta op. Begeleid ons op de doedelzak terwijl we naar het huis lopen, Blackstone.' Ze lachte. 'Ik denk niet dat ik in een rechte lijn kan lopen.'

Niemand kon dat, en het was heerlijk. Haar slingerende gang volgen, het nachtelijke gelach om henzelf, de gloeiende kaarsen die op en neer dansten met de bewegingen van degenen die ermee liepen, het geluid van trommels, rammelaars en doedelzak. In het huis aangekomen ging Barbara iedereen voor naar haar salon en deelde cadeautjes uit: voor elke slaaf een brood suiker, dekens voor iedereen, jassen, japonnen, schoenen, kleding die ze uit het magazijn had gehaald. Voor Thérèse was er een omslagdoek, geweven door de Franse hugenoten die achter de watervallen woonden, van dieprode wol, warm en levendig van kleur. Thérèse begon te huilen toen Barbara hem om haar schouders hing.

'Wat is er, Thérèse?'

'Het is zo mooi. Ik mis Hyacinthe. Hij zou er ook bij moeten zijn.'

Ja, dacht Barbara. John Custis had bij de gouverneur een kleine boom voor haar laten bezorgen, een zilverahorn. Op het aangehechte briefje stond: Groen aan één kant, zilver aan de andere. Het spijt me van uw jongen. Plant deze boom zodat hij hem ziet als hij in uw richting komt. De zon zal op het zilver van de bladeren vallen, en de glans daarvan zal een baken voor hem zijn.

Nog steeds huilend kroop Thérèse bij Blackstone op schoot.

'Het komt van de wassail,' zei Blackstone met een blik naar Barbara, die glimlachte omdat die grote man zo'n schaapachtig gezicht trok.

'Hyacinthe was als een kind voor mij,' hoorde ze Thérèse tegen Blackstones borst zeggen. 'Ik kan er niet tegen. Ik heb iets voor hem gemaakt voor nieuwjaar. Ik was er zo zeker van dat hij bij ons terug zou zijn.'

Het huilen van Thérèse veranderde de stemming. De slaven stonden op, kwamen naar Barbara toe, bedankten haar, ernstig in hun beleefdheid en dronkenschap. Toen ze weg waren, ging

Barbara op de vloer zitten met haar armen om haar knieën en staarde lange tijd in het vuur, tot ze besefte dat Thérèse niet meer huilde. Ze was in slaap gevallen op Blackstones schoot, en hij wiegde haar met gesloten ogen zacht heen en weer. Ach, dacht ze, ze zijn dus met elkaar naar bed geweest.

Toen stond Blackstone op en ging de trap op om Thérèse in bed te leggen. Hij kwam de trap weer af en knikte naar Barbara om haar goedenacht te wensen. Alleen gebleven liep ze door de salon, raakte hier en daar iets aan, het krullende houtsnijwerk van de lijst van een van de schilderijen die ze uit Engeland had meegebracht, een tinnen schaal in de kast, de dikke wol van het borduurwerk op de Franse stoeltjes.

Boven trok ze een kamerjas over haar nachtjapon en zocht wollen kousen. Harry volgde haar de trap weer af.

'Wij gaan de dageraad begroeten, grote jager,' fluisterde ze hem toe. 'Wassail, Harry mijn hond.'

Ze liep naar de rivier en maakte daar een bocht om langs de oever een pad te volgen dat naar de tweede kreek ging. In de verte, in een hemel die nog steeds meer donker dan licht was, kringelde rook omhoog uit een schoorsteen, de schoorsteen van het slavenhuis. Dit was een rustdag voor de slaven. Ze waren het wild aan het braden waarop ze eigenlijk niet mochten jagen – volgens een wet die zij en Barbara aan hun laars lapten – en ook twee kleine varkens die ze hun had gegeven. Het vlees hing buiten te roosteren in een kuil die ze gisteren hadden gegraven. Ze kon sneeuw, dennenaalden en roosterend varkensvlees ruiken, heerlijk, en aan de andere kant maakte de rivier een dof, door sneeuw en ijs gedempt murmelend geluid.

De hemel had de kleur van een met roze dooraderde schelp. De zon viel in lichtplekken voor haar toen ze terugliep naar het huis. Er kringelde rook uit de schoorsteen van het keukenhuis. Nieuwsgierig ging ze kijken wie daar was. Blackstone begroette haar met een glimlach toen ze omhoogstapte naar de keuken.

'Uw wangen zijn zo rood als pruimen. Hebt u wel geslapen? Ik ook niet. Ik ben hogmanay aan het maken, een Schotse haverkoek. Er wordt ook nog meer wassail gemaakt, voor de gasten die u vandaag krijgt.'

Er hingen potten aan een ijzeren staaf in de haard – een haard als een grot, over de volle breedte van het keukenhuis. Barbara boog zich eroverheen en rook aan de wassail. Een gast die hier vandaag veel van dronk, zou moeten blijven slapen. Op kleine planken achter de haard, gemaakt om eten op te zetten dat warm moest worden gehouden, zag ze dunne koeken opgestapeld als kleine pannekoeken.

'Ik hoor tuig rinkelen. Daar is uw eerste gast van het nieuwe jaar, lady Devane.'

Op dit vroege uur kon dat alleen kolonel Perry zijn. Hij zou het niet erg vinden dat ze een mantel en laarzen aan had en dat haar haar los op haar schouders hing. Ze ging naar buiten en zag tot haar schrik kolonel Bolling op zijn paard bij haar houten hek, vergezeld door Klaus Von Rothbach. Ze had geen idee waarom ze hier waren, maar was er instinctief niet blij mee.

'We hebben nieuws,' riep Bolling toen ze zo dichtbij was dat ze hen kon verstaan.

Ze had gehoord dat er al een paar tabaksschepen in de rivier waren gezien. Waren er brieven van thuis, vroeg ze zich af – de mooiste nieuwjaarsgeschenken – en ze tilde haar rokken op om te rennen, met een plotselinge, felle vreugde in haar hart, vreugde die waarschijnlijk op haar gezicht te zien was, want Bolling zei snel, zodat ze opeens bleef staan: 'Het gaat over uw jongensbediende.'

'Lady Devane, deze kant op alstublieft...'

Barbara kon zich niet bewegen, kon niet geloven dat de dag zo moest eindigen. Een muffe geur kriebelde in haar neus – hooi voor de koeien en de paarden; het was een ondertoon voor een andere geur, de geur van dood, van iets dat verrot was, vergaan. Ondanks het licht van een lantaarn was het in de schuur bijna even donker als de januarinacht buiten de deur. Haar adem kwam in witte wolkjes naar buiten. Koud, wat was het koud. Naast haar hoorde ze Thérèse, met mantel, handschoenen en laarzen net als zij, een geluid maken als een ingehouden snik.

Onder het flakkerende licht van de lantaarn die de eigenaar van deze plantage vasthield lag een met een deken bedekte hoop. Hyacinthe, zeiden ze. Er was een eind stroomafwaarts een lijk van een jongen gevonden, dat was blijven steken in overhangend struikgewas, en door de koude enigszins tegen bederf was beschermd. Het was nog een wonder dat het lijk gevonden was. Dat had kolonel Bolling, in zijn officiële functie als een van de lekenrechters van het gewest, haar tenminste verteld.

Iemand vatte haar bij de elleboog. Kolonel Perry. Ja, ze moest doen wat ze moest doen. Grootmama, zei ze in een snel gebed, stuur me jouw kracht. Ik denk niet dat ik dit aankan.

Het kostte een geweldige inspanning om haar voet op te tillen en de eerste van het vijftiental stappen te zetten naar de plaats waar het lijk onder de deken lag, maar ze deed het, met Thérèse aan haar zijde, haar kamenier, vriendin en de andere moeder van Hyacinthe.

Toen de planter de deken wegtrok, klopte Barbara's hart in haar keel. Het springt nog uit mijn borst, dacht ze, terwijl honderd beelden, honderd herinneringen aan Hyacinthe in haar hoofd door elkaar wentelden. Ze keek omlaag en dacht, net als op de ochtend dat ze het hert had gedood: dit zal ik nooit vergeten. Het zal me voor mijn hele leven tekenen.

De jongen was naakt. Hij had de lange, slungelige benen van een opgroeiende jongen; de beenderen van de knie, van de dij waren te zien. Iets had het vlees weggevreten van vingers, van genitaliën en tenen. Zijn gelaatstrekken waren zacht, bijna vormloos, het grootste deel van het gezicht was ontvleesd. Wie was dit? Hoe kon ze het weten?

'Ik ben er niet zeker van dat het hem is,' zei ze. De woorden kwamen gefluisterd naar buiten. Haar keel zat dichtgeschroefd. Ze was verstijfd van afgrijzen om deze dood, om de dood als zodanig, om het leven. Kolonel Perry had goddank haar elleboog nog vast. De schok van wat aan haar voeten lag maakte haar ademloos, verstomd.

'Is dit de jongen, mademoiselle Fuseau?' zei kolonel Bolling, leunend tegen een van de paardeboxen met zijn armen over elkaar en een onbewogen gezicht.

Thérèse huilde te hard om antwoord te geven. Woorden weerklonken door Barbara's hoofd. Het was het vorige voorjaar, en ze zat in een van Londens mooiste kerken en luisterde naar Robert Walpole die de lijkrede hield voor Roger. 'Geen mens is een eiland...' had Walpole gelezen, de woorden van Rogers lievelingsdichter citerend. Walpoles stem klonk galmend en streng vanaf de preekstoel van die prachtige kerk. 'Elk mens is deel van het vasteland, deel van het geheel...'

'De jongen moet van de plantage af aan het zwerven zijn gegaan, in de bossen verdwaald zijn. Wie weet hoe lang hij daar nog heeft geleefd voor hij in de rivier is gevallen en verdronken?' Het was de sheriff, die naar deze plantage was gekomen, die dit zei.

'Haar jongen is niet opgegroeid met de bossen. Hoe had hij in leven kunnen blijven?' zei Bolling.

'Maar hoe zit het met de hond?' zei Perry. 'Iemand heeft de hond door de kop geschoten. Dat is met opzet gedaan.'

'De rug van de hond was toch gebroken?' zei Klaus, die hen op deze reis had vergezeld. 'Misschien heeft iemand haar stervend aangetroffen en afgemaakt. Om haar uit haar lijden te helpen.'

'Waarom heeft diegene zich dan niet gemeld om het ons te vertellen?' zei Bolling. 'Iedereen in het gewest, en daarbuiten ook nog wel een paar, weet van de jongen.'

Barbara liep door de schuur naar de andere kant en trok een van de zware deuren open. Ze stapte de vriesnacht in. Het donker was volkomen, zodat ze een ogenblik blind was. Als de zee een aardkluit wegspoelt, is Europa daardoor evengoed kleiner geworden als wanneer er een landtong was weggespoeld, evengoed als wanneer het huis van uw vriend of uw eigen huis was weggespoeld. Toen zag ze een lichtpuntje, vaag, waarschijnlijk een kaars voor het raam van het plantershuis waar ze zouden overnachten. Ze begon naar dat lichtje toe te lopen. Het is de grote mengeling van gevoelens, daarom voel ik me zo ziek, zo zwak en naar, zo buiten tijd en plaats, dacht ze bij zichzelf. Hyacinthe. Lieveling, broertje, kind, lieve bediende, geschenk van Roger.

Roger, waar ben je? Waar is iedereen? Grootmama, Tony, iemand, help mij. De dood van een mens vermindert mij, omdat ik bij het mensdom betrokken ben; vraag daarom nimmer voor wie de klok luidt; hij luidt voor jou. Het was begonnen te sneeuwen, de vlokjes prikten licht, net als de kleine, koude kusjes met Kerstmis.

'Lady Devane – Barbara, lieve schat...'

Ze draaide zich om. Kolonel Perry was haar gevolgd. De lantaarn in zijn hand liet wonderlijke schaduwen tussen hen dansen, als de vleugels van engelen of elfen, de elfen voor wie Jane en zij als meisjes eten en bier hadden neergezet. Aan haar handen droeg ze de zachte, leren handschoenen die hij haar voor nieuwjaar had gegeven. Perry, die was verschenen niet lang nadat Bolling met zijn vreselijke nieuws was gekomen, had erop gestaan met haar mee te gaan om het lijk te zien – deze man, haar bejaarde engel, wijze, Virginiaanse beschermengel. Tranen rolden over haar wangen. Ze huilde nu openlijk, luidop.

'Laat me je naar het huis terugbrengen. Lieve, je moet niet alleen zijn. Het is verschrikkelijk wat we zojuist hebben gezien. Het raakt ons allemaal.'

'Waar is God? Ik ben Hem kwijt.'

Kolonel Perry stak haar zijn hand toe. Ze legde de hare erin, als een verbijsterd kind.

'Hij is hier, tussen jou en mij. En daar, in de schuur. Overal, Barbara. Hij verlaat ons nooit. Wij verlaten Hem alleen.'

Laat dat waar zijn, o, laat het waar zijn, dacht ze, terwijl ze zich door hem naar het huis liet voeren.

Toen ze op de deur hoorde kloppen, keek Barbara naar Thérèse, maar die was eindelijk in slaap gevallen. Er waren uren voorbijgegaan. Thérèse en zij hadden gehuild, samen en afzonderlijk. Hij is het niet, zei Thérèse. Ik weet het, ik voel het. Maar ze hadden toch gehuild. Wat ze gezien hadden was zo afschuwelijk, het raakte hen zo diep. Barbara opende de deur en zag Klaus in de schemerige hal staan.

'Ik heb de hele nacht aan je moeten denken. Ik kan niet slapen. Zeg alsjeblieft dat het goed met je gaat.'

'Ik hoor getrommel,' zei ze.

'De slaven geven elkaar het bericht over de jongen door. Morgenochtend weet elke slaaf het, mijlen in de omtrek.' Er waren tranen in Klaus' ogen. 'Het spijt me zo. Laat mij je een andere jongen brengen. Ik zal hem zelf uitzoeken. De slavenmarkten op de Caribische eilanden zijn vol jongens...'

Ze wendde zich af en sloot zacht de deur, en ging terug naar haar stoel. Alles verandert en niets verandert. Wie wàs dit, deze man met zijn zigeunerjukbeenderen? Had ze hem ooit werkelijk begeerd? Wanneer? Het leek in een andere tijd, een andere wereld. Er was een Barbara geweest die op deze kusten was aangekomen, en er was een Barbara nu, die het lijk in de schuur had gezien. De schok ervan trilde nog in haar, als een vinger die de strakste snaar van een viool aantokkelt. Ze herinnerde zich dit gevoel, als van brekend glas. Ze had het gevoeld op de morgen dat ze Roger zijn minnaar had zien kussen. De Barbara in haar brak, en er kwam een andere uit de scherven te voorschijn.

Beneden zat kolonel Perry in een leunstoel, starend in de haard. Op de vloer om hem heen sliepen, in dekens gerold, de sheriff en Bolling. Er zeurde en knaagde iets in Perry's geest, maar het lukte hem niet om er de vinger op te leggen. Von Rothbach, die naar boven was gegaan om te zien hoe het met Barbara was, kwam terug in de salon. Hij legde zijn handen op de schoorsteenmantel en leunde naar het vuur.

Hij is aangedaan door de aanblik van dat lijk in de schuur, net als wij allen, dacht Perry.

Een droom, dacht Klaus. Ik doe voortaan of ik gedroomd heb, daar bij de tweede kreek.

Het was hier, natuurlijk, dat waar ik bang voor ben geweest, dacht Perry. Het gevoel dat in hem golfde en kolkte was zo sterk dat hij ervan beefde. Ze hadden twee dekens om zijn schouders gehangen. Als u ziek wordt, had Valentine gezegd, laat uw dochter mij onthoofden.

Hij had het geweten zodra hij de schuur was binnengestapt.

'De Here is mijn herder,' herhaalde hij telkens, in een poging verlichting te vinden van de angst, het kolkende gevoel van binnen.

De volgende morgen stond Barbara buiten met kolonel Perry, wachtend tot de gezadelde paarden bij hen werden gebracht.

'Wat gaat u doen, wanneer u op First Curle aankomt?' Hij hield haar nauwlettend in het oog, alsof hij zo haar gedachten kon lezen.

'Deze jongen begraven.'

En nog meer. Hij wist wat, alsof ze het met zoveel woorden had gezegd. Hij huiverde. Onderweg, terwijl ze zwijgend voortdraafden, elk zich bewust van het lijk dat over het zadel hing, weerklonken woorden door zijn geest, woorden die brandden in zijn ziel: in zoverre gij dit aan één van deze mijn minste broeders hebt gedaan, hebt gij het Mij gedaan.

Blackstone en alle slaven wachtten hen op bij de grens van Barbara's landgoed. Met een blik op Thérèse legde Blackstone zijn hand op de hals van Barbara's paard, dat onrustig was en met zijn hoeven in de sneeuw schraapte.

'Was het uw jongen?'

'Dat weten we niet.'

'Nee,' zei Thérèse.

'Waar is het lijk, mevrouw?'

'Daar, op dat paard.'

'Het is in elk geval goed dat u hem begraaft... Er zijn brieven voor u gekomen, uit Engeland, en een paar nieuwjaarsgeschenken uit Williamsburg. Kapitein Randolph heeft ze meegebracht.'

Brieven, dacht Barbara, en sloot haar ogen. Ergens in al deze bevroren gebrokenheid was ze daar blij om, maar de vreugde was gedempt. Ze moest eerst de moeilijke dingen maar doen, daarna zou ze het genoegen van haar brieven beleven.

Thuis, dacht ze, terwijl ze langs Blackstone naar de velden keek, naar de bomen eromheen. Ja, hier was ook een thuis, zelfs met dat gruwelijke dat op het zadel van een paard was vastgesnoerd.

Alles verandert en niets verandert. Ze nam afscheid van kolonel Bolling en Klaus, van kolonel Perry.

'Waar gaan we hem begraven?' zei Thérèse.

Er was een kleine begraafplaats voor slaven, op een afgelegen plek in het bos, waar de zon maar af en toe door de dichte bomen drong. Daar hadden slaven hun eigen monumenten achtergelaten – geen stenen beelden en brede grafplaten zoals in het kerkhof bij de kerk in Williamsburg, maar een opgerichte boomstam met een reeks erin uitgesneden figuren, of scherven van rumflessen en stukken van gebroken kalebassen, uitgestrooid over de verzonken aarde – een gewoonte, zei Blackstone, die bedoeld was om de levenden te beschermen tegen de doden die er begraven waren. Hun leven draait om hun voorouders, zei Blackstone, degenen die van het leven zijn gescheiden, maar die herdacht en gunstig gestemd moeten worden. Zij vinden het griezelig, hoe wij de doden vergeten. De doden zijn niet dood, zeggen zij.

Barbara reed er te paard heen. 'Het is te eenzaam.'

Ze liep met Blackstone en Thérèse langs de rivier.

'Waar u het hondje hebt begraven,' zei Blackstone, 'het zou misschien goed zijn om Hy... – de jongen – daar te leggen.' Ze liepen naar de plek, die uitkeek over de rivier, onder hoge bomen, met brede stammen, oude stammen, waarvan de takken zich spreidden tot een baldakijn van schaduw en koelte in de zomer. 'Ja,' zei Barbara.

Ze gingen naar de schuur. Het lijk moest op de een of andere manier gewassen en gekleed worden. Wat moet ik doen, dacht Barbara. Ik kan er niet meer naar kijken.

'Ik zal voor het lijk zorgen,' zei Blackstone. 'Gaat u maar naar huis met mademoiselle Fuseau, en laat het aan mij over.'

In het huis kwam Thérèse naar beneden met een van Hyacinthes pakjes, een van zijn bepluimde hoeden. Hij was altijd erg trots geweest op zijn kleren, zijn hoeden.

'Hyacinthe zou willen dat deze jongen deze kleren krijgt,' zei Thérèse.

'Ik ga naar de dominee,' zei Barbara, maar toen ze bij zijn plantage kwam, die aan de hare grensde, hoorde ze van zijn vrouw dat hij aan de overkant van de rivier was en dat ze hem pas de volgende dag terug verwachtte. Barbara schreef snel een briefje en liet dat achter. Tegen de tijd dat ze terug was op First Curle, ging de zon al onder. In haar salon trof ze Margaret Cox en mevrouw Randolph, Beth en kolonel Perry aan.

'Er zijn brieven voor u uit Engeland,' zei Perry.

Hij ziet er ziek uit, dacht Barbara. Hij had vanavond niet hierheen moeten komen. 'De dominee was er niet,' zei ze tegen Thérèse.

'Het is Hyacinthe niet,' zei Thérèse, en haar knappe gezichtje was witter, stiller, verdrietiger dan Barbara het ooit had gezien. 'Het doet er niet toe.'

Barbara zag dat Beth en mevrouw Randolph elkaar aankeken. Ze denken dat Thérèse en ik gek zijn, rijp voor het gesticht, dacht Barbara. Misschien zijn we dat ook. U hebt geen idee hoe gek we zijn. Maar u zult het nog merken.

'We hebben avondeten meegebracht,' zei Margaret Cox. 'Gaat u maar zitten en laat u door ons bedienen. Hier, leest u de brieven van thuis.' Ze legde ze in Barbara's handen, en Barbara zag voor het eerst de pakjes op haar tafel en herinnerde zich dat Blackstone had gezegd dat er geschenken voor haar waren gekomen. Ze keek de brieven door – van haar grootmoeder, van haar moeder en van Jane, en een brief van iemand wiens handschrift ze niet herkende. Ze hield de brief van haar grootmoeder tegen haar voorhoofd, alsof die haar weer beter kon maken.

'Een van mijn slaven is bezig een doodkist te maken,' zei Perry. 'Morgen is hij klaar.'

'Waarom hebben we het?' zei Barbara.

De kolkende angst in Perry bereikte een hoogtepunt.

'Wat, lieve?'

Hij wist het al. Hij had immers afgelopen herfst op het slavenschip al geweten dat dit moment zou komen. Dit was wat de dromen betekenden.

'Slavernij.'

Hij probeerde kalm te spreken, het bonzen van zijn hart, zo luid, zo indringend, als het getrommel in de afgelopen nacht, te overstemmen.

'We hebben iets geleerd van de suikereilanden in het zuiden. Het is winstgevender om tabak te planten met behulp van slaven. Je hoeft een slaaf voor zijn arbeid geen deel van de oogst te geven. Een slaaf kan geen aanspraak maken op de grond die hij bewerkt. Als meester hoef ik hem alleen te voeden en te kleden. De kinderen die hij krijgt, zijn van mij.

Ik ben nooit van plan geweest om slaven te bezitten. In de periode van welvaart sinds het einde van de Franse oorlog hebben steeds meer mensen hier slaven gekocht. De Hollanders, de Spanjaarden, de Fransen, de Engelsen in de koloniën in het noorden, die voeren ze aan uit Afrika, waar ze naar ik heb gehoord, door hun eigen broeders worden verkocht voor geweren en koper. Als ik ze niet koop, doet mijn buurman het. Mijn buurman koopt slaven. Ik kan niet achterblijven bij mijn buurman.'

Perry voelde gebeurtenissen, data, beelden door zijn hoofd tuimelen tot hij er duizelig van werd: het proces tegen Frances Wilson, die haar slavin had gedood, een proces dat tweedracht had gezaaid in de kolonie, waarover iedereen had gesproken; de ene helft vond dat geen mens mocht beschikken over leven en dood, terwijl de andere zei dat ze niet berecht mocht worden omdat de slavin haar eigendom was. Ze was vrijgesproken.

Steeds meer wetten waren door hem en de overige slavenbezitters aangenomen, elke wet was beperkender, dwingender en voordeliger voor henzelf; een wet dat slaven geen recht hadden op vijftig akker land, wat iedereen kreeg die hier als bediende kwam; een wet dat als een weggelopen slaaf bij het vangen werd gedood, de moordenaars niets zou gebeuren, terwijl de eigenaar schadevergoeding kreeg. Een wet dat kinderen bij geboorte slaaf of vrij waren, al naar gelang de moeder die hen baarde. Jaren achtereen werden er wetten aangenomen, en elk daarvan maakte degenen die de meesters waren, minder dan christelijk.

We zijn geen goede christenen als we onzelf boven anderen plaatsen, dacht hij nu. We maken onszelf iets wijs als we dat denken; we bezoedelen onszelf en geven de schuld aan hen die we in slavernij houden.

'Het huis waarin ik nu woon was het beste dat mijn vader kon bouwen,' zei hij tegen Barbara, 'Ik zal een beter huis bouwen over de ruggen van mijn slaven. We hebben de afgelopen twintig jaar veel land in bezit genomen. De wet eist dat land binnen een bepaalde tijd moet worden ontgonnen, beplant of beweid moet worden, anders raken we het kwijt. We hebben slaven nodig om weidegrond geschikt te maken voor tabaksteelt. We hebben slaven nodig om alle tabak die we zullen planten, te verzorgen en te oogsten.'

Hij zag dat Barbara haar handen in haar schoot tot vuisten balde. Ze is woedend, dacht hij, over onze argumenten. Ze verbleken bij datgene wat bij haar in de schuur ligt. Natuurlijk is ze woedend.

'Ga alstublieft naar huis, naar bed,' zei ze.

De kleur van zijn gezicht beviel haar niet. Ze hadden veel gereisd de afgelopen dagen, door kou en vorst, sneeuw, hele dagen te paard. Zelf was ze ook uitgeput. Hij was veel ouder. Hij moest beter op zichzelf passen. Opkijkend ving ze een blik van Beth op.

Het bevalt haar niet dat ik hem weer hier heb laten komen, dacht Barbara.

'Je ziet er niet goed uit, Edward,' zei Margaret Cox, haar ronde, donkere ogen op hem gevestigd.

'Ik rijd terug naar mijn plantage en laat het rijtuig brengen,' zei kapitein Randolph. 'Jij gaat in mijn rijtuig naar huis, Edward, in dekens gepakt en met warme bakstenen om je voeten op te zetten.'

'Het rijtuig komt niet door de sneeuw heen.' Dat was Margaret Cox, altijd praktisch.

'Mijn slede dan.'

'Jullie maken je te druk,' zei Perry, maar kapitein Randolph was al bezig zijn mantel aan te trekken.

'Maak je cadeautjes open,' zei mevrouw Cox tegen Barbara.

Ze scheurde het bruine papier van het kleinste pakje open. Tussen tientallen gedroogde rozeblaadjes lagen bloembollen: leliebollen, zag ze op het briefje, voor haar tuin, van majoor Custis.

In het andere, grotere pak zat een Iroquois-mantel, die veel leek op de mantel die ze aan de maîtresse van de koning, de hertogin van Kendall had gestuurd. De ene kant was van uiterst zacht leer, versierd met honderden kraaltjes, de andere was van prachtig donker, glanzend bont. De onderkant was afgezet met veertjes. Hij kwam van de gouverneur, die haar een gelukkig nieuwjaar wenste. Iedereen voelde aan het leer en ging met de vingers over het kralenpatroon.

'Dat is beverbont.' Perry kon een huivering niet onderdrukken. 'Deze mantel heeft de gouverneur een paar duiten gekost.'

Barbara woelde met haar hand door het bont. Ze wilde dat ze iets anders kon voelen dan boosheid. Dit ding was prachtig. Ze kon het zien, maar ze kon de schoonheid niet voelen. Ze had een beverdam gezien in een kreek bij kapitein Randolph, ze had het mooie, vreemde beest met zijn platte staart gezien dat de dam had gemaakt. Ze had het getekend voor haar grootmoeder.

Ze pakte de brief van haar grootmoeder, maakte het lakzegel los en vouwde hem open. Ze las de brief snel door, maar kwam aan het eind bij nieuws dat haar zo verraste dat ze niet verder kon lezen. Ze keek met lege ogen op, en zag niet haar gasten hier, de kleine kamer, de prachtige Iroquois-mantel, maar Engeland, Tamworth, Saylor House. Ze had gedacht dat iedereen thuis precies bleef wat ze waren. De wereld was gekanteld. Wanneer komt hij weer rechtop te staan? Ik ben niet hetzelfde, dacht ze. Waarom zouden zij het wel zijn?

Kolonel Perry stak zijn hand uit en pakte de hare. 'Zal ik vannacht hier blijven?'

'Nee, u voelt zich niet goed. Ik zag u rillen.'

Maar ze las geen andere brief meer en liet zijn hand niet meer los tot ze de belletjes van kapitein Randolphs slede hoorden.

'Morgen,' zei Perry tegen haar, terwijl ze de dekens rondom hem instopten; en bij het licht van een lantaarn wisselde Barbara een blik met Beth.

'Ik denk het niet,' zei Barbara. 'Morgen kom ik ú opzoeken.'

'Er moet iemand bij u zijn bij de begrafenis.'

'Ik zal er zijn,' zei kapitein Randolph. 'Jij bent niet de enige lekenrechter van dit gewest, Edward, al doe je alsof dat wel zo is.'

Boven spreidde Barbara de brieven uit voor het vuur en begon te lezen. Haar grootmoeder miste haar, stuurde haar ganzen, een kaaspers, en andere zaken. Ze wilde bijen sturen – ze had een hele bladzijde volgeschreven over bijen, dat haar imker vervelend en koppig was en geen fantasie had. De hertogin citeerde hem: '"Hoe houd je ze rustig? Hoe zorg je dat ze de korf niet verlaten? Hoe moeten ze voedsel zoeken tijdens de lange overtocht?" Hoe moet ik dat weten?' schreef haar grootmoeder. 'Hij is de imker, niet ik.'

Barbara glimlachte en zou de handtekening weer gekust hebben, als er geen lijk in haar schuur had gelegen. Ze moest zorgvuldig alle gegevens over de plantage noteren. Ze moest nadenken over de produktie van wijn. Haar grootmoeder zou uit Londen oude kleren laten sturen voor de slaven. Ze moest goed op zichzelf passen en zo gauw mogelijk terugkomen naar huis om haar op te zoeken, want het was op Tamworth veel te stil zonder haar. En o ja, Tony ging trouwen met Harriet Holles, een hofdame in het gevolg van de prinses van Wales.

Tony gaat trouwen, dacht Barbara. Dat was gepast. Hij moest trouwen, als hertog, zoals zij ook getrouwd was als kleindochter van een hertog, en de fouten van haar moeder had goedgemaakt door met Roger te trouwen.

'Tony gaat trouwen.' Ze gaf de brief aan Thérèse.

Ze opende een tweede brief, van Jane, las nieuws over de kinderen, over Ladybeth Farm, waar Jane logeerde. 'Ik ben wanhopig,' schreef Jane. 'Gussy houdt niet meer van me.' Onzin, dacht Barbara. Malle Jane. Wanneer Barbara thuiskwam, zou ze zorgen dat het in orde kwam. Het was allemaal de spanning van het afgelopen jaar, waarin Jane Harry had verloren, Jeremy had verloren, het leven had geschonken aan Harry Augustus.

Er waren nog twee brieven over, een van haar moeder en een van een onbekende schrijver. Van haar moeder kon ze alles verwachten, van vriendelijke woorden tot wrede. Ze koos de andere brief en las hem langzaam één keer, en toen nog eens. Robert Walpole offerde Roger op, zei de brief, hij liet toe dat men hem tot zondebok maakte, zodat andere ministers van de koning het konden overleven.

Ze spreidde de ingesloten schotschriften uit en voelde zich onwel worden toen ze naar de afbeeldingen keek – vooral een obscene tekening van Roger, met overdreven dikke billen, die bezig was een figuur te verkrachten die Britannia voorstelde. Ze las de brief nogmaals en bekeek de schotschriften. Was het waar? Kon het waar zijn? Ze duwde de brief weg. Hiervoor ben ik vanavond te veel van streek, dacht ze.

Ze opende de brief van haar moeder, die kort was en ter zake. Tony had geduelleerd maar was ongedeerd; zijn tegenstander was echter overleden. Tony ging trouwen – zou getrouwd zijn wanneer Barbara deze brief ontving – dank zij de tussenkomst van de hertogin. Het was dom en laf van Barbara dat ze naar Virginia was gevlucht. Ze had de hertogin van Tamworth kunnen zijn, in plaats van Harriet Holles die titel te gunnen. Kalm vouwde Barbara de brief dicht. Jij ook de groeten, moeder, dacht ze.

Ik kan niet geloven dat Robin Roger zou verraden, dacht ze. Ze waren vrienden. Ik kan niet geloven dat Tony, mijn lieve, serieuze Tony een duel heeft uitgevochten en dat die man is doodgegaan. Wat moet Tony zich daar ellendig om voelen.

De obscene afbeelding van Roger hield haar bezig. Zo smerig. Zo wreed. Maar wreedheid was overal. Kijk maar naar wat er in de schuur lag. God is overal, zei kolonel Perry. Laat het waar zijn. Het moet waar zijn.

'Je weet zeker dat het niet Hyacinthe is.'

'Ja,' zei Thérèse.

In de hoek was een altaar dat Thérèse had opgericht. Er lag een kussen om op te knielen, en er stond een zelfgemaakt gesneden houten kruis van Blackstone. Evenals Thérèse was hij katholiek; hij had het kruis gesneden tijdens het eerste jaar van zijn gedwongen dienst. Thérèse bad daar voor Hyacinthe. Soms bad ze uren achtereen. Wanneer mijn gedachten almaar om hem heen draaien, zei ze tegen Barbara, moet ik bidden, anders word ik gek.

Ze zat er nu ook, geknield in haar nachtjapon met de rode doek die ze ter gelegenheid van het nieuwe jaar had gekregen om haar schouders, en liet de kralen van haar rozenkrans door haar vingers gaan. Barbara pakte een kussen van het bed en knielde naast haar. Haar meisjesjaren waren vol gebeden geweest; elk avond bad haar grootmoeder hardop, en op zondag was er de kerk, waar Harry en zij lachten om de dreunende preken van dominee Latchrod, zoals ze nooit om hun grootmoeder zouden hebben durven lachen. Ze was met de gewoonte gestopt toen ze met Roger getrouwd was. Het was niet modieus om in God te geloven en dus had ze, om hem een genoegen te doen, niet geloofd. Maar nu moest ze, net als Thérèse, bidden of gek worden. Geef uw zegen, God, aan wat ik wil gaan doen.

Had Robin Roger verraden? Waarom?

Ze reed de volgende dag vroeg uit om met de dominee te spreken, maar eerst wilde hij de dienst niet houden.

'Ik kan dat niet doen, tenzij het uw jongen is,' zei hij. 'De dienst is alleen voor gedoopte christenen.'

'Mijn bediende was een gedoopte christen,' zei Barbara met naar voren gestoken kin.

De dominee bekeek haar van top tot teen. Hij heeft al gehoord dat we niet geloven dat het Hyacinthe is, dacht Barbara. 'Hij moet vandaag begraven worden. Hij was een geliefde bediende van mij. Ik zweer het.' De leugen deed haar niets.

Kapitein Randolph en Margaret Cox wachtten op First Curle toen ze terugkeerde met de dominee.

'Kolonel Perry heeft koorts,' zei kapitein Randolph. 'Hier is weer een brief voor u. De schepen komen achter elkaar binnen om tabak op te halen, dus de volgende maanden kunnen er nog wel meer brieven voor u komen.'

Barbara nam de brief van hem aan en herkende het kriebelige handschrift van Wart. 'U had niet hoeven komen,' zei ze tegen hen, 'maar ik ben erg blij dat u er bent.'

De middag was koud en somber; het dreigde weer te gaan sneeuwen. Als ze in Engeland was geweest, zou ze heel veel te doen hebben gehad – uitnodigingen voor de begrafenis schrijven en versturen; handschoenen, rouwbanden en zwarte hoedelinten uitdelen; en witfluwelen kinderbaarkleed kopen voor de doodkist, die een tijdlang in het huis zou moeten worden opgesteld. Maar ze was niet in Engeland.

Blackstone en alle slaven stonden bij het graf, dat die ochtend gedolven was. De dominee, die het kennelijk afkeurde, hield dienst kort. Barbara en Thérèse gooiden wat kluiten aarde en bevroren rozemarijn die Thérèse in de tuin had gevonden, op de kist.

'Aarde tot aarde, as tot as, stof tot stof; in vaste en zekere hoop op de opstanding in het eeuwige leven,' zei de dominee, en het was afgelopen.

'Het gaat stevig vriezen vannacht,' zei Blackstone.

'Hoe weet je dat?' Margaret Cox vroeg het op scherpe toon. De zaailingen van de tabak moesten de wisselvalligheden van het weer doorstaan tot in april wanneer ze, als opgeschoten plantjes, werden overgeplant in geschoffelde velden tijdens de regens die in die maand zouden komen.

Blackstone wees naar een van de slaven, de slaaf aan wiens voet enkele tenen ontbraken. 'Hij vergist zich nooit.'

'Ik moet weg,' zei de dominee met een blik op de lucht.

'Ik moet ook maar gaan,' zei mevrouw Cox. 'Je zult wel begrijpen dat ik vanmiddag niet bij je blijf. William, ga je mee?'

Kapitein Randolph knikte. Barbara begreep het. Ze gingen hun zaaibedden afdekken met een extra laag hooi, net als zijzelf vandaag zou doen.

'Als u het goedvindt,' zei Blackstone tegen Barbara, toen Randolph en mevrouw Cox weg waren, 'zouden de slaven hem naar behoren op weg willen sturen voor we het graf dichtgooien. Daarna zorgen we voor uw zaailingen.'

'Ja. Laat ze doen wat ze willen.'

Het was woest en vreemd, en in Barbara's ogen prachtig, veel beter dan de dunne, schrille stem waarmee de dominee de woorden voor de begrafenisdienst las. Een van de slaven legde een zelfgemaakte boog en drie pijlen in het graf. Een ander kwam naar voren en goot iets op de doodkist. Weer een ander brak een brood en gooide het in het graf. De keukenslavin legde een mes naast de boog.

'Rum,' zei Blackstone, die elk gebaar verklaarde. '"Ik pleng aan de Aarde omdat zij de doden in haar zak ontvangt", dat zegt hij erbij. "Ontvang dit voedsel", zegt die andere. "Vergeef hen dat ze het niet eerst aan u gaven, moeder Aarde, zoals het hoort. Zij weten niet in hun hart, als kinderen die nog niets hebben geleerd." De slaven geven hem boog en pijlen, een mes, eten en rum om zijn geest te helpen en te beschermen op zijn lange reis naar huis.'

'Naar huis?'

'Zij geloven dat hun ziel na de dood terugkeert naar de plaats waar ze vandaan zijn gekomen.'

Nu gooiden de slaven aarde op de kist. De een na de ander

kwam naar voren, nam een handvol koude, vochtige aarde en gooide die in de kuil. Terwijl sommigen aarde op de kist schepten, begonnen anderen te zingen; de klank van de woorden steeg, woest en eenzaam, op naar de laag hangende, grijze wolken, vreemd, onaards, en toch goed. Iemand begon langzaam op een trommel te slaan. De drie vrouwen die Barbara bezat – Mama Zou, de keukenslavin en het meisje Belle – krabden met hun nagels over hun gezicht en voegden hun kreten, hoog en snerpend, toe aan die van de mannen.

'Ze rouwen. "Uw kleinkind is dood", zeggen ze tegen de Aarde,' zei Blackstone. "Zegen hem op deze reis", zeggen ze.'

Barbara voelde een opwelling. Ze had opeens het gevoel dat delen van haarzelf om verlichting schreeuwden. Ze begaf zich in de kring van slaven die op de plaats dansten en trok de spelden uit haar haar. Ze schudde haar haar los en trok haar vingers over haar gezicht zoals de vrouwen deden. Ze stampte en schreeuwde zoals de mannen deden.

'Ik huil,' riep ze. 'Ik rouw, ik verzet me! Zegen dit kind! Zegen mij! Zegen ons allen! Neem dit verdriet van me af. Neem het weg.'

Blackstone legde zijn armen om Thérèse en wreef met zijn kin door haar haar terwijl hij naar Barbara keek. Ze schaamt zich helemaal niet, dacht hij, terwijl zijn ogen Barbara volgden die danste, schreeuwde en zong. Zoals ze nu doet, is ze geen kleindochter van een hertog, geen gravin met kant en moesjes, maar een soort wilde. Vrij. Wanhopig, woest en verdrietig, en ze maakt deel uit van de kring van slaven alsof ze een van hen was.

Hij zag dat de slaven ervan schrokken, maar even later gingen ze voor haar opzij, en accepteerden haar en haar gevoelens. Wist ze dat ze hen eerde door hun gewoonten te eren? Wat ze zei was: ja, jullie goden zijn mijn goden. Daarvoor zouden ze haar zegenen.

Haar grootvader was een beroemd generaal geweest. Iedereen had van Richard Saylor gehoord, kende wel een verhaal over zijn dapperheid in de strijd, zijn vriendelijke, betrouwbare optreden in het leven. De slaven zouden zeggen dat de geest van haar grootvader in haar rondwandelde. Als ze een man was – mijn commandant – zou ik haar geloof ik tot in de hel volgen, dacht Blackstone. Zoals ze nu is, met haar haar los, haar gezicht wild, en haar geest vrij.

Die nacht stond Blackstone voor Barbara in de salon. Ze had hem laten roepen.

'Ik geef de slaven hun vrijheid,' zei ze tegen hem, zo koel alsof ze aankondigde dat ze een ander veld had uitgekozen dat dit voorjaar bewerkt zou worden. 'Er komt in het voorjaar een gevangenenschip in de rivier; jij moet daar mannen gaan uitzoeken, hun tijd kopen...'

'De zaailingen van de tabak, de velden, het moeras...' stamelde Blackstone. Hij was volkomen verrast.

'Dat werk zal allemaal gedaan worden. Jij hebt de leiding en moet beslissen wanneer elke slaaf vrij wordt. Het kan niet allemaal ineens, dat begrijp ik. Telkens wanneer we er een man bij krijgen, zullen we een slaaf de vrijheid geven. Ik heb veel land geclaimd. Daar zullen we de slaven heen sturen, en hen de woningen laten bouwen die ik moet bouwen om aanspraak te houden op de grond die ik heb geclaimd. We geven hun hetzelfde loon als we ieder ander zouden geven. En ook wat akkers land van de gebieden die ik heb gekocht, zodat ze iets hebben.'

'Uw grootmoeder...'

'Mijn grootmoeder heeft mij de leiding over deze plantage gegeven. Ze heeft het volste vertrouwen in me – ze heeft altijd vertrouwen in mij gehad. En jij bent ook vrij.' Ze hield een vel papier omhoog; het was het document dat Blackstone bestempelde als misdadiger, met het zegel van de cipier van de Tower, en waarin de tijdsduur van zijn dienst vermeld stond. Ze liep naar de haard en wierp het document in het vuur. 'Je bent me geen tijd meer verschuldigd.'

'U kunt dit niet doen, lady Devane. Uw buren zullen het verschrikkelijk vinden, ze zullen u gaan haten. Het zal onrust...'

'Ik kan alles doen waar ik zin in heb. En dat ga ik ook doen.'

'U bent gek geworden.'

'Dat lijkt me heel waarschijnlijk. Van wat ik daar in de schuur van die planter heb gezien, zou iedereen gek worden. Je kunt mijn dienst verlaten als je wilt, maar er zal op First Curle nooit meer één slaaf zijn, zolang ik er iets mee te maken heb.'

Hij knielde neer, en ze schrok ervan omdat hij zo groot was dat de bewegingen die hij maakte ook altijd groot waren. De ogen die haar aankeken waren nog steeds van een fris en vrolijk blauw, maar uit de ooghoeken rolden tranen, die in zijn baard vielen.

'Wilde vrouw, ik ben de uwe, voor altijd, levenslang aan u verplicht. U weet dat wat u nu doet u veel afkeuring zal brengen? Dat degenen die u tot uw vrienden rekent zich ertegen zullen keren? En zich tegen u zullen keren?'

Ze knikte.

Toen ze in de schuur had gestaan en naar het lijk had gekeken had ze het al geweten, geweten welke gevolgen het allemaal zou hebben. Maar ze had ook geweten dat ze het moest doen. Wie was er te vrezen? Haar grootmoeder? De gouverneur? Kapitein Randolph of kolonel Bolling? Koning George? De prins van Wales? Ze was voor niets en niemand meer bang. Voor absoluut niets.

'Tja, dan moet ik maar aanblijven als opzichter, want niemand anders zal het doen.'

'Goed zo.'

'Slaap goed vannacht, lady Devane. Weet dat de engelen over u waken. Ze zegenen u.'

Terwijl Thérèse Barbara's haar borstelde, lag Harry te slapen op Barbara's voeten en van tijd tot tijd kreunde hij.

'Hij droomt dat hij met Charlotte rondrent,' zei Thérèse.

'Ik heb vergeten de brief van Wart te lezen.' Barbara haalde hem uit een zak in haar kamerjas en opende hem. 'Kom naar huis,' schreef Wart in een kort briefje. 'Er staat een avontuur te gebeuren, en jij bent nodig.'

'O, nee...'

'Wat is er? Heb ik een schram op mijn gezicht, Thérèse?'

Thérèse bracht Barbara haar zilveren handspiegel met het ivoren handvat. In de spiegel zag ze een paar eerste grijze haren, als glanzend zilverdraad tussen het rood-goud van haar haar. Zoals het blad van de zilverahorn dat John Custis een keer in Barbara's hand had gedrukt.

Dat komt door Hyacinthe, dacht Barbara, en door de jongen die we vandaag begraven hebben. En de Barbara die gebroken en opnieuw geboren was; ze was een klein kind, dat nu nog kroop, op haar knieën, maar zich spoedig zou ontrollen als de bloembladen van een lelie. Ze kon het voelen, diep onder het gebroken glas, een taai, groen, slank, door verdriet ingehouden ontrollen. Een nieuwe geboorte. Een nieuwe Barbara.

Ze was niet bang, zelfs niet voor de grijze haren. 'Geeft niet,' zei ze tegen Thérèse. 'Het is best.' En ze meende het.

'Ik geloof het niet! Je kunt dit niet doen! Je bent gek, krankzinnig! Het komt door de koorts dat je zo praat,' zei Beth.

De tranen rolden over Beths wangen, en ze veegde ze nijdig weg, terwijl ze haar vader aanstaarde alsof hij een vreemde, een vijand was. Hij had haar wel eens vaker zo boos gezien, maar deze boosheid was niet die van een kind. Het was een zelfverzekerde boosheid, kalm, vastbesloten. Ze lijkt op je, had Margaret Cox gezegd. Ja, in zijn jonge jaren kon hij ook flink tekeergaan.

'Over een maand ben ik eenentwintig. Ik zal niet toestaan dat je dit doet. Als het moet, sleep ik je voor de rechter.'

Ze draaide hem de rug toe, en haar rokken zwaaiden om haar heen, met een sissend geluid. Ze liep de salon uit, de trap op. Hij hoorde de deur van haar slaapkamer dichtgaan, hoorde een klik toen ze de sleutel omdraaide in het slot.

Edward Perry had een gevoel alsof hij gevallen was; hij voelde zich net zo als op de dag dat hij had gezien hoe zijn zoon van het paard geworpen werd en stil bleef liggen nadat zijn lichaam de grond had geraakt. Hij ging zitten en merkte dat hij trilde. Hij voelde aan zijn gezicht en merkte dat hij huilde. Hij probeerde te bidden, maar er kwamen geen woorden. Het was donker buiten, maar zo dadelijk zou hij Cuffy roepen en, koortsig of niet, naar First Curle gaan. Lady Devane – Barbara – Barbara zou hem steunen. Dat wist hij.

Zijn hele leven had hij hier gewoond. Gedurende een deel van zijn leven, het laatste deel, had hij getracht eervol en in vrede te leven; niet dat hij daarvoor niet eerzaam was geweest maar toen hadden winst, grond, het verwerven van bezit op de voorgrond gestaan. Als hij een man overtroefde, hem een beetje bedroog, och, dat hoorde bij het spel. Nu zou hij geen vrede en geen eer verwerven, niet bij zijn buren, op wie hij gesteld was, die hij al deze jaren als lagerhuislid en als lekenrechter had gediend, niet bij zijn dochter, die hij aanbad, die hij had opgeleid zoals hij een zoon zou hebben opgeleid, om zijn aarde te beërven.

Hij riep om Cuffy, droeg hem op de slede gereed te maken, wikkelde zich in een mantel. Hij was ziek. Hij had koorts, maar hij ging toch naar Barbara. Zij had vandaag die jongen begraven.

Buiten hielp Cuffy hem in de slede, bedekte hem met een berevacht, stopte die in en zei dat het beter was als hij thuis bleef.

'Doe wat ik zeg.'

De bellen van de slede rinkelden schril. De nacht was donker, en het sneeuwde een beetje, maar Cuffy kende deze bossen, deze paden even goed als Perry zelf. Over twee uur zou hij op First Curle zijn. Daarna zou hij opnieuw moeten beginnen met zijn leven. Het verdriet om Beths boosheid deed pijn in zijn borst. Hij huilde, en hij was te oud om te huilen, hij had niet de veerkracht van de jongeren, die huilden alsof hun voorraad tranen geen bodem had. Op zijn leeftijd hadden tranen een bodem, genaamd dood.

Barbara zweeg. Perry wachtte, uitgeput. Cuffy had hem het huis in moeten dragen, en nu lag hij, als een zuigeling gewikkeld in berevachten, op het bed in haar andere salon.

'Moet u hun de vrijheid geven?' vroeg ze.

Hij gaf geen antwoord.

Ze wond een haarsliert om haar vinger. 'Maar moet u hun allemaal tegelijk de vrijheid geven? Is er een manier om ervoor te zorgen dat Beth er niet te veel onder lijdt, niet te veel verliest als u dat doet?'

Hij kon alles aan Beth geven, op één plantage na. Ze zouden een plan kunnen uitwerken om slaven geleidelijk de vrijheid te geven, terwijl er anderen werden aangekocht. Met die aankoop zou hij niets te maken hebben, maar Beth was haar eigen baas. Er was ergens een kleiner stuk grond, tamelijk ver weg, waar hij zou kunnen wonen. Hij keek om zich heen.

Hij zou hier kunnen wonen, in deze kamers die vol waren van Barbara's aanwezigheid wanneer zij was vertrokken. Hij zou namens haar toezicht kunnen houden op haar magazijn, leven van een loon dat ze hem betaalde, alles laten gaan, zijn land, de zorg voor zoveel mensen.

'En uw functie als Lagerhuislid, als lekenrechter?' vroeg ze.

'Ik vermoed dat ik die kwijt zal raken, als ik dit doe.'

'U doet veel goed werk.'

'Ik kan ook goed werk doen als ik geen Lagerhuislid ben.'

En als ik nu eens niet alles aan Beth geef, dacht hij, maar voorlopig twee derde, met de belofte dat ik haar zal betalen voor elke bevrijde slaaf, dat ze in de loop van bijvoorbeeld vijf jaar de vrijheid krijgen. Als ik één derde neem – moet het een derde zijn? Ik heb zoveel. Een kwart, een achtste zou voldoende zijn – en daarvan leef?

Barbara trok de dekens op om zijn schouders. Hij had koorts, en ze was bezorgd om hem. 'Gaat u hun de vrijheid geven? Het is niet niks.'

'Ik ben het vast van plan.'

Ze glimlachte. Het was de glimlach van haar grootvader. 'Ik wilde hetzelfde gaan doen. Dan zullen we samen gehaat worden. Met zijn tweetjes.'

Hij stak zijn handen uit, en ze nam ze in de hare. Stukken van een ziel, dacht hij, terwijl hij zijn ogen sloot; de koorts brandde diep in hem; ook de angst brandde diep in hem, om wat hij ging doen. Om alles wat hij daardoor zou verliezen, om alles wat hij erdoor zou winnen, stukken van een ziel, in tweeën gespleten en weer samengevoegd.

'Laat het haar zien,' zei de engel. Zij laat het mij zien.

22

'Het is gekomen.'

Tim, de lakei van de hertogin van Tamworth, hield het boek omhoog dat zojuist was bezorgd bij de achteringang van Saylor House in Londen. 'Hoe heet het?'

Annie nam het boek van hem aan – het was een nieuwjaarsgeschenk van Tony voor de hertogin – en sloeg de titelpagina op.

'De voor- en tegenspoeden van de befaamde Moll Flanders...'

Plotseling zweeg ze, keek Tim ontstemd aan en ging naar boven om de hertogin te zoeken, die haar slaapje deed. Ze hoorde de hertogin neuriën toen ze de slaapkamer binnenkwam, die vanaf het ogenblik van haar aankomst helemaal de eigen slaapkamer van de hertogin was geworden; ze had haar eigen bed meegebracht van Tamworth, en dat stond nu in al zijn pracht opgesteld in de kamer, evenals diverse tafeltjes, die bezaaid waren met papieren, boeken, vazen met bloemen van de koning, van Tony, van zijn aanstaande bruid, Harriet, en van de vele vrienden die de hertogin in Londen had. Ze heeft mooi neuriën, dacht Annie, en haar afkeuring was gemengd met trots. Sinds ze hier was, had men de hertogin vertroeteld als een koningin.

Annie las haar de rest van de titelpagina voor: 'die geboren werd in Newgate, en tijdens haar wisselvallig leven van zestig jaren, buiten haar jeugd, twaalf jaren een hoer was, vijf malen huwde (waarvan één keer met haar eigen broer), twaalf jaren een dievegge was, acht jaren een verbannen misdadigster in Virginia, en tenslotte rijk werd, een eerbaar leven leidde en boetvaardig stierf. Gebaseerd op haar eigen aantekeningen.'

De hertogin perste haar lippen op elkaar en maakte een vaag gebaar met haar hand.

'Leg het daar maar op een tafel, dan kijk ik het later wel door om te zien of het geschikt is…'

'Dat kan ik u nu al vertellen.' Niettemin legde Annie het boek neer en zei waarschuwend: 'U moet rusten. U moet vanavond naar de voorstelling kijken, en morgen is het nieuwjaarsdag.'

Nieuwjaarsdag. Morgenavond zou Tony met Harriet Holles trouwen. Eindelijk weer een trouwerij in de familie, een schitterende bruiloft, het huwelijk van de erfgenaam van Tamworth. Mijn bezoek aan Londen heeft vrucht afgeworpen, dacht de hertogin. Ze had de woeste golven tot bedaren kunnen brengen, de zaak kunnen bespoedigen. Ze was erg ingenomen met zichzelf.

Ze deed gehoorzaam haar ogen dicht, maar niet zo dicht dat ze de deur achter Annie niet zag sluiten. Toen griste de hertogin het boek van tafel. Het nieuwste boek van Daniel Defoe. Defoe bracht boeken ter wereld zoals sommige vrouwen kinderen ter wereld brachten, het ene na het andere.

Ze keek naar het raam. De ramen waren beslagen door de kou buiten. De winter leek dit jaar lang te duren. Barbara was degene die haar had laten kennis maken met het werk van Defoe. Vorig jaar had ze *Robinson Crusoe* meegebracht naar Tamworth, en iedereen ermee betoverd. De hertogin voelde zich treurig worden: nog steeds geen brief. De afwezigheid van Barbara deed pijn. Redt ze zich in Virginia, vroeg ze zich elke avond voor ze insliep af. Maakt ze het goed? Bijen, ze wilde Barbara bijen sturen. Eigenlijk hoefde alleen de koningin verscheept te worden, had haar vriend, sir Christopher Wren besloten. Zouden de huis- en veld bijen van Virginia voor een buitenlandse koningin zorgen, of haar zelfs in een korf accepteren, vroeg haar andere vriend, sir Isaac Newton. Maar als de koningin nu eens niet bevrucht was? Ze hadden er met zijn drieën lange gesprekken over gevoerd.

De hertogin tikte met haar vinger op het boek, het geschenk van Tony. Tony had haar alles vergeven en haar vertroeteld en verwend als altijd. En al was er geen brief van Barbara, Robert Walpole zei dat er vandaag nog een schip uit Virginia binnenkwam. Misschien zou dat een brief meebrengen. Het ontbreken van een brief – van Barbara – was de enige onvolmaaktheid in deze triomfale winter. Maar ja, als Barbara hier was, zou er misschien helemaal geen huwelijk plaatsvinden.

Ze bladerde het boek door en stopte af en toe om een stuk te lezen wanneer een zin haar trof:

'… als mijn verhaal gelezen wordt door een onschuldig, jong persoon, zal hij of zij er misschien uit leren zich te hoeden voor de ondeugden die gepaard gaan met een vroeg besef van eigen schoonheid.'

Hij probeert er een moraal aan te verbinden om zijn eigen geweten te sussen, omdat hij zo'n ordinair boek heeft geschreven, dacht ze. Een echte schrijverstruc. Defoe zat er vol mee. Ze sloeg het op een andere plaats open:

'Toen liep hij door de kamer, en daar hij me bij de hand vatte, liep ik met hem mee; en na verloop van tijd overrompelde hij me, wierp me op het bed en kuste me daar zeer wild.'

De hertogin las zo snel als ze kon door om te zien wat er nog meer met die Moll Flanders gebeurde. Alleen deze kus, maar het meisje was duidelijk op weg naar de ondergang.

Choquerend, laag, gemeen en slecht.

Ze zou het boek nu moeten wegleggen en een boek met preken moeten lezen, om zich voor te bereiden op de ernst van morgen, wanneer ze haar enige kleinzoon het erfgoed van de familie voort zou zien dragen. Dat zou ze ook doen. Zo meteen. Ze streek de eerste bladzijde glad.

'"Het Voorwoord. De wereld wordt de laatste tijd zo in beslag genomen door romans en vertelsels, dat het moeilijk zal zijn een levensverhaal voor waar aan te nemen... Wanneer een vrouw die van jongsaf verdorven is geweest, ja zelfs de vrucht is van verdorvenheid en zonde, het verhaal doet van al haar schandelijke praktijken, en zelfs ingaat op de speciale gelegenheden en omstandigheden waardoor ze slecht is geworden, en de reeks van steeds ernstiger misdaden die ze in zestig jaren heeft gepleegd, moet een schrijver veel moeite doen om het zo netjes weer te geven dat hij met name kwaadwillige lezers niet de ruimte geeft het in zijn nadeel te duiden..."'

Nu zal ik te lang doorlezen en Annie moeten laten jachten bij het aankleden. Defoe, jij schelm, dacht de hertogin, je hebt het weer klaargespeeld.

23

Niet ver daarvandaan zat de bisschop van Rochester met Slane in een privé-vertrek in het decanaat van Westminster Abbey. Hij was woedend.

'Ik zeg je, hij zit ergens in een kroeg, stomdronken.'

'Hij heeft matigheid gezworen tot de invasie,' zei Slane vlug. De ruzie ging over de hertog van Wharton.

'Hij is niet in staat tot matigheid. Ik vertrouw Wharton niet, Slane, en ik mag hem niet. Ik heb hem nooit gemogen!'

'Ik moet u eraan herinneren dat niemand in de afgelopen maanden meer voor ons heeft gedaan dan de hertog van Wharton,' zei Slane. 'Ik moet u eraan herinneren dat er tienduizend pond uit zijn eigen vermogen in het pakket zaten dat we zojuist naar Parijs hebben gestuurd. Ik moet u eraan herinneren dat heel Londen verwacht dat Robert Walpole elk moment zijn ontslag zal nemen uit het kabinet. Dat is minstens evenzeer te danken aan Wharton als aan wie dan ook.'

'Robert Walpole heeft wel voor hetere vuren gestaan. De dag dat hij ontslag neemt als minister is een dag dat ik naakt over straat zal dansen. Wharton houdt je voor de gek. Hij is goddeloos, onmatig en onevenwichtig! Ik zeg je…'

'En ik zeg u dat ik niet meer wil horen. U laat uw oordeelsvermogen vertroebelen door uw slechte humeur en uw ongeduld.'

'Slane…'

Het werd gezegd als smeekbede of als dreigement, maar Slane was de deur al uit. Hij weigerde door te gaan met ruziën en liep snel hallen en gangen door. Ik ga er vandaag niet meer tegenin, dacht hij. Ik ga nog aan mezelf twijfelen door die man.

'Rochester is te oud, hij heeft te veel last van zijn jicht om deze last te dragen,' had Slane in een brief aan Jamie geschreven, maar die brief had hij niet verstuurd. Hij had hem in het vuur gegooid en was blijven kijken tot hij verbrand was. De bisschop van Rochester is geen echte jacobiet, zei Louisa Shrewsborough. Hij heeft zich bij ons gevoegd omdat hij zag dat koning George en zijn Whig-ministers de Anglicaanse kerk meer schade zouden berokkenen dan een revolutie. Onthoud dat goed, mooie Slane. Het maakt verschil voor de mate van betrokkenheid van Rochester.

Te oud, dacht Slane, de leiders hier zijn allemaal te oud. Hij haalde zich hen voor de geest – Rochester, anderen die met Rochester de Engelse leiding van deze invasie vormden. Hij bewoog soepel, stil en snel, met een gratie die onverhoeds en zeker was, en waardoor hij op het toneel alle ogen op zich vestigde.

Toen hij bij Gussy's kamer was, waar hij heen was gelopen zonder dat bewust te besluiten, klopte hij op de deur en ging naar binnen. In de haard van de kleine kamer brandde loeiend en knetterend een rood-gouden vuur. Gussy zat er gehurkt voor en roerde in een ijzeren pot waarin iets borrelde. Hij keek op toen Slane binnenkwam, maar zei niets; hij glimlachte alleen. Gussy was altijd kalm. Het was een grote opluchting na de drift van Rochester.

Rochester is prikkelbaar en wil te veel, had men Slane gewaarschuwd. Jij moet hem rustig houden, hem aan mijn kant houden, Slane, zei Jamie, want ik ben bang dat niemand me in Engeland kan binnenvoeren behalve Rochester, die bovendien moedig en subtiel is. Jamie had gelijk. Rochester was de sterkste van de jacobieten hier. Hij was briljant, vastbesloten en een helder denker – maar hij kon ook driftig zijn wanneer hij door twijfel, besluiteloosheid of angst overvallen werd. Hoe meer de invasie naderde, hoe onzekerder hij werd.

'Ik heb gekruid bier gemaakt,' zei Gussy. 'Ga zitten en drink een beker met mij. Ik herkende je bijna niet. Je ziet er als een echte heer uit in die mooie kleren.'

'Ik moet vanavond optreden.'

Slane zoog zijn longen vol met de geur van de specerijen, vulde zijn hart met de rust die altijd in deze kleine kamer heerste. Buiten daalde de schemering over Londen, en oude sneeuw lag in witgrijze hopen tegen gebouwen aan. Almachtige God, geef ons genade, dat wij de werken der duisternis mogen afstoten, en ons tooien met het harnas van licht, zo had elke prelaat van elke kerk in Londen – de St. Clement Danes, de St. James Garlickhythe, de St. Magnus the Martyr – en elke prelaat van elke kerk in Engeland gebeden als begin van de advent, de tijd van waken en gebed voor Kerstmis en nieuwjaar.

Slane keek uit Gussy's raam – er stonden ijsbloemen op, zoals op alle ramen. Waar was Wharton? Te laat. Was dat een goed of een slecht teken? Rochester had hem zo geïrriteerd dat hij het niet meer wist. Hij pakte een uitnodiging uit de stapels papieren op Gussy's bureau, een stevige kaart beschreven met donkere inkt, in een zwierig en krullerig handschrift.

'Je bent uitgenodigd voor de bruiloft der bruiloften, zie ik.'

'Mijn vrouw is een heel goede vriendin van lady Devane. Omwille van lady Devane is zijne genade altijd goed voor me geweest. Ik beschouw het als een eer dat ik voor zijn huwelijk ben uitgenodigd.'

Lady Devane. Barbara stond voor Slane en keek hem net zo aan als in zijn droom. Ze waren in een tuin in Italië, zoals vroeger die ene keer, en haar mooie hartvormige gezichtje was naar hem opgeheven; ze keek hem aan met lachende, vragende ogen – en er was nog iets in haar ogen – en hij boog zich naar voren omdat hij plotseling wist dat hij haar moest kussen. Maar in zijn gedachten wendde Slane zich van haar af. Hij had nu geen tijd voor haar.

'Was ik te scherp? Ik bedoelde er niets mee. Mijn hoofd is bij Wharton, die veel te laat is.'

Mijn hoofd is bij Rochester, die gewoon onmogelijk is. Merel, je hebt me een te zware opdracht gegeven. Rochester is te oud. Hij staat niet volledig aan onze kant. Het invasieplan bevalt hem niet. Zijn enthousiasme van afgelopen herfst is weggezakt. Zijn angsten worden hem de baas, worden mij de baas.

En desondanks gaan we door. We vorderen werkelijk, Jamie. 's Nachts lig ik wakker, ik kan niet slapen. Zo opgetogen ben ik. Ik maak veel aantekeningen voor je: over wat ik hier waarneem, over je volgelingen en wat je zult aantreffen als je koning bent; ik verbrand ze, maar ze blijven in mijn geest omdat ik ze heb opgeschreven. Je zult koning zijn, Jamie. Ik zie het.

Gussy gaf Slane een bokaal en stootte die voorzichtig met de zijne aan.

'Christus zij met je, Slane. Gaan roomse kinderen langs de huizen? Nee? Nou, hier vormen kinderen op Sint-Thomasdag groepjes en gaan de huizen langs, en ze krijgen munten, munten die hun goede dingen moeten geven. Ze zingen er een lief liedje bij: "Goedendag, goedendag, voor de kerst nog een paar dagen, komen om uw gave vragen, want Kerstmis is weer snel voorbij."'

En aan deze man heb je een van je trouwste dienaren, Jamie. Christus zij met je, Gussy. Kerstmis is voorbij, dacht Slane, morgen is het nieuwjaar. Ik ben in jaren niet zo lang achtereen op één plaats gebleven.

'Heeft de hertog van Wharton het met je gehad over Christopher Layer?' vroeg Gussy.

'Nee. Wie is dat? Wat wil hij?'

'Ik laat het aan Wharton over je dat te vertellen. Het enige wat ik weet is dit: Layer is in Rome geweest en heeft met koning Jacobus zelf gesproken.'

Om de een of andere reden was Gussy opgewonden. De Merel ontving veel mensen, te veel. We kunnen niet kieskeurig zijn, Lucius, zei hij altijd. Een van die lui kan mijn redding zijn. Hoe moet ik weten wie, als ik niet met allen spreek? Maar dat was niet de enige reden waarom Jamie dat deed. Hij had er behoefte aan de liefde die hem gebracht werd, te horen en te zien, hij moest de nabijheid van het land dat hem door geboorte toekwam, voelen, anders zou hij kapotgaan van bitterheid.

'Waarom werd je treurig van dat kinderliedje?'

Het gezicht van Gussy had heel even een diep treurige uitdrukking gehad. Slane had het gezien.

'Mijn zoon is vorig jaar met Kerstmis gestorven, Slane. Hij was dol op dat liedje. Tijdens zijn laatste dagen zong zijn moeder het voor hem, telkens opnieuw, en hij herhaalde het, als een vogeltje, tot hij het niet meer kon. Hij was een heerlijke jongen. Hij kende zijn catechismus al. Mijn vrouw, Jane...'

Slane zag dat Gussy zich opeens inhield, alsof hij te veel had gezegd. Gussy's woorden ontroerden hem, raakten wonden in hemzelf, die geheeld waren maar nog konden bloeden. Hij had ook een zoon verloren. Omdat hij zo op Gussy gesteld was, was hij nieuwsgierig. Deze lange, zwijgzame, toegewijde man hield zich altijd op de achtergrond, incasseerde Rochesters woedeaanvallen en driftbuien zonder iets te zeggen, was dag en nacht bezig de brieven die in geheimschrift waren geschreven te ontcijferen, en brieven terug te schrijven, zodat de antwoorden van Rochester zo snel mogelijk terugkwamen. Er kwam geen stukje papier uit deze kamer met het handschrift van Rochester erop. Dit was een voorzorgsmaatregel waarop Rochester beslist stond. Verdachte brieven werden op het postkantoor opengemaakt. Koning George en zijn ministers vergaten niet dat er een ander was die de troon opeiste. Er werden altijd geheimschriften, codes gebruikt, maar het risico was toch nog groot.

Corresponderen met koning Jacobus, of met iemand van wie bekend was dat hij met Jacobus te maken had, was hoogverraad. Dag in dag uit pleegde Gussy hoogverraad, eenvoudig door zijn pen in de inktpot te dopen en de woorden van een ander op papier te zetten, maar hij klaagde nooit. Ergens had hij een vrouw en vele kinderen – ergens, niet hier. Daar was iets mee aan de hand, had Rochester Slane verteld; hij roddelde over zijn favoriete klerk, zoals iedereen wel eens roddelde, zelfs een bisschop, zelfs de toornige leider van een invasie.

Slane waagde een poging. 'Neem je je vrouw mee naar de bruiloft van de hertog van Tamworth, Gussy?'

'Nee.'

'Ach, wat jammer. Ze zou er vast graag bij willen zijn. Er wordt over niets anders gepraat.'

'Ze zit een eind weg, op de boerderij van haar vader.'

Aha, ze was bij haar vader. Er was dus inderdaad iets tussen hen aan de hand. Gussy had ook een huis in het gehucht Petersham, niet ver hiervandaan, een gemakkelijke reis voor een echtgenote om de meest besproken trouwerij van Londen bij te wonen.

'De vader van je vrouw is toch sir John Ashford, geloof ik?'

'Ja.'

Een trouwe Tory, geen jacobiet, maar wel bevriend met menigeen die dat wel was. Hij kon een geheim bewaren, was loyaal en standvastig, zei Rochester. Het soort man dat het zout der Engelse aarde was.

'Mijn arme schoonvader. De afvalligheid van de hertog van Wharton was een harde slag voor hem.'

De vorige maand had Wharton in alle openbaarheid de Tories verlaten om over te gaan naar de Whigs. Hij was de blonde volgeling geworden van Lord Sunderland, de favoriete minister van koning George. Zo'n houding, zo'n gebaar viel in Londen in de smaak. De mensen vielen erop aan als vliegen op een stuk rottend vlees, praatten over niets anders, vroegen zich af wat dit betekende in de eindeloze strijd tussen Robert Walpole en Lord Sunderland om de gunst van de koning.

'Mijn schoonvader keurde het handelen van Wharton natuurlijk af,' zei Gussy, 'maar het deed hem goed dat de toespraken van de hertog in het Hogerhuis de ministers van de koning zo kwaad maakten, de gemoederen zo hoog deden oplopen. Ik moet me erg beheersen om mijn schoonvader niet de waarheid te vertellen, dat Wharton een spion is, midden in het kabinet van de koning. Hij zegt dat uit het feit dat Wharton de Tories heeft verlaten, blijkt dat hij denkt dat het afgelopen is met de partij.'

'Vraag je schoonvader bij ons te komen. Dan weet hij precies wat we voor hebben en hoeft hij niet te kniezen.'

'Eén jacobiet in de familie is genoeg, dank je.'

'Niet als we winnen, Gussy, alleen als we hangen.' Slane rekte zich uit, de spanning, het strakke gevoel verdween, alleen de droefheid die Gussy's woorden over zijn zoon hadden teweeggebracht was gebleven. Zijn komst naar deze kamer en het praten met Gussy hadden hem gekalmeerd. Hij moest rustig en waakzaam zijn voor vanavond, wanneer hij optrad voor de prinses van Wales en haar hofdames, ter ere van haar die de bruid zou zijn bij de beroemde bruiloft van morgen.

De Merel zal een graaf van je maken, Gussy, dacht Slane, om je kalme kracht en je stille, noeste arbeid, en dan zal je vrouw, van wie je kennelijk houdt, gravin worden. Misschien gaat ze weer van je houden als je graaf bent.

Er werd op de deur geklopt. Slane voelde zijn hart een sprong maken. Wharton. Ook een man die hij was gaan waarderen, hoewel hij evenveel van Gussy verschilde als de dag van de nacht.

Eindelijk was Wharton er. Zoals beloofd. Die verdomde Rochester, dacht Slane. Door hem ging ik bijna aan mijn eigen instinct twijfelen.

'Het is begonnen te sneeuwen, heren,' zei Wharton. 'Grote god, Slane, je lijkt wel een graaf in die kleren. Ik herkende je bijna niet.'

Wharton veegde de sneeuw van zijn mantel. Zijn donkere ogen glansden, en die glans was niet veroorzaakt door wijn. Ik drink niet meer tot de invasie, had hij gezworen.

Wat heeft hij nu weer uitgespookt, dacht Slane. Het was een intelligente, jongensachtige man, niet helemaal een man, niet helemaal een jongen, maar briljant, op zijn manier even briljant als Rochester, en net als Rochester onevenwichtig. Bij Rochester kwam de zwakke kant tot uiting in zijn woede. Bij Wharton was het wijn.

'Sunderland en ik hebben iets bedacht tegen Walpole. Er is een gunsteling van hem die ik ga beschuldigen van het aannemen van steekpenningen en verraad wanneer het Parlement na nieuwjaar weer bijeenkomt. Dat zal veel onrust veroorzaken, en er zal een commissie gevormd moeten worden om de zaak te onderzoeken, en Walpole zal woedend zijn en proberen een gunsteling van Sunderland te vinden die hij op zijn beurt kan beschuldigen en in diskrediet brengen. Zo zullen de beste ministers van de koning elkaar aan stukken scheuren, terwijl wij aan de invasie werken. Het verbaast me dat ze nog stand houden.'

Het was waar: er waren dagelijks talloze onbeduidende ruzies over allerlei onbeduidende regeringskwesties, die Wharton, als Lord Sunderlands nieuwste vriend en beschermeling, aanmoedigde.

'Hebben jullie gehoord wat Walpole tegen Will Shippen heeft gezegd?' zei Gussy, en Slane glimlachte om de opgewonden manier waarop hij zich in hun geroddel liet betrekken. Will Shippen was een der hunnen, een jacobiet die sinds lang een gerespecteerd lid van het Lagerhuis was.

'Wat?' zei Slane, hoewel hij het inderdaad had gehoord.

'Hij zei tegen Will Shippen dat hij er schoon genoeg van had en hoopte spoedig weg te gaan.'

Slane voelde een huivering door zijn lichaam gaan. Het was een persoonlijke kruistocht van hem geworden, Walpole uit zijn macht als minister ontzet te zien. Ik sta of val met de Whigs, en met koning George, verkondigde Walpole, als een haan op de mesthoop. Hij wilde absoluut niets met jacobieten te maken hebben. Andere ministers van koning George waren niet zo rechtzinnig in hun loyaliteit.

Lord Sunderland was niet zo rechtzinnig. Als Walpole werd afgezet voor Ormonde het land binnenviel, zou koning George overgeleverd zijn aan de genade van ministers die het zo nodig met iedereen op een akkoordje zouden gooien, om maar in het zadel te blijven.

Maar Slanes gevoelens jegens Walpole hadden niet alleen te maken met politiek. Hij koesterde ook een persoonlijke vijandschap jegens hem. Walpole – volks, recht door zee – was een buitenman, een heerboer evenals Gussy's schoonvader, sir John, maar toch volkomen anders dan sir John. Walpole was een man van zijn tijd, ruw, bereid ieders trouw te kopen. Het was alsof hij de keiharde kant van het Engelse karakter vertegenwoordigde die Jacobus had verraden, en vóór hem zijn vader. Hij miste ieder eergevoel, en Slane voelde de behoefte hem te vermorzelen, te zorgen dat hij te schande werd gemaakt, in de steek werd gelaten, dat hij verdween uit het openbare leven dat zo duidelijk zijn element was.

'Pas wel op voor Lord Sunderland,' zei Slane nu tegen Wharton. 'Hij heeft het niet al die jaren als minister van de koning uitgehouden door oprecht te zijn. Rochester zegt dat Sunderland veel belooft maar zo weinig mogelijk geeft – waarom lach je?'

'Barbara heeft precies hetzelfde gezegd over Charles, meer dan eens. Maak je geen zorgen over mij, Slane. Niemand is dubbelhartiger dan ik. Daarom herken ik dubbelhartigheid in anderen.'

Daar ben je alweer, Barbara, dacht Slane.

'Ik heb een nieuwjaarsgeschenk voor de bisschop,' vervolgde Wharton. 'Charles heeft een man gevonden die zegt dat hij binnen het leger heel wat soldaten aan onze kant kan krijgen.'

Christopher Layer, dacht Slane, en er trok plotseling een gevoel door hem heen, het tintelen in zijn middenrif dat altijd een voorbode was van succes.

'Hij heet Christopher Layer. Hij heeft een smetteloze achtergrond, komt uit een goede familie in Norfolk, is in Rome geweest en heeft trouw gezworen aan koning Jacobus.'

'Hoe denkt een man uit een goede familie in Norfolk soldaten te rekruteren binnen het Engels leger?' vroeg Slane.

'Een bediende van hem is vroeger soldaat geweest. Die bediende kent een man, een voormalig sergeant, die veel soldaten en veel sergeants kent die nog in dienst zijn. Layer zegt dat ze met de hulp van die man – die niet goedkoop is – uit bijna de helft van de regimenten van de koning groepen soldaten kunnen samenstellen die voor Ormonde zullen vechten. Degenen die het niet voor niets doen, zullen het voor een behoorlijke beloning doen. Kijk' – Wharton hield hem een vel papier voor – 'dit geeft Christopher Layer ons om zijn loyaliteit, zijn oprechtheid te tonen en te laten zien dat hij weet waarover hij spreekt.'

Het papier bevatte een lijst van dienstdoende regimenten, met de naam van de stad of het dorp waar de troepen gelegerd waren.

'We moeten dit nagaan,' zei Slane. Hij tintelde van top tot teen. Dit was kostbare informatie. Als ze juist was, was Christopher Layer een geschenk van onschatbare waarde voor hen.

'Natuurlijk.' En dan, op een manier die eigenlijk niet bij hem paste, en die Slane eraan herinnerde hoe jong Wharton was, in sommige opzichten jonger dan zijn tweeëntwintig jaren, een jongen zonder oorlogservaring, die nooit ontberingen had gekend, geen verdriet had gehad om hem te doen groeien: 'Slane, maak de bisschop duidelijk dat hij niet aan me moet twijfelen. Koning Jacobus heeft mijn hart. Ik zweer het bij de ziel van mijn zoontje.'

Slane voelde een lichte boosheid bij de gedachte dat Rochester openlijk grof was geweest tegen Wharton, en zei: 'Ik wist niet dat je een kind had.'

Hij had ergens een echtgenote, dat wist Slane, maar ze kwam nooit in Londen. Men zei dat Wharton het niet toestond.

'Ik heb hem niet meer. Hij is dood. Pokken.'

Gussy staarde in zijn beker bier. Ik vergiste me dus toen ik dacht dat hij geen verdriet had gekend, dacht Slane. Rochester is te openhartig, als Wharton iets van zijn wantrouwen heeft gemerkt; te openhartig, en meestal te boos... Dus de twee mannen die ik ben gaan waarderen hebben allebei zonen verloren. Dat hebben we dus gemeen, heren, een verdriet waarvoor geen woorden bestaan, en soms ook geen genezing te vinden is.

Hij stond op, de droefheid beefde in hem en hij wist dat hij een eind moest gaan lopen om haar kwijt te raken, de gevoelens eruit moest lopen voor hij kon zijn wat hij vanavond bij de voorstelling moest zijn: helder en waakzaam, gevoelig voor zijn instincten.

'Het is vandaag niet de dag om je geschenk te gaan brengen,' zei hij, zacht en vriendelijk, zoals een oudere broer of een oom het zou kunnen zeggen, 'maar het is een mooi geschenk, precies het geschenk dat we nodig hebben. Als jullie beiden me nu willen excuseren, laat ik jullie verder plannen beramen. Ik moet mijn brood gaan verdienen. Ik treed vanavond als een afgerichte beer op voor de prinses van Wales.'

'Doe haar mijn hartelijke groeten,' zei Wharton boosaardig. 'Ik geef vanavond een laatste feest voor de ongelukkige bruidegom. Wij zullen in Pontacks taveerne zijn terwijl jij je tekst uitkraamt. Kom na afloop bij ons.'

'Dat doe ik zeker.'

Slane warmde een ogenblik zijn handen bij een van de straatvuren, die men had aangestoken om bedelaars voor bevriezing te behoeden.

De hertog van Ormonde was in Spanje, waar hij wapens kocht voor de invasie. Agenten in Frankrijk en Hamburg kochten nog meer wapens en munitie, die ze naar Spanje stuurden. Daar hadden de jacobieten in Engeland zojuist een pakket met geld voor gestuurd. De kans bestond dat Frankrijk zijn verdrag met Engeland zou schenden en regimenten zou leveren om met Ormonde een inval te doen. Als Frankrijk voor de jacobieten net zo'n vazal zou zijn als het onder Lodewijk XIV was geweest, en als hier genoeg troepen zouden rebelleren en zich voor Jacobus uitspreken, dan zou Jamie als koning door deze straten rijden.

Iemand streek in het voorbijgaan langs hem, en Slane bracht zijn hand naar zijn zwaard. Dit deel van Londen, een flink eind wandelen van Westminster, was een ellendig gangenstelsel van smalle, doolhofachtige straatjes, stegen en donkere binnenplaatsen. Hier woonden en werkten de verkopers van honde- en kattevlees, van waterkers, oud ijzer, steenkool, pens en gedragen kleding. Hier woonden stoelenmatters en matrozen, waterdragers en kruiers, steenbakkers. Het was een rumoerige, harde wereld, de sterksten, de grootsten overleefden.

In elke steeg die hij doorliep, brandde een vuur op straat, met vormloze, in mantels gehulde vrouwen en voddige kinderen eromheen, en een paar mannen. Het water in de goten die door het midden van de straat liepen, was bevroren. De hemel was verdwenen, ging schuil achter waslijnen met bevroren wasgoed die dwars over de straat gespannen waren en het vale winterse zonlicht wegnamen. Ik mis Italië, dacht Slane. De zon. De mensen.

Hij ging een gebouw binnen waarvan de ramen met planken waren dichtgespijkerd, als gesloten ogen. Er was geen deur, alleen een opening waar ooit een deur was geweest. Dit was een van zijn legers, een hol. Net als een vos had hij verschillende schuilplaatsen. Hij liep twee trappen op en bij de tweede deur klopte hij, en een jongen deed open.

Slane stapte de kamer binnen. Voor de ramen waren net als overal planken gespijkerd, zodat de huisbaas de belasting op ramen niet hoefde te betalen. Op de vloer stond één flakkerende kaars die het bed verlichtte, waarop een vrouw en een stel kinderen zaten. Er stond een onwelriekende po en er was een haard die niet meer was dan een donker gat. Waarom was er geen vuur? De vrouw stond op, en de lucht van vergiste jenever kwam naar Slane toe drijven. Jenever was het levensbloed van deze holen, deze sloppen, dit Engeland dat koning George en zijn ministers acht jaar lang hadden bestierd.

Jenever of gin was een drank die gedestilleerd werd uit mout of gerst of andere graansoorten en daarna op smaak werd gebracht met jeneverbesolie. De slager, de bakker, de groenteboer, de wever, iedereen verkocht het. Een graag toegepaste truc was om kinderen die boodschappen deden voor hun ouders een gratis glas te geven, tot de drank ook voor hen een noodzaak werd.

De eerste keer dat Slane door de achterbuurten van Londen was gelopen en mannen en vrouwen had zien liggen op de plek waar ze in hun dronkenschap waren neergevallen, en hun kinderen om hen heen had gezien, onverzorgd en verwaarloosd, was hij diep verontwaardigd. 'U moet de verkoop van gin verbieden wanneer u tot koning bent gekroond,' had hij aan Jamie geschreven, 'omwille van het volk hier.' De munten die hij de vrouw had gegeven om kolen voor de haard te kopen waren besteed aan gin.

De vrouw kwam met een uitdagende dronken glimlach op Slane toe. Ze had vrijwel geen tanden meer. Ze was vermoedelijk voor in de dertig. Haar zoontje was buiten geweest om water te halen uit de kuip; hij gaf de scheplepel aan Slane die, toen hij hem van de jongen aannam, zag hoe rood de handen van het kind waren. Hij beduidde de jongen hem te volgen naar het donkere trappehuis.

'Zijn er nog brieven?'

De jongen en zijn vriendjes traden op als koeriers en bezochten de verschillende koffiehuizen die gebruikt werden als ontvangstpunten voor brieven uit Italië en Frankrijk, zodat Gussy het niet altijd hoefde te doen. Slane knielde neer en gaf de jongen een paar munten. Hij had het gevoel dat de vrouw door de deur heen kon zien dat hij de jongen munten gaf. Hij kon haar hunkering naar gin voelen. Het was een levend iets met een eigen wil.

'Dit is genoeg voor eten en kolen voor een paar dagen.'

'Moeder zal het me afpakken.'

'Koop jenever voor haar, genoeg om haar in slaap te laten vallen. Wacht tot ze slaapt, dan kunnen jij en de andere kinderen eten. Verstop de munten, en drink niets van de jenever. Beloof je dat?'

'Ja, mijnheer. Dank u, mijnheer.'

Als de kinderen geluk hadden, zou ze naar een ginkelder gaan; daar zaten mannen en vrouwen versuft op een laag stro en wachtten tot de drank was uitgewerkt, om dan opnieuw te kunnen drinken. Als ze doodging, waren de kinderen beter af dan nu.

Slane probeerde zijn walging voor haar niet te voelen, zijn medelijden met de kinderen, alle kinderen van deze straten, die allemaal Jamies kinderen waren. Hier heerste overal wanhoop, in elke straat, in elk huis. Als hij zou beginnen het te voelen, zou het eind zoek zijn.

Het nieuws is gunstig, hielp hij zichzelf herinneren om zijn gedachten op iets anders te richten, niet op de kinderen, de vuiligheid en het verval dat op het bed zat, dat in deze straten woonde.

Alles viel op zijn plaats alsof het zo bedoeld was. Waarom kon Rochester dat niet inzien? Wharton, die handige jongen, had heel gewoon op een dag gezegd: ik ga naar Sunderland en zeg dat ik genoeg heb van de Tories. En dat had hij gedaan.

Iedereen was tevreden – Sunderland, die nu de beruchte, invloedrijke hertog van Wharton onder zijn volgelingen telde; koning George, die beducht was geworden voor de stekelige toespraken van Wharton tegen het koninklijk beleid – tijdens de South Sea Bubble waren ze nog eens zo scherp geworden; de Whigs, die in Whartons afvalligheid een duidelijk teken zagen dat het afgelopen was met de Tory-partij, en de komende verkiezingen als gewonnen beschouwden.

De onenigheid tussen Whigs en Tories zat diep en het ging hard tegen hard, iets waar Jamie een eind aan zou moeten maken wanneer hij koning was. Het zaaide te veel tweedracht, en het verlangen de andere kant kapot te maken kostte tijd en moeite die aan betere zaken hadden kunnen worden besteed.

Slane ging op een stoel zitten. Gussy en Wharton hadden dus zonen verloren. Mijn zoon, dacht hij; hij kon de droefheid niet langer op afstand houden, de droefheid om zijn zoon en zijn vrouw die er niet meer waren, die beiden bij de bevalling, dat slagveld voor vrouwen, gestorven waren. Hij had van haar ge-

houden met zijn jongenshart – hij was jonger dan Wharton geweest toen ze stierf – en zij had van hem gehouden, rein, zuiver,
open. De jongen in hem herinnerde zich haar, herinnerde zich het
zoete tussen hen. Barbara had hem aangekeken met heldere meisjesogen, maar zij was getrouwd geweest, en hij had dingen te
doen, en er was slechts tijd voor een kus onder de cipressen in
een Italiaanse tuin. Hij moest gauw naar buiten, een kerk zoeken, om drie witte kaarsen aan te steken voor drie doodgeboren
liefdes.

Toen hij later onderweg was naar Leicester House, waar de prins
en prinses van Wales verbleven als ze in Londen waren, passeerde Slane Saylor House. Als Richard Saylor mij trouw was gebleven, zou ik nooit uit Engeland zijn weggegaan, zei de oude koning Jacobus, de vader van Jamie, altijd.
    Slane bleef even staan voor de smeedijzeren hekken die toe-
gang gaven tot de binnenplaats. Uit grote lantaarns naast de massieve voordeur stroomde zacht winterlicht. Het huis stond stevig
en schitterend in zijn kale park.
    Ons huis in Ierland was prachtig, had Slanes moeder hem ver-
teld. Het had twee verdiepingen en was gevormd als een E, ter
ere van de oude koningin Elizabeth tijdens wier regering het gebouwd was. 'Ierland is groen, mijn lieve Lucius, zo groen als mals
lentegras.' Hij had het huis nooit gezien, en Ierland evenmin. Hij
had geen herinnering aan schilderijen van voorouders en familieleden, zoals je in andere huizen vond. Zijn vader en moeder
waren vertrokken met de paar munten en juwelen die ze in de
rokken van zijn moeder konden naaien, na die laatste veldslag in
Ierland die de hoop van Jacobus II de bodem had ingeslagen.
    Slane had door de reusachtige, galmende, rijk versierde zalen
van Versailles en het Palais Royal gelopen, was te gast geweest
in de paleizen van Venetië, Rome en Wenen. Nu hij naar Saylor
House stond te kijken – geen paleis, maar een groot en mooi huis,
een monument voor Richard Saylor en de glorie van de Franse
oorlogen – dacht hij: wanneer Jamie koning is, vraag ik dit huis
als beloning.
    Een vrouw stak de binnenplaats over, met roodgouden haar,
een hartvormig gezicht. Barbara. Slanes hart klopte snel. De ver-
schijning was even snel verdwenen als ze gekomen was. Zou ze
het hem vergeven, als hij zich het huis van haar familie toe-
eigende? De buit is voor de overwinnaar. Had ze nog die meisjesogen?

Slane speelde beurtelings op alle dames op de eerste rij stoelen.

'"Dat grienend, boos, stikziend, geblinddoekt knaapje,/ Dat oude kind, die reusdwerg, Don Cupido,/ Sonnettenkoning, vorst van armenkruising,/ Gezalfde souverein van o's en ach's"' zei hij, maar hij dacht intussen dat de clans in Schotland in opstand zouden komen als ze een signaal kregen, en ook in het westen zou er een opstand zijn onder Lord Arran. Ze hadden ook een opstand in het zuiden nodig, zodat Georges leger zich naar drie richtingen zou opsplitsen – naar het westen, het noorden en het zuiden – terwijl Ormonde bij de Theems binnenkwam. Er was nog niemand aangewezen om een opstand in het zuiden, het dichtst bij Londen, aan te voeren. De opstand die het dichtst bij Londen plaatsvond, zou het gevaarlijkst zijn. De troepen van koning George zouden daar het eerste aankomen.

De kamer in Leicester House was prachtig, met een fraaie plafondschildering, gebeeldhouwde lijsten langs met fluweel beklede wanden, portretten in zware lijsten, opgehangen aan linten. Kleine fauteuils, met zwaar vergulde poten en armleuningen, waren op rijen geplaatst en er zat een tiental vrouwen op: de prinses van Wales; haar hofdames; de bruid, Harriet Holles; haar moeder; en de familie van haar aanstaande bruidegom – zijn moeder, lady Saylor; de hertogin van Tamworth; lady Shrewsborough.

Slane ging voor de prinses van Wales staan. Een man die veel sergeants kent, zei Wharton. Sergeants en korporaals vormden de kern van een leger. Had je die, dan had je de manschappen onder hen.

'"Zie!"' zei Slane, terwijl hij de prinses een hartstochtelijke, smachtende blik schonk, '"hoe zij met de wang leunt op haar hand;/ O, ware ik slechts de handschoen aan die hand,/ En kuste ik zo die wang!"'

Koning George en zijn familie zouden in hechtenis moeten worden genomen. De jacobieten waren van plan de Tower in te nemen, en dat zou dan de gevangenis worden voor koning George en zijn ministers.

Eindelijk stond Slane voor de tengere, donkerharige aanstaande bruid. Ze had een tand waarvan een stuk afgebroken was, wat zichtbaar werd wanneer ze glimlachte. Haar familie bezat veel grond en verscheidene huizen. Ze zou naar een van die huizen moeten gaan, wanneer hij Saylor House kreeg.

'"Ik wens nu, dat ge gaat,"' zei hij tegen haar. '"Maar verder niet dan 't vinkje, dat een meisje/ Als spelend even van haar hand laat springen,/ Een arm, gevangen, vastgebonden dier/ Dat zij met zijden draad terug kan trekken,/ Uit liefde angstvallig, dat het vrijheid zoek."'

De jonge hofdames zaten hem met verrukte gezichtjes aan te staren, aanbidding in hun ogen. Maar de oudere vrouwen – de twee moeders en de hertogin van Tamworth – dat was een andere zaak. Goddank dat ik hen niet hoef te verleiden, dacht hij. Laten we er een eind aan maken.

Hij trok Harriet uit haar stoel, liep met haar rond onder het declameren van liefdesverzen, viel dan op één knie neer en keek naar haar op, hartstochtelijk als een bruidegom. '"Nu goede nacht!/ In 't scheiden is zo lieflijk wee verborgen/ Dat ik goed' nacht zou zeggen tot de morgen."'

Hij boog zijn hoofd, sloot zijn ogen, luisterde naar het applaus. Over een maand zou Charles Russel vertrekken om hen te verzekeren van steun uit het noorden. Slane zou hetzelfde doen in het zuiden.

'Ik dank u zeer,' zei de jonge vrouw voor wie hij knielde. 'Het was prachtig, echt prachtig, een mooi nieuwjaarsgeschenk. Kom, dan stel ik u voor aan de prinses. Hoogheid, ik heb de eer u Laurence Slane voor te stellen.'

'Mijn hofdames zijn door u veroverd, Slane,' zei de prinses, en Slane maakte een diepe buiging en dacht: dikke armen, het haar kroest doordat het kunstmatig blond is gemaakt, overal diamanten, ogen die niet glimlachen.

'U was heel goed. U komt uit Ierland, niet?'

'Uit Ierland en uit andere plaatsen, hoogheid. Ik ben lang geleden uit Ierland weggegaan. Men kan daar sterven van de honger, en dat gebeurt met te veel mensen.'

'Welke andere plaatsen?'

'Elke kleine stad waar eerzame arbeid te vinden is.'

'U ziet er niet uit als een man die veel arbeid verricht, eerzaam of anderszins. Men zegt van u dat u nooit eerder toneel speelde, en toch hebt u al mijn jonge dames haar hart doen verliezen, Slane. Wat een licht om te verbergen onder de korenmaat van eerzame arbeid.'

Zij had haar hart niet verloren. Weer nam hij een moment om haar opzettelijk in de ogen te kijken. De ziel van een man was zichtbaar in zijn ogen. In haar ogen kijken was alsof je aantrad voor een tegenstander in een duel. Een scherpe intelligentie, zag hij, nog vergroot door jaren aan het hof. Zij vertrouwt niemand, dacht Slane. En ze heeft natuurlijk gelijk. Ze zal zich herinneren dat ik voor haar gespeeld heb, ze zal zich deze avond herinneren wanneer ze in de Tower zit. Ze zal elk ogenblik van elke dag dat ze in de Tower zit op ontsnapping broeden. Ik moet eraan denken dat tegen Jamie te zeggen.

Hij glimlachte.

'Wilt u zo goed zijn een paar woorden met mijn hofdames te wisselen,' zei de prinses. 'Ik heb hun beloofd dat ze u enkele ogenblikken voor zichzelf mochten hebben. Ik ben al te goed.'

U bent keihard, dacht Slane.

'Niet te lang, Slane,' zei de prinses. 'Ik wil niet dat een van hen zich door uw donkere ogen laat verleiden.'

Slane stond tussen de jonge vrouwen die de prinses dienden als gezelschapsdames en namaakdochters. Zij waren het puikje van de maatschappij, de bloesems van het koninkrijk, elk voorzien van een grote bruidsschat en uitgebreide familiebetrekkingen; elk van hen bood toegang tot het hof doordat ze de prinses diende. Het is verstandig van Tamworth dat hij zich hier een relatie verschaft, dacht Slane. Van al deze vrouwen – hij had het gevoel omringd te zijn door verrukkelijke jonge bloemen – beviel Harriet hem het beste. Ze leek aardig en intelligent.

De kring om hem heen werd verbroken door een schor gekakel. Tante Shrew – Slane dacht aan haar als Louisa – stond voor hem, met haar gezicht waarop rouge en moesjes wedijverden met rimpels, en overal fonkelden juwelen, alsof ze met sieraden wilde goedmaken wat ze misschien aan jeugd verloren had.

'Zo is het genoeg,' zei ze terwijl ze jonge vrouwen opzij duwde. 'Nu is hij even van mij. Kom mee, Slane, ik stel je voor aan mijn schoonzuster, de hertogin van Tamworth, en aan lady Saylor en lady Holles. Kssjt,' zei ze, 'weg jullie,' en ze wuifde met haar hand naar de hofdames alsof het honden waren.

Slane stond voor de hertogin van Tamworth, de echtgenote van de grote held, ooit een van de spelers die het lot van dit koninkrijk hadden bepaald. Richard Saylor had haar aanbeden, zei men. Door een paar maanden geleden naar Londen te komen, in een koets die zo oud was dat heel Londen erover sprak, had ze ervoor gezorgd dat het huwelijk doorgang vond alsof er geen duel was geweest.

Ze zat daar, hooghartig als een vorstin, in een zwarte japon met vele smaragden. Er was een tijd geweest dat er maar één manier was om in de gunst te komen bij koningin Mary, en na Mary bij koningin Anne, namelijk eerst in de gunst te komen bij deze vrouw. Nu had ze een koningin-weduwe kunnen zijn, zoals ze

Slane aanstaarde met haar donkere ogen. Ze erkent geen hoger gezag, dacht Slane. Als ik het huis van haar kleinzoon afpak, zal ze het me niet vergeven. Ze zal proberen mij ten val te brengen, net als de prinses. Waar is Barbara in deze kleine, hooghartige vrouw?

'U bent toch een Ier?' zei de hertogin. 'Waar is uw accent?'

'Dat ben ik lang geleden kwijtgeraakt. Een man met een Iers accent wordt in Engeland moeilijk geaccepteerd.'

'Ja, we zijn niet aardig geweest voor uw land, hè? Mijn man zei altijd dat we het in Ierland vanaf het begin verkeerd hebben gedaan, en te dom of te trots waren om ons te beteren. Bent u katholiek, Slane?'

Deze vraag verraste hem zo dat hij een eerlijk antwoord gaf. 'Ja.'

'Wat weet u van bijen?'

'Bijen?'

'Ik wil wat bijen sturen aan mijn kleindochter in Virginia, maar mijn imker zegt dat ze onderweg dood zullen gaan. Hij heeft een kleine geest, hij kan door de bomen het bos niet zien. Toch is hij goed in zijn werk, hoor. De honing van Tamworth is de beste van het graafschap, maar hij heeft geen fantasie. Het verzorgen van de korven, het voorkomen dat ze gaan zwermen, dat is hem genoeg. Ik heb met sir Christopher Wren gesproken – die heeft St. Paul's Cathedral gebouwd,' zei ze, alsof Slane een barbaar was en dat niet wist. 'Ik heb zelfs met sir Isaac Newton gesproken – niet dat ik geloof dat wit licht is samengesteld uit kleuren, maar ondanks dat is sir Isaac toch een knappe man. Ze zijn allemaal heel knap, en je zou toch denken dat één van hen wel een bijenkorf zou kunnen ontwerpen waarin die beestjes levend en wel de oceaan zouden kunnen oversteken. Houden ze in Ierland ook bijen, Slane?'

Een antwoord werd hem bespaard door de prinses van Wales, die was opgestaan uit haar stoel en door de kamer rondstapte, omringd door haar hofdames als een koe omringd door nimfen.

'Kaart u nog altijd met lady Shrewsborough?' vroeg de prinses aan hem.

'Wanneer ik de kans krijg.'

'Maar hij wint van me, hoogheid,' zei tante Shrew, 'vaker dan me lief is.'

'Breng hem maar eens mee naar een kaartmiddag.'

'Dat zou een grote eer zijn,' zei Slane, maar de prinses wendde zich al af. Hij kon gaan. De hertogin en zij praatten over pokken. Iemand tikte Slane op de schouder – een hofdame met de zak munten die hij als betaling ontving. Vergeten behalve door een paar dappere hofdames die hem nog verlangende blikken toewierpen, verliet hij de kamer. De prinses zei juist tegen de hertogin dat ze haar kinderen de nieuwe behandeling tegen pokken zou laten geven.

Dat was het gesprek van de dag in Londen, naast de vete tussen Walpole en Sunderland. Lady Mary Wortley Montagu, een levendige vrouw, dochter van een hertog die Slanes favoriete jacobitische agent was, had van haar reizen een geneesmiddel tegen pokken meegebracht.

'Ik laat het bij tien gevangenen in Newgate doen. Als die het overleven en niet te erg door de pokken geschonden raken, laat ik het ook bij mijn kinderen doen,' hoorde Slane de prinses zeggen toen hij de gang inliep.

Je maakte een krasje op je arm met een in actieve pokken gedoopte naald; dan werd je ziek, kreeg misschien zelfs puisten en koorts. Maar die puisten en die koorts waren niet dodelijk, schonden en doodden je niet zoals de echte pokken. Een aantal artsen was tegen de methode gekant; ze zeiden dat het een goddeloze methode was omdat ze uit Turkije kwam. Lady Mary's echtgenoot was daar ambassadeur geweest, en ze had gezien dat het daar werd toegepast.

Als Whartons kind deze behandeling had gekregen, was hij misschien niet doodgegaan, dacht Slane. Lodewijk XIV was aan de pokken gestorven, evenals twee zonen van de hertogin van Tamworth. De ziekte maakte talloze slachtoffers.

'Hebt u al iets vernomen van lady Devane in Virginia?' vroeg de prinses.
'Nee.'
'Gaat ze zich daar vestigen, denkt u?'
'Na morgen,' zei de hertogin, 'doet het er niet meer toe.'
Voor mij doet het ertoe, dacht de prinses.

Buiten was de maan vol. Ze wierp haar licht lukraak over gebouwen en schaduwen, sneeuw en ijs. Slane bleef even naar de maan kijken, terwijl zijn hoofd vol was van indrukken van de vrouwen die hij zoëven had achtergelaten, hun zachte armen, soepele japonnen, luchtige lachjes, flirtende ogen – in alle kleuren – boven fraai beschilderde waaiers. Het had allemaal een zinderende, tere lichtheid waardoor hij zich uit balans en vrolijk voelde. Hij zou zo dadelijk naar huis gaan, deze kleren, die te veel onthulden van wie hij was, uittrekken en zich verkleden in simpeler, eenvoudiger kleding. Dan ging hij naar Pontack's taveerne.

Op deze manier vieren de vrouwen dus het huwelijk van morgen, dacht hij. En de mannen?

Uren later, in de taveerne van Pontack waar het druk en rumoerig was, trok Slane zijn stoel bij waar de hertog van Wharton zat. Verscheidene mannen hadden een hoertje op schoot, dat kusjes ruilde voor munten, en als het genoeg munten waren, haar jurk omlaagtrok om haar borsten te laten zien. Twee hoeren hadden al ruzie. Niemand zou hem opmerken.

'Je drinkt,' zei hij tegen Wharton.

'Ik heb alleen een beetje bier genomen, *duenna*.' *Duenna* was het Spaanse woord voor chaperonne. 'Ik heb het beloofd. Ik laat de anderen in mijn plaats drinken. Kijk maar eens naar Tamworth. Sinds de dood van Masham heeft hij geen druppel gedronken, maar vanavond had hij mij kunnen zijn.'

'Waar heeft hij het over?'

'Over zijn grootvader; hij praat al een uur over niets anders. Ga maar luisteren. Het is de moeite waard. Hij vertelt de hele tijd hetzelfde verhaal.'

'Ze hadden het vanavond over lady Mary Wortley Montagu.'

Whartons ogen, half bedekt met oogleden als van een vogel, knipperden één keer. 'Wat zeiden ze?'

'Ze hadden het over haar geneesmiddel tegen pokken, dat sommige artsen het goddeloos noemen.'

'Ik zal het tegen haar zeggen. Ze zal wel boos zijn. Ze zegt dat het komt doordat ze een vrouw is, dat haar geneesmiddel niet zo vlot geaccepteerd wordt.'

'Ik moet haar spreken.'

Weer knipperde hij traag met zijn ogen. 'Waarom, Slane?' Lady Mary en Wharton waren minnaars. Je legt me een zware taak op, Slane, had lady Mary gezegd. Ze loog. Ze was zo goed als verliefd op Wharton.

Slane lachte. 'Om zoveel mogelijk over jou te weten te komen.'

Nu ging hij bij Tony zitten, die tegen niemand in het bijzonder praatte; het scheen hem niet te deren, hij praatte.

'Ze zeiden dat mijn grootvader door zijn kamp zwervend als een vagebond werd gevonden, wat waarschijnlijk al het eerste teken was, maar iedereen probeerde hem tegen die praatjes in bescherming te nemen. Toen werd er gezegd dat hij in huilen was uitgebarsten bij een vergadering met de ministers van de koningin. Daarna waren de praatjes niet meer te stuiten. Alle verhalen werden algemeen bekend, ze dwarrelden door Londen als de sneeuw buiten. Wart, luister je?'

Wharton grijnsde boosaardig naar Slane en maakte een gebaar van drinken.

'Hij luistert,' zei Slane rustig, achter Tony. Hij zag wel dat Tony zo dronken was dat hij zich de volgende morgen niet veel zou herinneren. Geen van deze mannen zou zich veel herinneren, met uitzondering, en dat was uitzonderlijk, van Wharton, die zoals hij zei, zijn belofte hield.

'Ik was nog maar een jongen toen de geruchten begonnen. Ze zeiden dat mijn grootvader een keer te vaak was ingestort tijdens een veldtocht, dat hij vervangen moest worden, al werd hij niet van het bevel ontheven. Hij was te bekend, en de oorlog duurde nog voort – twee oorlogen, de ene op een slagveld tegen Lodewijk xiv, de andere in het kabinet van koningin Anne. De geruchten zwollen aan. Ik begreep ze niet, maar ik begreep wat ze insinueerden, dat hij gck was, krankzinnig, bezeten. Een duivelsteken, zeiden ze, een vloek. Heb je het hospitaal van St. Mary van Bethlehem wel eens gezien? Ze noemen het Bedlam. De mannen en vrouwen zitten er in kooien, naakt, aan de muren van hun cel gebonden als beesten. Ze brullen, liggen in hun eigen vuil.'

Slane had het gezien. Het was een van de bezienswaardigheden van Londen, een van de plaatsen waar jonge edelen graag een bezoek brachten, zoals ze ook graag naar Bridewell gingen na een nacht doorzakken om te zien hoe de vrouwelijke gevangenen werden afgeranseld, omdat dit met ontbloot bovenlijf gebeurde.

'"Sommigen komen door de zonde omhoog, sommigen komen door de deugd ten val." Dat heeft Tommy Carlyle gezegd. Mijn grootmoeder heeft mijn grootvader naar Tamworth gehaald. Ik ging er zo vaak als ik kon naartoe. Ik was toen al de erfgenaam, en dus kreeg ik daarin tenminste mijn zin. Ik had de indruk dat mijn grootvader alleen rustiger en vriendelijker was dan ooit, en dat hij meer rust nodig had. We werkten samen in de rozentuin. We maakten wandelingen. Ik mocht in zijn kabinetten met kostbare medailles en cameeën neuzen, wat Barbara en Harry nooit mochten.'

'Barbara en Harry?' zei Slane bemoedigend. Tony draaide zich om en keek naar hem; zijn ogen leken iets meer gericht te kijken.

'Mijn nicht en neef. Die heb jij nooit ontmoet. Het zou moeilijk zijn om Harry nu te ontmoeten. Die is namelijk dood. En Barbara, die is ver weg. Te baldadig, vond mijn grootvader hen. Hij verzamelde tinnen soldaatjes, Slane, hij had er honderden. We stelden ze altijd in slagorde op voor veldslagen die hij in zijn hoofd uitdacht; mannetjes van tin, kleurig beschilderd met hun regimentskleuren. Terugtrekken, opmarcheren, een schijnaanval doen, terrein prijsgeven, aanvallen. "Jij bent goed voor hem, Tony; hij is gelukkig als je bij hem bent," zei mijn grootmoeder. Heb je mijn grootmoeder al ontmoet, Slane? Je zult haar zelden een prijzend woord horen spreken. Ze heeft het nooit prettig gevonden dat ik de erfgenaam was. Er waren anderen geweest, zie je; mijn oudste oom; diens zoon; mijn vader. Ze gingen allemaal dood, en zo kreeg ik de titel. Ze heeft nooit een hoge dunk van me gehad.'

'Ik heb haar vanavond ontmoet. Ik geloof ook niet dat ze een hoge dunk van mij had.'

Tony glimlachte, een verlegen glimlach, ernstig. 'Barbara en Harry hadden ook geen hoge dunk van me. Ik was de indringer. Ik stond altijd achter een raam naar hen te kijken. "Je moet je vijand voor zijn," zei mijn grootvader. "Pak hem stevig aan met je voetvolk." Het was duidelijk dat Barbara en Harry in de wieg waren gelegd voor generaal.'

Het tafereel rond Slane en Tony begon wilder te worden, de vrouwen waren half ontkleed, Charles Russel drukte zijn gezicht tussen de borsten van een jonge hoer. Overal was wijn gemorst, en de stemmen van de vrouwen waren te schel; sommige mannen waren al zo dronken dat ze niet meer konden staan, terwijl Wharton aan zijn kant van de tafel zat, met glanzende ogen, alsof hij de goochelaar was die alles te voorschijn had getoverd.

'"Van mij krijg je een pak rammel, erfgenaam," zei Harry tegen me. En hij gaf me er een, en sloeg een tand uit mijn mond.'

'En Barbara?'

'Ze hoonde me terwijl ik bloedde. Ik had geen idee hoe ik met hen om moest gaan behalve hen uit de weg te gaan.'

'Een verstandige keus.'

'Ik vond het niet erg als mijn grootvader niets zei, of verward was. Ik hield van hem, Slane. Mijn grootvader was heel vriendelijk, en ik wist dat hij een grote held was, zodat zijn vriendelijkheid nog uitzonderlijker leek. Er was nooit iets van kritiek, nooit boosheid, geen verwachtingen waaraan ik niet voldeed. We waren samen bezig tussen de rozen. "Je moet de stam zo snoeien," zei mijn grootvader. Ik heb te veel wijn gedronken, Slane. Ergens in de verte – ik herinner me het gezoem van bijen, de geur van rozen – herinner ik me dat ik Barbara en Harry hoorde ruzie maken. Ze waren in de buurt. Ze vonden het leuk om ons te bespieden, om mij later te kunnen plagen. Mijn grootvader schramde zijn arm aan een doorn, en het bloedde. Ik merkte het eerst niet. Ik verzorgde de rozen zoals hij het me had voorgedaan. Ik had geen idee dat er iets aan de hand was tot mijn grootvader opeens schreeuwde, een ontstellende kreet gaf, een kreunen uit het hart.'

Slane zat doodstil. Voor zijn geestesoog was hij in die tuin die hij nooit had gezien, met Tony en zijn grootvader, de grote held, die nu menselijke afmetingen had aangenomen.

'"Waar zijn mijn jongens?" zei hij. Hij zei het heel hard. Mijn grootvader sprak nooit luid, schreeuwde nooit. "Mijn jongens, mijn jongens," zei hij. Hij bleef maar vragen waar ze waren, en ik nam hem bij de hand en leidde hem het pad af naar Tamworth Church, naar de kapel daar. Daar staan de kisten van mijn vader en mijn ooms. Ik had dat niet moeten doen, maar het was het enige wat ik kon bedenken. Mijn grootvader ging op de marmeren bank zitten in de stille kapel en begon te huilen. "Dood," zei hij. "Ze zijn allemaal dood." Hij huilde vreselijk, Slane. Ik kan het niet beschrijven...'

Er ging een hoer bij Tony op schoot zitten, ze kuste zijn wang en schoof haar hand in zijn zak, op zoek naar iets om te stelen.

'Laat hem met rust,' zei Slane. Hij gaf haar een muntstuk. 'Vooruit, en zijn genoeg anderen. Vertel me de rest van het verhaal, Tamworth.'

'Hij huilde als een vrouw. Alle geruchten die ik had gehoord, het gefluister dat hij krankzinnig was, kwamen opeens in mijn hoofd, en ik rende het hele eind terug naar Tamworth Hall om het aan mijn grootmoeder te vertellen. Ze was boos. "Breng hem nooit meer naar de kapel," zei ze. Gekke opa, gekke opa, boehoehoe, zo deden Barbara en Harry later op het terras – op Tamworth heb je een groot terras, dat afloopt naar het park. Ze speelden na wat ze hadden gezien, hoe onze grootvader huilend uit de kapel werd weggeleid. Mijn grootmoeder liet hen een pak slaag geven en stuurde hen zonder eten naar bed, maar mij niet.'

'Wat jou in hun ogen helemaal onmogelijk maakte.'

'Ja. Ik kreeg mijn avondeten – ook al had ik iets stoms gedaan, zei ze – maar ik kon niet eten. Ik zat naar mijn zilveren bord te staren. Het had een doffe glans, dat herinner ik me nog steeds, en ik was me bewust van een verlies, erger dan dat van mijn vader. Mijn vader had ik nooit gekend, niet echt. Iets kostbaars, zeldzaams en moois, iets dat niet gemakkelijk te vervangen was, dat al niet gemakkelijk te vinden was, was verdwenen. Het zat in de kapel, snikkend als een vrouw, tot bedienden het weer naar huis brachten en in bed legden. Om wie rouwde hij? Om zijn zonen of om alle soldaten die gestorven waren in aanval en tegenaanval? Misschien waren die twee in zijn geest verward geraakt. "O, edele krijger. O dapper heer. Uw gelijke zien wij nimmermeer."'

'Wat is dat?'

'Caesar White, een dichter, schreef een gedicht ter nagedachtenis van mijn grootvader. Ik moet kotsen.'

'Hier, laat mij je naar buiten helpen. Volg me.'

Buiten liep Slane een eindje weg, ademde de koele lucht in, blij weg te zijn uit de kroeg met zijn lawaai, rook en herrie.

Tony stond met zijn hoofd tegen een muur geleund en maakte braakgeluiden.

O edele krijger. O dapper heer. Uw gelijke zien wij nimmermeer. Slane dacht aan de Merel, die toen hij nog een jongen was zich nu eens in dit kasteel, dan weer in een ander verschool, omdat Frankrijk de oorlogen had verloren en Lodewijk XIV hem niet meer mocht steunen. Hij dacht aan vrienden die in Schotland naast hem waren gestorven in de vreselijke winter van 1715, toen ze wisten dat ze verloren hadden maar toch doorvochten, hij dacht aan zijn eigen vader, die verdronken was tijdens de storm die de Franse schepen waarmee Jacobus Engeland wilde binnenvallen, alle kanten op smeet alsof het zwavelstokjes waren die op het water waren gegooid. Hij was dertien geweest toen zijn vader stierf. Hij had hem zien verdrinken. Hij zou nooit vergeten hoe hij het water zich zag sluiten over de plek waar zijn vader was geweest, en hoe hij op de een of andere manier terug had weten te komen naar Frankrijk, waar zijn moedige, energieke moeder wachtte. Hij had het haar moeten vertellen. Ze had haar armen naar hem uitgestoken, en voor het allerlaatst was hij een jongen geweest en had hij in de armen van zijn moeder gehuild. Er rust een vloek op die Jamie van jou, zei zijn moeder, maar dat was in 1718, toen een volgende invasiemacht, ditmaal gesteund door Zweden en Spanje, alweer op weg was gegaan en wederom door een storm vernietigd werd. Verlaat hem, Lucius, zei ze. Slane huiverde.

Tony stond nog steeds met zijn hoofd tegen de muur.

'"Geef mij een kus, en doe er twintig bij, En bij die twintig honderd, dan ben ik eens zo blij, Voeg bij die honderd duizend, en ga door met het gezoen, tot duizend is geworden een miljoen,"' reciteerde Tony.

Wat krijgen we nu? dacht Slane. Dat had ik vanavond moeten voordragen. Het is prachtig.

'"Vermenigvuldig dat miljoen drie keer, en ben je dan niet moe, begin je weer..." Ik heb haar niet één keer in hartstocht gekust.'

'Wie, uwe genade?'

'Barbara.'

Barbara, dacht Slane, je zult morgen op de bruiloft aanwezig zijn, in het hoofd van deze man. Hij legde zijn hand op Tony's schouder. Ik heb mijn liefste getrouwd, dacht hij. Ik heb haar verloren, maar ik heb haar een tijdlang gehad. Ja, Tamworth, jij doet je plicht en dat heeft zijn prijs.

'De liefste,' zei Tony, en Slane sloot zijn ogen. Dit kreeg je als je te lang op één plaats bleef. Een man ging van mensen houden, zelfs als het zijn vijanden waren.

'Vertel me wat je weet over de dood van Whartons kind,' zei Slane.

'De pokken,' antwoordde Tony, nog steeds zonder zijn voorhoofd van de muur te nemen. 'Er heersten pokken in Londen, en hoewel hij haar vroeg het niet te doen, kwam zijn vrouw met de jongen naar de stad.'

'Waarom?'

'Ze wilde niet van Wharton gescheiden zijn. Ze trouwden toen ze allebei vijftien waren. Wharton was een tijdlang stapelgek op haar. Maar toen ging zijn vader dood, en Wharton gaf zichzelf daarvan de schuld. Zijn vader had het huwelijk niet gewild, was boos geweest omdat Wharton zo had gehandeld. Na de dood van zijn vader ging Wart naar Europa en liet zijn vrouw achter; toen hij terugkwam, had hij weer belangstelling voor haar, en ze kregen een kind. Nu ziet hij haar nooit meer.'

'Vertel me over lady Mary.'

'Ze is een jaar of tien ouder dan Wart. Ze leeft alleen, zonder haar echtgenoot. Schrijft gedichten.'

Slane glimlachte om wat hij in Tony's stem hoorde, alsof het feit dat lady Mary gedichten schreef een reden was om bang voor haar te zijn. 'Ik denk dat u iemand moet hebben die u naar huis brengt, uwe genade.'

Ze liepen zwijgend door de straten; Slane liep achter Tony aan en greep hem bij zijn jaspanden wanneer hij uit de koers raakte. De maan verlichtte hun weg als een lantaarn, en in sommige straten brandden de vuren om de bedelaars voor bevriezing te behoeden. Ze liepen de binnenplaats van Saylor House op.

'Vaarwel, uwe genade.'

'Kom op mijn bruiloft. Ik wil dat je op mijn bruiloft komt.'

'Ik denk dat u morgen spijt zult hebben van deze uitnodiging, uwe genade.'

Slanes schoenen maakten een krakend geluid in de smeltende sneeuw toen hij in het licht van de maan terugliep naar zijn kamer. Hij ging in zijn kamer voor het raam staan en keek naar buiten. Het maanlicht stroomde omlaag als zacht zilver. O, edele krijger. O, dapper heer. Uw gelijke zien wij nimmermeer. De woorden bleven door zijn hoofd weerklinken. Hij herinnerde zich dat het bericht hen had bereikt dat Richard Saylor gek was geworden; het Franse hof had het feestelijk gevierd. Het beeld van Richard Saylor die in zijn tuin om zijn jongens stond te huilen, bleef door zijn hoofd spoken. Er er was in Slanes hart geen haat of triomf, maar medelijden, voor Tony, voor de hertogin – en vreemd genoeg ook voor hemzelf, want ook hij wist wat het betekende iemand te verliezen van wie je hield.

Ik begin week te worden, dacht Slane, en hij zuchtte.

24

Sir John Ashford vervloekte zichzelf omdat hij uitgerekend op de dag van het huwelijk was gekomen. Hij liep een van de salons van Saylor House in. Bossen hulst en klimop hingen uit de Chinese vazen, en er waren toefen klimop aangebracht in de hoeken van de beroemde, reusachtige gobelins, zodat er groene klimopranken over de strijdtaferelen van steigerende paarden en verbeten gevechten hingen. Alles was doorvlochten met rozen en lelies voor de bruiloft. De jonge hertog van Tamworth trouwde die avond om negen uur met Harriet Holles. Sir John had bericht gestuurd dat hij helaas niet aanwezig kon zijn. Zijn geschenk voor hen zou door Gussy worden meegebracht.

Hij schraapte zijn keel. Hij zag de hertogin niet bij de mensen die voor de haard stonden. Maar hij zag wel de hertog van Wharton en zijn gezicht werd rood. Verrader, dacht hij.

Hij keek woedend naar Wharton, tot hij iets zag dat nog erger was – de zware gestalte van de hoveling Tommy Carlyle, met kleurige rouge op beide wangen en die godvergeten oorbel in zijn ene oor.

Dat doet de deur dicht, dacht sir John. Ik verzin vlug een excuus en breng een bezoek aan de hertog van Tamworth wanneer ik in januari terugkom. Maar juist op dat moment tikte een lakei hem op de arm.

'Hare genade de hertogin van Tamworth vraagt me u bij haar te brengen.'

De hertogin zat in een hoek te praten met sir Christopher Wren.

Wat heeft ze daar voor toestand op haar hoofd, vroeg sir John zich af. Er staken veren uit en nog andere zaken. Ze zag er bespottelijk uit, en het was duidelijk dat het haar niets kon schelen. Sir John glimlachte en maakte een zeer formele buiging voor de hertogin, een ouderwetse, stijve buiging.

'Sinds wanneer verdien ik geen nieuwjaarszoen?'

De hertogin zette hem voor schut, zoals ze altijd probeerde te doen, maar hij moest ook altijd om haar lachen, en dus gaf hij haar een klinkende zoen op de wang, terwijl zij iets aanraakte dat uit de bos veren op haar hoofd bungelde, iets dat een beetje rammelde.

'Bereklauwen.' Ze zei het met kennelijke voldoening. 'En kijk, ik heb er ook een ketting van om mijn hals. Zie je hoe groot ze zijn? Die beren moeten monsters zijn geweest, heel wat anders dan de bruine beren die ze aan de overkant van de rivier door honden laten pesten. Dit is de hoofdtooi van een opperhoofd, dat zegt Barbara tenminste. Ik heb een brief van haar gekregen, John, precies vandaag, met deze snuisterijen die ik nu draag erbij. Ze heeft me moeraslaurier gestuurd en stekken van wijnstokken, die jij voor me moet meenemen naar Tamworth Hall. Ik kan niet zeggen hoe dit mijn gemoed verlicht. Jij weet hoe ik me naar heb gepiekerd of Barbara wel veilig was aangekomen, oude vriend, ja, jij weet dat wel. Maar waar zijn mijn manieren? Ken je sir Christopher?'

'De hertogin en ik hadden het over bijen,' zei sir Christopher. Hij was heel oud en even klein geworden als de hertogin.

'Aha,' zei sir John die volledig op de hoogte was van de hertogin en haar bijen. Wie in Londen was dat niet? 'Je bent dus nog steeds bezig met die bijen. Gefeliciteerd met die brief van je kleindochter. Maakt ze het goed?'

'Heel goed, dank je!' De hertogin rammelde met haar bereklauwen.

'Ik heb ook brieven gekregen, van mijn vrouw. Ze zegt dat er zigeuners in de bossen van Tamworth zitten. Ze hebben een van de zigeunervrouwen gevonden. Zwanger.'

De hertogin tilde haar rokken op en wees op haar voeten. Ze droeg een soort zachte sloffen.

'Ach, wat maken een paar zigeuners uit. Barbara heeft me deze dingen gestuurd, en ook een paar voor Jane. Ik ben vergeten hoe ze heten.'

Ik heb haar in geen maanden zo opgetogen gezien, dacht sir John. Ik ben blij dat ze iets van Barbara heeft gehoord.

'Mocassins,' zei sir Christopher, 'en ze zijn heel mooi gemaakt. Kijk eens naar die kraaltjes, het patroon ervan.'

De hertog van Wharton was naar voren gekomen en kwam bij hen staan.

Sir John verstijfde. Aanmatigende jonge hond, dacht hij. We zijn te oud, we zijn een partij van het verleden, had hij tegen lady Shrewsborough gezegd, die al net zo lang een Tory was als hij. Geen wonder dat de jongeren ons de rug toekeren. Wharton was goddeloos, oneerbiedig en onevenwichtig, maar toch hadden ze hem nodig gehad. Niet jammeren, John. Daar kan ik niet tegen. De hertogin en zij, dat was me een stel.

De hertogin deed alsof ze Wharton niet zag.

'Barbara schreef dat de vrouwen die deze dingen maken, het leer kauwen tot het zacht is. Ze heeft ook een pakket voor Jane en de kinderen gestuurd, en iets voor de koning en de koninklijke familie. Ga eens wat te drinken voor me halen, Wharton. Dan ben je een brave jongen. Ik kan hem niet uitstaan,' zei ze tegen sir John, toen Wharton wegliep, 'en als neef van Harriet wordt hij door dit huwelijk familie van me.'

'Wie zijn er allemaal?' vroeg sir John, om zich heen kijkend.

'O, iedereen. Sir Gideon Andreas, Lord Sunderland, Lord Holles, sir Alexander Pendarves.'

'Een hele Whig-vergadering.'

'Een bruiloftsgezelschap. Het zal je niet schaden om tussen ons te verkeren. Misschien hoor je nog iets waar de Tories wat aan hebben. Ze zeggen dat de Whigs de verkiezingen in hun zak gaan steken.'

'Ik weet het. Het breekt mijn hart. We hebben niet genoeg geld om stemmen te kopen, Alice. De koning zelf geeft geld om Whig-stemmen te kopen.'

'Daar heb je Wharton met mijn wijn. Sir John komt afscheid van me nemen voor hij naar huis gaat, Wharton. Sir John Ashford is een zeldzaamheid in deze tijd, namelijk een man die naar zijn overtuiging leeft.'

'Is dat voor mij bedoeld?' vroeg Wharton.

De hertogin keek hem aan en tuitte haar lippen. 'Zou het?'

Andere mensen in de kamer kwamen naar hen toe; ze hadden de aandacht getrokken. De hertogin begon hen één voor één voor te stellen, alsof sir John hen niet gezien had tijdens de week in de wandelgangen van de St. Stephen, waar het Lagerhuis bijeenkwam.

'Je kent sir Gideon Andreas natuurlijk, en lady Andreas. Lady Andreas is Harriets peettante.'

Sir John had een bokaal met wijn in de hand gedrukt gekregen; hij glimlachte in de richting van de vrouw die vermoedelijk lady Andreas was en klokte de wijn naar binnen, waarop de bokaal onmiddellijk weer werd gevuld door een lakei. De gasten droegen satijnen jassen en weelderige pruiken; de vrouwen waren behangen met juwelen, ze hingen om hun hals en in hun oren; maar hij was eenvoudig gekleed, voor de reis, want hij begon vanmiddag nog aan de terugreis naar huis. Hij ging nog even bij Gussy langs voor hij vertrok; en dan ging hij op weg en liet Londen achter zich. Er was een briefje gekomen van de hertog van Tamworth: 'Ik zou het zeer op prijs stellen als u de tijd zou kunnen vinden om mij een bezoek te brengen voor u naar Ladybeth vertrekt.' Maar waar was de hertog?

'Zijne genade wil u nu ontvangen,' zei een bediende zacht in sir Johns oor.

'Wat is dat?' riep de hertogin. 'Laat je ons in de steek? Beloof dat je nog even langskomt voor je naar Ladybeth gaat. Zelfs als ik naar mijn slaapkamer ben gegaan moet je een lakei sturen om me te waarschuwen. Je moet niet vergeten het pakket mee te nemen dat Barbara voor Jane heeft gestuurd. Ze heeft Tony een, hoe heet het ook alweer, gestuurd.'

'... -hawk,' hoorde sir John sir Christopher zeggen toen hij achter de bediende aanliep.

'Een tomahawk,' riep de hertogin hem luid achterna. 'Dat is een strijdbijl, John. Daar slaan ze elkaar de hersens mee in.'

'Ze zijn wat directer met hun gewelddadigheden dan wij,' zei Wharton.

De wijn gaf sir John een duizelig en gelukkig gevoel terwijl hij de trap beklom. De hertog van Tamworth bevond zich in de bibliotheek van zijn grootvader op de bovenste verdieping van het huis. Het was jaren geleden dat sir John in dit vertrek was geweest; dat was toen Richard Saylor zelf nog leefde en ze samen een strategie hadden uitgedacht tijdens de laatste gevaarlijke dagen van de wankele regering van Jacobus II.

Sir John herinnerde zich als de dag van gisteren hoe Richard, die toen nog geen hertog was, zei: John, we gaan ons uitspreken voor Willem van Oranje. Ik behoor tot degenen die een geheime verklaring hebben ondertekend waarin we hem vragen met een gewapende macht hierheen te komen. Er kan een oorlog van komen, en ik wil dat jij vrij bent om hierin je geweten te volgen.

Toen was de partij van de koning anders dan nu, de Tory-partij geweest, en vormden de Whigs de oppositie, maar zowel Tories als Whigs hadden de verklaring ondertekend.

Richard was de Tory-beginselen trouw gebleven onder koning Willem en diens opvolgster, koningin Anne, maar Richards kleinzoon Tony zou best Whig kunnen worden; het zag ernaar uit dat dat zou gebeuren. Door zijn huwelijk verbond hij zich aan een Whig-familie. Ze hadden nooit over de komende verkiezingen gepraat. Zeven jaar geleden, toen de vorige verkiezingen gehouden waren, was de hertog nog maar een jongen.

Door de wijn kwam bij sir John een verlangen op met de jonge hertog te praten over de oude tijd, over Richard. Hij zou een verhaal vertellen dat Richard altijd prachtig had gevonden, een verhaal dat sir John van zijn grootvader had gehoord, die Karel I naar het schavot had zien brengen om onthoofd te worden, niet ver van dit huis vandaan. De menigte kreunde toen zijn hoofd met de bijl werd afgehouwen; een groot, collectief kreunen, had zijn grootvader gezegd, als één ontzaglijke uiting van angst, alsof de onthoofding tegen de wil van God inging.

Het goddelijke recht van koningen. Jacobus was door zijn geboorte gerechtigd te regeren, want God had over die geboorte beschikt. Daarmee worstelden ze in die rumoerige tijden. Was het koningschap goddelijk, erfelijk en onvervreemdbaar, of was de koning bekleed met macht die hem was toevertrouwd door het Parlement? Een revolutionaire gedachte, republikeins, gevaarlijk, die evenwel steeds vaker werd uitgesproken. Als bepaalde grote heren uit het Parlement er niet van overtuigd waren geraakt dat Jacobus II zonder hen wilde regeren, zonder de toestemming van het Parlement, zou hij op de troon zijn gebleven, ook al was hij katholiek. En dat was de waarheid, had Richard gezegd, Richard die toen ook een belangrijk edelman werd.

Ik heb lang moeten worstelen met mijn geweten, John, en het was een zware strijd, had Richard hem die nacht gezegd. De strijd was zichtbaar in lijnen op Richards gezicht, de donkerte onder zijn ogen. Ik geef je de volle vrijheid hierin je geweten te volgen.

Heb jij jouw geweten gevolgd, had hij Richard gevraagd. Dat

was de enige keer dat hij Richard ooit naar woorden had zien zoeken.

Eén woord van begrip van deze jongeman, deze kleinzoon van Richard, en sir John zou, hoewel hij nooit een Whig zou kunnen worden zoals Wharton, door de knieën gaan. Hij was tenslotte oud, en de tijden veranderden.

Beneden keek de hertogin op van haar bewonderde mocassins en zag haar dochter, Diana, de salon binnenmarcheren. Er was geen ander woord voor dan 'marcheren'.

Diana sprak tegen niemand maar liep regelrecht op de hertogin af. De karmijnrode japon die ze droeg was zo laag uitgesneden dat de bovenkant van haar tepels zichtbaar was. Om haar hals en in haar oren hingen grote juwelen. Alle mannen zwegen opeens en staarden naar haar.

'Ik heb begrepen dat er brieven van Barbara zijn, moeder.'

Ze hadden zich nog niet verzoend, Diana en zij. Tony had haar vergeven dat ze Barbara naar Virginia had gestuurd. Diana had het haar niet vergeven. Ze deden nog steeds koel en afstandelijk tegen elkaar. Walpole zou Diana wel verteld hebben dat er een schip uit Virginia was binnengelopen. Als ik dacht dat ze een hart had, zou ik met haar te doen hebben, dacht de hertogin.

'Ja. Brieven en pakketten.'

'Waar is mijn brief?'

'Er was er geen voor jou.'

Diana wendde zich af. Ze wendde zich altijd af. De hertogin voelde haar hart ineenkrimpen om deze dochter die ze nooit had gemogen, maar van wie Richard zo zielsveel had gehouden.

'Je mag de mijne lezen, Diana.'

Maar Diana liep al weg, naar de haard, zodat de mannen die daar stonden te praten uiteenweken als de zee voor Mozes. Ze nam een bokaal wijn van een bediende aan. 'Breng me er nog een,' zei ze, 'en daarna nog een.'

'Brieven van lady Devane,' kirde Tommy Carlyle. Hij keek met een glimlach neer op Diana. 'Je zult wel blij zijn.'

'Komt Walpole als uw gast op de bruiloft?' vroeg Lord Sunderland vals aan haar, want hij wist dat Walpole zijn eigen vrouw zou vergezellen.

Ze schudde kort haar hoofd; ze leek een reuzin, omringd door pygmeeën. 'Walpole voelt zich niet goed, zoals u wel weet,' zei ze bits. 'Waarom steekt u hem niet gewoon een mes in het hart, dan is het meteen afgelopen. Meer wijn. Nu.'

Charles gaf haar een bokaal in de hand.

'Feliciteer Lord Russel,' zei Lord Sunderland. 'We hebben vandaag vernomen dat zijn vrouw een kind verwacht.'

Diana dronk. De wijn liet een vlek achter op haar bovenlip. Haar tong kwam naar buiten om eraan te likken.

'Wat een huiselijk geluk, Charles,' zei ze. 'Barbara zou het enig vinden. Ik feliciteer je uit haar naam.'

'Iemand heeft haar met een pook op het hoofd geslagen,' zei tante Shrew, die dicht genoeg in haar buurt stond om het te horen. Ze had een felrode pruik op en droeg een japon die even laag was uitgesneden als die van Diana, maar zonder dezelfde uitwerking. 'Je schijnt je ogen niet van Diana's japon te kunnen afhouden, Lumpy. Het keurs blijft écht wel zitten, hoor.'

'Het zou haar niet schaden,' zei Tommy Carlyle. 'Ze schijnt het er moeilijk mee te hebben.'

'Waarmee? Dat ze geen brief van Barbara heeft gekregen, of dat het ernaar uitziet dat Walpole in ongenade is gevallen? Dat is het enige wat ik kan goedkeuren aan het verraad van Wharton.'

'Met beide. Goddelijk, vind je niet? O, ik vind het verrukkelijk anderen te zien lijden.'

'Ik heb gehoord dat iemand de grond rondom Devane House opkoopt,' zei Pendarves tegen Carlyle.

'Midas Andreas.'

'Waarom? Er wordt naar die kant bijna niet meer gebouwd. Lord Devanes bankroet is ook gedeeltelijk te wijten aan het feit dat hij te veel grond heeft gekocht.'

Carlyle haalde zijn schouders op en ging naar Charles toe, die alleen bij het raam stond en naar de middag buiten keek. 'Ik hoor dat er een brief uit Virginia is gekomen, maar niet meer dan één.'

'Heb je ook gehoord dat ik nooit treur om mijn vroegere minnaressen?'

'Nooit? Wat een geestkracht.'

Buigen is beter dan breken: dat was verstandig, dacht sir John. Degenen van zijn oude vrienden die jacobiet waren, die hem met dwingende argumenten trachtten te overreden en zeiden dat alleen een revolutie de Tories weer aan de macht kon brengen, mochten zich wel dapper houden vanwege de herinneringen die het zien van deze bibliotheek opriep, vanwege die brave oude vrouw beneden die het gezelschap vermaakte met bereklauwen, vanwege Richard Saylor, wiens kleinzoon dit was.

'Gelukkig nieuwjaar, sir John,' zei Tony. De jonge hertog zag er streng, een beetje moe uit.

'Dank u, uwe genade. Ik wens u hetzelfde.' Er lagen kasboeken geopend op de tafel waarachter de hertog zat, en een grote plattegrond van Londen, waarop de verschillende straten en de huizen als grote vierkanten getekend waren. Niet echt iets om op je trouwdag mee bezig te zijn, dacht sir John.

'U bent al hoelang baljuw op het landgoed van mijn grootmoeder?' vroeg de hertog.

'Sinds voor de dood van uw grootvader, uwe genade. Sinds zijn geest verduisterd raakte, en zijn oordeel niet meer verstandig was.'

'Heel lang dus.'

Er kwamen tranen in sir Johns ogen. Te veel wijn. Ik kan zo gaan lachen of huilen, dacht hij. Ik ben een sentimentele idioot. Wat had de hertogin vanavond gezegd? Iets in de geest van dat je niet meer wist wie wie was, wanneer het aankwam op politieke overtuiging. Het was waar. Whigs hadden idealen van de Tories overgenomen, en vice versa, tijdens de lange jaren van verraderlijk vechten om de gunst. Wat maakte het uit als hij ook eens partij koos voor de Whigs, vooral wanneer ze een oud principe van de Tories omhelsden dat nu hun kleur droeg, zolang hij tenminste zijn stem uitbracht volgens zijn geweten in kerkelijke zaken, die hem na aan het hart lagen?

Hij begon plompverloren – in het besef dat hij onhandig was en dat het moment slecht gekozen was, maar hij wilde de zaak opgehelderd hebben – te zeggen dat hij achter Tamworth stond, altijd achter Tamworth had gestaan, dat er alleen jarenlang geen man van Tamworth was geweest om te volgen, en hij dus zijn eigen weg was gegaan, omdat het de hertogin niet had kunnen schelen. Toen ze Richard had begraven was elk politiek gevoel in haar met hem begraven. Nu was er weer een Tamworth. Er zullen nooit Tories in het kabinet komen zolang George koning is, zeiden de jacobieten. Die mannen beneden konden daar niets aan veranderen, maar misschien konden een oude Tory en een jonge Whig iets van elkaar leren.

'Maar nog niet zo lang als ik al voor Tamworth in het Lagerhuis zit, uwe genade. We hebben daar nog niet over gesproken, terwijl er in het voorjaar een verkiezing voor ons ligt. Ik heb erover gedacht vanavond met u te praten, om u te zeggen...'

'Er ontbreken tweeduizend pond aan huurgelden in de boeken van mijn grootmoeder.'

De tijd bleef even stilstaan, en begon toen weer te lopen voor

John Ashford, en in dat ogenblik, waarin hij de jongeman die achter de tafel zat aanstaarde, een jonge man wiens blik vol verachting op hem was gevestigd, wist hij dat Richard dood was, en de hertogin oud, en dat hij ook oud werd in een wereld die hij niet meer kon begrijpen.

'Ik... U moet me toestaan even na te denken,' wist hij tenslotte uit te brengen. 'De South Sea – ik heb aandelen South Sea gekocht, zoals alle andere dwazen in stad en land. Ik heb er een boerderij bij gekocht, uwe genade, een nieuw rijtuig besteld, een dochter een te hoge bruidschat meegegeven, ik deed nog andere domme dingen met mijn rijkdom, met wat ik voor mijn rijkdom hield. Toen de aandelen begonnen te zakken, kwam ik geld te kort, zodat ik genoodzaakt was...'

'Tweeduizend pond en een paar shillingen van mijn grootmoeder te stelen? Ze beschouwt u als haar beste vriend, maar ik zou uw handelwijze geen daad van vriendschap noemen.'

'Nee!' Sir John trachtte zichzelf te kalmeren. 'Het is nooit mijn bedoeling geweest uw grootmoeder, voor wie ik de grootste bewondering koester, te schaden. Ik had dringende verplichtingen, en in het heetst van de strijd – u herinnert zich ongetwijfeld hoe krankzinnig die tijd was – het is nog maar een jaar geleden, uwe genade, en mannen sprongen uit het raam, sneden zich de keel door. Ik had onmiddellijke verplichtingen die dreigden. Iedereen zat om muntgeld verlegen, trok leningen in. Ik kon niet...'

'Uit een raam springen? En dus bestal u mijn grootmoeder en mij. Het landgoed is slechts van haar tot haar dood. Daarna zal het, volgens de bepalingen in het testament van mijn grootvader, van mij zijn.'

We zijn vijanden, dacht sir John in een toestand van ontreddering. Hij beschouwt me als een vijand, een idioot en een dief.

'Ik kan op dit moment niet aan zo'n som komen, maar ik zal hier, nu meteen een hypotheek op Ladybeth Farm aan de hertogin uitschrijven. Ladybeth is veel meer waard dan wat ik heb geleend, althans dat zal het zijn, wanneer de grondprijzen weer stabiel worden.'

Zijn handen beefden, hij kon het niet verhinderen, en de inkt vlekte en liep uit, maar hij schreef moeizaam woorden op een vel papier dat hij lukraak van de tafel tussen hen in pakte. Hij wist ternauwernood wat hij opschreef, zo overstuur was hij. 'Als u me nog een paar maanden zou gunnen, zal ik het geld tot de laatste penny hebben...'

'Ik heb geen behoefte aan nog een boerderij, sir John. En ik ge-

loof dat ik geen behoefte heb aan uw diensten als het Lagerhuislid voor Tamworth. Ik wens niet dat Tamworth wordt vertegenwoordigd door een...' De hertog maakte de zin niet af, maar dat
was ook niet nodig.

'Uwe genade, u hebt de kasboeken voor u liggen. Als u ze be-
kijkt, zult u zien dat ik in al die tijd...'

'Ik heb gewacht tot u naar mij toe kwam, sir John. Toen ik dat
verlies ontdekte, dacht ik: er moet een verklaring voor zijn, en sir
John zal bij me komen en die verklaring geven, tot ons beider genoegen. Hij is de beste vriend van mijn grootmoeder. Maar u bent
niet gekomen, gisteren, of eergisteren, of de dag daarvoor. Ik denk
niet dat u er vandaag over begonnen zou zijn. Als mijn grootmoeder u al niet kan vertrouwen, kan ik, die u niet ken, en nooit
zoals zij op uw vriendschap heb gerekend, dat zeker niet.'

De woorden leken in sir Johns keel te blijven steken. Hij kon
weer tranen in zijn ogen voelen – het waren wel heel andere tranen dan de tranen die hij zoëven had voelen opwellen – en hij
deed een schietgebedje dat hij niet in huilen mocht uitbarsten voor
deze afstandelijke, koele jongeman. 'Ik zal het geld binnen een
maand teruggeven, met rente. Het is altijd mijn bedoeling geweest
dat te doen, maar... U hebt mijn erewoord.'

'Dan hoeft er niets meer te worden gezegd. Goedenavond, sir
John.'

'Uwe genade, uw grootmoeder...'

'Ik heb over deze kwestie niet met mijn grootmoeder gesproken, en dat zal ik ook niet doen. Maar ik zwijg erover uit eerbied voor haar, en niet voor u.'

De verachting van de jongeman was onverdraaglijk.

'U bent nauwelijks droog achter de oren,' hoorde sir John zichzelf zeggen. 'Mijn vader bezat Ladybeth en zijn vader bezat het
voor hem, en ze konden er behoorlijk van leven. Zij en mannen
zoals zij, eerlijke mannen van het platteland, hebben dit land gemaakt tot wat het nu is. In mijn leven heb ik de belastingen op
grond omhoog zien gaan, en de inkomsten van diezelfde grond
zien dalen. Ik heb de grote heren zich steeds meer zien toeëigenen. Ik heb brave mannen gezien van wie weinig of niets overbleef omdat ze niet naar het hof wilden gaan om een of andere
vleier de hielen te likken en op die manier aan een plaats of functie te komen. Toch mag de eerste de beste klerk die een hoofd
voor cijfers heeft en te harteloos is om leningen te vergeven zich
bankier noemen, zoals die zoon van een oude Hollandse koopman met zijn harde ogen, die Gideon Andreas beneden, wiens va-

der zo slim was in het kielzog van Willem hierheen te komen en zich te laten...'

'Goedenavond, sir John.'

In de gang merkte sir John dat hij veel te snel ademde; zijn hart bonkte en deed pijn, een tastbare pijn waardoor hij dacht dat hij de trap niet af en het huis niet uit zou kunnen komen zonder flauw te vallen. Hij kon voelen dat verdriet en schaamte zijn borstkas verstopten.

Uit loyaliteit jegens de familie Tamworth had hij zich onthouden van stemming toen het aandeel van Lord Devane in de schandalen uit de commissie kwam. Hij had natuurlijk de bedoeling gehad die gelden aan Alice terug te geven. Alleen uit wanhoop was hij ertoe gekomen ze te nemen. Zij keek nooit in de boeken, liet het geld soms jarenlang onaangeroerd staan omdat ze het niet nodig had. Zijn zaken waren nog niet helemaal hersteld sinds de Bubble; er waren nog steeds schulden, en hij had meer tijd laten voorbijgaan dan hij zich had gerealiseerd. Zijn hele leven had hij hen gediend...

Houd hiermee op, beval hij zichzelf.

De wereld was veranderd. Hij behoorde toe aan de financiers van Londen en hun klerken, die zeepbellen verzonnen en het goede geld van eerlijke lieden namen en ervoor beloond werden, zoals die Andreas beneden. Hij behoorde toe aan ijdele jonge hertogen die het erfdeel van hun vader erdoor joegen en geen liefde voor het land hadden, en geen fatsoen, zoals Wharton. Hij behoorde toe aan de geestelijken die eerder de politiek dienden dan God, en niet aan een oude heerboer zoals hij. Hij behoorde toe aan de Whigs, hoe onbeduidender hoe beter. Zoals Robert Walpole snoefde: elke man heeft zijn prijs.

Ga nou maar naar huis, zei sir John tegen zichzelf, en houd je zo rustig mogelijk. Het lukte hem de trap af te lopen, hoewel de schaamte om wat er gebeurd was hem als gloeiende stenen in de borst brandde. De deuren van de grote salon waren gelukkig gesloten; hij hoefde dat gezelschap niet meer te zien.

Een van de lakeien die in de grote hal stonden, volgde hem naar de deuren van de ingang. 'Hare genade de hertogin heeft gevraagd of u bij haar boven wilde komen.'

'Nee, ik ben niet in staat – zeg tegen hare genade dat het me erg spijt...'

Hij was nog net genoeg bij zinnen om de lakei een munt te geven voor Kerstmis, toen de man hem een pakket in de armen duwde. Het pakket voor Jane, van Barbara. Barbara en Jane wa ren samen tot vrouw opgegroeid in de boomgaarden van Tamworth en Ladybeth. Harry had zelfs met Jane getrouwd kunnen zijn, als Diana geen betere partij nodig had gehad om de gelden aan te vullen die ze had verspild in haar onzorgvuldige leven. De Heer in de hemel wist dat Diana toen aan de grond zat, en de dochter van een heerboer zou heus geen te geringe partij zijn geweest. Hij was zo trots geweest op de jaren dat hij Tamworth had gediend. Hij had ervoor gezorgd dat er een weg door het landgoed kwam, had geld verkregen om de kerk op te knappen, had menige familie geholpen posities in marine of leger te vinden voor overtollige zoons. In zijn ene hand had hij het verfrommelde papier waarop hij de woorden had geschreven waarmee hij Ladybeth, zijn thuis, zijn leven, verpandde om het geld terug te betalen.

'Geef dit aan zijne genade,' wist hij uit te brengen.

Buiten regende het, maar sir John liep zonder iets te zien naar de huurkamer die hij in Londen had en waar zijn paard op hem wachtte. Hij merkte dat hij huilde onder het lopen, huilde alsof zijn hart gebroken was; en eerlijk gezegd was dat ook zo.

Toen er op de deur werd geklopt, schrok Tony en legde de tomahawk neer, waarvan hij de steel verstrooid had zitten strelen.

'Binnen.'

Tim kwam binnen met de hertogin in zijn armen. Ze had de hoofdtooi nog op die vanmiddag van Barbara was gekomen. Is ze van plan dat ding naar de bruiloft op te houden, dacht Tony.

'Wacht buiten,' zei de hertogin tegen Tim, en tegen Tony: 'Wat is dit?'

Ze had een stuk papier in haar hand, dat verfrommeld was geweest. Tony streek het glad en las de woorden: 'Ik, John Ashford, verklaar dat ik aan de hertog van Tamworth...'

'Hoe komt u hieraan?' Hij wreef over een kloppende ader op zijn slaap.

'Waarom wrijf je over je voorhoofd? Heb je een kater van gisteravond?'

Tony herinnerde zich vaag dat hij de acteur Laurence Slane voor zijn huwelijk had uitgenodigd. Had hij dat echt gedaan?

'Hier staat dat hij zijn boerderij aan jou verpandt. Wat is er gebeurd? Ik kan aan je gezicht zien dat er iets is gebeurd. Hij is niet meer boven gekomen om afscheid van me te nemen voor hij wegging. Dat is niets voor hem. Hebben jullie ruzie gehad? Ik wilde het toch al eens met je over hem hebben, maar er scheen steeds geen tijd voor te zijn. Hij is Lagerhuislid geweest voor Tamworth sinds voor jouw geboorte, en…'

'Sir John, en dit zeg ik met alle respect voor hem, is ongeschikt. Hij vindt zelf ook…'

'Ongeschikt? Waar heb je het in vredesnaam over?'

'Dit is niet iets waar u zich mee hoeft bezig te houden, grootmama. Vertrouw op mijn…'

'Tegen wie denk je dat je spreekt? Ik weet meer over politiek en intriges dan de helft van de mannen beneden. Ik wens dat sir John aanblijft als Lagerhuislid voor Tamworth.'

Tony wendde zich af. 'Het spijt me, grootmama. Dat is onmogelijk.'

De hertogin perste haar lippen op elkaar. 'Zeg Tim dat hij me komt halen.'

Ze zag dat Tony vanuit zijn ooghoek naar haar keek. Ja, ik neem het goed op, dacht ze, omdat ik niet van plan ben het toe te staan.

In haar slaapkamer deelde ze allerlei bevelen uit. 'Ga naar buiten en huur een rijtuig,' zei ze tegen Tim. 'Zoek mijn warmste mantel,' zei ze tegen Annie.

'Er is een bruiloft om negen uur. Waar gaat u naartoe?'

'Dat doet er niet toe. Geef dit aan Tony.'

En toen Annie niet van haar plaats kwam en alleen naar de brief staarde: 'Vooruit.'

'Hij is de beste van allemaal.'

Zag ze tranen in Annies ogen? De hertogin klemde haar lippen koppig op elkaar.

'De bedienden aanbidden hem, hebben niets dan lof voor hem. Alles bijeen genomen is hij de beste.'

'Doe wat ik zeg. Wat is dat?'

'Nog een nieuwjaarsgeschenk voor u.'

'Maak het open.'

Het was een rugkrabber, prachtig gemaakt; het leek op een bamboestok, maar met een smal, ivoren handje aan het uiteinde, en als ze zich niet vergiste, een ring aan elke vinger van dat handje. Het was een prachtig cadeau, bijzonder en handig om de jeukende plekjes te bereiken waar je niet bij kon als je een strak zittende japon en een korset droeg.

'Van wie heb ik dat gekregen?'

'Van Tommy Carlyle.'

Dat mormel met rouge op zijn gezicht. Waarom? Doet er niet toe. Daar was Tim.

Tony tuurde op de kaart die voor hem lag. Het was sir Gideon Andreas die hem had gezegd dat hij op zijn landgoederen moest letten, die waarschuwde dat baljuws en rentmeesters die zonder toezicht werkten terwijl jonge erfgenamen opgroeiden, algauw kleverige vingers ontwikkelden waaraan heel wat munten bleven hangen. Ik heb het keer op keer gezien, zei Andreas. Het was Andreas die wist dat sir John Ashford zwaar getroffen was door de South Sea, en die dat aan Tony had verteld.

En het was Andreas die zoveel grond aankocht rondom Devane Square, zo snel en geruisloos mogelijk.

Toen hij weer op de deur hoorde kloppen, verwachtte Tony Tim met zijn grootmoeder, maar Annie stormde als een wervelwind naar binnen, gaf hem een brief en probeerde weer naar buiten te wervelen voor hij iets kon zeggen.

'Wacht eens,' zei hij. 'Wat is dit?'

Annie antwoordde niet meteen.

'De brief van lady Devane,' zei ze met een verbeten trek om haar mond.

Het bloed stroomde met kracht van hoofd naar hart, van hart naar hoofd. Barbara's brief was vandaag aangekomen. Toen hij de brief had gezien, had hij zich gevoeld alsof het nog juni was, en zij net weg was.

'Waarom geeft ze die aan mij? Het is mijn trouwdag.'

Annie perste haar lippen op elkaar.

'Om aardig te zijn, of om me pijn te doen? Jij weet het, Annie.'

'Ik weet niets, uwe genade.'

Diana kreunde. De koets slingerde, en ze kreunde luider en schoof naar achteren. Ze duwde ongeduldig haar mantel opzij en trok het keurs van haar japon omlaag, de karmijnrode japon die zo diep uitgesneden was dat alle mannen hadden gekeken.

Ze trok Charles' hoofd naar haar borsten en sloot haar ogen. Het was donker in het rijtuig, en koud ondanks bontmantels en koetsdekens. Charles maakte een ongeduldige beweging, alsof hij haar op de andere bank wilde gooien, maar ze hield hem tegen. Ze zat op zijn schoot met haar gezicht naar hem toe. Hij had zijn benen op de tegenover liggende bank gezet en had zijn handen op haar naakte heupen onder de opeengehoopte plooien van japon en onderrokken.

'Bijna.' Haar tong likte even in zijn oor. 'O, Charles...' Ze sloeg haar armen om zijn nek en het rijtuig slingerde en zwaaide. Ze waren op weg naar wie wist waar, de koetsier had alleen de opdracht gekregen om te rijden. Het genot deed pijn, het was zo verrukkelijk, het was ondraaglijk, en dan – plotseling, zonder overgang – afgelopen.

Hij zat naar haar te kijken. Hij voelde zich niet in staat te bewegen, maar zij sjorde zich weer in haar japon, schikte haar juwelen, duwde tegen haar haar, speldde het opnieuw vast met de diamanten haarspelden. Ze trok haar rokken op om een kouseband vast te maken. Hij wilde dat hij haar gezicht beter kon zien, maar het was te donker. God, wat had hij het plotseling koud. IJskoud. Ze trok de panden van zijn mantel naar elkaar toe en dekte hem toe met een koetskleed.

'Je riep Barbara's naam,' zei ze. 'Dat geeft niet. Ik stap nu uit. Kom niet te laat voor het huwelijk. Luister je wel, Charles? Charles!'

'Ja.'

Het rijtuig hield stil, en ze opende het portier en was verdwenen.

Hij lag achterover tegen de leren bank, rillend in zijn mantel. Hij zou het rijtuig laten terugrijden naar zijn kamer in de stad, vlak bij St. Paul's Cathedral. Daar kon hij haar rouge afwassen, een schoon hemd aantrekken en nadenken over wat er was gebeurd.

Het was koud in de kamer. IJskoud. Charles' handen beefden terwijl hij een kaars aanstak. Hij nam de tijd om een vuur aan te maken, ook al zou hij hierdoor uren te laat in de salon aankomen; dat zou eigenlijk maar het beste zijn, gezien de omstandigheden. Hij knielde neer voor de haard en stak zijn handen uit naar de vlammetjes om het vuur te bewegen groter te worden voor hij omkwam van de kou. Delen van het vuur waren geelrood, en hij werd plotseling herinnerd aan de kleur van Barbara's haar bij een bepaalde lichtval. Hij vond een ander hemd en verkleedde zich, huiverend en vloekend. Hij ging voor de spiegel staan en staarde naar zichzelf; hij boende nog met het eerste hemd over zijn gezicht toen de rouge allang weg was. U hebt een bedrieglijk gezicht, mijnheer, had Barbara gezegd bij een van hun ruzies.

Hij knielde weer voor het vuur, zijn handen uitstrekkend naar een laatste beetje warmte voor hij de straat trotseerde om een ander rijtuig te zoeken. Wat een grap zou het zijn als hij van kou omkwam, na een nummertje in een rijtuig met de meest verrassende hoer die hij ooit had gehad.

Diana, dacht hij, mijmerend over haar naam. Diana. Wat zal ik doen?

Maar hij wist wat hij zou doen. Weer naar haar toegaan, en weer, tot elke wellustige gedachte die ze opriep verbrand was in de as van de liefdesdaad. Waarom niet? Zij was ermee begonnen. Zij had hem aangeraakt, nog geen uur nadat ze vandaag in Saylor House was aangekomen, zij had hun rendez-vous in het rijtuig voorgesteld. Even iets lekkers voor de bruiloft. Heb je zin in wat lekkers, Charles? Was dit haar verdriet omdat er voor haar geen brief was van Barbara? God.

Dit was de kamer waar hij vrouwen mee naartoe nam – hoeren, hofdames, echtgenotes van kooplieden, een danseres of zangeres uit de opera, elke vrouw op wie hij zijn oog liet vallen. De meeste mannen wisten dat hij zoiets had. Ze zei dat hij Barbara's naam had geroepen.

De eerste keer dat Barbara door die deur was binnengekomen, was ze lacherig, prikkelbaar en zenuwachtig geweest, haast alsof ze nog maagd was, in plaats van wat van haar gezegd werd. Ze was houterig geweest in zijn armen; het had hem enige tijd gekost om haar op te warmen, maar het opwarmen was een genoegen geweest. Wat hadden ze een merkwaardige verhouding gehad; hij had nooit het gevoel gekregen dat hij haar kende, behalve in vleselijke zin, maar hij had wel van haar gehouden.

Het was haar gewoonte om na afloop rechtop in bed te gaan zitten, met haar kin op haar knieën, en over van alles en nog wat tegen hem te praten, over winkels en hoeden en de schulden van Harry, over wat haar hondjes of Hyacinthe hadden gedaan. Hij had soms een vreemd gevoel in zijn borst gekregen wanneer hij naar haar luisterde, want hij voelde zich dan, na de liefdesdaad, dichter bij haar dan tijdens. Hij was op Barbara gesteld geweest zoals hij op zijn vrienden gesteld was, en hij had haar vertrouwd. Vreemd genoeg deed hij dat nog steeds, ondanks alles wat er tussen hen gebeurd was. Iemand, Tommy Carlyle misschien, had gezegd dat de maîtresse van de koning, Mrs. Howard, in een dronken bui had opgebiecht dat ze zowel hartstocht als liefde had gekend, maar tederheid, zo scheen Mrs. Howard gezegd te hebben, tederheid is het beste.

Charles stond op. Hij had de vriendschap van Tony als vanzelfsprekend beschouwd; pas het wegvallen daarvan had hem ervan bewust gemaakt hoezeer het hem verdroot dat alles nu veranderd was tussen hen, sinds het duel. Als jij niet met hem vecht, doe ik het, had Charles gezegd, en dus had Tony een man gedood; die dood had hem veranderd en bleef aanwezig in die ernstige ogen. Als je goed keek, kon je het zien. Je bent een gevaarlijke vriend, Charles, had Wart gezegd. Ons kent ons.

Het was bijna nieuwjaar. 'Wassail!' zouden ze vanavond zeggen, met geheven bokalen. Op gezondheid en geluk. Op de overwinning. Op de invasie. Wat hadden Wart en hij gelachen dat een grote en edele Whig als Lord Sunderland, die directe toegang had tot de koning, zich inliet met een van de hoogste jacobieten van het land. Wart.

Is Slane tevreden, had Charles gevraagd. Ik spreek niet over Slane, had Wart gezegd. Charles was onder de indruk. Slane had beslist duidelijk gemaakt wat hij wilde. Charles wist niet eens wie de eigenlijke leider van deze invasie was, al had hij wel zijn vermoedens. Hij kende Wart, en door Warts indiscretie, Slane, maar niet wie boven hen stond. Nu worden de mannen gescheiden van de jongens, had Wart gezegd, terwijl een waanzinnige grijns de langwerpige lelijkheid van zijn gezicht in tweeën deelde – en Charles had gezien dat Slane aan het woord was. Er mag niet geaarzeld worden, Charles, en als we op de een of andere manier ontdekt worden, moet je alles blijven ontkennen, ongeacht wie van ons ten onder gaat.

Vervloekt de ellendeling die de troon heeft bezet en onze grondwet heeft geschonden. Vervloekt het Parlement, de dag dat het zijn toestemming gaf. En vervloekt elke jankende Whig en verdoemd het hele land, luidde een straatrijmpje.

Charles glimlachte, zodat zijn gelijkmatige gezicht knap en moedig werd. Wat zou Wart zeggen als hij hoorde dat hij de maîtresse van een zekere Robert Walpole had verleid? Zelfs die arrogante Laurence Slane zou toch onder de indruk moeten zijn. De bijkomstigheden van de herinnering aan wat er gebeurd was met Diana in het rijtuig waren opeens duidelijker dan het gebeuren zelf was geweest. Hij wilde Diana weer hebben, zo gauw mogelijk. Hij zou haar weer hebben. Zij hield evenveel van gevaar als hij. Beslist een nuttige manier om de tijd door te brengen tot het voorjaar, tot de invasie. Hij pookte de houtblokken uit elkaar, blies de kaars uit en deed de deur achter zich op slot.

'Wat gebeurde er toen?' vroeg Gussy aan Slane.

'Hij zei dat zijn grootvader bezig was tussen de rozen, toen hij op de een of andere manier zijn arm openhaalde. Aan een doorn of zo… Is dat je schoonvader die afscheid komt nemen? Ik wacht wel achter de deur.'

De kamer had een tweede uitgang, en Slane stapte de gang op en drukte zijn oor tegen de deur. Hij hoorde iemand huilen.

Sir John was gekomen om brieven en pakketten op te halen die hij mee zou nemen naar Ladybeth. Slane had Gussy geholpen de japon uit te zoeken die hij zijn vrouw voor nieuwjaar gaf. Ze zal er prachtig uitzien in deze japon, Gussy, zei Slane. Waarom ga je hem niet zelf brengen? Rijg haar erin, strak, en rijg haar dan meteen weer los, en toon haar dat je van haar houdt. Te veel kinderen, antwoordde Gussy. Een bevalling is zwaar voor haar. Ze is bang weer een kind te krijgen.

Ik koop wel kapotjes voor je, zei Slane. Weet je wat dat zijn? Als een man ze aandoet voor hij een vrouw binnengaat, behoedt het hem voor de Franse pokken. Maar het weerhoudt hem ook zijn zaad weg te geven. Zijn uitleg had Gussy geschokt.

Voorzichtig duwde Slane de deur op een kier. Sir John zat als een groot kind in een stoel voor het vuur, met zijn gezicht in zijn handen te huilen, terwijl Gussy schutterig om hem heen bewoog. Sir John was bezig aan een onsamenhangende biecht – gestolen geld, de vriendschap van de hertogin van Tamworth, de verachting van de hertog; sir John zou Tamworth niet meer vertegenwoordigen in het Lagerhuis. Iets over ouderdom, plicht, de Tories.

Slanes gedachten maakten een sprong.

Iemand klopte op de deur waardoor sir John was binnengekomen. Gussy ging opendoen, en daar waren de bisschop van Rochester in zijn nachtgewaad, met een nachtmuts op zijn hoofd, op zijn krukken, en achter hem de hertogin van Tamworth, die gedragen werd door haar lakei. Wat heeft ze daar op haar hoofd, dacht Slane. Veren en een soort klauwen. Is dat een hoofdtooi voor een bruiloft?

'Ik moet met je praten,' zei de hertogin tegen sir John, die opsprong toen hij haar zag.

De lakei zette haar in een stoel, en daarna gingen Gussy, Rochester en de lakei door de deur naar buiten. Slane liep met lichte, lenige tred de andere kant op en sloeg een hoek van de gang om.

Rochester stond met zijn oor tegen de deur gedrukt. Gussy tuurde door het sleutelgat naar binnen. Alleen de lakei had de waardigheid enige afstand te bewaren.

Slane ging terug naar zijn eigen geheime plek, bracht zijn oog voor de kier.

'Ik geloof je niet!' De hand van de hertogin, die de knop van haar wandelstok omklemde, ging open en dicht. 'Je bent geen dief. Het is een vergissing. We zullen het een lening noemen. Ik geef je...'

'Je geeft me niets, omdat ik niets aanneem. Ik heb het vertrouwen tussen ons geschonden, ik heb van je gestolen, en daarmee uit. Ik ben bereid voor de rechter te komen, als de hertog dat wil.'

Alles aan sir John was strak en stijf, van de houding van zijn hoofd tot de manier waarop hij stond en de manier waarop zijn kin naar voren stak. Alleen zijn ogen, het snelle knipperen van zijn oogleden, verrieden wat dit gesprek hem kostte.

'Voor de rechter? Ben je gek geworden? Dat zou me wat moois zijn, dat je mederechters over jou een oordeel zouden moeten vellen – of ben je vergeten dat je zelf ook een vrederechter bent? We gaan geen vuile was buiten hangen...'

'Vuile was? Het gaat om beschaamd vertrouwen! Begrijp je me niet, Alice? Ik heb ruim een jaar geleden tweeduizend pond van je huren afgenomen en moet er de eerste penny nog van terugbetalen.'

'We zijn al dertig jaar vrienden...'

'Waardoor het mij des te meer te verwijten valt. Ik begrijp dat elke vriendschap tussen jou en mij moet worden beëindigd, dat je me nauwelijks meer in de ogen kunt kijken. Ik zal je niet meer lastig vallen, behalve om te zeggen dat ik je plechtig beloof dat ik je voor de zomer elke penny die ik je schuldig ben zal terugbetalen, met rente. Goedenavond, uwe genade.'

'Beëindigd? Je beëindigt een vriendschap van dertig jaren niet in een ruzie van een kwartier, ongeacht wat er gebeurd is. Dit is volstrekte onzin, en er komt niets van in. Je laat dat vreselijke humeur van je en je trots, die nog erger is...'

'Trots? Trots! Ja, ik heb trots, genoeg trots om je niet toe te staan me als een kind te behandelen. Ik ben een man, mevrouw, en ik aanvaard mijn straf zoals elke man! Tim!'

Sir John had de deur geopend. Tot Slanes vermaak hadden Gussy en Rochester, die stonden te luisteren, geen tijd om weg te komen.

'Tim, breng de hertogin weg.'

De grote lakei bukte zich om de hertogin op te tillen, die nog steeds in haar mantel gehuld was met de hoofdtooi op haar hoofd.

'Jij hoeft me niet te vertellen wat ik moet doen, John Ashford!' Haar hoofdtooi trilde even hard als haar stem.

'Ik wil u niet meer zien! Goedenavond, mevrouw!'

Sir John had haar aan het huilen gemaakt. De lakei droeg haar huilend en wel weg. Sir John vloekte, een lange reeks vloeken – die er mochten wezen, dacht Slane, die kon vloeken in het Spaans, Frans en Italiaans. Hij opende de deur, maar de anderen zagen hem niet.

'Onmogelijk! Ze is altijd onmogelijk geweest. Te doen alsof ik geen dief ben...'

'U bent geen dief!' zei Gussy.

'Ik ben natuurlijk wel een dief.' Sir John wendde zich tot Rochester. 'Het is vernederend dat u getuige moest zijn van mijn schande, maar het is beter dat u het ergste over mij weet.'

Op dat moment zag Rochester Slane achter sir John staan.

Ja, dacht Slane, jij denkt hetzelfde als ik. Ik wilde dat ik je gekend had toen je jonger was. De leeuw, noemden ze je, jij was het brullen van de leeuw, zoals Richard Saylor het hart van de leeuw was. Zullen wij, o bisschop van Rochester, de bloemen plukken nu het kan? Zullen we deze oude ijzervreter omarmen? We hebben een krachtig leider nodig voor onze opstand in het zuiden.

'Ik wil iemand aan u voorstellen,' zei Rochester. 'Draai u om, sir John, en maak kennis met Laurence Slane, een vriend van ons en, dat mag u nu ook wel weten, een medesamenzweerder.'

Bij het huwelijk staarde Diana Charles aan; ze staarde door hem heen, alsof hij nooit had bestaan.

Charles had het gevoel dat hij zijn ogen niet van haar af kon houden, maar wanneer haar blik de zijne kruiste, was de hare onverschillig. Dat doe je goed, heel goed, dacht Charles, maar ik kan er ook wat van. Zijn vrouw, Mary – Tony's zuster – zag er deze avond bijna knap uit. Haar lichte wimpers en wenkbrauwen waren met lood gekamd om ze donkerder te maken, een truc die haar nicht Barbara haar had geleerd. Alles wat Barbara op het gebied van kleding en stijl had gedaan, was nagevolgd door de jonge vrouwen aan het hof.

Plotseling had Charles er genoeg van.

'Zult gij haar liefhebben, troosten en eren en haar behoeden, in ziekte en gezondheid; en met voorbijgaan aan alle anderen, alleen haar beminnen, zolang ge beiden leeft?' vroeg de pastor aan Tony.

In het kaarslicht zag Charles zweet glinsteren op Tony's bovenlip.

'Ja,' zei Tony.

Zul je het doen? Is er iemand die zich hieraan houdt, vroeg Charles zich af.

Later, toen ze terug waren van de kerk, kwamen ze bijeen in de grote salon en de hal van Saylor House. Er waren muzikanten gehuurd, en gasten die niet waren uitgenodigd voor de huwelijksplechtigheid, waren uitgenodigd voor dit feest na afloop. De koning zou komen, evenals de prins en prinses van Wales.

'De hertogin zegt dat ze morgen terug wil naar Tamworth,' zei Harriet tegen Mary. Ze waren goede vriendinnen. 'Ze zegt dat ze zeker gaat, ongeacht het weer en de modderige wegen. Ze zegt dat ze de eerste roodborstjes in haar gaspeldoorns wil zien.'

'Waarover praatte de prinses gisteravond zo lang met jou?'

Harriet keek om zich heen om te zien of iemand het kon horen.

'Over het huwelijk,' fluisterde ze. 'Over mannen en vrouwen en de relaties tussen hen. Zij bezitten de wereld, zegt ze, en zolang je jong bent kunnen ze je een tijdlang begeren. Maar er zal altijd een andere vrouw komen op wie hun oog valt, en net als kinderen die altijd alles moeten hebben, eigenen ze zich haar ook toe, zegt ze, gewoon omdat ze het kunnen. Ze zei tegen me: "Wees een goede vrouw voor Tamworth, geniet van het spel dat tussen jullie kan ontstaan in bed…"'

'Zei ze dat?'

'Ja. "Maar neem het nooit, nooit serieus," zei ze, "want dan zal je hart worden gebroken. Houd van andere dingen – politiek en intrige als dat je interesseert, of van je huishouden, je kinderen, je paarden, je honden – niet alleen van hem. En als je echt verstandig bent, mijn kleine Harriet, houd je helemaal niet van hem. Ik zeg je dit als mijn liefste hofdame…" Hè, wat dom van mij. Ik heb je aan het huilen gemaakt.'

'Nee, nee.' Mary veegde haar ogen droog en keek net als Harriet had gedaan om zich heen of iemand het zag. Niemand. Ze staken hun hoofden weer bij elkaar.

'Lady Mary Wortley Montagu zei bijna hetzelfde. "Wat heb ik geleden," zei zij, "wat heb ik getreurd voor ik ervandoor ging met de man met wie ik later ben getrouwd. O, ik las en herlas zijn brieven en overlaadde mezelf tenslotte met schande om hem te krijgen"' – het was een schandaal als een jonge vrouw er met een man vandoor ging – '"om vervolgens te ontdekken dat mijn liefste een opgeblazen ezel was."'

Mary lachte, en Harriet zei: 'Zo is het beter. Je moet echt meer lachen, Mary. Vroeger lachte je…'

'Een dans, mevrouw,' onderbrak Charles het gesprek.

'Je hebt te veel wijn gedronken, Charles.' Mary's ogen waren helder en grijs, net als die van haar broer Tony.

Charles trok haar tegen zich aan en kuste haar door zijn tong even over haar mond te laten gaan.

'Dat is nou echt een opmerking voor een echtgenote.'

Hij voelde haar trillen, zag vanuit zijn ooghoek dat Tony's bruid het allemaal in zich opnam, en hij keek op en zag dat ook Diana toekeek. Hij glimlachte traag en kuste zijn vrouw nogmaals, langdurig en op zijn gemak.

'Een dans, aangetrouwde neef.' Diana kwam op hem toe en liet de woorden slepend klinken. 'Mary, gun een oude vrouw een dans met een jongeman, alsjeblieft.'

'Deze dans is vergeven,' zei Charles, en hij leidde zijn vrouw naar de dansenden. Maar toen hij naar Diana keek, zag hij haar glimlachen, een katteglimlach, en hij voelde zijn hart sneller slaan, en er kwamen herinneringen bij hem op die hem deden struikelen.

Diana en hij bedreven de liefde staande in een hoek in een donkere gang. Het was donker en bitter en te snel en beter dan hij ooit had meegemaakt. En ditmaal riep Charles niet Barbara's naam.

Later, toen hij Wart niet alles, maar het voornaamste ervan vertelde, moest Wart zo hard lachen dat hij er bijna in bleef.

25

Francis Montrose en Caesar White, die allebei lang geleden onder graaf Devane hadden gediend, stonden huiverend in een tochtig pakhuis in Londen, waar de goederen uit de nalatenschap van Lord Devane waren opgeslagen – de goederen die van het Parlement in de nalatenschap hadden mogen blijven nadat de boete was vastgesteld voor Lord Devane's rol in het South Sea-schandaal. Er waren schilderijen, spiegels, vergulde stoelen, tafels, marmeren beelden, stapels boeken, Chinese schalen groot genoeg om een gerecht voor vijftig of zelfs voor honderd personen op te serveren, zilveren vorken en bokalen – wat was overgebleven van een man die de naam van een groot verzamelaar had kunnen krijgen, als hij in leven was gebleven.

'Het zou overal kunnen staan,' zei Montrose. 'De hertogin verlangt het onmogelijke.'

'Dat doet ze altijd,' zei White, die intussen gewend was aan de verzoeken van de hertogin. 'En wij doen altijd wat ze wil. Hier, ik geloof dat ik het gevonden heb.' Hij lichtte een zwaar kleed op. 'Ja.'

'Grote God,' zei Montrose.

'De kapitein van dat tabaksschip zal zich niet storen aan dit klavecimbel,' zei White. 'Maar ik zou er een shilling voor geven om zijn gezicht te zien wanneer hij die bijen in het oog krijgt.'

26

Odell Smith trok aan de teugels van zijn paard en bleef een ogenblik staan om naar de rivier te kijken, die goed zichtbaar was door de winterse bomen. Hij maakte hier nog niet zulke kalme, trage bochten als verder stroomafwaarts. Hier lagen er eilandjes in, waar het water met witte, rafelige randen omheen flitste voor het zich weer samenvoegde. Het verbijsterende gebrul van de grote waterval was te horen. Achter hem waren rotswanden, waar het land plotseling omhoogrees, volgens Gods ontwerp van watervallen en stroomversnellingen, wervelend tussen rotsen en andere eilandjes. Dit was World's End, maar de wereld eindigde hier niet. Hij begon ook niet echt, al waren er meer mensen gevestigd dan tien jaar geleden. Kolonel Byrd had hier een handelspost en een kleine plantage. Achter de watervallen hadden de hugenoten hun boerenbedrijfjes op rustige kleine kwartieren. Een broer van de familie Randolph was een grote plantage begonnen.

De hemel boven hem was van hetzelfde harde blauw als de ogen van lady Devane, zoals hij zich die herinnerde. Het had een zomerdag kunnen zijn, als er niet de koude was geweest, de opgewaaide sneeuwhopen, het barre bruin van de bomen. De bossen waren stil tegen het doffe brullen van de waterval in de rivier, terwijl hij en zijn paard er een weg doorheen zochten. Af en toe zag hij de sporen van een haas in de sneeuw, of het trage cirkelen van een havik boven hem. De winter duurde lang voor hem. Op het kwartier van Bolling waar hij woonde, stond een hut, zoals volgens de wet vereist was, maar niet veel meer.

Ik zal je slaven sturen zodra het voorjaar komt, had kolonel Bolling gezegd. Het zouden waarschijnlijk Afrikanen zijn, zo van het schip. We kunnen een late tabaksoogst verbouwen, en maïs en tarwe. Het leven was hier erg eenvoudig, een dagelijkse ronde van karweitjes, van de ochtend tot de avond, soms even op jacht, 's morgens vroeg of 's avonds laat om voor vers vlees te zorgen, 's avonds een pijp tabak. De eenzaamheid was zwaar geworden door het nieuws, dat hij van Tom Randolph had gehoord, dat het lichaam van een jongensslaaf was gevonden, naar men vermoedde het lichaam van de page van lady Devane.

De laatste tijd had Odell telkens dezelfde droom: dan zag hij de jongen weer naar hem toe hollen; hoe hij de jongen bij de schouders had gepakt en hem door elkaar had geschud, en hem telkens weer tegen een boomstam had geduwd; Klaus achter hem die aan hem trok, zei dat hij moest ophouden, maar hij kon niet ophouden. Ik handel het verder af, had Klaus gezegd, of beter: gesnauwd, terwijl hij, Odell, op het lichaam had neergekeken. Ga weg. Nu. En hij was gegaan, blij dat hij weg kon, nog steeds verbijsterd over de snelle golf van gewelddadigheid die in hem was opgestegen. Die nacht had hij vast geslapen, zonder dromen, en de volgende morgen was hij met een draaierig gevoel van binnen wakker geworden. Hij was naar de tweede kreek gegaan, maar er was geen spoor van de sloep of van de jongen te bekennen – op één na, dat hij had weggewerkt. Toen was het prettig geweest dat hij niets wist. Nu moest hij weten wat er gebeurd was. Klaus moest het hem vertellen, zodat de droom zou ophouden.

Zijn paard brieste en schudde zijn hoofd, plotseling. Hij gaf met de teugels een felle mep op de flank van zijn paard, en het beest verzette zich, begon plotseling te steigeren – koppig, opzettelijk stom, zoals een paard kan zijn. Hij werd erdoor verrast. Voor hij wist wat er gebeurde, viel hij naar achteren. Hij had de teugels slechts met één hand vast; er was geen tijd om zijn dijen vast te klemmen om het paard in zijn macht te brengen en te kalmeren. Het was niet de eerste keer dat hij van een paard was gevallen. Het was niet de eerste keer dat hij was afgeworpen. Alles zou goed zijn afgelopen, maar bij zijn val achterover kwam zijn been gebogen onder hem terecht.

Zijn lichaam kwam neer op de grond, het been ertussen. Hij hoorde het bot knappen en op hetzelfde moment schoot een donkere, rode pijn door hem heen die hem deed schreeuwen, hem bijna het bewustzijn deed verliezen. Zijn andere voet was niet losgekomen uit de stijgbeugel. Zijn paard danste schichtig opzij, sleepte hem nog een ondraaglijk stukje mee, zodat het been onder helse pijn verdraaid werd voor het op de een of andere manier losraakte. Hij lag op de grond als een vis op het droge, hijgend naar lucht. In de verte hoorde hij zijn paard. De grond waarop hij lag was zo koud als het graf moest zijn. In het hijgen kwam een huiveren waardoor hij onbedwingbaar begon te beven. Hij vocht ertegen, vocht tegen de pijn, vocht tegen de zwakheid, dwong zichzelf helder te denken. Voorzichtig steunde hij op zijn ellebogen. De pijn maakte hem licht in het hoofd. Hij had aan alle kanten blauwe plekken, maar het was dat been, dat been...

Hij zag zijn paard, het keek naar hem. Odell ademde een tijdlang in en uit, tot hij tenslotte de wilskracht had verzameld om de pijn opzij te zetten en de klokkende geluidjes te maken die zijn rijdier naar hem toe zouden lokken. En inderdaad, het dier kwam naar hem toe en duwde tegen hem met zijn snuit.

'Ellendeling,' zei hij, maar fluisterend, om het beest vooral niet bang te maken. Hij deed een uitval en kreeg een stijgbeugel te pakken. Door deze beweging verschoof het been dat onder hem gebogen lag. Even dacht hij dat hij zonder meer flauw zou vallen, de stijgbeugel kwijtraken en weer neervallen. Maar dat gebeurde niet. Hij wachtte tot de pijn genoeg afnam om erdoorheen te kunnen denken. Hij wist wat hij moest doen. Grommend hees hij zich omhoog langs de singel. Het ging erg langzaam; de pijn in zijn been straalde wit uit, zo heet dat zijn lichaam rilde. Zijn paard kon het voelen en bewoog rusteloos, wat weer nieuwe pijnaanvallen veroorzaakte.

'Ellendeling, ellendeling,' zong hij zacht tegen zijn paard aan.

Zijn sterke vingers groeven in het leder; zijn handen, krachtig, geoefend door jaren werk, sloten zich om de zachte bobbel van de zadelknop.

'Braaf zijn,' zei hij hees, ademloos tegen zijn paard. 'Laat die ouwe Odell even rusten. Sta stil, jongen.'

Hij had zich zover omhooggetrokken dat hij op zijn goede been stond. Het andere been was onbruikbaar. Leunend op zijn paard dacht hij de volgende bewegingen zorgvuldig uit. Hij zou zijn gewicht overbrengen op de spieren van zijn armen en schouders en het goede been optrekken in de stijgbeugel; dan moesten zijn dijspieren hem omhoogduwen in het zadel. Op de een of andere manier moest hij het andere been eroverheen zien te krijgen. Dat zou een helse kwelling zijn. Hij zou kunnen flauwvallen en weer van het paard af kunnen vallen. Maar goed, hij kon het aan. Hij moest het snel doen en er niet lang over nadenken.

Hij telde bij zichzelf, een, twee, drie. Zijn spieren spanden zich. Zijn been was in de stijgbeugel, maar die inspanning deed zijn domme paard schrikken. Het beest hinnikte en draafde weg. Hij kon zich niet blijven vasthouden. Hij probeerde het, met vertrokken gezicht, hijgend, biddend, vloekend. Maar ondanks zijn inspanningen lieten zijn handen los van de zadelknop. Nee... niet nog eens...

Hij viel achterover, in een zachte sneeuwbank en de onheilspellende takken van een struik.

Een tijdlang was er alleen de pijn. Hij vocht er niet tegen. Hij had er de kracht niet voor. Toen werd hij zich bewust van kou op zijn gezicht. Hij opende zijn ogen en zag door takken heen de lucht. Sneeuw smolt op zijn gezicht, sneeuw die van de takken van de struik viel waar hij in terecht was gekomen. Overal om hem heen was sneeuw, als een zacht kussen, als het begin van een witte lijkwade, de sneeuwbank waarin hij verzonken was. De kou brandde. Hij hoorde zijn paard in de verte, rusteloos, ongeduldig, ongelukkig zonder hem. Soms dacht hij dat die dag bij de tweede kreek een droom was geweest. Misschien was dit ook een droom. Ver boven zich zag hij een havik cirkelen in de lucht, de lucht die de kleur had van de ogen van lady Devane.

In zijn hoofd waren woorden die de slaven zongen, een lied dat hij nooit had begrepen, maar nu wel. De doden zijn niet dood, zongen ze. Ze zijn niet onder de aarde. Ze zijn in de ruisende bomen. Ze zijn in het krakende hout. Ze zijn in de kreunende rotsen. De doden zijn niet dood.

De jongen was gewroken.

Voorjaar

Nu ken ik onvolkomen

27

Slane ging rechtop zitten, zijn hele lichaam gespannen. Hij stak een kaars aan en staarde naar het vlammetje. Hij was op de laatste etappe van zijn reis, vlak bij Tamworth, bezig met sir John de opstand voor te bereiden. Hij had de afgelopen maand de streek ten zuiden van Londen bewerkt, had met jacobieten gepraat, zich verzekerd van hun steun, hen klaargemaakt voor Jamie. Hij was uitgeput. Maar hij was blij dat hij het geïntrigeer van Londen achter zich had gelaten en naar het platteland was gegaan, waar de liefde voor Jamie nog duidelijk en zuiver in de harten van de mensen leefde, waar vrouwen zonder erbij na te denken hun familiejuwelen verkochten om de zaak te steunen, en zorgden dat hun manvolk klaarstond om naar Londen op te marcheren.

Er was iets niet in de haak. Hoe laat was het? Nog een paar uur voor zonsopgang. Hij probeerde zijn ademhaling te vertragen, zodat zijn geest helder zou worden. Was Rochester ziek? Dood? Was het Jamie? Waarom kreeg hij opeens kippevel op zijn armen?

Hij trok de deken van het bed af, ging in de stoel bij het raam zitten en staarde naar buiten. Hij sloot zijn ogen en dwong zijn geest tot rust.

Het was een bedrieglijke rust. Voor het licht meer had gedaan dan de horizon zichtbaar maken was hij al in de stal, zadelde zijn paard; voor de herbergier had hij in zijn kamer muntgeld achtergelaten. Het was mistig en koud, en de natte maartse sneeuw was in de nacht plaatselijk bevroren tot ijs. Er was hier een gezegde: Een natte, warme maart is niet veel waard. En als maart nat en koud was? Zijn paard zocht zijn weg door de modderige, omgewoelde paden; het dier moest bij elke stap zijn hoeven uit de modder trekken. Slane zette zijn kraag op en drukte de rand van zijn hoed omlaag. Italië kwam hem voor de geest – de gedachte aan de zon, die neerscheen op een baai bezaaid met vissersbootjes, en hijzelf zwemmend in water dat warm was en zout smaakte.

Zijn paard struikelde. Slane klopte het op een schoft. Nu de paden zo modderig waren, zou het twee dagen duren voor hij in Londen was. Hij hoorde een vogel zingen en keek op, de teugels losjes in zijn handen. Het paard struikelde weer, viel bijna op zijn knieën, en hij werd uit het zadel geworpen en viel voorover over de nek van het paard. Door de schrik bleef hij even stil liggen, toen kwam hij op handen en knieën overeind. Ik heb mijn nek niet gebroken, dacht hij, maar ik bloed als een geslacht varken.

Er lag een omgevallen boomstam. Hij ging ertegenaan liggen, met zijn gezicht omhoog, pakte een handvol sneeuw en hield die tegen zijn voorhoofd om het bloeden te stoppen. De sneeuw brandde, en hij voelde zich misselijk. Wanneer het bloeden ophoudt, dacht hij, stijg ik weer op. Maar het bloeden hield niet op.

In een poging het kriebelige handschrift van een of andere huisvrouw op Tamworth van lang geleden te ontcijferen boog Jane zich over de oude, in leer gebonden boeken in de provisiekamer van de hertogin van Tamworth. Ze hield van deze kamer, van de potten met jam en gedroogde bloemen, de houten en marmeren kommen. Het was een toevluchtsoord, een plek van herinnering, van troost, van meisjestijd. In de herfst lagen er appels op de planken, en de laatste rozen voor de potpourri's van de hertogin; zo was het geweest zolang Jane zich kon herinneren. In het voorjaar lagen er telkens nieuwe bloemen op de planken te drogen. Barbara smokkelde vroeger altijd potten gelei naar buiten om samen in de appelgaard op te eten. Barbara en zij verstopten zich hier vaak en speelden urenlang in de koelte en de schaduwen.

De afgelopen nacht had ze gedroomd van groene handschoenen en de lichtgroene ogen van de zigeunervrouw die men drie zondagen achtereen had gedwongen vóór de gemeente in de kerk te zitten, met haar gezwollen buik als bewijs van haar misdaad. De vrouw zat er met neergeslagen ogen en een bleek gezicht bij terwijl boven haar, vanaf de houten preekstoel die zo gebouwd was dat hij in de lucht leek te hangen, dominee Latchrod een donderpreek hield over slechte vrouwen en de zonden des vlezes. Ik zou het niet kunnen, dacht Jane, terwijl ze naar de vrouw keek. Ik zou gaan huilen of gek worden van schaamte. Misschien voelen zigeuners geen schaamte. Later hadden ouderlingen de vrouw naar de buitengrens van de gemeente gebracht en haar gezegd haar biezen te pakken.

Elke keer dat Jane in het bos liep, dacht ze aan die vrouw. Waar kon ze naartoe? Hoe zou ze in leven blijven? Zo is de wet, zei haar vader, prikkelbaar zoals altijd wanneer hij het niet helemaal met de wet eens was. We hebben hier in de gemeente geen behoefte aan een vreemde mond om te voeden. We hebben er zelf al genoeg. Als het kind in de gemeente werd geboren, zouden haar vader en anderen er verantwoordelijk voor zijn. Ze vindt wel andere zigeuners, zei haar vader, dan is alles in orde. Je denkt er te veel over na, Jane.

Ik denk dat Gussy veel van je houdt, zei Laurence Slane.

De vorige avond had haar moeder Amelia in de kelder opgesloten omdat ze stout was geweest. Je bent te gemakkelijk voor dat kind, zei haar moeder. Je bent te gemakkelijk geweest sinds Jeremy's dood. Ze is onhandelbaar. Amelia zat als een snikkend hoopje boven aan de keldertrap toen Jane de deur openmaakte. Ze had haar armen en benen om Jane heen geslagen als een molensteen. Donker, had Amelia door haar snikken heen gezegd. Wees braaf, fluisterde Jane, als je vanavond braaf bent neem ik je morgen mee naar het huis van de hertogin. Wie de roede spaart, bederft het kind, zei haar moeder. Je denkt er te veel over na. Over Jeremy's dood, bedoelde ze. Het is tijd om het los te laten. Je hebt nog meer kinderen. Het verdriet moet zijn eigen loop hebben, zei de hertogin. Het laat zich niet haasten. Ik zag Gussy om Jeremy huilen, of misschien was het om jou, zei Slane.

Er was een nieuwe bron van spanning tussen haar vader en moeder. Die had haar vader met nieuwjaar mee teruggebracht uit Londen. Er waren luide stemmen te horen achter de zware dikte van hun slaapkamerdeur. De ogen van haar moeder waren soms rood omrand, alsof ze had gehuild. Haar vader beantwoordde vragen kortaf, en hij stoorde zich aan de kinderen, wat hij vroeger nooit deed. Er kwamen vreemden op bezoek, midden in de nacht, wanneer iedereen sliep. Jane werd wakker en keek uit het raam, en zag haar vader hun paarden naar de stal brengen. Wat was het geheim? Wanneer ze het aan haar moeder vroeg, zei haar moeder dat ze stil moest zijn, er nooit meer over moest spreken als ze ook maar een greintje om haar familie gaf.

En toen Laurence Slane, die zomaar op een middag verscheen. Een kennis uit Londen, zei haar vader, een toneelspeler. Ze zag hem met haar vader wandelen in de bossen van Tamworth. Waarover praatte haar vader met een toneelspeler? Waarom reed Slane afstanden van vijf en zes mijl naar een herberg in een ander dorp? Hij houdt zich verborgen voor mensen aan wie hij geld schuldig is, zei haar vader. De schouwburg in Londen sloot altijd in de winter, zodat een toneelspeler best schulden kon hebben.

Waarom had ze het gevoel dat dat niet waar was?

Ga mee naar Londen om Gussy op te zoeken, zei Slane. Hij moet naar mij toe komen, antwoordde ze. Wil je gelijk hebben, vroeg Slane, of wil je gelukkig zijn?

Het was plotseling veel te stil in de provisiekamer.

'Amelia, kom mama eens een kusje geven.'

Geen antwoord. Ze keek onder de tafel, waar haar dochtertje Amelia met Dulcinea had zitten spelen. Er was niemand.

'Het is om uit je vel te springen, Annie,' zei de hertogin. 'Dertig jaar kennen we elkaar, en nu konden we evengoed vreemden zijn. Hij stuurd mijn brieven ongeopend terug. Ongeopend.'

Annie, die bezig was het haar van de hertogin te borstelen, antwoordde niet. De hertogin bleef pogingen doen zich met sir John te verzoenen, en hij wilde niet. Zij wilde het niet opgeven, en hij wilde niet toegeven. Annie wist niet hoe het zou aflopen.

'En die brief van Barbara,' zei de hertogin. 'Ik kan niet geloven dat Hyacinthe ontvoerd is.'

'U rilt.' Annie hing meteen een doek om de schouders van de hertogin en liep toen naar de haard om het vuur hoger op te stoken.

'Je zou haast denken dat het februari was, in plaats van begin maart.' Vanuit haar ooghoek zag ze iemand in de deuropening, een klein iemand. De kat, Dulcinea, slenterde de slaapkamer binnen.

'Kijk eens wie Dulcinea meebrengt,' zei Annie tegen de hertogin.

Janes dochtertje Amelia stapte naar de stoel waarin de hertogin zat en nam de hertogin met een zijdelingse blik op. Ze wees naar het schitterende portret van Watteau.

'Dat is Bab. Bab is lief.' Het gezichtje van Amelia was mollig, haar halsje was mollig, haar armpjes waren mollig.

Ik wed dat de beentjes onder die jurk ook mollig zijn, dacht de hertogin, terwijl ze neerkeek op het kind, dat terugkeek. Ze weet vast iets. Kinderen weten altijd iets.

De hertogin klopte op haar schoot. 'Kom bij me zitten.'

'Ja, uwe – hoe moet ik u ook weer noemen? Ik weet het niet meer.'

'Uwe genade.'

'Uwe genade.'

Die zijn aan elkaar gewaagd, dacht Annie, die achter de stoel van de hertogin ging staan om haar haar op te steken.

'Wie komt er tegenwoordig bij je grootvader op bezoek, Amelia?'

'Een man met zwarte wenkbrauwen. U bent heel oud. Ik ben vier. Hoe oud bent u?'

'Honderdvier. Een man met zwarte wenkbrauwen, hè?'

'Amelia.' Jane stond in de deuropening.

Amelia sloeg haar ogen ten hemel, alsof ze tegen de hertogin wilde zeggen: daar heb je de poppen aan het dansen.

'Ha. Dit kind is het evenbeeld van haar grootvader, Annie; hopelijk aardt ze naar hem. Nog een paar weken en er wordt in heel Engeland gestemd over wie er de volgende zeven jaar in het Lagerhuis zullen zitten, en de volgende zeven jaar zal de vertegenwoordiger van Tamworth een man zijn die een oorbel draagt. Een oorbel.'

De hertogin doelde op Tommy Carlyle, die door Tony was uitgekozen om Tamworth te vertegenwoordigen.

Jane heeft gehoord wat u zei, dacht Annie. Het heeft geen zin te doen alsof u ergens anders over praatte.

'Jane, dit kind en jij blijven hier, dan eten we samen kruimelkoek.'

Dat zal u niet baten, dacht Annie. Jane zegt nooit veel.

'Annie, schel om koek en thee. Amelia, we krijgen kruimelkoek en honingringen. Bah. Het lijkt wel februari. Het enige waaraan ik kan zien dat het maart is, zijn alle roodborstjes.'

'Hun borstjes zijn rode verrassinkjes.'

'Een aardig beeld, Jane. Rode verrassinkjes tussen de grauwheid.'

'Grauw, grauw, grauw,' zei Amelia. 'Grootpapa is grauw.'

'Van kruimelkoek krijgt ze indigestie. Dan ben ik de halve nacht in touw.'

Annie, die ging doen wat de hertogin haar had bevolen, fluisterde tegen Jane: 'Houd haar in de gaten. Ze is niet te vertrouwen.'

'Vertel eens, Jane, wie is die man met donkere wenkbrauwen waarover ik hoor praten?'

Jane begon te stamelen, omdat deze vraag van de hertogin haar overviel. Ze was ervan overtuigd dat haar vader zou willen dat ze niets zei.

'Een... een vriend uit Londen.'

Jane werd de rest van het antwoord bespaard door de majordomus van de hertogin, Perryman, die zoals altijd op een duif leek met zijn opgeblazen borst. 'Neem me niet kwalijk dat ik u onderbreek, uwe genade, maar Tim heeft in de bossen bij het volgende dorp een persoon aangetroffen,' zei Perryman.

'En wat doet Tim in het volgende dorp?'

'Een liefje, geloof ik. Van zijn paard gegooid...'

'Is Tim van zijn paard gegooid?'

'Die persoon.'

'Goed, stuur een rijtuig om die persoon op te halen. Het verbaast me dat je dit moest komen vragen. Het staat er niet fraai voor als wij onze medemens niet meer helpen, hier op Tamworth. Wel, Jane, wie zei je dat er uit Londen is gekomen?'

Ik heb het niet gezegd, dacht Jane, zoals u heel goed weet. 'Ik denk niet dat u hem kent.'

'Ik ken veel mensen, Jane.'

'Hebt u nog iets van Barbara gehoord?' Jane hoopte dat het effect zou hebben. Soms lukte het. Dan zweefde de geest van de hertogin weg als een wolk in een zomerhemel.

'Geen woord, behalve die afschuwelijke brief waarin stond dat Hyacinthe weg was. Ik heb geschreven dat ze naar huis moet komen. Louisa, mijn schoonzuster, schreef me dat Londen erover in rep en roer was, dat er een schotschrift was waarin de South Sea Bubble weer ter sprake werd gebracht. Barbara heeft genoeg verdriet gehad, Jane, meer dan genoeg. Ze hield van Hyacinthe alsof hij haar eigen kind was. Ze verwende hem. Wat hij niet uithaalde toen hij hier bij me was, mijn ganzen loslaten, met staljongens vechten. "Je moest hem met het rietje geven," zei ik tegen haar. Ze luisterde niet. Tony heeft beloofd dat hij voor Barbara met de koning zou gaan praten, maar wat kunnen we van hieruit doen? Tony zou naar Virginia moeten gaan. Ik heb aan Abigail geschreven dat ik vind dat hij moet gaan. Ik had haar er natuurlijk nooit heen moeten sturen. Nu heb ik er spijt van. Zeerovers. Ik heb aan zeerovers gedacht. Annie kan je dat vertellen. Ik heb al in de herfst van zeerovers gedroomd, lang voor dit gebeurd is. Zeerovers hebben Hyacinthe meegenomen. Ik weet het. Ik voel het. Ze zeggend dat zeerovers de koloniale kust afschuimen, ook al zijn de ergsten een paar jaar geleden opgehangen...'

Gered, dacht Jane, ik ben gered.

Toen Jane een uur later vertrok van Tamworth, rammelde een koets de oprit op. Amelia en zij gingen bij een boom staan om te kijken, want ze waren allebei even nieuwsgierig.

'Het is de vriend van grootvader,' zei Amelia toen bedienden Laurence Slane naar binnen droegen.

Liggend in Tims armen staarde de hertogin met gefronst voorhoofd neer op de toneelspeler Laurence Slane, die ze in Londen had gezien. Was dit de man met donkere wenkbrauwen die bij sir John op bezoek was? Dat moest wel. Maar waarom zou Laurence Slane bij sir John op bezoek gaan? De hertogin kneep haar lippen op elkaar.

Slane mompelde iets, en zijn bewegingen waren onrustig, gevaarlijk, hij maaide met zijn armen, zodat Annie, die de diepe wond op zijn voorhoofd probeerde te verzorgen, tegen Tim zei: 'Kom eens helpen. Houd zijn armen vast.'

'Het is geen Frans wat hij spreekt,' zei de hertogin, die aandachtig luisterde. 'Ik ken Frans.'

'Wat dan? Spaans? Ik zal die wond moeten dichtnaaien.' Annie schudde haar hoofd. 'We zullen nog iemand nodig hebben om te helpen hem in bedwang te houden. Het zal pijn doen.'

Blijf zitten waar je zit, en verroer je niet! Lucius lachte bij zichzelf en verstopte zich achter het altaar. De koning, zijn vriend Jacobus, was op bezoek, en hoewel Jacobus zes jaar ouder en dus veertien was, want Lucius was acht, speelden ze verstoppertje. Het was een eer voor zijn familie dat de jonge koning bij hen op bezoek was.

Jij kunt hem aan het lachen maken, Lucius, zei zijn moeder. Daar heeft hij een grote behoefte aan.

De koning liep langzaam door het gangpad, met zijn ene hand op het gevest van het zwaard dat aan zijn gordel hing. Lucius stak zijn hoofd om het hoekje en trok het weer snel terug, lachend in zijn vuistje. De koning was nu vlakbij. Hij liep de treden naar het altaar op. Lucius trok zich terug in een hoekje van het marmeren altaar en hield zijn adem in. Hij kon de benen van de koning al zien. Plotseling deed hij een uitval en greep een enkel, en Jamie schreeuwde, en Lucius begon te lachen, en Jamie, wiens donkere ogen glansden, begon plotseling ook te lachen, een hoog, helder lachen, het lachen van een jongen. Zijn hovelingen vergeten, zei zijn moeder, dat hij nog maar een jongen is. Jamies vader was het afgelopen jaar gestorven. Alle hoop was nu op Jamie gevestigd.

Je hebt me laten schrikken, Duncannon, zei de koning, maar hij glimlachte. Hij trok een ring van zijn vinger en gaf die aan Lucius. Eens zul je de beste van mijn dienaren zijn, degene die ik het meest vertrouw.

'Het is Italiaans, geloof ik,' zei de hertogin.

De volgende middag liep Jane door de bossen die Ladybeth scheidden van Tamworth Hall. Haar vader wachtte op haar bij de beek.

'Hij is nog niet wakker, vader. Hij heeft koorts en ijlt, zei Annie. Ik heb hem gezien. Ik mocht bij hem naar binnen van Annie om het papje dat moeder gemaakt heeft op zijn voorhoofd te doen, maar ik kon hem de brief niet geven. De hertogin vroeg of hij de man was die bij jou was geweest.'

'Bebloede handen van Jezus Christus onze Heer! Hoe weet ze dat? Heeft ze spionnen achter elke boom? Ze is onmogelijk, ze is altijd onmogelijk geweest, en ze zal nooit veranderen. Wat heb je gezegd?'

'Ik zei nee, dat ik hem niet kende, dat hij niet op Ladybeth was geweest.'

'Mooi, mooi.'

Haar vader was zelf bijna koortsig. 'Ga er morgen weer heen om te zien hoe het met hem gaat. Ze zullen het niet vreemd vinden als jij komt. Ik zal je moeder iets anders laten klaarmaken dat je hem kunt brengen. En als hij wakker is, moet je hem de brief geven.'

'Maar als hij nou niet wakker wordt?'

'Hij moet wakker worden. Hij zal wakker worden.' Sir John legde zijn arm om Jane heen, en ze liepen samen naar Ladybeth.

'Vertel me wat er gaande is. Vertel me waarom die brief zo belangrijk is. Vertel me wat je verborgen houdt, vader. Ik weet dat je iets verborgen houdt. Al sinds nieuwjaar. Je kunt me vertrouwen.'

Zonder zijn pas te vertragen drukte hij haar tegen zich aan, droeg haar tegen zijn zij gedrukt twee hele stappen mee, zodat ze loskwam van de grond. 'Ik weet dat ik je kan vertrouwen, Janie, maar ik kan je dit niet vertellen.'

'Gussy? Heeft het iets met Gussy te maken?'

'Nee.' Hij wachtte zo lang met het antwoord dat ze wist dat het wel iets met Gussy te maken had.

De vrouw in de bossen van Tamworth bleef stilstaan. Als iemand naar haar had willen kijken, had die kunnen zien dat haar pupillen verwijd waren, zodat de vreemde groene kleur van haar ogen nauwelijks zichtbaar was. Ze gaf een kreet en boog voorover, hijgend als een hond in de zomer wanneer er geen water in de buurt is. Haar buik ging op en neer, in golven alsof hij een eigen leven had. Dat was ook zo: een leven dat geboren wilde worden.

De vrouw liep nog een paar stappen, en bleef staan toen de pijn te hevig werd; ze hield zich vast aan bomen en hijgde. Nog een stap en nog een. De druk was zo sterk. Het kind zou in modder en kou geboren worden.

Daar was de achterkant van het grote huis. De vrouw liep een paar passen en viel. Ze begon te kruipen, en hield ermee op wanneer het leek of het golven van haar buik, de druk haar zou doen barsten. Onder het slaken van zachte kreetjes slaagde ze erin naar de moestuin te kruipen, waar groene spruiten door de dekking van hooi heen staken. De vrouw lag op haar zij terwijl haar lichaam verkrampte tot een boog. 'Help,' probeerde ze te zeggen, maar er kwamen geen woorden uit haar mond.

Annie zat bij het vuur in de keuken te wachten tot het water kookte. Ze haalde een boek uit haar zak en legde het in haar schoot. Ze keek even om zich heen. Er was niemand behalve Tim die aan de grote, eiken tafel walnoten zat te kraken. Ze begon te lezen.

'Op een morgen doet hij zijn diamanten ring af, en schrijft op het glas van het raam in mijn kamer deze regel: "Ik houd van jou, en van jou alleen,"' las Annie, en haar hart klopte om deze stoutmoedige daad. Het was het boek van Defoe, dat de hertogin haar had gegeven om te verbranden, en waarin ze sindsdien aan het lezen was.

'Wat lees je daar?'

Annie schrok en liet het boek in de zak van haar schort glijden. 'Niets.'

'Wel iets. Dat boek van Defoe,' zei Tim, terwijl hij opstond.

Annie stond ook op en ging zo staan dat er enige afstand tussen Tim en haar was. Door hun tijd samen met de hertogin in Londen was hij veel minder bang voor haar geworden. Soms durfde hij haar zelfs te plagen. Hij was ertoe in staat haar achterna te zitten. Hij was vrijpostig en brutaal, een slechte bediende. Geen wonder dat de hertogin dol op hem was.

'Het is niet het boek van Defoe. Het is een prekenboek... Wat is dat?'

'Je linkeroog loenst wanneer je liegt.'

'Stil. Luister.'

'Dat is de wind. Het is buiten zo koud dat het januari kon zijn.'

Annie liep naar de keukendeur, opende die en stapte naar buiten.

'Tim!' riep ze. 'Vlug!'

Slane opende zijn ogen, maar het kostte moeite. Het deed pijn zijn oogleden op te heffen, deed meer pijn dan voorstelbaar was voor zo'n kleine handeling. Voorzichtig voelde hij aan het verband op zijn voorhoofd, maar alleen al door de aanraking van zijn handen vertrok zijn gezicht. Hij ging voorzichtig rechtop zitten, zodat het bonzen in zijn hoofd heviger werd, als een trommelaar die steeds harder sloeg. Hij was misselijk.

Waar ben ik, dacht hij door het getrommel heen. En dan: hoe lang ben ik al hier?

Hij probeerde op te staan, maar dat lukte niet. Hij ging op het bed zitten en probeerde door wilskracht overeind te komen. Hij knarsetandde van inspanning en het zweet brak hem uit. Toen hij stond, voelde hij zich misselijk, alsof hij ging flauwvallen. Het bonzen in zijn hoofd was alles wat hij nog waarnam. Het was moeilijk om desondanks zijn ogen open te houden. Het lukte hem zijn broek aan te trekken onder zijn nachthemd. Hij hield zijn hoofd stijf rechtop. De minste beweging deed hem al kreunen.

Buiten in de gang moest hij blijven staan en met zijn ene hand steun zoeken aan de muur om niet te vallen. Zijn hoofd was groot, enorm, een reusachtige ijzeren bol waar iemand met een voorhamer op sloeg. Het ijzer kon elk ogenblik opensplijten en dan was hij er niet meer. Hij zocht tastend een weg van het ene meubel in de gang naar het volgende en trachtte zich te oriënteren, zich te concentreren op wat hij deed. Daar was een trap. Voorzichtig, een voet langzaam omlaag, hand op de leuning, voorzichtig, dan de andere voet, trek jezelf vooruit met je handen, houd je hoofd rechtop. God, die pijn.

Hij was een verdieping lager. Hij was in een bredere gang, veel breder. Aan deze gang lagen waarschijnlijk de slaapkamers van de eigenaars van het huis. Hij legde zijn hand op de dichtstbijzijnde deur, opende hem, zette zijn tanden op elkaar tegen de misselijkheid in zijn lijf. Ik ga flauwvallen, dacht hij. Hij zag dat hij in een boudoir was, met gordijnen in de kleur van lichte boter. Daarachter zou een slaapkamer zijn, met ramen waaruit hij naar buiten kon kijken.

Dat klopte.

Hij leunde een ogenblik op de deurknop en vroeg zich af of hij het zou halen naar de ramen. Er stond een groot hemelbed met de gordijnen bijna dichtgetrokken. Er hingen portretten in zware, vergulde lijsten aan verbleekte fluwelen linten. Uit het niets sprong een kat te voorschijn en kronkelde om zijn benen. Hij ging op weg naar het licht van de ramen, maar zijn oog viel op een van de portretten.

Hij bleef er een ogenblik voor staan, zwaaiend op zijn benen. Het mooie meisje, precies betrapt op het moment dat ze van meisje vrouw werd, met diamanten in haar haar en om haar hals, diamanten op de rand van de prachtige waaier die ze geopend vasthield.

'Barbara,' zei hij, hardop.

'Hoe weet jij de naam van mijn kleindochter, Laurence Slane?'

Geschrokken draaide hij zich om, en deze plotselinge beweging was te veel voor hem. Zijn hoofd leek open te barsten, en terwijl de kat tussen zijn benen door kronkelde, viel hij op de grond.

'De nageboorte. Is die uitgedreven? Als ik niet de hele nageboorte heb, gaat ze dood.' Alles aan Annie was doortastend, doelmatig. De zigeunervrouw lag op de vloer voor het keukenvuur, en het schreeuwen van een pasgeboren kind werd luider en luider, en steeg op naar de donkere, gewelfde balken van de keuken. Een bel van een hele reeks bellen begon te rinkelen, ten teken dat iemand boven een bediende nodig had.

'De bel van de hertogin! Uitgerekend op dit moment!' Annie keek naar Jane, die midden onder de bevalling was binnengekomen en nu de vrouw bij de schouders vasthield. 'Ga jij voor me naar boven, Jane. Kijk wat ze wil. Tim! Geef dat kind aan de kokkin en ga met Jane mee.'

Boven, in de slaapkamer rende Jane zowat naar het bed toe, zo snel sprekend dat de helft van haar woorden werd ingeslikt: 'Uwe genade, Annie kon niet komen. Die zigeunervrouw – weet u nog, ze heeft drie zondagen achter elkaar in de kerk gezeten – nou, die is nu in uw keuken en ze heeft zojuist een kind ter wereld gebracht. Het is een jongetje, en ze is er heel slecht aan toe. Bijna verhongerd.'

De hertogin staarde naar Tims handen. Die zaten onder het bloed. Tim keek er ook naar. 'Het kind,' zei hij. 'Ik hield het kind vast.'

Zonder een woord te spreken wees de hertogin naar de nadere kant van het bed, en Tim liep eromheen om te gaan kijken.

Dulcinea zat luid te spinnen op Slanes borst. Tim keek naar de hertogin aan de andere kant, die hem aanstaarde vanuit haar nest van kussens; door de nachtmuts die ze op had leek haar magere gezicht heel klein.

'Is alles goed met u, mevrouw?'

'Afgezien van het feit dat er naar willekeur vreemden in mijn slaapkamer komen binnenstappen, is het best met mij. Breng hem naar zijn eigen bed, Tim. Jane, gaat die zigeunervrouw dood?'

Bij het gekreun dat Slane uitstootte toen hij opgetild werd, kneep Jane haar handen in elkaar.

'Dat weet ik niet precies, uwe genade. Alstublieft, uwe genade, mag ik nu gaan? Ik maak me zorgen over die vrouw.'

'Ja, ja, ga maar.'

'Zo, Dulcinea' – de hertogin streelde de kat, die op het bed was gesprongen – 'zigeuners in mijn keuken, toneelspelers in mijn slaapkamer.' Ze perste haar lippen op elkaar. Hoe kende Slane Barbara? Hoe?

Haar geest werd treurig om Barbara, om de diepte van Barbara's verdriet. Roger weg, en nu Hyacinthe ook. Alstublieft, God, Barbara heeft genoeg doorgemaakt. Voer haar naar grazige weiden, naar rustige wateren. Zalf haar hoofd met olie, vul haar beker met vreugde. Kom naar huis, Barbara. Kom naar huis. Laat ons je troosten.

'Tim, vertel Annie wat er gebeurd is.' Jane trok Slanes dekens omhoog. 'Dan weet zij wel wat hij hebben moet. En breng ook de kompres mee die mijn moeder gemaakt heeft. Ik geloof dat ik die op de tafel heb laten vallen.'

Slane lag te kreunen en balde zijn vuisten.

'Ik heb een brief voor u. Hij is drie dagen geleden gekomen.' Jane zei het zacht. 'Kunt u mij horen? Begrijpt u wat ik zeg? Weet u wie ik ben?'

Slane knarsetandde zonder zijn ogen te openen; hij kreunde tussen zijn gesloten tanden door. 'Ja. Lees hem voor.'

Jane moest zich over hem heen buigen om hem te verstaan. Ze haalde de brief uit haar zak, maar was even niet in staat hem te openen. Mijn hele leven hangt van deze brief af, dacht ze; en dan: Jane, houd hiermee op. Je verbeeldt je dingen. Je bent een vrouw met vier kinderen. Weinig mensen kennen je en nog minder mensen krijgen je te zien. Je betekent niets in dit leven.

'"Rochester doet niet meer mee,"' las ze. '"Kom onmiddellijk. Alles dreigt in duigen te vallen."'

Slane kreunde. 'Is hij ondertekend?'

'Nee.'

Gussy. Het was Gussy's handschrift. Haar handen beefden.

Slane stak zijn hand uit, ze schrok ervan, en pakte haar pols; hij deed zijn ogen open. Er liep een straaltje bloed onder het verband uit.

'Ik... moet... weg,' hijgde hij langzaam, inademend tussen elk woord. Het spreken was kennelijk zeer pijnlijk. 'Help...'

'Moet ik u helpen?'

Hoe? Moest ze met hem door dit huis sluipen en hem naar een achtertrap brengen, terwijl hij niet eens kon staan? Ze zou gezien worden. Ze zou betrapt worden. Ze kon het niet doen. Gussy's handschrift. Iets in haar verhardde zich.

Ze kende dit huis immers even goed als haar eigen huis? Barbara en zij hadden zich immers in elk gangetje, in elke kamer wel eens verstopt, gewoon voor de grap, stikkend van de lach? Jane is sluw, hoor Harry. Ze kon het Barbara nog horen zeggen. Ja, ze had menigmaal een verhaal verzonnen dat hen drieën gered had van het riet. Ze kon het niet vertèllen, zo'n verhaal – dat hadden Barbara en Harry altijd moeten doen – maar ze kon het wel verzinnen. Ga jij er gewoon maar bij staan huilen, net als altijd, zei Barbara. Laat het praten maar aan Harry en mij over. Jouw gehuil verzacht hun gemoed, Jane, zodat Harry en ik het gemakkelijker hebben.

Ze zou haar vader halen en hem via een achteringang naar binnen brengen. Ze wist een deur die zelden gebruikt werd; ze zou er meteen heengaan om te zien of hij afgesloten was, en als dat het geval was, wist ze waar de sleutel was. Ze wist een achtertrap. Ze zouden Slane wegtoveren. Het moest gewoon gebeuren. Het handschrift was dat van Gussy.

'Gaat u nu rusten. Drink op wat Tim komt brengen. Het zal beter voor u zijn als u dat doet.'

'Ik... moet... wakker... blijven.'

'U moet beter worden. Vader en ik zullen voor u zorgen. Dat beloof ik u.'

Hij opende zijn ogen weer, met veel inspanning, en staarde naar haar op.

Hij taxeert me, dacht Jane. Ze liet hem al haar angst en al haar moed zien. Hij sloot zijn ogen weer. Ze vatte dat op als teken dat hij ermee instemde. Toen Tim terugkwam, had ze het verband eraf gehaald en depte voorzichtig het bloed weg. Ze liet Slane enkele lepels innemen van de dikke siroop die Annie had meegegeven en legde de kompres van haar moeder op zijn voorhoofd dat vreselijk gekneusd en gezwollen was bij de wenkbrauwen en rondom het oog. Ze deed een nieuw verband om.

'Ik blijf wel bij hem, Tim. Voordat ik naar huis ga, kom ik nog even naar de keuken. Dank je, Tim.'

Toen ze zeker wist dat Tim niet meer op deze verdieping was, opende ze de deur en begon aan haar onderzoekingen. De deur die naar buiten leidde, was niet op slot. Hij knarste wanneer ze hem opendeed. Ze zou haar vader olie laten meebrengen voor de scharnieren.

De avond viel over Tamworth; het duister kroop in alle verre hoeken, achter stoelen en onder tafels, met een vertrouwdheid die iedereen rust gaf. Overal in het huis deden mensen dingen om het zich gerieflijk te maken, de gebeurtenissen van de middag terug te brengen tot iets kleiners, iets dat te bevatten was. Beneden stak Perryman een paar kaarsen aan om de schemering van de avond weg te nemen. In de keuken was de kokkin in de weer met potten en pannen waarin het avondeten van de hertogin werd bereid. De meisjes van de salon en slaapkamer roddelden over de zigeunervrouw die nu met haar kind in een kamertje op zolder vertoefde. 'Het brengt ongeluk,' zeiden ze tegen elkaar. 'Het brengt ongeluk als er een zigeuner in huis is.' Tim zat bij het vuur een punt aan een stok te snijden en dacht aan de geboorte waarvan hij getuige was geweest, de pijn en de moed van de vrouw; hij dacht aan het kind dat naar buiten gleed als een klein wonder, dacht aan God en vrouwe Barbara overzee en het boek dat zij hun vorig jaar had voorgelezen, over de oude Robinson Crusoe en zijn avonturen. Een grotere wereld, dacht Tim, tevreden bij het vuur, tevreden met zijn leven, met zijn plaats hier, met zijn wereld. Er zijn daarginds grotere werelden dan wij, die bij het vuur zitten, ooit kunnen kennen.

'Ik vond haar bij de moestuin. Tim heeft haar naar binnen gedragen. Ze stond op het punt van bevallen en was bijna verhongerd. Ze heeft waarschijnlijk in het bos geleefd sinds ze door de ouderlingen is weggestuurd.'

Annie zat doodmoe in een stoel naast het bed van de hertogin en dronk van een glas wijn dat ze in opdracht van de hertogin voor zichzelf had moeten inschenken. Ook de hertogin dronk wijn; een glaasje voor het eten was goed voor de spijsvertering.

'Zal ze blijven leven?'

Annie haalde haar schouders op.

'Ze mag hier blijven tot ze weer gezond is, of tot ze dood is. Waar is Tim?'

Annie lachte grimmig. 'Die rust uit. Alle mannen zijn uitgeput.'

'Hij noemde Barbara's naam.'

'Wie?'

'Die man, Laurence Slane.'

Annie fronste haar voorhoofd, staarde in haar glas wijn. 'Misschien heeft hij in Londen een portret van haar gezien. Er hangt er een in Saylor House. Daar kan hij het gezien hebben.'

'Daar had ik niet aan gedacht.'

'Ik ga hem verzorgen.'

'Nee, nog niet. Je bent doodmoe. Blijf nog even bij mijn bed zitten. Tim zei dat Jane aan Slane papaversiroop heeft gegeven. Slane loopt vanavond niet weg. Morgen vragen we hem hoe hij Barbara kent.'

Annie nam een slokje van haar wijn. 'Ik ga vanavond even bij hem kijken voor ik naar bed ga.'

Midden in de nacht opende Annie haar ogen en luisterde een ogenblik voor ze zich op haar zij draaide. Dit was een oud huis dat altijd bewoog, altijd kreunde, kraakte, verschikte. Dit zou haar leren laat op te blijven en lekker bij het vuur romans te lezen die beter verbrand hadden kunnen worden. Zou Moll de man met wie ze was getrouwd, maar van wie ze niet hield, trouw blijven? Morgen word ik wat vroeger wakker dan gewoonlijk, zodat ik een poosje kan lezen voor ik aan mijn werk begin, dacht ze.

De hertogin staarde naar het bed waarin Slane het laatst was gezien.

'We hebben het huis doorzocht,' zei Annie. 'Ik begrijp er niets van. Als Jane hem papaversiroop heeft gegeven...'

'Ik heb het haar zien doen,' zei Tim om zich te verdedigen. Zonder het met zoveel woorden te zeggen had Annie toch op de een of andere manier de indruk gewekt dat de verdwijning van Slane Tims schuld was.

'Dat zeg je de hele tijd al.'

De hertogin perste haar lippen op elkaar. 'Jullie hebben in alle kamers gekeken?'

'In alle kamers.'

'Het is een raadsel,' zei Tim.

'Ga naar Ladybeth en kijk wat Jane zegt.'

De hertogin zat voor het grote raam in haar slaapkamer toen Tim terugkwam. Ze dacht aan Barbara en aan Tony, die erop stond dat Tommy Carlyle nu hun vertegenwoordiger in het Lagerhuis zou worden; ze dacht aan Tony die John Ashford had ontslagen, aan Tony's huwelijk. 'Het gaat er heel rustig aan toe,' schreef Abigail. 'Geen ruzies.'

'Mevrouw Cromwell rustte, dus ik kon niet met haar spreken, uwe genade, maar haar moeder, lady Ashford, zei dat mevrouw Cromwell had gezegd dat de toneelspeler sliep toen ze gisteravond bij hem wegging.'

'Ga naar buiten, Tim, en kijk goed rond. Kijk of je voetafdrukken ziet, iets ongewoons.'

Hyacinthe ontvoerd. Wat zou dat Barbara een verdriet doen. Te ver, ze had haar te ver weg gestuurd. Walpole kon elk ogenblik worden ontslagen, stond in de brieven van de hertogin. Hoe ging het tussen Walpole en Diana? Tony's gunsteling met zijn oorbel zei dat Walpole niet alles voor Roger, voor Barbara had gedaan wat hij had moeten doen, betreffende die schuld. Was dat waar? Walpoles vriendschap met Roger, zijn relatie met Diana maakte dat verraad dubbel zo diep, maakte Walpole tot een man met wie niet te spotten viel. Als hij hen allemaal had verraden, zoals Carlyle zei, was hij sterker en meedogenlozer dan iemand vermoedde.

Ze tikte met haar vinger op haar wang. Het was vandaag zachter dan gisteren. Voorjaar. Richard had veel van het voorjaar op Tamworth gehouden. Hoe kende Slane Barbara? De hertogin zat voor het grote raam van haar slaapkamer te dommelen toen Tim terugkwam.

'Wagensporen over een deel van de oprit.'

De hertogin perste haar lippen op elkaar.

'Annie zegt dat ik u moet zeggen dat de papaversiroop verdwenen is uit de provisiekamer.'

28

Slane lag op zijn bed in zijn huurkamer in Londen. Om hem heen zaten de voornaamste leidende figuren van de samenzwering: Lord North, Lord Arran, dr. Freind, Lord Cowper, Will Shippen, lady Shrewsborough, de hertogin van Ormonde, Harry Goring, de hertog van Wharton, de hertog van Norfolk, en de man die schrijver, boodschapper, archivaris en vriend was: Gussy, de eerwaarde Augustus Cromwell.

De bisschop van Rochester was niet aanwezig. Sir John Ashford stond in de straat op wacht. 'Het zout der Engelse aarde,' had Rochester hem genoemd. Het is waar, dacht Slane, en het gaat ook op voor zijn dochter.

Freind, een arts, had het verband verwijderd en bekeek Slanes hoofd. Slane probeerde niet te kreunen. Tijdens de reis had hij gedacht dat hij doodging. Hij had achter in de kar gelegen terwijl die over de modderige wegen hotste, en gedacht: laat mijn hoofd losgaan van mijn lichaam, laat me een seconde, een enkele seconde hebben waarin het niet bonkt.

Freind opende de pot met papaversiroop en rook eraan, terwijl de anderen probeerden uit te leggen wat er gebeurd was.

'Om hem recht te doen moet gezegd worden dat de vrouw van Rochester erg ziek is. De artsen die haar verzorgen, zeggen dat haar ziekte dodelijk is.' Dit zei lady Shrewsborough. Tante Shrew, hoorde Slane Tony haar in gedachten noemen. Is de hertog van Tamworth hier, vroeg hij zich af. Natuurlijk niet. Ik ben ziek, dacht hij, erg ziek.

'De vrouw van Rochester heeft de tering,' zei Freind kalm, terwijl hij zich vooroverboog en zijn hoofd tegen Slanes borst legde.

'Hij had een vergadering bijeengeroepen,' hoorde hij tante Shrew zeggen. 'De invasie staat zowat voor de deur. Het heeft dagen geduurd voor de hertog van Norfolk er was, en dat maakte Rochester nog ongeduldiger. "Duurt het straks ook dagen, als de invasie begint?" snauwde hij. "Het is nu winter," zei ik, "u weet hoe onbegaanbaar de wegen zijn." Hij wilde alles precies weten, hoe North en Arran het land hebben opgedeeld in militaire districten, op hoeveel man troepen er gerekend kan worden, hoe het met de Schotse clans ging, hoeveel manschappen dat waren, wie die aanvoerden. "Lord Russel verkent het noorden, Slane het zuiden," zeiden wij. "We weten nog niet alles precies. Dat weet u toch."'

'Ik heb hem verteld,' zei Wharton, 'dat Sunderland onze kant zal kiezen als hij ziet dat een militaire overwinning haalbaar is. En dat er, als Sunderland bij ons komt, nog vier andere ministers zijn die hetzelfde zullen doen.'

'Hij wilde dat de ingezamelde gelden geteld werden, en toen sloeg de vlam in de pan, zou je kunnen zeggen.' Tante Shrew klapte een keer in haar handen zodat haar vele armbanden rinkelden.

'We hebben slechts een tiende van het geld in handen,' zei Wharton, 'maar we hebben toezeggingen voor veel van de rest.'

'Hoeveel?'

Spreken was ondraaglijk, ondraaglijk. De tranen sprongen Slane in de ogen, en toen hij dat zag, pakte Freind zijn hand en voelde zijn pols. Tante Shrew ging op het bed zitten en Slane kreunde. Ze nam Slanes hand van Freind over.

'We hebben promessen voor tienduizend pond,' zei Wharton, 'en de rest van ons zal zorgen voor nog eens dertigduizend op de dag dat er een invasieschip in zicht is – op dezelfde dag nog, dat zweer ik.'

Ik heb toezeggingen meegebracht, dacht Slane. Charles zal ook toezeggingen meebrengen als hij komt. Waarom heeft Rochester niet gewacht?

'Zodra Ormonde geland is,' zei tante Shrew, 'weet ik tien kooplieden hier in Londen die hun kas voor ons zullen openen, wat tenminste nog tienduizend pond zal opleveren. We hebben tien man gereed om over heel Engeland uit te rijden en de mensen op te roepen in opstand te komen, en geld te verzamelen, ook nog eens tienduizend pond, of misschien wel twintigduizend. Het is te doen. Het is ook gedaan voor Karel I, en zijn zoon Karel II. Dat heb ik geprobeerd tegen Rochester te zeggen, maar hij wilde niet luisteren.'

'Hij werd woedend, zei dat we de invasie als een spel beschouwden, dat we ons deel van de opdracht niet goed genoeg hadden uitgevoerd. Hij wilde dat we Ormonde schrijven om hem te zeggen dat de hele onderneming niet doorgaat,' zei iemand.

De gezichten die Slane kon zien wanneer het lukte om zijn ogen open te doen, waren wazig. Luister naar die stemmen, zei hij bij zichzelf. Ze zullen je alles vertellen.

'We hebben een schip klaar,' zei tante Shrew, 'om naar Ormonde te sturen. Rochester weigerde toestemming te geven om het te sturen, stel je voor. Hij gaf Goring een klap toen die zei dat we het toch zouden sturen; hij zou Wharton gewurgd hebben als Gussy hem niet had tegengehouden. Nu stond hij te schuimbekken van woede en schold ons uit voor onnozelen en idioten. Hij slingerde ons de vreselijkste beledigingen naar het hoofd. Het was onverdraaglijk, als ik een man was, had ik hem uitgedaagd voor een duel. Hij zei dat we de invasie moesten afgelasten. De misselijke lafaard, om ons op het laatste moment in de steek te laten. Het is altijd een verwarde toestand op het laatste moment. Ik kan het weten; hij zou het ook moeten weten, vanwege alles wat hij en ik in ons leven hebben gezien. De Rochester van vroeger zou het hebben gedaan.'

'Rochester was altijd iemand die met alle winden meewoei,' zei Lord North.

'Misschien heeft Rochester wel gelijk.'

Slane deed één oog open. Het was de hertog van Norfolk die dit zei, en Will Shippen, die vlak achter hem stond, knikte, die indruk had Slane tenminste. Die vervloekte Rochester, dacht Slane, om nu nog meer verdeeldheid onder ons te zaaien.

'En ik zeg: wat een onzin,' zei tante Shrew. 'We hebben die jonge Christopher Layer en zijn opstand binnen het leger. Zoiets krijgen we misschien nooit weer.'

'Koning Jacobus heeft vertrouwen in mij. Je zou toch denken dat Rochester dan ook een beetje vertrouwen zou mogen hebben,' hijgde Lord North.

Is er behalve Wharton en Gussy iemand bij die geen honderd jaar oud is, dacht Slane.

'Ik heb hier heel goed over nagedacht, Slane,' zei tante Shrew, 'Ormonde landt hier met de Ieren die met verlof gaan uit het Franse leger, en hij brengt wapens mee. Verder zijn er de wapens die we al bijeengebracht hebben, die in kelders en schuren op ons liggen te wachten. We hebben drie opstanden waarop we kunnen rekenen. We hebben de muiterij van Layer. Het kan lukken, Slane.'

'Heel juist.'

Eindelijk tonen ze dat ze ruggegraat hebben, dacht Slane. En zijn lieve Louisa bestond uitsluitend uit ruggegraat.

'Er is nog iets.'

Dat was Gussy. Brave Gussy, dacht Slane, ik heb je vrouw meegebracht. Weet je dat al? Was Jane in de kamer? Nee. Natuurlijk was ze niet hier. Hij herinnerde zich vaag dat hij wakker werd en zag dat ze zich aankleedde. Ze was bezig de japon die Gussy, of eigenlijk hijzelf, voor haar had gekocht over haar hemd te trekken, zodat hij haar blote schouders en hals zag, voor zover hij iets kon zien met dit hoofd. Bekoorlijk, meende hij zich te herinneren tegen haar te hebben gezegd. Ze voelde zich in verlegenheid gebracht.

'Rochester heeft een brief naar Parijs gestuurd,' zei Gussy.

Dit was erger dan hen op het laatste moment in de steek laten. Slane liet zich in zijn kussens zakken.

'Hoe dan?'

'Hij heeft hem niet door mij maar door iemand anders laten schrijven. George Kelly, die ken je wel.'

'Ja.'

Een goede man, een standvastige jacobiet, koerier en boodschapper, volstrekt betrouwbaar.

Slane hoorde zelfverwijt in Gussy's stem. Ja, Gussy zou het voor een groot deel aan zichzelf wijten, in tegenstelling tot North en Arran, die belangrijke en zware taken hadden, maar zich daarvan niet goed genoeg kweten. 'Onze ketting heeft zwakke schakels,' had Slane naar Parijs geschreven. Hij twijfelde niet aan de reden waarom Rochester boos op hen was geworden. Hun voornemens waren te vaag geweest, en ze lieten te veel aan het toeval over. Ik weet dat het oude dwazen zijn, had Louisa gezegd, maar een van hen is de broer van de hertog van Ormonde. Hij moet geraadpleegd worden. En ze zijn al wat we hebben, Slane. We moeten kiezen of delen. Daarom hadden Charles en hij die reizen gemaakt, om de nalatigheid van North en Arran goed te maken.

'Wat stond erin?'

'Zeg het hem,' beet tante Shrew hem toe. 'Vooruit. Laat hem het ergste horen. Hij is toch al half doodgegaan door van zijn paard te vallen.'

'Er is geen eenheid, geen gedrevenheid. De Tories maken zich zorgen over de verkiezingen, maar verder nergens over. Er zijn er te veel die niet mee willen doen. De beraamde plannen zijn ondoordacht en onpraktisch, en kunnen niet slagen.'

Het bleef even stil in de kamer.

Rochester had met mij mee moeten gaan toen ik door het land reisde, dacht Slane. Dan had hij er anders over gedacht.

'Ze zullen in Parijs begrijpen dat dit uitsluitend de mening van Rochester is. We hebben nog een maand tot de invasie. Ze zullen niet weten hoe ze het hebben,' zei tante Shrew.

'Ik zal zelf naar Parijs gaan,' zei Slane. Hij kon de zucht van opluchting bijna horen. 'Schrijf het allemaal voor me op – alles: de ruzie; wat jullie denken bijeen te kunnen brengen; wat jullie al hebben gedaan. God, Freind, geef me die siroop.'

Slane kneep hard in de hand van tante Shrew. Hij moest slapen. Alleen de papaversiroop stelde hem in staat te rusten, wanneer de pijn ophield. 'Zorgt u dat ik op een schip word gezet,' zei hij tegen haar, 'zorg dat ik in Parijs kom.'

'Het zou beter zijn als hij niet ging,' zei Freind.

'Hij moet gaan.'

Ze bracht Slanes hand naar haar verschrompelde, gepoederde, met rouge gekleurde wang en haar armbanden rinkelden melodieus. 'Ik zal ervoor zorgen. Drink jij je siroop en wat deze zak botten die zich arts noemt je verder voorschrijft, en wanneer je wakker wordt, zul je in Parijs zijn. Zeg tegen hen dat ze niet moeten letten op wat Rochester heeft geschreven. Zeg hun dat hij onze leider niet meer is, maar dat we onszelf wel leiden. Je hebt je wenkbrauw in de vernieling geholpen, Laurence Slane. Het is hartbrekend om te zien dat je knappe gezicht geschonden is. Als ik het met een kus kon herstellen, zou ik het doen. O, je brief. Ik vergeet je brief helemaal.'

Ze stak haar hand in het lijfje van haar japon en haalde er een klein, gevouwen stuk papier uit.

'Hij is van je moeder.'

Lieve God in de hemel, dacht Slane. Hoe weet ze waar ik ben? Wie in Parijs heeft iets tegen haar gezegd? Niemand mag weten waar ik ben. Zijn de zwakke schakels niet alleen hier, maar zitten ze ook al in Parijs?

Jane had in de papieren op Gussy's schrijftafel gerommeld; nu ging ze zitten en stak haar voeten uit naar het vuur. Ze streek met haar gehandschoende handen over de prachtige japon die ze aan had. Ze had haar vader gevraagd in Petersham langs te gaan, waar Gussy en zij woonden. Daar had ze op haar knieën de losse vloerplank in de salon met haar vingers opengepeuterd, het kistje uit de ruimte eronder gepakt en het geopend, om een paar groen leren handschoenen aan te treffen die naar kaneel geurden. Dat was het enige geschenk dat ze ooit van Harry Alderley had aangenomen nadat ze met Gussy getrouwd was. Ze had de handschoenen altijd verstopt, ook al was Harry dood, ook al zou Gussy, met zijn vriendelijke, afstandelijke intelligentie het waarschijnlijk niet erg hebben gevonden, eerder gezegd zou hebben: ja, Janie, ze zijn beeldschoon. Die Harry was een goede kerel.

Wat is beter, gelijk hebben of gelukkig zijn?

Toen Gussy de deur opende, zat Jane in een stoel met de groene handschoenen aan haar handen.

'Jane!' zei hij zonder zijn mantel los te maken en hij kwam door de kamer naar haar toe om haar te kussen, niet kuis maar wild. 'Jane, mijn Jane.' Dan: 'De kinderen...'

'Zijn nog op Ladybeth, gewoon. Ik weet alles, Gussy, alles. Er komt een invasie, en mijn vader voert Tamworth en aangrenzende graafschappen aan, en jij, jij bent er ook bij betrokken.'

Hij legde zijn hand op haar mond, een ruw gebaar voor Gussy. 'Ik weet niet wat je gehoord hebt, maar dit is geen spelletje, Jane, niet iets om over te kwebbelen...'

'Nee, het is waar, en gevaarlijk, en jij, Gussy, gaat er niet aan meedoen zonder mij.' Ze had altijd de voorkeur gegeven aan koning Jacobus boven koning George. Haar eerste liefde was tenslotte een jacobiet geweest, en tussen de kussen onder de appelbomen op Tamworth door had hij over politiek gepraat. Zij zou haar hart volgen en ook jacobiet zijn. Wie zou haar tegenhouden? Haar vader? Haar echtgenoot?

Harry was er niet meer, Jeremy was er niet meer; het leven was zo vreselijk kort, zo vreselijk onzeker. Ze streelde Gussy's gezicht met zachte groen leren handschoenen. Waar jij gaat, zal ook ik heen gaan. En waar jij blijft, zal ook ik blijven. De laatste paar maanden had ze gelijk gehad, maar was niet gelukkig geweest.

Diana ging aan een tafel zitten en tikte ongeduldig met haar voet bij het geluid van de maartse regen tegen haar ramen. Voor haar lagen, keurig uitgestald, papier, inktpot, pennen, zegel, lak en zand. Ze nam zelden de moeite om brieven te schrijven; als jong meisje had ze geen spelling en geen vaardige pen nodig gehad om te krijgen wat ze wilde. Vloekend om haar fouten kraste ze woorden door en maakte hier en daar een inktvlek, maar na een kwartiertje strijd had ze op papier wat ze wilde zeggen:

'Dochter, sir Hugh Drysdale zal sir Alexander Spotswood vervangen als waarnemend gouverneur van de kolonie Virginia. Hij komt in de kolonie met besef van je familie en je welzijn, en je kunt je onder zijn hoede stellen. Ik verlang niets dan je terugkeer in je geboortehuis en in de boezem van je familie. Je tweede brief is in januari aangekomen. Iedereen praat over je verdwenen page. De prins van Wales was diep met je begaan, vraagt naar je en stuurt zijn groeten. Geschreven door je liefhebbende moeder op deze, de tiende maart in het jaar onzes Heren 1722.'

Ze strooide wat zand over het papier uit en blies het vervolgens weg, vouwde het papier op tot een vierkant, smolt wat lak en druppelde die op de brief om er vervolgens haar zegel in te drukken op de plaats waar de omgevouwen randen elkaar raakten. Een lakei kwam haar vertellen dat er een bezoeker was.

'Ik wil niemand zien.'

Ze keek met gefronst voorhoofd naar een vergeten Valentijnsgroet, overgebleven van de vorige maand. Deze dag had ook best een dag in februari kunnen zijn. De regen sloeg tegen de ruiten als de vingers van bedelkinderen die smeekten binnengelaten te worden. Maar er waren veel meer roodborstjes in de bomen in haar tuin dan een maand gleden. Roodborstjes...

Charles stond in de deuropening van de salon. Achter hem stond Clemmie, die Diana een langdurige, nietszeggende blik toewierp voor ze de deur sloot.

'Ah, neef, ben je eindelijk terug van je reis? Ik zat juist een brief aan Barbara te schrijven.'

Charles legde zijn hoed en zijn wandelstok op een tafel, alsof hij van plan was lang te blijven. 'O ja?'

'Jazeker.'

'Hoe is het met je?'

'Heel goed, dank je.'

'En met Walpole?'

'We hebben ruzie gehad. Ik zou willen dat de koning hem gewoon maar meteen zijn ontslag gaf en ons allemaal uit ons lijden verloste. Nu is er weer een gerucht dat de koning hem als compensatie een graafschap zal verlenen, maar Robin zegt dat hij liever minister blijft dan dat hij graaf wordt. Ik word er doodmoe van. "Je bent al eerder in ongenade gevallen en dat heb je ook overleefd," heb ik tegen hem gezegd. "Dit overleef je ook wel." En dat doet hij ook vast. Hij overleeft alles, Charles. Nu maakt hij zich natuurlijk weer veel te druk om die verkiezingen. Sunderland en hij vechten om elke zetel in elke stad en wijk waar ze een bondgenoot in zien. Er zijn mensen afgevallen van wie Robin het niet verwachtte. Wat zal ik blij zijn als de stemmen binnen zijn en alles duidelijker is.'

'Sunderland en Wharton zijn vrienden gebleven, hoor ik.'

'Vrienden? Ik zie de een nooit zonder de ander. Heb je dat gehoord van Hyacinthe?'

'Een van de eerste nieuwtjes die me werden verteld toen ik in Londen aankwam. En ik heb ook dat schotschrift gezien. Ik neem aan dat de vrouw die in het bos zit te huilen, Barbara is, en de dikke minister die zich van haar lot niets aantrekt, Walpole. Wat stond er ook weer, iets van wee mij...'

'"Wee mij, de South Sea heeft me alles afgenomen." De koning en de prins van Wales vinden het allebei heel erg. Robin zegt dat de prins hem heeft verteld dat het zijn schuld was dat Barbara naar Virginia is gegaan. Je weet dat Tommy Carlyle zegt dat Robin niet alles heeft gedaan wat hij had moeten doen aangaande de kwestie van Rogers schulden. Dat zegt hij tegen iedereen die het maar horen wil. Soms luister ik naar hem, en dan denk ik: nee, Robin zou niet tegen me liegen. Maar een andere keer denk ik weer dat hij best zou kunnen liegen. Als alles ervan afhangt...' Diana keek naar het mesje dat ze gebruikte om de punt van haar ganzeveer aan te scherpen. 'Maar als het zo is, snijd ik zijn hart uit zijn lijf en eet het voor zijn ogen op, dat zweer ik je.'

'En wat zegt Robin zelf?'

'Dat Carlyle een vals creatuur is, een halve man die niet te vertrouwen is, dat Roger zijn vriend was en dat hij al het mogelijke heeft gedaan, dat de koning de gouverneur een persoonlijke brief heeft geschreven over Hyacinthe.' Ze tikte met een spottend gebaar op de verzegelde brief die voor haar op tafel lag. 'Je schijnt je niet druk te maken over Barbara.'

'Dat doe ik wel. Ik wil dat je een postscriptum aan je brief toevoegt.'

Hij liep op haar toe, en Diana sloot even haar ogen, haast alsof ze zich zwak voelde, of bang was.

'Het is dom van je om hier op bezoek te komen, Charles.'

Maar Charles kuste haar hals en schouders en vervolgens haar borsten door de stof van haar japon heen.

'Charles, we hebben weinig tijd. Om drie uur moet ik kaarten met de prinses...'

Hij kuste haar mond. Ze haakte haar vingers in de zuil van zijn nek. Hij trok zijn pruik af.

'Dit is mijn postscriptum voor Barbara. En ik ben benieuwd of de prinses aan je kan ruiken dat ik bij je ben geweest.' Daarna werd er niet meer gesproken, er was alleen de razende hitte van de vereniging, en een soort wanhoop bij beiden.

29

Kneutjes, roodstaartjes en lijsters bouwden nesten in de bomen van Tamworth. Annie liet Tim maagdenpalm uit het bos halen en vlocht er een krans van om op de benen van de hertogin te leggen tegen kramp. Tegen verdriet had ze niets. Nu piekerde de hertogin niet alleen over sir John en Barbara maar ook over Laurence Slane.

De hertogin schreef Tony een brief om naar Slane te informeren. 'Hoe kent hij Barbara?' vroeg ze. 'Hij is als een dief in de nacht van Tamworth vertrokken. Het bevalt me niets. Zoek hem in Londen op en eis een antwoord.'

De zigeunerin stond op van het kraambed, pompte een emmer vol water bij de pomp in de moestuin, zocht een borstel en ging naar de provisiekamer. Perryman werd door de kokkin op de hoogte gebracht en liet Annie halen. Annie stond even naar haar te kijken voor ze iets zei.

'Waarom ben je de vloer aan het schrobben, meisje?'

Geen antwoord. Annie nam haar eens goed op. Donker haar, strak naar achteren getrokken tot een stevige knot. Neergeslagen ogen; af en toe was te zien dat ze zo groen waren als varens. Rode handen van het koude water waarmee ze aan het schrobben was en van jaren werken. Men zei dat zigeuners gevlucht waren uit Egypte. Ze spraken een eigen taal, beschikten over geheime, zondige tekens, voorspelden de toekomst, zaaiden tegenspoed, stalen vee en rolden zakken.

'Ik zie dat je eindelijk uit je bed bent opgestaan. De hertogin zal je een munt geven. We zullen wat eten voor je zoeken om je door de eerste tijd te helpen, en wat kleren voor het kind. Het is nu een goede tijd om te gaan. De lente komt eraan.'

In de lente kon je gemakkelijker in leven blijven dan in de winter. Misschien zou het kind alles overleven.

De vrouw hief haar hoofd niet op. Ze bleef op handen en knieën op de grond zitten en ging door met schrobben alsof Annie niets had gezegd, niet omdat ze een eer in haar werk stelde maar met een soort koppigheid die zo lang duurde dat het lijdzaamheid werd. Annie moest weer denken aan de bevalling in de keuken. Een verlaten, onteerde vrouw behoorde tot de meest verachtelijke schepselen Gods.

'Ben je een christen?'

Geen antwoord. De borstel schrobde door. Water vormde schuimende kringen bij de neus van Annies schoen.

'Het is nog wel koud buiten. Het kindje zou kunnen doodgaan. Daarom zal ik het goedvinden dat je nog een maand of twee blijft. Maar niet langer, denk erom. Dan moet je weg.'

Er ging een nauwelijks waarneembare huivering door het lichaam van de vrouw, een beweging die Annie tot in haar ziel raakte.

'Weet wel dat als er ook maar één ding zoek is, jij daar de schuld van krijgt. Dan laat ik je in de dorpsvijver gooien en berechten als heks. Je naam?'

'Batseba.'

Annie perste haar lippen op elkaar. Ze had het kunnen weten.

'Nou heb je een zigeunerin uitgezocht om te bemoederen, hè?' zei Tim later in de keuken. 'Je had net zo goed een wild dier kunnen nemen.'

Annie keek hem woest aan.

Tim stak een boek in de hoogte. Annie probeerde het te grijpen, maar hij hield het met gemak buiten haar bereik.

'Dat prekenboek dat je aan het lezen bent,' zei Tim, die niet kon lezen, maar toch slimmer was dan goed voor hem was, 'daar zou ik ook wel eens wat uit willen horen.'

30

Barbara keek neer op de zaailingen, slank en felgroen, die uit de aarde waren opgekomen. Elk plantje had een krans van hooi om als een halsketting. Ze knielde neer zodat haar rokken om haar heen opbolden als een klok, en betastte het stengeltje van de dichtstbijzijnde zaailing voorzichtig met haar vingertop om te zoeken naar de kleine bobbels die bladeren zouden worden. Maar het was nog te vroeg. De trots en vreugde van First Curle, dacht ze, grootmama's eigen tabak. Groeien jullie maar flink terwijl ik weg ben.

'Wat doet u daar?'

Het was Blackstone, rijzig, hij hield zijn zware hoofd scheef en sloeg haar gade vanaf de overkant van het zaaibed. Hij wist dat dit hun kinderen waren; Blackstone en zij waren elke dag naar deze plantjes gaan kijken en bespraken de planten 's avonds stuk voor stuk: waren ze gegroeid? Welke waren het grootst? Welke zagen er het sterkst uit? Wanneer konden ze het beste worden verplant?

'Ik neem afscheid.'

'Geen afscheid; nooit afscheid. Alleen: het ga jullie goed, een tijdlang. Het zal hun goed gaan. Het zijn de mooiste zaailingen die ik in jaren heb gezien.'

Ja, de variëteit van haar grootmoeder was wel een duim hoger dan de andere.

'We hadden alleen zaad van Digges moeten zaaien,' zei hij.

Ze stond op en veegde haar handen af. 'Kijk eerst maar eens hoe deze het in de zomer doen; ze moeten de zomer ook nog doorstaan, weet je...'

Blackstone glimlachte om de manier waarop ze het zei, alsof ze haar hele leven tabak had geteeld.

'... en dan doen we het misschien volgend jaar.'

Ze zou er niet bij zijn als ze werden overgeplant in de velden die Blackstone zo zorgvuldig aan het gereedmaken was. In Virginia was het zaak om in het voorjaar de aarde van het veld met de hak zo los, zo fijn te maken als rivierzand; wanneer dan de regen kwam in april en mei, werden de zaailingen overgeplant in de velden om hun groei te voltooien en onder de blauwe hemel naar de zon te groeien... maar niet te hoog. We zullen ze toppen, Kano en ik, zei Blackstone, Kano heeft gevoel voor tabak, net als ik. Op die manier ging de kracht in het blad zitten, de kostbare bladeren die in gedroogde toestand tabak zouden worden.

'Loop met me mee terug naar het huis,' zei Barbara.

'Sinsin zegt dat de regen dit jaar vroeg zal komen. Hij zegt dat hij het aan zijn eksterogen voelt. Het valt niet mee wanneer de regen te vroeg komt. In het eerste voorjaar dat ik hier was kwam er een hagelbui, nog geen twee dagen nadat we de laatste zaailing hadden geplant. Ik geloof dat nog niet de helft van Jordans aanplant het heeft overleefd.'

Zodra het ging regenen, ging elke planter met zijn slaven in de regen naar buiten om zaailingen naar de velden te brengen. De velden waren bespikkeld met eindeloze rijen heuveltjes van aarde, die gevormd waren door de slaven, die losse aarde tegen hun been aanharkten, dan hun been eruit trokken en de bovenkant van het heuveltje plat klopten. Tabaksheuveltjes. Op de top van elk heuveltje zou een zaailing komen, die bij regen werd uitgeplant, zodat hij beter zou aanslaan – als er tenminste geen hagelbui kwam, of een overstroming, of een verschrikkelijke, onvoorstelbare storm, zo'n storm die een orkaan werd genoemd. Zo'n storm was er in 1713 geweest, zei kolonel Perry, en die had voor dat jaar en het daaropvolgende jaar de tabaksoogst vernield.

'Ik voorspel dat we over twee lentes het moeras hebben drooggelegd. Wilt u het veld zien dat we voor de tabak van uw grootmoeder maken?'

'Ja.'

Haar geest hield zich bezig met de plantage, zag de velden, de beide kreken, het bospad naar het slavenhuis, haar plannen met dit alles. Ze had de afgelopen winter hard gewerkt om te bedenken hoe het verder moest met First Curle; ze had met andere planters gepraat, en met de gouverneur, die niet blij was met haar. U bewijst me geen dienst met deze slavenkwestie, had hij tegen haar gezegd, alsof ze een kind was dat ongehoorzaam was geweest toen hij even niet oplette. Dat werk was nu gereed om aan haar grootmoeder te worden voorgelegd in de vorm van ruwe kaarten, inkttekeningen, bladzijden vol geschreven met haar gedachten en de gesprekken van anderen in een logboek.

'Heb je genoeg munten, denk je? vroeg ze aan Blackstone.

Er was een gevangenenschip dat de York afvoer, had ze gehoord. Blackstone en kolonel Perry zouden het gaan opzoeken om er gestraften aan te schaffen die de plaats van slaven konden innemen.

'Er is zo nodig krediet in Willamsburg.' Ze zei dit alsof ze wist dat hij het wist. Het was allemaal al eerder besproken, zorgvuldig uitgedacht. Ze kon het niet laten. Er was zo weinig tijd meer. 'John Randolph heeft door mij ondertekende promessen, waarvoor je zo nodig meer contanten kunt krijgen. Zodra ik in Engeland ben, zal ik een echt krediet voor je regelen.'

Ze liepen langs de keuken naar het huis. Op het erf stonden

haar koffers en kisten. Die middag zouden de slaven alles naar de tweede kreek brengen.

'Met uw permissie, lady Devane, er zijn dingen die ik voor vanavond nog moet doen.'

'Ja, ga maar.'

Ze wist dat ze de afgelopen dagen niets anders had gedaan dan vragen stellen over wat hij tijdens haar afwezigheid zou doen, alsof hij een jongen was die geen instructies kon opvolgen. Onder zijn leiding zou het First Curle voor de wind gaan. Dat wist ze heel goed.

Twee ganzen kwamen van achter het hek op Barbara toerennen.

'Ksst!'

Ze stampte op de grond en zwaaiden met haar rokken. De ganzen stonden stil, maar kwamen zo dichtbij als ze durfden. Ze snaterden naar haar met hun lange nek uitgestoken als slangen die op het punt staan een uitval te doen. Het waren humeurige, onmogelijke beesten, de dikste ganzen van Tamworth, een cadeautje van haar grootmoeder.

'Harry! Help!'

Daar kwam de hond al aangesprongen uit het huis. Tussen de ganzen en hem was het haat op het eerste gezicht geweest. Het had Barbara doen denken aan de rivaliteit tussen Annie en Perryman op Tamworth.

Hij ging achter ze aan, en de ganzen verdwenen, woedend sissend en klapwiekend, weer om de hoek van het hek.

'Held van me,' zei Barbara tegen hem. 'Kom, we gaan samen gedag zeggen.'

Ze liepen door het veld en het bos naar het slavenhuis en gingen via het trapje naar binnen. Barbara ging van het ene smalle bed naar het andere, met ruisende rokken over de houten vloer, en haalde zich bij elk bed de man die erin sliep voor de geest. Jack Christmas, Moody, Sinsin, Kano – in haar logboek had ze portretjes van hen getekend. Sommige slaven zouden van First Curle weggaan om het land te gaan ontginnen dat ze op haar naam had laten zetten. Cuffy is weg, had kolonel Perry gezegd. Zijn persoonlijke bediende, Cuffy, was de eerste slaaf die hij de vrijheid had gegeven. Ik heb hem een loon geboden als hij in mijn dienst wilde blijven, maar hij is vertrokken zonder afscheid te nemen. Hij heeft me al die jaren gediend, en ik heb nooit geweten wat er in hem leefde, Barbara.

In de hal stond Blackstone naar Thérèse te kijken, die op haar knieën bij een koffer zat en met een ernstig gezicht dingen inpakte. Ze keek op en zag hem. Ze staarden elkaar langdurig aan; er werd veel gezegd met die blik.

'Wanneer?' zei hij, en er vertrok een spiertje in zijn kaak, wat door zijn baard verborgen bleef. Zijn hart klopte als dat van een jongen.

'Over een uur.'

Barbara liep door het bos. De bomen en struiken hadden dikke, vruchtbare blad- en bloemknoppen, die op springen stonden – of ze waren al open, een paar dappere eerstelingen, met fluweelzachte bloemblaadjes, of intens en weelderig geelgroene blaadjes, alsof er een stuk zon in school. Vogels zongen en fladderden boven haar van boom naar boom. 's Nachts vormden de kikkers een koor dat het slapen onmogelijk maakte. De rivier, die ze nu aan haar rechterkant had, was gezwollen en stroomde snel vanwege de gesmolten sneeuw van de bergen ver in het westen. Wanneer u terugkomt, had Blackstone gezegd, maken we een reis naar de bergen. Ik heb gehoord dat ze in allerlei tinten paars oprijzen naar de hemel.

Er sprong een vis boven het water van de rivier uit. De zon deed zijn schubben glinsteren. Er sprong nog een vis uit het water, en nog een. Het was hun voorjaarstrek. Overal om haar heen was nieuw leven, belofte, strijd.

's Nachts kon ze niet slapen; dan sloop ze naar buiten en ging met haar roeiboot varen, ongeacht het tijdstip. Kom naar huis, had Wart geschreven. Er staat een avontuur te gebeuren. Wreek Roger, had Carlyle geschreven. Tony is getrouwd, schreef haar moeder. Ik mis je, zei haar grootmoeder. Wat ze hier voor First Curle had gedaan, leek een voorbereiding voor het werk aan Devane Square. Ze dacht nu voortdurend aan Devane Square, aan wat ze ermee zou kunnen doen.

Daar was het graf. Barbara ging onder de bomen staan die het overschaduwden, onder de takken van de eik, die zo dik waren als haar middel. Hij is niet dood, zei Thérèse. Zij had een diep geloof. Geloof is het enige wat er is, zei kolonel Perry. Een zuiver geloof was alleen weggelegd voor Thérèse en kolonel Perry. Barbara kon het niet opbrengen, zij twijfelde, aarzelde, voelde boosheid, stelde vragen.

Als je terugkomt, Hyacinthe, zei ze stilzwijgend, weet elke vrederechter in elk gewest van je bestaan. In Williamsburg liggen munten klaar om je terugreis naar Engeland te betalen. Thérèse had geweigerd de kleren van Hyacinthe in te pakken. Ze liet ze hier achter. Hij zal ze nodig hebben, zei ze, wanneer hij terugkomt.

Harry, een eind verder op het pad langs de rivier, blafte. Ja, dacht Barbara, terwijl ze wegliep van het graf, het is tijd om verder te gaan, om dit achter te laten. Maar het was moeilijk, net als de begrafenis van Roger, iets wat ze niet wilde doen; en wanneer ze iets niet wilde doen, kon niemand haar op andere gedachten brengen. In dit opzicht was ze niet verstandiger dan toen ze uit Engeland wegging.

God is bij Hyacinthe, zei kolonel Perry. Geloof dat, weet dat. Wanneer de zon ondergaat en de duisternis valt, is het licht niet dood; het wacht alleen een tijd in het duister tot de nieuwe dag wordt geboren, waarin het weer mag schijnen.

Ik begrijp het niet, had ze gezegd.

In pijn ligt iets goeds, had hij geantwoord. Blijf denken aan dat goede, aan het feit dat er een hoger doel is, dat wij er alleen zijn om dat te dienen. Is er een hoger goed in uw ruzie met Beth, had ze eruitgeflapt. Ze kon er niets aan doen. Hij was misschien een heilige, maar zij niet.

Ja, had hij geantwoord. Ik weet dat het er is.

Daar had je haar heilige, hier bij de tweede kreek stond hij met planters te praten, planters die hier waren om voor hun okshoofden te zorgen, die met de kapitein van het tabaksschip de vrachtprijs bespraken en beslisten of ze al of niet hun okshoofden met dit schip verzonden of met een ander, dat misschien minder zou rekenen.

In de rivier lag het schip, met gestreken zeilen, de masten gespitst naar de hemel. Morgen zouden haar okshoofden en die van de buren worden ingeladen. En dan zouden Thérèse en zij aan boord gaan om terug te reizen naar Engeland. Naar huis. Ze ging naar huis. Ze zag kolonel Bolling en fronste haar voorhoofd.

Barbara ging naar de mannen toe. Voorzichtig stapte ze over de kleine, drijvende brug bij de smalle, zompige ingang van de kreek – een ontwerp van kolonel Perry, en een van de manieren die hij de laatste maanden had gevonden om niet aan zijn dochter te hoeven denken. De mannen namen hun hoed af toen ze haar zagen.

'Waar heb ik deze eer aan te danken?' vroeg ze aan Bolling.

De mannen om haar heen schuifelden onrustig met hun voeten. Niemand weet wat hij van je moet denken, had Margaret Cox gezegd. Niemand weet wat hij aan je heeft.

'Ik ben hier niet voor u gekomen. Ik ben gekomen om voor de verzending van mijn okshoofden te zorgen. Dat zult u me toch wel toestaan.'

'Dat ben ik volgens de wet verplicht, geloof ik?'

'Hebt u uw andere vaten nog kunnen inladen, kolonel Bolling?' Ze kon het niet laten ondeugend te zijn. 'Heeft uw neef Klaus het anker kunnen lichten?'

'Ja, dat is gelukt en hij is weggevaren, ondanks u. Het verbaast me dat u me nog toestaat hier te komen. Het verbaast me dat u er niet op heeft gestaan dat ik mijn zaken met de kapitein van het tabaksschip schriftelijk zou afdoen, of heeft geëist dat ik vanaf mijn eigen land naar zijn schip zou roeien.'

'Daar heb ik over gedacht, maar ik vermoedde dat u me voor de rechter zou slepen.'

'Dat zou ik zeker gedaan hebben. Ik heb evenveel recht om hier te zijn als iedereen die okshoofden in de loods heeft.'

'Nou dan.'

'Nou dan.'

Ze staarden elkaar aan, hij kwaad, zonder berouw, zij niet kwaad, maar evenzeer zonder berouw.

'U hebt Edward Perry het hoofd op hol gebracht, zodat hij uw magazijn voor u beheert. En aan zijn slaven de vrijheid heeft gegeven. Geen wonder dat zijn dochter een proces tegen hem heeft aangespannen bij het gewestelijke hof. Ik zou hetzelfde doen. De kolonie zal blij zijn als u weg bent, mevrouw.'

'Denk erom dat u hier niet te lang blijft rondhangen.'

'Ik heb evenveel recht om hier te zijn als een ander. Misschien wil ik wel iets kopen in het magazijn.'

'Alleen met klinkende munt, kolonel Bolling. U zult geen krediet krijgen.'

Hij vloekte, maar Barbara liep weg en ging terug naar de planters; ze schudde allen de hand, informeerde naar hun gezin, vertelde hun dat ze een deel van de kleren die haar grootmoeder had gestuurd in het magazijn had gebracht, en dat ze er misschien iets bij vonden dat hun vrouw of zijzelf konden gebruiken. Een van hen gaf haar een brief. Ze nam hem aan en beloofde dat de brief zijn bestemming in Engeland zou bereiken.

Een van de slaven stond tot aan zijn knieën in het water van de rivier. Hij trok een mand omhoog waarin Barbara vissen kon zien blinken, als gevangen zilver. In deze rivieren en kreken leefde een overvloed aan vis: er zat elft, steur, forel, snoek, paling, baars en krab, hadden de kolonisten gepocht toen ze hier nog maar pas was. Steek uw hand in het water, dan ziet u het, hadden ze gezegd. De slaaf liet de mand weer in het water zakken. Toen ze hier nog maar pas was, eind augustus toen ze de koorts had gehad in Williamsburg, toen waren de kolonisten haar komen bezoeken, en hadden tegen haar gepraat over hun kolonie en opgeschept over de pracht ervan. In haar koorts had ze gemeend dat het lastige paarden waren die voor haar dansten. Ze wilde dat ze deze mand met glanzende vissen aan de koning had kunnen aanbieden om hem te laten zien wat voor overvloed er in zijn koloniale paradijs te vinden was.

Morgen ging ze naar huis.

In zijn bed legde Blackstone zijn hoofd tegen Thérèses blote schouder. 'Ik had me voorgenomen om in de tijd die we nog hebben te zorgen dat je om mij zou huilen, kleine Française' – zijn gezicht lag tegen haar schouder – 'dat je om genade zou smeken, dat je zou beseffen dat je niet zonder me kunt...'

Thérèse legde haar hand tegen de zijkant van zijn gezicht, en voelde hoe zacht zijn baard was. Als ze weg was, zou hij hem weer lang en slordig laten uitgroeien, dat wist ze nu al. Ze legde een bloot been over hem heen en trok haar teen over zijn lange dijbeen, van bil tot knie; ze vond het mooi, heerlijk, die lange benen. Ik aanbid je benen, zei ze vaak in het Frans tegen hem, en weigerde het dan te vertalen. Ze legde haar hand op het dikke krullende haar in zijn nek. Zijn nek was sterk, krachtig gebouwd om het zware hoofd te stutten. Vaak had ze hem in zijn nek gezoend. Dit stukje van je lichaam, dacht ze, nu is het van mij, voorgoed, ik brandmerk het nu met mijn lippen, dit en je lange dijen. Als je doodgaat, moet je me je het bot van je dijbeen sturen, Blackstone, dan geef ik het een ereplaats in mijn huis.

Ze kroop op zijn rug, ging op hem liggen alsof hij een bed was, drukte zich koesterend tegen hem aan, met haar borsten platgedrukt op zijn schouderbladen, haar buik in de holte van zijn rug. Ze sloot haar ogen en dacht aan het genot dat ze elkaar de afgelopen maanden hadden gegeven.

Blackstone zuchtte, een diepe zucht die ze kon voelen, en strekte zijn armen uit; zij legde haar armen op de zijne, legde haar gezicht in zijn nek. Ik heb erg naar je verlangd, lieve Schot, dacht ze. Na een tijdje waarin ze beiden stil bleven liggen, liet ze zich van hem af glijden en ging zitten, en streelde zijn rug met haar hand, terwijl ze plekjes uitkoos om ten afscheid te kussen: die lieve, brede ruimte van zijn nek, het lint van zijn ruggegraat, de kleine billen, die lange dijen, zijn knieholte.

Ze schoof naar beneden en hield even zijn zware kuit tegen zich aan, alsof het een kind was. Ze duwde haar handen in zijn dikke, weerbarstige haar en voelde de vorm van zijn hoofd onder haar handen; ze dacht aan de geest in dat hoofd, zo waakzaam, zo oplettend, zo erop gericht om te genieten van alles rondom, erop gericht om niets van het leven te missen. Er was een soort hardheid in hem. Hij deed precies wat hij wilde doen, en zij die van hem hield moest dat maar verdragen.

Hij lag met zijn ogen dicht. Ze bracht haar vinger naar zijn lippen, volgde de lijn ervan die een maansikkeltje vormde en bedacht hoe glad ze waren, hoe lang. Wie zou het bed met hem delen wanneer zij weg was? Er zou zeker iemand zijn. Hij was te zinnelijk om altijd alleen te blijven. En hij zou van die vrouw genieten, want dat deed hij altijd.

Blijf hier, zei hij. Hier? Thérèse was bijna in lachen uitgebarsten, al was ze even in de verleiding gekomen. Wie zou niet in de verleiding komen als zoiets je gevraagd werd door een man met zulke lange benen en zo'n luide lach? Ze had een bepaalde droom, van lang geleden, over een winkeltje met een kat erin, en vrouwen die voor haar werkten, die japonnen naaiden die zij voor edelvrouwen maakte. Er was gekleurd garen in dat winkeltje, karmijn en granaatrood en botergeel. De stoffen waren weelderig, glanzend: fluweel, satijn, glanszijde. Vrouwen zaten er op stoeltjes, waarvan de kussens bekleed waren met borduurwerk dat ze zelf had gemaakt. Het bont van hun mantel omlijstte hun hooghartige gezicht, en ze streelden hun schoothondjes en ze waren ongeduldig en grof wanneer ze de stoffen bekeken en zeiden: nee, die is ongeschikt, ik vind hem niet mooi. Maar altijd kwam er ook een ja, want Thérèse verstond haar vak, er was geen betere. Ze had al bedacht dat ze veren en kralen van de Iroquois door madames haar zou vlechten wanneer ze uitging, zodat iedereen kon zien dat zij anders was, dat zij in deze ruwe kolonie was geweest, dat zij dit had overleefd. Thérèse kende Londen, kende de smaak, de verveeldheid van haar meesters. Iedereen zou erop afvliegen, zou het proberen na te doen.

Hyacinthe had een functie in haar winkeltje moeten krijgen – hij had stoffen moeten verkopen, de dames wijn serveren, haar boodschappen doen. Ze sloot haar ogen. Hij was niet dood, hoewel de twijfel haar wel overviel in donkere nachten, en haar heen en weer schudde, zoals een kat een muis. Ze had er lang over gepraat met madames lieve kolonel Perry. Koester je geloof als een schat, zei hij. Spreek er niet over met anderen, laat hen het niet bezoedelen. Wat je in je hart weet en voelt, is waar. Hij was inderdaad een engel, zoals madame vaak zei.

Hier blijven? Nee, haar bestemming lag niet hier in deze bossen, waar een man of vrouw maanden kon leven zonder een sterveling tegen te komen. Het was een paradijs voor Blackstone, maar niet voor haar. Ze keek op hem neer – zijn smalle middel, zijn lange benen – en dacht aan de manier waarop hij over de sterren praatte, en te veel rum dronk, en Afrikaanse woorden riep. In Frankrijk zouden ze zeggen dat hij *un original* was, en alle adellijke dames zouden hem willen hebben. Hij zou net zoiets zijn als – wat deden de wilden ook alweer? – een scalp aan hun riem.

Hij draaide zich om, in opgewonden toestand, net als zij. Hij keek naar haar gezicht. Ze lachte. Het was natuurlijk overduidelijk wat ze dacht. Ik zal je missen, jij grote malloot, dacht ze. Ik zal erom huilen, maar niet nu, niet in de laatste uren die we nog hebben. Die zijn voor andere dingen. Dat weet jij ook. Hij streelde haar borst naar de tepel toe, met zijn ogen half dicht, op een speciale manier, en manier waardoor ze altijd haar adem inhield. Hij keek haar een ogenblik in de ogen, om haar uit te dagen – ben je zover? zei zijn blik – toen bracht hij zijn mond naar haar borst, maar tikte hem alleen even aan met zijn tong. Hij ontblootte zijn tanden en ging achteroverliggen, als een grote, luie kat; hij wachtte, uitdagender dan ooit.

'Wat zullen we nu gaan doen, kleine Française?'

Hij wist het. Zij wist het. Ze zouden hier lang zijn, heel lang.

'Je zei dat je me om genade zou laten smeken.' Ze beet op haar lip, haalde haar handen door haar haar, rekte zich uit, wendde onverschilligheid voor. 'Ik betwijfel het. Maar je zou het kunnen proberen.'

Ze raakte hem aan, en hij kreunde.

'Wacht even.' Barbara hield de kaars zo stil mogelijk bij de droge takjes, en ze begonnen te roken.

'Houd het vuur er langer bij,' zei kolonel Perry.

'Dan brand ik mijn vingers.'

'Nog heel even, anders blijven ze alleen roken.'

'Dat weet ik ook wel.'

Perry glimlachte en sloeg zijn armen over elkaar. Hij had haar geleerd een vuur aan te leggen, en ze had het zich eigen gemaakt. Elke avond dat het helder weer was, was ze hier op de oever en groef zorgvuldig de ondiepe kuil weer uit waarin het vuur van de vorige avond had gebrand, en stapelde zorgvuldig de takjes op in de oude as om weer een nieuw vuur te maken. Wanneer ze niet aan het avondmaal verscheen, keken Thérèse en hij elkaar aan, en de blik die ze uitwisselden, betekende: ja, ze is bij de rivier. Dan liep hij naar de oever om te zien of alles in orde was, en dan zat ze daar voor het vuur dat ze zelf had gemaakt.

'Wat heb je van Kano gekregen?'

'Een kornoeljetak in knop.'

De slaven kwamen haar al dagen geschenken brengen: een vogelnestje, een gladde steen, een van riet gevlochten matje, een enkele veer – voor hen schatten, voor haar een eer.

'Ziezo.'

Barbara kwam overeind, voldaan, keek op naar de hemel – die avondstrepen vertoonde – en haar kaaklijn was strak en volmaakt.

'Er zullen vanavond sterren zijn,' zei ze.

'En volle maan. Is alles ingepakt?'

'Alles. Mirtekaarsen, manden, alles behalve de dingen die ik in Williamsburg ga ophalen.'

'Heb je de hele tuin van John Custis gekocht?'

'Bijna de hele tuin.'

Hij ging tot Williamsburg met haar mee in het schip. Vandaaruit kon hij precies uitzoeken waar het schip met veroordeelden zich bevond op de York en een boodschap naar Blackstone sturen om hem daar te treffen. Ga mee naar Engeland, had ze gezegd. En de stem had hem gezegd dat hij het moest doen. Zijn Beth wilde hem niet ontvangen, zijn lieve meisje, zijn vreugde; ze was standvastig in haar woede en doelbewust in haar opzet. Beth had een proces tegen hem aangespannen. Hoewel hij haar bijna alles had gegeven, probeerde ze hem voor de rechter ook te ontnemen wat hij had behouden, probeerde ze hem te verhinderen ook maar één slaaf te bevrijden – het kind van zijn lendenen, dat Klaus von Rothbach toestond haar het hof te maken. Hij zou Klaus niet gekozen hebben.

'Je tweede kreek zal een mooi haventje opleveren. Een mijl naar het westen staat de kerk waar je buren de dienst bijwonen. Een taveerne, een groter magazijn, misschien een kleine werf om boten en schepen te herstellen. Bij jou is het immers de laatste plek waar een schip voor anker kan gaan.'

'Het staat allemaal in mijn logboek.'

'En er vestigen zich steeds meer mensen achter de watervallen.'

'Dat zegt de gouverneur ook.'

Spotswood was komen kijken wat ze nou eigenlijk aan het doen was. 'Er doen geruchten de ronde,' zei hij. 'U hebt de kolonie in rep en roer gebracht.' Hij vertelde hoeveel land werd opgeëist in het gebied achter de watervallen van alle vier de rivieren van de kolonie. Planters zouden behoefte hebben aan een plaats onder de watervallen waar ze hun tabak heen konden brengen.

Zo'n plaats moet je maken, Barbara, raadde Perry haar aan.

'Vraag je grootmoeder of ze een kerkklok voor de kerk stuurt, wat altaarzilver, geld om een toren te bouwen waarin de klok geluid kan worden. Elke keer dat de mensen het horen, worden ze herinnerd aan de aanlegplaats van je grootmoeder, aan wat ze daar te bieden heeft,' zei hij nu.

Om een echte kade aan te leggen zou er geld moeten komen, zouden de mensen bereid moeten zijn te investeren. In haar logboek had kolonel Perry toen bladzijden vol geschreven om uit te leggen waarom dit een goed idee was. Hij beloofde er ook zelf in te investeren. Dus, dacht Barbara, er kwam nog meer in het logboek te staan voor ze morgen vertrok, over kazen en kerkklokken.

Iemand riep vanboven op de rivieroever.

Het was Blackstone, en kapitein Randolph en majoor Custis waren bij hem. Ze gleden langs de oever naar beneden.

'In mei zal er een vergadering van de Lagerhuisleden zijn,' zei kapitein Randolph. 'Ik heb zojuist bericht gekregen dat de gouverneur de vergadering heeft bijeengeroepen. Ik ben hierheen gekomen om het jou te vertellen, Edward.'

Randolph maakte een buiging voor Barbara.

'En ik ben gekomen om de gevangene van de zottin van First Curle te zien,' gromde majoor Custis. Hij schudde Perry de hand en boog voor Barbara. 'Hoe maakt u het, lady Devane?'

'Vinden ze me een zottin?' zei Barbara, met haar handen in Harry's vacht. Hij lag bij haar op schoot.

'Een aantal mensen vindt dat, maar ze vinden het niet erg omdat u de kleindochter van een hertog bent, en dus grillen mag hebben. Maar voor Edward hier is het onvergeeflijk als hij zijn slaven de vrijheid geeft. Alleen zijn de tabaksprijzen voor de oogst van vorig jaar erg laag, lager dan verwacht, en daarom wordt erover gesproken wat we kunnen doen om onszelf te redden, bijvoorbeeld invoerrechten heffen op slaven, zoals we vroeger ook hadden. Misschien is Edward zijn tijd wel vooruit, door zijn slaven de vrijheid te geven. Dat wil zeggen, als zijn dochter het toelaat.'

'Een vergadering,' zei Perry. 'Het is twee jaar geleden dat de gouverneur de laatste vergadering heeft bijeengeroepen.'

'De Iroquois zijn bereid een verdrag met ons te sluiten. Daarvoor wordt de vergadering bijeengeroepen. En om ons mee te delen dat Zijne Majesteit wil dat we meer teer en pek sturen.'

'Dennenbossen,' zei kolonel Perry en toen Barbara vragend keek: 'Van dennen wordt de beste teer en pek gemaakt. Dat stuk van jouw land waar veel dennen staan kan nu winst gaan opleveren.'

'Zeg tegen hare genade, uw grootmoeder, dat ik haar bedank voor de bijen, lady Devane,' zei Custis. 'Het schip waar ze op hebben gezeten ligt nog in Williamsburg. Ze heeft ze verzonden in een kist die je moet zien om hem je te kunnen voorstellen, en ze hebben de reis doorstaan, maar toen de gouverneur aan boord was, heeft een matroos de kist laten vallen, en de bijen zijn als een zwerm naar mijn tuin gevlogen. Er is ook een klavecimbel aan boord van dat schip. U zult de kapitein bericht moeten sturen of u dat wilt laten uitladen of niet. Perzikenbrandewijn.' Custis klopte op een lederen flacon die aan zijn riem hing. 'Van mijn beste perziken. Die heb ik meegebracht om iets te vieren. Ik heb nieuws waarvoor ik helemaal van Williamsburg hierheen ben gereden om het jou te vertellen, neef.'

'Wat dan?' vroeg Perry.

'De gouverneur zal worden vervangen. Ik heb bericht van Will Byrd gekregen,' zei Custis, en hij haalde opgewonden een brief uit zijn zak en gaf die aan Perry, die hem las en doorgaf aan Barbara.

'We zullen ons in de vergadering sterk moeten maken voor wat we willen,' zei Randolph tegen Perry, en Barbara begreep dat dit de werkelijke reden was waarom Custis en hij waren gekomen. 'De gouverneur is aangeschoten wild. Wie kunnen we nog meer aan onze kant krijgen?'

'Weet de gouverneur dat zelf al?' vroeg Perry.

'Wat dat betreft kan ik alleen maar zeggen dat zijn hand pijn doet van alle landrechten die hij plotseling aan zijn vrienden uitgeeft. Ja, ik denk dat hij het weet. Dus wat doe je, Edward, doe je met ons mee? Als het een beetje wil, kunnen we sommige wetten die we denken nodig te hebben, buiten hem om erdoor krijgen.'

Perry glimlachte en gaf geen antwoord.

Custis gaf hem de fles met brandewijn aan. 'Sinds je een heilige bent geworden, ben je stomvervelend, Edward. Lady Devane, ik stel u verantwoordelijk. Ik zie dat je geen heilige bent op het punt van perzikenbrandewijn, Edward, en dat is maar goed ook. Wat komt daar aan?'

'Het avondeten,' zei Barbara.

Thérèse gleed langs de oever naar beneden met een mand in haar handen. Blackstone ging naar haar toe om haar te helpen.

Ze begonnen te eten, vis, dampend warm, heerlijk. Ze aten met hun handen en veegden ze af in het zand of wasten ze in de rivier. Ze gaven de brandewijnfles door van de een naar de ander, en de mannen praatten over wetten die ze door de vergadering wilden loodsen: wetten die de regels over het in bezit nemen van land versoepelden, en beperkingen stelden aan de hoeveelheid tabak die geteeld mocht worden. Ze praatten over het aanstellen van meer sheriffs om de hand te houden aan die beperkingen. Tegen de tijd dat de brandewijnfles een aantal keren rond was gegaan, praatten ze over wie hun kant zou kiezen in de Raad van de gouverneur, in ruil voor welke gunst.

Barbara stond op. Ik zal dit onthouden, hoe bondgenootschappen gesloten worden bij een vuur, tijdens de jacht, tijdens een diner. Mijn tante Shrew doet dit ook. Zij geeft voortdurend dineetjes voor de Tories, speelt een spelletje kaart met deze en gene. Ze weet alles wat er in Londen gebeurt. Ze zeggen dat mijn grootmoeder dit vroeger ook deed, dat zij, terwijl mijn grootvader strijd leverde met de Fransen, strijd leverde met zijn vijanden aan het hof.

Ze dacht aan de woorden van Carlyle, zijn bewering dat Roger tot zondebok was gemaakt. Barbara liep langs Thérèse en Blackstone, die zaten te murmelen en elkaar hapjes voerden in de schaduwen van de rivieroever, en begon tegen de oever op te klimmen.

'De gouverneur wil dat verdrag met de Iroquois zodat het land dat hij in bezit heeft genomen veilig is. Het grenst allemaal aan de gronden van de Iroquois,' hoorde ze majoor Custis nog zeggen. 'Hij heeft gezorgd dat hij zijn schaapjes op het droge heeft gekregen terwijl hij hier was, dat geef ik je op een briefje. Ze zeggen dat de plantage die hij in de bergen heeft nu duizenden morgens meet. Ik verwed er mijn beste pruik om dat hij in de herfst nog duizenden morgens groter is.'

'Het verdrag is gunstig voor ons allemaal,' zei Perry. 'Dat moet je wel bedenken.'

Boven op de oever gekomen keek ze naar beneden. Majoor Custis stond nu tot zijn knieën in de rivier. Toen hij er weer uitkwam, had hij een klein vat bij zich.

'Dat is Bollings brandmerk op dat vat,' zei kapitein Randolph.

'Kapitein Von Rothbach is kort geleden afgevaren naar de Westindische eilanden,' zei kolonel Perry. 'Dit moet eraf gevallen zijn tijdens het laden.'

'Hij mag haar kreek toch nog steeds niet gebruiken?' zei Custis. 'Waar is lady Devane?'

Zittend bij het vuur wees kolonel Perry haar aan.

'Is het waar dat jij de enige bent die die ganzen mogen lijden, Edward?' vroeg kapitein Randolph. 'Weet je dat ze me helemaal tot mijn huis hebben achtervolgd toen ik laatst op bezoek was geweest.'

'Ganzen houden van heiligen,' zei Custis.

Ik ruik jasmijn, dacht Barbara, en kornoelje, en nacht en rivier. Harry holde voor haar uit terwijl ze van hen wegliep. De volle maan verlichtte hun pad. Bij de eerste kreek schopte ze haar schoenen uit, rende lenig over een plank en stapte in de roeiboot. Harry sprong er ook in. De maan boven hen leek op een muntstuk. In de rivier glimlachte een gespiegelde maan omhoog. Ze begon te roeien, genoot van haar vaardigheid, haar kracht, die was toegenomen sinds ze hier was.

Behoed uw hart boven al wat te bewaren is, want daaruit zijn de oorsprongen des levens.

Op de rivier hees ze het zeil, bond de schoten vast, trok de riem binnenboord, legde haar hand op het roer. Er stond precies genoeg wind op de rivier. Het was alsof ze op de rug van een vogel zat.

Ze voer langs het gezelschap op de oever. Ze wuifden en floten naar haar, en ze ging heel gewaagd staan en maakte een buiging, terwijl de jol voortzeilde.

Om een bocht, waar ze zich veilig en afgezonderd voelde, liet ze het anker neer en ging op haar rug liggen om naar de maan te staren, terwijl stukjes van gesprekken in haar hoofd weerklonken. Toen de gouverneur bij haar op bezoek was gekomen, had hij het gehad over land in twee nieuwe gewesten; hij had gezegd dat ze grond in bezit moest nemen, dat hij er persoonlijk op zou toezien dat haar aanspraken werden goedgekeurd. Nu bezat ze dus grond in die gewesten.

Ze maakte de veters van haar japon en de spelden van haar onderjurk los, trok haar hemd uit en liet zich als een steen in het water vallen. Het was koud, te koud. In haar hoofd was het beeld van Blackstone, de uitdrukking op zijn gezicht toen hij met zijn lippen de kruimels van Thérèses vingers kuste. Ze begon te zwemmen.

Harry blafte. Hij zou blijven blaffen tot ze weer in de boot zat, maar ze zwom door tot ze moe was en verdoofd van de kou. Huiverend hees ze zich in de jol en droogde zich af met haar hemd. Ze keek neer op haar bleke lichaam, dat nu kuis was. Ze ademde de maan en de rivier in.

Charles zou nooit geloven dat ze geen minnaars had gevonden, maar eerlijk gezegd was ze nooit zo losbandig geweest als de mensen dachten. Haar losbandigheid was voor Roger bedoeld geweest. Zie mij, had ze ermee gezegd. Houd van mij, had ze ermee gezegd. Anderen houden van me. Waarom jij niet? Roger. Ze ademde de maan en de rivier in.

Wat zal ik doen met al deze hartstocht in me, vroeg ze zich af, die mengeling van vuur, verdriet en tederheid? Ik zou kunnen doen zoals tante Shrew en mannen verzamelen als juwelen. Wil ik dat? Nee.

Laat het gebeente dat Gij verbrijzeld hebt, weer jubelen. Het verlies van Hyancinthe heeft me verbrijzeld, en ik ben niet meer dezelfde. Zal ik ooit nog kunnen jubelen? Wat heb ik geleerd in Virginia? Wat neem ik ervan mee naar huis? Ik kan een vuur aanleggen, een jol zeilen. Ze keek omhoog naar de maan. Ik kan me redden, een paar maanden een plantage leiden, daartoe een reeks beslissingen nemen. Ik ben niet meer bang om naar Engeland terug te gaan en naar de brokstukken van mijn erfgoed te kijken.

Het meisje in mij heeft een klare blik en is vastbesloten – meer dan ooit, in sommige opzichten. Ze lachte zacht, en de lach was als een opborrelend lentegeluid, betoverend en charmant. Als Roger me nu kende, dacht ze, zou hij de mijne zijn. Maar als ik hem nu kende, zou ik dan de zijne willen zijn?

Het maakte haar bedroefd dat haar liefde voor Roger vermengd was geraakt met twijfels en teleurstellingen, alsof ze nu ze volwassen was geworden, naar hem keek en zijn tekortkomingen zag. Wat een zware last had hij haar nagelaten – de schuld, de boete. Ze had geen illusies over wat haar te wachten stond. Toch hield ze van hem. Hij was de liefde van haar meisjesjaren, en die zou ze altijd in ere houden.

Als je Roger iets aandoet, Robin, zal ik hem wreken, dacht ze, en haar gezicht verstrakte tot een uitdrukking die de mensen thuis maar al te goed kenden. Ze zou zich laten gelden wanneer ze terug was. Haar komst zou niet onopgemerkt voorbijgaan. Ze zou de mooiste, de meest opmerkelijke geschenken die ze kon vinden meenemen om te presenteren aan Zijne Majesteit, aan de prins en de prinses. Het zou onmogelijk zijn haar te negeren of zich van haar af te maken.

Terwijl ze zich zo goed mogelijk weer in haar kleren reeg, dacht ze: de flirterige, babbelzieke, luidruchtige Barbara uit mijn mislukte huwelijk bestaat niet meer. Het verlies heeft haar verbrand, haar kuis en matig gemaakt zodat ik nu iets anders ben, als een stuk hout dat is uitgehold om een fluit te vormen. Wat ben ik nu? Wie ben ik nu? Wat wil ik nu met mijn leven doen? Wat verlang ik? Wat heb ik nodig? Waarheid: ik wil een leven van waarheid leven en niet van leugens. Dat is tenminste uit deze winter van rouw voortgekomen.

Ze bewoog haar tenen in het water en staarde ernaar. Ze zou het gevecht aangaan, de campagne beginnen, de dans, om Devane Square weer tot leven en tot bloei te brengen. Dat vooruitzicht was opwindend; ze was trots op wat ze hier had gedaan.

Ze zou een plaats aan het hof zoeken. Dat zou haar een veilige basis verschaffen – de mensen aan wie ze schulden had zouden niet zo gauw iets durven forceren – om vanuit te handelen. Roger had nog meer grond gekocht. Als grond hier belangrijk was, zou dat thuis misschien ook zo zijn. Roger had de gave gehad te weten waar in de toekomst vraag naar zou zijn, wat mogelijk zou uitgroeien tot iets bijzonders. Er was een pakhuis vol met meubelstukken, schatten die Roger had bijeengebracht, die niet waren aangetast door de boete voor South Sea. Die konden voorzichtig verkocht worden, één stuk tegelijk. Ze zouden zelfs meer opbrengen als zij de indruk maakte er niet vanaf te willen.

Tommy Carlyle. Die wist alles. Hij was een expert op het gebied van smaak. Ze zou vriendschap met hem sluiten, hem gebruiken om haar gids te zijn. Mensen volgden zijn leiding. Hij zou haar helpen tabak in de mode te brengen.

Avontuur, zei Wart.

Nee, voorlopig geen avontuur meer. Ze zou op een systematische manier te werk gaan, heel rustig – wat zou Tony daar blij mee zijn – om zichzelf en het erfgoed te redden. Ze zou al haar zaken kalm en rustig afhandelen, gehoorzaam, braaf, vriendelijk, gedwee. Ze glimlachte. Al die dingen had ze nooit lang achtereen kunnen opbrengen – en waarschijnlijk had haar verblijf hier in Virginia het er niet beter op gemaakt. Trek het je niet aan, zou haar grootmoeder zeggen, je bent tenminste niet saai. Je bent goed zoals je bent, Bab.

Grootmama.

Barbara sloot haar ogen. U bent me zo dierbaar. Ik houd zoveel van u. Het zal heerlijk zijn u weer te zien, en Tony, en Jane.

Ik zal vriendschap sluiten met Tony's echtgenote zodat zij me af en toe zijn gezelschap gunt. O, Tony, je was zo lief voor me toen Roger stierf, en ik was te veel in de war om het te zien. Maar nu zie ik het duidelijk. Hoe kan ik het je vergoeden? En als ik je vrouw nou niet aardig vind? Of als ze bekrompen is of je gemeen behandelt? Wat moet ik dan doen? Ik zal me niet netjes gedragen, dat weet ik nu al. Maar ja.

Ze roeide terug, de bocht om en zag haar vuur smeulen. Iedereen was weg. Ze roeide zo dicht mogelijk naar de oever, stapte in het water, trok de jol op het strand en pookte met een stok in de houtskool; het vuur brandde weer feller. Ze trok er een paar flinke takken in, en de vlammen flakkerden omhoog en lekten langs de takken. Er lag een deken; die had Thérèse waarschijnlijk meegebracht. Ze wikkelde zich erin en ging in het zand liggen, met haar wang ertegenaan. Ze bewoog haar vingers in het zachte zand.

Toen ik een kind was, sprak ik als een kind, voelde ik als een kind, overlegde ik als een kind. Je hebt alles wat je nodig hebt in je, zei kolonel Perry. Dat is wat je uit Virginia mee naar huis neemt.

Harry kroop tegen haar buik aan. De gouverneur zou haar waarschijnlijk vragen brieven mee te nemen, smeekschriften, om zijn positie te behouden.

Robert Walpole slaapt met mijn moeder. Dat had ze niet aan de gouverneur verteld, maar ze glimlachte om de uitdrukking die ze zich op zijn gezicht kon voorstellen als hij het wist. Walpole is je vijand, Carlyle.

Ze draaide zich op haar zij en sliep enige tijd. Ze werd wakker bij het flauwste licht van de dageraad. Daar was kolonel Perry, tegen de oever, in een deken gewikkeld, slapend. Er lag nog een tweede deken over haar heen. Ze stond op, huiverde, rekte zich uit, en zag het vat dat majoor Custis uit de rivier had gevist. VARKENSVLEES, stond op de zijkant van het vat gestempeld. Iemand had het opengebroken. Ze liep erheen en staarde ernaar.

Kolonel Perry opende zijn ogen en zag haar gehurkt door de natte tabaksbladeren graaien.

'Veel mensen smokkelen hier, Barbara,' zei hij. 'Ik heb het zelf ook gedaan. Volgens de wet moet alle tabak naar Engeland, en moeten we de prijs accepteren die we kunnen krijgen, afgezien van de invoerrechten, zodat we in slechte tijden zo goed als niets op onze tabak verdienen, of zelfs verlies maken omdat we hem moeten opsturen. Tabak levert weinig op, minder dan wie ook een jaar geleden had kunnen denken. Ik ben niet de enige die het nu weet. Het kan jaren duren voor we winst zullen zien. Je kunt het een man niet kwalijk nemen als hij elders een betere markt vindt, vooral als er een hypotheek op zijn plantage rust. Wetten worden gemaakt door mensen, Barbara, mensen zoals ik, zoals jij, mensen met gebreken, die inhalig zijn, kwaadwillig. Naast goede wetten zijn er ook slechte.'

'Ik zou Bolling een proces kunnen aandoen.'

'Waarvoor?'

'Ik zou hem kunnen aanklagen wegens smokkelarij. Met dit als bewijs.'

'Dat zou je kunnen doen. Maar de helft van de mannen die hem zouden berechten, zouden hetzelfde hebben gedaan, en zouden er niet veel voor voelen hem te veroordelen wegens een misdaad die ze allemaal plegen en waar ze niet veel kwaad in zien.'

'Ik zou het aan de gouverneur kunnen vertellen.'

'Dat zou je inderdaad kunnen doen. Maar bedenk dat hij maar tijdelijk gouverneur is. Hij heeft waarschijnlijk andere dingen aan zijn hoofd, zoals redden wat hij kan redden. Het zou niet verstandig zijn om de lijst van vijanden die hij al heeft nog uit te breiden.'

'Waarom niet, als hij toch geen gouverneur meer is?'

'Ik denk niet dat hij van plan is terug te gaan naar Engeland. Ik denk dat hij van plan is op zijn plantage in de bergen te gaan wonen. Dan heeft hij geen behoefte aan meer vijanden.'

'Ik heb het gevoel alsof ik zojuist in aanraking ben gekomen met iets belangrijks, iets groots, maar ik begrijp er niets van. Het heeft iets te maken met dit vat.'

'De zon komt op. De nieuwe dag begint. Kom bij me zitten. Ik zal je erg missen. Ken je de psalm van David die begint met: "Wie in de schuilplaats des Allerhoogsten is gezeten, vernacht in de schaduw des Almachtigen"? Dat zal wel, als je grootmoeder elke avond gebeden leest. Dat dacht ik wel. Zeg hem nu samen met mij op, terwijl we naar de zonsopgang kijken.'

Ze ging tegen hem aan liggen. Hij nam haar hand in de zijne en bracht hem naar zijn mond. Hij kuste de vingers een voor een.

'"Ik zeg tot de Here: Mijn toevlucht en mijn vesting, mijn God, op wie ik vertrouw. Want Hij is het, die u redt van de strik des vogelvangers, van de verderfelijke pest. Met zijn vlerken beschermt Hij u, en onder zijn vleugelen vindt gij een toevlucht; zijn trouw is schild en pantser."'

'Verder weet ik het niet,' zei Barbara.

Hij ging alleen verder: '"Gij hebt niet te vrezen voor de verschrikking van de nacht, voor de pijl, die des daags vliegt; voor de pest, die in het duister rondwaart, voor het verderf, dat op de middag vernielt."'

Hij drukte Barbara tegen zich aan en sloeg enkele regels over.

'"Want Hij zal aangaande u zijn engelen gebieden, dat zij u behoeden op al uw wegen." Onthoud dat goed, Barbara.'

De zon was op. Een nieuwe dag was begonnen.

31

'Blijf daar niet zo staan. Zet ze om het altaar heen,' zei Annie.

Ze hadden de eerste koekoek gehoord. Het was april. Wilde hyacinten en pinksterbloemen bloeiden.

In de kerk van Tamworth zag Annie erop toe hoe Batseba takken van pruime- en appelbomen, van kersen- en amandelbomen begon te schikken. De bloesems waren nog in de knop, maar toch al mooi, als kantachtige, luchtige elfjes die met gevouwen vleugels waren neergestreken. 'Laurence Slane is niet in Londen,' schreef de hertog van Tamworth. Annie pakte een handvol wilgetakken om die aan de kerkmuren te gaan hangen, maar liep in plaats daarvan naar het raam en keek naar buiten. Ze had uitzicht op het kerkhof met scheef gezakte grafstenen en gebarsten graftomben, en het tafereel werd omlijst door de gekruiste loden strips van het raam waar ze doorheen keek.

Boven de taxusbomen waarvan de toppen heen en weer begonnen te zwaaien in de toenemende wind pakten zich wolken samen. Het zou vanavond gaan regenen, dacht Annie. Ze had een akelig voorgevoel maar probeerde het te onderdrukken. Ze zouden morgen door de regen naar de kerk moeten lopen. Het was palmzondag.

Annie dacht aan de reeks gedenkdagen in april. Op Witte Donderdag zouden de hertogin en alle bedienden de voeten wassen van landlopers en bedelaars, en hun eten en muntgeld geven. Op Goede Vrijdag zou de kok zijn warme kruisbroodjes bakken, broodjes met een zoet, kleverig kruis van suiker erop, en dan kwam Pasen.

Feesten en rituelen die het jaar kenmerkten.

Christus ons paaslam is voor ons geofferd, zou pastor Latchrod zeggen, laat ons derhalve feestvieren; niet met de oude zuurdesem, noch met de zuurdesem van kwaadaardigheid en slechtheid, maar met het ongerezen brood van oprechtheid en waarheid.

'Noem de rest van de laatste regels van je plicht jegens je naaste.' Ze leerde de zigeunerin de catechismus. Ze wist niet waarom.

'"Mijn handen te behoeden voor wegnemen en stelen, en mijn
tong voor kwaadsprekerij, en..."' De zigeunerin sprak erg zacht.
'De rest ben ik vergeten.'

'Het zou beter voor je zijn als je het onthield.'

Batseba de zwijgende, de verstotene, die door geen van de andere bedienden werd geaccepteerd, die alleen at, altijd alleen. De
zigeunerin had appelbloesem gevlochten door de wilgetenen van
de mand waarin haar kindje sliep. Er was iets niet goed met het
kind. Annie zag het aan de stand van de oogjes, de vorm van het
mondje en neusje. De zigeunerin zou hem altijd moeten verzorgen.

Het voorgevoel ging niet weg. Buiten het raam ging een donkere wolk op in een andere, en ze hoorde de donder rommelen.
Annie vond de kerk vochtig en koud.

'Er komt onweer.'

De stem van Batseba was zacht.

Ja, dacht Annie, Batseba voelt het ook.

32

April. In Londen schudde Slane zijn hoofd. 'Nee, niets meer,
Louisa. Je hebt me vorstelijk te eten gegeven.'

Overal brandden kaarsen, er lag een lang tafelkleed van Belgische kant op de tafel waaraan hij zat, en voor hem lagen de res-
ten van een feestmaal: gebraden kip, kwartels, vis. Hij was juist
terug uit Frankrijk. Tante Shrew had hem nog net niet eigenhandig gevoerd, zo blij was ze hem te zien. Ze schonk nog wat
wijn in zijn bokaal.

'De arts in Parijs zei dat ik niet te veel wijn mocht drinken.'

'En wat zei hij nog meer over je kwetsuur?'

Geen lange ritten te paard. Dagelijks rusten in een verduister-
de kamer. Slane verkruimelde een stuk brood. 'Dat ik kalm aan
moet doen.'

'En je hebt op een paard gezeten sinds je bent aangekomen. We hebben nog even tijd voor Lord North en de hertog van Wharton komen. Vertel me wat je van Rochester vond.'

Arrogant, melancholiek, ook enigszins meelijwekkend.

'Hij is erg ontdaan over zijn vrouw, die nagenoeg stervende is.'

De ziekte van zijn vrouw had Rochester de das omgedaan. Hij had niet de moed voor zowel de invasie als haar dood. Tijd, dacht Slane, vermindert moed. Dat is duidelijk. Als we lang genoeg leven, worden we lafaards. Hij wreef over zijn voorhoofd. De keuze van Rochester als leider had altijd een zeker risico in zich gedragen. Iedereen had het geweten, maar niemand had er de prijs voor willen betalen.

'Hij wilde weten of ik hem verachtte.'

'Hij wilde absolutie voor het feit dat hij ons in de steek heeft gelaten.'

'Hij laat ons niet in de steek.'

'Ik hoop dat je hem geen absolutie hebt gegeven. Je hebt die wel gegeven, ik zie het aan je.'

Slane reageerde niet rechtstreeks. 'Hij formuleert zijn zorg om ons welslagen, hij steunt ons waar mogelijk...'

'Maar wil ons alleen niet aanvoeren? Jij vergeeft het hem misschien, maar ik zal het hem nooit vergeven. Het nieuwe plan bevalt me niet, Slane. Nu moeten we wachten tot koning George zijn zomerpelgrimage naar Hannover onderneemt. Als je te lang wacht, gaat het vuur eruit. Wat de ministers van koning George van die verkiezingen hebben gemaakt, is in één woord walgelijk. Er waren rellen in Westminster en Coventry over het verloop van de verkiezingen. Nog nooit zijn de stemmen zo openlijk aangekocht. Bezoedeld, ik voel me bezoedeld door de hele zaak, alsof iedereen, elk van ons op de markt te koop is aangeboden. Ik ben niet de enige die vindt dat de instelling van ons hof verachtelijk en corrupt is. Waarom kunnen ze de invasie niet volgens plan uitvoeren?'

Hij antwoordde niet.

De brief van Rochester was een schok geweest voor de mensen in Parijs, Rome en Madrid die koortsachtig bezig waren de laatste draadjes bij elkaar te brengen. De brief had hen voorzichtig gemaakt. Het was zijn plicht om de mensen hier voor het nieuwe plan te winnen, maar evenals Louisa vond Slane het niet juist dat de invasie was uitgesteld.

Ormonde had schepen, soldaten en wapens gereed in Spanje. Koning Jacobus stond klaar om zich bij hem te voegen. Ze hadden alle vertrouwen dat Frankrijk dertigduizend man troepen zou leveren. Slane had met alle kracht die hij in zich had aangevoerd dat men geen aandacht diende te besteden aan de brief van Rochester, dat ze gewoon door moesten gaan volgens plan, dat de mensen in Engeland hen niet zouden teleurstellen, ongeacht wat Rochester dacht.

'Nu is de invasie dus uitgesteld tot in mei, en jij komt ons allemaal tot gehoorzaamheid manen, maar wie hebben de lui in Parijs in hun grote wijsheid nu aangewezen om de opstand hier te leiden?'

Slane vertelde haar de naam. Die deed er niet toe. Ze moesten nu gewoon een boegbeeld, een symbool hebben. De man die had toegezegd de leiding te nemen, voor Rochester in te vallen, was een oude Tory, een Lord die door de tijd overmeesterd was. Ooit was hij de meest geslepen minister van koningin Anne geweest, maar nadat koning George de troon had bestegen, was hij naar de Tower gestuurd. De man had aandachtig naar Slane geluisterd, die uitlegde hoe de laatste fase van de samenzwering in elkaar stak. Ik ben niet meer wat ik vroeger was, had hij tegen Slane gezegd.

Dat hoeft niemand te weten, had Slane geantwoord. Zeg gewoon tegen de anderen wat ik u vraag te zeggen. Ik heb uw naam nodig, niet uw kracht. Tante Shrew was er tevreden over. Als zij het accepteerde, zouden de anderen dat ook doen. Slane voelde zich opgelucht.

'Dat is een goede keus,' hoorde hij haar zeggen. 'Hij is de enige die we allemaal respecteren. Het is zelfs een briljante keuze. Ik heb zelf weer goede hoop, nu ik weet dat hij het wil doen. Nou zeg, Laurence Slane, je hebt niet stilgezeten. Ben je ook nog persoonlijk bij koning George geweest om te vragen of hij vroeg naar Hannover wil vertrekken? Behoorde dat tot je instructies om ons erbij te houden? Wat is er, Pinchwit? Ik heb toch gezegd dat ik niet gestoord mocht worden.'

'Tommy Carlyle vraagt u te spreken, mevrouw,' zei de bediende, en tegen Slane: 'Het hondje jankt. We hebben het melk gegeven.'

'We hebben nog tijd voor de anderen komen,' zei tante Shrew. 'Carlyle heeft waarschijnlijk een nieuwtje dat niemand anders nog weet. Ik ga even horen wat het is, en dan stuur ik hem weer weg. Je moet weten dat Tony Carlyle als protégé heeft genomen. Stille wateren hebben soms diepere gronden dan we weten. Welk hondje?'

'Een klein gevlekt hondje. Een geschenk.'

'Voor wie?'

'Voor Rochester.'

Verontwaardigd riep ze: 'Voor Rochester? Van wie?'

'Van koning Jacobus.'

'Sinds wanneer geeft koning Jacobus geschenken aan lafaards?'

'Het beest heeft onderweg zijn pootje bezeerd. Ik heb het meegenomen naar Londen zodat het kan genezen. Het is bestemd voor Rochesters vrouw. Ik geloof dat zoiets respect voor het verdriet van een ander wordt genoemd.'

Hij sprak op vlakke toon. Jamie nam het zekere voor het onzekere. Hij had de bisschop van Rochester nodig om zich van de loyaliteit van de Anglicaanse kerk te verzekeren wanneer hij op de troon zat. Daarom strafte hij hem niet. Nog niet.

'Ik ga kijken wat Carlyle wil en dan zal ik je mijn paasjapon laten zien, Slane. Ik zag er heel knap in uit.'

Ze vertrok met rammelende juwelen en ruisende rokken. Het was de gewoonte om met Pasen nieuwe kleren aan te trekken, en het paasfeest was net gevierd. Walpole had geen ontslag genomen als minister. Hij bleef in functie, ondanks hun gekonkel. In februari was er een schandaal geweest naar aanleiding van iets wat een van zijn mensen had gedaan met de schatkist, maar hij had het overleefd. Er was veel te doen geweest om het bericht over de ontvoering van Barbara's bediende. De hertog van Wharton had een prachtig schotschrift gemaakt, waarin het werd voorgesteld alsof alles Walpoles schuld was. Walpole had ook dat overleefd. Als Walpole alles beu was, was hij het toch niet beu genoeg om weg te lopen. Maar dat was het mooie van Lord Sunderland. Die gaf ook nooit op. Hij bleef nieuwe schandalen verzinnen, treiteren, intrigeren tot Walpole opstapte. Zelfs Wharton was onder de indruk van de doelgerichtheid van Lord Sunderland.

Slane sloot zijn ogen om het gekonkel en geïntrigeer even uit zijn hoofd te zetten. Toen hij ze weer opendeed, stond ze voor hem, en haar gezicht was somber.

'Sunderland is dood. Dat kwam Carlyle zeggen.'

Slane voelde een kou opstijgen langs zijn rug.

'Vanmorgen,' hoorde hij haar zeggen. 'Iedereen is erdoor verrast. De koning is hevig aangedaan.'

En wij ook. Nu waren de jacobieten in één klap hun sleutel tot het inwendige mechanisme van het Engelse kabinet van George van Hannover kwijt. Sunderland zou de koning hebben verraden; op tientallen kleine punten had hij hem al verraden.

Slane stond op, liep naar het raam, keek naar de nacht buiten, naar de rivier; er voeren enkele boten op, met lantaarns om hun vaarweg te verlichten.

Ga terug naar Parijs, nu meteen, zeiden al zijn instincten. Zeg dat de invasie nu moet plaatsvinden. Als hij in staat was geweest Ormonde met het volgende tij op de rivier te laten verschijnen, had hij het gedaan. Hij streek over zijn voorhoofd, het was gevoelig, altijd een doffe pijn, soms heftige pijn.

Hoe luidde dat gezegde uit zijn jeugd ook alweer? Slecht nieuws komt altijd in drieën. Dit was het tweede. Hij ging naar Parijs.

Er was ook een gezegde over april. Een boerenwijsheid: april is de wreedste maand.

33

April. Een paar dagen later zat de prinses van Wales in een salon van Leicester House, waar ze verbleef wanneer ze in Londen was. Ze deed alsof ze las, maar haar gedachten waren bij haar echtgenoot die ontboden was om bij zijn vader in St. James's Palace te verschijnen.

Dat was niets bijzonders. De koning zou over twee weken naar Hannover gaan en verheugde zich op de reis, omdat hij er al twee jaar niet was geweest. Het was onmogelijk geweest door de South Sea Bubble. De prins zou in zijn plaats regent zijn. Er moesten ongetwijfeld allerlei zaken worden besproken. Zelf verheugde ze zich op de zomer, op de macht die ze zouden hebben. Het was alsof ze alvast haar vleugels kon strekken, als voorproefje van de tijd dat ze koningin zou zijn. Wel moeilijk om de vleugels weer te vouwen wanneer de koning terugkwam, maar zij die geduld heeft kan alles bereiken, nietwaar?

Dus.

Voelsprieten, dunne voelsprieten, de ijlste voelsprieten uitsteken naar Robert Walpole: was het in het belang van het koninkrijk dat de boete van Devane in de volgende Parlementszitting werd besproken?

Was het misschien niet beter slapende honden nog even te laten liggen – een jaar, een half jaar? Niet langer, natuurlijk; wij zijn te veel op lady Devane gesteld om het langer te laten duren.

Wat kunnen we doen, vroeg ze aan de koning, om het verblijf van onze lieve lady Devane in Virginia aangenamer te maken? Nu Sunderland dood was, zou de prinses zich terugtrekken, zodat het stof kon gaan liggen. Ze zou bekijken wie zich nu in de buurt van de koning opdrong, en daar haar verdere gedrag op afstemmen.

Ze liep het terras op, hief haar gezicht op naar de zon. Wat betekende de dood van Sunderland? Carlyle zwoer dat Walpole en zijn zwager, Lord Townshend, binnen twee jaar de voornaamste ministers zouden zijn, nu ze Sunderland niet meer als concurrent hadden. Ze dacht aan een paar van de overige ministers, rangschikte hen in haar hoofd, overwoog wat ze over hen wist. Misschien had Carlyle gelijk. Sunderland had over een opmerkelijke listigheid beschikt en had het lang uitgehouden.

Ah, daar was haar echtgenoot.

De prinses glimlachte, oprecht verheugd hem te zien, al zou hij dat waarschijnlijk wel snel bederven met een grove opmerking of een belediging; ze zou net doen alsof ze het niet had gehoord, maar het werd toegevoegd aan de berg van soortgelijke opmerkingen die ze al had moeten verduren.

'Ik ga even met de prinses praten.'

Hij sprak kortaf tot de bedienden die hem volgden, de heren van de slaapkamer, die hem altijd vergezelden. Stom om hen te kwetsen terwijl dat helemaal niet nodig was. Maar dat kon hij niet leren.

Ze keek naar zijn gezicht. Er was iets gebeurd. Hij ademde te zwaar. Zijn gezicht was te rood. De vingers van haar hand, die op de balustrade van het terras rustten, grepen de rand even vast. Had hij ruzie gehad met zijn vader? Daar was het nu niet het moment voor, juist nu ze over een maand nagenoeg zelfstandig zouden zijn. Maar wanneer had hij zich ooit iets aangetrokken van het juiste moment? Ze moest hem in alles leiden.

'Er komt een invasie,' zei hij.

De prins keek onder het spreken over het terras uit naar hun park. De angst sloeg de prinses om het hart.

'De regent van Frankrijk heeft een boodschapper gestuurd om ons dat te vertellen. Ormonde is in Spanje en voert het bevel over een vloot. We weten niet hoeveel soldaten of schepen het zijn. De Pretendent heeft de regent om drieduizend man gevraagd, alsof er geen verdrag bestaat tussen Engeland en Frankrijk.'

Frankrijk had neef Jacobus al eerder geholpen, ondanks het verdrag. Zo werkten verdragen nu eenmaal. 'Wanneer?'

'Dat weten we niet precies. Soissons...'

'Wie?'

'Philippe, prins van Soissons. Hij is door de regent gestuurd om ons in te lichten over het invasieplan, en hij zegt dat ze de datum hebben vastgesteld op tien mei. Maar niemand weet dat helemaal zeker. De Fransen hebben uit hun leger bericht gekregen dat de Ieren uit bepaalde regimenten vertrokken zijn, met verlof. Ik kan het niet geloven. We hebben bijna oorlog.'

De prinses wreef over het plotseling ijskoude vel van haar armen. 'Komt er echt oorlog?'

'Ormonde is een groot krijgsman.'

Ja. Ormonde was kapitein-generaal van het leger geweest toen koningin Anne stierf. Hij was door de Whigs bestempeld als iemand die ervoor was dat Jacobus de troon erfde. O God, wie kon dat jaar vergeten, het verraderlijke jaar 1715?

U begeeft zich in een wespennest, had de waarschuwing van zijn adviseurs aan de vader van de prins geluid. De twee Engelse partijen, de Whigs en de Tories, haten elkaar, en elk van de twee zal proberen u te laten regeren zonder de andere. Het was waar; de haat tussen de beide facties was voelbaar geweest. In 1715 was er een tijd geweest dat hun troon wankelde, dat er een burgeroorlog dreigde, dat de koning al plannen had gemaakt om met hen Engeland te verlaten en een toevlucht te zoeken in Holland, als de hertog van Ormonde openlijk zou rebelleren. Het was toen duidelijk dat de soldaten in het leger hun generaal Ormonde zouden steunen tegen de buitenlander die hun koning was. Maar toen was Ormonde het land ontvlucht. Dat was hun redding geweest: dat angstige Tories op de vlucht waren geslagen.

Wat werd er op straat gezongen, toen de ene Tory na de andere werd beschuldigd van verraad, van een samenzwering om neef Jacobus op de troon te brengen? 'Vaarwel oud jaar, want met je bezem heb je St. James schoongeveegd en de arme Tory weggejaagd. Vaarwel oud jaar, oude koning, oude Tory. Vaarwel oud Engeland, gedaan is 't met je glorie.' Een vreselijk lied. Iemand had de euvele moed gehad het bij St. James's Palace onder haar ramen te zingen.

Ze laten me geen keus, had de koning toen gezegd. Geen van beide kanten wil met de andere samenwerken. Ik moet er een kiezen en trachten de andere in bedwang te houden. Zeven jaar al, maar de vijandschap en het bedrog waren nog niet geëindigd. De andere kant liet zich niet in bedwang houden, hij barstte voortdurend uit. Dit was al de vierde invasiepoging. Ze zouden misschien niet veilig zijn tot neef Jacobus dood was, maar nu had hij een kind. Dan zou de mantel overgaan op dat kind. Het zou misschien nooit ophouden, het zou tot in het oneindige doorgaan, tot in alle eeuwigheid, amen.

'We mogen nog niets laten merken, geen woord, geen fluistering. We zijn bezig zoveel mogelijk inlichtingen te verzamelen; in het postkantoor worden brieven opengemaakt en er worden schepen aangehouden in het Kanaal,' zei de prins. 'Walpole zei dat sommige agenten geruchten hadden gehoord over Cadiz. Onze ambassadeurs bij de hoven van Frankrijk en Spanje en Rome hebben opdracht zo snel mogelijk informatie in te winnen. Alle agenten hier en in het buitenland zijn gewaarschuwd. Ik ga vanavond weer naar het paleis.'

'Vertrekt Ormonde vanuit Cadiz?' Cadiz lag aan de Spaanse kust.

'Naar het schijnt.'

Ze huiverde. De prins legde zijn hand op de hare die op de balustrade lag, voor hem een ongewoon gebaar.

Is het oorlog? dacht ze. En kunnen wij een oorlog doorstaan?

34

Ze verschenen weer, de engelen. De jongen liet zijn werk even rusten om naar hun vrouwenstemmen te luisteren. Hij kende de woorden die ze tot hem spraken, maar kende ze tegelijk ook weer niet. De slavendrijver hief zijn kat-met-negen-staarten, een stuk dik touw van achttien duim, aan het uiteinde waarvan negen repen leer waren bevestigd, elk met een paar knopen erin; deze zweep maakte een eigenaardig fluitend geluid wanneer hij door de lucht zoefde. Maar de jongen was nu sterker en weer lenig, een snelle leerling uit de school van het overleven. Hij ontweek de zweep en dook weg tussen andere slaven die gebukt bezig waren de groene stukken hol riet te planten in een veld dat bestond uit stukken water tussen aarden dammen. Buiten bereik van de slavendrijver bukte hij zich net als de anderen om aan het werk te gaan. De drijver schudde zijn hoofd en liet het maar zo. De jongen was niet helemaal bij zijn volle verstand; dat wist iedereen.

De hemel boven de jongen was blauw, even blauw als zijn herinnering aan de ogen van iemand. Hij kon woorden nog niet helemaal begrijpen, en ook de beelden in zijn hoofd waren nog onbegrijpelijk, drukke beelden met hondjes en vergulde stoelen en twee vrouwen met witte gezichten. De andere slaven om hem heen beschermden hem. Ze lieten hem tussen zich in werken. Ze deden hem voor wat hij moest doen. Wanneer hij flauwviel, wat soms gebeurde, droegen ze hem naar de schaduw om uit te rusten, en een van hen wuifde hem met een palmblad koelte toe. Ze stootten hem aan wanneer hij te lang niets deed, en stond te dromen. Hij bukte en bukte, de hele dag. Zijn handen bloedden omdat hij zich sneed aan de scherpe stukken riet. Zijn hoofd deed pijn, een altijddurende pijn van de zon en het bukken, zodat hij 's avonds niet kon denken, niet kon praten, alleen maar kon trillen van vermoeidheid. De andere slaven waren vriendelijk voor hem, ontzagen zijn pijn, ontzagen zijn verwarde visioenen, de dromen waarmee hij hen 's nachts wakker maakte.

Een heldere herinnering begon met wakker worden in een kaal kamertje. Hij lag op een vloer met een versleten deken over zich heen. Er waren anderen bij hem in het kamertje. Ze zaten gehurkt tegen de muren. Sommigen huilden. Hun handen en voeten waren geketend.

'Madame?' zei hij, toen hij door het raam geluiden hoorde: een passerend rijtuig, een roep als van een straatventer, maar de woorden waren in een taal die hij niet kende. Hij deed een poging om naar het raam te kruipen, maar hij had er de kracht niet voor. Wat later kwam een man het kamertje binnen; hij was wit, dik en droeg de rijke, sobere kleding van een koopman. De man sprak hem luid en op vragende toon toe, maar hij verstond hem niet. Zo kwam de eerste waarheid van zijn nieuwe leven tot hem, dat hij in een wereld was waar hij niets verstond. Elke dag verdwenen er een paar van de anderen die bij hem in de kamer waren. De dikke, witte man kwam hen halen, en hij was de enige die daarna terugkwam.

Dat was het tweede wat hij begreep, dat ook voor hem de tijd kwam dat hij uit deze kamer weg zou gaan. De jongen at van de krachtige bouillon met stukjes vlees erin; hij dronk van wijn waar een ei doorheen was geklutst die de man kwam brengen, en hij zag in de ogen van de man dat hij de groeiende kracht van de jongen taxeerde. De jongen bad gebeden die opwelden uit een bron die hij zich niet herinnerde; hij wist diep in zijn hart dat de toekomst niet veel goeds zou brengen. De engelvrouwen kwamen vaak. Ze vertelden hem hoeveel ze van hem hielden, dat ze hem zouden leiden en beschermen, dat hij dapper en waakzaam moest zijn. Hij wikkelde hun waarschuwingen, hun beloften en hun liefde om zijn hart als een mantel.

Op de dag dat de man hem meenam naar buiten, stond hij op een binnenplaats met zijn ogen te knipperen tegen de zon, naar alle masten die hij achter de huizen omhoog zag steken, naar de rondcirkelende meeuwen met hun schelle gekrijs. De man gaf hem een hemd om aan te trekken, maar verder niets, zodat hij zich schaamde. Hij had erover gedacht weg te rennen zodra hij een kans zag, maar dat scheen de man te weten – anderen hebben het voor mij geprobeerd, dacht de jongen – en hij bevestigde een ijzeren halsband om de nek van de jongen, die met een kettinkje was verbonden met de pols van de man. Over zijn halfnaakte toestand schaamde hij zich nog niet zo erg als daarover.

'Ik ben geen hond,' zei hij in het Frans. De man deed of hij hem niet hoorde.

Toen hij in een sloep zat, een van de vele sloepen in een haven, werd de ketting weer losgemaakt. Een matroos gaf te kennen dat hij een ladder af moest naar het ruim van de sloep. Iets in hem begaf het. Hij rende naar de zijkant van de sloep; hij schopte en krabde naar de matrozen die hem in bedwang probeerden te houden; hij schopte, klauwde en schreeuwde telkens weer: 'Madame!' Toen ze hem in bedwang hadden, stond de man daar en hief zijn hand op. In die hand had hij een knuppel – en de jongen dacht: zijn ziel is dood, wees de mijne genadig, en toen kon hij niets meer denken.

Hij werd wakker in pijn en duisternis; hij kon niets zien, in zijn oren jankte het, de druk en aanwezigheid van een ander menselijk wezen aan weerskanten beangstigde hem. In die duisternis hing een stank die onbeschrijfelijk was, die samengesteld was uit vuil en angst, uit wanhopige vernedering. Het donker was gruwelijk. Het huilen, krijsen, snikken vormde met woeste zangen in een vreemde taal een Babel van geluid. Er kroop iets over zijn been, een beest, een scheepsrat. Toen begon hij zelf ook een tijdlang te gillen, tot de engelvrouwen hem kalmeerden. Bid, zeiden ze, en hij bad, hardop in het lawaai, het ene gebed na het andere: De Here is mijn herder; mij ontbreekt niets. Hij doet mij nederliggen in grazige weiden. God is ons een toevlucht en sterkte, ten zeerste bevonden een hulp in benauwdheden. De Here is mijn licht en mijn heil, voor wie zou ik vrezen? Soms zong hij de gebeden, soms riep hij ze, soms fluisterde hij. De waanzin was tastbaar, een drukkende aanwezigheid die hier in de diepte van het schip hing. Ze wachtte in het duister en greep degenen die niet sterk genoeg waren om zich ertegen te verzetten.

Door het op en neer gaan van de sloep op het water moest de een na de ander in het donker braken. De smeerboel lag overal, kwam op de voeten en handen van de jongen, zodat hij kokhalsde en huilde in zijn gebeden. Na enige tijd – maar de tijd was onmeetbaar geworden; hij had geen idee hoeveel tijd er voorbijging, of hij hier een uur was geweest of een dag of een maand – verschenen er matrozen; hun gezichten werden grillig verlicht door een lantaarn, en met schoppen en geschreeuw gaven ze de weg aan naar een ladder, die naar het licht leidde, naar de buitenlucht, naar de zon, naar genezende wolken, de hemel, de zee. Met gonzende oren, pijn in zijn hoofd, een opstandige maag klampte de jongen zich aan een mast vast alsof die het leven zelf was. Hij zou alles doen wat nodig was om in het licht te blijven, maar er hoefde niets te worden gedaan. De anderen en hij mochten vanaf dat moment bovendeks blijven; in de zon werd er ook gelachen, geglimlacht, gepraat, alsof er beneden geen duisternis was; maar wat de matrozen 's nachts met de vrouwen kwamen doen was donker en slecht en de jongen moest erom huilen.

Zodra er land in zicht kwam, dat groen als smaragd uit de zee oprees, dacht hij weer over ontsnappen, maar het was duidelijk dat de matrozen al vele ontsnappingspogingen hadden gezien. De ketenen werden strakker gemaakt. Elke beweging werd in de gaten gehouden. Toen de sloep voor anker lag, werden de anderen en hij onmiddellijk over een loopplank gedreven en in wagens geladen; vervolgens hotsten ze twee dagen lang over slingerende wegen.

Drie van de dapperen, een vrouw en twee mannen, die terugvochten, grauwden en spuwden en uit de wagen probeerden te springen, werden bij de eerste halteplaats aan een boom gebonden en gegeseld. Ze mochten daarna niet meer in de wagens zitten, maar werden erachter gebonden en moesten zo meelopen, tot een van de mannen viel, en werd meegesleept, vele mijlen, tot ze stilhielden voor de nacht. Het zien van deze weloverwogen, meedogenloze, onverzoenlijke bestraffing was iets wat de jongen nooit vergat. Lichamelijke kracht was niet het antwoord. De man die achter de wagen in het zand lag, bloedend, zwijgend, misschien wel dood, was sterk geweest. In dit bestaan moest je gebruik maken van list en geduld. Jij kunt listig zijn, zeiden de engelvrouwen. Ze doen dit om je geestkracht, het vermogen om je te verzetten te breken. Ze vinden het nodig je te vernederen tot niets. Verzet je niet, want dan zullen ze je breken. Er zal een manier komen, een tijdstip dat je zult zien hoe je naar ons toe kunt komen. Doe mij blijdschap en vreugde horen; laat het gebeente dat Gij verbrijzeld hebt, weer jubelen.

De herinnering aan een vorig leven was niet buiten zijn bereik, als een rijpe vrucht aan een tak, verleidelijk maar te hoog om erbij te kunnen. Hij hield vol. Hij leefde voor zijn dromen, waarin de gezichten van de engelen vlak boven hem zweefden, en verwarde zegeningen in zijn oor fluisterden. 'Bloem,' noemden ze hem, 'lieve bloem'. Maar nu wist hij al dat hij Hyacinthe heette.

Wie wist waardoor het begonnen was? Een begin is dikwijls vaag en zonder betekenis. Slavernij was iets ouds, even oud als oorlog, even oud als de mens, even oud als de tijd. De kinderen Israëls waren slaven van Egypte, Hebreeërs en Egyptenaren, Grieken en Germanen, Galliërs in Rome. De Italiaanse stadstaten van de renaissance werden vet van hun christelijke slavenhandel met het sultanaat van Egypte; zelfs pauselijke edicten konden er geen einde aan maken. Het Ottomaanse Rijk was gebaseerd op slaven. De eerste Portugese zeelieden die moedig met hun kleine schepen langs de Afrikaanse kust voeren, zagen er geen kwaad in zogenaamde Moren te vangen. Er staat beschreven dat een van de gevangenen zelf in het bezit was van slaven, en zich daarmee vrijkocht uit gevangenschap. Verderop langs de Afrikaanse kust lag Benin, waar sinds jaar en dag een bloeiende handel bestond in slaven, ivoor en peper met de Berbers en Arabieren uit de woestijn. De Portugezen ontdekten al gauw dat er ook een christelijke markt voor slaven bestond.

In 1492 ging, in naam van het koninkrijk Spanje, een avonturier, ontdekkingsreiziger en goudzoeker genaamd Columbus op zoek naar een snellere route naar de rijkdommen van Azië, en voer vanuit Spanje blindelings naar het westen. Tot zijn verbazing vond hij West-Indië, zoals de eilanden in de Caribische Zee genoemd zouden worden, een naam waarin het verlangen van de ontdekker om Azië te vinden tot uiting komt. Naar het noorden, westen en zuiden hiervan lagen reusachtige continenten, maagdelijk, immens groot, bevolkt door inlandse stammen die hun eigen ondergang verhaastten door de vreemdelingen met hun geweren, paarden en ziekten – pokken en mazelen – hartelijk te verwelkomen. De geweren, gecombineerd met de dood door ziekte, hadden al gauw de overwinning behaald; het hele zuidelijke continent van de Nieuwe Wereld behoorde na een luttel aantal jaren aan Spanje toe.

Er was goud en zilver op dat continent, goud en zilver waaraan Spanje zijn eerste positie in Europa ontleende; maar goud en zilver moesten uit de grond worden gehaald, en de inlandse arbeidskrachten stierven te snel om aan de eisen van de overzeese markt te voldoen. Een geringe toevoer van Afrikaanse slaven die door de Portugezen en de Hollanders, beide slimme handelsnaties, naar West-Indië werden gebracht, begon hun plaats in te nemen. Zij stierven ook. Maar de bron die hen voortbracht was veel onuitputtelijker, even onuitputtelijk als het werelddeel Afrika zelf.

Andere koninkrijken – de Fransen, de Engelsen, het Oostenrijkse keizerrijk – keken naar Spanje en zagen onmetelijke, verbijsterende rijkdom, en wilden daar ook in delen. Ze stuurden hun avonturiers eropuit om in de continenten op zoek te gaan naar nieuwe bronnen van goud en zilver, om koloniën te stichten zodat ze zelf land in bezit konden nemen. Ze stuurden hun boekaniers eropuit om de Spanjaarden te beroven. Deze koninkrijken volgden het voorbeeld van Portugal en begonnen langs de Afrikaanse kust handel te drijven met de koninkrijken van de Ashante en de Oyo, de Fon en de Yoruba, de Dahomey, de Mandingo en de Hausa; alle verkochten slaven.

Er kwam een andere mogelijkheid bij het vaak vruchteloze zoeken naar goud; het verbouwen van een gewas in de Nieuwe Wereld dat goed verkocht in de oude. In West-Indië geproduceerde suiker ging naar Spanje, dat merkte dat Europa een niet te stillen trek in dat zoete, wittige goedje had. Voor de teelt van suikerriet waren veel veldarbeiders nodig. Er onstond een basis voor een driehoekshandel, met winst op drie punten: goederen naar Afrika in ruil voor slaven, slaven naar West-Indië in ruil voor ruwe suiker, ruwe suiker naar Europa voor raffinage en verkoop. Door de suikerteelt werd de slavenhandel naar Amerika zo winstgevend dat de Spaanse regering er een vergunning voor ging uitgeven, assiento genaamd. Een slaven-assiento was een goudmijn zonder goud.

Na verloop van tijd verdween Spanje ten gevolge van oorlogen, die in deze eeuw voortdurend ergens in Europa woedden, weer in het duister terwijl andere koninkrijken – Frankrijk, Holland, Engeland – op de voorgrond traden. In 1701 verkregen de Fransen het slaven-assiento; in 1713 namen de Engelsen het als oorlogsbuit van de Fransen af. In het begin van de achttiende eeuw werden stromen mannen en vrouwen uit Afrika in de Nieuwe Wereld uitgestort, omdat een nieuw gewas, tabak, veel veldarbeid vergde, evenals later de rijst toen de rijstteelt begon in de nieuwe koloniën Noord- en Zuid-Carolina, en later de katoen.

Men trok eropuit om fabelachtige rijkdommen te zoeken, maar vond in plaats daarvan uitgestrekte nieuwe landerijen... die werden beplant wanneer het nieuwe gebied niet genoeg zilver en goud opleverde om de kosten van de ontdekkingsreizen te dekken...

een markt voor het gewas dat werd aangeplant, winst wanneer de oogst verkocht werd, meer winst als het planten en oogsten door slaven werd gedaan... daarom een markt voor slaven, die door inlandse koninkrijken in Afrika werden verkocht voor goederen en winst... zo begon het, vaag en zonder duidelijke opzet, zoals iets zo vaak begint... al heeft het kwaad uiteindelijk en altijd zowel zijn betekenis als zijn prijs, die indien hij vandaag niet wordt betaald, morgen verschuldigd is.

Zomer

... maar dan zal ik ten volle kennen, zoals ik zelf gekend ben.

35

Mei... De melkmeisjes in Londen versierden hun hoofd met een piramidevormig bouwsel van zilver, bloemen en linten. Met voorop een fiedelaar die op zijn viool speelde, dansten ze van deur tot deur om de eerste mei te vieren. Jonge vrouwen kwamen bij het ochtendkrieken te voorschijn om de dauw van de meidoorn te verzamelen, die al knoppen had maar nog niet bloeide, om er hun gezicht mee te wassen, want het gezegde luidde dat de maagd die haar gezicht met dauw van de meidoorn waste, voortaan beeldschoon zou zijn.

In Londen lazen koning George en zijn ministers de afschriften van bepaalde brieven die op het postkantoor waren onderschept; ze lazen speciale berichten van ambassadeurs, spionnen en agenten en wisten dat ze ernstig bedreigd werden. Tienduizend man Engelse troepen marcheerden op de zevende meidag door Londen naar Hyde Park aan de westelijke rand van de stad.

Tony stond met zijn moeder en Philippe op een plat gedeelte van een van de daken van Saylor House en sloeg het onthutsende schouwspel gade. Duizenden soldaten marcheerden op in formatie en met vol vertoon. Het geluid van de trommels leek een hartslag. Fluiten zongen hun schrille, vrolijke taptoe. Voeten stampten ritmisch. Bajonetten werden op vuursteengeweren bevestigd, terwijl vlaggen en regimentsvaandels wapperden op stokken en ruwe stemmen commando's schreeuwden, en de paarden van de cavallerie hinnikten en dansten. Er reden officieren langs, trots in schitterende uniforms van goud en galon en karmijn en blauw, en de hoeven van hun paarden klepperden op de keien.

'Heel bijzonder,' zei Philippe.

'Ik kan het niet geloven.' Abigail ging dichter naast haar zoon staan, stak haar arm door de zijne.

'Het was een gekkenhuis toen we vandaag in Londen aankwamen,' zei Tony. 'Onze koets kwam nauwelijks vooruit op de weg naar London Bridge. De weg was verstopt met andere koetsen, met wagens en karren, met lopende mensen die hun kinderen op de schouders droegen en de stad verlieten. U bent waarschijnlijk de enige katholiek die vanavond in Londen wordt gedoogd, mijnheer.'

'Ik en de Franse ambassadeur,' zei Philippe. Het bericht dat er een komplot was gesmeed om de Pretendent op de troon te zetten, was bij alle stadspoorten door een heraut van de koning verkondigd, en katholieken hadden het bevel gekregen morgen de stad verlaten te hebben.

'Is het waar dat de koning vermoord had moeten worden?' vroeg Abigail. 'Wat ik allemaal gehoord heb – Londen zou in brand gestoken worden, de prins en de prinses zouden ontvoerd worden, in heel Londen zouden zich op geheime plaatsen wapens voor de jacobieten bevinden.'

'Ik heb gehoord dat de Bank van Engeland vanmorgen bestormd is,' zei Philippe, 'door mensen die vlug hun munten kwamen ophalen om ze te verstoppen. Katholieken mochten hun geld niet opeisen.'

'Ik heb gehoord dat de papieren van Lord Sunderland doorzocht zijn,' zei Tony. 'Walpole en Lord Townshend zochten naar bewijzen dat hij van de invasie af wist.'

Abigail ging zitten op een van de fraaie stoelen die boven waren gebracht, zodat ze op hun gemak naar de troepen konden kijken. Londen strekte zich groen en vredig voor hen uit, met kerktorens als mooie tekens in de meihemel. Af en toe drong tromgeroffel tot hen door.

'Dat geloof ik niet. Lord Sunderland was toch geen jacobiet. Ik ben bang. Moeten we hier blijven? Wat moeten we doen als ze komen, Tony, als ze dit huis in beslag nemen? Of als er oorlog komt?'

Oorlog, dacht Tony. Gisteren wandelde ik met Harriet door de tuinen van Lindenmas, zonder vermoeden hiervan. Mijn enige gedachte was hoe goed mijn wereld was, en vandaag is de wereld op zijn kop gezet en verandert waar ik bij sta. Nu lijkt de tijd die we doorbrachten in het prachtige landhuis van Harriets ouders een droom.

'Je zult natuurlijk naar Frankrijk komen als er oorlog uitbreekt, lieve.' Philippe kuste Abigails hand. 'Je kunt zo lang als nodig bij mij in Parijs logeren, terwijl je zoon hier een regiment bijeenbrengt en de daden van zijn beroemde grootvader herhaalt.'

'Wat een geluk dat Diana's echtgenoot, Kit, dood is.' Abigail bette haar ogen. Ze had telkens moeten huilen sinds Tony en zij London Bridge over waren. 'Hij zou hieraan meedoen, van ganser harte, en niet aan onze kant. O, het is net of ik een nachtmerrie beleef. Kijk daar nou weer!' zei ze en Tony en Philippe zagen in de verte, over de daken van de huizen in St. James's Street heen, de eerste kampvuren branden. De soldaten sloegen hun kamp op in Hyde Park.

De avond valt, dacht Tony, het einde van een buitengewone dag.

Toen er steeds meer vuren verschenen, honderden vuren, leek het of stukjes van de sterren brandend op de grond waren gevallen.

'Een aangrijpend gezicht,' zei Philippe.

'Daar zijn jullie,' zei Charles. Hij was niet met de rest van de familie meegekomen naar Lindenmas, maar was in Londen gebleven. Ik heb dingen te doen, had hij gezegd. 'Heel Londen is een gekkenhuis.'

Charles kuste Abigail op de wang.

'Of een kazerne,' zei Philippe.

'O, het is toch verschrikkelijk. Wat ben ik blij dat Mary niet hier is. Stel je voor dat ze het kind moest krijgen in deze chaos,' zei Abigail.

'Ja.' Charles sprak traag, bijna alsof hij dronken was. Tony, die op hem lette, dacht: hij is niet dronken, maar er is iets niet in orde. 'Het is beter dat ze weg is.'

'Je ziet er ziek uit.'

Charles maakte zich met een schouderophalen van de woorden van zijn schoonmoeder af en kwam bij Tony staan. 'Komt er een invasie, zoals ze beweren?'

'Als het zo is, ziet het ernaar uit dat we erop voorbereid zijn.'

'Inderdaad. Ik heb geen rust, ik kan niet stilzitten. Ik heb het gevoel dat de trommels waar die soldaten op slaan, in mijn hoofd zitten. Tony, loop met me mee naar Hyde Park.'

Abigail begon tegen te sputteren, maar Philippe legde zijn hand op haar schouder en ze zweeg. Toen ze weg waren, zei hij: 'Je moet hen laten begaan. Ze zijn jong, en dit is een avond waarop het bloed in de aderen van jonge mannen woest stroomt, door de gedachte aan oorlog en dapperheid, eer en vaderland. Ik zal je amuseren door je te laten zien hoe de hertogin van Kendall weent om haar lieve koning en erover piekert welke juwelen ze mee moet nemen als de Pretendent komt.'

Charles en Tony liepen door straten die wonderlijk stil waren. Voor de ramen van de huizen waren de gordijnen al dichtgetrokken, alsof de mensen de wereld buiten wilden sluiten. Ze liepen langs velden en boerderijen, en Tony dacht aan sir Gideon Andreas, die grond kocht of aanspraken opbouwde in dit deel van Londen, wat op dit moment heel gemakkelijk was sinds de South Sea Bubble. Tommy Carlyle zei dat Andreas nu twee van de grootste schuldbrieven in handen had die Barbara moest terugbetalen. Waarom, had Tony gevraagd, en toen: zou hij ze willen verkopen, denk je? Carlyle had zijn schouders opgehaald. Hier liep Tony aan te denken terwijl hij langs weggetjes liep die eens straten zouden zijn, als men ooit weer begon met bouwen, zoals er gebouwd was vóór de Tubble. Wanneer men weer begon te bouwen, zou dit deel van Londen het eigendom zijn van Andreas, en merkwaardig genoeg, van Barbara. Roger had hier ook veel gekocht.

Ze waren bij Hyde Park. Het leek alsof er wel duizend, wel tweeduizend tenten stonden. Het was een opwindend gezicht, een duidelijk symbool van de macht van Engeland en de wil van koning George. Op de vraag van de wachten gaf Tony zijn naam, en ze mochten doorlopen.

'De hertog van Marlborough of je grootvader zouden hier nu meer dan welkom zijn,' zei Charles.

De hertog van Marlborough was stervende. Tony had erover gedacht bij de oude generaal op bezoek te gaan, om misschien een laatste woord van, een laatste verhaal over zijn grootvader te horen, maar op de een of andere manier regen de dagen op Lindenmas met Harriet zich aaneen en hij had niets gedaan dan blij zijn met zijn vrouw. Marlborough en zijn grootvader hadden samen gestreden, hadden de oorlogen van koning Willem en koningin Anne gewonnen. Zij waren een tijdlang de ongekroonde koningen van Europa geweest, overal bewonderd en gefêteerd. Voor het geïntrigeer begonnen was. Dat begint altijd, zei Carlyle. Afgunst steekt de kop op als een slang, en bijt datgene wat eerst bewondering wekte.

'De bediende die bij jou de deur opendeed, had een pistool in zijn gordel,' zei Charles.

'Mijn moeder is bang.'

'Elke verstandige man is vannacht bang. Zal de koning de Hollanders vragen extra troepen te leveren, zoals in 1715?'

'Ik heb geen idee, Charles.'

'Misschien ga ik met je mee terug naar Lindenmas.'

'Dat zou mijn zuster plezier doen.'

'Ik zou vannacht graag op Saylor House willen logeren. Heb je daar bezwaar tegen?'

'Natuurlijk niet.'

Ze liepen enige tijd zwijgend verder. De gemakkelijke omgang die ze vroeger hadden gehad was weg, en ze waren allebei verlegen met hun figuur, zich ten zeerste bewust van wat er niet meer was.

Tony had een beeld voor ogen van vroeger, toen hij Charles had bewonderd, en zonder meer had geaccepteerd dat Barbara Charles liefhad in plaats van hem, omdat Charles in zijn ogen in alles beter was. Als een echte jongen had hij Charles niet benijd omdat hij beter was, maar daarom des te meer van hem gehouden.

Charles bleef opeens staan en begon te spreken.

'Mannen maken fouten in hun leven, Tony. Naar mijn mening mag alleen God oordelen. Laten we teruggaan. Ik denk dat ik nu kan slapen.' Hij keek Tony niet aan terwijl hij dit zei, maar richtte zijn blik op een punt in het duister. Zijn woorden werden krachtig uitgesproken, met een felle uitdrukking op zijn gezicht.

Oordeel ik dan, dacht Tony. En toen: ja, mijn oordeel is dat je een slechte vriend bent, als het erop aankomt. Je had het duel kunnen tegenhouden. Je weet dat je dat had gekund. En ik weet het ook. 'Ik loop nog even door.'

'Zoals je wilt.'

Tony liep lange tijd tussen de tenten door, en bleef staan om naar de soldaten te kijken die gehurkt bij hun kampvuur zaten. Hij luisterde naar hun gesprekken, hun gelach en hun geklaag. Er kwam een officier naar hem toe, en toen Tony zei wie hij was, riep een grijzende soldaat die er vlakbij zat: 'Bent u de kleinzoon van het Leeuwenhart? Ik drink vanavond een neutje rum op uw grootvader, uwe genade, want hij was een van ons. We hadden hem goed kunnen gebruiken in het gevecht dat ons te wachten staat.'

Toen hij eindelijk moe werd, verliet hij het park en stak de weg over naar het kleinere Green Park, dat aan St. James's Palace grensde. Tony bleef een ogenblik staan en keek naar het paleis. Hij dacht aan de Hannovers.

In 1715 had men, nog maanden nadat koning George was geland, een opstand verwacht, een burgeroorlog. We nemen een buitenlander in plaats van de als Engelsman geboren zoon van onze oude koning, was een van de leuzen. 'Sta op in naam van Jacobus, die van ons is.' Er waren rellen in Bristol, Oxford en Bath. Hij was toen zestien jaar, en zijn oom, Barbara's vader Kit Alderley, was een van de Tories rond wie de geruchten van hoogverraad zich weefden. Alderley, Bolingbroke, Marr, Oxford, Ormonde – grote Tory-heren, die machtig waren in de laatste jaren van koningin Anne.

Als er oorlog kwam, lag Tony's loyaliteit bij dit huis, deze koning, deze familie. De kroon kwam hun volgens de wet toe, er moest een protestant op de troon zitten, en koning George was edelmoedig geweest en had hem en zijn zuster gunsten en eer verleend. Als er oorlog kwam, zou hij een regiment bijeenbrengen en gaan vechten.

Halverwege het park dacht hij aan tante Shrew en richtte zijn schreden naar haar stadshuis. Ze zat te kaarten met Pendarves en Laurence Slane. Diana was er ook; ze zat in een stoel en speelde niet mee, maar keek alleen toe. Diana zag er niet op haar best uit. Haar gewoonlijke vitaliteit, waarvan de straling zelfs door poeder niet kon worden weggemoffeld, was er vanavond niet.

'Geef me een kus, jongen,' zei tante Shrew, en haar armbanden rinkelden toen Tony haar omhelsde.

'Ik zal vannacht geruster slapen nu ik weet dat jij in de stad bent. Heeft je zuster dat kind al gebaard? Nee? De laatste keer dat ik hem zag, was die schurk van een man van haar in Twickenham, waar hij bij de hertog van Wharton logeerde, en samen dronken ze het dorp leeg. Voel je iets voor een weddenschap, Tony? Ik wed dat ik, wanneer ik morgenmiddag wakker word, een ontbijt voorzet aan een knappe soldaat die uit Hyde Park kwam binnenwandelen en in de nacht in een jacobiet veranderde?'

'Het is niet de tijd voor grapjes, tante,' zei Diana.

'Grapjes? Als Ormonde in Engeland voet aan wal zet, kan koning George zijn troepen gedag wuiven, want dan gaan ze ervandoor om zich bij Jamies generaal te voegen. Jij kijkt op je neus, Diana, omdat jij het hebt aangelegd met de Whigs, in meer dan één betekenis.' Ze legde met een klap een kaart op de tafel. 'Een punt voor mij, Lumpy.'

'Wat u zegt, is verraad,' zei Tony.

Het bleef even stil. Tante Shrew wierp haar bepruikte hoofd achterover en keek haar neef met half dichtgeknepen ogen aan.

'Sinds wanneer is de waarheid verraad? Ga je me arresteren?'

'Ik zou het niet durven. Ik vraag u alleen na te denken voor u iets zegt. We hebben bijna oorlog, en wat mensen zeggen, kan verkeerd worden opgevat. Jou wilde ik net spreken,' zei Tony tegen Slane.

Een diep, niet helemaal genezen litteken doorbrak de fraaie, dikke boog van een van Slanes donkere wenkbrauwen, en hij zag er vermoeid uit; de donkere plekken onder zijn ogen waren even donker als de ogen zelf.

'Werkelijk, uwe genade? Nou, hier ben ik. Hoe kan ik u van dienst zijn?'

'Je bent op Tamworth geweest, begrijp ik.'

'Ik ben van mijn paard gevallen.' Slane betastte zijn voorhoofd. 'Dit is er het bewijs van. Uw grootmoeder heeft me heel vriendelijk verpleegd.'

'Je bent zonder iets te zeggen van Tamworth Hall vertrokken.'

Slane glimlachte. 'Er was een vrouw die ik moest opzoeken. De situatie is ingewikkeld, uwe genade. Er is helaas een echtgenoot bij betrokken.'

'Hoe ken je mijn nicht, lady Devane?'

'Ik ken uw nicht niet.'

'Mijn grootmoeder zei dat u haar naam noemde.'

'Dat kan niet. Ik weet haar naam niet.'

'Ontken je dat je de naam Barbara hebt uitgesproken?'

'De naam van mijn lief is Barbara, uwe genade. Ik moet hem hardop hebben uitgesproken, zonder te weten dat uw grootmoeder in de buurt was. Om u de waarheid te zeggen herinner ik me weinig meer dan dat ik ben flauwgevallen, al is er ook een herinnering aan een kat die op me zat.'

'Waarom ben je weggegaan zonder mijn grootmoeder iets te zeggen?'

'Ik ging mijn vriendin opzoeken, en dacht dat ik terug zou komen, maar er ging iets mis met haar echtgenoot, zodat het het beste leek de streek te verlaten. Wat kan ik er nog meer over zeggen, uwe genade, behalve dat het later gemakkelijker was om maar door te reizen naar Londen dan te blijven om mijn ongemanierdheid te verklaren. Ik hoop dat ik niemand ongerust heb gemaakt.'

'Je hebt wel iemand ongerust gemaakt. Mijn grootmoeder was erg ontdaan.'

'Dan bied ik duizend excuses aan. Wilt u die voor mij aan haar overbrengen?'

'Wat doet het ertoe?' zei Diana.

Tony nam Diana's handen in de zijne, knielde voor haar neer en keek in haar gezicht. 'Bent u wel in orde?'

Ze was erg bleek en had donkere kringen onder haar ogen, net als Slane.

'Nooit beter. Alleen bang, net als iedereen.'

'Ze wilde op een avond als deze bij familie zijn, dat zegt ze tenminste,' zei tante Shrew. 'Speel een spelletje met me, neef. Lumpy heeft dit spel verloren, en ik ken al zijn trucs al. Ik zeg jullie: dat invasieverhaal is onzin.'

'Wat bezielt jou?' zei Pendarves hoofdschuddend. En vervolgens, om ook iets te zeggen over wat voor hem minstens zo belangrijk was: 'De aandelen zullen hierdoor kelderen. En we begonnen juist te herstellen van de Bubble.'

'We zullen onze regimenten in Ierland moeten oproepen als er oorlog uitbreekt,' zei Tony. 'Ik heb vanavond tussen de troepen in Hyde Park rondgelopen. Ze zeggen dat er bericht is dat Ormonde zes tot acht bataljons voetvolk bij zich heeft. Maar het moreel van onze mannen is goed. Ze zijn klaar voor een veldslag. Ik denk niet dat ze zullen deserteren.'

'Dat is de Saylor die in je spreekt. Het bloed verloochent zich niet.' De armbanden van tante Shrew rammelden luid. 'Heeft je grootvader je ooit verteld over Malplaquet, Tony?'

'Malplaquet?' zei Diana.

'Een veldslag, dat zou jij toch moeten weten,' snauwde tante Shrew, 'want het was een van de mooiste overwinningen van je vader. Jacobus – mag ik hem Jacobus noemen, Lumpy, of moet ik de Pretendent zeggen? – vocht aan de kant van de Fransen tegen ons, maar hij vocht zo goed, deed twaalf keer op één dag een uitval naar de Hollandse en Engelse linies, zelfs nadat hij aan zijn arm was gewond, dat de Engelse soldaten die avond om hun kampvuren op zijn gezondheid dronken. Dat deed jouw grootvader ook, Tony. De legers stonden bijna die hele zomer tegenover elkaar, met een rivier ertussen, en Jacobus reed vaak de Franse voorposten voorbij en zat op zijn paard naar de exercities van de Engelse soldaten te kijken. Geen man zou erover gedacht hebben om op hem te schieten, zei mijn broer. Hij zei dat hij de eerste die zijn musket richtte, zou hebben opgehangen. Toen bestond er nog eer, Tony. Mijn hart klopt sneller als ik eraan denk, hoe de mannen 's morgens een gevecht van man tegen man leverden en 's avonds een dronk uitbrachten op de dapperheid van de ander. Dat soort eer bestaat niet meer, Tony. Mijn broer zei dat hij de hele zomer het beeld voor ogen had van Jacobus op zijn paard die naar zijn landgenoten keek, naar mannen die onder zijn bevel hadden kunnen staan. Zijn liefde voor hen was duidelijk te zien, zei mijn broer, zelfs vanaf de overkant van de rivier.'

Ik zal niet wenen, dacht Slane.

'Kijk uit het raam, Diana, en vertel me of je al schepen ziet,' zei tante Shrew.

'Hou op,' zei Diana.

'Ik moet gaan.' Slane boog voor tante Shrew, en even keken beiden elkaar aan. Onder de rinkelende armbanden, de rouge en de harde vlotheid was zij even verbijsterd als hij. Ze hadden geen idee wat er aan de hand was, of Ormonde was uitgevaren of niet.

Slane was net terug van een uitputtende reis naar Parijs. Hij had aangeboden naar Spanje te gaan om Ormonde het bevel te geven onmiddellijk te vertrekken voor de invasie. De invasie zal op zeven mei plaatsvinden, zeiden ze. Daar heeft koning Jacobus mee ingestemd. Zelfs één dag kan verschil maken, had hij aangevoerd. En dat was ook zo. Vandaag was het zeven mei. Was Ormonde gebleven waar hij was, of was hij uitgevaren? Er was niet achter te komen. Ze konden alleen afwachten.

'Je hebt een zorg,' zei ze tegen hem.

En u ook, lieve vriendin, dacht Slane.

'Breng alstublieft mijn excuses over aan uw grootmoeder en zeg haar dat ik haar bedank voor mijn verpleging. Zeg haar dat ik een Ierse schooier ben die geen dankbaarheid of manieren kent,' zei Slane tegen Tony.

'Waarom ben je nog in de stad?'

'Hoe bedoelt u?'

'Alle katholieken moesten de stad verlaten. Je hebt nog tot morgenochtend de tijd.'

'Ben ik dan een katholiek?'

'Ik geloof dat je dat tegen mijn grootmoeder hebt gezegd.'

Slane haalde diep adem. Het aandringen van Tony verraste hem. Maar waarom deed hij zo? Hij had bloed van Richard Saylor in zijn aderen. En dat van de hertogin. 'Ik heb zo lang niet gebeden dat ik niet meer weet wat ik ben. Ik denk dat de waarheid is dat ik niets geloof.'

'Het zou misschien beter zijn als je een tijdlang de stad uit ging. Als je hier blijft, moet je goed op jezelf passen,' zei Tony.

Buiten op straat liep Slane naar Hyde Park, om de troepen die daar kampeerden met eigen ogen te zien. Hierover was niets vernomen, nog geen fluistering. Hij had hetzelfde verdoofde, verlamde gevoel als toen hij van zijn paard was geworpen en op de grond lag. Het was een meesterlijke zet van koning George, een beangstigende zet. Had het Ormonde tegengehouden? Wat wisten ze? Hoe lang had het kabinet al brieven van jacobieten onderschept?

Slane leunde een ogenblik tegen de bakstenen muur die een kant van Hyde Park omsloot. Hij voelde zich misselijk en betastte zijn hoofd, dat weer erg pijn deed. Hij was vroeg in de morgen wakker geworden door het geluid van trommels, en het kloppen in zijn hoofd ging gelijk op met het tromgeroffel.

Vijf dagen geleden, of zes, als de hertog van Ormonde toen was geland, zouden deze soldaten nog verspreid zijn geweest over half

Engeland, over hun verschillende posten. Het eerste plan zou zo hebben gewerkt. De Parijse adviseurs hielden vast aan hun tweede plan, hun datum van tien mei, omdat ze zeiden dat koning George dan weg zou zijn. Er was een mogelijkheid dat Ormonde toch nog uit Spanje kon vertrekken. Dan was nog niet alles verloren. Laat hem landen, laat er één veldslag zijn, één veldslag maar, hier, in het hart van Engeland. Daar zou ik mijn leven voor geven, dacht Slane, om één keer mijn vijanden in het gezicht te kunnen kijken en met hen te kunnen strijden om de troon.

'Hé, jij daar,' zei een van de wachtposten bij het hek. 'Wat doe je daar?'

'Ik kijk naar het schitterende leger van de koning.'

'Niks kijken. Doorlopen, anders ga je maar aan mijn luitenant vertellen waarom je hier rondhangt.'

Hij moest Wharton zoeken, moest naar Arran, North, Lord Oxford, naar Rochester toe, hen overtuigen standvastig te blijven, ook onder deze omstandigheden, en op Ormonde te wachten. 'Ongeluk komt in drieën.' Het gezegde herhaalde zich in zijn hoofd. Hierover was niets vernomen. God, hij zou willen huilen. Het beeld van Jacobus die bij Malplaquet aan de overkant van de rivier naar zijn Engelse troepen keek was zo duidelijk in zijn hoofd. Geen gerucht hierover. Dat kwam doordat ze Sunderland kwijt waren. Als Sunderland nog had geleefd, hadden ze van tevoren een waarschuwing gekregen.

Een paar uur later wandelde Tony met Diana naar haar huis in de stad. Onderweg passeerden ze het huis aan St. James's Square waar Barbara had gewoond wanneer ze in Londen was.

Gelukkig dat Harry dood is, dacht Tony. In zijn hart voelde hij nog de pijn om Barbara, maar nu veranderd, verminderd door zijn vrouw. Daar dank ik God voor, dacht Tony, terwijl hij opkeek naar de hoge, smalle voorgevel van het huis dat nu verhuurd was aan iemand anders, zodat Barbara er de huur van kon ontvangen. Barbara.

'Denk je dat er oorlog komt, Tony?'

'Ja, ik denk het wel.'

Hij pakte Diana's hand. 'Kom met mijn moeder mee naar Lindenmas. Het ligt ver genoeg van Londen om veilig te zijn, voorlopig tenminste.'

Ze stond hem een ogenblik toe haar hand vast te houden. Ze stonden voor haar huis. 'Dat is lief van je, Tony. Bevalt je vrouw je? Je gedraagt je alsof het zo is.'

'Het is zo.'

'Barbara zou je beter zijn bevallen. In alle opzichten.'

Diana liep vlug de trap op en liet Tony achter in het donker. Hij staarde haar na.

Binnen in het huis kwam een man uit het donker in de hal te voorschijn, drukte Diana tegen een muur en begon haar hals, haar schouders te kussen. Hij trok met een ruw gebaar haar japon omlaag.

'Eet, drink en maak plezier,' fluisterde Charles, 'want morgen zullen we sterven. Ga op die tafel zitten. Trek je japon op. Ja, zo. Stel dat we morgen sterven, Diana?'

Hij beet in het puntje van haar borst, die nu ontbloot was. 'Ik vertrek morgen naar Lindenmas. Ik moet iets hebben om aan terug te denken. Je been is glad, hier waar de kous ophoudt. Ik hoef maar aan je te denken om begeerte te voelen, en geen andere hoer dan jij kan me meer bevredigen. Vind je dat leuk, hoer?'

In het donker ging Diana achterover op de tafel liggen; ze hoorde kandelaars omvallen. 'Wie van ons tweeën,' zei ze terwijl ze haar nagels in zijn zijden groef toen hij bij haar binnenging en begon te bewegen waardoor de tafel schudde, 'is de grootste leugenaar, de meest trouwcloze? Wie van ons tweeën is de echte hoer?'

Op Saylor House trof Tony zijn moeder, hoewel het donker was, in de tuin aan waar ze leiding gaf aan het personeel. Op haar bevel waren ze bezig al het zilverwerk en porselein van Saylor House te begraven, en dat was niet weinig.

'Wat doet u?'

'Er zal geplunderd worden. Denk maar niet dat ze Saylor House zullen overslaan.'

Hij schudde zijn hoofd om zijn moeder, maar merkte even later dat hij zelf dacht: wat zou ik missen als het huis geplunderd of in brand gestoken werd? Het idee dat Saylor House zou afbranden maakte een woest gevoel in hem los. Ze zouden het doen, al was het maar om zich op mijn grootvader te wreken, dacht hij, die Jacobus II had kunnen redden en daarmee de troon voor het huis Stuart had kunnen behouden. Maar grootvader maakte een andere keuze, en ik ook. Hij keek om zich heen naar de muren van Saylor House, die versierd waren met schitterend houtsnijwerk, met omvangrijke portretten en fluwelen damast. Mijn ouderlijk huis, dacht hij. Niemand zal het krijgen; ik zou het tot mijn dood verdedigen. Hij zou kinderen krijgen bij Harriet. Dit is voor hen bestemd.

Toen de ochtend aanbrak, had hij alle dagboeken en strategische plannen van zijn grootvader in een keurig stapeltje verzameld om met zijn moeder mee te sturen naar Lindenmas. En hij wandelde naar St. James's om zich bij de koning aan te melden, om zijn diensten aan te bieden voor alles waarvoor hij zich ten nutte kon maken.

36

In Virginia had de regenachtige aprilmaand plaats gemaakt voor de warmte van mei, en op First Curle stonden de zaailingen van de tabak in hun heuveltjes. Met ontbloot bovenlijf, en de zon warm op zijn rug was Blackstone bezig zijn tuin te bewerken. De verse geur van de aarde drong plezierig in zijn neusgaten, het geluid van de hak die de kluiten brak was bevredigend en zijn gedachten waren bezig met wat hij in de aarde zou zaaien en met Thérèse, die hij miste, evenals lady Devane. Ze zou trots zijn op de zaailingen. Ze deden het goed op hun heuveltjes. Ze zouden het nog beter doen in het drooggelegde moeras. Dat zou te zijner tijd de beste kwaliteit tabak langs de rivier opleveren. Zijn hak stuitte op iets, en hij bukte zich en raapte een boogvormig stuk metaal op waar een vuil lint aan hing.

Hij draaide het voorwerp een paar keer om in zijn hand, stopte het in zijn zak en ging door met het losmaken van de grond, kalm in de zon, met zijn werk en zijn gedachten, toen er plotseling een beeld in zijn hoofd kwam van de jongen, Hyacinthe, die achter lady Devane op haar paard zat, met een stuk glinsterend zilver om zijn hals. Daar kun je aan zien dat ik van haar ben, zag Blackstone de jongen zeggen terwijl hij op de metalen boog wees die met een lint om zijn hals was bevestigd. Ik ben er trots op dat ik van haar ben.

Hij zette onmiddellijk de hak weg, ging zijn huis binnen en wreef roet over het metaal. Al gauw zag hij de donkere kleur veranderen in de doffe glans van zilver. Hij zocht een doek en poetste het metaal tot de boog weer was zoals vroeger, glimmend en mooi, met het wapen van Devane enigszins verhoogd in het midden.

Wat betekende dit?

Kolonel Perry was in Williamsburg. Alle Lagerhuisleden waren in Williamsburg op hun vergadering, waar ze wetten maakten en hoorden wat Engeland van hen verlangde. Kon dit wachten tot kolonel Perry terug was?

Nee, dacht Blackstone. Ik rijd naar Williamsburg en laat het zelf aan de kolonel zien.

37

De knoppen van de meidoorn, voor Engeland het teken van de maand mei, begonnen open te gaan en de lucht te vervullen met hun zoete geur. In elk dorp en elke stad werd zo snel mogelijk door speciale boodschappers vanuit Londen bericht gebracht over de samenzwering.

'Het is vreselijk en verfoeilijk,' zei Tim tegen Annie. 'We moeten op alles voorbereid zijn.'

Annie gaf aan de kok de antieke musketten en zwaarden die in opdracht van de hertogin van de muren van de grote hal waren gehaald. Alle bedienden op Tamworth kregen ze mee. Wat er overbleef zou naar de militie gaan.

Een uur later ging een wonderlijke stoet op weg over het gazon van Tamworth; Tim droeg de hertogin, de koetsier duwde een kruiwagen met een stijve houten stoel erop, de kok droeg wapens en de imker en Perryman sloten de stoet.

Bij de rand van de weide zette Tim de hertogin in de stoel. De kok wikkelde een deken om haar benen. De imker gaf haar Dulcinea aan.

'Vooruit,' zei de hertogin, 'de plicht roept.'

Het nieuws van een samenzwering was de vorige dag hardop in het dorp Tamworth voorgelezen, nadat een soldaat met tromgeroffel een menigte toehoorders had bijeengeroepen. Het dorp Tamworth bereidde zich in loyaliteit aan koning George op de invasie voor door een militie te vormen, met sir John Ashford als commandant. Hij zou het bevel voeren over boerenzonen, over de dorpssmid, pastor Latchrod en jonker Dinwitty, over enkele dorpswevers en over de bedienden uit verscheidene huishoudens, waaronder dat van haar.

De hertogin huiverde, en niet van de kou; ze dacht aan een oud versje: donder in mei jaagt de zomer weg. Ik ben oud, dacht ze, te oud voor dit soort dingen. In de tijd van haar grootvader, toen de strijd tussen Cromwell en koning Karel I was uitgevochten, waren landhuizen van beide partijen tot de grond toe afgebrand;

broer had zich tegen broer gekeerd, vader tegen zoon. Als zij moest toezien terwijl Tamworth afbrandde, zou ze het niet overleven.

Ze keek naar het veld, naar de mannen die daar marcheerden.

Je bent een goede commandant, dacht ze toen ze John zag, die zich niet verwaardigde haar op te merken. De hertogin streelde Dulcinea. De kok bedierf het marsritme door telkens wanneer hij haar stoel passeerde, naar de hertogin te buigen. Jonker Dinwitty maakte ruzie over wat er moest gebeuren. Als de hertogin jonker Dinwitty een beetje kende – en dat was het geval – was hij gepikeerd omdat niet hij commandant was geworden. Een van de boerenzonen struikelde telkens over de lange piek die hij droeg.

Het ziet er niet fraai uit, dacht de hertogin.

De imker stond stil en neuriede. Hij zal er binnen een uur wel tussenuit knijpen, omdat zijn bijen hem roepen, dacht de hertogin.

'We kunnen ons evengoed overgeven,' riep ze naar sir John, maar hij deed alsof hij haar niet hoorde.

Zelfs in deze crisis gaf hij niet toe. Hij bleef haar doodzwijgen. Hij betaalde haar de schuld terug, zoals hij had beloofd, maar dat deed hij door bij een geldschieter in Londen hypotheek te nemen op zijn boerderij. De idioot. Ontzet over deze daad weigerde zij de zak met munten aan te raken. Geldschieters vroegen een rente die vaak niet was op te brengen. Zij die Tamworth liefhad alsof het een stuk van haar ziel was, wist wat het voor hem betekend moest hebben om op zo'n radeloze manier een hypotheek op Ladybeth te nemen. Ze zou hem alle tijd hebben gegund die hij nodig had om het bedrag terug te betalen, maar nee. Hoogmoed komt voor de val. Er zou een dag komen dat ze de munten zou laten smelten en laten gieten in de vorm van een ezel, en die zou ze hem toesturen, met haar complimenten. Hier zie je jezelf, zou ze zeggen. Ezel.

Angst, dacht de hertogin. Ik ben vol angst, ik ben echt bang. Elke dag – zo luidde het bericht – kon Ormonde nu landen met een legermacht. En de hertogin van Marlborough had haar geschreven dat haar echtgenoot, een krijger die net als Richard de tijd van koning Willem en koningin Anne had bepaald, overleden was, na een langdurig lijden. Was dat een voorteken?

Zij hadden tot haar andere leven behoord, het leven van politiek en intriges, een leven waarvoor ze was geboren, dat ze had meegespeeld tot haar laatste kaart haar was afgenomen, de kaart die Richard heette.

O, Richard, dacht ze, de laatste van jouw generatie krijgers is weg. Zijn begrafenis zal de jouwe evenaren in pracht en praal. Maar koning George had bevolen de plechtigheid uit te stellen, uit vrees voor wat het gepeupel in Londen zou kunnen doen. Richard, ik wou dat je hier bij me was. Er dreigt een nieuwe oorlog; meer bloedvergieten, meer woede en wraakzucht. Het zou afgelopen moeten zijn, Richard, maar het is niet afgelopen.

'Stel je een mierenhoop voor,' schreef Louisa, haar schoonzuster, vanuit Londen, 'waar iemand op heeft getrapt. Zo is het in Londen, tussen de kantoren van de ministers. Het is op alle uren van de dag een komen en gaan van mannen, en niemand in Londen doet een oog dicht, omdat Ormonde en zijn vloot elke dag worden verwacht. De vreemdste geruchten doen de ronde. Geen man of vrouw spreekt vrijuit, en niemand gaat langer dan een uur van huis. Er worden namen genoemd van mensen die de samenzwering zouden hebben geleid; ze lopen uiteen van belachelijk tot idioot.'

Waar was Tony? Ze had niets van hem gehoord. Hij zou eigenlijk moeten komen om voor haar te zorgen. De jacobieten zouden haar in haar slaap vermoorden omdat ze de weduwe van Richard Saylor was. Richard zou jacobiet zijn geworden als zij er niet was geweest. Wie wist dat? Zijzelf, en God en Annie. Door deze tijd dacht ze er weer aan. Het was niet iets waar ze graag aan dacht. Het was iets wat ze betreurde.

Ze was erg oud om nog spijt te hebben, maar ze had spijt. Barbara, Harry zou hier ook bij betrokken zijn geweest, en jij en ik zouden ons dodelijk bezorgd hebben gemaakt. Hij zou ons bij zijn plannen betrokken hebben; we zouden geen nee tegen hem hebben kunnen zeggen. Ik ben bang.

Mei was op de helft volgens de kalender. Robert Walpole zat alleen in een tuin. Zijn mollige, krachtige vingers gleden langzaam en systematisch langs de achterkant van de houten bank. Op zijn gezicht, met zijn wangkwabben en eeuwige joviale glimlach, was weinig te lezen; alleen zijn vaste blik, bijna zonder met de oogleden te knipperen, wees op de voorwaartse beweging van een geest die praktisch was ingesteld, taai, verbluffend scherp en geboren voor de taak die voor hem lag.

Vanaf de bank waarop hij zat had hij uitzicht over de Theems met zijn boten, wherries, kleine jachten en zelfs een paar barkassen. Hij werd omringd door de gebouwen die het weefsel van zijn leven hadden gevormd. St. Stephen's Chapel, waar het Lagerhuis vergaderde; het gebouw van de schatkist, dat oorspronkelijk een koninklijke hanenmat was geweest, een arena voor een geliefde, bloederige sport waarin hanen tegen elkaar werden ingezet om te vechten tot de dood erop volgde. De hanenmat was een van de gebouwen die waren overgebleven van Whitehall, het vroegere paleis van Karel ii dat zo groot was geweest dat het dit hele terrein besloeg.

Er waren hier vreemde kleine binnenhoven, een schitterende kerk, een gevangenis, particuliere tuinen en huizen, weggetjes, stegen, smalle straten, de gerechtsgebouwen, gebouwen die gespaard waren gebleven toen Whitehall afbrandde. Tegen de onderste helft van de stenen voorgevels hadden zich kleine taveernes en winkeltjes afgezet als zeepokken, honderden jaren geschiedenis, intriges en gekonkel, samenzweringen en geheimen, alles ingeperst tussen de rivier en de koninklijke parken. Dit was zijn leven. Hij kende alle hoeken en gaten, elke stille tuin hier. En een van deze tuinen, klein en half vergeten, was de plek die hij in woelige tijden opzocht om na te denken.

Een nieuwe invasiepoging.

De troepen waren nog gekampeerd in Hyde Park. De maîtresse van de koning, de hertogin van Kendall, reed er dagelijks met 's konings kleindochters heen om ze te bekijken. De koninklijke familie was verontwaardigd, en onder die verontwaardiging school angst; de prins van Wales brulde dreigementen, vol bravoure.

Zijne Majesteit daarentegen was anders: rustig, veelal zwijgzaam luisterde hij naar de dagelijkse rapporten van zijn ministers. Langzaam kwam de informatie binnen, naarmate hun beste agenten de jacobitische geheimschriften ontcijferden. Wie, vroeg hij aan Walpole, wie zijn de voornaamste samenzweerders?

Er was niemand bij hen, en de koning sprak Engels – redelijk goed, beter dan Walpole had gedacht. Walpole werd opeens overvallen door een ogenblik van schrik waarin hij zich al de keren herinnerde dat hij of een andere minister een snelle, kleinerende opmerking had gemaakt, in de overtuiging dat de koning het Engels niet voldoende machtig was om die te begrijpen.

Sunderland wist het, dacht Walpole, die de werkwijze van Sunderland kende, hij wist hoe goed het Engels van de koning was. Hij zal me wel eens stiekem hebben uitgelachen. Hij zal zich wel verkneukelen over dit moment, over deze pijnlijke ontdekking, in de hel waar hij brandt.

Walpole vertelde Zijne Majesteit de namen, namen die Lord

Townshend en hij zorgvuldig hadden afgeleid uit toespelingen in de brieven. Niemand werd rechtstreeks genoemd; allen hadden een codenaam of een aanduiding gekregen.

De koning had lange tijd gezwegen.

Er waren geen grote verrassingen, maar het was niet gemakkelijk te weten dat iemand die nog de vorige avond in een salon voor je had gebogen, tegelijkertijd al meer dan een jaar actief en zorgvuldig bezig was geweest een samenzwering tegen je op touw te zetten.

Bewijzen, had hij na enige tijd gevraagd.

Dat was het moeilijkste.

Nog niets dat voor de rechtbank standhoudt, hoewel we iemand in Parijs hebben die inlichtingen verstrekt, zeiden Townshend en Walpole. Er is bijvoorbeeld sprake van een hond die ten geschenke is gegeven, en dat zou ons kunnen helpen. Dat staat in brieven waarvan we weten dat ze door jacobieten zijn geschreven.

Zijne Majesteit was niet onder de indruk.

Ik zou het bijzonder plezierig vinden, zei Zijne Majesteit, als de ruggegraat van deze samenzwering eens en voor altijd werd gebroken. Iets als een proces, zei Zijne Majesteit, of een belangrijk persoon die onthoofd werd, dan zouden de mensen zich wel bedenken. Ik zou erg dankbaar zijn als er zoiets kwam.

Klop, klop deden Walpoles vingers op de houten bank.

Rochester.

Zou het mogelijk zijn om de bekendste, de listigste, de meest zichtbare Tory-bisschop gevangen te nemen? Rochester had de leiding hiervan; alle tekenen in de brieven wezen naar hem; een stervende vrouw, zijn jicht, zijn roeping als priester.

Hem wegens hoogverraad laten veroordelen.

Zijn kop eraf.

En op die manier een einde maken aan de slechte gewoonte die de Tories hadden ontwikkeld om zich met jacobieten te verbinden als niet alles ging zoals het hun zinde? Het zou de Kerk ook temmen, haar meer handelbaar maken voor de politiek.

Tik, tik deden de vingers van Walpole op de bank. Nogmaals.

Je had kennis, je had een gevoel, en dan had je bewijs.

Kon hij bewijzen dat Rochester schuldig was in een staatsproces dat het publiek nog jaren bij zou blijven? Daarmee zou hij toch zeker de eeuwige dankbaarheid van de koning verdienen.

Maar wat betekende 'eeuwige dankbaarheid' precies?

Ik denk, zei de koning, dat de man die de jacobieten voorgoed verplettert, mijn eerste minister moet worden. Want die zal de moed en de koele inborst bezitten die ik beslist nodig heb.

38

Mei liep op zijn einde. Diana zat bij het raam in de slaapkamer van haar huis in de stad. Het raam voor haar was open om de wind binnen te laten. Clemmie, die een kwispedoor kwam weghalen, keek even naar haar meesteres en wendde snel haar blik af, omdat ze wel wist dat het beter was dat ze daar niet op werd betrapt.

Er kwam een peperkoekventer de straat in. Hij was gekleed als een edelman met lubben aan zijn hemd, witte kousen, een scheve hoed. Hij zag Diana en begon te zingen: 'Ik heb lekkere peperkoek, pikante peperkoek; hij smelt in je mond en brandt in je kont.'

Zijn woorden werden voorafgegaan door een zoete specerijengeur en Diana bracht haar hand voor haar mond. Clemmie kwam meteen met de kwispedoor, bevochtigde een doekje met water en gaf dit zwijgend, met een uitgestreken gezicht aan Diana, die het tegen haar mond drukte.

'Ik zou een moord doen voor wat winterijs, alleen om het in mijn mond te laten smelten,' zei Diana. Ze kreeg zichzelf in het oog in de spiegel op haar toilettafel en bleef een ogenblik naar zichzelf staren.

Ze smeet het doekje naar de spiegel, smeet vervolgens een pot rouge uit het raam, die de peperkoekventer miste maar buiten wel een bevredigend geluid van brekend glas veroorzaakte, waardoor hij ophield met zingen.

'Welke datum hebben we vandaag?' vroeg ze aan Clemmie.

'Achtentwintig dagen van mei.'

'Vanavond is het feest voor de verjaardag van de koning. Ik zou willen dat ik er niet heen hoefde. Als Ormonde niet in aantocht was, zou ik niet gaan, maar we moeten ons tegenwoordig allemaal onberispelijk gedragen, Clemmie, anders denkt men dat we jacobieten zijn. Heb ik een japon die ik nog aan kan?'

'U bent eerder magerder geworden.'

'Dat zal niet lang zo blijven.'

Clemmie dribbelde de trap af naar haar leger in de keuken. Haar meesteres had een weeklang hete baden genomen en was 's ochtends en 's avonds gaan paardrijden. Drie dagen geleden had ze een klysma geprobeerd. De laatste mogelijkheden waren nog dat Clemmie een bezoek bracht aan bepaalde winkeltjes voor speciale pillen en poeders, en als dat ook niet hielp, een val van de trap.

Laat Robert Walpole maar proberen het land te redden; zij hadden hier andere dingen aan hun hoofd.

39

In de laatste dagen van juni lag er een schip voor anker in de Theems, dat zijn bestemming nog niet bereikt had, namelijk Londen. Honderden meeuwen waren op het want gaan zitten, maar wanneer er matrozen tussen de hoge masten bewogen, vlogen de meeuwen weg als een grijswitte, gevleugelde wolk. Het was een mooi gezicht.

'We varen, geloof ik, Thérèse. De vloed komt waarschijnlijk op.'

'Vloed en een stevige wind,' zei een matroos. 'U brengt ons de wind in de zeilen, lady Devane.'

Barbara keek omhoog. Zeilen zakten omlaag, krakend en kreunend. Meeuwen zweefden boven de masten. Ze krijsten en schreeuwden en bogen af op krachtige vleugels terwijl de zeilen zich een voor een opendenen voor de zwiepende overmacht. De kreten van de matrozen vermengden zich met die van de meeuwen, en de matrozen lachten tevreden vanaf hun gevaarlijke plaatsen in het want. Het anker werd gelicht.

Haar hart klopte zo heftig dat ze het in haar keel voelde. Een huivering doorvoer het schip. Langzaam kwam het schip in beweging. Nu kreeg het tij er vat op. De wind vulde de zeilen en ze bolden op, een prachtig gezicht. Het schip zette zich naar de stroom van het tij. Om hen heen waren andere schepen, en voor hen, en achter hen, alles maakte gebruik van de opkomende vloed om London Bridge te bereiken – koopvaarders, jachten, jollen, skiffs en wherries, met volle zeilen voor de wind, een optocht te water naar Londen.

Na enige tijd maakten de moerassen van de kust plaats voor een rij huizen en huisjes, en in de verte zag Barbara masten, waaraan de wimpels en vlaggen wapperden in de krachtige wind. Het waren de masten van de schepen die bij London Bridge waren afgemeerd.

Ze keek omhoog naar de wimpels van dit schip, die dapper

wapperden en klapperden in de wind. Thuis. Ik ben thuis. Ze had het gevoel dat haar hart zou barsten.

'Daar is de Tower.' Thérèse, die naast haar op het dek stond, wees.

Ja zeker, daar was hij, een van de meest beroemde herkenningspunten van Londen, de beroemdste gevangenis van Engeland. Massief, ongenaakbaar, uit een andere tijd met zijn torens en bolwerken, zijn slotgracht. De gevangenis van koningin Elizabeth en van andere koningen en koninginnen, en zelfs, lang geleden – en heel kort maar – van haar grootvader. De Tower was een symbool van de grilligheid van het lot, want iemand die er binnenging door de Tower Gate kon er uit komen om koningin te worden – of om Engelands beste generaal te worden.

Ik dacht dat ik hem kwijt was, zei haar grootmoeder, als ze het verhaal vertelde dat Harry en haar altijd weer boeide, het verhaal dat ze samen telkens weer naspeelden door elkaar op te sluiten in een denkbeeldige Tower, maar er is nog nooit een gevangenis gebouwd die de geest van jullie grootvader zou kunnen opsluiten.

Barbara lachte haar oogverblindende glimlach. De zon viel op de rossig gouden lokken van haar dikke haar, dat bijeengehouden werd door spelden met paarlen knoppen. Haar gezicht was nooit hartvormiger geweest, nooit waarachtiger, en haar hart was gelukkig, ondanks Hyacinthe. Dat had ze aan Virginia te danken, dat ze zo duidelijk wist wat de mensen hier voor haar betekenden.

Ze kneep Harry even zodat hij blafte. 'We zijn thuis.'

'Ze verwachten ons zo gauw nog niet,' zei Thérèse.

Grootmama. Tony. Jane. 'Nee.'

Tegen de reling geleund keek ze neer op het water dat witgroen schuimend weggolfde van de scheepswand. Druppeltjes spatten tegen haar gezicht, als kleine zegeningen. Ontzondig mij met hysop, dan ben ik rein, was mij, dan ben ik witter dan sneeuw, dacht ze. Het vertrouwde vers was een troostrijke litanie. Ze zou een bezoek brengen aan Zijne Majesteit, en aan de prins en de prinses, en dan ging ze naar huis, naar Tamworth, naar haar grootmoeder.

Het schip nam zijn plaats in te midden van een menigte schepen. Roeiers roeiden de kleine vrachtbootjes die lichters heetten tussen de voor anker liggende schepen door, als tientallen kleine insekten op het water. Barbara ijsbeerde over het dek, in afwachting van de order van de kapitein die haar zou toestaan van boord te gaan. Daar kwam hij. Met haar rokken bijeengenomen onder haar arm klom ze de touwladder af naar een klein bootje. Een lichter voer met hen naar de kade, en daar staken mannen hun handen naar beneden om haar omhoog te trekken. Harry, in een rieten kooi, gromde en jankte. Barbara zette voet op de vaste wal.

'Stil, stomme hond,' zei Thérèse. 'We zijn thuis.'

Daar was de sterke geur van rivierwater en vis. Daar waren de visvrouwen met hun manden met haring, Spaanse uien, oesters en kabeljauw, die iedereen opriepen hun waren te kopen, mannen die vaten en kisten uitlaadden, kooplieden die onderhandelden over tarwe, kolen en tabak. Ze zochten tussen kruiers en douaniers, bedelaars en straatventers hun weg naar een straat. Daar was een koets te huur.

Thérèse liep er meteen op af, hooghartig, heerszuchtig, in haar element; ze wilde onderhandelen over de prijs van deze rit, op en top de kamenier van een deftige dame, cynisch, wereldwijs en verwaand.

Barbara zag dat er soldaten op wacht stonden op de kaden. Anderen marcheerden in formatie voorbij.

'Is er een relletje geweest?' vroeg ze aan de koetsier.

In de Tower waren altijd manschappen gelegerd, terwijl de rest verspreid was over verschillende steden en dorpen. Er was altijd ruzie tussen de koning en zijn ministers enerzijds en het Parlement anderzijds over de grootte van een staand leger. 'Dat hoeft niet groot te zijn,' vond men altijd.

'O nee, mevrouw. Er komt een invasie. De hertog van Ormonde komt eraan met twintigduizend Spanjaarden en Ieren.'

Wat? Een invasie? 'Wanneer komt hij?'

'We dachten al eerder, vrouwe. U had het hier een maand geleden moeten zien. Er waren geen tien mensen op deze kade. De oude Robin heeft zich als een jachthond in de Cockpit verschanst en volgt elk spoor. De jacobieten wilden de koning vermoorden, zeggen ze. Ik ben niet dol op de Hannoveriaan, maar zoals ik tegen de vrouw zeg, met de Hannovers weten we tenminste waar we aan toe zijn, nietwaar?'

'Heb je dat gehoord?' zei Barbara tegen Thérèse in het rijtuig. 'Ik kan het nauwelijks geloven.'

'Kom naar huis,' had Wart geschreven. 'Er staan avonturen te gebeuren.' Wart, de dubbelhartige leugenaar. Deze ene keer had hij de waarheid gesproken.

De koets begon Fish Street Hill af te rammelen. De geluiden van de straat vermengden zich met het geratel van de ijzeren wie-

len. Straatventers, talrijk als bedelaars, oefenden hun vak uit, ongeacht de dreigende invasie.

'Kolen, mooie kolen en rapen!'

''k Slijp scharen en messen!'

'Een kwelgeest voor je vlooien!'

Het rijtuig naderde Saylor House; overal waren soldaten op
straat. Er was niemand aanwezig in Saylor House. De huismeester die hen kwam begroeten leek een pot die overkookte, maar
in plaats van water zaten er woorden in de pot.

'Lady Devane, bent u echt thuisgekomen? Ik kon mijn oren
haast niet geloven toen de lakei het kwam zeggen. De familie is
de stad uit, mevrouw. Ik zal een lakei naar de kade sturen om de
rest van uw koffers en kisten op te halen. Ik heb de afgelopen
twee maanden nauwelijks een oog dichtgedaan 's nachts, want ik
verwachtte elk ogenblik dat er buitenlandse soldaten over de
Strand zouden marcheren. De hertog reist almaar heen en weer
naar Lindenmas...'

'Wat is Lindenmas?'

'Het huis van de nieuwe hertogin van Tamworth, mevrouw,
dat van haar ouders dan. Hij zei dat we maar weg moesten gaan
als de invasie kwam en hij er niet was, hij zei dat we dan naar
Tamworth Hall of naar Lindenmas moesten. Maar zal er tijd zijn
om het huis te verlaten, dat vraag ik me af. Wenst u te rusten?
Zal ik het bed voor u laten opmaken? Wenst u het avondeten op
een bepaalde tijd? Hebt u iets nodig? U hoeft het maar te zeggen
en het gebeurt, of de Pretendent nou komt of niet. U wilt misschien wel weten dat lady Russel is bevallen van een jongen. Iedereen is erg trots.'

Een kind? Hadden Charles en Mary een kind gekregen?

'Wanneer?'

'Drie weken geleden intussen.'

'Mijn grootmoeder?'

'Gezond, voor zover ik weet. De hertog is haar gaan ophalen
om haar voor alle zekerheid mee te nemen naar Lindenmas.'

'Vertel eens iets over die invasie.'

Maar de huismeester kon haar niet veel meer vertellen dan dat
de hertog van Ormonde zou komen. Dat ze zeiden dat de grote
bisschop van Rochester zelf aan het hoofd van de samenzwering
stond – hij was betrapt, zo luidde het gerucht in de schotschriften, doordat de Pretendent hem een gevlekt hondje had gestuurd.

Rochester was een vriend van Roger geweest.

'Is de bisschop van Rochester gearresteerd?'

'Nee, mevrouw.'

Barbara ging naar een hoog raam en keek uit over de tuin. De straten gingen schuil achter bomen, die het huis afschermden van het drukke gedoe alom. Je had hier een mijl buiten de stad kunnen zijn, op het land, maar toch lag vlak buiten de poort Pall Mall Street met St. James's Palace, waar de koning woonde, en Green Park aan het eind. Ik moet naar de koning toe, en naar de prins en prinses van Wales, dacht ze, terwijl ze met Harry ging wandelen in het park. Ik moet hier weer inburgeren. Maar doet dat er toe, als er toch oorlog komt?

Oorlog.

Angst vervulde haar.

Terwijl ze keek naar Harry die rondrende, door de bloembedden rolde en blafte naar een vrouw die gebukt stond te wieden, dacht ze: mijn broer zei altijd dat er op een dag een invasie zou komen en dat wij er middenin zouden zitten. Maar toen nam ze de dingen die Harry en de anderen in Italië zeiden niet meer serieus. Door de wijn die de mannen 's middags dronken terwijl ze op de zonnige pleinen van Rome zaten, werden hun woorden steeds stoutmoediger, en hun dromen nog meer, maar de volgende dag was er alleen meer wijn en nog meer woorden. Het was haar al gauw gaan vervelen.

Het prieel waarin ze zat was zwaar van rozen, gevuld, wit-roze, met evenveel bloembladen als kool, met alle warmte van juni erin gevangen. Nog een paar dagen en het was alweer juli. De bloemblaadjes van een uitgebloeide roos vielen zacht in haar schoot. Barbara keek ernaar, verscheurde er een tot kleine stukjes terwijl ze dacht: Charles is vader geworden. Tony is getrouwd, zal misschien ook gauw vader zijn. Ormonde komt eraan. Wat is er nog meer gebeurd tijdens mijn afwezigheid?

'Ik moet een bezoek gaan brengen aan moeder en aan tante Shrew,' zei ze later tegen Thérèse. Die twee zouden zowat alles weten wat er te weten was.

Ze plensde met water in een heerlijk bad dat de weken aan boord van het schip van haar afwaste. Ze stond stil om zich een mooie japon te laten aantrekken, om poeder, rouge en een moesje, ondeugend naast haar rechteroog geplaatst, te laten aanbrengen. Ze stond stil om veren en Indiaanse kralen in haar haar te laten vlechten. Ze bekeek zichzelf in een hoge spiegel. Veren en versiersels, heerlijk, prettig, leuk, maar wel vreemd na de eenvoud van First Curle.

Ze voelde aan een moesje op haar gezicht en dacht aan de rituele littekens van de slaven, liet een veer wapperen en zag weer de Iroquois in de hal bij de gouverneur. Wij met onze moesjes en ons poeder zijn niet anders, dacht ze. Ook wij hebben behoefte aan maskers, aan vermomming, aan manieren om moed te vatten.

'Zal ik meegaan?' vroeg Thérèse.

'Dit keer niet. Je hebt de avond voor jezelf, Thérèse. We zijn thuis. Begin nog maar niet aan het uitpakken van de koffers, doe vanavond waar je zin in hebt.'

Ze had tegen Thérèse gelogen over waar ze heen ging.

'Het huis van de hertog van Wharton,' zei ze tegen Tony's koetsier.

Maar daar was niemand thuis. Wharton had het huis aan iemand anders verhuurd en woonde zelf in het dorp Twickenham, hoorde ze.

'En nu, vrouwe?' zei de koetsier.

Ze aarzelde, en zei toen: 'Devane Square.'

Dit was een kerk waar Thérèse vaak was geweest; ze ging erheen wanneer ze in Londen was. Hij was klein, stond ingeklemd tussen smalle huizen, en hij was leeg, op één man. Deze man was een spion van Walpole en hij noteerde een beschrijving van iedereen die in deze kerk kwam bidden.

Maar dat kon Thérèse niet weten. Ze ging meteen een kaars aansteken voor Hyacinthe en ook een voor Harry Alderley en nog een voor het kindje dat ze bij zichzelf had weggehaald; dat leek alweer lang geleden. Wat troostrijk, dacht ze terwijl de vlammetjes oplichtten in het zachte duister; wat heb ik dit gemist. Er was in Virginia geen kerk voor haar geweest. Meteen daalde er een diepe vrede over haar neer.

Ze liep naar een bank en knielde neer om te bidden.

Slane keek door de spleet van het gordijn in de biechtstoel. Tegen de priester aan de andere kant van het druk bewerkte houten hekwerk dat hen scheidde zei hij: 'Er is iemand in de kerk, een vrouw. Walpoles spion bespiedt haar en is druk aan het schrijven. Waarom weet zij niet dat we met zijn allen verdacht zijn? Kent u haar, vader?' Iets aan haar kwam hem bekend voor.

De priester verliet de biechtstoel; toen hij terugkwam, zei hij tegen Slane: 'Ze kwam hier een tijd geleden regelmatig. Ik weet haar naam niet.'

Wie is zij, dacht Slane. Waar heb ik haar gezien?

'Waarschuwt u haar,' zei hij tegen de priester. 'Zeg haar als ze komt biechten dat ze in de gaten wordt gehouden.'

Barbara stond stil en nam in zich op wat ze voor zich zag. Ze had de uiteindelijke vernietiging van Devane House nooit gezien; ze was weggegaan voordat het gesloopt werd. Dat was verstandig van me, dacht ze, dat ik dit niet ben gaan zien. Ik had het niet kunnen verdragen.

Er was niets over behalve de fontein en de vijver, waarin het zonlicht schitterde. Voor haar geestesoog zag ze het prachtige huis, de naburige Tempel der Kunsten, de uitgestrekte tuinen, alles het gesprek van de dag in Londen. Nu was op de plaats waar het huis had gestaan alleen een troosteloze leegte, brokken baksteen, grond die nog niet geheeld was, en daarachter de liefelijke heuvels, herders die de schapen binnenbrachten, en de torenspits van de kerk in Marylebone. Het was of het huis nooit bestaan had.

Naar het westen was iemand aan het bouwen, iemand was bezig de straten uit te baggeren. Ze probeerde het zich te herinneren. De familie Oxford, ja – ze herinnerde zich dat Roger in zijn brieven schreef dat ze plannen hadden voor een plein van zes akker dat Cavendish Square zou heten, dicht bij het zijne; hij had geschreven dat de twee pleinen naast elkaar verrezen, nu de familie Oxford door een huwelijk deelde in de rijkdom van de familie Cavendish. De hertog van Chandos, die Devane House als een uitdaging beschouwde, wilde een huis laten bouwen als onderdeel van Cavendish Square, een huis dat het huis van Roger moest evenaren.

Er was nog geen huis van Chandos, alleen gebouwen die vermoedelijk zijn bijgebouwen waren, keukens of bakkerijen of stallen. Kijk die Devane, had Londen gefluisterd, hij bouwt zijn huis in de wildernis. Hij is gek. Toch kwamen ze in drommen kijken naar wat hij deed. Londen zal naar mij toe komen, had Roger geschreven. Londen komt naar mij toe.

Een koets reed schommelend Tyburn Road af, en ze draaide zich om om hem na te kijken. Daar was Hyde Park. Ze kon de tenten van de soldaten van de koning zien, heel veel tenten. Roger had koning George gediend; hij kende en diende de familie al voor ze op de troon kwam. Het was een onderdeel van zijn triomf geweest dat hij had voorzien dat het George zou zijn die de troon zou bestijgen, en dat hij uit Engeland was vertrokken en naar Hannover was gegaan om hem persoonlijk te dienen. Was dit zijn beloning? Behandelde koning George zijn vrienden op deze manier? Of was het, zoals haar grootmoeder zou hebben gezegd, alleen dat de tijd en het lot iedereen overkomen?

Ze stapte weer in het rijtuig, nadenkend; de jubelstemming van die morgen aan boord van het schip was helemaal verdwenen. Het zien van het troosteloze plein was ontmoedigend. Kan ik het, dacht ze. Ben ik gek als ik aan herbouw denk? Ze gaf de koetsier de naam van tante Shrew op.

In het gebied rond Whitehall, waar haar tante woonde, was het drukker dan ze zich herinnerde dat het vroeger op zomeravonden was. Overal zag ze soldaten.

Toen ze uit het rijtuig stapte, moest ze even wachten, omdat de emotie zich aan haar opdrong. Verdriet, een tastbaar en diep verdriet om de vernietiging van Devane Square. Nu niet, dacht ze, nu nog niet.

De lakei zei dat haar tante thuis was. Barbara rende de trappen op. Daar was tante Shrew, compleet met rouge en poeder, vijf moesjes op haar gezicht, juwelen in haar oren en om haar hals, een ingewikkelde pruik met linten erin, gekleed als voor een hoffeest, terwijl ze niets anders deed dan kaartspelen in haar eigen kamer. Barbara moest lachen toen ze zich in een flits tante Shrew in Virginia voorstelde. Hoe zou Bolling op haar reageren? Of Perry?

Toen ze Barbara zag, stond tante Shrew op van haar kaarttafeltje. Barbara holde op haar toe om haar een zoen te geven.

'Barbara, lief kind. Ik kan mijn ogen niet geloven. Stel je voor. Alsof er in Londen tegenwoordig al niet genoeg opwinding is. O, maar ik vind het heerlijk dat je terug bent. Geef me een knuffel en een kus. Ik kan het niet geloven. Ik was vergeten hoe mooi je bent. Waar heb ik mijn hoofd? Je hebt me in de war gemaakt, Barbara, ik ben helemaal de kluts kwijt. Dit is sir Alexander Pendarves. Hij is een speciale vriend van mij.'

Barbara glimlachte naar Pendarves, morsig, bevlekt met snuif; hij was een van de mannen geweest die haar moeder voor haar gekozen had na Rogers dood. Hoe kon haar moeder ooit gedacht hebben dat ze naar deze man zou kijken, laat staan met hem trouwen? Munten, Barbara, herinnerde ze zich wel dat haar moeder zei, en véél; hij heeft land en ook daarvan veel. Maar hij is vies, moeder, had ze gezegd. Ach, een beetje vuil, wat geeft dat nou, had Diana geantwoord. Hij zal jaren eerder sterven dan jij, en dan kun je genieten van een plezierig weduwschap. Dan heb je geen last meer van zijn vuil.

'We kennen elkaar al.'

'Ach, maar natuurlijk. Ik ben zo verbaasd je te zien dat ik mijn verstand verloren heb. Vertel me alles. Ga zitten. Londen is gek geworden. We zouden waarschijnlijk allemaal beter af zijn in Virginia. Heb je tabak meegebracht?'

'Ja, vaten vol. Ze staan op een kade in Londen.'

'Dit is een zomer vol verrassingen, moet ik zeggen. Ik had geen idee dat je naar huis kwam. Nu zal Londen nog eens zo gek worden, vanwege jou. Je grootmoeder heeft hier natuurlijk weer geen woord over geschreven.'

'Ze weet nog niet dat ik hier ben.'

'Vertel eens, heb je die kleine page van je ooit nog teruggevonden? We vonden het erg verdrietig voor je.'

'Nee.' Ze zei het zacht. De pijn was er nog, in de diepte.

'Zijn verdwijning is hier een tijdlang het gesprek van de dag geweest, moet je weten. Maar ja, hoe zou je dat kunnen weten, bijna aan de andere kant van de wereld? Er werd een gekostumeerd bal gegeven, niet lang nadat het bericht over hem kwam. Ik moet zeggen dat Lumpy en ik...'

Lumpy? Wie was Lumpy? Het duurde even voor Barbara besefte dat haar tante Pendarves bedoelde.

Plotseling borrelde er een lach in haar op, verrukkelijk als zomerwijn. Ze hebben een verhouding, dacht ze. Wat geestig, wat grappig! Charles is vader geworden, Tony is getrouwd en tante Shrew heeft een man als minnaar gekozen die mijn moeder indertijd geschikt vond als echtgenoot voor mij.

O, kolonel Perry, ik heb u al zoveel te vertellen.

'We waren de sterren van het feest. Ik ging als jou, Barbara. Ik had een pruik op in de kleur van jouw fantastische haar, en Lumpy ging als Hyacinthe. We waren het gesprek van de avond. Lumpy, kijk eens of je dat schotschrift ergens kunt vinden. Er zijn een paar schotschriften geweest die over jou gingen, Barbara, dat mag je best weten, maar dit is er een dat verscheen nadat we dat hadden gehoord over Hyacinthe. Kijk eens op mijn toilettafel, Lumpy. "Laat haar liever hier blijven om haar demonen tegemoet te treden," zei ik tegen je grootmoeder, maar die luisterde nooit naar wie dan ook, zelfs niet naar je grootvader. En ik denk dat jij toch een beetje anders bent dan zij, Barbara. Zomaar thuiskomen zonder iemand te waarschuwen. Enfin, je hebt ons allemaal overvallen met je vertrek, en we hadden natuurlijk moeten begrijpen dat je het met je terugkomst ook zou doen. Heb je het gevonden, Lumpy? Mooi. Kijk, Barbara.'

Het schotschrift was een grove tekening van een vrouw die op Barbara leek. Ze zat huilend in een bos, terwijl een dikke minister de andere kant opkeek, met een touw om zijn nek met het opschrift SOUTH SEA, dat hem wegtrok. 'Wee mij, de South Sea heeft me alles afgenomen.'

Dat is ook zo, dacht Barbara. Heb je wel al het mogelijke voor Roger gedaan, Robin? Voor zijn nagedachtenis? Voor mij? Als je dat niet hebt gedaan, zal ik het je betaald zetten. Het was een vreemd gevoel haarzelf zo gebruikt te zien.

'Moet dat Walpole voorstellen?'

'Ja. Heb je de legioenen van de koning in Hyde Park al gezien? Walpole en zijn zwager Lord Townshend krijsen voortdurend: "Een jacobitische samenzwering! Een jacobitische samenzwering!" Het lijken net twee papegaaien.'

'De samenzwering bestaat echt,' zei Pendarves. 'Ik heb het voorrecht behulpzaam te zijn bij de ontdekking ervan. Ik mag niets zeggen, maar ik zal je één ding verklappen: hij bestaat echt.'

'Het was me het dagje wel,' zei tante Shrew, 'toen de soldaten de stad binnenmarcheerden en hun kamp opsloegen. Een heel spektakel. Lord Townshend gaf een proclamatie uit die bij de stadspoorten werd voorgelezen. Die soldaten hebben dingen gestolen uit mijn moestuin, dat weet ik zeker. Er is geen vers blaadje sla of groen peertje meer te krijgen. Ik heb tegen Robert Walpole gezegd dat het jammer was dat wij burgers niet beschermd worden tegen ons eigen leger. Ik heb gezegd dat het leger van de Pretendent misschien een welkome verandering zou zijn na de dieven en bedelaars die hij soldaten noemt.'

'Met die tong van haar wordt ze nog eens gearresteerd,' zei Pendarves. 'Het is alleen een kwestie van tijd.'

Tante Shrew boog zich opzij en klopte op Pendarves' hand. 'Daarom blijf ik met jou omgaan. Zodat je me op tijd zult waarschuwen en ik nog kan ontsnappen. Dat zul je toch wel doen, hè?'

'Haar slaaf,' zei Pendarves tegen Barbara. 'Dat ben ik. Ik kan er niets aan doen.'

Slaaf. Barbara had even een visioen van Sinsin en zijn tenen, van de ogen van de slaaf die te koop werd aangeboden op het schip. Hij weet niet wat hij zegt als hij beweert dat hij iemands slaaf is.

'Ik heb iets voor u meegebracht uit Virginia, tante. Een zwarte vogel met rode staartveren. Is de koning in St. James's Palace?'

'Hij is net over de rivier naar Hampton Court gegaan. De prins en prinses zijn in Richmond House. Je moet er dadelijk heen om je aanhankelijkheid te betuigen. In deze tijd mogen we niet slordig zijn met onze gehoorzaamheid aan de koning. Ik ben blij dat je vader dood is. Kit Alderley zou hier beslist tot aan zijn nek in gezeten hebben, en dan zouden we allemaal zijn opgesloten in de Tower of voor Walpole en zijn handlangers moeten verschijnen vanwege onze betrekkingen met hem.'

Barbara liep naar het raam. De zon was nog niet onder. Ze keek uit over de milde, zoete, lange Londense zomeravond en dacht aan de schemering op First Curle, de schaduwen van de dichte bossen, de slaven die bijeenkwamen bij het keukenhuis.

'Walpole heeft het gerucht verspreid dat de bisschop van Rochester de leiding van deze samenzwering heeft. Wat een onzin. Hij zou evengoed kunnen zeggen dat ik er de leiding van heb. Het komt wel erg goed uit dat het hoogverraad gepleegd wordt door de felste tegenstander van de minister, door een man die zegt dat de Kerk een werktuig is geworden van de Whigs en de koning. Wat gewoon zo is, net als alles. Wat heb je daar in je haar, Barbara? Dat ziet er aardig uit.'

Barbara draaide zich om bij het raam. 'Kralen, en dit zijn adelaarsveren. Alleen een dappere Iroquois-krijger mag ze dragen. Hij moet een vijand hebben afgebluft om ze te mogen dragen.'

'Hoezo, afgebluft?'

'Een sterke vijand hebben afgeschrikt. Jouw krijgsgehuil is zo woest, jouw dapperheid zo groot dat je vijand zich even laat beetnemen, en je raakt hem heel even aan, zonder dat je iets gebeurt, en je neemt zijn geest, zijn moed, van hem af. Je eigent je die toe. Het is een waanzinnig kansspel dat de krijgers spelen, met hun leven als inzet. Wanneer is de hertog van Wharton in het dorp Twickenham gaan wonen?'

'In het voorjaar. Lord Sunderland is in het voorjaar gestorven, en daarmee was Whartons kans op een plaats in het Whig-kabinet verkeken.'

Wart minister, dacht Barbara. En een Whig? Nee.

'Lord Sunderland had Wharton onder zijn hoede genomen, maar verder vertrouwt niemand hem. Ik geloof niet dat hij sinds mei een ogenblik nuchter is geweest.'

Dat was niets nieuws. 'En mijn moeder. Is zij thuis in Londen?'

'Volgens de laatste berichten wel.'

'Het blijft nog een paar uur licht; ik denk dat ik Tony's rijtuig terugstuur en te voet naar mijn moeder ga.'

'Doe dat. En ga morgen zonder dralen naar de koning. Geef me een zoen, lieve kind.'

Buiten zond Barbara Tony's koetsier naar huis en begon te lopen. Haar gedachten waren bij wat ze om zich heen zag, bij de invasie, bij het hoogverraad, bij koning George en koning Jacobus. Bij de dingen die Harry haar acht jaar geleden onder de appelbomen had toegefluisterd. Toen was het ook onrustig geweest, in 1714 en 1715. Vader is weg, had Harry gezegd, heimelijk weggegaan om te voorkomen dat hij gevangen wordt genomen. Ze had toen onstuimige, dikke tranen gehuild. De laatste keer dat ze haar vader had gezien was in 1714, en zij was veertien jaar oud, net als de eeuw. Haar vader was vanuit Londen in Tamworth op bezoek gekomen, wat hij zelden deed. Ze had het spannend gevonden hem te zien, maar hij had ruzie gemaakt met haar grootmoeder, van wie hij had geprobeerd geld te lenen. De koningin is stervende, had hij haar grootmoeder verteld, en haar wens is dat de troon naar haar halfbroer gaat. Barbara wist dat omdat ze stiekem had geluisterd, op de gang, zo dicht mogelijk bij de deur, om te horen wat er werd gezegd. Op die manier was ze zoveel dingen te weten gekomen over haar vader en moeder en Tamworth, door aan de deur te luisteren.

Dan kunnen jullie maar beter zo snel mogelijk een wet aannemen, had haar grootmoeder bits gezegd, waarin staat dat de koning van Engeland katholiek mag zijn. Want nu moet hij volgens de wet protestant zijn. Je bent een idioot, Kit. George van Hannover is een veldheer, een koning over zijn eigen gebied. Denk je dat hij zich de kroon van Engeland laat ontfutselen zonder ervoor te strijden?

Wij zullen de strijd winnen, zei haar vader, ook boos.

Later was Barbara naar binnen geglipt om hem te zien. Hij zat te drinken, haar knappe, nonchalante vader. Ze knielde voor zijn stoel neer. Mijn mooie lieveling, zei hij, wat word je al groot. Ik moet je goed uithuwelijken, Bab. Ormonde heeft zonen, en Oxford. Kun je 'Lang leve de koning' zeggen, Bab? Zeg: 'Lang leve koning Jacobus.' Ze had de woorden herhaald en hem vervolgens haar munten gegeven, die ze in de loop van de tijd had opgespaard, en hij had neergekeken op haar handen die hem de munten toestaken, en had haar toen aangekeken, met een glinstering in zijn ogen. Tranen vloeiden gemakkelijk bij haar vader.

Bab, zei hij, je bent een schat. Maar de volgende morgen was hij weg, en ze zag hem niet terug tot in Italië. Tot toen hij dood was.

Italië. Barbara schudde haar hoofd.

Opeens lag ze languit op de grond; ze was tegen iemand opgelopen, had haar schoen verloren, was gestruikeld en gevallen. Ze had haar handen geschaafd; ze waren geschaafd toen ze haar val brak, en deden pijn. Dat zal me leren over Italië te lopen mijmeren, dacht ze.

'Hier, mevrouw, neemt u mij niet kwalijk, geef mij uw hand...'

De man tegen wie ze was opgebotst excuseerde zich en vroeg of ze zich had bezeerd. Ze keek naar hem op en kon een ogenblik niet meer denken. Ze keek in de donkere ogen van Lucius Duncannon. Een nog niet helemaal genezen litteken bedierf een van zijn zware wenkbrauwen.

De verrassing en schrik die ze op zijn gezicht zag, werden waarschijnlijk op haar gezicht weerspiegeld. Als ze er ooit aan had getwijfeld dat de samenzwering echt bestond en de troon van koning George gevaar liep, wist ze het nu zeker. Lucius Duncannon was de meest toegewijde vriend van Jacobus.

Voor ze iets kon uitbrengen was hij verdwenen. Ze lag nog steeds languit op de grond, hevig geschrokken. Hij verdween in de steeg waar hij vermoedelijk uit was gekomen toen de botsing plaatsvond.

Lieve Jezus, dacht ze. Waarin ben ik terechtgekomen? En dan: ik moet hem volgen. Waar is mijn schoen? Maar ze kon hem niet vinden.

Ze trok haar rokken op en rende het steegje in, op een schoen en een kousevoet; ze holde naar het eind van de steeg en ging een tuin in.

De Theems lag als een zoet, breed lint voor haar, en er zat een man op een bankje, met zijn rug naar haar toe; maar het was niet Duncannon.

In een flits besefte ze dat deze man de reden was waarom Duncannon in de steeg was geweest. Ze wist het even zeker als wanneer hij het haar verteld zou hebben. Duncannon met zijn zwarte wenkbrauwen was bezig geweest Robert Walpole te bespieden, de Lord Treasurer voor koning George.

Ze ging de steeg weer in tussen de twee huizen die deze tuin gemeenschappelijk hadden, trok de overgebleven schoen uit en rende vlug en lenig op kousevoeten terug naar de andere kant. Ze was er nog niet aan toe Robin te ontmoeten, nog niet. Ze liep naar de draagstoelen die ze kon huren om zich naar huis te laten brengen. Ze had opeens de behoefte weg te gaan. Ze wilde haar moeder opzoeken, die weliswaar harteloos en wreed was, maar toch haar moeder. Er was een invasie. Ze had haar familie nodig.

Ze gaf de dragers de naam van de straat waar haar moeder woonde, maar toen ze daar aankwam, was haar moeder net als Wart niet thuis. Ze was vandaag vertrokken, zei de bediende. Nee, ze had niet gezegd waar ze heen ging.

Een glas brandewijn werd voor Slane neergezet, en hij sloeg het even snel achterover als het eerste glas en liet het branden zijn hoofd vullen met dampen. 'Nog een.'

Hij betastte de schoen die hij voor zich op tafel had gezet, een grijze damasten schoen waarvan de voorkant prachtig met kraaltjes was geborduurd.

Barbara was in Londen. Hij deed zelfs geen poging zich af te vragen hoe of waarom. In de laatste twee maanden was het leven een reeks sprongen geworden, sprongen van de ene verrassing of ramp naar de volgende. Ze had hem met zekerheid herkend. Hij zou naar tante Shrew gaan. Die wist waarschijnlijk wel iets.

Ze kwam hem tegemoet op de bediendentrap.

'Je weet zeker dat ze je herkende?' vroeg tante Shrew.

'Absoluut zeker.'

'Als Harry nog leefde, zou ik zeggen dat je geen gevaar liep, omdat Barbara alles voor hem zou doen. Maar nu weet ik het niet. Barbara heeft nooit over politiek gepraat. Voor ze wegging, waren er geruchten dat ze de maîtresse van de prins van Wales zou worden – dat is natuurlijk geen gunstig teken voor ons.'

In het donker staken ze hun handen naar elkaar uit en hielden ze vast, om kracht uit te putten. Meer konden ze in deze tijd niet doen, en het was niet genoeg.

'Ik zou wel kunnen huilen,' zei ze. 'Maar als ik eenmaal begin, kan ik niet meer ophouden. Hoe is het met Rochester?'

'Wat dacht je? Dat gerucht over die hond heeft hem half gek van angst gemaakt. Hij schrikt al als er een deur te snel opengaat.'

'Walpole had allang iets gedaan, als hij meer dan vermoedens had. Zeg tegen Rochester dat hij standhoudt; laat hem denken aan 1715, toen de Whigs het probeerden met dezelfde list, door geruchten te verspreiden en toespelingen te maken.'

De agenten van de koning hadden geen belangrijke personen gearresteerd. Na ondervraagd te zijn werd iedereen weer vrijgelaten. De gestelde vragen gingen over Rochester, telkens weer.

Walpole was te goed op de hoogte. Wat speelde hij voor spelletje? Wat wist hij? Hoog en laag in het jacobitische netwerk werd erover gepraat of men moest blijven en het erop wagen, in het vertrouwen dat de zaak zou overwaaien, of zou moeten vluchten. 'Blijf,' schreef Jacobus rechtstreeks aan Slane. 'De invasie is niet afgelast maar alleen uitgesteld.'

Je hebt nog niets gezegd over de ironie, Slane, zei Rochester. Welke ironie?

Dat ik jullie op die manier in de steek heb gelaten, en dat mijn naam nu toch boven aan de lijst van de samenzweerders staat.

'Denk je dat ze Rochester zullen arresteren, Slane?' vroeg tante Shrew. 'Hij is oud, hij heeft jicht, en hij is nog niet over de dood van zijn vrouw heen. Een paar jaar in de Tower, als het zover komt, zou zijn dood kunnen betekenen.'

Die gedachte was ongetwijfeld ook bij Walpole opgekomen. Dat was ook een reden waarom Slane niet uit Engeland wegging. Hij moest zien of hij Robert Walpole dwars kon zitten. Het was noodzakelijk geworden om Walpole dwars te zitten.

'Ik dacht dat je wilde dat Rochester dood was,' zei Slane.

'Ik ben van gedachten veranderd. Waar ga je nu heen?'

'Ik ga Barbara opzoeken.'

'Wees voorzichtig met haar. Ze is mijn nichtje, en ik houd van haar.'

Hij antwoordde niet; hij was al half de trap af.

'En wees zelf ook voorzichtig,' zei ze tegen het donkere trappehuis. 'Ik houd ook van jou.'

Barbara zat in haar bed in Saylor House, met Harry gezellig tegen haar dij. De hoge ramen van haar slaapkamer stonden wijdopen voor de nacht, en ze dacht aan Duncannon en aan Devane Square en aan Thérèse.

De priester zei dat ze precies opschrijven wie er in de kerk komen, had Thérèse die avond gezegd, half huilend. Alle katholieken. Ik schrok ervan. Ik zal er niet meer heen gaan, ik zal thuis bidden. Gaan we eindelijk uit Virginia weg, komen we thuis en vinden we hier ook waanzin.

Barbara voelde zich boos worden, want ze wist wat die kerk, haar gebeden daar, voor Thérèse betekenden. Ze had niet één keer geklaagd tijdens al die maanden in Virginia toen er geen marmeren heiligenbeeld was, geen verduisterd altaar om voor te knielen. Het is niet tegen de wet om je eigen godsdienst te belijden. Doe gewoon alsof de priester niets gezegd heeft. Je hebt niets verkeerds gedaan, Thérèse. En ik ook niet. We gaan niet doen alsof we iets misdaan hebben.

Duncannon.

Hij was Harry's held. Hij had de aanstaande bruid van koning Jacobus gered. Toen zij op weg was naar Italië om met Jacobus te trouwen, had koning George ervoor gezorgd dat ze gevangengenomen en opgesloten werd – ze bracht een grote bruidsschat voor Jacobus mee, geld dat voor een invasie kon worden gebruikt – en Duncannon was degene geweest die haar had gered uit een kasteel hoog in de Alpen en haar naar Italië had gebracht om met Jacobus te trouwen. Het was een romantisch verhaal. Hij was de held van de dag geweest, en alle contessa's zuchtten wanneer hij een salon binnenstapte. Er werd gefluisterd over andere avonturen: reizen naar het hof van de tsaar, reisjes naar Frankrijk. Het was een man van romantiek en van actie. Duncannon praatte nooit over die avonturen, maar anderen wel, bijvoorbeeld Harry, die hem enorm had bewonderd. Men zei dat hij de meest vertrouwde dienaar van koning Jacobus was. In elk geval was hij de beroemdste.

Haar hondje wipte van het bed af, rende naar de open ramen en sprong op de balkonnetjes ervoor. Barbara veegde een paar tranen van haar gezicht. Devane Square. Ze had geweten dat het huis gesloopt was, maar het viel haar zwaar de kale grond te zien, even zwaar als het dode lichaam van een geliefd persoon te zien. Ze voelde een groot verdriet. Hoe kon ze erover denken het te herbouwen? Die taak was onmogelijk, te groot voor haar, terwijl ze ook nog die schuld had en die boete moest betalen. De plannen die ze in Virginia had gemaakt leken hier kinderdromen.

Ze voelde aan haar handpalmen, die schrijnden; legde ze tegen het nat op haar gezicht. Als het niet had gemoeten, als Devane Square nodeloos was afgebroken, zou ze het Robin nooit vergeven, nooit, want ongeacht wat ze eenmaal zou bereiken, de schoonheid die Roger had gecreëerd zou onbereikbaar blijven. Dat was een van zijn talenten geweest, het creëren van zeldzame en ongeëvenaarde pracht. Zijn werk te hebben afgebroken was heiligschennis. Ze kon niet geloven dat ze het had toegelaten. Het moest, dacht ze, maar die wetenschap verminderde de pijn niet. Het was alsof ze Rogers dood opnieuw beleefde, door het zien van Devane Square vandaag.

Ze keek op toen Slane juist de slaapkamer binnenstapte, en haar adem stokte in haar keel.

'Deze hond laat zich gemakkelijk omkopen.' Slane kwam naar het bed toe, met Harry in zijn armen. 'Waarom huil je? Ik hoop dat ik je vandaag geen pijn heb gedaan.'

Hij tastte in zijn zak, haalde er een zakdoek en haar damasten schoen uit, legde beide op het bed en keek haar ernstig aan toen ze geen antwoord gaf.

'Virginia is je goed bekomen.'

Mooi, dacht hij, je bent mooier dan welk portret ook zou kunnen weergeven. En in je ogen zie ik wat me in Italië zo aantrok, zodat ik je volgde door een volle salon en aan iedereen vroeg hoe je heette, om dan te ontdekken dat je de zuster van mijn vriend was. Het wezen van een meisje ligt in je ogen, sterk, lief, teder. Ook woest. Je staart me woest aan. Heeft Virginia je woest gemaakt? Of de dood van je echtgenoot? Ze hield van hem, zei Harry, aanbad hem. Dit was een vrouw die vurig liefhad wanneer ze liefhad, net als zijn moeder, net als zijn dode vrouw. Wanneer je vurig liefhad, was je verlies ook hard. Ik zie je verliezen als een vage schaduw, in de vorm van je mond.

Londen bekomt je slecht, burggraaf Duncannon, dacht Barbara. Er stonden vreselijke donkere kringen onder zijn ogen, en dan dat litteken. Het leek erop dat Londen van helden zijn tol eiste. Harry had deze man enorm bewonderd.

'Ik kom om je stilzwijgen vragen,' zei hij. 'Het mag niet bekend worden wie ik ben.'

'Robert Walpole was in die tuin. Je bespiedde hem, hè?'

Haar stem. Hij was vergeten hoe hees, hoe sensueel die was. Maar was hij het wel vergeten? Was hij niet altijd aanwezig in zijn geheugen, net als de belofte van het meisje in haar ogen?

'Waar is je andere hondje? Ik herinner me dat het er twee waren.'

'Charlotte is in Virginia gestorven.'

'Luister nu goed. Ik vorm geen bedreiging voor jou of voor wie dan ook. Die invasie komt niet. Ik blijf hier alleen een tijdlang omdat het moet. Doe me die gunst, te zwijgen.'

Het schip dat uit Londen was gestuurd om Ormonde te halen was zonder hem teruggekomen. Ormonde had nooit de kans gekregen voet aan boord te zetten. Agenten en ambassadeurs van koning George waren in die korte tijdspanne eind april te snel opgetreden. Twaalfduizend wapens, zei de scheepskapitein, lagen in Spanje opgeslagen, en we konden er niet bij komen. Ormonde zelf stond op de kust, in vermomming, en we konden hem niet benaderen. Twee weken lang kwamen er dagelijks beambten van het Spaanse hof aan boord, die het schip tot in alle hoeken afspeurden, namen van passagiers noteerden, een lijst maakten van onze vracht. Uiteindelijk voeren we weg zonder Ormonde. We wisten niet wat we anders moesten. Vingerkootjes van een heilige, dacht Slane, terwijl hij over zijn voorhoofd wreef.

Hij zag dat Barbara voor hem terugdeinsde en merkte dat, dat hem eerst bedroefd, daarna boos maakte. Hij stak een hand uit en pakte haar ene pols, en hoewel ze haar hand probeerde los te trekken, draaide hij hem om en keek naar de schaafwonden op de handpalm. Ze had zich vandaag bezeerd toen ze zo hard was gevallen.

'Wat heb je tegen Walpole gezegd?' vroeg hij.

'Dat je burggraaf Duncannon was, een buitenlander. De beroemdste buitenlander. En dat hij maar moest proberen je te vinden. Hij bedankte me uitvoerig en beloofde dat hij ervoor zou zorgen dat ik hertogin werd.'

Zonder een woord te zeggen liet Slane haar hand los en liep naar de ramen. Een ogenblik later was hij verdwenen.

Barbara sprong uit het bed, rende naar het raam en boog zich over de balustrade van het balkon. Hij was in de tuinen beneden gesprongen en was nergens meer te zien. Nadat ze even had nagedacht deed ze een stap achteruit, ging tussen de zachte gordijnen van het raam staan en wachtte.

Het leek lang te duren. Het duurde lang. Maar uiteindelijk hoorde ze een beweging, vaag maar onmiskenbaar. Met luid kloppend hart stapte ze op haar tenen het balkon weer op. Daar was hij, op weg naar de donkerder schaduwen van de bomen in het park. Hij had zich verstopt in de struiken beneden en gewacht tot hij dacht dat hij veilig verder kon gaan.

Ik was slimmer dan jij, dacht ze, maar toen draaide hij zich om en liep terug naar het huis. Ze ging weer achter het gordijn staan. Hij bleef open en bloot staan, alsof hij wachtte.

Wacht hij op mij, dacht ze. Na enige tijd werd ze nieuwsgierig en vertoonde zich.

Slane staarde naar de figuur op het balkon, de vrouw die in haar lichte nachtgewaad zo slank was als een kaars, maar hij zag haar niet echt.

De jacobieten waren zich aan het terugtrekken; ze wachtten nog af wat Walpole deed, al waren er enkelen die nog plannen smeedden, en probeerden het verworvene te behouden. Slane deed met hen mee, omdat hij het nog niet op kon geven. Hij kon proeven hoe graag hij Walpole en de anderen bang wilde zien, zenuwachtig, vernederd, precies zoals de jacobieten. Als de soldaten in Hyde Park zijn teruggestuurd naar hun garnizoenen, zeiden ze, kan Ormonde alsnog komen, in de herfst. Slane had het gevoel dat het een ijdele droom was, maar hij kon er niets aan doen dat hij die droom toch had.

In het huis in Frankrijk waar Slane zijn prille jeugd had doorgebracht, was een kapel geweest. Hij herinnerde zich nog hoe de zon de kapel binnenviel, gekleurd en gekoeld door de gebrandschilderde ramen. Aan weerskanten van het altaar hadden waskaarsen gestaan, even groot als hij, en wanneer ze waren aangestoken, kwam er een doffe glans op het altaarzilver. Er waren heiligenbeelden en gebeeldhouwde gedenktekens aan verscheidene voorouders van de eigenaar van het huis. Op een stenen tafel stond een gebeeldhouwd kistje met een reliek erin, het vingerkootje van een heilige, dat naar men zei tijdens de kruistochten was meegebracht uit het heilige land. Als jongen maakte hij vaak het kistje open en keek naar het dunne, ivoorwitte beentje. Hij vroeg zich af wat het betekende, durfde het soms aan te raken, het later zelfs van zijn kussentje te nemen en in zijn hand te houden.

In dat kistje had hij de kleine geschenken van koning Jacobus bewaard, die maar zes jaar ouder was dan hij. Hij kon zich een mes herinneren, een vogelveer, een brief, een gouden ring met een robijn. Hij was al jong bij Jacobus in dienst getreden, toen hij dertien' was, en volgde hem waar hij ging – Jamie de Zwerver, werd de koning genoemd, omdat hij genoodzaakt was telkens te verhuizen wanneer de Engelsen weer een slag hadden gewonnen en eisten dat Frankrijk ophield de Stuarts te steunen. Hij was voor Jacobus van Rusland naar Florence gereisd, altijd op zoek naar geld, of beloften van krijgers om mee te doen met een invasie van Engeland, altijd op zoek naar manieren om de grieven tegen George de Hannoveriaan en zijn politiek in hun voordeel uit te buiten.

Hij had lange tijd niet aan het kistje gedacht, maar toen was hij, de laatste keer dat hij in Parijs was, teruggegaan naar die kapel om nog eens naar het vingerkootje te kijken, om te zien of hij het gevoel van mysterie en zekerheid dat hij als jongen had gekend, kon terugvinden. Het gebeeldhouwde kistje stond waar het altijd had gestaan, op de stenen tafel, onder de gedenkschilden, en hij had het met kloppend hart geopend, om te ontdekken dat alles weg was, het vingerkootje en de geschenken. De priester die de kapel beheerde had geen idee wat er was gebeurd, evenmin als de eigenaars van het landgoed.

Mijn hoofd doet pijn, had Louisa gezegd toen ze vernam dat het schip zonder Ormonde was teruggekomen. Het is allemaal voor niets geweest. Niet voor niets, had hij geantwoord. We hebben een netwerk gelegd. We zullen plannen maken voor een andere keer. Koning Jacobus zegt dat we de invasie zullen plegen wanneer het verrassingselement weer aan onze kant is. Tante Shrew had geen antwoord gegeven. Wanhoop en vermoeidheid waren als diepe lijnen op haar oude gezicht geëtst, als een plechtig afscheid van jongensjaren en vingerkootjes van heiligen.

Slane boog voor de gestalte op het balkon en was weg; hij stapte als een spook in de donkere schaduw en verdween.

Barbara huiverde, stapte naar binnen, trok het raam zo snel als ze kon omlaag, en het volgende ook, en het derde ook, en sloot ze allemaal. Ze rende naar haar slaapkamerdeur en deed hem op slot. Ze rende naar het bed en trok de lakens op tot aan haar kin.

Hij had geweten dat ze wachtte omdat ze de ramen niet meteen had gesloten. Dat zou voor de hand hebben gelegen, dat ze alle ramen dichtdeed en afsloot. Hij had geluisterd of hij zoiets hoorde.

Hij vertoonde zich om haar dat te laten weten, om haar te laten zien dat ze niet zo slim was als ze dacht. We bluften allebei, dacht ze, en hij heeft gewonnen.

Waarom zei ik dat ik het tegen Robin had gezegd? Ik zal hem niet verraden. En dat had iets te maken met haar broer, Harry, maar ook iets met Duncannon zelf. Een held, noemde men hem. In Italië werd hij vereerd om de moedige dingen die hij voor koning Jacobus deed. Hij leefde naar zijn overtuiging, had meer dan eens zijn leven gewaagd, en was hier nu, waagde weer zijn leven, wat Harry, met al zijn mooie woorden, nooit op die manier had gedaan.

Haar redenen om niets tegen Walpole te zeggen hadden te maken met haar vader en met Harry, met haar jeugd, toen ze van hen had gehouden, naar hen had geluisterd. Zij hadden gewenst te zijn wat Duncannon was.

Hij had haar gekust in een tuin. Ze had de volgende morgen op hem gewacht, na die kus in de schemering; ze was zeker van zichzelf, van haar uitwerking op elke man die ze bewust wilde betoveren en ook op menigeen die ze niet wilde betoveren. Hij kwam niet. Later hoorden ze dat hij onverwacht uit Rome was vertrokken, de avond dat hij haar had gekust was hij vertrokken. Naar een avontuur dat verlokkender is dan jij, had Harry plagend gezegd. Misschien heeft iemand hem gewaarschuwd hoe wispelturig en wreed je bent, Bab, dat geen man ooit goed genoeg is voor jou.

Behoed uw hart boven al wat te bewaren is. Iets in haar had dadelijk gereageerd toen ze hem zag aankomen met haar hond; het was niet de reactie die een Charles of een Klaus bij haar opriepen, maar iets diepers. Het gevoel dat ik voor Roger had, dacht ze, en kneep haar ogen stijf dicht, zoals ze ook als meisje altijd deed, toen ze nog geloofde dat wensen uitkwamen.

Morgen zou ze de reis naar Tamworth beginnen. Richmond House en Hampton Court lagen op de route, en ze zou daar haar opwachting maken. En ze moest ook zo snel mogelijk met Tommy Carlyle en met Wart praten. Tommy moest ze op de man af vragen stellen, en Wart... ach, met Wart moest ze gewoon praten. Hij was een vriend. Hij zou niet liegen.

De volgende morgen liet ze voor Tony's koetsier instructies achter dat ze die middag vertrokken; zelf ging ze te paard terug naar Devane Square. Met haar paard bij de teugel liep ze naar het midden van het plein. Ze was van plan het nu nauwkeuriger te bekijken; de verwarring en het verdriet van zich af te zetten, na te denken, een plan te verzinnen. Alles wat je nodig hebt, kun je in jezelf vinden, had Perry gezegd.

Pas één kant van het plein was bebouwd met huizen; alleen die huizen en de kleine, volmaakte kerk van sir Christopher Wren waren overgebleven. Een aantal andere huizen waren van hout gebouwd, maar die waren nu weg, zodat de kerk en de huizen midden in de velden tegenover elkaar stonden in eenzame schoonheid.

De ramen van de huizen waren met planken dichtgespijkerd, evenals de ramen van de kerk; de ingang van de kerk was met een hangslot en een ketting afgesloten. Het interieur was nooit afgekomen, herinnerde ze zich.

In het midden van het plein was een fraai plantsoen geweest, met een gazon, grindpaden, bloemen, bomen. Het plantsoen in het midden van het plein had in zijn ogenblik van glorie de curiositeiten van de koninklijke tuinen bij Kew House naar de kroon gestoken.

Zelfs majoor Custis had van de tuin van haar man op Devane Square gehoord – hij had er twintig laurierkersen voor gestuurd, die nu allemaal weg waren. De plekken waar ooit een overvloed aan zeldzame bomen en struiken had gestaan, waar mensen hadden gekuierd over keurig geharkte grindpaden en op zware stenen banken het uitzicht hadden bewonderd, waren nu overwoekerd met ruig gras.

Ze besteeg haar paard weer en dreef het door de laan langs Wrens onvoltooide kerk. Het huis had achter de kerk gestaan, aan de kant van Marylebone, aan zijn eigen straat, Barbara Lane. Grote poorten hadden toegang gegeven tot een schitterend terrein, met in het midden het huis. Daar was nu niets, alleen stilte, onderbroken door het ochtendgekwetter van vogels, terwijl haar paard naar de fontein ging op zoek naar water, dat er niet was.

De schelp van de nimf stond droog. Barbara staarde naar de nimf, die naar men zei haar evenbeeld was, tot ontsteltenis en verrukking van Londen.

Ze was nu op de plaats waar de toegangspoorten waren geweest. Voor haar was de oprit nog zichtbaar. Het huis was weg, evenals de honderd sinaasappelbomen in zilveren kuipen en de kleine, volmaakte Tempel der Kunsten die opzij van het huis was gebouwd, bij de langgerekte vijver. Roger had het een zomertempel genoemd, en had er zijn groeiende verzameling schilderijen en beelden in ondergebracht.

Alles was weg, uit niets bleek dat het ooit had bestaan, behalve wat er in een pakhuis was opgeslagen, de dingen die ze van het Parlement had mogen behouden: dat was alles waarvan bewezen kon worden dat het vóór 1719 was gekocht. Het paard schrok en sprong weg, en ze keek om.

Er naderde een tweede ruiter. Ze herinnerde zich deze man vagelijk – ze had hem meer dan eens aan het hof gezien – maar ze wist zijn naam niet meer. Hij was ouder, gezet, en zijn gezicht was getekend door de ontelbare samengetrokken putjes die een licht geval van pokken achterliet. Hij liet zijn paard twee keer in een cirkel om haar heen draaien. De tweede keer werd ze boos.

'Dit is privé-terrein,' bitste ze.

'Ja, dat weet ik, en u bent de eigenaresse.' Hij trok aan de teugels van zijn paard. 'Hoe maakt u het?'

Ze gaf geen antwoord.

'Ik ben sir Gideon Andreas. We zijn ooit aan elkaar voorgesteld, maar ik betwijfel of u het nog weet. Ik heb uw man gekend. Ik maak elke morgen als ik in Londen ben en als het weer het toelaat, een rit hierheen. Ik laat mijn paard daarginds drinken uit uw vijver, voor ik doorrijd naar Marylebone. Ik hoop dat u er geen bezwaar tegen hebt.'

Zijn ogen, grijze ogen, lichte ogen, gingen van haar naar de stenen nimf en weer terug. Barbara stak haar kin in de lucht.

De nimf was naakt en hield een schelp omhoog. Toen er water was geweest, had er water uit die schelp gevloeid in de grotere vijver waarin de nimf stond. Hierom zou ik Roger moeten
uitdagen voor een duel, had Harry gezegd toen hij het gezicht van
de nimf voor het eerst zag.

'Wanneer bent u teruggekomen uit Virginia, lady Devane? Ik
had nog niet gehoord dat u terug was, dus het kan nog maar kort
geleden zijn.'

'Gisteren.'

'En nu komt u al naar uw bezit kijken. Heel juist. Een vrouw
die zowel over verstand beschikt als over grote schoonheid, zie
ik. Ik heb hier overal grond gekocht, en u en ik moeten gauw
eens praten. Dat zullen we zeker doen. Nu zeg ik u goedendag
en zal ik u niet langer storen.'

Ze liet het paard naar de warboel van woekerend gras draven
die het kerkhof was, steeg af en leunde met haar ellebogen op de
stenen muur van het kerkhof. Andreas was bij de grote vijver en
liet zijn paard drinken. Daarop maakte hij een buiging naar haar
en galoppeerde weg naar het dorpje Marylebone.

Andreas, Andreas, dacht Barbara, terwijl ze terugreed naar Saylor House. Dat was het – als ze zich niet vergiste, was dat een
van de namen van degenen aan wie Roger geld verschuldigd was.
En zij nu dus ook. Hij doet me vagelijk aan Bolling denken. Het
lijkt me verstandig dat te onthouden.

40

Op Tamworth tilde Tim de hertogin uit haar koets, een stokoud,
ouderwets vehikel dat ze weigerde te vervangen. Ze kwam net terug van Lindenmas, een halve dagreis hiervandaan. Ze was daar
de hele maand juni geweest, in afwachting van de invasie van Ormonde. Ze had nu genoeg van het wachten en miste Tamworth,
en was daarom naar huis gekomen. Ik sterf net zo lief in mijn eigen bed, zei ze tegen Tony. Ik zal bij u komen om voor u te zorgen, zei hij.

'Naar de kapel, uwe genade?'

'Ik moet eerst rusten. En dan, ja, naar de kapel.'

'Een van de korven doet het niet best.' Tim wierp een blik door
de geopende deur, maar Annie was nog buiten, met Dulcinea in
haar armen. Hij zei: 'Ik denk dat het door die zigeunerin komt.'

Terwijl hij de hertogin de trap op droeg, vertelde hij dat hij met de zomerzonnewende de hele nacht in het portaal van de kerk had gezeten omdat de overlevering wilde dat je dan de geesten kon zien van mensen die het komende jaar zouden sterven. Batseba, die buiten was om kruiden te verzamelen voor Annie – sint janskruid, varenloof, ijzerhard en ruit, die 's nachts moesten worden verzameld, en welke nacht was beter geschikt dan midzomernacht? – had haar lange, sluike haar losgemaakt, was naar het kerkportaal geslopen en had plotseling om de hoek gekeken.

'Ik heb een mijl gerend voor ik durfde te stoppen. Ik dacht dat ze een heks was. Nu gaat het niet goed met een van de korven en er is ruzie onder de keukenmeiden,' zei Tim.

Later toen Annie aan het redderen was in de slaapkamer om te zorgen dat alles na hun afwezigheid weer was zoals het hoorde te zijn, zei de hertogin: 'Ik wil niet hebben dat een zigeunerin mijn huishouden in de war schopt. Ze heeft misschien een vloek over mijn bijen uitgesproken. Een van de korven doet het slecht. Hoe lang is die zigeunerin hier al niet? Ze zou maar tot het voorjaar blijven.'

'Er is een brief. Die is gekomen terwijl wij weg waren.'

Een bepaalde intonatie in Annies stem leidde de hertogin een ogenblik af. 'Van wie is die? En hou eens op me op alles voor te bereiden. Ik ga nog eens dood terwijl jij me aan het voorbereiden bent.'

'Hij is van lady Alderley.'

Diana.

Annie hield de brief omhoog. Ze staarden er allebei naar alsof hij kon ontploffen.

'Maak open.'

Annie sneed de brief open – wat haar betrof had het Diana's keel mogen zijn – en reikte hem aan.

'Ze schrijft dat ze naar Tamworth komt. Volgens de datering kan ze hier vandaag of morgen al zijn. Net als Job heb ik nog niet genoeg te lijden. Die invasie, een zigeunerin die een vloek brengt over mijn bijenkorf en mijn huishouden, en nu dit. Ik weet niet of ik wel een oog dicht zal doen, terwijl ik oud ben en mijn rust nodig heb.'

'Gaat u dan rusten.'

'Ik zal niet slapen. Ik zal geen oog dichtdoen.'

De hertogin sloot haar ogen en viel onmiddellijk in slaap.

Later, toen het avond was, zo'n heerlijke Engelse zomeravond waarop het lang licht blijft, bracht Tim de hertogin naar de kapel, en liep onderweg langs de korven zodat ze ze zelf kon zien. Ze stonden in de tuinmuur; voor elke mijtervormige strooien korf was een holte uitgespaard in de muur. Hij liet haar de slechte korf zien.

Er waren hier allerlei bloemen gezaaid om de bijen te lokken. Achter de muur lag haar boomgaard – met appels, peren en pruimen – en daarachter een veld klaver, waarvan de dikke bloemhoofdjes een dicht tapijt vormden dat zacht bewoog in de zomerbries, als golven op de zee. Tegen de muur groeiden een oude, rankende blauweregen en bramen, munt en viooltjes en wilde peen, rozemarijn en margrieten en een oude, veelkleurige damascusroos, die er zo lang geleden geplant was dat niemand wist hoe oud hij was. De bijen waren er dol op.

De hertogin ademde de bloemengeuren in, genoot van de rozen en de klaver. Overal waren bijen; hun gezoem was voor haar een prachtig gezang, mooier dan een koor bij de vespers. Nu er oorlog dreigde, was alles nog eens zo kostbaar. Van elk ogenblik moest worden genoten. Ze moest haar ogen laven aan het gezicht op Tamworth, haar lievelingsaanblik. Barbara, dacht ze, ik wou dat je hier was, maar als we oorlog krijgen, ben ik blij dat je er niet bent.

De kapel was zoals altijd een onderdompeling in koel water voor een koortsige, verwarde geest. Het was er zo vredig. Tim hielp haar op haar lievelingsplekje te gaan zitten. De marmeren graftombe van Richard, met zijn liggende beeltenis erop, overheerste alles.

'Ormonde is er nog niet,' zei ze tegen Richard. 'Barbara is nog in Virginia. Harriet zou je wel bevallen. Het huwelijk is een succes.'

Laten wij niet moede worden goed te doen, want, wanneer het eenmaal tijd is, zullen wij oogsten, als wij niet verslappen. Zij had goed gedaan en de rijkdom van de familie vergroot. De nalatenschap van Tamworth was veilig, nu nog extra beveiligd en vergroot door alles wat Harriet inbracht. Niets kon het nu bedreigen. Het enige probleem was nog Barbara, wat er met de schuld moest gebeuren, met de puinhoop die het leven van haar lieveling was geworden. Ze sloot haar ogen en zweefde weg in herinneringen aan haar zonen en aan Richard, aan Barbara en Harry en Jane in andere, jongere tijden. Ze knikkebolde.

Tim tikte op haar schouder.

'Zeg tegen die kinderen dat ze met het riet krijgen als ze weer brandewijn aan de varkens voeren.'

Tim bukte zich om haar op te tillen in zijn sterke armen. Ze keek naar hem. Het was een kerel met een brutaal gezicht. Het was moeilijk om weerstand te bieden aan de lach in zijn vrolijke ogen.

'Bah.'

Hij grijnsde, zodat zijn afgebroken voortanden zichtbaar werden.

'Zal ik u bij de imker brengen? Nu u bij de hertog bent geweest, kunt u wel weer een potje ruzie maken.'

'Ik maak geen ruzie. Ik maak nooit ruzie. Wat is er gaande op Ladybeth?' Hoe ging het met sir John? Was hij nog zo idioot boos?

Maar dat wist Tim niet.

Ze namen een weg terug die hen door het bos van Tamworth voerde, welig groen en heerlijk lommerrijk. En daar was het huis, dat gebouwd was in de tijd van koning Hendrik VIII en zijn dochters, Mary en Elizabeth. Het rees groen van de klimop en rijk aan torentjes voor hen op. Het huis met zijn achthoekige erkers op de hoeken van de voorgevel, zijn bossen en park, zijn doolhof en zijn ijzeren hekken die toegang gaven tot een gebogen lindenlaan, maakte deel uit van het leven van iedereen in de wijde omtrek. De hertogin liet Tim even stilstaan, zodat ze van het uitzicht kon genieten. Ormonde krijgt dit niet, niet één akker, niet één baksteen ervan. Ik zal mijn leven ervoor geven, dacht ze.

'Richards rozen zijn op hun mooist. Kijk toch eens.'

Samen bewonderden ze de karmijnrode bloemen van de rozen in de tuin. Het was de eerste dag van juli. Juli was een goede maand voor rozen.

'Rode linten in heur haar...' Tim begon een oud volkswijsje te neuriën terwijl ze naar het huis liepen.

Haar bedienden zouden anders piepen als Ormonde en Jacobus kwamen en hen uiteenjoegen, het huis platbrandden of weggaven aan trouwe volgelingen. De buit is voor de overwinnaar, dat wist ze heel goed. Ze had het in haar leven drie keer zien gebeuren, dat de overwinnaars de buit verdeelden. Ze had tot de overwinnaars behoord.

In haar slaapkamer lag een boeketje van blauwe vergeet-mij-niet, rode pimpernel en gele agrimonie op haar hoofdkussen.

De zigeunerin, dacht de hertogin. Bah.

Toen ze de volgende morgen wakker werd, lag er een handvol aardbeitjes als rode baby'tjes op haar prekenboek. Maar er was meer: de portretten van Richard en Barbara waren versierd met slingers van wilde rozen en op het bed waren rozen gestrooid.

Dulcinea besprong een geurig roosje alsof het een muis was.

'Het is me wat moois tegenwoordig,' zei ze tegen Annie en Tim en Perryman, die als stoute kinderen waren bijeengeroepen, 'dat iedereen maar in mijn slaapkamer mag komen rondwandelen. Ik had wel in mijn slaap vermoord kunnen zijn. Er is toevallig een invasie, als jullie het soms vergeten zijn – plunderende Spanjaarden en Schotten, en overal jacobieten.'

En tegen Annie: 'Ze probeert me om te kopen, dat is duidelijk. Jij hebt haar mijn zwakheid verteld.'

'Ik heb niets gezegd...'

'Bah. Jij, Perryman, vertel me hoe het zit met die zigeunerin.'

'Ze doet alles wat haar gevraagd wordt. Ze zegt nooit iets brutaals terug.'

'Ze zegt helemaal nooit iets,' viel Tim hem bij.

'Niemand in het huishouden wil samen met haar eten of naast haar zitten,' vervolgde Perryman. 'Niemand wil de kamer waar ze slaapt met haar delen. Altijd wanneer er iets misgaat, wanneer er een bord breekt of iemand zich in zijn vinger snijdt, geven de anderen haar de schuld, en zeggen dat ze een vloek over hen heeft uitgesproken. Ze is altijd alleen, alleen met haar kindje, dat niemand wil aanraken. Het lijkt niet helemaal goed wijs.'

Een zigeunerin en een halve gare in mijn huishouden, dacht de hertogin. Precies wat ik hebben moet. Ze liet Batseba door Annie uit de keuken halen.

'Heb jij dit gedaan?' Ze wees naar de gevlochten rozen op de portretten, op haar bed, naar de aarbeitjes die op haar prekenboek lagen. Ze kon Annie heen en weer zien drentelen in het boudoir naast de slaapkamer. Als een kip die een gebarsten ei koestert, dacht de hertogin.

De magere borst van de zigeunervrouw ging snel op en neer, te snel. Een duidelijk teken van schuld, dacht de hertogin. Ze is schuldig aan wulps gedoe met wilde bloemen, aan het beheksen van bijen. Haar kop eraf.

'Ja, uwe genade.'

Een zachte stem. Zachte stem, hard hart. Komt tot Mij, allen, die vermoeid en belast zijt, en Ik zal u rust geven. Waarom dacht ze nu opeens aan dat bijbelvers? Maar ze wist het. Een plotselinge gedachte kwam bij de hertogin op.

'Wat gebeurt er op Ladybeth Farm?' vroeg ze.

'Er komen vreemde mannen aan, 's avonds laat. Die man die gevallen was...'

'Laurence Slane?' De hertogin werd plotseling nieuwsgierig en opgewonden.

'Ja. Die kwam voor sir John.'

Slane? Weer hier? Tony zei dat hij ergens in de buurt een liefje had, maar wat had hij op Ladybeth te zoeken?

'Ik zie iets in de theeblaadjes, iets kleins, met een staart en vlekken. Het brengt narigheid. Ik zie musketten en zwaarden en lady Ashford die huilt.'

Helderziend. De zigeunerin was helderziend. Dat en haar kennis van wat er op Ladybeth gebeurde gaf de doorslag voor de hertogin.

'Ken je de catechismus van onze Heer?'

Batseba knikte, maar schudde toen van nee. 'Moeilijk om te onthouden,' zei ze.

'Als je de catechismus kunt leren en je laat dopen als een fatsoenlijke vrouw, mag je hier blijven. Heb je je tong verloren? Dulcinea, zoek de tong van de zigeunervrouw eens op. Geef netjes antwoord: "Ja, uwe genade" of "Nee, uwe genade". Het is mij om het even.'

'Ja, uwe genade. Dank u, uwe genade.'

Die ogen hadden de kleur van varenloof. Het zou nog een heel karwei worden, deze vrouw te temmen. Echt iets voor Annie om een zigeunervrouw als troetelkind uit te zoeken.

'Ik heb niets gezegd,' zei Annie later om zich te verdedigen, terwijl ze de kussens opschudde en een denkbeeldig stofje op het kussen wegsloeg, als excuus om te proberen zoveel mogelijk te weten te komen. 'Het is een zigeunervrouw. Ze heeft uw gedachten gelezen.'

'Kan ze overweg met planten?'

'Beter dan wie ook.'

'Haal haar bij de kok vandaan en geef haar werk in de provisiekamer.'

Daar was ze toch al de helft van de tijd, maar dat hoefde de hertogin niet te weten, dacht Annie.

'Overigens was het de hertog die zo van aardbeitjes hield, niet ik.' Voor rozen was ze altijd gezwicht. De hertogin raapte een van de rozen op. Vergaar de roosjes wijl ge kunt.

Tim stak zijn hoofd door de deuropening.

'Er is een jongen uit het dorp gekomen die zegt dat er een rijtuig doorheen rijdt.'

Diana.

De hertogin liet zich door Tim naar het terras dragen. Ontzondig mij met hysop, dan ben ik rein, was mij, dan ben ik witter dan sneeuw; doe mij blijdschap en vreugde horen, laat het gebeente dat Gij verbrijzeld hebt, weer jubelen. Richard, Diana heeft ruim een jaar lang niets van me willen weten en nu is ze hier. Ze wil iets. Ze komt alleen op bezoek wanneer ze iets wil. Het eeuwige spel dat wij samen spelen.

'Moeder,' zei Diana.

De stem, onmiskenbaar, laag en gevoileerd, kwam van achter haar. De hertogin keek niet om, bewoog niet en liet niet merken dat ze iets had gehoord. Lippen, koel als gras beroerden haar wang.

'Lieve moeder.'

Vanuit haar ooghoek zag de hertogin Diana neerknielen met geruis van rokken, een vleug muskusachtig, zwaar parfum.

'Vorige zomer deed je niet zo lief, Diana, of met Kerstmis. Waardoor ben je van gedachten veranderd? Kom naar deze kant, dat ik je kan bekijken.'

Diana kwam voor haar staan. In tegenstelling tot een ander, die misschien onrustig zou worden onder haar onderzoekende blik, die misschien zou blozen of haar blik afwenden, hield Diana haar hoofd scheef terwijl ze wachtte, lui en zorgeloos als een kat die zit te zonnen op een schutting. Haar gezicht was te mager, de lijnen van haar neus naar haar mond dieper. Ze had donkere kringen onder haar violette ogen, de ogen waarvoor mannen hadden geduelleerd, om uit te maken welke kleur het precies was. Het was nog altijd een gezicht van ongeëvenaarde schoonheid, maar nu stond het afgetobd, vermoeid, hard. Ze steunde op een wandelstok, en er zat een verband om haar ene pols.

'Wat heb je daar? Begint Walpole je nu te slaan?'

'Ik ben gevallen. Het is niets.'

Ze loog. Niets verandert, en alles verandert. Van al haar kinderen had dit kind altijd gedaan wat het zelf wilde. Van al haar kinderen had dit kind gezegd: laat me met rust. Ze had voor de kinderen van dit kind gezorgd, had de schulden van dit kind betaald, had zoveel mogelijk de schandalen van dit kind in de doofpot gestopt, maar ze had haar niet aardig gevonden. Toch was er iets tussen hen dat daarboven uitging, een fijnkorrelige, staalachtige hoedanigheid die beiden bezaten en in de ander herkenden; en dat was uiteindelijk misschien sterker dan genegenheid. Het was verbazingwekkend te bedenken dat Diana Barbara had voortgebracht.

'Ga gemakkelijk zitten, en vertel me de roddels uit Londen.

Toen ik op Lindenmas was, werd er geroddeld over de bisschop van Rochester. Zeggen ze nog steeds dat hij via een gevlekt hondje in verband wordt gebracht met een verraderlijke briefwisseling?'

'Ja, zeker.'

41

Het dorpje Twickenham lag aan overkant van de rivier tegenover Richmond House, waar de prins en prinses van Wales 's zomers verbleven. Barbara liet de koetsier vragen waar de hertog van Wharton woonde. Whartons bediende deelde haar mee dat hij in de achtertuin was. Toen ze erheen liep, zag ze hem in een stoel bij de rivier zitten, en zag ze ook dat hij gedronken had. Ze riep zijn naam.

Wharton stond op, greep de rugleuning van de stoel om steviger te staan, en stak toen zijn handen uit. 'Mijn allerliefste Barbara, ben ik dronken of droom ik alleen?'

Ze omhelsde hem.

'Je bent dronken, denk ik. O, Wart, het is heerlijk om je te zien.' Hij nam Harry's plaats in voor haar. Wanneer je mensen verloor die je liefhad, zag je bij de overgeblevenen meer door de vingers.

Ze keek om zich heen. Er was niemand behalve zij en de rivier die groenig voortkronkelde tussen het riet. Ze drukte hem weer in zijn stoel en trok een andere stoel bij.

'Vertel me over die invasie. Alles. Geen leugens, maar de waarheid.'

'Er wordt gewerkt aan plannen voor een invasie in de herfst, en mijn rol is, zoals je wel zult begrijpen, er middenin te zitten.'

Dan loog Duncannon dus? Barbara keek met gefronst voorhoofd neer op een plooi in haar japon, teleurgesteld – nee, meer dan teleurgesteld. Niemand zou op dit moment de waarheid vertellen, behalve haar familie, en daarvan ook niet eens iedereen, maar van Duncannon had ze meer verwacht.

'Vertel me ook het volgende, Wart. Tommy Carlyle heeft me geschreven dat de boete die het Parlement Roger heeft opgelegd niet zo hoog had hoeven zijn, dat het kabinet, of eigenlijk Robin, Roger niet zo goed heeft verdedigd als ze hadden kunnen doen. Dat ze van Roger een zondebok hebben gemaakt.'

'Dat is mogelijk, Bab. Alles is mogelijk.'

'Wat herinner jij je ervan?'

'Alleen de walgelijke laagheid van de Hannoverianen en van alles wat hun begerige handen aanraakten. Het waren net struikrovers; ze verzamelden aandelen South Sea en verkochten ze weer. De ergste was de hertogin van Kendall. En voor Walpole is verachting nog te goed.'

'Waarom?'

'Omdat hij geen eer heeft, Bab.'

Er waadde een vrouw door het ondiepe stuk van de rivier, door het riet, met opgetrokken rokken. Barbara herkende haar. Lady Mary Wortley Montagu. Ze was ouder dan Barbara en Wharton, misschien wel tien jaar; haar gezicht was enigszins aangetast door littekens van pokken. Ze had grote, donkere ogen, maar geen wimpers. De pokken die haar gezicht hadden geschonden, hadden ook haar wimpers weggenomen. Het ontbreken ervan gaf haar een vreemde, starende, haast brutale blik. Ze stapte in het gras, met blote, natte voeten. De onderkant van haar rok was druipnat. Ze leek volkomen op haar gemak.

'Het is gemakkelijker om via de rivier te komen dan over het tuinpad, en ik moet bekennen dat ik het heerlijk vind om net als een kind pootje te baden in de rivier. U bent lady Devane, geloof ik? Ja, ik herinner het me, beslist de mooiste jonge vrouw aan het hof. Ik dacht dat u ergens in een kolonie zat. Wharton, je zit al wijn te drinken, en ik ben speciaal hierheen komen lopen om je uit te nodigen voor een van mijn avondjes. Probeer een beetje aanspreekbaar te zijn wanneer je komt. Senesino, van de opera, gaat voor ons zingen. Zij stem is goddelijk, lady Devane. U moet ook komen, maar u hoeft niet door de rivier te waden zoals ik. Wharton, ik reken erop dat je vanavond komt en je gedraagt. Ik groet u, lady Devane.'

Ze liep de ondiepe plek van de rivier weer in, zwaar slepend met haar japon. Barbara keek haar na en herinnerde zich dat de zuster van lady Mary met een jacobiet getrouwd was, een van degenen die in 1715 uit Engeland waren gevlucht. Lady Mary zit in het komplot, dacht Barbara. Ik zou er munten om verwedden.

'Ik hoorde dat er geen invasie komt,' zei ze.

'Ormonde komt in de herfst, wanneer de soldaten in Hyde Park teruggaan naar hun garnizoenen. Denk je dat het mogelijk is om neutraal te blijven, zoals je in Italië was? Toen ging er geen serieuze gedachte in je hoofd om, Bab.'

'Alsof Harry en jij zo serieus waren...'

'Dat waren we ook.'

'Jij was altijd dronken.'

'Maar niettemin bloedserieus. Wat stellen al die veren en kralen die je draagt voor? Je ziet er schitterend uit.'

'Ik ben op weg naar de koning in Hampton Court. Ik moet indruk maken.'

'Je eet van twee walletjes? Lafaard.'

Ze stond op, geërgerd.

'Volgens mij vecht jij tegen windmolens. Heb je gezien hoeveel soldaten er in Hyde Park waren? En ik hoorde dat er nog meer beschikbaar zijn, op afroep, bij de Hollanders. De oorlog is al verloren voor hij begonnen is.'

'Helemaal niet.'

'Lieve Wart, wees alsjeblieft voorzichtig, alsjeblieft. Ik zou liever niet zien dat je onthoofd werd. Dat is nog altijd de straf voor hoogverraad, weet je.'

'Zou je dan huilen?'

'Ik zou zeker huilen.'

'Dan zou jij de enige zijn. Heb je van mijn triomf gehoord, Bab? Lord Sunderland en ik waren als vader en zoon. Hij was bezig het zo te plooien dat ik tot minister van de koning zou worden benoemd. Grappig hè? We probeerden Walpole weg te krijgen. Ik wil niets liever dan dat Walpole verdwijnt. We hadden alles voor elkaar, Bab. En toen ging Sunderland opeens dood.'

Ze zweeg. Beter dan wie ook kende ze de wendingen van het lot, wanneer het leven in een draaikolk leek te zijn gekomen.

'Het is fijn dat je terug bent, Bab. Ik zal zorgen dat je een jacobiet wordt. Let maar op.'

'Hoe kom je erbij dat jij dat kunt, terwijl het Harry niet gelukt is?'

'Ik ben slimmer dan Harry... Ik mis hem, Bab.' Hij keek haar aan met vochtige ogen. De wijn die hij dronk bracht gevoelens aan de oppervlakte.

'Ik mis hem ook,' zei ze zacht.

Bij de poort draaide ze zich om en keek nog een laatste keer naar hem, Harry's vriend, die ook haar vriend was geworden toen ze hem had leren kennen. Hij maakte gebaren – zie geen kwaad, hoor geen kwaad, spreek geen kwaad – en haalde toen zijn hand langs zijn keel met een snijdende beweging.

Wat had Harry ook weer tegen haar gezegd, lang geleden? Het was dezelfde nacht dat ze had gehoord dat ze met Roger zou trouwen. Politiek, het is allemaal politiek, onschuldig zusje van me. Hannover of Jacobus III. Koning of Pretendent. De een wordt gesteund door een meerderheid van de machtige mannen in het land. De ander niet. Niet het goddelijke recht van koningen, Bab, maar het goddelijke recht van de macht.

Slane, die vanuit een raam in Whartons huis had toegekeken, kwam naar buiten toen Barbara weg was. Wharton lag onderuitgezakt in zijn stoel, met zijn handen onder zijn kin, en staarde naar het groene riet in de rivier. Er zwommen zwanen tussen het riet, de zwanen van de rivier, die toebehoorden aan de koning van Engeland.

'Wat zei ze?'

'Ze wilde weten of de invasie doorgaat. Ze zal jou niet verraden, Slane. Ik ken haar.'

'Ze zei dat ze het tegen Walpole had gezegd.'

'Als dat zo was, zou ze het mij meteen hebben verteld. Je kunt me wat dit betreft vertrouwen. Ze heeft jouw naam niet eens genoemd. Om de een of andere reden beschermt ze je.'

'Hoe kun je er zo zeker van zijn wat ze al of niet zal doen?'

'Barbara is een van de weinige mensen op deze wereld die ik vertrouw. Waar ga je heen?'

'Je betrouwbare vriendin achterna. Ik heb geen zin mijn dagen te eindigen in een kerker in de Tower.'

Ze was nog niet ver. Ze was bij de rivier, waar ze in een bootje stapte met drie andere mensen erin. Slane herkende de donkerharige vrouw dadelijk als de vrouw in de kerk. Was dat een vriendin van haar, vroeg Slane zich af. Of misschien een bediende? Ja, zij was natuurlijk Barbara's kamenier. Daarom meende hij haar te kennen. Hij had haar waarschijnlijk met Barbara in Italië gezien. De twee mannen in de boot kende hij niet, maar ze lachten en praatten met Barbara alsof ze haar heel goed kenden. Een van hen had een mismaakte arm. Er stonden allerlei dozen en manden bij hen in de boot.

Wat doen ze, dacht Slane, die naderbij kwam toen de mannen de boot de rivier oproeiden. Ze waren op weg naar de overzijde, waar de vervallen boog van een oud paleis aan de rivier het dorp Richmond markeerde. Slane zag hoe de boot werd afgemeerd en hoe de mannen Barbara hielpen aan land te stappen zonder de zoom van haar japon nat te maken. Ze zag er prachtig uit, met een soort knoedel van veren in haar haar, en kralen erdoorheen gevlochten. Ruitvormige lapjes zachte hertehuid, elk versierd met honderden kraaltjes, waren op haar japon genaaid. Ze droeg een vest dat uitsluitend bestond uit vele lagen fijn kraalwerk, en een staart van witte veren viel langs de rug. En haar kamenier had één enkele veer in haar haar.

Opsmuk uit de Nieuwe Wereld, dacht Slane, mooi gebruikt. De mannen tilden enkele manden op. Slane zag hoe Barbara een jongen wenkte, hem een muntstuk gaf, en de jongen stapte in de boot bij de overgebleven dozen. Het viertal wandelde naar de vervallen poort.

Ze gaat naar Richmond House, dacht Slane, om haar opwachting te maken bij de prins en de prinses.

Slane had het goed gezien. Barbara kende de twee mannen in haar gezelschap goed. Het waren Caesar White en Francis Montrose, die bedienden waren geweest in het huishouden van haar echtgenoot toen ze met hem trouwde. Zij hadden haar in enkele maanden zien opgroeien van meisje tot echtgenote.

Terwijl ze met hen de lange laan naar Richmond House afliep, dacht ze: zou de geest van mijn vader wel eens door deze laan lopen, op zoek naar oude vrienden en bondgenoten? Richmond House was het bezit geweest van de hertog van Ormonde. Ze zijn weg, vader, verstrooid op de vier winden. Nieuwe veroveraars, vader.

Tommy Carlyle, die onder een van de bomen stond die de laan omzoomden, zag Barbara voordat ze hem zag. Hij kwam voor haar staan, enorm groot op zijn schoenen met hun hoge, rode hakken, en versperde haar de weg.

'Je hebt Virginia weer verlaten. Verrukkelijk. Wat zul je vandaag een oplawaai geven aan ons vermoeide kleine hof, dat bang is voor de invasie, maar ook zo verveeld dat het de jacobieten begint te smeken hun dreigementen van een invasie waar te maken. "Nu hebben we echt een invasie," zal ik hun zeggen. "Een invasie van één persoon, die gekomen is om ons allen te verpletteren met haar schoonheid." Lieve kind, je bent een vleesgeworden droom. We zijn saai, Barbara, saai en bang en verveeld, en daar ben jij opeens, als een voorteken geland in ons midden. Wat voorspel je, goddelijk wezen?'

Barbara keek naar hem op, keek hem recht in de ogen. 'Ik heb je brief en het schotschrift ontvangen.'

'Stuur deze vazallen weg,' zei hij, terwijl hij verachtelijk met zijn hand wapperde naar Caesar, Thérèse en Montrose. 'Vanaf dit moment ben ik je nederige dienaar. Beveel en ik gehoorzaam.'

'Ik houd mijn bedienden bij me, dank je, maar loop met ons mee, Tommy, want ik moet met je praten. Breng me eerst naar hunne hoogheden.'

'Ik weet precies waar iedereen is. Ik maak er een levenstaak van dat te weten. De prins is aan het vissen. Het is de eerste keer dat hij zich dit genoegen weer gunt sinds de invasie ontdekt is. Hij was er geheel op voorbereid zelf een regiment aan te voeren, en vindt het helemaal niet leuk dat het zo lang duurt voor Ormonde verschijnt. Laten wij hem verrassen.'

De prins stond tussen het riet, in een satijnen jas en een geborduurd vest, tot zijn knieën in het ondiepe water, met soldaten op de oever om hem te bewaken. Op enige afstand zat een vrouw in een satijnen japon op een Frans stoeltje: zijn maîtresse, Mrs. Howard.

Een bediende die Barbara, Carlyle en de anderen zag aankomen, waadde plassend naar de prins toe, die juist zijn lijn wilde uitwerpen. Ongeduldig keek hij om, en de uitdrukking die op zijn gezicht verscheen toen hij Barbara herkende, zou haar vroeger van haar stuk hebben gebracht. Hij wierp zijn hengel weg en stampte het water uit.

'Zijn ogen puilen nog verder uit dan gewoonlijk, nu hij jou ziet,' zei Carlyle. 'Wie van ons kleine hof noemde hem ook alweer de Kikvors?'

Dat was Barbara geweest.

'Ah, moeilijkheden ten oosten van ons. Mrs. Howard heeft je gezien. Ze zit niet meer rustig in haar stoel. Ze is opgestaan en de uitdrukking op haar gezicht is de prijs van een robijnen halssnoer waard. Hier is hij… Uwe hoogheid, ik trof dit visioen van schoonheid zwervend in uw laan aan en heb haar dadelijk hier gebracht om u te begroeten.'

'Wat nou? Wat nou?'

De prins was buiten adem, en boos, en herhaalde zichzelf door zijn verwarring. Zijn ogen namen Barbara woedend op.

'Ik ben teruggekomen uit Virginia, uwe hoogheid.'

Barbara maakte een diepe revérence.

'U hebt ons verlaten zonder afscheid te nemen.'

Ze rees uit de revérence op met de gratie van een lelie die zich opent. 'Dat is waar, en ik vraag daarvoor uw vergiffenis. Ik was zo verdrietig over het verlies van Lord Devane, over het verlies van Devane House, dat ik niet geheel mijzelf was. Wilt u mijn nederige verontschuldigingen aanvaarden en me mijn onbeleefdheid vergeven? Ik hoop het. Ik verlang uw vergiffenis.'

'Denkt u dat u zomaar weer onder ons kunt verschijnen, zoals u ons hebt verlaten, zonder waarschuwing? Blijft u ditmaal bij ons? Of zal een of andere gril u weer wegvoeren?'

'Ik heb iets voor u.'

Barbara knielde neer en Thérèse kwam naar voren en maakte de schitterende knoedel veren in Barbara's haar los.

'Alleen een groot krijger mag dit dragen.' Barbara stak de prins de knoedel veren toe. 'Hij moet keer op keer zijn dapperheid hebben bewezen in de strijd. Dit zijn veren van een adelaar, de meest woeste vogel in de Nieuwe Wereld. Wilt u dit aanvaarden met mijn complimenten? Dit is de vederbos van een krijger. De Iroquois zijn de beste krijgers van alle koloniën. Gouverneur Spotswood vertelde me dat we maar beter een bondgenootschap met hen kunnen aangaan, anders zouden ze ons allemaal de zee in kunnen drijven. De Fransen proberen bij hen in het gevlij te komen, willen een bondgenootschap met hen vormen tegen ons. Gouverneur Spotswood zegt dat niemand hier begrijpt hoe belangrijk verdragen met de Iroquois zijn. Het is een eer dat ik dit heb. Ik heb het niet hoeven kopen. Ik zei voor wie het bestemd was en ik kreeg het ten geschenke, om u te eren als zoon van een koning, en om uw prestaties op het slagveld te eren. Want ik heb hun verteld dat u ook een krijger bent.'

De prins streek met zijn vingers langs de lange veren, langs de kralen op de plaats waar de veren bij elkaar kwamen. Haar geschenk was slim gekozen. Hij voelde zich het gelukkigst in het leger, was het meest in zijn element te midden van mannen en beesten en de geur en gewaarwording van oorlog. Zijn ruwheid was dus slechts een onderdeel van een meeromvattende hardheid.

'En dit' – Caesar kwam naar voren en stak hem een pakket toe – 'is een deken die van een beer gemaakt is. In de bergen aan de ene kant van de kolonie Virginia leven grote, bruine beren. Ze hebben er de poten en klauwen aan laten zitten. De poten zijn even groot als mijn hoofd, de klauwen zijn even lang als mijn hand, en de hele deken is reusachtig groot. Het is een schitterend beest geweest. Ik hoop dat de deken u genoegen zal doen en u warm zal houden en dat iets van de geest van de beer tot u zal komen wanneer u eronder ligt. Ik zou me gaarne weer vrijelijk te midden van u allen willen bewegen, zoals vroeger. Dat zou ik prettig vinden, en ook weer uw achting te hebben.'

De prins staarde met woeste blikken naar Caesar, naar Thérèse, naar Montrose en Carlyle, naar iedereen behalve Barbara. Het leek alsof hij het niet kon opbrengen haar recht aan te kijken.

'Ik ga vanmiddag naar Hampton Court om Zijne Majesteit de koning te bezoeken. Wilt u dat ik een boodschap van u overbreng?'

De prins schudde zijn hoofd.

'Heb ik uw toestemming om me nu te verwijderen en me bij de prinses te presenteren?'

Toen hij kort knikte, liep Barbara achterwaarts weg, en de anderen deden hetzelfde.

Toen ze al een eindje weg waren, op een pad dat omhoog het park inliep, zei Carlyle: 'Kijk eens.'

De prins was naar Mrs. Howard toe gestapt en hield haar de reusachtige deken voor. Hij wuifde naar hen, stijf en zonder glimlach, maar toch: hij wuifde – en dat voor een man die niet over sociale vaardigheden beschikte.

'Laat mij u vergezellen naar Hampton Court.'

'Nee, Tommy.'

De prinses zat in een zomerhuis, een zogeheten folly, met haar rug naar hen toe. De folly, die op een lage heuvel stond, was van witte steen en had de vorm van een tempel, waar de wind vrij doorheen kon waaien. Ze zat er met haar favoriete gezelschapsdames en de hofdames. Ze aten peren, waarvan ze stukjes afsneden met kleine, scherpe mesjes met ivoren heften die met zilveren kettinkjes aan hun japon bevestigd waren. Ze lachten wanneer het peresap langs hun kin droop. Toen de een na de ander haar zag, had Barbara het gevoel dat ze een grotere ruimte doorkruiste dan de oceaan die ze zojuist was overgestoken, en in een put van zwijgende haat neerdaalde. De hofdames staarden haar met een ernstig gezicht aan, alsof ze een maan was die voor hun neus uit de hemel was komen vallen. Ze waren jong, vijftien en zestien jaar oud, en dienden de prinses tot ze gingen trouwen. Ze kon zich herinneren dat ze zelf zo oud was; het leek een mensenleeftijd geleden.

Barbara bleef bij de onderste trede van de folly staan, met haar bedienden in een halve kring achter haar. Er was een lange stilte, waarin Barbara een revérence maakte.

'Lady Devane, u werd niet verwacht.'

De stem van de prinses was koel, even koel, even weinig verwelkomend als de uitdrukking op haar gezicht, een uitdrukking die enigszins weerspiegeld werd door iedereen om haar heen. Barbara haalde diep adem. Ze moest deze vrouw te vriend houden, en als ze haar vriendschap niet kon winnen, moest ze zich in elk geval hoeden voor haar vijandschap.

'Maar naar ik hoop ben ik niet onwelkom, hoogheid. Ik heb iets voor u meegebracht uit Virginia: tweeënvijftig kaarsen, gemaakt met de wasgagel die daar groeit, in een mand die gevlochten is door de oudste slavin op de plantage van mijn grootmoeder. Het patroon van de mand is bijzonder fraai, en de kaarsen verspreiden een betoverende geur als ze branden.'

Een van de hofdames kwam de treden af om de mand in onvangst te nemen. Barbara vertelde iets over haar andere geschenken: kindermocassins, een kam van walvisbeen, een bord en een wieg waarin de Iroquois-moeders hun kinderen plachten te dragen. De prinses keurde alles nauwelijks een blik waardig.

'Ik wilde alleen mijn nederige opwachting maken voor ik naar Hampton Court ga.'

'U nederig, lady Devane? Dan bent u in Virginia wel erg veranderd.'

Daar ga ik niet op in, dacht Barbara. Ik doe net of er niets aan de hand is. 'Ik wilde dat u zou weten dat ik terug ben. Ik sta geheel tot uw dienst.'

'Geheel?'

De prinses lachte, maar het klonk niet vrolijk. Barbara bleef wachten tot de prinses niet meer lachte.

De twee vrouwen keken elkaar in de ogen, twee paar blauwe ogen, het ene paar met een felle, koele, verachtelijke blik, het andere met een kalme blik.

'Ja,' herhaalde Barbara, 'geheel.'

Toen ze zich verwijderd hadden van de folly, zei ze tegen haar bedienden dat ze bij de boot op haar moesten wachten. Tegen Carlyle zei ze: 'Laten we ergens gaan zitten waar we uitzicht hebben op de rivier.'

Toen ze een bank hadden gevonden, moest ze eerst een tijd naar de rivier staren. Wat hij ging zeggen zou van invloed zijn op haar hele leven, dat voelde ze. 'Verklaar je nader. Vertel me zonder omhaal wat je me in je brief probeerde te zeggen.'

Eindelijk, dacht Carlyle. Hij begon te spreken.

'Twee lentes geleden, toen het één grote chaos was, werden de meest vertrouwde dienaren van Zijne Majesteit beticht van zware misdaden. De koninklijke familie had zich in ruime mate bediend van aandelen South Sea en smeergelden. En jouw echtgenoot was een directeur van South Sea. De South Sea Company was van hem afhankelijk om koninklijke goedkeuring en bescherming voor hun activiteiten te krijgen, en hij kweet zich zeer goed van zijn taak. Toen de prijs van de aandelen daalde, en nog verder daalde, en toen duidelijk werd dat hij niet meer zou stijgen, was het gebrul van woede aan zijn adres en aan dat van alle directeuren oorverdovend. Op straat werd Rogers rijtuig met stenen bekogeld. Voor het House of Lords werd hij aangevallen door boze aandeelhouders. Hij probeerde eerst vrienden die geld verloren hadden terug te betalen uit zijn eigen zak, maar dat was zinloos. Het was een druppel op een gloeiende plaat. En toen ging hij dood. Dat was een tragedie. Maar misschien ook een geluk bij een ongeluk...'

'Geluk.' Ze voelde iets – was het boosheid? Kon boosheid zo sterk zijn? – als vuur branden van top tot teen. Hij sprak de waarheid. Dit was haar reactie op het horen van de waarheid.

'... voor degenen die probeerden het kabinet en de koninklijke familie te redden. De woede van het publiek was niet alleen gericht op de directeuren. Zoals je je wel zult herinneren, waren de koning en zijn familie, en al zijn ministers en gunstelingen ook het doelwit. Heb je wel eens gezien hoe de jongens stenen gooien naar de haan voor vastenavond, en dat ze steeds harder gaan gooien, ook al is de vogel al dood, bezeten als ze zijn van hun eigen bloeddorst? Een barbaarse gewoonte, maar ook bevredigend, een uitlaatklep voor woede en gewelddadigheid. De woedekreten tegen je echtgenoot bleven aanzwellen, hoewel hij dood was. Naar mijn overtuiging zijn ze enigszins aangewakkerd toen men besefte dat er een zondebok was verschenen, en nog wel een erg handige zondebok, een dode die zich niet meer kon verdedigen. Immers, als men zoveel mogelijk woede en haat op zijn hoofd liet neerkomen, hadden de anderen een kans om te ontkomen aan de brullende massa die iets moest hebben om zijn verdriet op te koelen, iemand om aan stukken te scheuren. Robert Walpole is vóór alles een praktische man, Barbara. Hij buigt voor het onvermijdelijke. Ik was erbij; ik heb de manoeuvres en voorwendsels gezien die hij gebruikte om anderen te beschermen. Maar toen de boete voor Roger aan de orde kwam, was zijn verdediging niet zo uitvoerig; er ontbrak iets aan, een vonk van ijver, vastberadenheid. Zeker, de honden huilden luidkeels, maar dat hadden ze al eerder gedaan. Ik zag hoe Robert er keer op keer het zwijgen toe deed wanneer Roger, een man die zowel hem als Townshend nog maar twee jaar tevoren weer in de gunst had helpen komen, op een onbeschrijfelijke manier door het slijk werd gehaald. En niet alleen ik zag dat, maar ook sommige ministers, mannen die op zijn minst even schuldig waren als je echtgenoot. Maar zij leefden nog, nietwaar? In de stormloop op Rogers nalatenschap haalde Robert er keurig bepaalde toelagen, bepaalde rechten voor andere, nog levende directeuren uit. En intussen werd Devane House gesloopt, steen voor steen, terwijl Londen erbij te hoop liep en zei: "Kijk, we worden gewroken. We vreten zijn ziel op."'

Ze voelde zich misselijk en duizelig van woede.

'Ga niet alleen op mijn woorden af, Barbara. Vraag het aan de bisschop van Rochester, de man van wie ze nu beweren dat hij een samenzwering tegen de koning heeft geleid. "Ik ben in functie gebleven omdat Lord Devane gestorven is," heeft Sunderland tegen Rochester gezegd, en Rochester heeft het tegen mij gezegd.'

Ze stond op, schudde de plooien van haar japon uit, maar Carlyle liet zich niet beetnemen door deze handeling en de kalmte die eruit sprak. Haar gezicht was zeer bleek, en de donkere moesjes die erop waren aangebracht staken er fel tegen af.

'Je spreekt misschien uit afgunst, Tommy, om wat Robin heeft en jij niet.'

'Geloof je dat werkelijk?'

'Nee.'

'Een kleine raadgeving van een ervaren hoveling. Laat nooit of te nimmer aan een ander blijken wat je denkt, zoals je zojuist tegen mij hebt gedaan. Het is dodelijk om dat te doen, zonder meer dodelijk. Je bent niet meer in de wildernis van Virginia, lieve. Je bent aan het hof.'

Na deze vermaning legde hij zijn hand op zijn hart. 'Ik had de eer dat je echtgenoot, die ik liefhad, mij zijn vriend noemde. Ik blijf zijn vriend, ook in de dood. Om zijnentwil sta ik tot je beschikking.'

Na die opmerking liep ze van hem weg, zonder één keer om te kijken, en Carlyle keek haar na tot ze nog maar een klein figuurtje in de verte was. Hij vouwde zijn waaier open. Walpole, dacht hij, misschien krijg ik je toch nog te pakken.

Ze was weggegaan als een onbesuisde, fladderende schoonheid, en was teruggekomen als iets heel anders. Ze was ernstiger en afstandelijker. Haar niet te onderdrukken ondeugendheid, een van haar grootste charmes, was overgegaan in een rijper soort eigenzinnigheid, die ook weer erg aantrekkelijk was en tevens een tikje beangstigend. Aan dit hof met zijn zeurende zelfgenoegzaamheid was zij onmiskenbaar, goud tussen de sintels. Heeft zij de nodige kracht en diepte om het tegen Walpole op te nemen, vroeg hij zich af. En zal ze dat doen? Was haar roekeloze houding van erop of eronder verdwenen, uitgewist door Virginia en door Rogers dood? Of sluimerde die slechts?

Er kwam iemand naast hem zitten. Carlyle keek opzij en kneep zijn ogen halfdicht toen hij Laurence Slane zag.

'Ik moet om drie uur kaarten met de prinses,' zei Slane. 'Weet je waar ze is?'

'Natuurlijk.'

'Wie is de dame die ik bij je zag zitten?'

Slane strekte zich lui uit op de bank.

'De weduwe van graaf Devane, een zekere Barbara Montgeoffrey. Zij is zojuist teruggekeerd uit Virginia en heeft haar opwachting gemaakt bij de prins en de prinses van Wales.'

'Waren ze blij haar te zien?'

'Zijne hoogheid begroette haar met de gratie van een pasgeslachte os. De prinses zou haar het liefst in het hart hebben gestoken met een van die fruitmesjes waarmee ze peren at.'

'Uiteenlopende reacties dus.'

'Ja, zeer uiteenlopend, van het ene moment op het andere van liefde tot haat.'

'En waar gaat de dame nu naartoe?'

'Naar Hampton Court om de koning te bezoeken.'

'Zal ze daar dezelfde gevoelens losmaken?'

'Ik denk dat ze daar respect zal oogsten.'

'Je grijnst als een kat die een smakelijk, vet vogeltje heeft gezien.'

'Werkelijk? Vreemd dat je niets zegt over de schoonheid van lady Devane. Schoonheid zoals de hare is heel zeldzaam en plaatst haar meteen in een geheel eigen adel. Ze mag dom, ongemanierd en gemeen zijn. Dat doet er niet toe. Met zo'n gezicht lijkt elke deugd dubbel zo groot, en ondeugden worden buiten beschouwing gelaten. Hartstochten ontbranden voor en tegen haar, nog voor ze haar mond heeft opengedaan. De meeste mannen beginnen meteen over haar schoonheid te praten.'

'Is ze dom, ongemanierd en gemeen?'

'Nee. Wijlen haar echtgenoot had een oog voor het ongewone. Hij verzamelde tal van fraaie objecten, en hij trouwde haar toen ze nog een kind was, nog geen zestien jaar oud. Ik denk dat hij het toen al zag, dat ze in alle opzichten meer dan gewoon zou zijn. Natuurlijk was hij voornamelijk geïnteresseerd in de bezittingen die ze meebracht in het huwelijk. Toen ze eind 1719 bij ons terugkwam, na vier jaar te zijn weg geweest, was ze het gesprek van de dag. Alle vrouwen wilden hun japonnen in de snit van de hare, wilden hun haar zo dragen als zij, hun moesjes aanbrengen zoals zij het deed. Het zal nu weer net zo gaan, met al die veren en kralen waarmee ze zich heeft opgetuigd. Ja, die Roger. Hij had een geweldig oog.'

'Ga jij vanavond naar het feest bij lady Mary?'

'Natuurlijk ga ik. Bijna de hele hofhouding van de prins zal er zijn, misschien hunne hoogheden zelf ook. Ik zou het niet willen missen. En jij, Slane?'

'Ik ga natuurlijk ook.'

'En waar ga je nu heen?'

'Ik ga wat langs de rivier wandelen. Ik moet geconcentreerd zijn om te kunnen kaarten. Je vergist je, moet je weten. Ik heb wel degelijk gezien hoe mooi ze was.'

Barbara liet haar hand door het water slepen. Ze leunde over de boord van de boot die haar naar Hampton Court bracht. Haar hoofd deed pijn, en haar hart ging tekeer. Thérèse speldde een nieuwe verentooi in haar haar, en Barbara moest het maar verdragen. Ze had erop vertrouwd dat Robin het schandaal, althans Rogers aandeel erin, netjes zou afhandelen. Carlyles woorden hadden het verdriet en de pijn weer opgerakeld, het afgrijzen van twee jaar geleden, toen Roger ondanks haar zorg was gestorven.

Ze hoorde Thérèse Montrose en Caesar vertellen over de slaven op First Curle, dat ze de rivier niet overstaken voor ze toestemming hadden verkregen van de riviergeest.

'Als deze rivier ook een geest heeft, is het een goedaardige,' zei Caesar.

'We moeten hem een geschenk aanbieden, zoals we in Virginia ook deden,' zei Thérèse plagend. Ze waren goede vrienden. 'Jouw pruik bijvoorbeeld,' zei ze.

Barbara trok een moesje van haar gezicht en gooide het in het water, terwijl ze dacht: al die brieven van Robin, al die verzekeringen – Roger is mijn vriend, ik zal voor hem zorgen – waren dat allemaal leugens? Ze had het aan Robin overgelaten. Ze had er geen ogenblik over gedacht om naar Londen te gaan en bij de hoorzittingen aanwezig te zijn.

Zwanen dreven voorbij, majestueus, statig; het deerde hen niet hun rivier te delen. Tuinen en gazons liepen door tot aan de oever van de rivier, waar wilgen en riet groeiden.

'Kijk,' zei Montrose terwijl hij wees. 'Hij doet alsof hij er ook een is.'

Er zwom een gans tussen de zwanen. Zijn lange nek was donker, zijn snavel lelijk en bultig, niet fraai gevormd zoals die van de zwanen. De gans begon te snateren, alsof hij had gehoord wat Montrose zei.

Duncannon, dacht Barbara, Jamies gans tussen de zwanen.

'Goslings' werden ze genoemd, ganzenjongen – de zonen van de Ierse edelen die in 1689 uit Ierland waren gevlucht nadat koning Willem en zijn generaals Marlborough en Tamworth hen hadden verslagen in een reeks rampzalige veldslagen. Jacobus II had vanuit Ierland een laatste poging gedaan zijn troon op te eisen, maar het was zinloos geweest. Honderden Ieren vluchtten met hem. Ze gingen met Jacobus mee om zich in Frankrijk te vestigen, onder Lodewijk XIV. Deze uittocht werd de vlucht van de wilde ganzen genoemd.

Deze Ieren – en Schotten, die ook meevochten – vulden de Europese hoven, waar ze dienden in alle mogelijke functies, van ministers tot huurlingen. De ganzenjongen, die aan buitenlandse hoven waren opgegroeid, dienden als spionnen voor Jacobus, als hooggeplaatste geheim agenten die befaamd waren om hun trouw aan hun vorst.

Koning George zou willen weten dat er een ganzenjong was, hij zou hem willen kortwieken en hem opsluiten in de Tower, hem aan het volk laten zien, zoals ook de leeuwen in de Tower werden vertoond, of de olifant. Barbara kneep haar ogen stijf dicht voor het beeld dat voor haar geestesoog verscheen: Duncannon, met een touw om zijn nek, die voor een menigte heen en weer moest lopen en met rotte vruchten en groenten werd bekogeld. Lieg jij ook, Duncannon, vroeg ze zich af.

Ze waren bij de riviertrap gekomen die naar de tuinen van Hampton Court leidde. Dit was een geliefde plek geweest van Hendrik VIII en zijn dochter koningin Elizabeth, die naar men zei als maagd was gestorven. Hampton Court was ook bij deze koning zeer geliefd. Er stonden soldaten langs de trap, en op gezette afstanden langs de grootse voorgevel van het huis. Ik had in Londen moeten blijven, dacht Barbara. Ik had zelf de hoorzittingen moeten bijwonen. O, Robin, dit vergeef ik je nooit. En ik zal je ervoor laten boeten.

'Daar zit je dus.'

De stem deed Batseba huiveren.

'Dat is geen geschikte plaats om je te verstoppen. Kom maar te voorschijn. Ik weet alles over je.'

Batseba kwam uit de hoek van de provisiekamer waar ze zich verstopt had.

'Dus jij bent die heks,' zei Diana, 'waar ze over praten. Een heks, een zigeunerin, met een achterlijk kind. Is dit het achterlijke kind?'

Diana bukte zich bij een mand.

Batseba verstijfde, maar na er een blik in geworpen te hebben was Diana half hinkend naar de voorraadplanken van de provisiekamer gelopen, waar ze de potten en kruiken betastte, de drogende rozen en varens. Batseba schoof de mand met haar voet onder de tafel.

'Het komt mij bijzonder goed uit dat jij op Tamworth bent komen wonen. Ik had er geen idee van, hoor; ik ben hier bij ingeving heen gekomen. Maar ik schijn een beschermengel te hebben.' Diana lachte, met kleine witte tanden tussen donkerrode lippen. 'Ik wil je een gunst vragen, heks. Ik zal ervoor betalen, meer dan je hier in een heel jaar krijgt. Ik wil ergens vanaf, zie je.'

Diana grabbelde tussen de drogende potpourri, pakte lavendel en kardemompitten en rook eraan, maar liet ze weer vallen toen ze iets anders zag.

'Jij bent degene die me kunt helpen, dat weet ik.'

In Hampton Court aangekomen gaf Barbara haar naam en een zakje met munten aan een bediende en wachtte vervolgens in een ruimte waar al vele anderen waren die evenals zij de koning wilden spreken. Ze ging bij de ramen staan en staarde naar buiten in de tuinen, zonder zich bij Thérèse en Montrose en Caesar te voegen, die babbelden en lachten. Verscheidene mannen liepen door de kamer, en er begonnen wachtenden te fluisteren en te bewegen toen ze verschillende ministers des konings herkenden. Barbara kwam bij het raam vandaan en legde haar hand op de arm van een van deze mannen.

'Robin.'

Hij draaide zich om en zijn ogen werden groot onder die belachelijke dikke wenkbrauwen. 'Ik geloof mijn ogen niet.'

Een seconde later werd ze tegen hem aan getrokken in een meedogenloze omhelzing. Robert Walpole lachte en veegde tegelijkertijd de sentimentele tranen weg die over zijn wangen biggelden terwijl hij haar op een armlengte afstand hield en haar van top tot teen bekeek.

'Je bent veilig terug. Wanneer? Hoe? Gods bloed, Barbara, ik heb onafgebroken gebeden om je veiligheid. Je kent mijn zwager, Lord Townshend, en dit is Lord Carteret. Heren, ik presenteer u lady Devane.'

'Ik ben nog maar net terug, Robin. Ik kom mijn opwachting maken bij Zijne Majesteit.' Ze voelde zich ijzig koud. Hij moest het wel merken. Ze dwong zich tot een glimlach. Vertel nooit alles wat je weet aan een ander.

'Geef me je arm, meisje. Ik neem je zelf mee naar binnen bij Zijne Majesteit. Hij zal even verheugd zijn als ik. Er gaat geen week voorbij dat hij niet naar je vraagt.'

Ze liepen door een lange gang. Hij een en al glimlach, uitbundig pratend. Mensen naderden hem met opgerolde smeekschriften, maar hij wuifde afwerend.

'Waarom sturen de planters in Virginia klaagbrieven omdat onze tabakshandelaars nu kosten berekenen voor het honoreren van wissels?'

'Die kosten werden nooit eerder berekend, en ze zijn bang dat de tabak een lage prijs opbrengt. Ze willen daarom op de kleintjes letten en geen nieuwe kosten betalen.'

'Ze zullen het toch moeten accepteren. Gods bloed, het is goed te weten dat je terug bent. Ik heb erg over je ingezeten, mezelf er de schuld van gegeven dat je naar Virginia bent gegaan. Ik zal je nu eens en voor al zeggen dat je boete zal worden verminderd. Ik zweer het. Ik moet me nu bezighouden met die samenzwering' – hij lachte en corrigeerde zich om de anderen erbij te betrekken – 'wij houden ons daarmee bezig, maar ik kan de stemming in het Lagerhuis beïnvloeden om ervoor te zorgen dat de boete wordt verlaagd, en dat ben ik beslist van plan. Ah, Roger was een grote vriend van mij, Bah. Wat heb ik hem gemist, zijn raad gemist. Hij was een verstandig man, hij kon de hertogin van Kendall om zijn vinger winden. Ze vindt mij niet sympathiek. Als ik de koning zuid voorstel, fluistert zij noord in zijn andere oor.'

Zijn oprechtheid, zijn kracht waren enorm. Het was alsof je werd meegevoerd door een golf. Hier ben je goed in, dacht Barbara, heel erg goed. Maar ik zal ook goed zijn.

'Jij,' zei Walpole tegen de dwerg, die in een stoel zat. 'Ga tegen Zijne Majesteit zeggen dat zijn eerste minister dadelijk een onderhoud wil omdat hij een schat uit een van zijn koloniën voor hem meebrengt. Vlug wat, manneke.'

En terwijl de dwerg wegrende om een van de zware dubbele deuren te openen vroeg hij: 'Heb je tabak geplant toen je in Virginia was, Barbara?'

'Zeker, en ik heb me voorgenomen de beste snuif van heel Engeland te maken.'

Walpole wierp het hoofd achterover en barstte in lachen uit, zo vrolijk alsof ze hem had verteld dat ze goud teelde. 'Ik heb tegen iedereen gezegd dat je daarginds heus niet zou gaan zitten kniezen. Ik heb gezegd dat je wel iets zou vinden om je mee bezig te houden, dat het hele avontuur je waarschijnlijk goed zou doen, en waarachtig, zo is het.'

'Mijn bediende is daar verdwenen. Is dat zo goed?'

'De jongen, hoe heette hij ook weer?'

'Hyacinthe.'

'Hyacinthe. Ja, erg jammer.'

De zware deuren zwaaiden open, en daar was de koning van Engeland, die voor de reusachtige ramen stond.

'Uwe Majesteit,' zei Walpole, 'zie eens wat ik voor u meebreng.' Met een zwierig gebaar trok hij Barbara naar voren.

De koning had somber gekeken, maar toen hij Barbara zag, kwam er een glimlach van genoegen op zijn gezicht. Hij kwam naar haar toe en trok haar op uit haar revérence en kuste haar op de wangen, een zeldzaam spontaan gebaar van gunst dat niet onopgemerkt bleef door Walpole of de andere mannen.

'Heren,' zei hij, 'ik zal mijzelf het genoegen gunnen enkele uren in het gezelschap van deze dame door te brengen, dat wil zeggen, tenzij u nieuws voor mij hebt dat geen uitstel gedoogt.'

'Nee, natuurlijk niet,' zei iedereen buigend, glimlachend naar Barbara, die haar bedienden beduidde de geschenken achter te laten en zelf weg te gaan. Toen de deur dicht was, en zij met de koning alleen was, zei hij in snel en onberispelijk Frans: 'Uw echtgenoot was een van mijn trouwste dienaren. Uw vertrek uit Engeland heeft mij verdriet gedaan, zoals u zich niet kunt voorstellen, uw lijden heeft mij verdriet gedaan. Maar nu bent u terug, en alles zal anders worden, dat beloof ik u. Het doet mij een groot genoegen u hier te zien' – hij keek rond in de kamer met zijn hoge, prachtig versierde plafonds, zijn muren met kostbare schilderijen, en zwaar verguld meubilair, zijn reusachtige open haard – 'hier waar u thuishoort.'

'Dank u.'

'Vertel mij over mijn kolonie Virginia.'

Ze hoorde zichzelf de rivieren en bomen beschrijven, de grootheid en overvloed, alsof ze niet woedend was, en geschokt. Ze beschreef de enorme baai, de dolfijnen die met de schepen meezwommen wanneer ze de kust naderden; ze vertelde hem over de tabaksteelt, over de zorg en de tijd die ervoor nodig waren, en nam elke stap ervan met hem door alsof hij een tabaksplanter was met evenveel belangstelling voor het vak als zij.

Hij had belangstelling.

Ze vertelde hem over de Iroquois, hun pracht en woestheid, en ze vertelde hem ook dat gouverneur Spotswood van mening was dat de Engelsen een bondgenootschap met hen moesten sluiten.

'Ik heb een brief van gouverneur Spotswood bij me,' zei ze. 'Mag ik u die aanbieden?'

Het was een smeekschrift: Spotswood wilde zijn oude positie als gouverneur terug hebben. Als jij zorgt dat ik weer tot gouverneur word benoemd, had hij gezegd, dan zorg ik ervoor dat Bolling beboet wordt voor het smokkelen.

De koning nam de brief van haar aan en luisterde naar haar beschrijving van de bergen en de grote beesten met wollige koppen waarvan men zei dat ze over uitgestrekte, eindeloze vlakten zwierven.

'Ik zou Virginia graag eens zien,' zei hij. 'Toen ik hier als koning kwam, probeerden mijn Engelse ministers me te vertellen dat ik niet één keer per jaar naar Hannover mocht. We hebben daarover flink gebakkeleid. Ik heb het gewonnen, maar je kunt je hun reactie wel voorstellen wanneer ik zou zeggen dat ik ook mijn koloniën wilde zien. Toch wil ik dat. Je bent vandaag schitterend gekleed. Vertel me over de veren in je haar, en dat vest dat je draagt.'

Barbara vertelde hem over het aftroeven van de vijand en over scalperen, over krijgers die naar men zei lenig door de bossen renden zonder ook maar één twijgje te breken. Terwijl ze sprak, bood ze de koning een strijdknuppel aan, een mes waarvan het heft de lange nagel van een beer was, en een scalp. Hij nam alles verheugd in onvangst, vooral de scalp, die hem scheen te fascineren.

Ze haalde een berekop te voorschijn, met lange, dreigende tanden. Er was een schitterende, angstaanjagende hoofdtooi van gemaakt; de vacht viel over de schouders van de drager, als een mantel.

'Hun wijze mannen dragen dit voor ze op de berejacht gaan. Ze dansen een bepaalde dans en zingen de geest van de beer toe.'

Meteen paste hij hem aan.

Ze haalde een lange ratel te voorschijn die de wijze mannen gebruikten om ziekten te genezen, en een vredespijp; hij bestudeerde het houtsnijwerk, de kralen en veren waarmee de pijp versierd was.

'Ze roken alleen tabak om hun eerbied te tonen voor een verdrag dat is afgesloten of een vriend die gekomen is,' zei ze. 'Ze strooien tabak in de rivier om zich van een veilige overtocht te verzekeren. Ze verspillen haar niet zoals wij.'

Ze vouwde een grote, vierkante sprei van aan elkaar genaaide bevervellen uit, en gaf Zijne Majesteit een beschrijving van het dier. Hij streelde het donkere, zachte bont, en zij begon over de slaven te vertellen.

Er werd op de deur geklopt, die openging en drie meisjes onthulde, in gezelschap van de maîtresse van de koning, de hertogin van Kendall. De meisjes wierpen nieuwsgierige blikken op Barbara en liepen dadelijk naar de berekop toe. Ze voelden aan de lange tanden en trokken gezichten naar elkaar.

'Kom eens hier om lady Devane te begroeten,' zei de koning tegen hen.

Het waren zijn kleindochters, negen, elf en dertien jaar oud. Op zijn uitdrukkelijk bevel woonden ze bij hem in plaats van bij hun ouders, de prins en prinses van Wales. Hij weet dat dit het hart van de prinses breekt, had de prins wel eens tegen Barbara gezegd. Hij doet het om mijn trots te verpletteren.

Deze koninklijke familie was geen vredig gezin. Voor Barbara in 1719 naar Engeland was teruggegaan, werd er in Rome en Venetië over niets anders gepraat dan de openlijke ruzie tussen de koning en de prins. Er was een gerucht geweest dat koning George Jacobus zijn erfgenaam zou maken, in plaats van zijn eigen zoon. Roger had meegewerkt aan de verzoening tussen hen. Maar de koning stond de dochters van de prins niet toe terug te gaan naar hun vader.

'De mantel die u me hebt gestuurd was prachtig. Precies waar ik van houd,' zei de hertogin van Kendall tegen Barbara. Zij was alleen in naam niet de koningin; ze was broodmager, met donker geverfd haar, en donkere verf rondom haar ogen. Ze was zeer spraakzaam en had over alles haar eigen mening. Ze was al jaren de maîtresse van de koning.

'U ziet er bijzonder knap uit, lady Devane,' zei ze nu, en Barbara boog zwijgend haar hoofd voor het compliment en trok het vest dat ze aan had uit. De hertogin trok het meteen aan en liep naar een spiegel om zichzelf te bewonderen, terwijl de meisjes om haar heen drongen om de kralen en de sleep van veren en bont aan te raken.

Barbara ging terug naar de geschenken en onthulde drie kleine rieten kooien waarin kardinaalvogels zaten.

'Deze zijn voor jullie. Deze kooien zijn gemaakt door slaven op First Curle. Hebben jullie ooit zulke rode vogels gezien?'

De meisjes holden naar Barbara toe.

'Een van de slaven op de plantage waar ik woonde, was een oude vrouw van wie ze zeiden dat ze de taal van vogels en dieren verstond, en ook die van de bomen en de wind. Zij heeft gezegd dat deze kardinaalvogels jullie geluk zullen brengen. Er zijn allerlei bijzondere dieren in Virginia. Een van mijn slaven ving een wasbeertje, een beest met donkere ringen om zijn ogen, als een gemaskerde struikrover. Ik had dolgraag die piepkleine vogeltjes voor jullie meegebracht, niet groter dan mijn duim' – Barbara stak haar duim omhoog om het formaat aan te geven – 'die 's zomers honing komen zuigen uit bepaalde bloemen in de kolonie. Ze schieten zo snel heen en weer dat je ze bijna niet kunt zien. Men zegt dat ze nooit rusten; ze blijven altijd vliegen.'

'Ik wou dat we die kleine vogeltjes konden zien,' zei een van de prinsessen.

Barbara zocht tussen de geschenken en onthulde een kooi met een wasbeertje erin.

'Is dit misschien ook goed?'

'De struikrover,' zei prinses Anne, de oudste, lachend. 'Ja, kijk maar naar zijn ogen. Het is net of hij een masker draagt.'

'Hebt u ook tabak meegebracht?' vroeg de koning aan Barbara.

'Ja.'

'Ik zal zelf op de kade komen om te zien hoe de okshoofden worden geopend in het douanehuis.'

'En dan heb ik hier tot slot moeraslaurierbomen – twaalf stuks, want dat leek me een goed aantal, net als de apostelen. Ze hebben een bloem die de heerlijkste geur van de wereld verspreidt.'

Barbara liep naar de ramen en wees naar buiten. 'U zou de laurierbomen daar op een rij kunnen planten, uwe majesteit, dan zou u ze in het voorjaar vanuit dit raam in bloei kunnen zien staan, en ze kunnen ruiken.'

'Ik zal ze naar de apostelen noemen: Mattheus, Marcus, Lucas, Johannes,' zei de koning, terwijl hij telkens een boom aanwees. Zijn kleindochters moesten erom lachen.

'Mag lady Devane een poosje met ons in de tuin wandelen?' vroeg het jongste meisje, prinses Caroline. 'Zorg dat ze het doet, grootvader.'

'Ze heeft waarschijnlijk geen zin om in de tuin te wandelen,' zei de hertogin van Kendall op scherpe toon.

'Ik zou het een eer vinden. De kleindochters van Zijne Majesteit doen me denken aan mijn zusjes.'

'O, alstublieft, sire,' vleide Caroline terwijl ze de hand van de koning vastpakte. Barbara zag dat hij voor dit kind een speciaal zwak had.

'Als u zo vriendelijk zou willen zijn, lady Devane,' zei de koning. 'Zoals u ziet, verwen ik de kinderen.'

De meisjes gingen samen met Barbara de kamer uit, en praatten honderduit over de vogeltjes die niet groter waren dan haar duim en de oude slavin die de taal van de dieren kon verstaan.

De hertogin van Kendall stond nog voor de spiegel en draaide zich naar alle kanten om te zien hoe het vest haar stond.

'Beeldschoon,' zei ze, 'absoluut beeldschoon. Hoewel het lady Devane veel beter staat dan mij, ben ik niet van plan het terug te geven.'

De koning, die naar de tuinen beneden keek, glimlachte, terwijl de vrouw die bij hem was gebleven met de grondigheid van een straatventer door de andere geschenken rommelde, het bont streelde, met gefronst voorhoofd de beren-hoofdtooi aanraakte, het mes oppakte. Ze raapte de scalp op, maar toen de koning uitlegde wat het was, trok ze een vies gezicht en legde hem weer neer.

'Ik vind die scalp het mooiste. En de apostelbomen.' Toen zei de koning: 'Roger was een goede vriend van me.'

'Niemand was zo charmant als hij. Van dit bont laat ik een stola voor mijn schouders maken. Ik wist niet dat lady Devane zusters had.'

'Ze zijn nu dood. Gestorven aan de pokken, geloof ik.'

In de tuin ging Barbara op een bankje zitten, met aan weerskanten een prinses, terwijl de jongste voor haar op en neer huppelde terwijl ze sprak. Het was duidelijk dat Barbara een lang verhaal vertelde. De koning, die hen gadesloeg, zei: 'Het wordt tijd dat de prinsessen een begeleidster krijgen.'

De hertogin van Kendall porde met een magere, geringde vinger naar de kardinaalsvogels. 'Wat kijken ze slim, hè? Kijk die kuifjes op hun kop eens. En het zwart tussen het karmijn van hun veren.'

'Ze moeten een eigen begeleidster hebben. Niet een van die oude heksen van de hofhouding, maar een jong iemand. Een verrukkelijk iemand,' vervolgde de koning.

42

Die avond steeg de muziek vanuit het huis van lady Mary Wortley Montagu op in de nacht, en vermengde zich met het zachte ruisen van de rivier, met de geur van de zomerrozen. Haar tuin was stampvol mensen. Iedereen kwam om te kuieren onder de lantaarns die ze in de bomen had laten aanbrengen, en naar de rivier te wandelen, waar muzikanten in bootjes zaten en viool en fluit speelden. Later op de avond zouden de zangers van het operagezelschap dat het afgelopen jaar was gevormd en waar iedereen vol van was – heel Londen trok in drommen naar de voorstellingen – de muziek met hun stem aanvullen.

Lady Mary droeg een tulband op haar donkere haar; ze had haar hals omwonden met gazen sjaals en parelsnoeren, en een geborduurd vest over haar japon aangetrokken: dit was Turkse kleding die ze van haar reizen had meegebracht, in de tijd dat haar man ambassadeur was geweest. Haar donkere ogen straalden terwijl ze van de een naar de ander ging.

'Ze heeft ook zo'n schandalige Turkse broek,' zei Montrose. Hij stond bij de haag van de tuin, met Caesar White. Zij waren uitgenodigd omdat ze in het dorp woonden, en ook omdat Caesar een dichter was.

'Wat weet jij van Turkse broeken?'

'Ik heb er afbeeldingen van gezien. De haremvrouwen in Turkije dragen ze. Ze zijn...' Montrose maakte een gebaar met zijn hand.

'Nou?'

'De stof,' fluisterde Montrose. 'Je kan erdoorheen kijken.'

'En wat zie je er dan doorheen, Francis?'

'Dat gaat je niets aan.'

Tommy Carlyle kwam aanbanjeren, met een buitenissige blonde pruik op, en wilde weten waar lady Devane was.

'Ze is op Hampton Court,' zei Caesar.

'Is ze daar dan gebleven?' Carlyle wachtte tot ze hem meer zouden vertellen.

'De koning heeft haar gevraagd te blijven,' zei Montrose.

'Ah,' zei Carlyle, alsof dit alles verklaarde. 'Dat verbaast me niets.' Hij wandelde weg.

Slane zat onder een boom bij de rivier. Hij voelde gaas langs zijn wang strijken.

'Iedereen is hier.' Lady Mary boog zich over zijn schouder met haar mond vlak bij zijn oor. 'Je hoeft maar te luisteren, dan hoor je al meer dan je zou horen als je in een Raadskamer stond. Walpole komt binnenkort. Je weet dat er een boot klaarligt op de rivier, voor het geval dat je ons snel zou moeten verlaten.'

Ze verwijderde zich weer, vief en vervuld van zichzelf, een en al gaas en parels en donkere ogen; het deed haar plezier dat ze Walpole voor haar avond had weten te strikken, het wond haar op dat Slane misschien een snelle aftocht zou moeten blazen.

Slane was gespannen, op zijn hoede, zich ervan bewust dat hij misschien plotseling weg zou moeten, om soldaten of boodschappers van de koning die hem kwamen arresteren voor te blijven. Hij keek om zich heen. Daar was de breekbare, gebochelde dichter, Alexander Pope. Daar waren de graaf van Peterborough, en kapitein Churchill, Molly en John Hervey, Lord Lumley, Philip Stanhope, lady Cowper, Mrs. Clayton, Mrs. Howard. Het waren allen vaste bezoekers of begeleiders van de prins en de prinses. Daar waren Lord Townshend en Lord Carteret, ministers van de koning zelf. Lady Mary was geweldig. Hij, en de andere agenten die hier aanwezig waren, zouden heel wat horen.

Hij zag de hertog en de hertogin van Tamworth gearmd voorbijwandelen, met op hun gezicht de uitdrukking van twee mensen die gelukkig zijn met elkaar. Weet Tamworth al dat Barbara terug is, vroeg Slane zich af. Hij betrapte zich op nieuwsgierigheid naar de reactie van de hertog wanneer hij het nieuws vernam. En daar was Charles met zijn vrouw. Slane vond Charles nog steeds even onsympathiek. Van jullie beiden, dacht hij terwijl hij naar Tony en Charles keek, geef ik aan de hertog, die mijn vijand is, de voorkeur boven jou, Charles, mijn bondgenoot.

Twee mannen kuierden naar de rivieroever waar Slane zat. Een van hen, met een liteken van een duel over zijn gezicht, verkruimelde wat brood en gooide het in de rivier; plotseling verschenen er zwanen die gretig hun lange nek bogen.

'Jij hebt haar dus gezien,' zei Philippe tegen zijn metgezel.

'Gistermorgen,' zei sir Gideon Andreas. 'Ik was vergeten dat lady Devane zo'n mooie vrouw was. Komt ze vanavond ook hier?'

'Dat vragen er meer. De goddelijke Barbara, ik dacht dat ze voorgoed in Virginia zat.'

Er was een scherpe klank in Philippes stem waardoor Slane rechter ging zitten.

'Ken je haar dan?' vroeg Andreas.

Philippe glimlachte. 'Een beetje.'

'Slane, hoe maak je het?' zei Andreas. 'Ik had niet gezien dat je daar zat. Hoogheid, kent u Laurence Slane? Slane, dit is de prins van Soissons.'

Slane stond op en boog voor de prins, die hem vluchtig opnam en toen een andere kant opkeek. Hij gaf geen antwoord en re-ageerde niet op de buiging, en Slane wist dat hij in de geest van de Franse prins als onbetekenend was afgedaan en ging weer zitten in zijn stoel.

Zijn hoofd deed pijn. Zo dadelijk moest hij opstaan, zich tussen de menigte begeven en horen wat er te horen was. Ergens in de verte hoorde hij Wharton lachen. Al voor driekwart dronken, dacht Slane. Wharton was in mei weer begonnen te drinken.

Daar was Gussy, hij stond te praten met Alexander Pope. Gussy, die nog gebogener leek dan anders, zelfs stiller, had keihard gewerkt om alles bij elkaar te houden; hij moest een blijvende kramp in zijn vingers hebben overgehouden aan al dat brieven schrijven. Net als iedereen was hij nu vermoeid en ontmoedigd, maar nog niet helemaal bereid het op te geven. Hij zag Slane en glimlachte hem op zijn stille manier toe.

Beste vriend, dacht Slane, ik wil zorgen dat je een mooi landgoed krijgt, of een hoog ambt bij de Kerk. Dat verdien je. Slane raakte vervuld van woede om al die mensen hier die zoveel gunsten van de Hannovers hadden gekregen, terwijl zo iemand als Gussy niets had. Ik zal doen wat ik kan om zijn heerschappij te schaden, dacht Slane. Een plotselinge, stekende pijn in zijn hoofd herinnerde hem eraan dat hij kalm moest blijven. Hij voelde aan het litteken op zijn voorhoofd, sloot zijn ogen en zat in zijn stoel alsof hij sliep.

Na enige tijd hoorde hij iemand zeggen dat Walpole was gearriveerd. Hij stond op en begaf zich onder de menigte.

Was Barbara hier?

Hij zag haar niet. Betekende dat dat hij gearresteerd zou worden, dat zij zorgde dat ze afwezig was zodat ze het niet hoefde te zien? Zijn oplettendheid, zijn waakzaamheid waren groter dan ooit. Hij liet zich niet vangen. Niemand was slim genoeg om hem te vangen.

'Komt lady Devane ook?' hoorde hij iemand vragen.

Tony stond bij degene die het vroeg, en Slane zag dat er bij die vraag een schok door zijn lichaam ging.

Ja, dacht Slane, ze is terug. Geef dat maar eens een plaats in je leven, o jonge hertog die alles cadeau heeft gekregen. Hij liep langs de hofdames die de japon beschreven die Barbara vandaag had aan gehad, die over de veren en kralen praatten. Iemand vroeg aan hen waar de prins en de prinses waren, en ze antwoordden dat de prinses hoofdpijn had.

'Ja,' zei iemand. 'En die heet lady Devane.'

Slane zag Tony naar Tommy Carlyle toegaan. Tony's gezicht stond somber, vragend.

Carlyle begon te praten, met uitbundige armgebaren. Hij beschreef waarschijnlijk zijn dag, en Barbara's ontmoetingen met de prins en de prinses, vermoedde Slane. Hij zocht Charles maar zag hem niet; in plaats daarvan vond hij Walpole die bezig was een verhaal te vertellen, omringd door gretige toehoorders, een zeker teken van de mate waarin Walpole nu weer in de gunst was en van zijn groeiende macht.

'Lady Devane heeft de kleindochters van de koning een wasbeer gegeven, een klein dier uit de koloniën met donkere ringen om zijn ogen als het masker van een struikrover,' hoorde hij Walpole zeggen. 'Het beest ontsnapte op de een of andere manier uit zijn kooi en probeerde in de rokken van lady Doleraine te klimmen.'

Lady Doleraine was de gouvernante van de prinsesjes.

'Men vertelde mij dat lady Doleraine gilde alsof ze met een mes werd gestoken, en vervolgens als een waanzinnige vrouw door de kamer rende en aan de voeten van de koning in zwijm viel. Het schijnt dat de prinsessen zo moesten lachen dat ze niets konden doen. Lady Devane stuurde iedereen de kamer uit, zelfs de koning en de wachten die op het lawaai naar binnen waren gestormd. Het lukte haar de wasbeer onder een reusachtig gelakt kabinet vandaan te lokken door het een in Franse brandewijn gedoopt koekje te geven. Zo voerde ze het beest dronken – ik zweer dat het de waarheid is. Zijne Majesteit vertelde me dat hij nog nooit zo hard gelachen had als toen hij de kamer weer binnenkwam en de wasbeer in steeds grotere kringen rond zag zwalken.'

De menigte rondom Walpole lachte.

'Ze is als een dochter voor mij,' zei Walpole.

'En waar is lady Devane?' vroeg de graaf van Peterborough.

Walpole trok een van zijn zware wenkbrauwen op. 'Ze is vanavond te gast bij Zijne Majesteit.'

Hierop ontstond een geroezemoes, en terwijl Slane van de ene groep in de tuin naar de andere liep, hoorde hij de mensen over niets anders praten dan Barbara, en de bevlieging die de prins van Wales voor haar had gehad voordat ze naar Virginia vertrok.

Wat weet Walpole, dacht Slane. Hij liet niets merken en leek Slane niet eens op te merken. Maar dat was natuurlijk de manier: net doen alsof er niets aan de hand was, en dan plotseling toeslaan. Sommige bedienden van lady Mary waren in het dorp geposteerd om uit te kijken naar eventuele soldaten of boodschappers van de koning. Slane concentreerde zich op de menigte, op zoek naar gevaar, maar hij voelde niets. Het was alsof je op het water sloeg, en de klap hoorde, maar verder niets. Was er gevaar? Hij wist het niet.

Later, toen de avond gevallen was, verscheen er een staatsiesloep op de rivier. Het was de koninklijke staatsiesloep; in het licht van door lakeien vastgehouden toortsen waren de koning, de hertogin van Kendall, de drie prinsessen en Barbara zichtbaar. Het nieuws ging als een lopend vuurtje rond op lady Mary's feest, en de mensen dromden naar de rivierkant van de tuin en wezen. Lady Mary liep naar de rivieroever en riep naar de koning of hij haar met een bezoek wilde vereren.

'Zal ik naar hem toe zwemmen en hem uw uitnodiging persoonlijk aanreiken?' vroeg Wharton.

Voor ze antwoord gaf trok hij al zijn kleren uit. De hofdames slaakten gilletjes en hielden hun handen voor hun ogen toen Wharton naakt de rivier inliep. Charles keek even naar Slane, alsof hij wilde zeggen: 'Moet ik hem tegenhouden?' Maar Slane deed alsof hij het niet merkte.

'De gek,' hoorde Slane iemand zeggen, 'hij is zo dronken dat hij best kan verdrinken.'

Niet alleen dronken, dacht Slane, maar verbitterd, vermoeid; hij heeft het nodig mensen te choqueren en te beledigen. Het is de enige wraak op jullie die ons nog overblijft, tot de herfst. Ja, Charles, ze is hier. Je zou willen dat jij degene was die naar de staatsiesloep zwemt. Dat staat op je gezicht te lezen. En Tamworth stond er vlak achter; op zijn gezicht was ook een interessante mengeling van gevoelens te lezen.

Wharton praatte met Barbara, die aan de rand van de staatsiesloep knielde. Ze lachte en schudde haar hoofd. Hij dreigde waarschijnlijk aan boord van de staatsiesloep te klimmen, naakt en wel. De koning kwam glimlachend naar voren om ook met Wharton te praten. Jij maakt Wharton voor hem verteerbaar, Barbara, dacht Slane. Je zou een fantastische hoveling zijn.

Wharton zwom terug. Toen hij de rivier uitkwam, zonder zich om zijn naaktheid te bekommeren, gaf Harriet, de hertogin van Tamworth, hem een lange jas aan, die Wharton onverschillig aanschoot.

'De koning zendt u groeten en zegt dat hij vanavond zal blijven waar hij is, maar hij dankt u voor de uitnodiging,' zei Wharton tegen lady Mary. 'Hij vraagt of Senesino en Mrs. Robinson al hebben gezongen.'

'Nee, maar dat gaan ze nu beslist doen.'

De zangers van de opera werden naar voren gehaald. Ze waren opgewonden omdat ze voor de koning mochten zingen, en begonnen aan een duet, daar op de oever van de rivier. Hun stemmen waren mooi, krachtig en vol, en stegen op en verstrengelden zich in de nacht. Het zag er schitterend uit, de schaduwen en lantaarns, de zangers, de rijk geklede menigte om hen heen, de staatsiesloep die er midden op de rivier als een vurige fantasie uitzag.

Slane nam het allemaal in zich op: Tony op de rivieroever, starend naar de staatsiesloep, met een strak, ernstig gezicht. Zijn vrouw praatte met Wharton, die intussen een broek had aangetrokken, maar wiens blote bovenlichaam nog zichtbaar was tussen de revers van de jas die hij aan had. Wharton en zij zijn neef en nicht, bedacht Slane. Dat was ik vergeten. Wat zou ze aan hem vragen? Stelt hij haar gerust of geeft hij haar reden tot droefenis? Je wist het nooit met Wharton. De hertog en de hertogin van Tamworth zouden deze bijeenkomst anders verlaten dan ze er waren gekomen.

Slane voelde dat hij hier plotseling treurig van werd. Wens ik hem dan toch het goede toe? Hij staarde naar Tony, de man die zijn vijand was. Of is het zo dat ik iedereen het goede toewens, iedereen die een ogenblik geluk vindt in dit leven? Ah, ik begin verbitterd te raken, zoals Louisa zegt.

Hij keek om zich heen naar de wilgen, het riet, de zwanen, de mannen en vrouwen die in de gunst waren bij dit bewind, in hun kostbare kleding; hij keek naar het grote stenen huis van lady Mary, waarvan de ramen en deuren openstonden voor de nacht. In gedachten zag hij het hof van Jacobus voor zich, waar de hovelingen snel benepen en vals werden, zich voedden met zichzelf en anderen, omdat een hof in ballingschap nu eenmaal een zinloos iets was, dat altijd om muntgeld moest bedelen, om gunsten van andere koninkrijken. Ik wil het hele stel hier verpletteren.

Walpole stond te praten met de prins van Soissons. Ze zagen Slane niet, omdat hij bijna opging in de dikke stam van een wilg die op de rivieroever stond.

'Ik heb lady Devane en haar broer in Parijs gekend,' zei Philippe. 'Haar broer en de hertog van Wharton waren vrienden. Wharton en hij zijn in de zomer van 1716 van Avignon naar Parijs gereisd. Ze hebben hun opwachting gemaakt bij de Pretendent toen die in Avignon was.'

'Ach, zo zijn jongelui nu eenmaal.' Walpole deed joviaal, alsof het er niets toe deed dat ze bij Jacobus waren geweest en hem trouw hadden beloofd.

Wharton was door koning George onderscheiden toen hij in Engeland terugkwam. Hij had gelachen toen hij Slane vertelde over de poging van George om hem te kopen, zei hij. Ze geloven dat alles, zelfs eer, te koop is. Ik heb aangenomen wat ze me gaven. Waarom niet?

'Een man die in zijn jeugd niet uit de band is gesprongen, vertrouw ik niet. De helft van de families in Engeland telt wel een jacobiet onder hun leden,' zei Walpole.

Philippe stak zijn hand in een klein zakje dat op zijn vest was genaaid en haalde er iets uit dat op een munt leek. Hij gaf het aan Walpole. Het was een medaille; aan de ene kant stond een profiel van Jacobus Stuart, op de andere een wit paard, symbool van het Huis Hannover, dat de Engelse leeuw en eenhoorn vertrapte. Op de achtergrond zag je de gestalte van Britannia die zat te huilen, de stad Londen, London Bridge. Walpole las de woorden, vertaalde het Latijn: '"Jacobus als enige redding."'

'Dit werd mij uit Parijs toegestuurd,' zei Philippe. 'Zo beloont Jacobus zijn Engelse getrouwen.'

'Ik zou graag alle informatie over Harry Alderley willen hebben die zich in uw archieven bevindt, hoe oud ook,' zei Walpole.

Philippe raakte het litteken op zijn gezicht aan dat hij aan een duel had overgehouden. 'Alleen over Harry? Barbara was in 1717 en 1718 bij hem in Italië. Ze heeft nogal indruk gemaakt in Venetië en Rome.'

Walpole gaf geen antwoord.

'Ik heb informatie waar koning George blij mee zou zijn,' zei Philippe.

Wat is zijn stem glad, dacht Slane, die aandachtig luisterde, al werd hij misselijk van wat hij hoorde. Ormonde zou niet komen, zelfs niet in de herfst. Hij voelde het daar in zijn maagstreek, waar hij rampen altijd voorvoelde.

'De informatie is zo belangrijk dat degene die haar overbrengt, noodzakelijkerwijs zal stijgen in de achting van de koning,' vervolgde Philippe.

'Waarom brengt u haar dan niet zelf over?'

'Ik heb geen behoefte aan de achting van uw koning. Er is evenwel iets wat ik wil.'

'Wat mag dat dan wel zijn?'

'Ik wil dat de boete voor Devane zo blijft als hij is. Ik wil niet dat hij verminderd wordt.'

Walpole zweeg. Toen zei hij: 'Roger was mijn vriend.'

'En de mijne. Dit heeft niets met Roger te maken.'

'Dan zou de informatie wel heel bijzonder moeten zijn.'

'Dat is ze ook. Er is een "ganzenjong" in uw midden. Dit heb ik vernomen van een betrouwbare bron in Parijs.'

Walpole zoog zijn adem naar binnen. 'Wie is dat?'

'Dat weet ik niet, helaas. Ah...' Slane was tegen Philippe opgebotst.

'Neemt u mij niet kwalijk,' zei Slane.

'Lompe kerel, waarschijnlijk dronken,' zei Philippe achteloos.

Slane liep naar het huis. Het trillen in zijn maagstreek was zo sterk dat hij bijna niet kon lopen. Dit was veel erger dan voorstelbaar was. De prins van Soissons bracht informatie uit Parijs, van de regent van Frankrijk zelf. Dus de regent, eerst hun bondgenoot, gaf nu aan de Engelsen door wat de jacobieten hem vroegen.

Wie van de jacobieten in Parijs verraadde informatie aan de regent? De Fransen hadden niet mogen weten dat er een ganzenjong was. Slechts een man of drie, vier in Parijs wisten het, en slechts één van die mannen wist dat Slane het ganzenjong was.

Het zou een grote klapper voor de mannen van koning George zijn als ze een ganzenjong vingen, dat befaamd was om zijn trouw. Mannen die daarvoor kozen konden niet worden omgekocht; dat hoorde bij hun eed van trouw, bij het ganzenjong worden – onwankelbare trouw aan Jamie, die gezworen werd zoals een priester een gelofte van armoede aflegde; van menig andere jacobiet kon niet hetzelfde gezegd worden. Het wachten terwijl de jaren zich aaneenregen en invasies mislukten, was keer op keer een te zware opgave gebleken. Wanneer ze in de greep van de armoede raakten, bezweken ze voor de altijd aanwezige pogingen tot omkoping vanuit het hof van koning George.

Hij was een persoonlijke vriend van Jamie, een lid van de toegewijde kring van intimi, een man wiens vader liever Ierland verlaten had met achterlating van zijn landgoed en bezittingen dan Willem van Oranje te steunen. Ze zouden hem door de straten voeren als een wild beest dat ze gevangen hadden. Ze zouden hem levenslang gevangen houden, met vreugde, triomfantelijk omdat ze hem in hun macht hadden.

Ik moet naar Parijs gaan, de twee die ik volledig vertrouw zeggen dat er ergens een lek zit, in hoge regionen, en dat ze onder geen voorwaarde meer met de Fransen mogen praten. Hij moest het vertellen aan Wharton en de anderen, die bezig waren de invasie van de herfst te organiseren. Charles moest Christopher Layer terugroepen. Het gevaar is groter dan we denken. Mijn god, hoeveel weet Walpole eigenlijk?

Hij knarsetandde van frustratie en zag voor zijn geestesoog Gussy, Louisa, Wharton en anderen, zijn vrienden hier. Ik kom terug, dacht hij. Ik laat mijn vrienden niet in de steek, niet voor ik weet dat ze veilig zijn. Misschien is het zoals Louisa zegt, dat Walpole verdenkingen koestert maar niets kan bewijzen. Een zwaar gevoel daalde over hem neer. Het is afgelopen.

De zangers waren klaar. Er barstte een luid applaus los. Op de staatsiesloep kon men de koning zien applaudisseren. Barbara's gezicht was een bleke, mooie ovaal in het licht van de toortsen. Slane stond voor een bovenraam te kijken; toen werd zijn beeld wazig en hij wist dat hij moest gaan liggen. Hij deed het terwijl hij dacht: zij heeft de sleutel tot mijn ontmaskering in handen. Ze zou grote gunsten en beloningen ontvangen als ze het vertelde, maar ze zal het niet vertellen. Hij wist dat; hij had het eigenlijk in haar slaapkamer al geweten; alleen de voorzichtigheid die hij altijd in acht moest nemen eiste dat hij het toetste.

Hij stond zichzelf toe de mate waarin hij tot haar werd aangetrokken, volledig en met zekerheid te voelen. Het maakte de pijn in zijn hart niet minder scherp, maar hielp hem wel. Zij was ook een reden om terug te keren. En om ervoor te zorgen dat Walpole op zoveel mogelijk manieren werd gedwarsboomd.

Later kwam lady Mary het huis binnen om Slane te wekken en hem te vertellen dat er een hooglopende ruzie was geweest tussen Walpole en Tommy Carlyle, iets over de South Sea, zei ze, iets over Lord Devane en vriendschap. Carlyle had een glas wijn over Walpole heen gegooid, en er waren twee mannen nodig geweest om de gewoonlijk zo gemoedelijke Walpole ervan te weerhouden Carlyle te slaan.

'Komt er een duel?' Slane vond het een grappig idee dat Walpole en Carlyle bij zonsopgang met pistolen of zwaarden tegenover elkaar zouden staan.

Lady Mary schudde haar hoofd. 'Nee, maar ik schrok wel van de uitdrukking op Walpoles gezicht.'

Dit was een opmerkzame, intelligente vrouw. Slane had respect voor haar mening. 'Waarom?' vroeg hij.

'Hij heeft altijd gezegd dat hij een eenvoudig man is.' Ze sprak langzaam, alsof ze het zelf ook probeerde te begrijpen. 'Een heerboer uit Norfolk met modder aan zijn laarzen. Maar ik geloof dat hij zich er sterk van bewust is dat hij een minister van de koning is, dat hij is opgeklommen, en dat gevoel werd door Carlyle beledigd.'

'En die zal daarvoor boeten?'

'Op de een of andere manier. Ja.'

Ja, hij zou terugkomen. Hij kon geen vrienden aan Walpole overlaten.

43

Diana verscheen aan de rand van het gazon met een bos wilde hyacinten in haar armen. Ze liep de brede treden van het terras op naar de plaats waar haar moeder, de hertogin, zat. Het duurde enige tijd doordat ze mank was en met een stok moest lopen. Ze was gevallen, zei ze. Diana was nog twee bemoste treden van haar af. De hertogin probeerde kalm te blijven, maar het lukte niet. De invasie heeft al mijn kracht gevergd, dacht ze, ik heb niets meer over voor Diana. Ik heb Barbara nodig.

'Ik ben bij vaders tombe geweest,' zei Diana.

'Je verwacht een kind,' antwoordde de hertogin.

Het bleef even stil. Diana keek neer op de hyacinten.

'Ik had natuurlijk kunnen weten dat die klikspaan het u zou overbrieven.'

'Je wist dat ze het me zou vertellen.'

De ogen die Diana nu strak aankeken hadden de kleur van de hyacinten.

'Vertel me alles, Diana.'

'Ik kan het kind niet laten komen.'

Waarom niet? Walpole zou voor het levensonderhoud betalen. Diana zou natuurlijk moeten verdwijnen, ze zou moeten liegen, maar daar was ze goed in.

'Laat me, moeder. Laat me doen wat ik toch zal doen. Het is het beste. Het kind is niet van Robin.'

Het hart van de hertogin fladderde als een klein vogeltje in haar borst en maakte haar duizelig. Diana legde de bos hyacinten in de schoot van de hertogin, en de hertogin staarde neer op de kleur, die aan de rand van haar blikveld leek te vervloeien als diep blauw water. Ze verloor zich een ogenblik in tijd en ruimte, zweefde in het blauw. Een jonge Diana keek haar aan, met haar kin naar voren gestoken, net zoals Barbara altijd deed. Ik doe wat ik wil. En dat had ze ook altijd gedaan.

'Laat me.' Diana steunde op de stok. 'Zeg de zigeunerin dat ze moet doen wat ik vraag. Zij kent de kruiden die ervoor zullen zorgen. Beveel het haar, moeder, ik smeek het je. Wanneer heb ik je ooit om iets gesmeekt, in ons hele leven samen? Nu smeek ik je.'

Wervelend, wervelend blauw. Het derde kind was een meisje. Eindelijk, zei Richard, en hij hield de naakte, krijsende boreling omhoog naar de op het plafond geschilderde nimfen, die geen van allen zo mooi waren als dit kind later zou worden. Mijn snoesje, mijn liefje, mijn mooie meisje, kirde Richard. Diana.

'Niet alleen de Fransen hebben ons verraden, maar ook iemand anders, een van de onzen, op zeer hoog niveau. Ik weet niet of het iemand in Frankrijk of in Italië is.'

De bisschop van Rochester zat er roerloos bij. Lord Oxford sloot zijn ogen en legde zijn handen, die trilden, zag Slane, in zijn schoot. Oxford, aan het hof van koningin Anne gold jij als de verraderlijkste, de listigste. Nu hebben we behoefte aan dat soort geslepenheid. Waar is die gebleven? Heb je haar in de Tower achtergelaten? Oude man, oude man, ga naar huis en doe je deur op slot.

Wharton liep naar een buffet en schonk zich nog wat wijn in. Tante Shrew, die een spelletje patience speelde, was daar halverwege Slanes toespraak mee opgehouden om vervolgens uit een naburig raam te staren. Dr. Freind zweeg. Will Shippen vloekte zacht. Gussy nam zijn neusbrug tussen duim en wijsvinger, een stil gebaar dat Slane om de een of andere reden ergerde.

Zit daar jouw verdriet, dacht Slane. Hij hield hem in het oog, hij hield hen allemaal in het oog. Anderen – Lord North, de hertog van Norfolk, Lord Arran, Lord Cowper – waren niet aanwezig. De scheidslijnen verdiepten zich naarmate de zomer verstreek.

'North, Norfolk, Arran en Cowper moeten bericht krijgen,' zei Slane, terwijl hij Rochester aankeek, de man op wie de verdenking van de koning vooral rustte. Op het feest van lady Mary had het gerucht de ronde gedaan dat Rochester binnen een week gearresteerd zou worden. Zowel lady Mary als Alexander Pope hadden gezegd dat ze dat hadden gehoord.

'Ik kan u binnen twee dagen onder begeleiding het land uit hebben. Koning Jacobus zal u met alle liefde en waardering ontvangen,' zei Slane tegen hem.

'Het graf van mijn vrouw in de steek laten, mijn geboorteland, mijn parochianen, mijn kerk, mijn dochter en kleinkinderen, mijn vrienden, alles achterlaten en nooit meer terugzien? Omdat Robert Walpole zich wreekt door gebruik te maken van geruchten en angst? Nee. Ik wacht af wat er gebeurt. Walpole speelt met me.' Rochester spuwde de woorden uit. 'Hij probeert mijn wilskracht te breken.'

Slane wisselde een blik van verstandhouding met tante Shrew. Als Rochester gearresteerd wordt, had ze hem op de man af gevraagd, zoals ze gewoon was, zal hij dan de rest verraden of niet?

'Dat doet hij niet,' had Slane geantwoord.

Deze morgen had hij bericht gekregen uit Parijs. De hertog van Ormonde was in Spanje waar hij trachtte zich zijn schuldeisers van het lijf te houden, want hij had alles wat hij bezat beleend om wapens voor de invasie te kopen. De Fransen hadden bevolen dat alle Ierse soldaten terug moesten keren naar hun regiment, op straffe van ophanging. Langs de hele Spaanse kust hadden beambten de opdracht gekregen embargo te leggen op alle verdachte schepen. Twee schepen – jacobitische schepen die waren uitgestuurd om Ormonde te helpen – waren al onder embargo geplaatst. Koning Jacobus schreef brieven om de moed erin te houden bij de mensen hier, stuurde hun medailles om zijn waardering te doen blijken. 'De plannen zijn eenvoudig uitgesteld,' schreef hij. Hij kon de waarheid nog niet accepteren. Slane zou hem de waarheid gaan zeggen.

De mensen hier waren uitgeput. Het was de vierde keer in tien jaar dat ze munten hadden opgespaard, hypotheek hadden genomen op grond, en geld naar het buitenland hadden gestuurd om een invasie te steunen. Ik ben bankroet, had Wharton vandaag gezegd met dat vreemde, wrede lachje van hem, alsof het niets was. Hij had bijna alles wat hij bezat gegeven voor deze invasie, en had zijn baljuws, die hem vroegen waarom zijn geldkisten zo leeg waren, verteld dat hij het geld verspeeld had. Zijn erfdeel was geruïneerd. O, trek het je niet aan, Slane. Ik kan mijn schuldeisers op afstand houden. Wharton klaagde niet, en Slane waardeerde hem erom. Hij zou zich eerder dood drinken.

Er werd op de deur geklopt. Gussy ging naar buiten om de bediende die klopte te woord te staan.

'Lady Devane is beneden. Ze is op weg naar Tamworth en wil met u praten,' zei Gussy tegen Rochester.

Slane zag het gezicht van Rochester zachter worden.

'U zult me hopelijk vergeven als ik een ogenblik naar haar toega. Haar echtgenoot was een goede vriend van me, evenals haar vader. Het ontroert me dat ze de tijd neemt om mij op te zoeken.'

Rochester stond moeizaam op, terwijl Gussy hem hielp met zijn krukken. Iedereen zweeg toen hij de kamer uit hinkte.

Ik ben als een melaatse te midden van mijn eigen mensen, had hij vandaag gezegd. Degenen die niet bang zijn met mij gezien te worden, vertrouwen me niet en willen niet met me spreken. Ik heb mijn eigen hel gemaakt, Slane. Ik zal niemand verraden, wat er ook gebeurt. Slane geloofde hem. Iedereen toonde zijn moed. Hij voelde een steeds grotere brok in zijn keel als hij dat zag: de loyaliteit die ze voor Jamie hadden, de offers die ze brachten, waarmee ze verder zouden moeten leven. Voor hij wegging, moest hij zoveel mogelijk van hen redden, en zoveel mogelijk voorkomen dat hun tijd en moeite verspild waren. Of hij moest sterven terwijl hij het probeerde.

'Hij zal ons verraden,' zei Will Shippen.

'Ik geloof het niet,' zei Slane.

'Ik moet eraan denken dat ik Jane vertel dat lady Devane thuis is.'

Gussy zei het tegen niemand in het bijzonder. Hij had de verbijsterde uitdrukking op zijn gezicht van iemand die een grote schok heeft gekregen. Ook hij had, evenals Wharton, evenals Slane, gehoopt op een invasie in de herfst.

Slane was erg op Jane gesteld geraakt. Ze kwam nu vaak in Londen op bezoek; dan bracht ze de kinderen mee, die zich in Gussy's kleine kamer ophoopten als pompoenen. Slane vond het prettige dagen wanneer Jane kwam logeren. Dan werd de kamer 's avonds met kaarsen verlicht, Gussy roerde in een pot met dikke soep, Jane legde de kinderen te slapen in het bed. Gussy en zij waren altijd bezig met de kinderen. Gussy's kamer had op die dagen iets warms en gezelligs en aangenaams. Een paar keer had hij voor hen op de kinderen gepast. Hij had Gussy een sleutel van zijn eigen huurkamer gegeven, en hij vond het leuk hun gezichten te zien wanneer ze terugkwamen. Jane begon altijd te blozen terwijl Gussy veel te uitgebreid ging uitleggen dat ze de leeuwen in de Tower hadden gezien, of dat ze naar de wassen beelden waren geweest, alsof een man er geen vreugde in kon vinden dat hij tijd nam om zijn lieve echtgenote te beminnen.

'Er is nog niemand gearresteerd. Wat mij betreft zij we hier mooi van afgekomen,' zei tante Shrew. 'Wie weet wat er over een jaar of twee gebeurd kan zijn. Walpole kan ontslagen zijn. De koning zou kunnen sterven. Dat zou een zegen zijn, want de prins van

Wales wordt openlijk veracht door degenen die hem dienen. Er zal weer een gunstig moment komen, als we de hoop maar niet verliezen. In 1715 verloren twee van mijn liefste vrienden hun hoofd op Tower Hill. Ik heb Bolingbroke, Marr, Ormonde en Alderley zien vluchten, en de Hannovers hun bezittingen in beslag zien nemen. Lord Oxford hier werd voor zijn leven naar de Tower gestuurd. Nu is hij weer vrij. We hebben ons hoofd nog, en wat meer is, we hebben onze vrijheid nog. Misschien zitten de geruchten ons op de hielen, maar geruchten zijn geen bewijzen.'

Barbara liep over een grindpad in Rochesters tuin. Ze sloeg afwezig met haar handschoenen in haar handpalm. Haar hoofd, haar gedachten, haar hart tolden rond. Rochester had de woorden van Carlyle bevestigd. Walpole had Roger, de schuld en dus ook haar opgeofferd voor zijn eigen doeleinden. Een valse vriend – dus geen vriend.

Ze opende het tuinhek; aan de overkant van de weg schitterde de zon op het water. De rivier. Ze liep erheen, leunde tegen een wilg. In haar hoofd kwam een herinnering aan Virginia op: de ochtend waarop ze het hert had gedood.

Ze herinnerde zich haar verbazing over zichzelf, de opkomende triomf die ze had gevoeld toen ze het dier zag wankelen, een paar voet weglopen, neervallen. Later, toen ze terugreed en de hertebok aan zijn hoeven was opgehangen aan een paal die door de slaven werd gedragen, had ze iets beseft dat nog nooit eerder tot haar was doorgedrongen: dat ze – ondanks kant en rokken, haar geboorte, haar manieren, haar geslacht – van binnen een wilde kant had, even wild als ze zich bij de slaven had voorgesteld, met hun gevlochten haar, de littekens op hun gezicht en hun boze ogen. Nu deed ze een beroep op die wildheid.

Ontzondig mij met hysop, dan ben ik rein. Het spel dat Robin speelde was subtiel en wreed. Zwijgzaamheid is een belangrijk bestanddeel van moed, had kolonel Perry gezegd toen ze de gouverneur had willen vertellen over Bollings smokkelarij. Ze zou zwijgzaam zijn. Dat moest ook. Robin was het hert.

Opeens zag ze een steen over het water scheren en drie keer opspringen voor hij zonk. Ze draaide zich om zodat ze de jongen kon zien die de steen had gekeild, en daar was hij: Duncannon. Hij wierp nog een steen voor hij naar haar toe kwam. Het wilgeloof raakte de stof van zijn jas bij zijn schouders. Wat ziet hij er moe uit, dacht Barbara, en bedroefd.

'Walpole laat navraag naar je doen,' zei hij. 'Ik hoorde het hem toevallig zeggen. Naar jou en je broer in Italië. Pas maar op, lady Devane. Wees op uw hoede.'

'U hebt tegen me gelogen over de invasie.'

'Inderdaad. Vergeef me. Nu lieg ik niet. Er komt geen invasie.'

Een hevige emotie, een hevig verdriet sprak uit zijn stem. Ik heb het gevoel dat ik je altijd heb gekend, dacht ze. Ze wilde hem zoveel vertellen: dat ze hem niet aan Robin had verraden; dat ze nu zelf op Robins bloed uit was.

'Walpole zal de boete niet verlagen,' zei hij.

Hij had het beloofd, ze had het hem zojuist horen beloven. 'Waarom niet!'

'Hij heeft waardevolle informatie gekregen, en de prijs daarvoor was het niet verlagen van de boete.'

Wat haat ik Robin, dacht Barbara. 'Wie heeft hem dat gevraagd?'

'De prins van Soissons.'

Philippe. Jou haat ik ook. Maar jou heb ik altijd gehaat.

'Onder welke naam bent u hier bekend?'

'Laurence Slane. Ze kennen me als Laurence Slane.'

'Laurence Slane,' herhaalde ze.

Op dat moment kuste hij haar, terwijl hij zich soepel vooroverboog, een lichte kus op de lippen, die haar verraste. Hij zei niets, en zij evenmin.

Een ogenblik later was hij de weg overgestoken en ging waarheen het ook mocht wezen. Ze keek neer op haar hand. Hij had er iets in gestopt, een steen. Ze kon zich niet herinneren dat hij haar die had gegeven.

Kon zij nog een steentje over het water laten stuiteren? Als meisje had ze het gekund. Ja, drie sprongen, even goed als zijn worp.

Later, in het rijtuig, bracht ze haar vingers naar haar lippen; zijn kus was er nog. Ze voelde zich vreemd, alsof er een bepaalde betovering verbroken was. Roger is niet meer, dacht ze, en dat was iets treurigs, maar het gaf ook vreugde. Als meisje had ze precies geweten wat ze wilde. Haar gevoelens hadden haar gezegd waar ze moest gaan en wat ze moest doen. Door wreedheid en verraad was ze in stukken uiteengevallen. Door verlies had ze zichzelf gevonden. Net als het meisje van vroeger wist ze nu wat ze wilde: Robins hoofd, het herstel van Devane Square, en misschien Laurence Slane.

'Naar Tamworth,' zei ze tegen de koetsier. Ze zou daar een tijdje rust nemen voor ze begon. Het zou vredig zijn.

'Ze braakt weer, maar verder niets,' meldde Annie. 'Geen spoor van bloed.'

De hertogin liet zich door Tim naar de kamer dragen waar Diana rustte, bleek en mager tegen de nog wittere kussenslopen. Het karmijnrode behang van deze kamer was overweldigend en was nu zelfs Diana te machtig. Toen deze kamers gebouwd werden, was Richard op het hoogtepunt van zijn roem. Zijn geliefde dochter moest krijgen wat ze maar wilde; hij zou haar naar Tamworth lokken met een slaapkamer die behangen was met de mooiste karmijnrode stof. Diana had er een mooie, donkere nachtvlinder in geleken. Ze was de meest verdorven vrouw aan het hof, maar dat wilde hij niet zien. Of zag hij het wel, maar hield hij toch van haar? O, Richard, op die manier hield jij van mensen, je accepteerde alles van de ander, het goede en het slechte, je liefde was eenvoudig en zuiver. Je was altijd beter in het houden van mensen dan ik, dacht de hertogin.

Ze liet Tim en Annie weggaan, maar Diana's trouwe sukkel, Clemmie, mocht blijven. Wat die kamenier tijdens haar jaren van dienst had gezien, zou een ander waarschijnlijk niet hebben overleefd.

Diana sliep niet. Haar handen boven het dek gingen meteen naar haar buik. Ze keek naar Clemmie, wier uitdrukking voor zover de hertogin kon zien niet veranderde. Maar Diana en Clemmie hadden vermoedelijk een taal zonder woorden net als de hertogin en Annie, want Diana wendde haar hoofd af en bracht een hand omhoog om haar gezicht af te vegen.

Een traan, dacht de hertogin. Als dat zo was, was hij zo kostbaar als een diamant vanwege zijn zeldzaamheid. Diana's afgedankte minnaars zouden uit hun voortijdige graven opstaan om hem te zien.

'Ik heb eens nagedacht, Diana. Is er bij de mannen die je kent geen idioot die met je wil trouwen?'

Diana's gezicht vertrok van walging. 'Nadat Kit gestorven was, heb ik gezworen dat ik me nooit meer aan een man zou overleveren.'

'Maar dat heb je toch vaak genoeg gedaan, geloof ik. Nu moet je eens even luisteren. Ik neem aan dat je nog altijd gelooft dat munten er zijn om uit te geven, en verder niets. Een huwelijk zou precies zijn wat je nodig hebt. Je zou een rustige plek hebben voor je oude dag. Je wordt er ook niet jonger op, moet je weten. Barbara heeft mijn landgoed Bentwoodes als bruidsschat gekregen, maar ik heb nog een paar hoeven die helemaal van mij zijn. Die zou ik je kunnen geven, en ik heb ook wat investeringen die ik wellicht zou willen afstaan om een aarzelende bruidegom om te kopen, als dat nodig is. Zou je Walpole niet kunnen laten denken dat het van hem is, en hem ervoor laten zorgen dat een van zijn vazallen met je trouwt? Je zult binnenkort de jaren gaan voelen, Diana, en dit kind, dat besloten schijnt te hebben bij ons te blijven, zal zijn tol eisen. Denk er eens over na, meer vraag ik niet. Clemmie, roep mijn lakei dat hij me komt halen. Je meesteres heeft zoals gewoonlijk het uiterste van mijn krachten gevergd.'

'Moeder…'

De hertogin wachtte, bevreesd voor wat Diana haar nog zou willen vragen. Nooit was er iets eenvoudig tussen hen. Altijd, altijd marchandeerden ze.

'Mag ik hier een poosje blijven? Op Tamworth?'

Een pijn, scherp als onbeantwoorde liefde, kneep het hart van de hertogin samen. Ze knikte.

44

Een koets hobbelde onhandig over een landweg. Barbara hotste van de ene kant van de koets naar de andere. In de velden begon het graan zijn kostbare aren te tonen. Arbeiders in andere velden maaiden het lange gras met zeisen, waarvan de lemmeten flitsten in de zon. Wilde bloemen staken de kop op uit greppels en velden: rode pimpernel, rode klaprozen, gouden agrimonie. Barbara sloot haar ogen en rook het gemaaide gras waar wilde marjolein tussen groeide; ze rook de zomer, rook haar huis. In Virginia had Blackstone nu alle zaailingen verplant. Het waren natuurlijk geen zaailingen meer, maar planten. Kano en hij nepen sommige bladeren af, en vertroetelden andere. Had hij veroordeelden van het gevangenenschip gekocht, en hoe zou het met die lieve Edward Perry gaan? Hij zou bij haar moeten zijn om met haar grootmoeder kennis te maken. Ze hoorde geblaat en deed haar ogen open. Ze zag een cirkelvormige stenen muur, en daarbinnen waren mannen bezig schapen te scheren. Buiten de cirkel stonden de lammeren te blaten en te roepen om hun moeders, die blaatten en schreeuwden omdat ze geschoren werden.

'We rijden de lindenlaan in,' zei Thérèse.

'Zeg de koetsier dat hij stilhoudt.'

Het geluid van de hoeven van de paarden op de aarde was niet luider dan het kloppen van haar hart. Ze opende het portier, smeet Harry naar buiten en sprong op de grond.

'Rijden jullie maar door,' zei ze tegen Thérèse en de koetsier, en ze begon door de lommerrijke laan naar het huis toe te lopen. Het huis van haar jeugd, het toevluchtsoord van haar meisjesjaren, haar heerlijke, ongebreidelde meisjesjaren, toen ze door de velden en weiden had geheld, even vrij als welke jongen ook, vrij tot de dag dat ze naar Londen vertrok om met Roger te trouwen. O, grootmama, dacht ze, wat zal het fijn zijn je weer te zien.

Daar was het huis al, zichtbaar aan het einde van de bomenlaan, volmaakt, precies wat er aan het einde van zo'n laan hoorde te staan. De baksteen was zacht van kleur, verbleekt, op veel plaatsen bedekt door klimop. Het kind dat ze was geweest, dat elfje had gespeeld met Jane, haar met ernstige ogen had aangekeken; het meisje dat ze was geweest, dat zo vaak in die erkers had gezeten, blootsvoets en dromerig, zwaaide naar haar. De wilde jonge vrouw, die aanleiding was geweest voor duels en die verlangde naar wat ze niet kon krijgen, rende over het uitgestrekte gazon, met zwaaiende rokken, en romig-blanke armen in kanten mouwen. Hallo, Barbara, zei ze tegen al deze vormen van zichzelf.

Ze riep Harry en liep om naar een lange zijde van het huis. Haar grootmoeder zat op het grote terras van flagstones te dommelen, zoals altijd. Niets verandert, en alles verandert.

Barbara bleef staan en voelde tederheid in haar hart opwellen, een eindeloze tederheid leek het. Grootmama. Liefste grootmama, dacht ze, wat bent u klein, zoals u daar in uw stoel zit. Bent u altijd zo klein geweest? Barbara glimlachte en al haar liefde lag in die glimlach. Er waren geen woorden voor wat deze vrouw voor haar betekende. Haar hart leek een zomerse veldbloem, vrijmoedig geopend naar de zon, vol liefde.

Harry blafte; Tim, die tegen een grote stenen vaas geleund stond, ging rechtop staan en zag Barbara. Ze legde haar vinger op haar lippen, nam haar zware rokken op en begon de met gras begroeide treden op te lopen met de sierlijke beweging die haar eigen was, en een stralend en lachend gezicht.

Dulcinea sprong van de schoot van de hertogin om naar Harry toe te rennen. Het tweetal, oude vrienden, kwam halverwege bij elkaar en begon met elkaar te stoeien op de grastreden. De hertogin hief haar hoofd op, opende haar ogen, perste haar lippen op elkaar.

'Tim!'

Hij knielde onmiddellijk bij haar neer.

'Ik droomde dat ik lady Devane daar zag, op de trap.'

'Dat is geen droom, uwe genade.'

Dulcinea en Harry stoven het struikgewas in; ze zaten elkaar vrolijk achterna, net als vroeger.

'Grootmama,' riep Barbara vanaf een trede in het midden. 'Ik heb besloten naar huis te komen. Ik kom u verslag uitbrengen over Virginia.'

Toen was ze vlug op de bovenste trede, ze knielde, ze legde haar hoofd tegen de borst van de hertogin.

'Heerlijk meisje van me, lief kind, ik dacht dat ik droomde dat je er was. Tim, ik dacht dat ik het droomde. Barbara, schat, lieveling, lief kind. Je bent terug.'

De hertogin streelde Barbara's haar en wreef met haar wang heen en weer door het rode goud alsof ze er niet genoeg van kon krijgen.

Mooier dan Defoe, dacht Tim, terwijl hij een traan wegpinkte, en dit is ons leven.

Toen ging de hertogin rechtop zitten. 'Je hebt wel een mooi moment uitgekozen om thuis te komen.'

'Bedoelt u vanwege de invasie?'

'Erger dan dat. Je moeder is hier.'

In de grote hal hielden Thérèse en Annie toezicht op de bedienden die kisten en koffers uit het rijtuig naar binnen droegen.

'Heb je de kruisbogen van de muren gehaald en aan de dienstmeisjes uitgedeeld om ons tegen de invasie te beschermen?' vroeg Barbara plagend aan Perryman. 'Ik had best een Ierse papist geweest kunnen zijn, hoor, die grootmama de strot kwam afsnijden voor de Pretendent. Zo!' Barbara maakte een boosaardige snijdende beweging over haar eigen keel. '"Sterf, boze hertogin," had ik kunnen zeggen, en dan had ik jullie bevolen me al het zilver van Tamworth te geven voor mijn koning. Maar eerst, zou ik zeggen, kussen jullie deze rozenkrans, en zweren op de heiligheid van de paus.'

'Ze is niet veranderd,' zei Perryman tegen de hertogin. 'Geen sikkepit.'

Ze is wel veranderd, dacht de hertogin. Mijn meisje is een vrouw geworden.

De hertogin gaf te kennen dat Tim haar tussen de kisten en koffers moest neerzetten.

'Hyacinthe?' De hertogin zei het zacht tegen Thérèse, zodat Barbara het niet zou horen.

Thérèse deed haar best om niet in huilen uit te barsten en de hertogin vroeg niet verder.

'Ik heb geleerd hoe de wilden in de koloniën het doen,' hoorde ze Barbara zeggen, 'en als je me niet precies gehoorzaamt, zal ik je haar van je hoofd afsnijden en het aan mijn gordel dragen; dat heet een scalp, en het vel zit er nog aan, verdroogd tot leer. Ik heb een scalp voor je meegebraacht, Perryman. Die moet je dragen in plaats van je butlerspruik.'

'Barbara...'

Het was onmiskenbaar Diana's stem. Vanuit de bocht in de trap staarde Diana omlaag naar Barbara, alsof ze een geestverschijning zag, en toen rende ze de trap af om haar te omhelzen.

'Ik wist dat je terug zou komen. Ik heb tegen iedereen gezegd dat je terug zou komen. Niemand geloofde het, maar ik wist het.'

Barbara veegde strelend met haar duim de tranen van haar moeders gezicht en kuste haar moeders wangen, eerst de ene, dan de andere, en Diana zakte op de laatste trede in elkaar en snikte alsof haar hart zou breken. Barbara ging naast haar zitten en legde haar armen om haar heen en wiegde haar heen en weer, terwijl Annie en Thérèse en een bediende de trap opgingen met Barbara's dozen in hun armen.

Het was alsof Diana het kind was en Barbara de moeder, dacht de hertogin die het tafereel gadesloeg. Maar was het niet altijd zo geweest? Barbara was moeder geweest voor haar broertjes en zusjes, niet Diana, nooit Diana. Die tederheid op het gezicht van Barbara, haar gebaren. Nieuwe tederheid, diep en waarachtig. Hoe kan iemand nog weerstand aan haar bieden, dacht de hertogin.

'Ik ben bij de koning geweest, en ik ben bij de prins en de prinses geweest, en nu ben ik een tijdje thuis; geen revérences en onechte glimlachjes meer... Iedereen verwacht nog steeds dat er een invasie komt,' zei Barbara tegen haar grootmoeder.

'En de bisschop van Rochester?'

'Ze zeggen dat hij gearresteerd zal worden voor deze julimaand om is.'

Er waren nu andere bedienden in de hal gekomen: de kok, de stalknecht, de staljongens, verscheidene dienstmeisjes, allemaal om Barbara te zien. Het bericht dat ze thuis was, verspreidde zich door heel Tamworth. Voor de avond viel, zou iedereen in het dorp en de naburige huizen het weten.

'De prins!' zei Diana, die meteen opleefde en Barbara's begroeting van de bedienden onderbrak. 'Ben je bij de prins van

Wales geweest? Mooi. Wat zei hij?'

'Niets belangrijks. Hè, ik moet deze japon, deze schoenen en al deze veren en poespas uittrekken. Ik heb voor u een verslag geschreven over Virginia, grootmama, een uitgebreid verslag. Ik laat moerassen droogleggen en ik geef slaven de vrijheid en ik maak een speciale tabak.'

Barbara stond op. Ik wil naar de kapel lopen, dacht ze. Ik wil elke kamer van dit huis bekijken. Ik wil op het voeteneind van grootmama's bed liggen en haar alles vertellen over Virginia. Ik wil Jane opzoeken, mijn lieve vriendin.

'Is Jane op Ladybeth?'

De hertogin schudde haar hoofd. Barbara kuste Diana boven op haar hoofd, kuste haar vingertoppen en blies de kussen vervolgens naar haar grootmoeder om daarna de trap op te hollen.

'Ze is bij de prins geweest,' zei Diana tegen de hertogin. 'Ik had het zelf niet beter kunnen regelen. "Niets belangrijks." Bah. Ik stel me zo voor dat hij stomverbaasd was. Ze is mooier geworden, vindt u niet, moeder?'

'Laat haar met rust. Ze is nog maar net aangekomen. Jij hebt je eigen zaken, Diana.'

'Zij is mijn zaak.'

Het begint weer, dacht de hertogin. Ik heb er de kracht niet voor, maar het ziet ernaar uit dat mijn Bab die wel heeft. Wat is er in Virginia met je gebeurd, schatje van me? Meer dan we denken.

In de slaapkamer van haar grootmoeder kon Barbara Annie en Thérèse horen in de kamer ernaast, die van haar grootvader. Annie was Thérèse aan het ondervragen; ze verzamelde informatie die ze later weer door kon geven. Barbara glimlachte. Ze ging naar het voetenbankje waarop ze als meisje naar menige preek had moeten luisteren. Ze raakt alle voorwerpen op het nachtkastje van haar grootmoeder aan: de miniaturen, de boeken, de vaas met rozen, een mengeling van wilde rozen en rozen uit haar grootvaders tuin. Ze liep naar het enorme portret van haar grootvader dat boven de haard hing, legde haar hand op de gedroogde verf, lachte naar hem. Ze had geen idee hoeveel ze op dat moment op hem leek.

Ze ging de slaapkamer uit om allerlei kamers op de lagere verdiepingen in en uit te lopen; alles om haar heen – de donkere jacobeaanse lambrizering, de antieke commodes en kasten, de krakende treden en vloerplanken – was haar vertrouwd, heette haar welkom, was troostrijk, als souvenir aan haar meisjesjaren. In de zolderkamers raakte ze de dingen aan die van haar broers en zusjes waren geweest, drukte even een pop tegen haar borst. Nooit zou ze hebben geloofd dat van hen allen, zij de enige overlevende zou zijn.

In Annies sobere, nette kamer zag ze de hoek van een boek onder een kussen uitsteken. Dadelijk stak een vonk van de oude ondeugendheid de kop op; ze wilde zien wat Annie daar verborgen hield. Wat er op Tamworth speelde was meer waard dan wat ook.

De voor- en tegenspoeden van de befaamde Moll Flanders las ze. Interessant. Ze stopte het boek in de zak van haar onderjurk. Ze ging zich nu verkleden, daarna zou ze naar de kapel lopen. Later, in de rust van de avond, zou ze haar geschenken uitdelen en haar grootmoeder over Virginia vertellen.

In het bos rende Harry voor haar uit; hij verkende het terrein maar kwam altijd in een cirkel terug om haar in het oog te houden. In de beek die door het bos van haar grootmoeder stroomde, stond de nieuwe dienstmeid over wie iemand iets had gezegd. Batseba. Ze was heel stil, zei de kok. Perryman noemde haar een zigeunerin en snoof er verachtelijk bij: een gril van Annie. De vrouw stond met haar blote benen in het water, met haar rok opgetrokken en tussen de tailleband geprop. Ze was bezig iets te verzamelen, ze plukte er groene bossen van en gooide die neer bij de stevige mand waar vermoedelijk haar kindje in lag. Een idioot, zei de kok. Zielig, zei Perryman.

'Wat pluk je daar?' riep Barbara terwijl haar hondje vooruit rende en blafte. 'Ik ben lady Devane, en kom mijn grootmoeder bezoeken.'

De vrouw antwoordde niet; ze stond zo stil als Barbara niet had gedacht dat een levend wezen kon staan. Ze had haar handen vol met munt en lissen, met hun paarse vlagvormige bloem. Maar haar ogen gingen naar het kindje, als een lichtgroene flits toen Barbara zich over de mand boog en het rafelige linnen waarmee het kind bedekt was, wegtrok. Hij lachte haar toe. Lief idiootje, dacht Barbara, kostbaar kind van God.

'De ogen van je kind hebben de kleur van de munt die je plukt. Hij is mooi. Ik laat je verder oogsten.'

Batseba stopte het linnen zorgvuldig in om haar kind, legde de munt en de lissen bij het kind in de mand en tilde de mand op.

'De stem is hetzelfde,' zei ze tegen het kind, 'maar het hart is anders.'

In de kapel sprongen en dansten de stofjes in de middagzon. Barbara liep naar het marmeren borstbeeld van Roger en bleef daar enige tijd staan met haar hand op de koude wang van het gezicht.

Ze ging naar de bronzen plaquettes voor de nagedachtenis van haar ooms en van haar broertjes en zusjes; ze raakte de plaquettes zacht aan en dacht aan allen terug; hoewel ze omringd was door de doden, hoewel hun doodkisten in de grote crypte onder haar voeten stonden, voelde ze geen angst. Er was hier niets angstaanjagends, alleen mensen van wie ze had gehouden. De doden zijn niet dood, zongen de slaven, ze zijn in de boom die ruist, in het hout dat kreunt, in het water dat slaapt. De doden zijn niet dood. Mooie woorden, dacht Barbara. Er moest een steen voor Hyacinthe bij komen.

Duncannon kwam in haar gedachten, en Rochester. Ja, had de bisschop van Rochester haar verteld, men heeft handig gebruik gemaakt van Rogers dood. Mij is de wrake, zegt de Heer. Nee, dacht Barbara, ook aan mij is de wraak. Het boek koos dit moment uit om uit haar zak te vallen. Ze raapte het op, ging naar een bank en begon erin te lezen, terwijl ze afwezig aan een krul trok. 'De wereld krijgt de laatste tijd zoveel romans en verhalen voorgeschoteld, dat het moeilijk zal zijn een persoonlijke geschiedenis als waar gebeurd aan te merken...'

Buiten schoof de zon naar het westen. Bomen wierpen langere, schuine schaduwen op de stenen en grafmonumenten van het kerkhof, waarvan sommige zo oud waren dat de opschriften, die gemaakt waren om eeuwig te blijven bestaan, onleesbaar waren verweerd. Ergens klonk een bel, van schapen die bij de beek kwamen drinken. Blauwe beekjuffers schoten heen en weer boven nog blauwere vergeet-mij-nietjes. In de korenvelden sloot de rode pimpernel, ook wel het weerglas van de arme of de herderklok genoemd, zijn donkergekleurde bloemblaadjes; dit duidde op regen. De stilte daalde neer en werd intens, terwijl de middag op Tamworth overging in de lange zomeravondschemer en Barbara in de kapel van Tamworth zat te lezen, in alle rust, thuis.

Ze keek op uit het boek. Het was nu bijna donker; ze had langer gelezen dan ze van plan was geweest. Ze zag dat er geen bloemen in de basalten vazen stonden en wilde wat bloemen gaan plukken voor het te donker zou zijn om iets te kunnen zien. Ze liep de kapel uit en daar, op de treden voor haar, stonden irissen, tientallen irissen in paarse en groene kleurenpracht, in een emmer water. Ze had de voetstappen van de zigeunerin niet gehoord, en haar hondje ook niet.

Bij het huis stond een koets op de oprijlaan. Wie is er, dacht Barbara. Ze was van plan geweest om naar Ladybeth te lopen, bij sir John en zijn vrouw op bezoek te gaan en naar Jane te informeren, maar als haar grootmoeder bezoek had, zou daar geen tijd voor zijn. Ze keek omhoog. Vanavond volle maan. Ze kon later in het licht van de maan naar Ladybeth lopen.

Halverwege de trap kwam ze Annie tegen.

'Bereid u maar voor,' zei Annie.

'Wie is er?'

'Iedereen. De hertog, zijn hertogin. Lord Russel, lady Russel, het kindje, lady Saylor. Gekomen om u te zien.'

'Tony? Is Tony hier? En Mary en het kindje? Waar?'

'Ze zijn in de bibliotheek. Waar gaat u heen? Verkleedt u zich niet eens?'

Maar Barbara holde de trap alweer af. Ze rende de bibliotheek in – die was vol mensen, zoals Annie had gewaarschuwd – en zag dat Perryman juist de kaarsen begon aan te steken, wat niet gemakkelijk was vanwege de tocht die door de open deuren naar binnen kwam. Daar was Tony. Ze riep zijn naam, holde naar hem toe, en omhelsde hem zo heftig dat hij bijna zijn evenwicht verloor.

'Jij bent dus getrouwd? Je ziet er niet anders uit.' Ze kneep ferm in zijn wang, voor ze van de een naar de ander ging, bijna dansend van blijdschap.

'Jij bent Harriet,' zei ze tegen een donkerogige jonge vrouw. 'Ik herinner me jou van het hof. Ik ben erg blij dat je nu bij de familie hoort.' Ze boog zich naar voren en kuste Harriet op de wang. 'Jij bent met het beste paard van stal getrouwd.'

Daar was Mary, met het kindje in haar armen. Barbara kuste haar nicht, stak haar armen uit naar de zuigeling.

'Hij is prachtig, Mary, echt heel prachtig! Ik feliciteer je. Hallo, neefje,' kirde ze naar de zuigeling. 'Je hebt de ogen van je oom Tony.'

Charles kwam naar haar toe. 'Het zijn mijn ogen.'

Barbara knikte ernstig naar Charles, zag toen haar tante en liep op haar toe en kuste haar. Abigail bleef zo stijf als een hark. Haar grotendeels ontblote boezem ging op en neer, wat altijd een teken van emotie was. Barbara wilde lachen. Ze haat me nog altijd, dacht ze. Niets verandert en alles verandert. Heerlijk toch.

Het is zomer op Tamworth, grootvaders rozen staan in volle bloei, hun geur hangt in de lucht. Ik kan ze nu ruiken. Mijn lieve Tony is hier met zijn nieuwe vrouw, en ik heb het eerste Tamworth-kind sinds vele jaren in mijn armen. Moeder ziet alles aan met sardonische, blauwviolette ogen. Ik had nog niet gezien dat ze mank is, met een stok loopt. Wat is er gebeurd?

En daar is grootmama, in haar geliefde stoel, de koningin van ons allemaal; ze is niet blij met deze onverwachte visite, kijk hoe haar handen de leeuwenkop van haar stok omklemmen, hoe ze van de een naar de ander kijkt, taxerend. Ze wil dat wij ons allemaal behoorlijk gedragen, dat we geen ongepaste emoties hebben. Vreselijke familie, verschrikkelijke familie, lieve familie; de hartstochten en behoeften in ons verstrengelen zich en buitelen over elkaar heen; o, ik ben zo blij dat ik weer bij jullie ben. Wie van jullie zal me helpen Robin te pakken?

Ze hadden een laat souper gegeten, dat in de bibliotheek was opgediend; ze trokken de gebraden kip en de vis met hun vingers uit elkaar en slaakten verrukte kreten over de dampende perentaarten, bestrooid met suiker en verse munt. Ze hadden over de invasie gepraat, over de geruchten die de ronde deden over de bisschop van Rochester. Barbara had over Virginia verteld en de zuigeling vastgehouden tot hij begon te huilen en Mary een bediende opdroeg het kind naar zijn min te brengen voor zijn voeding.

Nu was eindelijk de duisternis neergedaald over het huis, het terras, het gazon, het bos. Het was laat. Mary was voor het kindje gaan zorgen. Diana en de hertogin, Tony en Harriet zaten te kaarten terwijl nachtvlinders op de kaarsen af kwamen fladderen. Charles zat een eindje van hen af en hield het terras door de geopende deuren in het oog. De maan overgoot alles met een ivoorkleurig licht, en Barbara leunde op haar ellebogen op de stenen balustrade in dat maanlicht.

Omdat ze er niet bij was, praatten ze over haar en beschreven aan Diana en de hertogin hoe ze haar op de staatsiesloep hadden gezien met de koning en zijn maîtresse en zijn kleindochters, en wat er over haar geschenken aan de koninklijke familie en haar gesprekken met hen werd rondverteld.

'De prins is nog altijd verkikkerd op haar, als hij de partij is die je voor Barbara zoekt,' zei Charles tegen Diana, en Harriet trok als in verachting haar neus op.

'Het lijkt me niet leuk Barbara als maîtresse van de prins te zien,' zei Tony.

'Maar ze praten allemaal over haar, niet?' Diana straalde. Het was alsof ze nooit ziek was geweest.

'Men zegt dat ze een plaats aan het hof krijgt, zonder meer.'

Charles knipte met zijn vingers. 'Ondanks de ontstemdheid van de prinses. Die is niet blij dat Barbara terug is, wel Harriet? Toe maar, je bent onder familie, vertel ons de waarheid. Vertel ons wat de prinses zegt.'

Harriet bloosde, keek neer op haar kaarten.

'Ze is dus jaloers?' zei Diana. 'Daar heeft ze alle reden toe.'

Charles stond op en liep naar buiten, het terras op.

Abigail keek hem na en verschoot van kleur, en Diana zei: 'Ik betwijfel of er ten aanschouwen van ons allen een verleiding op het terras zal plaatsvinden. Wees gerust, Abigail. Ze kan wel beter krijgen dan Charles Russel.'

Een plaats aan het hof, dacht de hertogin. Ja, dat is gepast; het is eigenlijk volmaakt. Het zal helpen de schuld te delgen. Het zou een vorm van bescherming kunnen zijn. Barbara heeft nu het uithoudingsvermogen, de geslepenheid voor het hof. Ze heeft me altijd zonder blikken of blozen iets voor kunnen liegen. Zo'n positie zou haar de start kunnen geven die ze nodig heeft om weer uit te groeien tot alles wat ze zou kunnen zijn. Ik zou me dan niet zulke zorgen hoeven te maken. En ze zou natuurlijk in de gelegenheid zijn de familie te helpen.

Aan de andere kant van de tafel wierp Harriet Tony woedende blikken toe, maar hij staarde naar buiten, naar het terras.

'Ik haat je,' zei Abigail tegen Diana. 'Ik heb je altijd gehaat, en zal je altijd blijven haten.'

Diana lachte met een geluid als van honderd zilveren klokjes. 'Ik was benieuwd wanneer je het niet meer zou uithouden en het zou zeggen.'

Abigail was woedend. 'Ze lijkt op jou.'

Diana hield haar hoofd scheef. 'Je vleit me. Dank je.'

'Genoeg,' zei de hertogin. 'Als jullie tweeën zo nodig ruzie moeten maken, ga dat dan in een andere kamer doen, voor jullie ons te schande maken tegenover Harriet.'

'Te schande maken? Uw dochter is de schande, en uw kleindochter! Laat alles maar om ons heen instorten. Het kan mij niets schelen!'

Enkele ogenblikken lang was het enige geluid het ritselen van Abigails rokken. Het gaf uiting aan haar woede terwijl ze de bibliotheek uitliep.

'Jouw beurt,' zei Diana tegen Harriet, die geschrokken keek, en toen snel een kaart neerlegde.

'Maar je denkt helemaal niet na!' kirde Diana, terwijl ze de kaart oppakte en bij de hare voegde.

Op het terras keek Barbara naar het maanlicht dat over Charles' gezicht speelde, over zijn jukbeenderen, over zijn mond, een mond die ze meer dan eens had gekust, met hartstocht en met meer dan een beetje liefde. De hele avond had hij luchthartig en plagerig gedaan tegen Mary, die bij elke luchtige, ietwat stekelige opmerking die hij maakte nog stiller werd. Het was duidelijk dat ze hem onverschillig liet. Ik zou hem ook onverschillig hebben gelaten, als we getrouwd waren, dacht Barbara, of lang genoeg een verhouding hadden gehad. Hij houdt alleen van wat hij niet kan krijgen. Ik zou hem ontrouw moeten zijn geweest, als ik had gewild dat hij me was blijven begeren.

Ze kon zien hoe hij over tien jaar zou zijn: de gladheid van zijn regelmatige gezicht opgezwollen, de buik nog forser, de ogen rood omrand en rusteloos loerend naar elke vrouw in elke kamer. Hij was niet eens zo vriendelijk om zijn verachting voor zijn vrouw te verbergen; hij toonde weinig of geen belangstelling voor zijn zoon.

'Je begint dik te worden, Charles. Ik zag het meteen. Daar rond je maagstreek. Te veel wijn en te veel doorwaakte nachten.'

'Ik heb vaak aan je gedacht,' zei hij, op de oude, charmante manier, maar hij charmeerde haar niet. 'Had je een minnaar in Virginia?'

'Tientallen.'

'Je zei dat je vandaag bij de bisschop van Rochester was geweest. Ik wil je waarschuwen dat je bij hem uit de buurt moet blijven, Barbara.'

'Hij was een oude vriend van Roger.'

'Het is niet veilig...'

'Veilig? Je bekommert je niet om veiligheid als je een oude vriend opzoekt.'

'In tijden als deze doen verstandige lieden dat wel.'

'Zal Robin me op een zwarte lijst zetten omdat ik bij de bisschop van Rochester kom? Het kan me werkelijk niet schelen, Charles.'

'Echt iets voor jou. Je bent even zorgeloos als vroeger. Je bent een jaar weg geweest. Je hebt geen idee hoe gevaarlijk het tegenwoordig is. Er zijn aanwijzingen dat er een invasiepoging komt. Dit is geen kinderspel. Er zal geen genade zijn voor degenen die als verraders worden ontmaskerd. Ik probeer je te waarschuwen, Barbara, uit zorg om jou. En omwille van oude herinneringen tussen ons.'

'De herinnering die ik in Virginia aan je had was groter. Je bent kleiner geworden terwijl ik weg was, Charles.'

In de bibliotheek legde Tony zijn kaarten neer, stond zonder iets te zeggen op en liep naar buiten, het terras op.

De hertogin wierp een blik op Harriet, die strak naar haar kaarten tuurde, en zakte plotseling onderuit. 'Ik ben moe.' Haar stem beefde, en Tim schoot dadelijk toe om haar op te tillen.

Diana graaide de kaarten bijeen, schudde ze en deelde ze.

'Alleen u en ik, uwe genade,' zei ze tegen Harriet.

Harriet stond op. 'Nee, alleen u.'

Buiten zei Tony: 'Stoor ik jullie?'

'Ja,' zei Charles.

'Nee,' zei Barbara.

Charles boog stram en liep de bibliotheek weer in, waar nu alleen Diana nog zat. Ze maakte een gebaar naar een lege stoel. 'We moeten praten, jij en ik.'

Tony zocht naar woorden voor wat hij wilde zeggen. Hij had het gevoel alsof hij nooit huwelijkstrouw had beloofd, zo ging zijn hart tekeer. Hij voelde zich tot alles in staat. Maar toch speelde er een gevoel voor Harriet mee.

'Ik heb je nooit in hartstocht gekust,' hoorde hij zichzelf zeggen. Dit was niet wat hij had willen zeggen, helemaal niet.

In de bibliotheek stond Charles erbij alsof hij met een gloeiend stuk ijzer was aangeraakt en keek op Diana neer. Er vertrok een spiertje in zijn kaak. 'Ik geloof je niet.'

'Geloof me maar.'

'Hoe weet ik dat het van mij is?'

Er viel een stilte.

Charles probeerde zich te herstellen. 'Ik kan niets doen, Diana. Het was een risico dat we namen. Dat wist je.'

'Je zou steun kunnen aanbieden; of anders, affectie. Of misschien, tenminste, je leedwezen kunnen betuigen...'

'Ik kom er even tussen.' Harriet stond in de deuropening. 'Ik zocht Tony.'

'Hij is waar hij was toen je wegging, op het terras waar hij zich vermeit met zijn nicht. Charles en ik hebben ruzie.' Diana sprak loom, vlot; ze sloeg een denkbeeldig stofje op haar japon weg en haar violetblauwe ogen richtten zich op en rond Harriet. 'Kom binnen en zorg dat Charles zich een beetje gedraagt. Hij behandelt me wreed.'

'Wreedheid schijnt Charles' sterke punt te zijn, tegenover vrouwen tenminste,' zei Harriet. Met ingehouden adem, alsof ze een stel tijgers moest passeren, liep ze door de bibliotheek naar de geopende deuren.

'Zal ik ze dichtdoen?' vroeg ze.

'Nee,' zei Diana. 'We houden op met ruzie maken.'

Harriet haalde diep adem. 'Gelukkig.'

Diana glimlachte, een stralende, blinkende lach die het licht in haar ogen evenaarde.

'Je bent beslist een waardige hertogin van Tamworth. Je moet weten dat ik een tijdlang erg hoopte dat mijn Barbara de hertogin zou worden. Tony was stapelgek op haar, nietwaar, Charles? Iedereen wist het. Maar hij heeft een verstandiger keuze gedaan, geloof ik. Verstand boven gevoel.'

Op het terras zag Harriet dat Barbara en Tony serieus met elkaar in gesprek waren, Tony had zijn hoofd ernstig gebogen, zoals hij wel vaker deed. Het maanlicht speelde met schaduw en expressie.

Wie niet waagt, die niet wint, dacht Harriet, terwijl ze recht op hen afliep. De hakjes van haar schoenen maakten een uitdagend tikkend geluid op de stenen van het terras. Barbara en Tony draaiden beiden hun hoofd naar haar toe. De uitdrukking op Tony's gezicht was gepijnigd, die op Barbara's gezicht woest.

'Tony en ik hadden het juist over jullie bruiloft. Ik wou dat ik erbij had kunnen zijn. Ik heb een huwelijksgeschenk uit Virginia meegebracht, maar ik wou dat ik had kunnen zien dat jullie in de echt verbonden werden. Ik ga een wandelingetje over het gazon maken. Tony zegt dat hij te moe is. Wandel je met me mee, Harriet?'

'Ja.'

Tony keek zijn vrouw en Barbara na, terwijl ze gearmd de grastreden afdaalden. Ze had hem verteld dat Walpole haar had verraden. Ze wilde zich op de een of andere manier wreken en vroeg daarbij zijn hulp. Walpole had gedaan wat hij kon, had Tony aangevoerd. Het was te wijten aan de omstandigheden, niet aan Walpole. Tony had het gevoel dat niets klopte, dat alles uit balans was. Zijn emotie was zo sterk. Het is een pijnlijk verlangen, dacht hij. Waarnaar? Naar beiden. Ik wou dat ik beiden zou kunnen hebben.

'Verzoeking.'

Tony draaide zich om. Charles was weer op het terras verschenen en kwam naast Tony staan, terwijl hij de twee vrouwen op de trap nakeek.

'Verzoeking scheidt de heiligen van de zondaars, Tony. We zijn

allemaal heiligen, tot we in verzoeking worden gebracht. Dan –
ja, dan is het een ander verhaal. Het was gemakkelijker toen ze
in Virginia was, nietwaar? Plicht, bedoel ik; eer; je belofte houden. Welkom in de wereld, pelgrim.'

Ik zou hem willen slaan, dacht Tony, daar boven zijn neus, niet
één keer maar twee keer. Er zou overal bloed uit spuiten. Dat zou
me goed doen. Maar hij zei, op gelijkmatige toon: 'Goedenacht,
Charles.'

In de bibliotheek zag Tony dat Diana alleen was. Ze had een
trooosteloze uitdrukking op haar gezicht. 'Speel een spelletje kaart
met me,' zei ze tegen hem, en dan, heel zacht: 'Alsjeblieft.'

Zonder te weten waarom hij het deed, ging hij zitten.

'Ik vind het hier zo heerlijk,' zei Barbara tegen Harriet. Ze bleef
telkens staan om diep in te ademen, alsof ze haar ziel wilde voeden met Tamworth en zijn maneschijn. 'Het is alsof mijn hart
hier woont. Luister: mijn moeder wilde dat ik met Tony trouwde, ze wilde dat ik hertogin werd. Ze zal alles doen en alles zeggen om jou te kwetsen, alleen daarom. Je kunt met haar drie dingen doen: haar spel meespelen – maar ik waarschuw je: ze is
meedogenloos; je verbergen wanneer je haar ziet; of geen aandacht aan haar besteden. Wat is jaloezie toch een vreselijk iets,
hè? Ik weet het. Ik was zo jaloers op Roger en zijn minnaar dat
ik dacht dat ik eraan zou sterven. Ik deed van alles en nog wat
om ervoor te zorgen dat hij van me ging houden, en nu weet ik
niet of je iemands liefde kunt afdwingen. Iemand houdt van je of
niet. Het huwelijk schijnt Tony goed te doen. Ik ben tevreden
over wat ik vanavond heb gezien.'

'Wat was dat dan?'

'Genegenheid in zijn ogen wanneer jij sprak. Eerbied. Hij lijkt
op de een of andere manier meer een man. Ik zal Tony niet van
je afnemen.'

'Misschien kun je dat niet.'

Barbara lachte. 'Prachtig! Ik twijfel er niet aan dat hij de jouwe is... Virginia is een belangwekkende ervaring voor me geweest,
Harriet. Het was tegelijkertijd heerlijk en vreselijk. Ik heb er een
heel lieve vriend gemaakt, iemand die ik altijd bij me zal hebben,
en ik heb daar geleerd wat ik wilde, bij de rivier en de bomen –
bomen zo reusachtig groot, Harriet, dat drie mannen hun stam
nog niet zouden kunnen omvatten.'

'En wat wil je dan?'

'Een eerbaar leven leiden, wat ik voorheen niet altijd heb gedaan. Niemand kwetsen en proberen te zorgen dat niemand mij kwetst. Dat zou je misschien aan de prinses van Wales kunnen laten weten – dat ik niemand wil kwetsen. Ik ga nu alleen verder. Ik kan nog wel uren lopen. Slaap zacht, nicht.'

In het maanlicht gingen de twee vrouwen uiteen, zonder afscheidskus. Barbara liep door naar Ladybeth Farm, en Harriet ging terug naar het huis, een donkere massa in de nacht, met kaarsen voor sommige ramen, voor het raam van de slaapkamer waar Tony en zij logeerden. Hij was nog wakker. Hij dacht natuurlijk aan Barbara, dacht Harriet. Tijdens de nachtelijke rit na lady Mary's feest hadden Tony en Charles er als zoutzakken bij gezeten, zonder een woord over het feit dat de vrouw van wie ze beiden hielden zojuist opnieuw in hun leven was verschenen. De volgende ochtend leek Lindenmas wel een omgevallen bijenkorf, en al het gezoem ging over Barbara. Mary kwam in Harriets slaapkamer uithuilen en zei dat Charles Barbara weer als maîtresse zou nemen, dat wist ze gewoon. Harriets moeder en haar zuster kwamen bij haar, elk apart, maar ze zeiden in wezen hetzelfde: arme Harriet, wat ga je nu doen? En in hun medelijden had Harriet een zeker leedvermaak bespeurd. Waarom? Omdat Tony en zij misschien gelukkig waren, of waren geweest. Wat een treurig, bekrompen wereldje, waar men een ander geen geluk gunde, hoe gering ook. Ze is terug, had Wart tegen Harriet gezegd. Laten wij er samen vandoor gaan, samen uit Engeland weggaan en onze vrienden choqueren. Wat had de hertogin op de bruiloft gezegd? Iets van dat de grootste liefde het raam uitvloog als er geen waarheid, plichtsgevoel en eer waren om haar te verankeren.

Tony en zij waren niet begonnen met een grote liefde – eigenlijk helemaal niet met liefde. Hun huwelijk was een koppeling van families, van grond en trots, zoals de meeste huwelijken tussen mensen van hun stand. Maar Tony was onverwacht vriendelijk, en die ernstige glimlach van hem beviel haar. Er was hartstocht tussen hen wanneer ze samen sliepen, een hartstocht die haar verraste. Ze merkte dat ze hem steeds aardiger ging vinden; dat was een onverwacht geschenk, iets waarop ze iets meer kon opbouwen. Toen ze met hem trouwde, had ze geweten dat hij van een ander hield. Ze begreep heel goed dat liefde tussen man en vrouw in dit huwelijk niet noodzakelijk was. Het was dus eigenlijk niet eerlijk om boos op hem te zijn nu de ander van wie hij hield teruggekomen was. De tijd om boos te zijn zou later kunnen komen, afhankelijk van zijn gedrag. Zou hij haar vernederen door Barbara openlijk het hof te maken? Zou hij koel en grof worden, zoals Charles, die alles wat Mary deed verachtte en wie het huwelijk zo verveelde dat hij zijn mond niet kon houden? Zou hij zijn hartstocht stilzwijgend en heimelijk botvieren, zodat zij zich van alles erover in het hoofd haalde, en dan van anderen te horen kreeg wat er gebeurde?

Ze zou wachten met boos worden. Ze zou zien wat er gebeurde, hoe hij zich gedroeg. Als hij een vriend blijft, zal ik ook een vriendin voor hem zijn, dacht ze, en voelde zich meteen beter. Het zou interessant zijn, dacht ze terwijl ze op het terras stapte, te zien of Barbara een vrouw van haar woord was. Er werd zoveel over Barbara gezegd. Wat daarvan was waar?

Boven het portaal van de hoofdingang van Tamworth stond een kaars voor het raam.

'Ze loopt naar Ladybeth,' meldde Annie, bij het raam, aan de hertogin.

'Alleen?'

'Alleen. Hare genade is teruggekomen naar het huis.'

De hertogin leunde achterover in haar kussens en keek naar de bedhemel boven haar hoofd. Het grote hemelbed waar ze in lag was van haar moeder geweest. De moeder van haar grootmoeder had het merkwaardige fantasiepatroon van bloemen en vogels op de bedgordijnen geborduurd, iets dat vele jaren geleden gemaakt was en nog steeds bestond. Dat had iets van continuïteit; het was goed dat iets zo van moeder op dochter en zo verder werd doorgegeven. De vrouw die over haar naald gebogen had gezeten, om de kleurige zijden garens, karmijnrood, geel, groen, en goud- en zilverdraad door de stof te trekken, het zware picot van getwijnd goud- en zilverdraad te maken, die vrouw was allang verdwenen. Wat een geduld had dit gevergd. Wat een tijd. Maar de vrouw had volgehouden. Zij was nu dood, maar haar werk niet: dat bestond vele mensenlevens voort.

Barbara kreeg waarschijnlijk een positie aan het hof. Dat was nieuws waar je duizelig van werd. Ze zou invloed kunnen uitoefenen. De hertogin dacht aan haar eigen tijd aan het hof, aan haar eigen rang en macht, de bedriegerijen en kuiperijen waaraan ze had meegedaan, het geïntrigeer. Ze had het heerlijk gevonden, tot Richard er weg wilde. Richard, haar schone Richard. Jij hebt zijn dood veroorzaakt, had Louisa gezegd, jij en je ambities. Ze staarde naar het portret boven de haard, zonder zelf te weten dat er een traan over haar wang biggelde, tot Dulcinea er met haar pootje tegen tikte. Had Walpole de vriendschap verraden, had hij

494

opportunisme voor eer laten gaan, zoals Barbara zei?

Zij zou het moeten weten; uitgerekend zij zou verraad moeten herkennen. Zij had Richard gedwongen iets te doen waarin hij niet geloofde. Hij zou koning Jacobus zijn gevolgd in ballingschap overzee, maar zij wilde het niet toestaan, had gezegd dat hij moest kiezen tussen Jacobus en haar. Richard had met hart en ziel geloofd dat Jacobus ii de werkelijke, de rechtmatige koning van Engeland was. Daaraan was uiteindelijk zijn geest te gronde gegaan; hij zag de dood van zijn zonen, zo had hij haar verteld, als straf voor zijn zonde.

Richard, meest rechtschapen aller mannen, dacht ze, voor welke zonde zou God jou hebben kunnen straffen, behalve de zonde dat je te veel van mij hield? Spijt, spijt, het leven was vol spijt. Van al haar spijt was dit het meest ondraaglijk; dit was iets wat ze begraven wilde houden. Ze was te oud om het onder ogen te zien. Ze snoof en gebruikte alle wilskracht die ze kon opbrengen, en dat was heel wat, om haar gedachten ergens anders op te richten, zodat dat vroeger met Richard en Jacobus en zij nooit bestaan zou kunnen hebben.

God zij dank dat Tony getrouwd is. Het huwelijk zou waarschijnlijk niet uiteenvallen voor er een erfgenaam was. Ze kon alleen maar hopen dat Barbara en hij Harriets hart niet zouden breken, maar als ze dat wel deden, kon zij er ook niets aan doen. Tot dat besef was ze beneden gekomen, dat ze te oud was om alles weer in het reine te brengen, Tony de ene kant op te sturen en Barbara de andere kant op, zoals ze vroeger had gedaan. Het leven kon wreed zijn. Ze had haar plicht gedaan. Meer kon niet van haar gevraagd worden. De familie was gered.

Toen Barbara terugkwam van Ladybeth Farm en haar slaapkamer binnenkwam, brandden daar kaarsen, en er waren overal bloemen: distels, paardebloemen, margrieten, zomeradonis, winde en hop. Tinten wit, zilver, rood, roze – verlegen, onaanzienlijke bloemen, half onkruid. Ertussen stonden irissen en munt.

Ze pakte een blaker en ging naar boven. Ze klopte zacht en ging Batseba's kleine kamertje binnen. Batseba was wakker. Ze wist dat ik zou komen, dacht Barbara.

'Dank je voor de bloemen.'

Batseba antwoordde niet.

'Er is een hond op Ladybeth. Heb je die gezien?'

Een uitdrukking van grote opluchting kwam op het gezicht van de vrouw. 'Ja. Gevaar.' Barbara knikte en ging weg.

Ze liep de slaapkamer van haar grootmoeder binnen, zette de blaker op het nachtkastje en schudde de hertogin wakker.

'Richard, we doen wat jij zegt, we verlaten het hof en volgen koning Jacobus...'

'Ik ben het, grootmama.'

'Wie?'

Barbara trachtte haar ongeduld te bedwingen. Soms was haar grootmoeder heel ergens anders met haar gedachten. Ze kwam altijd terug. 'Barbara, grootmama. Roger is dood, en ik ben naar Virginia gegaan en nu ben ik weer terug.'

'Ik droomde, een mooie droom over je grootvader. Wanneer is Roger gestorven? Laat maar. Je weet hoe mijn hoofd werkt, Bab, ik kan het me niet goed herinneren, maar dat komt nog wel. Wat is er gebeurd? Heeft Abigail je moeder vermoord?'

'Grootmama, wanneer bent u voor het laatst op Ladybeth geweest?'

De hertogin perste haar lippen op elkaar, een teken van koppigheid dat Barbara goed kende. 'Sir John en ik hebben ruzie gehad.'

'Hij heeft daar een schattig hondje, grootmama. Een klein, gevlekt hondje. Het heeft alleen zijn pootje bezeerd, dus het hinkt. Ja,' zei Barbara, terwijl op het gezicht van haar grootmoeder begrip begon te dagen. Ze mocht zich dan niet kunnen herinneren wanneer Roger gestorven was, maar dit begreep ze heel goed. 'De bisschop van Rochester wordt met hoogverraad in verband gebracht doordat er in brieven sprake is van een gevlekt hondje dat hij ten geschenke zou hebben gekregen. Zo luiden de geruchten tenminste.'

John is een jacobiet, dacht de hertogin. De zekerheid doorstroomde haar. Ik had het moeten weten. Bij de lieve bebloede handen van Jezus Christus onze Verlosser. Als stukjes van een houten puzzel gleden bepaalde dingen, bepaalde gebeurtenissen op hun plaats, werden begrijpelijk. Gussy was klerk bij Rochester. Alles klopte.

'Een nieuw huisdier? vroeg ik. "Ik houd hem hier voor een vriend," zei hij. Ik vertelde hem van dat gerucht, grootmama. Hij had het nog niet gehoord. "Ik ben niet uit de buurt weg geweest," zei hij, en hoewel hij probeerde het te verbergen zag ik dat hij ervan geschrokken was. Wat zou hij gedaan hebben, denkt u?'

'Ik zou het niet kunnen zeggen. Batseba zei dat er 's nachts vreemden over de vloer kwamen. Hij heeft waarschijnlijk munten verzameld, om de invasie te financieren...'

'En wapens. Ik wil wedden dat er op Ladybeth overal wapens verborgen zijn.'

'Hij zit er tot aan zijn nek in. Hij doet nooit iets half. O, Barbara.'

'Ik loop er morgen heen. Ik ga dat hondje weghalen, grootmama. Waar zullen we het verstoppen?'

O, god zij dank dat Barbara hier was. Hoogverraad was zozeer verweven met de geschiedenis van hun eigen familie dat het verraad van John haar niets deed. Barbara had stalen zenuwen. Die had ze altijd gehad, als kind al. Zij was degene die de begrafenis van haar vader in Italië had geregeld; Harry was te veel van streek geweest om het te doen.

'In de crypte van de kapel.'

'Goed, ja, dat is een goede plek. O, grootmama, ik krijg er kippevel van. Ik vrees voor sir John, voor ons allemaal.' Gussy is er ook bij betrokken, dacht Barbara. Ik weet het. Jane, wat is jouw rol?

Ze kroop naast haar grootmoeder in het bed, zoals ze ook als kind had gedaan wanneer ze troost zocht. Aan het voeteneind van het bed lag het boek over Virginia. Virginia leek nu ver weg en lang geleden, een heel andere wereld.

45

Barbara reisde naar Petersham om Jane op te zoeken. Haar gedachten gingen alle kanten op – sir John, jacobieten; Duncannon, die Slane heette; Gussy; het hondje; Robin – zodat ze hoewel ze uit het raampje staarde, niets zag van de velden aan weerskanten van de weg waarover de koets reed. Thérèse zat zwijgend bij haar. Ben ik pas een week thuis, dacht Barbara. Het lijkt een eeuwigheid.

Het hondje zat in de crypte van de kapel. Tim zou het heimelijk eten geven en ermee naar buiten gaan. Haar grootmoeder en sir John hadden een ontmoeting gehad in het bos van Tamworth, als samenzweerders. Barbara had de wacht gehouden terwijl ze elkaar boos toefluisterden:

Je bent gek geworden.

Je zult wel anders piepen wanneer Jacobus op de troon zit.

Bah. Het hondje is een bewijs; je moet het doden, zei haar grootmoeder.

Dat kan ik niet, zei sir John. Niemand kon het. Daarom is het bij mij.

Ik zal het doden, zei Barbara's grootmoeder, maar ze kon het ook niet.

Grappig, dacht Barbara; we kunnen een staatsgreep beramen en ons klaarmaken om oorlog te voeren, maar we kunnen geen hond doodmaken.

Ze waren inmiddels vlak bij Petersham. Over een kwartier, of minder, zou ze Jane zien.

Vlieg, lieveheersbeestje, vlieg naar de man van wie ik houd. Dat zongen Jane en zij als kind. Als je in oktober trouwt, komt er liefde maar geen goud. Lieve Sint Thomas, doe wat ik vraag, breng mijn liefste hier vandaag. Allerlei gezegden uit haar meisjestijd. Haar meisjestijd was Jane, en nu was Jane betrokken bij hoogverraad.

Behoed haar voor kwaad, lieve Heer. Barbara dacht aan Janes kinderen. Ze zeiden voor de grap dat Gussy zijn broek maar hoefde te laten zakken of Jane was al zwanger. In de bijbel was Sara onvruchtbaar, zij had geen kind; Abrahams Sara en Rogers Barbara. Jane kreeg de kinderen in Barbara's plaats, de een na de ander. Laat de kinderen tot Mij komen. Hoe moet ik dit verdragen, Barbara, had Jane gezegd toen haar zoontje Jeremy gestorven was. Jane en zij hadden madeliefjes en bosviooltjes rond zijn kleine graf geplant. Wat was Jeremy een lief jongetje geweest.

Haar blik viel op iets roods. De kruisbessen waren rijp. Ze hingen donkerrood en verleidelijk aan struiken die ze passeerden. Juli was een maand van rood – pimpernel, klaprozen, kruisbessen. Rood als bloed. Zou Rochester gearresteerd worden? Wie nog meer? Barbara rechtte haar rug op de bank van de koets. De vrouw die op de weg liep zag er bekend uit.

'Laat de koets stoppen.'

Toen ze eruit stapte, herkende Barbara de vrouw als Cat, een van Janes dienstmeisjes.

'Cat, ik ben lady Devane, herinner je je mij?'

'Lady Devane. We zoeken naar meesteres Amelia. Ze is weggelopen.'

'Thérèse, ga jij verder naar Jane. Zeg tegen haar dat ik mee ben gaan zoeken naar Amelia en dat ik gauw kom.'

'Uw japon zal onder het stof komen...' zei Thérèse.

'Dat geeft niet, Thérèse.'

Terwijl de koets zonder haar doorreed, vroeg Barbara aan Cat waar ze zoal had gezocht en bleef toen even staan om na te denken over Amelia, waar ze heen zou kunnen zijn.

Petersham was een gehucht, een halte op de weg naar Richmond; Richmond zelf was vroeger ook een rustig dorpje geweest, maar het was niet zo rustig meer nu de prins en de prinses gedurende een deel van het jaar op Richmond House woonden. Er waren maar een paar huizen in Petersham, en de hulpkerk voor degenen die te ver van de parochiekerken af woonden. Op sommige zondagen leidde Gussy diensten in de kapel. Vlakbij waren de rivier en Richmond Park. De rivier, zou Amelia in de rivier zijn gevallen? Barbara voelde plotseling een stekende pijn in haar hart. Hyacinthe. Ze zag het lijk van die jongen voor zich, dat in de schuur lag. Jane moest radeloos zijn nu Amelia zoek was. Jane had natuurlijk ook aan de rivier gedacht.

Barbara liep dwars door een veld naar de rivier. Haar japon werd vuil, zoals Thérèse had gezegd. Ze liep zoekend langs de oever, terwijl haar gedachten weer afdwaalden.

Haar moeder was weg. Ze was gisteren van Tamworth vertrokken, een dag later dan de anderen, even plotseling als een zomers onweer. Haar moeder wilde niet veel zeggen over Robin. Ik voel me niet goed, Bab, zei ze. Ik heb tijd nodig om na te denken over wat je zegt.

De koning had een datum vastgesteld voor de begrafenis van de hertog van Marlborough. De plechtigheid zou op de tiende dag van augustus in Londen worden gehouden. De hertogin had een formele aankondiging ontvangen van de weduwe van Marlborough. We zullen erheen moeten, zei ze. Het wordt van ons verwacht. De rivier stroomde voorbij, koel en groen.

Hyacinthe, dacht Barbara. Ze moest stilstaan, even blijven staan om diep in en uit te ademen. Verbazend hoe diep, hoe slim pijn zich kon verstoppen om dan opeens toe te slaan. Verbazend hoe snel en hard hij toesloeg wanneer hij eenmaal de kop opstak. Hyacinthe, ik mis je zo, dacht Barbara. Wat is er met je gebeurd, mijn lieve jongen, bediende, metgezel en vriend? Leef je nog? Leef.

Was dat huilen? Ja, beslist. Ze ging op het geluid af.

Daar was Amelia, die zat te huilen voor een kruisbessenstruik. Haar jurk was nat en vuil, evenals haar gezicht. Om haar mond zat een rode vlek, even rood als het lint op de brief van de koning.

De koning had een speciale bode naar Tamworth Hall gestuurd met een brief waarin hij Barbara vroeg naar Hampton Court te komen als gast van hem en zijn kleindochters. Het was een grote eer dat haar dit gevraagd werd. De brief was gekomen toen iedereen bezig was naar Lindenmas te vertrekken. Ze hadden hem

allemaal moeten lezen – Tony, Harriet, Charles, Mary, haar tante, haar moeder, haar grootmoeder. Ze was nu onderweg naar
Hampton Court. Maar ze moest eerst bij Jane langs.

'Amelia.'

'Bab!'

Het kind stortte zich in Barbara's armen. Voor haar was het
niet vreemd dat Barbara zich na zo'n lange tijd weer vertoonde,
ze was alleen maar blij dat ze er was. Barbara suste haar.

'Wat is er, liefje? Waarom huil je?'

Ook mijn kind, dacht ze. Haar gedachten waren bij Jane en
Harry, de vele keren dat ze met zijn drieën vrij hadden rondge-
rend door de velden en bossen van Tamworth, zonder te weten
dat ze zouden opgroeien en weggaan, zonder te weten dat een
van hen zou sterven. Harry en zij zouden geen kinderen krijgen.
Janes kinderen waren hun kinderen. Jane had haar kinderen altijd met haar gedeeld omdat zij haar vriendin was. Vriendschap,
de integriteit van de vriendschap was nog nooit zo belangrijk geweest.

'Mijn jurk is gescheurd en in de modder gevallen, en ik kan de
weg naar huis niet vinden.'

'Ik zal je de weg wijzen. Mollige Amelia,' fluisterde Barbara in
de hals van het kind terwijl ze de lieve rondheid kuste,' ronde
Amelia, zoete Amelia, kruisbessen-Amelia.'

Maar vooral Janes Amelia.

46

Na thuiskomst van zijn reis was Klaus von Rothbach voor anker
gegaan in Williamsburg. Hij betaalde zijn bemanning net genoeg
van hun gage om hun een avond in de taveerne te gunnen, maar
zelf bleef hij nog even aan boord. Het duurde enige tijd om zich
na afloop van een reis los te maken van de sloep. Het was altijd
alsof hij de sloep wat extra tijd moest geven, alsof ze een minnares was die hij moest verzekeren dat hij haar trouw zou blijven, voor hij haar verliet om aan wal te gaan.

Hij wandelde over het dek van de sloep, bekeek haar overal,
maakte in gedachten aantekeningen over kleine reparaties die ze
nodig had, en ging toen naar zijn kajuit beneden om ze in zijn
logboek te noteren. Hij las het verslag van de reis door. Een goede reis. Hij was een goede kapitein, hoewel die tijd bijna afgelopen was. Wanneer hij Beth Perry huwde, zou hij ophouden met

varen. Er zou te veel land zijn om voor te zorgen. Had zijn oom dat wel beseft? Dat hij hem qua grondbezit zou evenaren, wanneer hij met Beth trouwde? Met deze gedachten in zijn hoofd deed hij een dutje in het kleine bed dat aan de ene kant gemaakt was, en werd wakker in de stilte van een warme julimiddag, waarin vogels elkaar toeriepen en het water kalmpjes tegen de scheepswand kabbelde.

'Ik ga nu aan land,' zei hij tegen de man die aan boord achterbleef. Deze hielp hem de tweede roeiboot te laten zakken en roeide hem naar het magazijn aan de kreek, een lomp vierkant gebouw van hout, dat haastig in elkaar was gezet, nadat een eerder gebouw in brand was gestoken door een paar van de veroordeelde misdadigers die zich van de mensen in Engeland hier moesten vestigen.

De beheerder van het magazijn, die hem kende, kwam naar buiten om hem te begroeten. Ze praatten over de bijeenkomst van de Lagerhuisleden die zojuist had plaatsgevonden. Ze hadden Spotswood opgedragen naar de kolonie New York te gaan om een verdrag te sluiten met de Iroquois; ze hadden de hoogte van giften bepaald voor de bouw van scheepsmagazijnen; ze hadden een wet aangenomen om de kwaliteit van de tabak te verbeteren. Er mocht nu geen tabak meer worden geplant na eind juni, en iedereen die tabak inkocht moest een certificaat aanvragen bij een kwaliteitsbeoordelaar.

Buiten liep Klaus door de weiden achter het schoolgebouw; hij liep de trap op naar de achteringang, en via de grote poort de trap weer af het dorp in, dat nu voor hem lag. Het was altijd een schok voor hem wanneer hij van een reis terugkwam, te zien hoe klein dit dorp was in vergelijking met de meeste havensteden die hij in West-Indië aandeed. Er was nog niet eens een geplaveide straat, alleen stoffige, aarden straten en stegen. De paar taveernes en winkels en huizen lagen op een kluitje aan de andere kant. Hij liep het schoolerf af en via de hoofdlaan van het dorp naar de kerk, waar hij de weg overstak naar het huis van Custis.

Custis had zich aan de rand van het dorp gevestigd, waar hij weinig last had van buren, met een ravijn en bossen achter zich.

Custis was in zijn tuin aan de andere kant van het ravijn. Hij was bezig een kleine boom uit te graven en maakte woeste gebaren naar de slaaf die hem hielp. Klaus had wat zaden meegebracht uit Cuba, maar hij was de naam ervan vergeten. Dat gaf niet. Custis zou al blij zijn als hij zag wat eruit groeide.

Hij wachtte op een van tenen gevlochten bank tot Custis eindelijk uit het ravijn kwam aanwandelen; de slaaf die hij bij zich had, droeg een jong boompje waarvan de wortels in een oude zak waren gewikkeld.

'Fijn je te zien. Hoe was je reis?' Custis gaf Klaus een hartelijke klap op de rug.

'Ben je van plan het hele bos mee te nemen?'

'Ik steel van haar als een dief en hoop dat ze het me vergeeft. Daar komt je oom aan. Hij is voor de Raad geweest. Weet je dat lady Devane een brief voor de gouverneur heeft achtergelaten? Ze had een vat met tabak gevonden en beweert dat jullie smokkelen. De gouverneur probeert je oom uit het Lagerhuis te laten verwijderen en hem uit het ambt van rechter te laten ontzetten.'

'Wanneer is dat gebeurd?'

'Dadelijk na je vertrek, en kort voordat zij wegging. Het zal nauwelijks gevolgen hebben; de zaak zal vergeten worden als de nieuwe gouverneur komt.'

'Nieuwe gouverneur?'

'Byrd en de anderen in Londen hebben het klaargespeeld. Spotswood is geen gouverneur meer.'

'Dat weet je zeker?'

'Dat weet iedereen zeker. Spotswood heeft het zelf aangekondigd, hoewel ik heb gehoord dat hij lady Devane een brief heeft gegeven om mee terug te nemen.'

Valentine Bolling wandelde het erf op.

'Ik heb je lading verloren en je sloep tot zinken gebracht,' zei Klaus tegen hem.

'Je hebt dus maar besloten thuis te komen. Het is goed je te zien. Ze gaan me hangen wegens smokkelarij. Je zult naast me moeten hangen, Klaus.'

'Dat heb ik hem al verteld,' zei Custis.

'Je lading verkocht goed, heel goed zelfs,' zei Klaus. In West-Indië was altijd grote behoefte aan tabak.

'Mooi. De pachttabak deed weer lage prijzen.' Pachttabak was de tabak die de planters in plaats van munten inleverden voor verschuldigde belastingen. Ze werd verscheidene malen per jaar door de kolonie geveild.

'We telen te veel tabak,' zei Custis.

Bolling schudde zijn hoofd. 'Je lijkt Edward Perry wel.'

'Volgens mij heeft hij gelijk. Ik denk dat we een paar jaar voor de boeg hebben waarin onze tabak in Engeland weinig zal opbrengen.'

'Ik heb een ananas meegebracht,' zei Klaus. 'Hij ligt in het huis.

Vertel eens meer over die gouverneur.'

Terwijl Custis binnen de ananas in plakken sneed, ging Bolling zwaar in een stoel zitten, nam zijn pruik af en legde die op zijn knie.

'We verwachten de nieuwe nu elke dag. Maar dat is geen nieuws dat voor jou belangrijk is, Klaus. Een van de zonen van King Carter loopt als een hond achter Beth Perry aan. En die Schotse opzichter van lady Devane heeft de zilveren halsband van de jongen in Odells tuin gevonden. Edward Perry is naar Engeland vertrokken om haar die te brengen.'

Klaus staarde zijn oom verbijsterd aan. De schok kwam zo hard aan dat hij niet meer kon denken. Na de dood van Odell had hij alles weggedrukt. 'Welke halsband?' wist hij tenslotte uit te brengen.

'De jongen droeg een zilveren halsband met het familiewapen van Devane erin gegraveerd.'

'De Schot zegt dat hij vermoord is, en kolonel Perry valt hem bij,' zei Custis. 'Daarom is hij naar Engeland gegaan.'

'Vermoord?'

Klaus kreeg kippevel op zijn armen en in zijn nek.

'Ze denken dat Odell Smith haar slaafje vermoord heeft. Waarom zou hij die halsband anders begraven?'

Een nachtvlinder danste gevaarlijk dicht bij de vlam van een zojuist aangestoken kaars. Klaus' ogen richtten zich op het kleine drama, terwijl hij probeerde het te begrijpen. Hij kon nauwelijks ademhalen. Odell had een halsband begraven? Wanneer? Waarom? Hoe had hij zo stom kunnen zijn?

'Ik mag verdoemd zijn, Klaus, maar deze ananas is het zoetste wat ik het hele jaar heb geproefd,' zei Bolling.

'Eet jij jouw stuk niet op?' Custis boog zich naar voren om de plak die Klaus in zijn hand hield, aan zijn mes te steken.

Vervolgens bespraken ze de wetten die in de Lagerhuisvergadering waren aangenomen: een wet om het fokken van paarden te verbeteren, een wet om te voorkomen dat varkens los in het dorp rondliepen, een wet voor een beter beheer van de ingevoerde veroordeelden. Custis wapperde met zijn servet naar de vlindertjes om hen van de kaarsvlam te redden. Klaus vertelde hun het nieuws dat hij op zijn reis had gehoord, dat de Spanjaarden beweerden dat hun schepen nog steeds werden aangevallen door Engelse boekaniers, en alle Engelse schepen in het Caribisch gebied werden gewaarschuwd op te passen voor Spaanse schepen; dat zich op het eiland Jamaica elke dag nieuwe slaven bij de weggelopen slaven voegden. Men zei dat de planters daar erg bang waren voor een algemene opstand van alle slaven. Intussen voelde Klaus de steen in zijn maag almaar groter worden, en zijn stem leek van een verre, vage plek te komen, maar de andere twee merkten niets aan hem.

'Het zal niet mogelijk zijn om de wet om tabak te verbeteren te handhaven. Er zijn niet genoeg sheriffs of rechters om de plantages af te gaan en erop toe te zien dat de mensen de wet naleven. Ik zeg jullie dat we de import van slaven moeten beperken. Dat zal de tabaksteelt vertragen.'

'Dat zullen ze in Londen niet willen,' zei Bolling.

Ze begonnen hierover te discussiëren. Klaus excuseerde zich en liep naar buiten. Hij snakte naar adem maar kon geen lucht in zijn longen krijgen. De zware geur van magnolia's stak in zijn neusgaten en bezorgd hem hoofdpijn. Hij vocht om lucht als een drenkeling. Odell had nooit iets gezegd over een halsband. Waarom had hij die begraven? Waarom had hij hem niet in de rivier gegooid?

Dat uur bij de kreek was iets geworden waar hij nooit meer aan dacht; Odell was dood, het lijk van een andere jongen was begraven, lady Devane was weg. Het was gemakkelijker dan hij had gedacht om de herinnering te laten wegglijden. Op dit moment had hij het gevoel alsof hij een geestverschijning van de jongen had gezien; een duppy, zoals de slaven het noemden.

Zal ik mijn menslievende ingeving berouwen, dacht hij. Ben ik op mijn beurt stom geweest? Is de jongen blijven leven, of is hij doodgegaan? God help me, ik moet nadenken. Ik kan op geen enkele manier in verband worden gebracht met dingen die Odell heeft gedaan. Of wel?

En de zoon van King Carter zit achter Beth aan?

'Het is vanavond helemaal niet koud. Waarom huiver je, Klaus?'

Zijn oom stond achter hem; Klaus had hem niet horen aankomen.

'Het zijn mooie tuinen, hè? Ruik die magnolia's eens. Je was van streek van dat bericht over de jongen. Ik zag het meteen. Ik moet er ook telkens aan denken. De wreedheid ervan. Ik heb erover nagedacht, Klaus, jij was op Smith gesteld, kende hem beter dan wie ook. Had hij een reden kunnen hebben om de jongen te doden – ik zeg niet dat hij het gedaan heeft?'

'Het is...' Klaus tastte een ogenblik in de leegte die de vraag van zijn oom opriep. 'Ik kan me het niet voorstellen.'

'Niemand van ons kan het zich voorstellen... Wanneer dacht je bij Beth Perry aan te gaan?'

'Zodra ze me wil ontvangen.'

'Mooi. Die aanklacht wegens smokkelarij is geen grapje, Klaus. We zullen allebei moeten getuigen voor het Algemene Hof.'

Het Algemene Hof bestond uit de Raad en de gouverneur. Het was de hoogste gerechtelijke instantie in de kolonie.

'Ze heeft het vat, de tabak, als bewijs aan hen gegeven. Ik heb het brandmerk laten vernietigen en een ander laten maken met andere letters, dus ze zullen niets kunnen bewijzen. We zullen misschien een boete moeten betalen. Als dat gebeurt, haal ik het van jouw aandeel af. Jij had moeten zien dat er een vat in het water was gevallen. Spotswood zweert dat hij persoonlijk met de nieuwe gouverneur gaat praten, en dat hij ons in de gaten zal laten houden, maar volgens mij zijn dat loze dreigementen. Niettemin heeft ze me in een verdomd lastig parket gebracht.'

Ze praatten over de reis en Klaus bracht verslag uit over wat hij gedaan had.

'Mooi, mooi,' zei Bolling. 'Ga nou maar zo snel mogelijk bij Beth Perry aan.'

Er blafte een hond toen Klaus het erf van de school overstak; voor het overige was het stil in het donker om hem heen. Bij de kreek lag de roeiboot die zijn bemanning bij het magazijn had achtergelaten. Hij roeide naar zijn sloep. Er brandde een bleke, flakkerende lamp aan boord. Hij riep naar de man die de wacht had, en deze ving het touw om de roeiboot vast te leggen. Hij sloot de deur van zijn hut, ging op zijn bed liggen en trok, ondanks de hitte, de deken over zich heen. Zo lag hij een tijd te rillen, alsof hij de koorts had. Hij kon op geen enkele manier in verband worden gebracht met Odells daad. Er was geen bewijs voor Odells daad, er waren alleen vermoedens. Dat moest hij goed onthouden. Hij zou het goed onthouden.

Het was al laat in de middag toen Klaus de volgende dag met een geleende jol naar het brede gedeelte van de rivier voor Perry's Grove voer. Hij wachtte op Beth in een stoel in de salon, bij een raam waardoor hij de paardekastanjes op het erf kon zien, en daarachter de rivier.

Het duurde een hele tijd voor Beth de trap afkwam, langer dan het had moeten duren voor een vrouw die bericht had gekregen dat er een vrijer wachtte naar wie ze verlangde. Komt het door de zoon van Carter, vroeg Klaus zich af. Of door die halsband?

Ik moet onthouden dat ik niet in verband kan worden gebracht met de halsband.

Daar was ze eindelijk; lag er een behoedzame uitdrukking in die koele ogen, of verbeeldde hij zich dat? Er is iets mis, dacht hij. Er was warmte in die blik toen ik wegging.

Hij nam haar hand, kuste die, hield hem even tegen zijn wang. 'Ik heb je gemist. Ik heb alleen maar aan jou gedacht,' zei hij.

Ze trok haar hand terug. 'Hoe was je reis, Klaus?'

'Goed. Alles ging goed, verkocht goed.'

'De tabak?'

Hij antwoordde niet.

'Ze zeggen dat je tabak smokkelt. Lady Devane heeft dat gezegd.' Ze keek hem even aan, wendde dan snel haar ogen af.

'Nee,' zei hij. Waarom al die drukte? Er smokkelden zoveel mensen tabak. Soms was smokkelen de enige manier om winst te maken. Het werd niet als een misdaad beschouwd, eerder als een normale zaak die door de mensen in Engeland niet werd begrepen. 'Er is onenigheid tussen mijn oom en lady Devane over een oude zaak. Ze probeert hem zwart te maken. En jij? Hoe gaat het met je proces tegen je vader voor het Algemene Hof?'

'Dat krijgt hopelijk komende herfst zijn beslag.'

'Hij is naar Engeland vertrokken, hoorde ik.'

Er trok een schaduw over haar gezicht. 'Ja.'

Hij wachtte. Ze gaf geen enkel teken. Het leek of het nooit gebeurd was dat ze hem haar hand toestak en hem zei dat hij haar fortuin kon veranderen, dat ze met hem door het bos had gewandeld en hem had toegestaan haar te kussen.

'Vertel eens wat je zoal hebt gedaan.'

'Van alles. Er is erg veel te doen. Ik had niet beseft wat er allemaal te doen is op zo'n groot landgoed als dit. Ik ben van 's morgens vroeg tot 's avonds laat in touw.'

Haar gezicht straalde enthousiasme uit. Ze vond het dus leuk de leiding te hebben over de bezittingen van haar vader. Ze vond het leuk de baas te zijn.

'Het wordt een prachtige avond. Straks gaan we een avondwandeling maken, en dan laat ik je sommige sterren zien met behulp waarvan ik mijn koers bepaal.'

'Nee, dank je. Ik ga tegenwoordig erg vroeg naar bed.'

Hij werd geweigerd, er werd hem niet eens iets te drinken aangeboden. Geen aanbod om te blijven. Ze was een vreemde geworden. Toen hij wegging was ze geen vreemde.

'Komt het door de halsband?'

Ze keek verbaasd. Ze begreep niet wat hij bedoelde, dat zag hij meteen. Dan was het dus iets anders. Hij had het niet moeten zeggen.

Hij maakte een buiging.

'Ik kom morgenochtend langs.'

'Dan ben ik er niet. Ik ga vroeg te paard naar een andere plantage.'

'Morgenmiddag dan.'

'Misschien. Ik ben blij dat je me bent komen opzoeken. Goedenavond.'

Buiten liep hij naar de plantage van William Byrd. Byrd was in Engeland. Het huis was ruim, deed plezierig aan. Men zei dat Byrd een grootser huis wilde bouwen, zoals de huizen in Engeland. Waarom niet? Zijn vader had veel grond verworven. Byrd was hier een van de jonge koningen. Klaus duwde een hek open en liep naar een tuinhuis op de rivieroever. De hemel erboven was even blauw als Beths ogen, het gras en de bladeren waren fris groen. Vogels kwetterden en zongen in de bomen. Het dak van het tuinhuis was bedekt met bloeiende blauweregen en kamperfoelie, en tientallen kolibries wedijverden om elke bloesem.

Klaus liep tussen de grafstenen bij de kerk die dicht bij het huis was gebouwd en bleef staan bij een stenen zuil waarop de namen van Beths broer en moeder stonden. Van hieruit had hij een prachtig uitzicht op de rivier.

Er was iets gebeurd. Ze waardeerde hem niet meer zoals ze had gedaan voor hij wegging. Hoe kwam dat? Door de halsband, het smokkelen, de zoon van King Carter? Kwam het door het simpele feit dat ze het leuk vond de leiding te hebben over het bezit van haar vader, dat ze daar genoeg macht en voldoening in vond? Dat zou wel heel ironisch zijn. Hij overwoog wat hij allemaal kon doen – een knieval maken, zijn liefde verklaren, haar hand vragen, erom smeken. Doorgaan haar het hof te maken, wachtend op een kleine verandering. Iets in de koelte van die ogen waarschuwde hem.

Hij had de weduwe voor haar de bons gegeven.

Als ik verstandig ben, dacht Klaus, breng ik morgen een bezoek aan mijn weduwe. Ze zal boos zijn, meer dan boos, maar dat zal ik doorstaan; dan zien of ik haar weer voor mij kan winnen.

Ook waren er altijd andere weduwen. Hij keek om naar het tuinhuis, dacht aan de kolibries die met zijn allen vochten om één bloem terwijl er andere vrij waren. Beth Perry is niet meer de mijne. Waarom? Wat is er gebeurd?

Een weduwe erfde een derde deel, een erfgename erfde alles. Even had hij uitzicht gehad hier zijn plaats te midden van de koningen in te kunnen nemen. Nu zou hij met minder tevreden moeten zijn. Het derde deel van een weduwe zou voldoende moeten zijn. Zijn zoons zouden koningen zijn, maar hij niet.

Hij dacht aan Barbara – die kus op het dak van het gouverneurshuis, haar hartstocht, een hartstocht die hij niet had gehonoreerd, omdat hij iets anders had gekozen: de voldoening een grote erfgename tot de zijne te maken, te weten dat hij meester zou worden van alles wat haar toebehoorde. Barbara. De jongen. Odell. De halsband. Beth. Het leven was een vreemd ding. Er zo dichtbij te zijn geweest, alles te bezitten, en er nu zo ver van verwijderd te zijn.

47

Juli werd augustus... Het graan was volgroeid, stond rijp op het veld om geoogst te worden... We hebben geploegd, we hebben gezaaid, we hebben geoogst, we hebben gemaaid, we hebben wagensvol thuisgebracht... De overvloed die de Here had gegeven zou gevierd worden met oogstfeesten – er zouden gebraden vlees en pasteien gegeten worden, er zou mede en bier gedronken worden, er zouden oogstliederen gezongen worden... Op Hampton Court, in de tuin, kon de oude hertogin haar ogen verlustigen aan het tafereel van Barbara met de kleindochters van de koning. Overvloed. Ze was hier te gast, omdat Barbara daarom had gevraagd. Het leek erop dat Barbara om de sterren kon vragen. Men fluisterde dat de koning haar zou vragen hofdame te worden voor zijn kleindochters. Wat een triomf, dacht de hertogin, terwijl ze zag hoe Barbara iedereen in haar omgeving betoverde.

Walpole en Townshend zetten meer vaart achter hun onderzoek. Hun werkwijze was beangstigend: er werd op de deur geklopt, en daar stond een bode van de koning die je sommeerde aanwezig te zijn in de Cockpit, waar Walpole als een bloedhond elk spoor naging. Iedereen was verdacht: kamerverhuursters, winkeliers, artsen, iedereen, wie dan ook, die mogelijk een jacobiet zou kunnen zijn, die een schakel zou kunnen zijn. Toch waren er geen arrestaties, niet één, hoewel de geruchten over de bisschop van Rochester niet verminderden. En de troepen bleven in Hyde Park.

Augustus. Walpole zat in zijn geliefde tuin, bij de rivier, en trommelde langzaam met zijn vingers op de rugleuning van de bank waarop hij zat. Rochester, dacht hij, ik krijg je maar niet te pakken.

Geen van de ondervraagden gaf iets toe, laat staan dat ze iets loslieten over de leider van het komplot. Niemand die was losgelaten leidde hen ergens heen. Het was voornamelijk tuig, rapalje; niet één degelijke burger, niemand die belangrijk was. Na twee maanden ondervragen was hij nauwelijks verder dan hij in mei was geweest, en de opwinding van mei, toen de koning hem alles had willen toestaan, was weggeëbd. Er waren geheimschriften ontcijferd, zeker, maar er was niets om de schuilnamen te verbinden met de personen die ze droegen, behalve zijn instinct, en bepaalde mededelingen – bijvoorbeeld die over de gevlekte hond – die weinig twijfel lieten bestaan over wie het betrof, maar helaas geen bewijs vormden.

We kunnen de hoogste Tory-bisschop van het land niet veroordelen omdat we denken dat hij schuldig zou kunnen zijn, zei Townshend. Ze hadden geen letter onafhankelijk bewijs dat hun vermoedens juist waren. Al die tijd, al die verhoren, al die brieven waarvan het geheimschrift ontcijferd was – en nog steeds geen onafhankelijk bewijs dat kon worden getoetst.

Waarom werd er niemand gearresteerd, vroeg de koning. Walpole vertelde hem niet dat hij vooralsnog geen bewijs kon leveren dat stand zou houden voor een Engels gerechtshof. De koning verwachtte resultaten. Hij had de koning voorgespiegeld dat hij resultaten zou kunnen verwachten. Op dit moment wist hij nog niet of hij dat waar zou kunnen maken. Het was om dol van te worden, het verlangde onder handbereik te zien, maar er niet op legale wijze aan te kunnen komen.

Hij stelde telkens weer vragen over een ganzenjong. Niemand had er iets over te zeggen. Frankrijk was als bron van informatie drooggevallen. Ik kan u niets geven, zei de prins van Soissons. Er is geen nieuws bijgekomen.

Walpole hield de spanning erin door snelle schotschriften uit te geven met de namen van de mensen die opgebracht waren voor verhoor, en de belofte dat er nu elk ogenblik hooggeplaatste persoonlijkheden in het koninkrijk gearresteerd zouden kunnen worden. Hij kon niets anders doen dan hopen dat een van de voornaamste samenzweerders zo bang zou worden dat hij een fout zou maken. Het was een zenuwenoorlog, maar zijn eigen zenuwen raakten aangetast. Andere ministers willen niet dat het ons lukt, zei zijn zwager. Ze willen dat we ons onmogelijk maken. We moeten arrestaties verrichten.

Op welke grond? Hoe?

Ik verwacht een kind, had Diana hem verteld. Jouw kind. Omdat hij zo met deze samenzwering bezig was, interesseerde het hem maar een beetje, vond hij het maar een beetje opwindend. Hij feliciteerde haar en gaf haar een zak met munten.

Idioot, siste ze, kun je dan alleen maar aan jacobieten denken? Ik heb een echtgenoot nodig. Ik zal het regelen, zei hij. Hij zou het wel eens doen. Een kind. Na al die tijd nog. Verbazingwekkend. Misschien was het een voorteken, een voorteken dat hij hierin zou slagen.

Vandaag had hij een ontmoeting gehad met een kleine man, genaamd Philip Neyoe, die zwoer dat hij belangrijke informatie had die hij tegen de prijs van één guinje wilde overdragen. Grappig dat dit mannetje kwam loven en bieden, alsof de minister van de koning een koopman was. Walpole had er genoeg van met de zegen kleine visjes te vangen, maar hij had geen andere keus. Dus hij bleef vissen met de zegen. Maar hardhandig.

De begrafenis van de hertog van Marlborough was over een paar dagen. Misschien kon hij dan iets aan de koning presenteren. Hij liet doorschemeren dat hij ergens mee zou komen. Het moest gauw gebeuren, dat zag hij in de ogen van de koning.

Risico hoorde bij de positie die hij bekleedde, maar je kreeg genoeg van risico's, je ging naar zekerheid verlangen.

Zeg tegen Zijne Majesteit dat het niet lukt, zei Townshend, die er evenzeer genoeg van had als Walpole. Dat betekende ontslagen worden – niet meteen, maar in de toekomst.

Hij wilde niet ontslagen worden. Dit was zijn leven. Hij was nog voor grotere dingen bestemd. Er zou zich toch wel eens iemand blootgeven, het veld oprennen als een bange haas, en dan zou hij hem pakken, de haas die hem bij de bisschop bracht die hem op zijn beurt naar de overwinning bracht.

Er was nog een naam opgedoken, die hij moest natrekken. Hij zuchtte, weer zo'n klein visje.

Christopher Layer luidde die naam.

48

Een week later las Slane, net terug uit Parijs, de tekst door die hem was toegestuurd voor de rol die hij eind augustus zou spelen bij de traditionele Bartholomew Fair in Londen.

Hij kon zich niet concentreren, en hij legde de tekst terzijde om met zijn vinkje te spelen, om zijn hand op de tafel te leggen en er brood op te verkruimelen. De vink vloog rond door de kamer, en hij wachtte tot ze ging zitten, tot ze neerstreek op de tafel en op zijn hand hipte om van het brood te eten. Hij was verhuisd naar een nieuwe kamer, en ze voelde zich hier nog niet op haar gemak. Hij had het deurtje van haar kooi al dagen open laten staan, maar pas vandaag had ze zich naar buiten gewaagd om rond te vliegen. Het was haast alsof ze het onheil dat op til was voorvoelde, en de beperkte ruimte van haar kooi prefereerde boven de onzekerheid van de vrijheid.

De afgelopen week waren er een paar belangrijke arrestaties verricht. Daarvoor waren het randfiguren die Walpole had binnengehaald, maar de laatste drie dagen had hij drie belangrijke agenten in zijn net gevangen – mannen die, als ze bang genoeg werden gemaakt, verklaringen konden afleggen over belangrijke edelen, geheime jacobieten. De bisschop van Rochester was maar een haarbreed van deze edelen verwijderd, als hun directe meerdere.

Welke bron had Walpole gevonden?

Slane had net een van de agenten op een boot naar Ierland gezet. De andere twee hadden huisarrest en hij kon niet bij hen komen.

Morgen zou de hertog van Marlborough worden bijgezet in Westminster Abbey, een grootse gebeurtenis waaraan een groot deel van het hof en de hoogste legerofficieren zouden deelnemen. Men nam zo ongeveer aan dat Rochester, die de begrafenisdienst zou leiden, onmiddellijk daarna zou worden gearresteerd, en dat anderen, hertogen en graven, hem in de Tower gezelschap zouden houden. De stad tintelde van verwachting.

Slane had gisteren een langdurige ontmoeting met Rochester gehad. Hij had geprobeerd hem ertoe over te halen Engeland heimelijk te verlaten en de begrafenisdienst niet te leiden, maar de oude bisschop wist het zeker: Walpole zal me niet van mijn plicht afhouden, hij zal me niet dwingen onnodig in ballingschap te gaan. Maar Rochester was wel bang. Zijn jicht bezorgde hem zoveel pijn dat hij zelfs met krukken amper kon lopen; zijn humeur was zo slecht dat zelfs Gussy er zichtbaar onder leed.

Slane kon het voelen, hij voelde hoe Walpoles geest afspeurde wat bekend was, hardnekkig bleef zoeken. Walpole probeerde hem, het ganzenjong – de trofee die een ambitieuze minister aan zijn koning wilde aanbieden – uit zijn tent te lokken. Dat voelde hij ook. Morgen zou er een echte jonge gans bij Walpole worden bezorgd; er zou geen boodschap bij zijn, alleen het beest. Het was Slanes manier om Walpole te tarten en hem misschien een beetje van de jacht op de anderen af te leiden.

Ze wisten nu wie hen in Parijs had verraden. Het verraad was teleurstellend en gepleegd door een man die Jamie volledig had vertrouwd. Hij had zelf meegeholpen het invasieplan te ontwerpen. Red wie je kunt in Engeland, had Jamie geschreven. Slane was naar Rome gegaan om met hem te praten. Ik wens niet dat mijn onderdanen meer lijden dan noodzakelijk. Help hen, Slane, tot je het onveilig acht om hen te helpen. Steun Rochester. Ik weet dat hij ons deze keer in de steek heeft gelaten, maar ik moet ook rekening houden met zijn trouw in het verleden. En hij is oud, Slane, en eenzaam. Echt iets voor Jamie om daaraan te denken. Het was een van de redenen waarom Slane van hem hield.

De vink maakte een duikvlucht over de tafel. Slane trok zijn hand niet weg. Geduldoefeningen waren goed voor hem, ze versterkten zijn besluitvaardigheid en het vermogen te wachten tot gebeurtenissen zich ontvouwden. Walpole was een meester in geduld. Kijk maar hoe hij bleef zoeken en tasten, zonder op te geven. Zou hij morgen iets doen?

Gussy, had Slane gisteren gezegd, je moet erover gaan denken uit Engeland weg te gaan, mijn vriend. Zélf ging hij binnenkort op reis, naar het noorden, naar het zuiden, om de leiders aan te raden Engeland te verlaten. Ze hielden zich verborgen in hun landhuizen, als muizen die hoopten dat de kat hen niet zou opmerken. Hij zou hun de steun van koning Jacobus aanbieden. Hij wist, en zij wisten, dat dit aanbod weinig betekende, want Jamie had niets te vergeven – geen grond, geen huizen, geen hoge functies aan het hof die iets anders inhielden dan plannen maken. Weggaan betekende ballingschap en een leven van de hand in de tand. Niettemin was dat zijn opdracht, hun Jamies diepe dankbaarheid en steun aan te bieden, voor wat die waard was.

Munten en musketten moesten worden ingezameld en verstopt op veilige plaatsen, voor een andere keer, voor de volgende keer, zodat ze – wanneer de volgende kans zich voordeed – konden zeggen: 'Kijk, wij hebben veel wapens en veel munten in Engeland klaarliggen.'

De vink hipte op de tafel.

'Ja, schatje, goed zo. Kom het brood maar halen.'

Hij sprak haar zacht lokkend toe alsof ze een vrouw was die hij liefhad. Hij wilde de vrouw die hij liefhad graag spreken. De geruchten die over haar de ronde deden. Ze had de afgelopen maand niet stilgezeten. Slane glimlachte als hij daaraan dacht.

Er werd op de deur geklopt.

Geschrokken vloog de vink meteen naar de hoogste zitplaats in de kamer, een haak waaraan kleren hingen. Een ogenblik later was Slane bij het raam, en eruit. Hij kwam terecht op een afdak. Niemand wist waar hij was, behalve Louisa en Gussy.

Waakzaam als een in het nauw gedreven dier tuurde hij in de straat beneden, maar zag geen soldaten, geen boden van de koning die waren uitgestuurd om hem te arresteren. Rechts van hem was de Tower, met zijn hoge, massieve muur; een barrière waar niemand doorheen kwam, waaruit weinigen ontsnapten. Er zaten nog een paar jacobieten – jacobieten die in 1715 gevangen waren genomen en die niet waren onthoofd. Ze kwijnden weg in donkere, vergeten kerkers. Het was op de een of andere manier toepasselijk dat Slane hier zo dichtbij woonde.

Hij liet zich op straat vallen, gespannen, een kat klaar voor de aanval. Door de schok begon zijn hoofd pijn te doen. Hij stak de straat over en liep een andere steeg in, en ging in de schaduw van een deuropening staan om te kijken.

Er kwam een man uit het gebouw waar Slane zijn kamer had: de bediende van Louisa, haar meest vertrouwde dienaar. Slane stapte de straat op en riep hem.

'U moet dadelijk komen,' zei de man.

'Wat is er gebeurd?'

'Ik weet het niet, heer, maar er is iets. Ze zit al de hele morgen te huilen.'

Dan was Rochester waarschijnlijk gearresteerd. Eindelijk had Walpole een zet gedaan. Hij kon een enorme spanning van binnen voelen. Wie was de volgende? En zou Rochester standhouden?

In het rijtuig ondervroeg hij de bediende opnieuw, maar de man kon hem alleen vertellen dat er die morgen een briefje was gekomen, en dat lady Shrewsborough na het lezen ervan op haar knieën was gevallen en in huilen was uitgebarsten.

Slane liep met twee treden tegelijk de trap op, en daar was ze. Ze zat in een stoel met zo'n treurig gezicht dat zijn hart pijn deed.

'Je bent gekomen,' zei ze.

'Sluit de deur,' beval hij de bediende. Hij nam haar handen in de zijne, wreef ze zacht. Je broer werd het Leeuwenhart genoemd, dacht hij, maar jij zou ook een leeuwenhart kunnen zijn, lieve Louisa.

'Gaat het over Rochester? Is hij gearresteerd?'

'Het gaat over Lumpy. Hij is getrouwd.'

'Ik begrijp het niet.' Dat was waar. Zijn gedachten waren heel ergens anders.

'Lumpy. Hij is met Diana getrouwd.'

Slane zei niets. Hij deed zijn best om het nieuws te verwerken en moest een plotselinge opwelling om te gaan lachen onderdrukken.

'Ze zijn naar Fleet Street gegaan, als een gemeen matroos met zijn hoer, en daar zijn ze vanmorgen getrouwd. Nu zijn ze op reis naar zijn huis in Newcastle. Hij had niet eens het fatsoen om het me zelf te komen vertellen, maar heeft me een brief geschreven. Ik heb erop gespuwd voor ik hem verbrandde; die vervloekte oude boef. Ik had moeten weten dat ze niet veel goeds in de zin had. Sinds ze vorige maand van Tamworth terugkwam was ze net een kerstpudding, suikerzoet. Ze zei dat ze zich met Alice had verzoend. En dat het een bron van vreugde was om Barbara te zien. Ze kwam speciaal bij mij langs om het me te vertellen, zei ze. En hóe ze het vertelde! Lumpy kreeg er tranen van in zijn ogen. 'O, sir Alexander. Ik heb mijn enkel bezeerd en hij is nog niet beter. Mag ik op uw arm steunen?"'

Ze deed Diana met verbitterde precisie na. Slane was blij dat hij woede zag. Die zou het verdriet op afstand houden.

'Ik had nergens erg in doordat ik over de invasie inzat, over de vreselijke geruchten over Rochester en andere mannen die oude vrienden van me zijn. Ik was haar enige familielid in Londen, zei ze. Mocht ze een beetje in de buurt blijven? Dat had een waarschuwing moeten zijn, want Diana is eigenlijk nergens bang voor. Maar ik was dom. En zij loerde de hele tijd op Lumpy. "Sir Alexander," noemde ze hem. Ze besloop hem als een kat, bestookte hem met die glimlachjes van haar. "Lieve tante Shrew," zei ze gisteren nog tegen me – gisteren, Slane – "ik ben toch zo blij dat ik bij u ben." Vervloekt dat leugenachtige stenen hart van haar. Ik hield van die man. Het was geen eerlijk gevecht, zij deinde rond, met haar mollige, gladde lijf. Hij moest wel bezwijken.'

'Louisa, ik heb er geen woorden voor...'

'Ik wel, en niet zo weinig; als ik een van de twee ooit weer onder ogen krijg, dan zullen ze me aan de Tyburn Tree moeten ophangen voor moord. Beloof me dat jij er dan zult zijn om aan mijn benen te trekken, zodat mijn nek netjes breekt.

Verder moet ik er morgen bij zijn als ze mijn oude vriend Marlborough begraven. En misschien ook als ze Rochester arresteren. En er zal over dit huwelijk gekletst worden – de mensen zullen het dan wel weten. Tommy Carlyle weet het; hij heeft hen op Fleet Street gezien. Hij is al hier geweest om mij te vertellen dat hij hen uit een kerk zag komen, dus ik heb hem de waarheid verteld. Ik deed net alsof het me niet kon schelen, zei dat ze mijn zegen hadden, maar ik weet dat hij me niet geloofde. Morgen zal iedereen erom lachen, en ik zal moeten doen alsof het me niets kan schelen, maar het kan me wel iets schelen. Ik houd van die man, Slane!'

Hij bracht haar handen naar zijn lippen en kuste ze.

'Dat weet ik.'

Zijn handeling brak door haar woede heen en ze begon te huilen. Haar gerimpelde gezicht trok zich samen als dat van een bespottelijk kind, en ze huilde zoals een kind zou huilen, openlijk en met overgave. Slane trok haar naar zich toe. Lieve, lieve Louisa, dacht hij. In zijn armen huilde ze, huilde als een hartstochtelijke vrouw, diep en volkomen. Het zou beangstigend zijn geweest om het aan te zien, als hij geen moeder had gehad die ook een hartstochtelijke vrouw was. Er was niets halfhartigs in de liefde van zo'n vrouw. Haar aan je zijde hebben was vitaliteit en kracht en vastbeslotenheid hebben, gemengd met ontstellende tederheid. Wat konden ze teder zijn. Zijn vrouw was zo geweest; en zijn moeder had liefgehad en verloren en marcheerde toch voorwaarts in het leven, met haar waaier ingeklapt en haar hoofd schuin. Als een kat wier wonden moesten genezen trok ze zich misschien een tijdlang uit het leven terug, in een klooster of in een kamer van haar huis, maar altijd, altijd kwam ze weer naar buiten, en haar geloof in iets – in zichzelf en in haar God – was weer heel. Ik moet zowel tranen als vreugde ervaren, mijn jongen, had ze tegen Slane gezegd. Dat is het leven, en ik wil heel het leven. Ik zal het hebben. En daarom was er weer liefde voor zijn moeder gekomen, omdat ze er niet bang voor was.

Hij hield tante Shrew tegen zich aan en klopte op haar rug, en dacht: ik zal bij je blijven, lieve vriendin, de hele dag en vannacht ook. Ik zal zorgen dat je morgen perfect bent opgemaakt en aangekleed. Je zult naar de begrafenis gaan, desnoods alleen steunend op je trots. Je moet toch gaan, zodat we kunnen zien wat er met Rochester gebeurt. Ach, lieveling, je bent even dapper en galant als een man. Niet aardig van Pendarves om je hart te breken.

Barbara zou morgen bij de begrafenis zijn. Haar neef, de hertog van Tamworth, zou voor in de stoet lopen ter ere van zijn grootvader, Marlboroughs collega en medegeneraal. 'O, edel strijder, o dapper heer. Uw gelijke zien we nimmermeer.'

Barbara zou er zijn als gast van de koning. Sinds ze uit Virginia terug was, was ze bijna voortdurend op Hampton Court geweest.

Het wemelde van de geruchten: dat Barbara hofdame voor de prinsessen zou worden, dat ze de nieuwe maîtresse van de koning was, dat ze de maîtresse van de prins van Wales was, dat die twee haar samen deelden. Er werd gepraat over Devane Square; men zei dat het weer opgebouwd zou worden zoals het geweest was; men zei dat de koning Walpole expliciet had opgedragen te zorgen dat haar boete verlaagd werd, en dat de koning een paleis ging bouwen op de plaats waar Devane Square was geweest.

De volgende morgen stond Slane vroeg op en liep vanuit Louisa's huis door St. James's Park. Er lagen velden tussen Piccadilly en Tyburn Road, en in die velden zou hij bloeiende zomeradonis vinden, had Jane gezegd. Jane had hem over dat rode bloempje verteld, een van de laatste bloemen die bloeiden voor augustus herfstig en koud werd. De boerenmeisjes geloven, zei Jane, dat ze als ze geen vrijer hebben voor hij is uitgebloeid, een heel jaar moeten wachten tot hij weer gaat bloeien. Het zou niet goed zijn als Barbara nog een jaar op een vrijer moest wachten.

Toen hij een grote bos zomeradonis geplukt had, liep hij naar Devane Square. Hij passeerde de paar voltooide huizen, de kerk. Andere geruchten: dat sir Christopher Wren, die nu heel oud was, deze kerk dolgraag wilde afbouwen. Het is mijn beste, zei hij, een juweeltje in zijn soort. Sir Gideon Andreas had aanzienlijke schuldbrieven ten laste van Barbara's erfgoed in handen en kon zich Devane Square toeëigenen, maar de koning wilde anders, zei men. Barbara had zich sinds haar terugkeer duidelijk in een gunstige positie gemanoeuvreerd.

Slane liep naar de fontein. De zijkanten waren begroeid met mosplakkaten; de stenen gestalte van een nimf eveneens. Daarachter had het huis gestaan, had hij gehoord. Er was nu niets, behalve een lange, rechthoekige vijver. Je kon de torenspits van het gehucht Marylebone zien. De torenklok van de kerk in Marylebone begon te luiden terwijl Slane om de fontein heen liep en de nimf van alle kanten bekeek. De beeldhouwer had weinig aan de verbeelding overgelaten. Daar was de slanke gratie van het naakte lichaam, de lieve rondheid van de armen, de lange rug die golvend overging in heupen en billen, het mooie stenen gezicht dat half schuilging onder een waterval van haar. Wat was je voor een man, Devane, dacht Slane, om je vrouw zo tentoon te stellen? Was het uit opschepperij of uit liefde?

Alleen het uiterlijk was hier in steen vastgelegd, niets van het innerlijk, en het beeld was daarom in Slanes ogen lang niet mooi genoeg. Hij liet een bloempje van de zomeradonis in de armen van de nimf vallen en wierp haar een kushandje toe voor hij terugliep naar het huis van tante Shrew, terug naar deze dag waarop Rochester en wie weet wie nog meer gearresteerd konden worden.

'Honnepon, het is niet dat ik niet van je hou...'

Pendarves deed een stap achteruit, alsof Diana een heks was en hij de salamander die in haar brouwsel werd gegooid. Ze was in zijn slaapkamer, maar niet op het bed; ze zat liever in een stoel. Ze had haar rokken opgetrokken en haar hoofd achterovergegooid, haar ogen dicht, en ze beroerde zichzelf, gaf zichzelf genot, ongegeneerd als de eerste de beste hoer. Nog ongegeneerder zelfs. Hij kon zijn ogen niet van haar hand afhouden, die in een vast, draaiend ritme tussen haar benen bewoog. Ze maakte zuchtende keelgeluiden, beet op haar lip en bracht haar andere hand naar haar borst. Ze kon zichzelf op deze manier volledig bevredigen, en Pendarves vond het opwindender, en ook beangstigender, dan alles wat hij ooit had gezien.

'Hou op...' Hij was buiten adem. Hij was te oud om dit zo vaak te doen, hij had geprobeerd haar dat te vertellen, maar ze scheen het niet te begrijpen, en hij... nou ja, hij was zwak, een man, van vlees en bloed tenslotte. Soms dacht hij even dat ze een heks was die probeerde hem te vermoorden. Als ijzer bij een magneet kwam hij dichter bij haar; hij vervloekte zijn zwakheid maar kon haar niet overwinnen. Diana legde haar hand op hem en gromde. Ze gaat me doden, dacht Pendarves. En dan, terwijl ze begon de knopen van zijn broek los te maken: wat een prachtige manier om te sterven. Een ogenblik later merkte hij dat hij flauwviel, en dat was niet de eerste keer. Zijn laatste gedachte was de hoop die hij de laatste tijd vaak had: dat hij levend wakker zou worden.

De begrafenis was afgelopen. De mensen krioelden over een van de binnenhoven van Westminster Abbey. Onder hen bevonden zich de bisschop van Rochester, en ook Robert Walpole en de koning van Engeland. Als er een arrestatie zou zijn, was er niets wat daarop wees, maar er was spanning op de binnenplaats, een spanning die in de kathedraal al voelbaar was geweest en die bijna zichtbaar was, zo sterk was hij aanwezig. De mensen vibreerden ervan, ritselend en pratend; ze bewogen rusteloos en vreemd en keken telkens weer naar Walpole, naar de koning, naar Rochester. Ze wachtten tot de façades zouden vallen, ze hoopten erop.

Gevolg gevend aan een plotselinge behoefte alleen te zijn, te ontsnappen aan de zenuwslopende spanning, waarvan een deel met haarzelf te maken had (iedereen had haar aangegaapt en gefluisterd toen ze de kathedraal binnenkwam als lid van de hofhouding van de koning), was Barbara erin geslaagd een rustig plekje te vinden achter een van de pilaren van een poort. Ze verschool zich in de schaduw en nam even de tijd om tot zichzelf te komen. Gussy was hier ook. Ze wist niet wat ze zou doen als ze Gussy meenamen. Of Wart. Ze wist niet of ze dan kon blijven zwijgen, discreet zijn.

Ze hoorde het geluid van iemands voetstappen, een opvallende voetstap, hortend, kort, alsof iemand hinkte. Eindelijk, dacht ze, eindelijk staan we tegenover elkaar. Wat zou hij tegen haar zeggen?

'U hebt dit laten vallen,' zei Philippe. In zijn geopende hand lag een medaille. Ze herkende hem meteen. 'Jacobus als onze enige redding,' luidde de Latijnse tekst. Prins der duisternis, dacht ze, wat zou je me graag in de val laten lopen. Nou, dat zal je niet lukken. Wat had Tommy haar aangeraden? Laat nooit merken wat je denkt. Dit is het hof, lief kind, had hij tegen Barbara gezegd. Aan het hof is het motto: vrij de gunstelingen op, ga de onfortuinlijken uit de weg, en vertrouw niemand.

'Dat is niet van mij.'

De doden zijn niet dood, zongen de slaven, maar voor de hertog van Marlborough was zojuist zijn doodslied gezongen, en Roger was weg, en Philippe en zij leken gedoemd te zijn er als nabestaanden over te ruziën van wie hij het meest had gehouden. Want daar ging dit immers uiteindelijk om? Van wie Roger het meest had gehouden?

'Roger zou wel bijzonder trots zijn,' hoorde ze hem zeggen, 'te weten dat u zich aan een zo waardig man hebt gegeven als de prins van Wales. Ik wens u geluk met uw slimheid.'

Jij wrede man, met je gladde, boosaardige stem, hoe durf je me zo te beledigen? Denk je dat ik nog steeds een meisje van vijftien ben? Denk je dat ik niets heb geleerd, dat ik geen eigen wapens, geen klauwen heb? Ze wist wat ze moest doen. Ze had het zorgvuldig overwogen. Dit was bij uitstek een man om voor haar kar te spannen. Ze moest voorkomen dat haar boosheid haar zou verhinderen gebruik van hem te maken.

'Zou hij niet trots zijn op ons allebei? Ik die revérences maak voor een kikvors en u die een valse vriend helpt.' Ze had hem, deze man van ijs, deze man met zijn verachting en opzettelijke wreedheid.

'Wat bedoelt u met een valse vriend, mijn beste?'

'Walpole, de meest begunstigde minister van de koning, onze lieve, dikke heer schatkistbewaarder, mijn moeders minnaar en Rogers vriend: deze Walpole heeft toegelaten dat Roger met alle schuld voor de South Sea Bubble beladen werd. Dat verstaat hij onder vriendschap.'

'Het kon niet anders.'

'O nee? Gaat u dat maar eens vragen aan Tommy Carlyle, die tijdens het onderzoek elke dag in het Lagerhuis is geweest. Walpole stond toe dat Rogers bezit meer werd geplunderd dan dat van wie ook. Waarom? Omdat er een zondebok moest zijn – en wie is geschikter dan een dode? Er moet een zondebok zijn die de aandacht van de massa naar zich toe trekt, en zo komen anderen – die nog leven – mooi weg terwijl iedereen een andere kant opkijkt. Lord Sunderland heeft de bisschop van Rochester verteld dat de ministers het hadden goedgevonden dat het vuur tegen Roger werd aangewakkerd om te zien hoe groot de haat zou worden, hoe die kon worden benut. Ze schijnen het niet van harte te hebben toegestaan, maar daar gaat het niet om. Het gaat erom dat het is gebeurd. U bent een man van nuances. Ziet u het niet? Er was boosheid jegens Roger, zeker. Maar zoveel boosheid dat zijn boetes tot de grootste behoorden? Dat zijn gezicht keer op keer in schotschriften verscheen? Dat hij tot de grootste schurk werd gemaakt? Nee, dat geloof ik niet. Die boosheid, die gemeenheid werd aangemoedigd, niet door zijn vijanden maar door zijn vrienden, om er zelf levend af te komen.'

'Ik geloof u niet.' Maar zijn gezicht was bleek.

Hij gelooft me wel, dacht Barbara. 'Nooit zal er meer zoiets schitterends gebouwd worden als wat Roger gebouwd had, en dat werd allemaal nodeloos vernietigd, opdat de levenden kleinere boetes zouden krijgen of hun positie in dienst van de koning konden behouden. Devane House zou een monument voor Roger zijn geweest, en het huis is weg, omdat het het gepeupel tevreden stelde het te zien verdwijnen, het te zien afbreken. Rogers naam is voorgoed besmeurd, en waarom? Om dezelfde reden dat u insinueert dat ik met een kikvors zou slapen. Ambitie. Opportunisme. Roger was dood en anderen leefden.

Vraag het maar aan de bisschop van Rochester. Daar is hij, op de binnenplaats. Ga het hem vragen, voor de soldaten van de koning hem naar de Tower slepen en hem voor altijd het zwijgen wordt opgelegd. Vraag hem wat de graaf van Sunderland hierover te zeggen had. Vraag het aan Tommy Carlyle. Ga dan, mijnheer, vergewis u ervan of deze vrouw die u zo veracht, weet waarover ze spreekt.'

Ze keek hem voldaan na terwijl hij op Rochester afstapte. De twee mannen liepen langzaam, vanwege Rochesters krukken, naar een rustiger plekje om te praten. Ze liet haar hoofd tegen de steen van de poort rusten. Het was in beweging gezet. Haar eerste sterke zet tegen Robin. Het was gemakkelijk gegaan, misschien te gemakkelijk.

Ze voelde aan haar gezicht. Tranen. Waarom? Omdat ze aan een gevaarlijk en meedogenloos spel begonnen was? Je hebt er misschien jaren voor nodig, zei Tommy. Kon ze het jaren de tijd gunnen? Zou ze het zo lang volhouden? Roger, het is moeilijk alles te herbouwen. Soms denk ik dat het meer is dan ik wil doen. Ze liep naar een deur, opende die. Een lege kamer. Mooi. Ze sloot haar ogen en sloeg haar armen om zichzelf heen, als om zichzelf te troosten. Haar stiefvader wilde haar geld lenen om de kerk op Devane Square af te bouwen.

'Waarom doet u dat? Is er niemand die u vertrouwt die u kan troosten?'

Het was Slane, de toneelspeler, de held, de spion, Jamies lieveling. Wanneer was hij teruggekomen? Ze had van zijn terugkomst gedroomd. Ze had hem niet horen naderen. Hij sloot de deur van de kamer.

'Wat is dit?' zei ze tegen de bos stervende wilde bloemen die hij haar toestak.

'Zomeradonis.'

'Wat moet ik ermee?'

'Onder uw kussen leggen tot uw vrijer komt.'

Ze keek hem aan. De afgelopen weken in het huishouden van de koning hadden haar de hypocrisie die het hof regeerde duidelijk gemaakt. Het gerucht dat ze een plaats in het huishouden zou krijgen betekende dat de mensen haar overal waar ze kwam, benaderden om haar complimenten te maken en vriendschap met haar te sluiten. Het was prettig dat te voelen en te zien, na de schande van South Sea, na alles wat ze verloren had, maar iets in haar waarschuwde haar telkens weer: pas op, weet dat deze vleierij een doel heeft, geen doel in jouw belang, maar in hun belang. Kies je vriendschappen met zorg. Vertrouw niemand.

'Ik wil op vrijersvoeten komen. Heb ik uw toestemming?'

'Als vrijer voor wie?'

Ze wist voor wie. Ik wil dit, dacht ze, het geeft niet of het misschien morgen afgelopen is.

'Voor Thérèse, natuurlijk,' zei hij.

Ze lachte. 'Zij zal u niet vertellen hoe het in het huishouden van de koning toegaat. Haar lippen zullen verzegeld zijn.'

'Ik zal haar niet vragen hoe het daar toegaat. En ik zal die lippen kussen.'

'Ze is al eerder bedrogen. Daardoor is ze achterdochtig en kan weinig vergeven.'

'Er zal niets zijn om achterdochtig over te zijn, niets om te vergeven.'

Zijn woorden deden haar hart kloppen. Toneelspeler, held, spion, Jamies lieveling. Man van eer, noemden ze hem in Italië. Harry had hem vereerd, had een jongen geleken in zijn verering van hem. In haar waardering voor hem was ook respect.

'Mag ik haar bezoeken? Staat u mij toe haar vannacht te bezoeken.'

Dat beviel haar, dat hij zo aandrong.

'Ik weet niet hoeveel tijd ik heb,' zei hij.

'Ze zal zich in St. James's Palace bevinden. Is dat niet gevaarlijk?'

'Ik houd van dat gevaar.'

'En als ze Rochester arresteren?'

Hij glimlachte niet meer.

'Dan kom ik wat later.'

Ze nam de zomeradonis aan, en voor ze iets kon zeggen, was hij weg. Ze was weer alleen in de kamer. Later, toen ze op weg was naar het rijtuig, zag ze een bloemetje van de zomeradonis op een grafsteen liggen, dat op haar leek te wachten. Ze liep erheen en bleef even staan om de woorden te lezen, die daar in de steen waren uitgebeiteld: 'Eer is als een eiland, woest en zonder strand; wanneer we het verlaten hebben, kunnen we er nooit meer terugkomen.'

Harde woorden, die niet waar waren. Ze had eer verlaten en

was erin teruggekeerd. Anderen konden dat ook.

De zoetste vrijage die ze ooit zou kennen, stond op het punt te beginnen.

49

Drie weken later, eind augustus, viel er een aangename schemering over de eerste dag van de Bartholomew Fair in Londen. Het open plein van Smithfield Market, aan de noordoostelijke rand van de stad, stond vol met tenten en kramen. Smithfield, een markt voor rundvee en schapen, was omringd door smalle straten en huizen die vanaf St. Paul's Cathedral en Aldersgate Street hierheen voerden, en het was het middelpunt van deze jaarmarkt, een feestelijk gebeuren sinds mensenheugenis.

Er was onnoemelijk veel te zien en te horen. Overal stonden tenten en ruwhouten bouwsels waarin je, voor een muntje, marionettenspelers kon zien, de vrouw met de baard, de dansende hond, de waarzegger... en toneelstukken. Buiten de tenten liepen acrobaten griezelig hoog door de lucht over touwen die van het ene bouwsel naar het andere gespannen waren. Letterlijk iedereen bezocht Bartholomew Fair, van de roeiers die hun brood verdienden met de rivier op en neer varen tot de prins en de prinses van Wales in eigen persoon.

Op zoek naar de tent waarin Slane zou optreden bleef Barbara staan om naar een gemaskerde harlekijn te kijken, die danste op de klanken van een fluit. De harlekijn had een prachtig pak aan, van veelkleurige, ruitvormige lapjes, en Barbara voelde zich blij als een kind. Er was zoveel te zien en te doen, en over een uur zou ze in een volle tent zitten als een van de velen die naar Slane keken. Ze vond het heerlijk naar hem te kijken.

Hoe hij liep, zijn hoofd hield, lachte: het deed haar genoegen. Ze was zeer op hem gesteld. Sympathie, respect, begeerte: een machtige mengeling van gevoelens. Er zou vanavond een moment komen dat hij haar vond – hij wist haar altijd te vinden – en meenam naar een stil plekje – hij wist altijd een stil plekje. Hij zou haar handen in de zijne nemen en haar vertellen over zijn jongensjaren in Frankrijk, over Jacobus en wat hij voor hem voelde; en zij zou op haar beurt praten over Tamworth en haar huwelijk en Virginia. En ze zouden eindigen met kussen; het was alsof ze alles wat ze nog niet gezegd hadden, in die kussen stopten; 's nachts droomde ze van die kussen. Ze hadden erg weinig tijd samen. Hij was dagen achtereen weg. Wanneer hij verscheen, zag hij er doodmoe uit. Ik bezoek de getrouwen, zei hij, en bied hun hulp aan. Dan vertrok hij weer, en bleef nog langer weg.

Rochester was niet gearresteerd; er was geen enkele jacobiet gearresteerd. De mogelijkheid bestond dat alles gewoon zou overwaaien. Daarom zei tante Shrew dat Walpole zijn dreigementen niet waar kon maken. Dat ze gewonnen hadden. Als in oktober het Parlement bijeenkwam, zou dit alleen een pijnlijke zaak voor het kabinet zijn, iets wat niet bewezen kon worden, een woekerende zweer op het lichaam van deze regering, zei ze.

Dat betekende dat Jane veilig was, en Gussy en Wart, en de man die ze nu ging zien, Slane. Het betekende dat Walpole ontslagen zou worden. Dat was weer een gerucht. Was het zo eenvoudig, dat Robin zo gauw zijn functie zou verliezen? Ze wilde wel kraaien van plezier omdat het zo gemakkelijk was, veel gemakkelijker dan Devane Square weer opbouwen.

De koning had gezegd dat hij wenste dat ze hofdame zou worden voor zijn kleindochters. Het was officieel, iedereen wist het. Het was een overwinning. Haar grootmoeder was trots op haar, zei dat ook, zei dat ze een traditie voortzette die haar overgrootmoeders waren begonnen. Haar moeder was buiten zichzelf. Zelfs tante Abigail kwam met stroeve gelukwensen. Doe ik nu eindelijk wat van me wordt verwacht, had Barbara haar gevraagd. Ja, antwoordde Abigail. Het huis van haar moeder in de stad, waar Barbara logeerde wanneer ze niet in het paleis was, zat vol bezoekers.

Uitstekend, zei Carlyle, die op dit gebied haar leidsman was. Doe gedwee en gehoorzaam; maak kalme opmerkingen tegen mensen die je wilt kwetsen, zodat je woorden kleine druppels vergif zijn.

Ik weet niet of ik gedwee en gehoorzaam kan zijn, zei ze. Dat moet, antwoordde hij, als je je doel wilt bereiken. Kijk maar naar de prinses van Wales, hoe intelligent zij is, hoe sterk. Toch laat ze dat nooit te openlijk blijken, want ze weet dat de mannen in haar leven haar zouden verpletteren, haar zouden verachten en niet meer naar haar zouden luisteren. Op een andere manier zul je van de koning en zijn zoon niet krijgen wat je wilt.

Gidon Andreas cirkelde als een havik rond boven Devane Square, maar daar was ze niet zo bang voor. Haar positie aan het hof, de gunst van de koning beschermde haar.

Philippe was uit Londen weg, verdwenen.

En te midden van dit alles had ze deze romance met Slane.

Barbara lachte even nu ze eraan dacht wat haar moeder, haar tante of Tony zouden zeggen van haar verraderlijke verhouding met een jacobiet, terwijl de troepen voor de strijd tegen Ormonde nog in Hyde Park gelegerd waren. Je bouwt met je ene hand en probeert het af te breken met de andere, zou haar grootmoeder gezegd hebben. Barbara wist het, begreep het nog niet, deed eenvoudig wat haar hart haar ingaf. Haar hart begon van deze man te houden op een manier die anders was dan wat ze tevoren ooit voor iemand had gevoeld, zelfs voor Roger. Van Roger had ze gehouden met haar meisjeshart. Van Slane begon ze te houden met een vrouwenhart, waarin het meisje een deel had, maar niet het geheel uitmaakte. Deze liefde was dieper en complexer: als ze zich aan hem gaf, zou alles veranderen. Ergens diep van binnen wist ze dat haar plaats aan het hof, het herbouwen van Devane Square, alles zou veranderen door haar band met hem. Zelf kon ze deze veranderingen accepteren, maar anderen in haar leven zouden er niet blij mee zijn.

Iemand raakte haar arm aan. Wart. Voor ze iets kon zeggen, sleurde hij haar mee naar een tent. Op een podium van ruwe planken, dat voor een tent was opgesteld, voerden Slane en een toneelspeelster juist genoeg van het stuk op om passanten te bewegen een kaartje te kopen. Naast hen blies een andere toneelspeler om de zoveel tijd op een trompet om de aandacht te trekken.

Slane die gebaarde met een zwaard in zijn ene hand, en de toneelspeelster met zijn andere arm omvatte, verklaarde zijn liefde voor Helena, zijn voornemen om de stad Troje in te nemen. Hij keek omlaag en zag Barbara en Wharton.

Zijn gedachten gingen naar de komende nacht, naar de latere uren wanneer hij bij haar zou zijn. Hij was vol van haar, voor zover hij ergens vol van kon zijn buiten het eindeloze wachten, het afwachten of de speciale commissie die Walpole had ingesteld om een onderzoek in te stellen naar de invasie, iets zou vinden. Het was alsof koning George wel ernstige vermoedens had maar slechts heel weinig bewijs. Sommigen hier zetten zelfs hun veren alweer op, begonnen alweer over een invasie te praten, pakten de draad van de samenzwering weer op.

'Bab,' zei Wharton, 'de bisschop van Rochester is gearresteerd.'

'Wanneer?' In één enkel ogenblik stond haar wereld op zijn kop.

'Vanmorgen.'

Stommeling, dacht Barbara woedend, ik ben een stommeling.

524

Omdat er niets gebeurde, dacht ik dat er niets zou gebeuren. 'Ben jij niet in gevaar?'

'Ik weet het niet. Hij zit al in de Tower. Ze hebben hem vanmiddag meegenomen, in zijn eigen rijtuig in plaats van in een staatssloep. Walpole was bang dat de mensen te hoop zouden lopen om hem te verdedigen. Ook nu verzamelen zich mensen bij de Tower, buiten de muren. De bisschop was vanmorgen nog in kamerjas toen ze kwamen. Een ondersecretaris van staat kwam met een aantal boden zijn studeerkamer in Westminster binnen. Ze doorzochten alle laden en kasten. Ze namen zelfs het papier van zijn kamerstoel mee. Hij mocht zich niet aankleden, maar ging in zijn kamerjas naar de Cockpit. Walpole en zijn commissie beschuldigden hem van hoogverraad.'

Hoogverraad. De straf daarvoor was onthoofding.

De dood.

Ze kreeg kippevel op haar armen, haar nekhaar ging overeind staan. Geen woord hierover van de koning en de hertogin van Kendall, van Robin en Lord Townshend, die ze gisteren nog had gesproken. Zij, die het zou moeten weten, vergat wat voor haaien er onder de kalme wateren van het hof rondzwommen, vergat dat de stilste wateren juist de gevaarlijkste waren. Stel je voor, nog maar een ogenblik geleden had ze gedacht dat ze Robin had waar ze hem hebben wilde.

'Je moet uit Londen weg, Wart. Neem de eerste boot naar Frankrijk.'

Hij glimlachte moeizaam, en ze zag hoe bang hij was. Terecht.

'Dat zou weglopen zijn.'

'Als de bisschop van Rochester bekent, zul jij ook gearresteerd worden.'

'Breng dit voor mij over aan Slane, Bab. Hij moet het zo snel mogelijk weten.'

Hij wees omhoog naar het podium, en Barbara zag dat Slane, met de toneelspeelster aan zijn ene arm, zijn monoloog hield maar ook naar hen keek.

Wart kuste haar op de wang. 'Ik mag niet samen met hem gezien worden.' En toen Barbara hem verbaasd aankeek: 'Niet omdat het mij zou schaden, Bab; wat denk je toch slecht over mij. Omdat het hem zou schaden.'

Hij liep weg voor ze kon antwoorden. Ze keek op naar Slane, en voelde boosheid opwellen. Waarom ben je niet eerder met me begonnen, dacht ze. Waarom ben je begonnen? Nu zal ik je misschien nooit kennen. Ik kan je verliezen voor ik je werkelijk heb.

Ellendige Slane, ellendige mannen overal met hun gekonkel om macht, hun behoefte om oorlog te voeren en wraak te nemen en te weigeren het verleden te laten rusten. En Wart, jou zie ik misschien ook niet meer terug! Waar ben je? We hebben geen afscheid genomen.

Ze ging op haar tenen staan en draaide in het rond om hem te zoeken, maar hij was nergens te bekennen. Ze zag dat haar moeder en haar nieuwe stiefvader, Pendarves, in de buurt waren – ze zouden haar zien als ze zich omkeerden – en daarom liep ze naar de zijkant van de tent, buiten hun gezichtsveld. Ze moest het op de een of andere manier aan Slane doorgeven. Hoe? Toen was hij er opeens.

'Ik moet je zeggen dat Rochester gearresteerd is...'

Hij legde een vinger op zijn lippen om haar tot stilte te manen, pakte haar hand en leidde haar zonder een woord tussen de tenten door tot ze niet meer precies wist waar ze was. Een paar varkens in een kooi knorden naar hen. Een man was bezig een lantaarn aan te steken. Het was nog niet helemaal donker. De jaarmarkt veranderde in iets sprookjesachtigs wanneer de lantaarns aangestoken waren. Het kabaal en geroezemoes hing ergens achter hen.

'Wanneer? Wanneer is Rochester gearresteerd?'

'Vanmorgen, zei Wart. Ze zijn hem in Westminster komen halen, hebben hem in zijn kamerjas meegenomen naar de Cockpit, en nu zit hij in de Tower.'

Ze beefde zo dat ze nauwelijks kon spreken. Ze zag dat haar laatste woorden Slane diep troffen. Wat zal er met jou gebeuren, dacht ze.

'Hij zit al in de Tower?'

'Dat zegt Wart. Hij is met zijn eigen koets vervoerd, zodat weinig mensen het zouden merken. Robin en Townshend willen niet dat het publiek hierover in woede ontsteekt. De laatste keer dat een koning of koningin van Engeland een hoge kerkdienaar probeerde aan te klagen, braken er overal rellen uit, en de man moest uiteindelijk worden vrijgelaten. Ik was toen nog een kind, maar zelfs op Tamworth heb ik erover gehoord. Misschien laten ze hem weer vrij, Slane. Misschien komt alles nog goed.'

Hij luisterde niet. Hij dacht aan een herinnering uit zijn jeugd, dat hij bij zijn vader zat die een verhaal over Rome voorlas. In dat boek stond een pentekening van de keizer die in het Colosseum stond, met uitgestrekte arm: 'Laat de spelen beginnen.' Walpole was met de spelen begonnen.

Wat vroeg Barbara? Of Wart gearresteerd zou worden, of hijzelf? Hij had geen idee. Rochester wist genoeg om elke jacobiet in Engeland, van hoog tot laag, ten val te brengen.

'Kun je het alleen terugvinden?' vroeg hij haar. Hij moest terug naar de tent, moest het toneelstuk voortzetten – dat in de tent, en dat erbuiten, in het leven. Hij voelde dat al zijn zintuigen zich van haar verwijderden, om haar te beschermen, om hem in staat te stellen zich terug te trekken, haar te laten gaan.

Waren de straten en stegen van Bartholomew Fair op dit moment al omsingeld door de soldaten van Zijne Majesteit? Wat zei ze daar, deze mooie vrouw? Was het zelfzuchtig van hem geweest om een vrijerij te beginnen? Pluk rozeknoppen wijl ge kunt,/ De Tijd spoedt zich naar morgen, /De bloem die nu nog stralend lacht/ Zal dan al zijn gestorven.

'Slane, ga naar Devane Square. Verberg je daar. Je kunt planken van een raam afwrikken en in de kerk of een huis overnachten, als het moet.'

Ze zou haar hoofd voor hem riskeren. Was er nog tijd om haar te kussen zoals ze verdiende gekust te worden? Was er nog tijd om haar te laten zien wat er in zijn hart leefde?

Hij nam haar slanke, blanke hals in zijn handen, omvatte haar hoofd en boog het ietwat achterover, alsof haar hals een broze stengel was en haar gelaat de bloem die hij moest bekijken. Ze stond het toe, gaf mee in zijn armen, met dezelfde gracieuze overgave die er, wist hij, zou zijn als ze de zijne werd. Er waren tranen in haar ogen – als sterren die daar waren neergevallen, meende hij. Eén traan viel. Hij legde zijn duim erop, met het doel hem op te nemen in zijn huid.

Tedere vrouw, dacht hij, ik heb gewenst je de rest van mijn leven te kennen, maar ik weet niet of mij nog een leven rest. Is dit ons afscheid? Ik weet niet wat er in het verschiet ligt. Rochester kan mij als medeplichtige noemen.

'Ik moet gaan, Barbara. Kun je de weg terug vinden?'

Ze knikte en hij ging, liep de jaarmarkt weer op, was even later verdwenen tussen de tenten. In haar waren boosheid, gemis, angstige onzekerheid. Toen kwam haar opeens het beeld van Jane voor de geest. Ze bleef staan, maar een volgende gedachte trof haar als een zweepslag, die haar als een dief de jaarmarkt deed ophollen.

Gussy zou gearresteerd worden, of was al gearresteerd.

Slane had zijn wachtwoord gemist. Dat maakte niet veel uit: de toneelspelers waren zonder hem doorgegaan, en de helft van het publiek had jenever gedronken en was niet geïnteresseerd in het stuk. Hij liep het toneel op en begon zijn rol te spelen, terwijl hij intussen bedacht met wie hij contact moest zoeken – met Louisa of Wharton, Shippen of Oxford – en wat hij moest doen – onmiddellijk bericht sturen naar Parijs en naar Jamie, iedereen waarschuwen. Enige tijd later was het toneelstuk tot zijn verbazing afgelopen. Het scheen niet erg geslaagd te zijn. Het deel van het publiek dat was gebleven – de meeste mensen waren tijdens de voorstelling weggegaan – jouwde en bekogelde de spelers met etensresten. Hij kon zich niet herinneren ook maar één regel tekst te hebben uitgesproken, want hij had de hele tijd de ingang van de tent in het oog gehouden om te zien wie er binnenkwamen en weggingen, en de hele tijd gedacht aan Rochester, die nu alleen in de Tower zat, eindelijk geconfronteerd met datgene wat hij zozeer had gevreesd. Zou hij zijn belofte niets te zeggen gestand doen? Beloven was gemakkelijk wanneer men vrij was, maar moeilijk na te komen in een gevangenis.

'Ben je dronken of heb je alleen de bedoeling mij te ruïneren?' Colley Cibber was razend. 'Onze voorstelling was waardeloos…'

Slane zag dat een kind op hem stond te wachten, een van zijn legioen bedelaartjes, en drong langs Cibber. Het kind fluisterde dat er vier kaarsen brandden voor de ramen van Westminster Abbey, het teken van Rochester dat beduidde: ik ben gepakt, red jezelf.

Slane gaf het kind een munt, maar toen kwam het besef bij hem op dat zijn goede vriend Gussy, Augustus Cromwell, prelaat en klerk, geleerde en vader, de beste koerier van de jacobieten en secretaris van de bisschop van Rochester, ongetwijfeld ook gearresteerd was.

Gussy was laat. Hij had gezegd dat hij tegen het middaguur thuis zou zijn. Jane doopte de borstel in het zand en het bleekpoeder en begon woest het trapje voor haar huis te schrobben. Waar was hij? Wat was er gebeurd? Wees stil voor de Here, en verbeid Hem, had Gussy haar de vorige avond voorgelezen. Wees niet afgunstig op wie zijn weg voorspoedig maakt, op de man die boze plannen smeedt.

Waar waren haar dienstmeisjes? Hoorden ze haar zoontje Thomas niet huilen? Cat had het zoutvat omgestoten toen ze vanmorgen de tafel afruimde, en Betty had haar schort over haar hoofd getrokken en geroepen dat er zout op de stoel van de meester was gevallen. O, Jane had die twee wel door elkaar willen rammelen. Maar ze had Cat en Betty alleen opgedragen de potten met zout te schuren.

Konden ze Thomas niet horen? Waarom kweten ze zich niet van hun plicht? Jane legde haar borstel neer en ging naar binnen. Ja hoor, haar twee dienstmeisjes zaten bij de haard potten schoon te borstelen alsof het kind niet huilde. Amelia was bezig zout op de vloer te strooien en erdoorheen te lopen.

Boven streelde Jane haar kind over het voorhoofd en kuste het. Ze ging met hem in een stoel zitten en begon te neuriën: 'Suja, suja, huil maar niet, alle mooie paardjes, als je straks weer wakker wordt, gaan we naar de mooie paardjes...'

Waar was Gussy? En wie huilde daar nu weer? Het was Amelia. Niemand brulde zo hard als Amelia.

Weer beneden, met Thomas in haar armen, zag ze Betty met een lap over Amelia's gezicht vegen.

'Zout in haar ogen,' zei Betty boven het gebrul van Amelia uit.

'Ik zie niets meer, mama!'

Jane doopte een lap in de emmer met drinkwater, gaf Thomas aan Betty over en bette Amelia's ogen met de lap.

'Ik zie niets, ik zie niets...'

'Zo, ziezo, nu kun je weer zien. Nog een beetje water.'

'Ik haat je.' Amelia keerde zich tegen Betty. 'Zij heeft zout in mijn oog gedaan.'

'Nietwaar, ik...'

'Stil! Niemand denkt dat je zout in Amelia's ogen hebt gedaan. Stil, Amelia. Geef Thomas maar hier, en ga door met de potten. Waar is Winifred?'

Maar nog terwijl ze het zei, zag Jane Winifred, de kalme, onder een stoel zitten, en Harry Augustus sliep in zijn mandwieg. Twee van de kinderen waren tenminste draaglijk. Ze nam Thomas en Amelia, die nu stil waren, maar op een onheilspellende manier pruilden, mee naar buiten in de tuin. De wijnstokken die Slane en zij hadden geplant, waren nu een warboel en moesten worden teruggesnoeid. Er was sla en kool, rapen en goudsbloemen, peterselie. Ze zette Thomas neer op een plek waar ze hem in de gaten kon houden en gaf Amelia een stok om mee te graven. Daarna pakte ze een schoffel en begon de grond los te maken.

Vlieg weg, lieveheersbeestje, vlieg naar zuid of oost of west of noord, waar de man woont die bij mij hoort.

Toen het begon te schemeren, had ze alle treden schoongemaakt, de haard geveegd, tien wiegeliedjes gezongen, kruidkoek gebakken, boter gekarnd, de koe binnengehaald en de kippen gevoerd. Toen het begon te schemeren was haar hart een misselijke klomp in haar borst.

Haar kinderen en haar twee bedienden zaten nu om het haardvuur voor het avondeten, brood, melk en jam. Jane ging naar buiten om langs de rivier te lopen. Onder het lopen maakte ze plannen. Morgen zou ze haar beste japon aantrekken, haar hoed opzetten en naar het dorp Richmond lopen om bij de riviertrap een roeiboot te nemen. Wanneer ze in Londen was, zou ze naar Westminster Abbey gaan, en als hij daar niet was, naar Saylor House. Hij is verdwenen, zou ze tegen de hertog van Tamworth zeggen. Die was goed voor hen geweest, omwille van Barbara; hij zou haar helpen. En ze zou ook naar Barbara toegaan. Barbara zou weten wat er gedaan moest worden.

Ja, dacht ze, terwijl ze op de oever stond maar de rivier niet zag, dat is een goed plan. Er gaat iets gebeuren, had Gussy haar de laatste keer dat ze in zijn kamer in Westminster was, toegefluisterd. Een paar van de anderen – Goring, Sample – gaan het land uit. Dat plan heeft de goedkeuring van Slane.

Gaan wij ook het land uit? Ze kon zich niet voorstellen dat ze haar leven hier achter zou laten.

Gussy gaf geen antwoord.

Toen ze zich weer omdraaide naar het huis, zag ze een paard dat bij de hulpkapel vastgebonden was, en ze begon te rennen. Haar hart vloog als een vogel in haar borst omhoog. Gussy was thuis. In de kapel vergat ze een kniebuiging te maken voor het altaar; ze kon hem alleen omarmen en telkens weer tegen zich aan drukken.

'Waar was je? Ik was vreselijk ongerust...'

'Ik ben opgehouden. Ze hebben me verhoord.'

Hij beefde.

'Wie? Wanneer?'

'Vanmorgen. Ze hebben de bisschop gearresteerd, Jane, en ik dacht dat ze mij zouden arresteren, maar ik mocht gaan. Ze hebben in mijn kamer naar brieven gezocht, maar ik had de tijd gehad om ze te verbranden.'

Ze beefde, een onwillekeurig beven dat niet ophield.

'Robert Walpole kwam in eigen persoon bij me en zei dat ik aan de galg zou worden opgehangen en daarna geradbraakt zou worden als ik loog. Hij zei dat ik in de diepste, donkerste kerker die hij kon vinden zou worden begraven om wat er in de brieven stond die ze in de kamer van de bisschop hadden gevonden, in mijn handschrift, zei hij. Toen glimlachte hij, en leek opeens een ander mens, Janie, en hij zei dat als ik hem hielp hij ervoor zou zorgen dat ik eens zelf bisschop zou worden. "Vertel me wat je weet," zei hij. "Red jezelf, want de anderen zijn toch verloren." Ik zei: "Ik ben onschuldig; mijn schoonvader is sir John Ashford; mijn beschermheer is de hertog van Tamworth." Ik geloof dat ze me daarom lieten gaan – omdat ik de naam van de hertog noemde.'

'En de bisschop van Rochester?'

'In de Tower. Ik moet uit Londen weg, uit Engeland weg. Een paar van ons zijn gisteren veilig ontkomen. Slane dringt er al een tijd op aan. Ik denk dat dat de reden is dat Walpole opdracht heeft gegeven de bisschop te arresteren – hij was bang dat Rochester Engeland zou verlaten.'

Wat voelde ze zich kalm, onder een schreeuwend ongeloof. Uit Engeland weggaan? Dit gebeurde niet – alleen gebeurde het wel, net als toen Jeremy doodging.

'We moeten bidden, Gussy.'

Het enige wat nog erger was dan Jeremy's dood was als zijn vader zou worden opgehangen. Gussy moest weg. Ze moest dat onder ogen zien, dat hij weg moest.

'Laten we het gebed bidden dat jij uitsprak toen Jeremy doodging. Herinner je je dat, liefste, hoe je me in je armen hield en die woorden fluisterde. Ik haatte jou op dat moment, en God haatte ik ook, maar ik vond de woorden prachtig. "De Here is mijn herder, mij ontbreekt niets." Hij zal ons leiden, Gussy. "Hij doet mij nederliggen in grazige weiden, hij voert mij aan rustige wateren." Rustige wateren, Gussy, grazige weiden, we hoeven er maar om te vragen. "Hij verkwikt mijn ziel; hij leidt mij in de rechte sporen om zijns naams wil." Je zei dat God je heeft opgedragen koning Jacobus te volgen. "Zelfs al ga ik door een dal van diepe duisternis, ik vrees geen kwaad, want Gij zijt bij mij; uw stok en staf, die vertroosten mij. Gij richt voor mijn ogen een dis aan, voor de ogen van wie mij benauwen." Wat is dat?'

Ze hoorden tuig van paarden rammelen, paarden die voorbijdraafden.

'Slane komt altijd alleen...'

Ze hielden een ogenblik elkaars handen omvat.

'Ga nu weg,' zei Jane, 'nu meteen...'

'Augustus Cromwell.'

De stem weerkaatste in de kapel, stuitte tegen de stenen muren. Gussy stond op, evenals Jane. Een soldaat stond in de omlijsting van de deuropening van de kapel, met een lantaarn in zijn hand.

'In naam van koning George is het mijn opdracht uw huis te doorzoeken naar papieren die op hoogverraad wijzen, en uw persoon mee te nemen.'

'Ze zijn me gevolgd,' zei Gussy. 'Daarom mocht ik weg, zodat ze me konden volgen en zien waar ik hen heen leidde.'

Kalm liep Jane met haar man naar hun huis.

Het was een gekkenhuis; soldaten waren aan het zoeken, en trokken dingen uit kasten en kisten; de kinderen en haar dienstmeisjes huilden. Jane pakte een huilend kind en ging in een stoel bij de haard zitten. Veertjes zweefden de trap af. Ze scheurden haar matras open, haar kussens. Verbrand het boek met geheimschriftcodes en alle brieven als ik langer dan twee dagen wegblijf, had Gussy haar een keer opgedragen.

Langer dan één dag, had Slane gezegd.

Ze zag de pijn in Gussy's gezicht terwijl hij daar stond met op elke arm een kind, en een van de soldaten heen en weer liep over een bepaald gedeelte van de vloer. Néé, dacht Jane.

Maar een soldaat lichtte de losse plank in de vloer op, haalde Janes groene leren handschoenen te voorschijn. En brieven. En een boek met jacobitische geheimschriften. Jane en Gussy keken elkaar aan. Slane had haar gezegd dat ze één dag moest wachten, maar Gussy had twee gezegd.

Vlieg, lieveheersbeestje, naar waar de man woont die bij mij hoort.

Ze namen hem mee, terwijl de kinderen, de bedienden en zij allemaal huilend meeliepen naar buiten, in de nacht, naar de plaats waar de soldaten hun paarden hadden, in haar tuin.

'O, alstublieft,' smeekten de kinderen en zij huilend.

'Vader!' riepen de kinderen.

'Ik smeek u om genade, er is een vergissing in het spel,' zei ze, maar ze namen hem mee en reden weg naar Londen en lieten haar daar achter te midden van vertrapte wijnstokken en jammerende kinderen. Zo vond Barbara haar een paar uur later, zittend in haar tuin, zwijgend en verloren, omringd door huilende kinderen.

Slane sprong van zijn paard en bonkte met beide vuisten op de voordeur van de familie Cromwell. Barbara deed de deur open en sloot hem achter zich, terwijl ze op het stoepje bleef staan. Hij schrok, omdat hij niet had verwacht haar te zullen zien.

'Gussy...'

'Weggehaald. Hij was weg toen ik hier kwam. Jane is zoëven pas in slaap gevallen.'

'Hoe is het met de kinderen?'

'Zo goed als je kunt verwachten, gezien het feit dat soldaten hun huis overhoop hebben gehaald en hun vader voor hun ogen hebben weggevoerd.'

Hij hoorde in haar stem hoe boos ze was, hoe diep bedroefd; alsof ze verdriet en verlies goed kende.

'Amelia heeft een uur lang gekrijst,' vertelde ze. 'Winifred zei niets, maar klampte zich als een steen aan me vast. Uiteindelijk fluisterde ze, heel zacht alsof ze het niet durfde zeggen: "Boze mannen hebben mijn vader meegenomen."'

Daar op het trapje bij Slane sloeg Barbara haar handen voor haar gezicht. Ik ga niet huilen, dacht ze. Er zijn vannacht al genoeg tranen vergoten.

Slane trok haar van het trapje af, duwde haar met haar rug tegen het huis en drukte zich met een soort zucht tegen haar aan.

Mijn liefste, mijn schat, mijn hart, dacht Barbara, waar jij gaat, zal ook ik gaan; en waar jij blijft, zal ook ik verblijven. Jij bent niet gevangen, Slane, nog niet.

'Waarom huil je?'

'Jane is mijn...' – haar stem brak – 'de kinderen huilden zo... je bent hier.'

'Barbara,' zei hij, en toen kuste hij haar, gretig, zelfzuchtig, alsof er geen tijd was voor alles wat er gedaan moest worden. En die tijd was er ook niet. Ah, eindelijk, dacht Barbara. Hij kuste haar hals, haar oren en toen, heerlijk, wat begreep hij goed wat ze wilde, weer haar mond. Meer, dacht ze. Je leeft, je bent gezond, en nu is er geen tijd. Laten we daarom tijd maken. Meer. Hij hief zijn hoofd op, en in het donker kon ze half zien, half voelen dat hij glimlachte. Ze tastte de glimlach af met haar vingers. Ze hield van zijn mond, de vorm ervan.

'Ik houd van je,' zei hij. Hij zei het in het Frans, in het Keltisch, in het Italiaans.

Ze begon te lachen. Nooit in haar leven had ze zich zo levend gevoeld.

'Zeg nu nee tegen me, Barbara, want ik heb geen manieren meer om op te houden als je dat straks zou willen.'

'Ja.'

'Zeg nog eens ja tegen me, zodat ik zeker weet dat je het meent.'

'Ja.'

Hij nam haar hand en voerde haar mee. Gedachten wervelden door haar hoofd als kleine vleermuizen: je bent gek geworden, Barbara, je doet dit nooit zo lichtvaardig, je zult er spijt van krijgen, misschien zien we elkaar nooit meer terug, heb je er soms behoefte aan te treuren om een man die uit Engeland moet vluchten, te treuren om een minnaar die in de Tower opgesloten zit, te treuren om een geliefde die onthoofd is. Wees nou eens één keer in je leven verstandig, Barbara, dacht ze, maar ze waren in een of andere schuur, en hij was bezig met zijn ene hand een hoop hooi op te stapelen, terwijl hij haar met de andere hand vasthield, alsof ze zou weglopen. Wat kende hij haar nog slecht. En toen dacht ze met grote helderheid de woorden die haar levensmotto moesten zijn: behoed uw hart boven al wat te bewaren is. Ja, haar hart, haar geest, haar ziel moesten doen wat ze moesten doen. De vleermuizen vouwden hun vleugels en zwegen.

Zijn vingers waren bezig met knoopjes, met haakjes, met de honderd ingewikkelde details van haar jasje en japon, kousen en kousebanden, de ingewikkelde trucs van een modieuze vrouw. Hij had zijn jas uitgetrokken en op het hooi gegooid. Hij sprak haar naam uit, en de manier waarop, het verlangen in zijn stem, was genoeg, het was goed; haar hart kwam aan dat verlangen tegemoet zoals een duif die de roep van haar doffer hoort. En toen trok hij haar naast zich in het hooi, en er was geen tijd meer om te denken, er was alleen tijd om te voelen, om aan te raken, te proeven, om met deze man te zijn, zich met hem te verenigen in de diepste vereniging, die de grootste beloften inhield, die het grootste verdriet inhield. Het was begonnen te regenen, en de geur van regen, natte bladeren, muskus, schaduw, voegde zich bij hun liefdesspel. Ze waren beiden nog steeds half gekleed.

Tegen een achtergrond van zich gestaag uitbreidende gevoelskringen, was Slane zich van verschillende dingen bewust: haar armen, koel en glad, haar dijen, slank en zijdeachtig, de buiging van haar nek, haar kussen op zijn gezicht, droomkussen, kussen die als regen neerdaalden. Net als de aarde buiten had hij hiernaar gesmacht, en hij nam het in zich op, elke druppel, zoveel als hij wilde en meer. Er was geen houden aan. Hij legde zijn handen op haar heupen om haar tegen zich aan te drukken, verloor zich in de beweging. De regen bracht verkoeling naar de plek waar ze lagen, en het geluid ervan vermengde zich als een gestaag trommelen met zijn hartslag, met het ritme tussen hen. Er bestond niets anders – geen mislukking, geen angst, geen arrestaties, geen verdwenen vrienden, misschien voor altijd verloren als vaders en broers vóór hen – er was alleen deze vrouw die hem in haar armen hield, die hij in zijn armen hield.

'Maar als er een kind komt?' kon hij nog vragen, om te horen wat ze wilde, voor het te laat was en hij niets meer kon doen.

'Geen kinderen voor mij, Slane,' zei ze, heel zacht.

Later zou hij aandacht besteden aan de trilling die hij in haar stem hoorde. Nu sloot hij zijn ogen bij het genot. Ze fluisterde zijn naam, beet zacht in zijn oorlel, zei met zachte stem 'Ah' terwijl ze bewoog, en zijn hals kuste, zijn oor, zijn wang, zijn mond, met haar tong over zijn mond ging, over zijn tanden. Hij woelde met zijn handen in haar haar. Barbara, je bent een wellustige heks die mijn hart heeft, dacht hij, ik wist dat je veel zou geven in de liefde.

En toen dacht hij niets meer; alleen zij bestond, alleen hij, alleen dit tussen hen, en het was niet genoeg, er moest meer zijn, er zou meer zijn, hij moest haar weer hebben en weer. Hij noemde haar naam terwijl hij naar het punt ging dat zijn moeder het verlies van de zielen noemde, de verstrengeling van man en vrouw en verlangen en God tot één.

Toen het voorbij was – ze moesten allebei lachen om de razernij van het einde, zwegen dan, kuis – hield hij haar tegen zich aan gedrukt. Ik kan haar niet laten gaan, maar het moet toch, dacht hij.

Hij streelde haar haar, haar blote rug; het jasje van haar rijkostuum was uitgegaan, en op de een of andere manier hadden ze haar korset uitgetrokken in hun behoefte elkaars huid te voelen. In zijn hoofd daagde het besef dat deze daad niet zomaar iets was, dat het feit dat ze hier was toen hij aankwam, niet toevallig was, dat er nu een verbond tussen hen was. Hij herinnerde zich de dag dat Jamie hem tot ridder had geslagen, een dag waarop hij trots was als op geen andere. Zijn moeder had gehuild, en zijn hart was zo vol geweest dat hij dacht dat het zou barsten. Schotse doedelzakspelers hadden een lied van moed en strijd gespeeld, en de klank van de doedelzakken die in de gewelfde kerkruimte opsteeg was even doordringend, even diep als het slagveld opmarcheren naast mannen die je liefhad. Hij was toen veertien geweest. Ik beloof u mijn eeuwige trouw, had hij tegen Jamie gezegd, en hij meende het. Hij kuste Barbara boven op haar hoofd. Ook zij kon rekenen op zijn trouw.

De bestaande situatie kwam tussenbeide. Gussy, Rochester. Jane slapend in het huis. Alles wat gebeuren moest. Ze had zijn gedachten waarschijnlijk gevoeld, want ze ging zitten en begon haar korset om zich heen te trekken.

Hij wilde dat hij haar gezicht duidelijk kon zien, maar dat kon niet.

'Laat mij je helpen,' zei hij, en samen regen ze het korset vast. Op een gegeven moment nam hij haar handen in de zijne en kuste ze, en zij schoof naar hem toe en ze hielden elkaar even omvat.

Wat ben je klein, tenger, verrukkelijke vrouw, dacht Slane. Ze trok haar jasje aan, hij zijn hemd, en hand in hand liepen ze de schuur uit.

In het huis stak ze een kaars aan, en nu kon hij haar gezicht zien. Toen hij de uitdrukking erop zag, zei hij: 'Ik houd van je.'

Ze rende op hem toe en legde haar hoofd tegen zijn borst, een beweging die hem ontroerde, iets in hem bewoog en diep het onuitgesproken verbond tussen hen bezegelde.

'Kom naar Jane kijken,' zei ze en voerde hem mee naar de slaapkamer waar Jane sliep, met alle kinderen bij haar in bed, zo dicht mogelijk tegen haar aan gekropen. In Janes boudoir praatten ze fluisterend.

'Ik moet doorrijden naar Tamworth,' zei Barbara. 'Ik moet sir John waarschuwen, hem vertellen wat er met Gussy is gebeurd.'

'Hij kan al gearresteerd zijn.'

'Dat is mogelijk, maar ik moet het toch proberen. Ik stond op het punt te vertrekken toen jij kwam.' Ze glimlachte, raakte even zijn gezicht aan. 'Ik ga nu weg, als jij hier wilt blijven voor Jane. Ik heb met haar gepraat. Ze wil morgen naar Londen gaan. Ze heeft daar een tante bij wie ze kan logeren. Ze zal in Londen meer voor Gussy kunnen doen dan ergens anders. Ze moet allereerst beginnen bij mensen langs te gaan, hun om gunsten, om steun te vragen.'

Ja, Barbara moest ook haar plicht doen. Ondanks alles wat over haar werd gezegd, ondanks alle duels, flirts, vergissingen, was zij iemand die haar plicht kende. 'Wat hebben ze hiervandaan meegenomen?'

'Een boek met geheimschriften en brieven.'

Gussy zal hangen, dacht Slane.

'Zullen ze hem onthoofden?'

Hij antwoordde niet. Barbara stond op, liep naar de deur en opende die. Hij vond haar leunend tegen haar paard. Ze huilde.

'Zeg niet tegen Jane wat je denkt,' zei ze. Ze greep de zadelknop van haar paard; Slane hielp haar met de opzwaai in het

536

zadel, en hield zijn ene hand om de enkel van haar laarsje.

'Kun je 's nachts wel veilig rijden?'

'Er is genoeg maanlicht. Ik zal voorzichtig zijn. Ik heb weken-lang door een gedeelte van Virginia rondgereden, op zoek naar mijn bediende. Zorg een beetje voor haar, Slane. Ik heb mijn moe-der een brief geschreven om te zeggen dat ik een paar dagen naar Tamworth moest. Zorg dat ze die krijgt, anders haalt ze heel Lon-den overhoop om mij te zoeken. Herinner Jane eraan dat ze bij Tony en tante Shrew langsgaat om hun hulp in te winnen. We hebben samen een lijst gemaakt van mensen in Londen die haar zouden kunnen helpen.'

'Ga met God, Barbara.'

'Met God. Dat lijkt me wel wat. Een vriend in Virginia zei dat de Heer zijn engelen zou sturen om over me te waken. Vaarwel, Slane. Als je uit Londen weg moet voor ik terug ben, laat me dat dan alsjeblieft weten – niet waar je heen gaat natuurlijk, maar dat je weg bent. Anders maak ik me zorgen en denk ik dat je in de Tower zit.'

Het klonk alsof ze elkaar niet zojuist hadden omarmd, alsof hij al weg was. Ze stak haar hand uit. Hij nam hem aan, drukte hem stevig.

'Ik zou nooit van je weggaan zonder afscheid te nemen.'

Zijn beloning was een glimlach, verblindend, met haar hart er-in.

'Ik trek je van dat paard af en ga weer met je vrijen als je me op die manier aankijkt.'

Ze lachte, boog zich omlaag, duwde haar hoofd tegen zijn schouder, kuste zijn oor. 'Is dat een dreigement of een belofte?'

'Een belofte, Barbara.'

'Goede vrienden noemen mij Bab.'

'Mag ik je Bab noemen?'

Het leek luchtig gebabbel, maar dat was het niet.

'Je mag me noemen zoals je maar wilt.'

'Dan noem ik je Geliefde.'

De blik die ze hem schonk was alles waard. Wanneer ik sterf, zal mijn laatste herinnering deze uitdrukking op jouw gezicht zijn, Barbara, van tederheid, woestheid en toewijding, allemaal voor mij.

Hij wilde haar hand niet loslaten, maar deed dat toch.

50

Een paar dagen later trok Barbara de spelden uit haar hoed en legde hem vermoeid op de haltafel in het stadshuis van haar moeder. Haar benen en billen deden pijn. Ze had te lang in het zadel gezeten. Neem mijn koets, had haar grootmoeder gesmeekt, maar van twee dagen in een koets zitten, overgeleverd aan kapotte wielen, slechte wegen of kreupele paarden, zou ze gek zijn geworden. Het was beter, en ook sneller, om zelf paard te rijden. Daarom had haar grootmoeder erop aangedrongen dat Tim met haar meeging. De arme Tim was nu nog in de stal, kreunend bij de gedachte dat hij morgen terug moest rijden naar Tamworth.

Het was stil in het huis, haast alsof er niemand thuis was. Mooi. Als ze alleen was, had ze tijd om te kalmeren; als ze een bad nam en een tijd rustte, zou dat haar verkwikken, kalmeren en kracht geven om de gebeurtenissen tegemoet te treden. Sir John was niet gearresteerd – nog niet in elk geval. Hij was onderweg naar Londen om te kijken wat hij kon doen, als man met veel vrienden zowel in het Lagerhuis als in het Hogerhuis. We moeten het erop gooien dat het Walpoles woord tegen dat van Gussy is, een verzinsel van Walpole om zijn ongebreidelde ambitie te verwezenlijken, zei hij.

In de slaapkamer zat Thérèse bij het raam; ze naaide kraaltjes op een van Barbara's japonnen. Eén blik op haar gezicht en Barbara zei: 'Ze heeft je zeker niet verteld dat ik een briefje heb gestuurd om te zeggen dat alles in orde was? Niet huilen, Thérèse. Het spijt me erg dat je je om mij bezorgd hebt gemaakt. Ik had er niet aan gedacht dat ze het jou niet zou vertellen. Help me uitkleden. Ik ben erg moe. Ik heb dagen op een paard gezeten. Vertel me het nieuws – wat is er gaande? Wie is er gearresteerd?'

'De eerwaarde meneer Cromwell.'

'Ja, dat weet ik al. Wie nog meer, Thérèse?'

'Lord Russel.'

Charles. Charles gearresteerd als jacobiet? Dat moest een vergissing zijn. Zich met het jacobitisme engageren vergde een loyaliteit, een standvastigheid die Charles niet bezat.

'Verder niemand?'

'Nee.'

Goddank. Barbara liep naar de tafel waarop een stapel uitnodigingen en brieven lag en nam ze snel door. Ze maakte er één onmiddellijk open, de brief waarvan ze het handschrift niet herkende. Ik houd van je, stond er in het Frans; er stond nog meer

geschreven in een taal die ze niet kende. De brief was ondertekend met een *L*. Zijn doopnaam was Lucius. Mijn moeder noemt
me Luc, had hij haar verteld. Eens zul jij me ook zo noemen. Ze
volgde de *L* met haar vinger. Hij was niet gearresteerd. Rochester hield zich goed, en Gussy, maar er was geen twijfel geweest
over Gussy. Misschien ook niet over Rochester.

'Tommy Carlyle is een paar keer voor u langs geweest, hij heeft
briefjes achtergelaten,' zei Thérèse, 'en er zijn boodschappen gekomen van de prins en van de koning.'

Barbara schreef vlug een briefje: 'Ik ben thuis, kom zo snel als
het je schikt. Bab.' Ze wilde Thérèse al opdragen dit naar de
schouwburg te brengen, maar veranderde opeens van gedachten.
Ze moest voorzichtiger zijn dan ze ooit in haar leven was geweest.
Mijn leven raakt steeds dieper verweven met bedrog. Ik hoop dat
ik mezelf er niet in zal verliezen.

Ze maakte een paar van de andere brieven open. 'Mijn godin,'
schreef Carlyle, 'er is een positie als dienares van de prinses van
Wales vrij. Mijn voorstel is dat u uw eigen kamenier naar voren
schuift. Mij is ter ore gekomen dat de prinses haar graag onder
haar dienaressen zou hebben. De positionering van pionnen is
even belangrijk als de positie die men zelf inneemt. U zou de prinses een gunst bewijzen door haar iemand aan te bieden die u dierbaar is.'

Nee, dacht Barbara. Niet Thérèse.

Ze opende een briefje van sir Gideon Andreas, die haar schreef
dat hij de eer had twee grote schuldbrieven tot haar last te bezitten en dat hij hierover graag zo spoedig mogelijk een gesprek
met haar zou hebben. De havik wilde dus toeslaan? Het moment
was goed gekozen. Ze was afgeleid door het complot, door haar
romance met een held.

'Zijn er protesten geweest tegen de arrestatie van de bisschop,
Thérèse?'

'De hele eerste nacht dat hij in de Tower zat, liepen er buiten
mensen te hoop – een grote menigte, zeggen ze, die er de hele
nacht is gebleven. Het is een aanval op de Kerk, zeggen de mensen.'

Mooi, dacht Barbara. Het zal Robin geen goed doen, dat de
mensen zeggen dat hij probeert de Anglicaanse kerk kapot te maken.

'Uw moeder wenst u te spreken, nu.' Het was Clemmie, die in
de deuropening stond zodat de bedienden die water aandroegen
voor Barbara's bad er niet door konden.

'Zeg tegen moeder dat ik over een uur bij haar kom.'

'Als ik u was, zou ik nu gaan.'

Thérèse kwam aanlopen met een shawl en gaf die aan Barbara. Ze fluisterde: 'Ze is al dagenlang razend. Ze viel flauw toen ze het nieuws over Lord Russel hoorde.'

Barbara knikte en ging de deur uit.

Thérèse bleef een ogenblik in de lege kamer staan en begon toen de brieven te verzamelen die slordig op een tafel lagen. Haar oog viel onwillekeurig op haar eigen naam. Ze spreidde de brief van Carlyle open.

Barbara opende de deur van haar moeders slaapkamer net op tijd om te zien dat Diana Clemmie een klap gaf.

'Wil ze nu niet komen?'

Diana's stem klonk schel. Barbara kende dat geluid goed.

'Ik zal je aframmelen tot je bont en blauw ziet, jij grote, dikke idioot. Je gaat dadelijk terug en zegt dat ik haar onmiddellijke aanwezigheid verlang. Zeg haar dat ik eis dat ze komt.'

'Ik ben er al – je hoeft je meid dus niet meer te slaan, moeder.'

Diana draaide zich om en zag Barbara staan, gekleed in een hemd en een shawl.

'Betekenen boodschappen van de koning en van de prins van Wales niets voor jou? Heb je soms zo'n grote bruidsschat, zoveel geld dat je niemand anders nodig hebt? Carlyle is drie keer langs geweest; hij kon zijn nieuws haast niet voor zich houden. Waar was je? Was je bij een minnaar?'

Barbara gaf geen antwoord en maakte geen beweging.

'Ik heb tegen iedereen gezegd dat je ziek was. Iets anders kon ik niet bedenken. Dit is niet het moment om uit Londen te verdwijnen, nu iedereen doodsbang is voor wat er nog kan gebeuren. Charles Russel is gearresteerd, heb je dat gehoord? Doet dat je niets? Waar was je?'

Haar moeder was onder het spreken naar haar toegelopen. Ze hief haar hand om haar te slaan. Barbara greep de hand, hield de pols stevig omvat.

'Als u me slaat, loop ik deze kamer uit, loop ik van u weg en kom nooit meer terug.'

'Loop je weg! Kom je nooit meer terug! Denk je dat het me een moer uitmaakt wat je doet?' Diana spuwde de woorden uit.

Halverwege de gang riep Clemmie Barbara terug.

'Ze huilt; mevrouw Barbara, wilt u naar haar toegaan?'

'Nee.'

'Alstublieft, mevrouw Barbara. Ze is zichzelf niet.' En fluisterend: 'Ze verwacht een kind.'

'Dat geloof ik niet!'

'Het is waar, mevrouw Barbara.'

Terug in de slaapkamer zag Barbara dat haar moeder op haar bed lag; ze zag hoe bleek Diana's gezicht was, hoe smal haar neusgaten waren. Ze had een vermoeide en gespannen trek om haar mond. Barbara ging op het bed zitten en nam de hand van haar moeder in de hare. Diana liet haar begaan.

De hand was gezwollen, zodat de ringen in het vlees drukten. Plotseling herinnerde Barbara zich dat ze een meisje was en naar de ringen aan haar moeders vingers keek, en zich afvroeg waarom de vingers zo dik waren. Ze waren niet altijd dik. Haar moeder kwam uit Londen naar Tamworth; ze vloekte en tierde en gaf iedereen slaag. Dan verdween ze weer. Zes maanden later kwam ze terug, lang genoeg om een kind ter wereld te brengen. Na enige tijd had Barbara de driftbuien en de klappen voor lief genomen, omdat ze wist dat die betekenden dat ze een nieuw broertje of zusje zou krijgen om van te houden.

Er zou een kind komen. Ze kon voelen dat de betekenis van deze woorden diep in haar begon door te dringen, naar een plek van vreugde.

Ze begon Diana's ringen af te doen, daarbij het vel van handen en vingers schavend.

'Waarom draagt u ringen wanneer ze uw vingers pijn doen? Verwacht u een kind?'

'Is het al te zien? Natuurlijk is het te zien. Ik zie eruit als een koe. Vreselijk, ik haat mezelf, en dit kind. Ik wil niet nog een kind, Barbara.'

Maar ik wel, dacht Barbara. Lieve Jezus, lieve God in de hemel, de anderen waren allemaal van mij. Deze zal ook van mij zijn. We krijgen een kind. Het is een wonder. Plotseling dacht ze aan iets dat de zigeunerin op Tamworth had gezegd: overal kindertjes. Barbara had ergens gezeten en aan Hyacinthe gedacht, verdrietig om alles wat niet zou mogen zijn.

'Waarom denk je in 's hemelsnaam dat ik getrouwd ben; dacht je dat ik zo dol was op Penny's snuifvlekken?' zei haar moeder. 'Nu zwel ik weer wanstaltig op en moet pijnen doorstaan om een jankend wicht met een rode kop te baren. Ik heb alles geprobeerd om ervan af te komen, alles. En jij, met de wereld aan je voeten, gaat zomaar weg uit Londen, midden in een crisis terwijl iedereen, echt iedereen onder verdenking staat, en we allemaal vreselijk moeten oppassen. Ze weten dat Gussy Cromwell een vriend van je is, dat Charles je minnaar is geweest. Het maakt geen goede indruk dat je net tijdens die arrestaties onvindbaar was. Daarom moet je je nu verkleden en onmiddellijk naar St. James's Palace gaan. En je moet bij Leicester House langsgaan. De prins wilde je absoluut zien. Ik hoop dat je niet bij een minnaar was, Barbara. Je moet nu heel voorzichtig zijn. Carlyle zegt dat hij een interessant voorstel heeft. Pas goed op, Barbara. Neem een gunstige positie in zolang het nog kan, zolang je nog je jeugd en je schoonheid voor je kunt laten werken. Als ik in het kraambed sterf, wil ik dat hij Richard Alexander Pendarves genoemd wordt.'

'U zult niet in het kraambed sterven, maar u kunt best een meisje krijgen.'

'Zeker niet. Het is een jongen. Het kind maakt me erg moe, Barbara, en erg zwak; dat was bij jullie allemaal heel anders.'

Barbara legde haar hand op de buik van haar moeder.

Wonderbaarlijk, dat dit leven bevatte. Ze voelde een plotselinge liefde voor haar moeder opwellen, hoe meedogenloos, ijdel en vals ze ook was. Er zou uit Diana een kind voortkomen voor Barbara. Dank u, moeder. Alles is mogelijk, zei kolonel Perry, vooral vreugde.

'Ik heb een leuk boek voor u om te lezen. Ik heb het op Tamworth gevonden, het gaat over een zekere Moll Flanders in Newgate. Ik zal Thérèse u het boek laten brengen. Ze zal het u voorlezen. U zult Moll wel aardig vinden, moeder. Ze weet niet wat eer is.'

'Je moet Thérèse aan de prinses van Wales geven. Ze zal je er niet minder vijandig gezind om zijn, maar het zal haar een tijdlang milder stemmen, en het zal jou een spion in hun huishouden opleveren. Je hebt een spion nodig. De prins begeert je nog steeds, Barbara. Ik heb het er nog pas met hem over gehad. Hij is bereid je alles aan te bieden wat je maar wilt. De maîtresse van de toekomstige koning van Engeland te zijn is geen kleinigheid.'

Aha, Carlyle had haar moeder over zijn plannetje voor Thérèse verteld om te proberen haar te dwingen te doen wat hij het beste vond. Ze liet zich niet dwingen. Begrepen de mensen dat niet?

'Pieker je nog steeds over Robin?' zei Diana terwijl ze rechtop ging zitten, Barbara's kin in haar hand nam en er hard in kneep. 'Luister naar mij. Je bemoeit je met dingen die erg gevaarlijk voor je kunnen worden. Accepteer wat je al hebt: een plaats in het huishouden van de koning, een verlaagde boete. Robin zweert dat hij daarvoor zal zorgen.'

'Ik heb iets anders gehoord.'

'Hij heeft het me gezworen, hierop' – Diana raakte haar buik aan – 'op ons kind.'

Is dit kind dus van Robin, dacht Barbara. Van wie dacht ik dan dat het was?

'Hij is blij dat je in het huishouden van de koning zult komen. Hij rekent daar op je als bondgenoot. Wees zijn bondgenoot. Stijg met hem mee, want ik zeg je dit, Barbara: hij stijgt. Ik kan het ruiken. Hij zal een van de belangrijkste ministers van de koning worden als hij Rochester kan vervolgen. Glimlach en wees mooi. Je zult meer hebben, veel meer, als je een beetje meegeeft en veel vergeet.'

Barbara stak haar kin omhoog, bevrijd van de hand van haar moeder. Ik zal doen wat ik zal doen, dacht ze, maar ze zei het niet.

Het was avond en ze liep over Pall Mall. Daar was Saylor House. Was Jane daar al bij Tony geweest? Barbara kocht een appel van de appelvrouw die onder het standbeeld midden op Charing Cross stond en beet erin; ze keek naar een stel kinderen die stenen en modder gooiden naar iemand die tot de schandpaal was veroordeeld.

Het hoofd en de handen van de man staken door de gaten in de houten plank van de schandpaal. Het was een veel voorkomende straf; de zwaarte ervan hing erg af van de stemming van het publiek. Een man of vrouw kon in de schandpaal staan en een hele dag ongemoeid blijven. Maar hij of zij kon ook bekogeld worden met van alles, van rot fruit tot brokken baksteen. Te oordelen naar de mate waarin deze man bloedde, had het publiek geen sympathie voor hem.

'Barbara...'

Hoorde ze iemand haar naam roepen? Het geluid klonk zo schor, zo hees dat ze er niet zeker van was. Ze keek om zich heen, naar de koninklijke stallen aan haar linkerkant, naar Northumberland House daartegenover, naar passerende draagstoelen. De appelvrouw wees met een kromme vinger.

Barbara liep heel voorzichtig naar de schandpaal toe. Het gezicht van de arme drommel die erin stond was bedekt met bloed. Zijn pruik was gestolen. Hij kon met moeite blijven staan. SODOMIET stond met grove letters op het bord dat om zijn nek hing.

Geen wonder dat het publiek hem zo wreed had behandeld. Hij had zich waarschijnlijk in Covent Garden te koop aangeboden, en de ordebewaarders hadden hem gearresteerd. Maar hoe wist hij haar naam?

'Barbara', zei het schepsel schor, 'help me...'

Ze kwam nog wat dichterbij.

Het was Tommy Carlyle onder dat bloed. Afgrijzen vervulde haar.

Ze riep de kinderen toe dat ze moesten ophouden met gooien, trok het bord van zijn nek, wierp het weg. Ze legde haar handen om zijn gezicht en trok het omhoog. Ze zou hem nooit herkend hebben. Zijn ene oog zat helemaal dicht; zijn neus was gebroken.

'Help me, Barbara.'

Ze stampvoette naar de kinderen; het leken net kleine roofvogels, die wachtten tot ze wegging.

'Hier.' Ze smeet hun wat munten toe uit de zak in haar onderrok. 'Als jullie ophouden met gooien komt er nog meer.'

Het huis zoeken van de rechter die het papier van zijn veroordeling had ondertekend, de man bewegen Carlyle hieruit te bevrijden – dat was wat ze moest doen. Ze begon het aan passanten te vragen, maar die schudden hun hoofd als antwoord op haar vraag. Ze ging naar de appelvrouw, maar de vrouw haalde haar schouders op. Wat moet ik doen, dacht ze. Ze liep half, rende half naar Saylor House.

Tony was in de hal. Hij ging haar zoveel mogelijk uit de weg, was het niet met haar eens wat Robin betrof. Maar hij was nog altijd haar neef, familie.

'Tony, Tommy Carlyle staat in de schandpaal op Charing Cross. Hij is helemaal bebloed en gewond. We moeten iets doen. Als hij flauwvalt, breekt hij zijn nek, en ik ben bang dat dat gebeurt.'

'Ik zal de magistraat gaan zoeken. Blijf jij hier wachten.'

Lieve Tony, beste Tony, net als de oude Tony van vroeger was hij er wanneer ze hem nodig had. Ze hoorde hem al roepen dat zijn rijtuig in gereedheid moest worden gebracht. Te midden van de verwarring van alle bedienden die de hal inkwamen, glipte ze naar buiten en ging terug naar de schandpaal.

Dwars over de ene wenkbrauw van Carlyle zat een diepe snee, bijna tot op het bot. Wat hadden ze naar hem gegooid, vroeg Barbara zich af. De mensen raakten soms door het dolle heen en bleven gooien. Er waren er wel doodgegaan door toedoen van het publiek.

'Ga niet meer bij me weg,' zei Carlyle.

'Ik blijf bij je.'

Ze ging tegen de rand van de fontein zitten en wachtte. Af en toe stond ze op en hield mensen tegen die met dingen wilden gooien. Het duurde erg lang voor Tony kwam. Ze liep Pall Mall een eindje af, kwam toen terug om Whitehall Street een eindje in te lopen, maar er was geen spoor van Tony te bekennen. Het begon te schemeren. Carlyle was al verzwakt. Als hij het bewustzijn verloor, zou hij misschien langzaam stikken. Waar was Tony? Hoe lang was ze hier al? Nu was het donker geworden.

'Barbara,' zei Carlyle schor, 'ik ga dood. Ik wil dat je weet dat Robin me dit heeft aangedaan. Wreek me, Barbara.'

'Je gaat niet dood. Ik ga nu dadelijk iemand halen om de sloten open te breken. Wacht een half uur op me. Houd je ogen nog een half uur open, dat is alles wat ik vraag. Wil je dat doen, nog een half uur wakker blijven?'

Tim zou het doen, Tim kon de sloten openbreken, en Tony zou ervoor zorgen dat ze daar geen moeilijkheden mee kreeg.

Binnen het beloofde half uur stond Tim met een ijzeren voorhamer op de sloten van de schandpaal te rammen. Al na enkele klappen waren ze kapot, en bungelden aan het hout. Carlyle zakte op de grond in elkaar, hij kreunde en begon te huilen. Tim en Pendarves tilden hem samen in Pendarves' koets. Zodra ze erin zaten, reed Tim snel met ratelende wielen weg. Voor wat ze hier deden, konden ze allemaal op zijn minst een boete krijgen, en in het ergste geval in de gevangenis worden gestopt.

Enige tijd later liep Tony langzaam om de schandpaal heen, bijgelicht door een lantaarn die een bediende omhooghield, zodat hij iets kon zien in het donker. De bovenste helft van de plank met de gaten voor hoofd en handen hing aan een scharnier aan de onderste helft. Waar zou ze heen gaan, dacht hij. Ze zou naar de plaats gaan waar ze zich het veiligst voelde. Dan wist hij het.

Barbara depte de snijwonden op Carlyles gezicht. Ze zaten in de keuken van een van de huizen aan Devane Square. Die lieve Pendarves. Hij had haar met Tim zien praten, wilde weten wat er aan de hand was, en bij ingeving had ze het hem verteld. Nu was hij er ook bij betrokken.

Carlyles gezicht was zwaar gehavend, en zijn hals zat vol blauwe plekken.

'Wat is er gebeurd?' vroeg Barbara.

'Ik was in een huis, een bepaald soort huis...' Hij kon alleen maar fluisteren.

Hij bedoelde een Mollie-huis, waar mannen genot met andere mannen konden kopen.

'Toen kwamen er baljuws binnen – dat gebeurt wel vaker, hoor. Een paar munten en ik kan gaan. Maar dit keer hadden ze geen belangstelling voor mijn munten en werden we, al was het ook nog zo laat, meegenomen naar het huis van de vrederechter. Het was zeker na middernacht. Toen ik daar eenmaal was – bedenk wel dat ik flink wat wijn had gedronken – begon ik te beseffen dat ik de enige was, behalve de Mollies. Waar zijn de anderen, dacht ik. Ben ik zo in de war? Ik kreeg een boete, maar ik had geen geld in mijn zak om te betalen. Dat was weer vreemd. Ik had geld gehad toen de avond begon.'

'Zeg maar niets meer. Ik zie dat het pijn doet als je praat,' zei Barbara.

'Nee, ik wil dit zeggen. Ik werd tot de schandpaal veroordeeld, ben daar in de nacht heen gebracht en erin vastgezet. De volgende morgen zag ik verschillende mannen die me herkenden, en hun blik afwendden. Ik denk niet dat mijn eigen moeder me tegen de middag herkend zou hebben. Ik had gemakkelijk dood kunnen zijn. De hele dag gooiden de mensen dingen. Op dat bord stond mijn misdaad, iemand las ze voor wat er stond, en wanneer ze eenmaal begonnen te gooien, hielden ze niet meer op. Een tijdlang verloor ik mijn verstand. "Ben ik niet een van Gods schepselen," krijste ik, "net als jullie?"'

Carlyle tandeknarste. 'Robin heeft me meer dan tienvoudig terugbetaald omdat ik iets over hem heb verteld. Ik had moeten weten dat hij dit zou doen. Die rechter is een speciale beul van hem.'

'Maar dit heeft Walpole toch zeker niet gedaan?' zei Pendarves.

Ze hoorden het geluid van een ander rijtuig. Tim had nog juist tijd om de keukendeur binnen te stappen en te zeggen: 'De hertog van Tamworth' toen Tony binnenschreed. Hij keurde Carlyle nauwelijks een blik waardig.

'Is het niet bij je opgekomen om op mij te wachten?' Hij sprak alleen tegen Barbara. 'De rechter was niet thuis. Uiteindelijk moest ik naar Chelsea om Walpole op te zoeken. Ik heb een document in mijn zak dat Carlyle de vrijheid geeft.'

'Wie denk je dat hier eigenlijk het bevel toe heeft gegeven?' zei ze tegen hem.

'Onzin.'

'Je eigen man zegt het. Zeg het hem, Carlyle.'

Carlyle begon te spreken, maar Tony onderbrak hem.

'Walpole betuigt zijn medeleven aan Carlyle. Hij heeft het document om hem in vrijheid te stellen zo snel als hij kon ondertekend; hij bood zelfs aan met me mee te komen om erop toe te zien. Ga nu niet beweren dat hij de schurk in dit stuk is. Barbara, je moet nu aan je positie denken. Wat had je gedaan als de wacht je had betrapt?'

'Dat zijn oude mannetjes. Ik kan veel harder lopen dan zij.'

'Spot er niet mee. Waarom heb je niet op me gewacht?'

'Ik dacht dat hij het niet zo lang zou volhouden, Tony. Hij zei dat hij doodging. Je was er niet.'

'Je bent veel te onstuimig en koppig.'

'Waarom ben je zo boos op me?'

'Mijn zwager zit in de Tower voor hoogverraad, mijn kandidaat voor Tamworth is in het schandblok gezet wegens sodomie, en mijn nicht, wier reputatie toch al dubieus is, kan niet wachten tot ik de zaak afhandel maar moet zo nodig een reddingsoperatie op touw zetten die ook door een struikrover bedacht had kunnen zijn. Ik dacht dat je ziek was. Je moeder heeft aan iedereen verteld dat je ziek was. En je treedt op alsof je even sterk bent als tien mannen bij elkaar.'

'Tony, je hebt dat document van Robin. Er kan nu geen schandaal van komen. Hij is in vrijheid gesteld. Ik heb hem alleen iets eerder in vrijheid gesteld. Is dat het? Ben je boos omdat je er geen deel aan hebt gehad? Maar dat heb je wel. Ik wist dat jij ervoor zou zorgen dat er geen moeilijkheden kwamen. Ik wist dat jij het in orde zou maken. En dat heb je gedaan.'

'Ik wil niet altijd dingen voor jou in orde moeten maken…'

'Uwe genade,' zei Pendarves, 'mijnheer Carlyle bloedt hevig.'

'Ik wil met je praten over Gussy,' zei Barbara.

'Niet nu.'

'Wanneer dan wel? Hij is ook jouw man, net als Tommy. Je bent iets aan hen verplicht, Tony.'

'Praat me niet van plicht, Barbara. Ik ken mijn plicht.'

Terwijl ze Carlyle buiten in het rijtuig hielpen, beloofde Pendarves Tony dat hij op Barbara zou letten.

'Probeer haar ervan te weerhouden nog meer schandalen te veroorzaken tot ze aan haar taken als hofdame begint,' zei Tony tegen hem.

'Ja, uwe genade. Dat zal ik doen, uwe genade.'

In het rijtuig trok Tony zijn jasje uit, maakte er een prop van en drukte die tegen de snee in Carlyles hoofd. Zoals Pendarves al had gezegd, bloedde hij veel te hard.

Ik wou dat ze hier weg was, dacht hij. Ik wou dat ik niet van haar hield. Hij is jouw man, had ze hem voorgehouden, alsof hij zijn plicht niet kende. Robin heeft me verraden, zei ze, terwijl hij nu juist in een familie was getrouwd die gerelateerd was aan die van Walpole. Walpole had geduld getoond toen Tony weer bij hem had aangeklopt over die boete. Ik lijk een verliefde dwaas, dacht Tony in het rijtuig, hoofdschuddend toen hij zich die scène weer herinnerde. Ik heb gedaan wat ik kon, zei Walpole. Ik doe altijd wat ik kan.

Sodomie, had Walpole vanavond gezegd. Carlyle is daar nu openlijk voor bestraft. U zou kunnen overwegen een nieuwe vertegenwoordiger te zoeken, uwe genade. Deze zal men in bepaalde salons niet meer willen ontvangen. Ik zeg u dit als gunst. Die arme Tommy, vroeger waren hij en ik dikke vrienden. Hoewel we geen vrienden meer zijn, betreur ik het dat dit hem is overkomen. Hier, neem dit document mee en laat hem vrij. Zeg tegen hem dat ik aan hem denk.

Barbara had Walpole moeten horen. Hij deed echt zijn plicht. God, wat heb ik een hoofdpijn, dacht hij. Ze gaf niets om hem. Hij was gewoon haar neef Tony, net als altijd. De verwarring in zijn hart was ondraaglijk. Bijna haatte hij haar.

In het rijtuig zei Barbara tegen Pendarves: 'Ik dank u voor uw hulp.'

Wanneer ze niet kon slapen, dwaalde ze wel eens rond door het huis van haar moeder, het hoofd vol van alles wat ze wilde doen, en dan kwam ze hem soms tegen; hij dwaalde ook door het huis. Ze speelden wel eens een spelletje kaart. Het was haast alsof haar stiefvader er tegen opzag naar zijn bed te gaan. Zo hadden ze elkaar leren kennen, op die nachtelijke dwaaltochten.

'Ik heb besloten in een huis in de stad te gaan wonen,' zei ze. 'Om precies te zijn: in het huis waar we zonet waren. Ik heb een briefje gekregen van sir Gideon. Hij wil met me praten over Devane Square.'

'Hij gaat proberen de grond van je los te krijgen,' zei Pendarves. 'Laat je niet bang maken door die man. Ik heb zelf ook een belang in dit plein. En er zijn er nog meer. De familie Oxford, die grond heeft ten westen van jou, geeft bouwvergunningen uit, hoewel er geen haast is om te kopen. Voorzichtig aan is het motto tegenwoordig, met al die arrestaties en de zorg over de invasie. Voor jou is het gunstig dat de familie Oxford wil gaan bouwen. Over een jaar of dertig zal deze stille plek even druk zijn als Covent Garden of Pall Mall. Denk daaraan wanneer sir Gideon bij je komt. Verkoop hem de grond niet in ruil voor de schuldbrieven die hij heeft.'

Toen het rijtuig stilhield, en een lakei het portier kwam openmaken, zei Barbara: 'Ik denk niet dat het een goed idee zou zijn hierover iets tegen mijn moeder te zeggen.'

'Lieve hemel, nee,' zei Pendarves.

Barbara opende het raam, liep naar het bed en liet een kaars branden. Robin is gevaarlijk, dacht ze. Ik onderschat zijn hardheid. Wil ik hiermee doorgaan? Als hij denkt dat ik hem bedreig zal hij me even zeker kwaad doen als hij Carlyle kwaad heeft gedaan, en nu ben ik tot over mijn oren bij hoogverraad betrokken. Hij zou mijn hoofd laten afhakken als het moest; hij zou overvloedig tranen vergieten maar hij zou het laten afhakken. Maar toen was Slane er, binnengekomen door een van de ramen. Hij trok zijn kleren uit terwijl hij door de kamer liep, en de gedachten aan hoogverraad vervlogen toen ze zijn lichaam bewonderde.

'Waar is je hond?'

Barbara wees naar een kast. Slane opende de deur, pakte Harry op en krabbelde over zijn kop.

'Gedraag je een beetje,' zei hij, 'dan mag je blijven.'

'Moet ik me ook een beetje gedragen?' zei Barbara. Een huivering ging over haar lichaam op en neer toen Slane naast haar kwam liggen en haar in zijn armen nam.

'Nee.'

'Gelukkig maar.'

Hij kuste een borst. 'Hoezo?'

'Ik geloof niet dat ik het kan.'

'Ik ben een gezegend man.'

Later voelde Slane tranen op haar gezicht. Hij maakte zich dadelijk los en legde haar op haar rug. Hij ging op haar zitten en legde zijn wang tegen de hare.

'Wat is er?' Hij voelde zich woest, beschermend, boos op zichzelf. 'Heb ik je pijn gedaan? Ik zal het mezelf nooit vergeven als ik je onder het minnen pijn heb gedaan.'

Ze gaf even geen antwoord, maar wreef alleen met haar voet langs zijn been. Toen vertelde ze hem over Tommy Carlyle.

'Mijn koning is beter, Barbara. Je zou je tot hem moeten bekeren.'

'Koning George is een waardig man.'

'Denk nog eens aan wat Walpole met Carlyle heeft gedaan. De volgelingen van een man weerspiegelen die man zelf.'

'En als Jacobus koning was, zou er geen bloedvergieten zijn, geen verraad, geen intriges?'

Rochester stond onder zeer strenge bewaking, mocht met niemand spreken, maar hij had toch een manier gevonden om een briefje naar buiten te smokkelen. 'Ik verraad niet,' schreef hij. 'Ik denk dat Charles, Lord Russel dat wel doet.'

Hoeveel tijd heb ik, vroeg Slane zich af. Is het zelfzuchtig van me dat ik doorga deze vrouw te beminnen terwijl ik niet weet wat het volgende ogenblik mij brengen zal? Ik wil niet dat ze Gussy te pakken nemen, dacht hij. Als er een manier bestaat om Gussy te redden, ben ik van plan die te vinden. Hij mag niet de zondebok worden voor de ambitie van Walpole.

'Streel me, Barbara – ja, zo, daar. Wat ben je toch knap,' plaagde hij, tot ze de plagerigheid wegkuste, en hij alleen nog begeerte voelde.

Bij het ochtendkrieken schoof Barbara van hem weg, zocht zijn jas, trok die aan en ging in het raamkozijn zitten. De dageraad was in vage roze en kwartstinten, in een delicaat azuurblauw getekend. Haar benen waren getekend door zijn mond, en ze raakte de plekken een voor een aan en dacht aan de manier waarop ze waren ontstaan. Dit, of dit, had hij gevraagd. Hier, of hier? Verrukkelijke vragen. Knappe man. Ik ben de jouwe, dacht ze. En wat doen we daar verder aan? Ze zag dat hij wakker was en naar haar keek.

'Je hebt goed geslapen,' zei ze.

'Hebben we geslapen? Wanneer dan? Ik herinner me iets anders. Kom hier, Barbara.'

Ze liet de jas van zich af vallen en liep naakt, sierlijk en met vaste tred naar hem toe.

De zon kwam op. Een roeier riep de mensen op het schip toe dat hij nu passagiers naar de kade wilde roeien. Kolonel Perry keek om zich heen om zijn valies te zoeken, en toen hij het zag nam hij het in zijn hand om naar de touwladder te lopen. In het eerste daglicht zag hij de Tower, de Tower Bridge en tal van kerktorens. Het was een opwekkend gezicht na de weken op zee. De ene matroos na de andere riep hem een vaarwel toe. Tijdens de overtocht had hij zijn kostelijke perzikenbrandewijn met hen gedeeld, en ook naar hun levensverhalen geluisterd. Hij kende nu het verdriet en de vreugde van hun hart, en gedacht allen in zijn gebeden, wat ze ook wisten.

'Komt u bij mij eten, zodat ik mijn vrouw aan u kan voorstellen?' zei de kapitein van het schip. 'Stuurt u me bericht waar u logeert?'

Kolonel Perry beloofde het.

'Past u goed op in Londen,' zei de kapitein. 'Het kan een wrede stad zijn.'

Kolonel Perry wijdde zich aan gebeden, aan God, terwijl de roeiers hen naar de kaden roeiden. Toen hij daar eenmaal was aangekomen, met de drukte van Londen om zich heen, dacht hij: ik ben zo opgewonden als een kleine jongen.

Barbara kwam terug van Devane Square, waar ze heen was gelopen om naar de grond van Oxford te kijken. Pendarves zei dat hij had gehoord dat de graaf van Scarborough weer ging bouwen op Hanover Square, ten zuiden van haar. Hij zei dat de graaf van Burlington het akkerland achter zijn huis op Piccadilly ging omploegen en er straten in zou laten aanleggen, een zeker teken dat er gebouwd zou worden. Ze was ook naar Soho Square gelopen, een modieus ouder plein in die buurt. Daar had de hertog van Monmouth gewoond, een bastaardzoon van Karel II. Hij had gerebelleerd tegen zijn oom, Jacobus II, en was onthoofd. Slane had daar vanmorgen over gesproken, en had haar het verhaal verteld: de bijl was bot, en na de eerste klap op zijn nek was Monmouth opgestaan en had de beul een reprimande gegeven, voor hij zijn hoofd opnieuw op het blok legde. Buitengewoon moedig, had Slane gezegd. Dat moeten jij en ik ook zijn. Je mag niemand, zelfs je kamenier niet, laten weten dat ik besta. Ik kan verdragen dat mijn eigen hoofd onder de bijl valt, maar niet het jouwe, Barbara. Ik vraag niet van je dat je hoogverraad pleegt – hij streelde haar gezicht – maar alleen dat je van me houdt. Daar geef ik je mijn woord op. Wees aardiger voor je neef Tony, Barbara. Hij houdt van je. Hoe lang hadden ze nog, Slane en zij?

Er zat een oude man voor de poort van haar moeders huis, op een van de tassen en valiezen die om hem heen stonden. Nog voor hij opstond en zijn hoed afnam, wist Barbara wie hij was. Kolonel Perry. Ze glimlachte. Hij was natuurlijk gekomen om over haar te waken. Hij had geen beter moment kunnen kiezen. Wat heerlijk, wat verrukkelijk. Precies goed.

In de Tower of London, in de Leeuwentoren, sprak Charles ongeduldig tegen de eenogige bediende die zijn eten binnenbracht. Walpole had hem beloofd dat hij een uitstekende behandeling zou krijgen. Dat was een redelijke ruil, als je naging wat hij wist.

'Vervloekt, als die soep koud is stuur ik je terug om andere te halen.'

Slane trok de pruik die hij droeg af, trok de ooglap weg en sloeg Charles neer. Toen Charles wilde opstaan, zette Slane zijn knie op zijn rug, terwijl hij een arm om zijn hals sloeg. In zijn andere hand had hij een mes.

'Geef me één goede reden,' zei hij, 'waarom ik je niet de keel zou afsnijden en je hier voor dood zou laten liggen.'

5 1

De priester kwam de suikerpotten zegenen om het einde van de oogst te vieren. Hij glimlachte naar Hyacinthe en knikte. Ze hadden een geheim. Hyacinthe kende genoeg Latijn om een list te beramen, om het verhaal in elkaar te zetten. Madame zal dubbel betalen voor mijn vrijheid, had hij de priester aan het eind ervan verteld; hij had een groots en prachtig beeld geschilderd van haar schoonheid, haar roem, haar gulheid. Ik ben haar favoriete bediende. Schrijf een brief aan lady Devane, First Curle, Virginia.

Na de zegening begonnen de slaven groepsgewijs aan hun wandeling naar de zee, een half uur hiervandaan. Ze zouden daar de nacht doorbrengen en dansen, rum drinken, een varken roosteren, als beloning voor de suiker die gekookt was en bezig was af te koelen in de aardewerken potten. Het eerste uitzicht vanaf een heuveltop op de zee in haar blauwgroene majesteit, met de witte schuimkoppen op de golven, was schitterend. Net als alle anderen voelde Hyacinthe een schreeuw uit zijn binnenste opwellen, en even later rende hij te midden van alle anderen naar beneden om de eerste te zijn die de verrukkelijke, zoute koelte in schuimende golfjes voelde opspatten. Het was een hemelse dag. Ze zwommen, vingen vis, maakten een vuur, openden de rum en begonnen toen het donker werd om het vuur te dansen, liederen te zingen die ze zich herinnerden uit het leven waar hun hart nog was, ver aan de overkant van het water waarvan ze vandaag hadden genoten.

Hyacinthe ging bij de priester zitten.

'Ik heb je brief geschreven,' zei de priester in het Latijn, en hij tikte op een zak in zijn lange gewaad.

Hyacinthe hoorde het papier ritselen. Plotseling was de hoop zo levensgroot in hem aanwezig dat hij dacht dat hij erin zou stikken.

'U zult tot bisschop worden benoemd,' zei hij met jongensenthousiasme, jongenszekerheid. 'Ze zal u rijkelijk belonen. Mag ik hem zien?'

De priester keek even om zich heen of hij de opzichters zag en gaf hem de brief, maar Hyacinthe kende de woorden niet. Het waren geen Franse of Engelse woorden. Het waren Spaanse woorden.

Hoe zou ze die kunnen lezen? Hij kon dit uithouden, als het maar niet voor altijd zou zijn; maar als het wel voor altijd was, zou hij hetzelfde doen als sommige nieuwe slaven, degenen die pas waren aangevoerd van overzee. Hij zou gaan liggen om gewoon maar dood te gaan.

'Iemand zal haar zeggen wat er staat,' troostte de priester hem. 'Zie je daar je naam geschreven staan?'

Hij zag het.

'Welnu, zij zal het ook zien, en zal ze dan niet al het mogelijke doen om te weten te komen wat er over jou in de brief staat?'

Ja, ja, dat zou ze doen. Ze hield van hem.

'We zullen het in Gods handen geven, mijn zoon.'

Gods handen, ja.

Hij viel in slaap bij het lieflijke geluid van de zee, droomde over de suikeroogst, droomde dat hij riet kapte, meerende naast de wagen die het riet naar de pletterij bracht, toen in het kookhuis stond. Iedereen werkte hard in het tempo dat de opzichters bepaalden. Het kookhuis was een hel, de hitte ongenadig, de vuren onder de koperen ketels waren beesten die voortdurend gevoed moesten worden, de suiker moest voortdurend met lepels geroerd, slaven die voortdurend rondrenden, toegeschreeuwd en geslagen door de opzichters – de vuren voeden, het stenen wiel dat het riet plette draaien, suiker met lepels overscheppen in potten. Waar hij maar keek waren slaven bezig, met gespannen spierbundels in hun armen, en het zweet dat van hen afstroomde. Het waren heksen, droomde hij, demonen die veroordeeld waren boven kookpotten te sterven. De schat, de dikke, stroperige, donkerbruine suiker golfde in haar grote potten, siste hem waarschuwend toe.

Gloeiende suiker kleefde aan je huid vast, vrat hem in enkele ogenblikken weg. In zijn droom viel de ene slaaf na de andere in de
kookpotten, werd één met de suiker. Jij, schreeuwde een opzichter. Ook in de pot. En toen was hij in de ruimte waar de suiker
stond af te koelen in honderden aardewerk potten. Madame zat
op een molensteen.

Kom naar huis, zei ze met ongeduldig gefronste wenkbrauwen.
Ik heb je nodig.

Hyacinthe werd wakker en zag verscheidene mannen in de
branding staan. Ze wezen ergens naar. De helderheid van gisteren was zwaarder, alsof er een gewicht op drukte. Het was warm,
windstil. Hyacinthe waadde naar hen toe, en de droom drukte
op hem, even zwaar als de dag.

'Niet goed,' zei een van de mannen, 'er komt storm. Ga de
broeders en zusters wakker maken.'

De mannen gingen naar de opzichters en vertelden wat ze zagen. Terug in het dorp ging iedereen aan de slag om de suikerpotten naar een beter beschutte plaats te brengen. Pas wanneer
dat gebeurd was, mochten ze naar hun huis gaan, om voor hun
dak te zorgen, hun vee binnen te halen, honden vast te binden.

'We moeten hier weg. De zee is boos.'

Hyacinthe stond bij de mannen die uitgekozen waren om dit
na de eerste dag regen tegen de opzichters te gaan zeggen. De
wind was gekomen, harde wind. De opzichters zaten rum te drinken; ze waren verzadigd door hun favoriete slavinnen. Ze schudden hun hoofd.

De regen hield niet op. Hyacinthe zag schildpadden, slangen,
herten tussen de hutten; ze waren niet bang voor mensen, ze waren op weg naar het binnenland, op de vlucht voor de striemen-
de regen, de harde wind. De honden in het dorp huilden. De opzichters kwamen en schreeuwden. Iedereen moest weg, maar ze
moesten de suiker meenemen.

Ze ploeterden om de wagens vol te laden, in de wind die hen
de baas was. Het regende zo hard dat het pijn deed. De ezels balk-
ten en schopten tegen het tuig en wilden niet voor de wagens worden gespannen. Het water stond tot boven hun enkels. Een enorme windvlaag greep een wagen en gooide hem omver, zodat de
aardewerk potten alle kanten oprolden, en de slaven die ernaast
stonden eronder werden verpletterd. De regen viel en de wind
wakkerde aan en het water van de zee en uit de hemel steeg almaar hoger, na enige tijd, en zo snel dat je overal waar je keek,
alleen water zag.

Je kon nergens heen vluchten.

Het water was te hoog, de wind te sterk. Hyacinthe zag goede vrienden sterven, voor zijn ogen verdrinken. Hij zag hoe alles om hem heen – de pletterij, het kookhuis, de barakken, de huisjes van de opzichters – vernield werd. Er was een periode van stilte, waarin degenen die waren overgebleven dachten dat het voorbij was, maar toen begon het opnieuw, als een gruwelijke grap, en erger nog. Monsterachtige ringen van duisternis verslonden alles wat op hun weg kwam. Opzichters gingen dood. En de priester.

Hij overleefde het, hoe wist hij niet, want de storm, hoorde hij later, heette een orkaan, en niets was meer gevreesd in heel het Caribisch gebied. Nu was hij niemands eigendom, was hij weer van zichzelf, en hij besloot naar de haven te reizen, een wilde haven, had hij gehoord, een zeeroversnest. Een haven betekende schepen, en een schip betekende overtocht, en een overtocht betekende een weg naar madame en Thérèse, de engelen die over zijn hart waakten.

Hij liep naar de zee, die nu bedaard was. Hij dacht aan het feest van een paar dagen tevoren. Hij dacht aan de taferelen van verwoesting waar hij doorheen had gelopen, ontwortelde bomen, gebouwen waarvan alleen nog planken restten, lijken van mannen, vrouwen en dieren die opgezwollen in de zon lagen, overlevenden die verbijsterd en zwijgend tussen de doden zaten. Hij keek naar links. Hij keek naar rechts. Zijn maag knorde hevig van de honger.

Welke kant op?

Dat was altijd de vraag, nietwaar? Welke kant op? Heel even werd hij overvallen door een vreselijk gevoel van zinloosheid, en hij wilde zijn vuist schudden naar de hemel, en God vervloeken, maar toen kwam de herinnering bij hem op dat hij op Tamworth voor het haardvuur zat en ademloos luisterde terwijl madame het verhaal van Robinson Crusoe voorlas. Zijn jongenshart werd weer een klein beetje lichter. En nog lichter. Ja, natuurlijk.

Wat zou Crusoe doen?

Herfst

❧

Zo blijven dan: Geloof, hoop...

52

September…

Perryman gaf opdracht de hoenders op Tamworth vet te mesten met in melk gekookte rijst. Ze zouden voor Sint-Michiel naar Saylor House worden gestuurd. De hertogin was daar omdat Lord Russel gearresteerd was. Zodra het nieuws bekend werd, was ze met Annie, Tim en Batseba naar Londen vertrokken. In de bossen van de hertogin zochten kinderen naar dubbelnoten, twee aan één steel, die bescherming heetten te bieden tegen reumatiek, kiespijn en toverkunsten van heksen. De avonden waren al koel genoeg voor een mantel, en de bomen waaronder de kinderen rondscharrelden, droegen herfstkleuren: goud, rossig, oranjerood, bruingeel.

In Londen werd gemompeld, gefluisterd, gemord nu er meer mensen werden gearresteerd, hoge edelen: Lord Orrery, Lord North, de hertog van Norfolk. En een man van wie niemand ooit had gehoord, Christopher Layer. Er verschenen vlugschriften: er werd een beloning uitgeloofd voor mededelingen over Lucius, burggraaf Duncannon, een jacobitische spion. De mensen deden hun deur 's nachts op slot, bang voor spionnen, bang voor een opstand van alle geheime jacobieten die in Londen schenen te zijn, jacobieten die de Tower zouden bestormen, de gevangenen zouden bevrijden en iedereen zouden doden die geen kruis sloeg en trouw aan koning Jacobus zwoer.

In september moesten de vrouwen volgens de almanak in hun moestuin de uitlopers van aardbeien uitplanten in nieuwe bedden.

Slane keek naar het lijk aan zijn voeten. Het lag in de modder bij de trap van de Geheime Raad, dicht bij de St. Stephen, waar het Lagerhuis bijeenkwam, waar de ruïne van het paleis van Whitehall stond, waar de Treasury van Zijne Majesteit zetelde. Robert Walpole was de Lord of the Treasury, meester van Whitehall.

Een bode van de koning hield de nieuwsgierige menigte die zich om het lijk had verzameld, op afstand. Wat deed je in dit deel van Londen, vroeg Slane zich af. Niet veel goeds, voelde hij in zijn middenrif. De man, Philip Neyoe, was een van hun agenten, een koerier, een klerk die onder Gussy werkte. Slane had niets meer van hem vernomen sinds Gussy's arrestatie, had in heel Londen naar hem gezocht.

Iemand zou Lord Russel de keel moeten afsnijden omdat hij

jouw naam heeft prijsgegeven, zei Louisa.

Hij zal niet meer prijsgeven. Daar had Slane voor gezorgd, door Charles te laten geloven dat hij van hem meer te vrezen had dan van Walpole. Ik weet je te vinden, geen bewaking die me tegenhoudt, had hij tegen Charles gezegd. Het enige wat Walpole had, was zijn naam. Het maakte hem vermoedelijk razend dat hij niet meer had.

Slane had Walpole weer een jonge gans gestuurd, ditmaal gebraden, met een witte roos in de snavel. Allemaal om hem af te leiden, hem te bedreigen, hem onzeker te maken.

'Hij woonde daar, in dat huis,' zei een man vlak naast Slane, en hij wees naar een huis waarvan de achterzijde op de rivier uitkwam. 'Ik heb hem gezien.'

Er was een ambtenaar gearriveerd, die de bode had opgedragen de menigte op afstand te houden. De ambtenaar raakte Neyoe aan met de punt van zijn schoen. Op zijn gezicht was afkeer te lezen voor de bleke, deegachtige hoedanigheid van het lijk. Op een teken van hem werd er een handkar naar voren geduwd en het lijk werd erop gehesen, als een baal hooi of afval, en weggereden.

Slane volgde de kar en de ambtenaar door zuilengangen en een tuin naar een achtererf van Whitehall. De ambtenaar verdween in een deuropening. De karreman liep van de kar weg; Slane kwam naar voren, doorzocht de doorweekte zakken en haalde er een stuk papier uit, juist toen de ambtenaar in gezelschap van andere mannen naar buiten kwam. Slane liep de toegang tot de binnenplaats uit toen de ambtenaar begon te schreeuwen. Hij wierp zijn hoed over een schutting, maakte zijn mantel los en vouwde hem op tot een pak dat hij onder zijn arm nam.

In de straat, vol mensen, nam Slane alle tijd om in de mand van een appelvrouw een appel uit te zoeken.

'Gisteren nog geplukt van bomen in Chelsea, en ze zijn zo zoet als de lippen van je liefje,' zei de vrouw.

Slane beet in een appel.

'Niet zoet genoeg,' zei hij met een knipoog.

De appelvrouw lachte. 'Een hartstochtelijk man, dat mag ik wel.'

De ambtenaar en de karreman verschenen in de smalle poort van het achtererf en speurden naar beide kanten de straat af. De ambtenaar blafte de karreman iets toe, en de karreman wees aarzelend naar Slane.

'Deze appels voelen niet aan alsof ze gisteren zijn geplukt,' zei

Slane. 'Ze voelen ouder aan. Ik wil wel een dozijn kopen, maar ik wil goede appels.'

'Jij.'

Slane keek op van het keuren van de appels. Zijn gezicht stond vriendelijk, ontspannen.

De ambtenaar had een rood hoofd en keek hem woest aan. Slane kon zijn onzekerheid voelen. Slane lachte de karreman vriendelijk toe, bood hem een appel aan.

'U ziet eruit als een oordeelkundig man,' zei hij. 'Zijn deze appels zo vers als zij beweert?'

'Hebt u een man uit die poort zien komen? Hij moet er een paar ogenblikken geleden uitgekomen zijn.' De ambtenaar was ongeduldig. Slane bood hem een appel aan, maar hij schudde zijn hoofd.

'Een man? Die erge haast had? Ja, nu u het zegt, die heb ik gezien. Die kant op?' Slane wees naar een smalle opening die naar een zijstraat leidde.

'Of was het naar die kant?' Slane richtte de vraag tot de appelvrouw, die haar schouders ophaalde, en wees naar de andere kant.

De ambtenaar ging de ene kant op, de karreman de andere kant, en Slane kocht een dozijn appels.

'Jij kwam zelf uit die poort,' zei de appelvrouw.

'O ja?' vroeg Slane. 'Waarom zei u dat dan niet?'

'Daar had ik geen zin in.'

Hij kneep haar even in de wang, vroeg of ze soms een mantel wilde hebben, gaf haar de opgevouwen mantel die hij onder zijn arm had, en begon appels te eten terwijl hij Whitehall Street afliep. In de brede ruimte van het park bij St. James's Palace leunde hij tegen een boom, gooide het klokhuis van een appel over zijn schouder en haalde het doorweekte stuk papier uit zijn zak.

De inkt was uitgelopen en op veel plaatsen onleesbaar, maar om wat wel leesbaar was vloekte hij hardop. Codenamen voor Rochester, voor Gussy, voor Lord Orrery en Lord North. Bijzonderheden over Ormondes expeditie, vragen over aantallen manschappen, commandanten, schepen. Namen van lagere agenten. Had Walpole deze informatie al?

Slane verliet het park en liep westwaarts langs de rivier, terug naar de trap waar het lijk was gevonden. Hij ging naar het huis waarover hij had horen zeggen dat Neyoe er gewoond had en klopte op de deur om te zien wat hij te weten kon komen. Een vrouw deed open.

'Ik zoek een kamer,' zei hij, met een charmante glimlach, 'en ik hoorde dat u kamers verhuurt.'

Ze fronste haar voorhoofd en riep iemand; Slane zag de bode van de koning die bij het lijk had gestaan.

Dadelijk bracht hij zijn hand voor zijn gezicht en ging naar achteren zodat de man hem niet duidelijk zou zien. Onder aan de trap liep hij snel weg, hoewel de bode hem terugriep.

Later hield hij in vermomming – het was gemakkelijk pruiken en kleren van de schouwburg te lenen – het huis in de gaten. Hij had er een dag voor nodig om erachter te komen dat het huis bewoond werd door de bode van de koning, een man die Modest Welsh heette, en dat de vrouw die had opengedaan mevrouw Welsh was.

Een paar dagen later zag hij eindelijk de man terug die zei dat hij Neyoe bij dat huis had gezien.

'Ja, zeker,' antwoordde de man, verbaasd dat Slane hem aansprak. 'Er kwam een rijtuig om hem te halen, en daarna was hij dan uren weg. Ik zag hem gaan en komen.'

'Gebeurde dat vaak?'

'Vaak genoeg,' zei de man. 'Maar, als ik zo vrij mag zijn, waarom vraagt u dat?'

Maar toen liep Slane al weg. Dus Neyoe had bij de bode van de koning in bewaring gezeten, was ergens heen gebracht voor verhoor, en teruggebracht om achter slot en grendel te zitten. Slane stond bij de tuinmuur achter het huis en bekeek deze. De muur was meer dan manshoog, en de zijpoort was afgesloten.

Had Neyoe getracht te ontsnappen? Iemand die op die muur klom zag de Theems onder zich. Had hij geprobeerd te ontsnappen en was hij verdronken? Of was hij vermoord?

Neyoe, dacht Slane, Walpole heeft je het eerst gevonden. Je wist genoeg om Rochester te veroordelen. De jacobieten hoopten dat Walpole niet genoeg bewijzen had om een proces te beginnen. Als hij Rochester niet kon aanklagen, moest de zaak worden geseponeerd; al Slanes informatiebronnen zeiden dat. Barbara zei dat, met haar verblindende glimlach.

Bezat Walpole de informatie die op het vel papier stond dat hij in Neyoe's zak had gevonden? Of had Neyoe die om de een of andere reden – als er een reden was – nog niet aan hem gegeven? Wat heb je tegen Walpole gezegd, Neyoe, vroeg Slane zich af. Alles? Niets? Of iets daar tussenin?

De huisvrouw moet een nieuw bed aanleggen om de aardbeien uit te planten.

53

Oktober...

In shawls gewikkeld zat de hertogin met Harriet in de tuinen van Saylor House. Te oud, ik ben te oud voor dit alles, dacht ze. Ik had op Tamworth moeten blijven.

Harriet beschreef het bezoek dat ze die morgen in het huis van Walpole had afgelegd. Er was een tragedie gebeurd. Walpole's dochter was twee dagen geleden gestorven en lag nu opgebaard in Londen.

'De salons zijn zo vol dat er geen plaats is om te gaan zitten,' vertelde Harriet. 'Iedereen is er, maar de familie Walpole laat slechts enkele uitverkorenen boven komen. Ze zeggen dat mevrouw Walpole buiten zichzelf is van verdriet. Iedereen praat over de toespraak die de koning voor het Parlement heeft gehouden, over zijn dreigement dat er meer arrestaties zullen volgen. Wie zou er nog meer gearresteerd worden, uwe genade? Ik had zelf nooit kunnen denken dat Charles...'

'Een arrestatie is nog geen bewijs. We hebben een wet dat iemand niet schuldig mag worden bevonden op grond van wat een getuige heeft gehoord. Er moet rechtstreeks bewijs zijn van verraad. Onthoud dat,' zei de hertogin.

'Tijdens het wachten hebben we geprobeerd te raden wie Duncannon is. Molly Hervey maakte iedereen aan het lachen door te zeggen dat het misschien de dwerg van de koning is.'

'Wie weet wie het is?' snauwde de hertogin. 'Het zou die dwerg kunnen zijn. Het zou de lievelingsknecht van de hertogin van Kendall kunnen zijn. Het zou die tuinman daar kunnen zijn.' Ze wees met haar stok naar een van de tuinlieden die het grind van de brede tuinpaden glad harkte. 'Ik heb te veel meegemaakt om niet te weten dat niets is wat het lijkt. We kunnen allemaal morgen wakker worden en merken dat de hele wereld veranderd is.'

John was waarschijnlijk geruïneerd, als je zag hoeveel geld hij nu uitgaf, en hoeveel geld hij met South Sea had verloren, en hoeveel geld hij aan de invasie van koning Jacobus had gegeven. Jane en Mary waren ontroostbaar; Gussy zat in de Tower; Charles, en andere vrienden van vroeger, zoals Norfolk en North, waren in cellen opgesloten en mochten geen bezoek ontvangen. Ze was vol tranen, en ze was te oud voor tranen. Ze was vol hartstocht, en daar was ze ook te oud voor; hartstochtelijke spijt, hartstochtelijk schuldgevoel, als grof grind in haar borst om de fouten die ze in dit lange leven had gemaakt, fouten waarvan ze nu nog de vruchten plukte, waarvan de gevolgen zich nu nog voor haar ogen afspeelden. De mensen die ze nu liefhad waren in die fouten verstrikt, net zoals degenen die ze destijds had liefgehad erin verstrikt waren geraakt.

Het was nog niet beslist, na zoveel tijd, na al die jaren; al die mannen en al die vrouwen, onder wie zijzelf, met hun geïntrigeer, hun leugens, hun duwen en trekken, hun geruzie over wie gelijk had en wie niet, zodat hun favoriet mocht winnen.

'Arme Mary,' zei Harriet.

Iemand die in de Tower zat, mocht geen bezoek ontvangen, geen brieven. Mannen waren er gestorven; hun laatste blikken waren gericht op de bakstenen van hun cel waar het vocht van-af droop.

'Daar is Mary,' zei Harriet. 'Niet kijken, anders denkt ze dat we over haar praatten.'

'Waarom zou ze niet mogen weten dat we over haar praatten? We zouden een mooie familie zijn als we dat niet deden. Mary, kom hier bij mij zitten. We hadden het net over je. Harriet, neem het kind en ga met hem spelen. Het komt wel goed,' zei de hertogin terwijl ze op een hand van Mary klopte. 'Dit gaat voorbij. Anderen hebben het zwaarder te verduren dan jij.'

Zoals Jane, die met de dag magerder werd terwijl ze haar kinderen van hot naar her sleepte, van salon naar antichambre, om over Gussy's onschuld te praten, referentiebrieven te tonen die zijn karakter en goedheid benadrukten, te trachten iemand te vinden die wilde luisteren, toestemming te krijgen om hem te bezoeken.

Haar vader stond aan haar zijde en deed wat hij kon bij Tories en twijfelende Whigs om de arrestaties uit te leggen als teken van Walpoles ambitie om de ruggegraat van de Tory-partij en de macht van de Anglicaanse kerk te breken. Het wonderlijke was dat veel hiervan waar was: Gussy was een verrader maar toch ingoed; Walpole was ontzaglijk ambitieus en zeer bedreven in het opsporen van verraad.

'"Als je in oktober trouwt,"' zong Harriet.

Vind je liefde maar geen goud – dat had Barbara Janes dochtertje Amelia geleerd toen ze met haar speelde en haar de versjes leerde waarmee Jane en zij tot vrouw waren opgegroeid. Trouw je in 't grijs, maak je een reis, zei Barbara pas nog, om net als de hertogin te proberen Jane op te monteren.

Als Gussy stierf, wat zou Jane dan doen? Harriet zei dat ze een positie als gezelschapsdame voor haar kon zoeken, maar wat zou er dan met de kinderen gebeuren? Niemand wilde een gezelschapsdame die vier kinderen meebracht. Ik zal voor haar zorgen, zei John met stevig opeengeklemde kaken. Ze is mijn lieve meisje. Maar hoe kon hij in 's hemelsnaam voor haar zorgen als hij zelf straatarm was? Het deed de hertogin diep verdriet te zien dat haar oude vriend zo in moeilijkheden verkeerde.

Tony liep het huis uit en liet zijn zwarte handschoenen – een aandenken dat hij vandaag ten huize van de Walpoles had gekregen – naast zijn zuster op de houten bank vallen. 'Je ziet bleek,' zei hij. 'Loop een eindje met mij door de tuin.'

'Loop maar met je broer,' zei Harriet. 'Dan zorg ik voor kleine Charles.'

Wat zou je doen als je mijn geheimen kende? dacht de hertogin terwijl ze haar ogen op Tony gevestigd hield. Hij zag ook bleek. Je houdt er geheimen op na, Tony.

Hij hield zijn liefde voor Barbara geheim. Dat wist ze. Ze vermoedde dat Harriet het ook wist, maar Tony zei niets, was alleen ernstiger, formeler, veeleisender ten opzichte van iedereen om hem heen. Hij zou woedend zijn als hij wist wat zij wist. Het is die Christopher Layer die Charles verdacht maakt, had Tony haar verteld, en Layers verklaringen zitten vol krankzinnige tegenstrijdigheden. Hij heeft niets over de bisschop van Rochester gezegd.

Dat was degene op wie de mannen in een vertrek op Whitehall jacht maakten: Rochester. Walpole was ervan overtuigd dat de bisschop aan het hoofd had gestaan van de beraamde invasie. De koning wilde dat hij onthoofd werd, wilde dat het jacobitisme eens en voor al van zijn kracht werd beroofd, dat de angst erin werd gehamerd door Rochesters lot.

Had Rochester de leiding van de samenzwering, vroeg de hertogin aan sir John, maar hij zei dat ze al veel te veel wist en dat niet ook nog hoefde te weten.

Barbara zei dat de wreedheid van de verhoren die man Layer had gebroken, en dat niets van wat hij zei betrouwbaar was. Dat had ze Walpole tegen Diana horen zeggen. Hij vroeg zich af of hij Layer openlijk zou aanklagen, waardoor men zou zien op wat voor strohalmen hij beschuldigingen van hoogverraad baseerde. Hij denkt dat hij pas helemaal bij de koning in de gunst zal raken als hij de bisschop van Rochester kan veroordelen, had Barbara haar verteld. Maar misschien lukt het Walpole niet het hoofd van de bisschop te nemen. Misschien is er niet genoeg bewijs. Er moeten rechtstreekse getuigen zijn. Er moeten brieven zijn. Sommigen zeggen dat die er geen van beide zijn, alleen vermoedens en veronderstellingen en onbeëdigde verklaringen.

Barbara had iets in de zin. Dat kon de hertogin voelen. Als ze meer fut had gehad, zou ze haar ondervraagd hebben, het eruit hebben gekregen, maar ze was te zeer ontmoedigd.

De koning zal niet blij zijn als Walpole hem Rochester niet kan geven, la, la, la, zong Barbara.

Ze hadden Layer gebroken. Wat betekende dat?

Wat hadden ze, in gods lieve naam, met Gussy gedaan? Het maakte John wanhopig, ze kon het in zijn ogen zien, en Jane ook, wat er in een donkere cel van de Tower misschien gebeurde met de man die hun lief was.

Er kwamen bezoekers aan in de tuinen van Saylor House: kolonel Edward Perry en sir Christopher Wren. Wren, klein en waakzaam, net als zijn naamgenoot, het winterkoninkje, schoot op de hertogin af.

'Ik heb een boek gevonden waar een interessant feit in staat; er wordt vermeld dat de nomaden van de zandwoestijn hun bijen meenemen wanneer ze op reis gaan,' zei hij.

Ze kon spijt en vrees even vergeten, maar heel even. 'Hoe dan?'

'Dat staat er niet bij. In manden misschien?'

Perry, Wren en Pendarves waren snel bevriend geraakt. Als drie stokoude jongens waren ze onafscheidelijk. Ze zaten 's middags graag in de kerk van Devane Square om naar Wren te kijken die als een echte bezige bij te midden van de werklieden op de steigers rondrende, alsof ze geen lik verf konden geven of geen splinter hout konden wegbeitelen zonder dat hij ervan af wist.

'Ik heb iets bedacht over Hyacinthe,' zei Wren. 'Zou het kunnen zijn dat hij de opzichter een of andere misdaad heeft zien begaan, en dat hij daarom vermoord is?'

Dat deden ze ook vaak, praten over dingen die met Barbara te maken hadden, dus ook over wat er met Barbara's bediende was gebeurd en waarom. Dat Perry de halsband had meegebracht, was hard aangekomen. Barbara was er dagenlang ziek van geweest, en droeg het nu als een treurigheid in haar ogen mee.

'Wat voor misdaad dan?' vroeg de hertogin.

'Wel, ik hoor van kolonel Perry dat het voor kolonialen niet ongebruikelijk is om te smokkelen. Misschien heeft de jongen iets gezien.'

Edward Perry keek de hertogin aan met de serene uitdrukking van een marmeren engel. Hij had prachtige ogen van een helder, verbluffend blauw, de ogen van een engel, noemde Barbara ze. Ik dacht altijd dat ik Roger erin zag, zei ze. De hertogin had een andere fantasie. Zij dacht dat het mogelijk was Perry's ziel te zien, een helder ding vol vreugde. In tegenstelling tot haar had hij geen dingen die hem berouwden, geen nooit opgebiechte zonden die op hem drukten, het moeilijk maakten te ademen, te slapen. Daarom benijdde ze hem.

'Smokkelen jullie?'

'Dat is wel gebeurd. De invoerrechten die jullie heffen zijn onredelijk wanneer de tabak lage prijzen opbrengt. We moeten eten op tafel brengen om onze kinderen te voeden, net als jullie.'

'Als de jongen hèm op smokkelen had betrapt,' zei Wren, 'had hij hem misschien ook vermoord.'

Wren had een rijke fantasie; hij bouwde geen kerken maar luchtkastelen. Ze snoof en verwaardigde zich niet antwoord te geven.

'Ik moet gaan,' zei Wren. 'De houtsnijders zijn bezig met het altaarhek van de kerk op Devane Square, en je kunt niet van een snijder opaan dat-ie geen eigen ideeën inbeitelt in een ontwerp dat al volmaakt is.

Ik ben zo vrij geweest om voor uw haven een mooi gebouw te tekenen waar de planters tabak in kunnen opslaan,' zei hij tegen de hertogin. 'Ik zal u de tekening laten zien wanneer u straks komt.'

'Ik moet een doodgewoon havengebouw hebben, geen monument.'

'Niks bijzonders, goede, degelijke baksteen. Die zou u daar kunnen maken. Perry hier heeft steenbakkers onder zijn slaven...'

'Had,' viel Perry hem zacht in de rede. 'Ik bezit geen slaven meer.'

'Nou, uw dochter dan. Eenvoudige lijnen, dacht ik, twee, drie pilaren om een voorportaal te vormen, waar de mannen bijeen kunnen komen om te praten. Als u er een taveerne bij zou doen met een paar bedden voor mensen die ver moeten reizen en een nacht zouden willen uitrusten, zou dat goede handel zijn. Dan had u al een begin van een stad.'

'Ga je die taveerne ook ontwerpen?' De hertogin stelde de vraag op bitse toon. Ze hadden het plan om First Curle te vernieuwen. Barbara deed er van harte aan mee, spoorde hen aan.

'Dat zou ik best willen. Ik heb het universiteitsgebouw in Williamsburg ook ontworpen, weet u. Waarom geen havengebouw en taveerne? De kroeg zou Wren's mogen heten. Nu moet ik echt weg. Denkt u nog eens na over die nomaden. Hoe zouden ze de bijen in vredesnaam vervoeren? Die vraag intrigeert me.'

Wren maakte een buiging voor Harriet en liep over een grindpad naar de poort op dezelfde manier als hij altijd liep, alsof er altijd erg veel te doen was en weinig tijd om het uit te voeren.

'Wie is Duncannon?' zei Harriet tegen kolonel Perry. Grappen over Duncannon waren in de mode bij de jongelui.

'Nou?'

'De dwerg van de koning. Is die niet schitterend? We kwamen niet meer bij van het lachen.'

'Ik weet er ook een. Wie is Duncannon?'

'Nou?'

'Het paard van Robert Walpole.'

Harriet lachte klaterend, en het kindje in haar armen lachte ook en klapte in zijn handjes.

'Over die haven van u,' zei kolonel Perry tegen de hertogin, 'ik ben niet de enige die erin geïnteresseerd zou zijn om er wat geld in te steken. Wren is geïnteresseerd, en ook sir Alexander, en lady Shrewsborough en sir John Ashford.'

'Sir John heeft geen geld. De South Sea heeft hem geruïneerd.' Ze sprak hardvochtig, te hardvochtig, maar ze kon er niets aan doen. Johns beproeving maakte haar van streek. En wat niet in de South Sea was gaan zitten, zat in de bijdrage aan de mislukte invasie van Jamie. En dan nog deze arrestatie. John had zijn hoeve en zijn velden over om mee te onderhandelen. Ik was zelfzuchtiger dan jij, Richard, altijd. Ik wist pas wat liefhebben was toen het te laat was. Waarnaar zit ik nu te verlangen? Vrede? Rust? Een verloren liefde? Dat de doden uit het graf opstaan en weer naast me lopen? Vergeef me, zou ik tegen de doden zeggen. Ik wist het niet.

Tony duwde Harriet van zich af. De oude hertogin zat hier bij Saylor House en zag het. Een huwelijk waaraan niets mankeerde – dat de mogelijkheid tot echte tedere gevoelens in zich droeg – begon te verzuren. Omdat Harriet Barbara niet was. Tja, dat zou ze ook nooit worden.

'Carlyle was vandaag bij Walpole thuis,' zei kolonel Perry.

'Dat verbaast me,' antwoordde Harriet.

'Walpole wilde hem niet ontvangen. Carlyle zei dat hij later zou terugkomen, met Barbara.'

Tony en Barbara hadden ruzie gehad over Carlyle. Je laat hem in de steek, had ze gezegd. Tony zei dat ze zich niet moest bemoeien met zaken die haar niet aangingen. Hoe ik mijn huishouden voer en mijn landgoed bestuur en mijn mannen in het Parlement leid, dat zijn mijn zaken, die jou niet aangaan, had hij tegen haar gezegd, op een koelere toon dan de hertogin ooit van hem had gehoord.

Ik kan Carlyle eigenlijk niet meer gebruiken, had hij later tegen de hertogin gezegd, toen Barbara weg was. Het spijt me, maar zo is het nu eenmaal.

Hij werd een koud mens. Ze kon het zien, maar wist niet hoe ze het moest tegenhouden. Hij bouwde een muur tussen zichzelf en het leven. En dat was ten dele haar schuld. Daar komt hij weer aangewandeld met zijn zuster. Ik heb dit helpen gebeuren, dacht de hertogin, met mijn sturen en duwen, ingrijpen en plannen maken. Ik had me nergens mee moeten bemoeien.

'Jane Cromwell was ook bij Walpole thuis toen ik daar was,' zei kolonel Perry. 'Ze had de kinderen bij zich. Ze zaten in een salon tot de bedienden van Walpole hen wegstuurden. Ik was niet de enige die erdoor was aangedaan. Is er al bericht wanneer de processen zullen beginnen?'

Als Gussy sterft, zal ik het niet kunnen verdragen, dacht de hertogin. Op de een of andere manier zou het net zijn of ze Richard weer zag sterven. Haar schuld, dat Richard gestorven was. Hier in Londen wilden schuldgevoel en spijt zich niet koest houden; ze speelden op, ze geselden en martelden haar. Ik zal sterven als Gussy sterft, dacht ze, dat weet ik zeker.

Gisteravond had Annie haar haar geborsteld. Ze had zichzelf in de spiegel aangestaard en gedacht: waar ben ik gebleven? Hoe kon die kleine, verschrompelde vrouw die uit de spiegel terugstaarde al die Alices omvatten die zij was geweest – het meisje, de vrouw, de echtgenote, de moeder, de gravin, de hertogin, de weduwe? Maar ze waren daar allemaal. Al die Alices, en alle daden van Alice, goed en slecht.

Schenk mij absolutie, engel, dacht de hertogin, terwijl ze naar Perry keek, die het kindje vasthield en vlot converseerde met Tony en Harriet. Kon hij dat maar.

Een paar straten verder raakte Barbara de grafkrans aan die ze samen met Batseba voor de familie Walpole had gemaakt, en ze dacht aan een boerenspreuk die ze pas nog aan Amelia had verteld: trouw je in 't bruin, geen boerentuin; trouw je in 't rood, was liever dood. Batseba en zij hadden de krans gemaakt, en hij was prachtig geworden. Hij bestond uit twee kleine houten ringen die met dwarslatjes verbonden waren, en leek op een open kroon. De latjes waren bedekt met witte rozen, rozemarijn, wijn-ruit en zilverkleurige linten, gecombineerd met rozetten van wit papier. Binnenin hing een paar papieren handschoenen. Dit was een gewoonte van het platteland, een krans voor de dood van een jong meisje, waarbij de handschoenen een symbool waren van haar maagdelijkheid. In de kerk van Tamworth hingen er zulke kransen aan de balken. Sommige waren jaren oud en ritselden als dorre bladeren; ze waren gemaakt voor jonge ongetrouwde vrouwen die waren gestorven.

Het beste deel van de tabak van First Curle werd tot snuif ver-werkt; de rest was gekocht door Franse en Hollandse kooplie-den. Ze was opgwonden, had een bezoek gebracht aan de Lon-dense koopman die de snuif ging maken om hem vragen te stellen, te zien hoe hij het deed, wat hij deed. Ze had nog geen bericht van Blackstone. Ze droomde van velden, van tabak die erop groei-de. Ze kon nauwelijks wachten. Had Blackstone veroordeelden gekocht? Waren er al slaven bevrijd?

Ze had de man ontmoet die Spotswoods plaats zou innemen als plaatsvervangend gouverneur van Virginia, en had gedineerd met de graaf van Orkney, de echte gouverneur van de kolonie, die er mannen heen stuurde om in zijn plaats te regeren. Ze had-den een lang, boeiend gesprek gehad. Hij zei dat hij er misschien wel eens heen zou gaan, maar ze geloofde het niet. Wat vreemd om een ander ergens naartoe te sturen om jouw werk te doen. Nooit zou hij de wijde baai zien, de aanrollende golven, de dol-fijnen, de wilden, de velden, de schitterende bomen, de brede ri-vieren, de stromen en kreken en vissen.

U moet er in mijn plaats heen gaan ter inspectie, lady Devane, had Orkney gezegd. Gaat u er nogmaals heen en vertelt u mij hoe deze nieuwe man het doet.

'Mevrouw.'

Het was de bediende van haar moeder die haar kwam zeggen dat Tommy Carlyle er was. Ze zouden samen naar de familie Walpole gaan.

Tommy Carlyle had de rouge en de pruiken afgezworen; hij had een schoongeboend gezicht met een gebroken neus en een lit-teken op zijn voorhoofd, alsof hij erop stond dat de wereld zag wat hem was aangedaan.

Maar de wereld wilde dat niet zien. Niemand sprak met hem, niemand retourneerde zijn visites. Niemand kwam naast hem zit-ten wanneer hij zijn plaats in het Lagerhuis innam. Alleen zij was zijn vriendin gebleven.

Nog voor ze goed en wel in het rijtuig zat, zei Carlyle: 'Zul je het tegen Robin zeggen?'

'Dat weet je best.'

Ze keek neer op de grafkrans. Dit was een tastbaar bewijs van wat wreedheid kon doen. Tommy was veranderd, kleiner geworden, een schaduw van zichzelf. Je moet niet oordelen, had Slane gezegd. We hebben allemaal een breekpunt, een punt waarop we knappen, als dor hout, en niet meer zijn. De Tommy die ze had gekend was niet meer. En Wart. Hij was niet gearresteerd, en hij vluchtte ook niet, maar de angst en de vernietiging van de jacobitische verwachtingen eisten hun tol.

Carlyle keek door het raam van het rijtuig naar buiten.

'Lieve hemel, waar je ook kijkt zie je tegenwoordig die vlugschriften over Duncannon hangen. Wie is het? Ik wou dat ik het wist. Ik zou hem uitleveren voor de beloning die ze uitloven.'

Onder de krans kneep Barbara haar handen in elkaar. Je kon nu niemand meer vertrouwen. Overal was gevaar. Toen ze de op gebouwen en schuttingen aangeplakte vlugschriften voor het eerst had gezien, was ze helemaal naar Slanes kamer gerend.

Wie heeft het verteld, wilde ze weten.

Er zal niets meer gezegd worden, verzekerde hij haar, zonder haar vraag te beantwoorden.

Hoe weet je dat, zei ze. Hoe kun je het weten? Vind je die vlugschriften soms grappig, een uitdaging?

Hij had haar handen in de zijne genomen. Nee, zo is het niet. Ik neem het feit dat ze in Londen aan muren en gebouwen hangen heel ernstig. Hij bleef in Engeland om haar en om Gussy. Ik wil niet dat Walpole hem krijgt, zei hij. Als dat me lukt, kan ik met mezelf leven.

Ben je van plan hem te bevrijden, vroeg ze. Maar hij wilde niet antwoorden.

In het huis van de familie Walpole waren te veel mensen aanwezig, en ze vulden ook de salons en de kamers van de benedenverdieping. Ze gaf hun namen op aan een lakei en probeerde met Carlyle een zitplaats te vinden. Er stapte een lakei naar voren met een doos, waarin tientallen zwarte handschoenen lagen.

Tommy pakte een paar handschoenen en bekeek ze. 'De beste stof. Hij bespaart niet op de kosten. Ik heb gehoord dat degenen die morgen voor de begrafenis zijn uitgenodigd, een gouden ring zullen krijgen. Ik ben niet uitgenodigd.'

Twee maanden geleden zou dat hem niets hebben kunnen schelen.

Barbara kon niet aanzien hoe hij geworden was. Mensen lachten haar toe, knikten, kwamen naar haar toe om haar aan te spreken. Haar vriendschap met Carlyle was haar gegund. Eén verkeerde stap, zei hij, het minste vermoeden dat je daalt in de gunst, en ze zullen het je niet meer toestaan. Hoe hoger je stijgt, Barbara, hoe dieper de val.

Ze zag haar moeder, hoogzwanger in een ruim vallende japon die haar boezem blootliet, en Pendarves' juwelen op die boezem. Pendarves was nergens te bekennen. De mensen verdrongen zich om haar moeder alsof ze de favoriete van een sultan was. Die sultan was Walpole.

'Ik heb vannacht dat boek uitgelezen,' zei Diana toen Barbara voor haar stond. 'Moll Flanders, hoer, struikrover, dievegge, leugenares. Een vrouw naar mijn hart.'

'Hoe voelt u zich?'

'Ik heb pijn in mijn rug, pijn in mijn voeten, pijn in mijn hoofd. Dit kind is een steen die me neerdrukt.'

Dit kind is mijn broer, dacht Barbara. Je moet hem niet vervloeken, moeder.

'Denk aan wat je me beloofd hebt, Barbara.'

'U zult niet sterven, moeder.'

'Maar we sterven voortdurend in het kraambed, Barbara. We sluiten onze ogen en gaan, en zij trouwen met een ander die onze plaats inneemt.'

'Ik wil hier niet naar luisteren, moeder.'

Het was niets voor haar moeder om aan de dood te denken. Ze deed de laatste tijd niet veel anders dan in bed liggen. Barbara zou verontrust zijn, alleen kon ze zich niet voorstellen dat de dood de moed zou hebben Diana te komen halen. Ze vroeg Annie de theebladeren te lezen, en Batseba ook. Hun oordeel kwam overeen. Diana zou blijven leven.

Sir Gideon Andreas kwam naar voren en boog voor Barbara en Diana. Dadelijk veranderde Diana's stemming. Ze ging rechtop zitten en nam de bankier met haar ogen op, zonder het feit te verbloemen dat ze hem interessant vond.

Je brengt wel de kracht op om te flirten met een man die je aantrekkelijk vindt, dacht Barbara woedend. Breng dan ook de kracht op om op mijn broertje te passen terwijl hij in je zit.

'Ik hoor dat de tabakshandelaren willen dat er een wet komt die eist dat de planters de stengel aan de tabaksbladeren laten zitten wanneer ze in de okshoofden worden gedaan,' zei Barbara tegen Andreas.

Kolonel Perry en zij reisden heel Londen af; zij met het doel alles te weten te komen over de verkoopkant van de tabaksteelt, en hij om de stad opnieuw te leren kennen. Alles is veranderd sinds ik hier de vorige keer was, klaagde kolonel Perry. De South Sea Bubble heeft veel kooplieden geschaad. Ze hebben de reserves voor onze kredieten vergokt.

Andreas' koele haviksblik rustte op Barbara, wikkend, wegend, taxerend; toen liet hij als bij een havik een kap over zijn ogen zakken. Hij glimlachte beleefd. 'Wanneer de stengel van de bladeren wordt afgehaald, en er alleen bladeren worden verpakt, sturen de planters minder okshoofden, lady Devane.'

'Maar aangezien de planters per okshoofd voor vracht en vervoer betalen, is het toch beter om zo weinig mogelijk okshoofden te versturen?'

'De invoerrechten gaan per okshoofd. Minder okshoofden betekent dat er minder rechten toevloeien aan de schatkist van zijne majesteit. Hoe vordert uw kerk?'

Alsof hij dat niet wist. Hij was er elke morgen, op zijn rit te paard naar Marylebone, zoals hij zei, maar hij hield altijd stil bij de kerk om te bekijken wat Wren deed, de werklieden te ondervragen, of haar grootmoeder of kolonel Perry als die aanwezig waren. Die man is niet zomaar een koopman, zei haar grootmoeder. Hij begint met weinig en pakt vervolgens alles, waarschuwde Tommy.

'Het lichaam ligt opgebaard in de grote salon, Barbara. Ga maar kijken. Ze dadelijk zal je naam worden afgeroepen om boven te komen. Die beste Walpole is erg op Barbara gesteld,' zei Diana, en haar wonderbaarlijke violetblauwe ogen flirtten met hem zodra Barbara was weggegaan om te doen wat ze zei.

'Dat zijn we allemaal.'

'U bent erg vriendelijk, erg edelmoedig geweest bij uw behandeling van de schuldbrieven. Barbara heeft het er steeds over, hoe vriendelijk u bent geweest.' Diana schonk Andreas een blik die ijs zou hebben doen smelten.

'Dat spreekt toch vanzelf. Ik wil haar helpen met Devane Square. Heeft ze u dat verteld?'

'We willen haar allemaal helpen,' zei Diana. Ze legde een hand op haar boezem, op de geweldige bolling van de borst die overging in de hals. Ze zag Andreas' ogen over die bolling gaan, en lachte een katteglimlach. In het midden van haar collier zat een langwerpige edelsteen. Ze streelde hem.

'U moet eens een middag langskomen zodat we over Barbara en al haar problemen kunnen praten,' zei ze.

Barbara zette grote ogen op.

In de grote salon lag de dochter van Walpole opgebaard, met een grote fluwelen lijkwade over de kist, en overal brandende kaarsen; er zaten zes jonge vrouwen, wier taak was in het openbaar om haar te rouwen. Barbara zou vanavond met Harriet terugkomen, om een tijdlang bij de kist te zitten. En morgen zou ze een van de jonge vrouwen zijn die voor en achter de kist zouden lopen, zingend en met kaarsen in de hand.

Ze had Robins dochter nooit ontmoet; het afgelopen jaar had ze in Bath doorgebracht, om het water daar, dat genezende eigenschappen scheen te hebben, te drinken en erin te baden. Ze keek neer op de rouwhandschoenen in haar handen en dacht aan mensen die ze verloren had: Roger, Harry, Hyacinthe. Zou Gussy aan de lijst worden toegevoegd? En Slane. Het was onvermijdelijk dat ze hem uiteindelijk zou verliezen. Hij zou Engeland uiteindelijk moeten verlaten. Ze hadden er niet over gesproken, maar die wetenschap was steeds aanwezig tussen hen.

Ze schrok op toen haar naam werd afgeroepen. Mensen, van wie velen aanmerkelijk langer hadden gewacht dan zij, weken voor haar uiteen toen ze naar boven ging waar ze ontvangen zou worden. Ze kon mensen horen mompelen, haar naam noemen. Ze was nu beroemd, als favoriete van de koning. Het was waar; de koning was op haar gesteld, zocht haar gezelschap. Roddelaars zeiden ook andere dingen: dat ze de maîtresse van de koning was, of van de prins; of dat vader en zoon haar samen deelden. Dat was ook een stukje van haar roem, de afgunst jegens iemand die boven de anderen uitsteeg.

Carlyle stond bij de trap.

'Zeg het tegen hem,' zei hij.

'Dat zal ik doen.'

Boven liep ze door een stille, donkere gang waar niemand was behalve een bediende die een deur voor haar opende. Robin was alleen in zijn barokke kamer. De spiegels waren afgedekt met zwart doek, wat de gewoonte was bij een sterfgeval, zodat niemand erin kon kijken. Door het verdriet waren zijn toch al mollige trekken verder gezwollen. Barbara legde de krans in zijn handen, en hij keek ernaar.

'Bijzonder mooi. Ik vraag excuus voor de afwezigheid van mijn vrouw. Ze was overstuur en kon vandaag niemand meer ontvangen. Zij heeft tijd aan haar besteed, Barbara, niet ik. Zij ging met ons lieve meisje naar dokters, naar kuren en behandelingen. Dit raakt haar zeer diep.'

'Mijn dienstmeid heeft me geholpen hem te maken. Ik ben erg begaan met uw verlies.'

'Het is geloof ik een plattelandsgebruik, hè?' Hij hield de krans dicht bij zijn gezicht en snoof de geur op van de rozen en de kruiden, heerlijk, smartelijk zoet.

'In de kerk van Tamworth hangen deze kransen aan de balken. Sommige zijn jaren oud. Ze ritselen als dorre bladeren wanneer het een beetje tocht,' zei Barbara.

'Rozemarijn, wijnruit, bitterzoet, net als haar jonge leven. Ik hoopte zoveel voor haar.'

'Ik dacht dat u hem in de kerk waar ze begraven wordt, zou kunnen ophangen.'

'Ja, dat zullen we doen. Het is een lief gebaar van u. Hoe maakt u het zelf?'

Devane Square verrijst; ik stijg; mijn lief is een jacobiet en moet uit Londen weg; mijn beste vriendin is doodongelukkig; er wordt snuif gemaakt van tabak van First Curle; Wart drinkt te veel; Carlyle bestaat niet meer; mijn dierbare kamenier, Thérèse, gaat bij me weg; ik begin Harriet erg aardig te vinden, maar ik vind Tony niet zo aardig meer. Onrustig voelde ze aan Hyacinthes halsband, die ze om haar hals droeg, stevig met lint vastgestrikt; ze droeg hem vandaag, ze droeg hem bijna elke dag, ter nagedachtenis aan de jongen die meer dan een bediende was, die deel uitmaakte van het gezin dat ze voor zichzelf had gecreëerd. Kon Odell Smith hem hebben vermoord? Was het mogelijk dat mannen zo wreed waren? Thérèse had evenals Barbara gehuild toen ze de halsband zag. Het zien ervan deed haar geloof dat hij nog leefde wankelen. Thérèse... Barbara liep naar een tafel waarop vele papieren lagen opgestapeld, en keek ernaar. Hadden ze met de samenzwering te maken? Was Gussy hier, in deze papieren?

'Redelijk goed. Robin, ik wil je een gunst vragen.'

'Dat wil iedereen toch?'

'Het gaat om Tommy Carlyle. Hij zit beneden te wachten. Hij is vanmorgen hier geweest, en heeft toen ook gewacht. Wil je hem alsjeblieft ontvangen? Sta hem toe je te condoleren. Hij meent het oprecht. Een gebaar van jou zou erg veel betekenen op dit dieptepunt in zijn leven. Denk aan alle jaren dat jullie bevriend waren, in plaats van aan het afgelopen jaar toen jullie dat niet waren. Hij wil dat ik je zeg dat hij vergeving vraagt voor alles wat hij heeft gedaan, en zweert dat hij niets meer zal doen.'

'Niets meer kàn doen, bedoel je. Ik zal erover nadenken. Je moeder zegt dat je Thérèse volgende week overdraagt aan het huishouden van de prinses van Wales.'

Je gaat hem niet ontvangen, dacht Barbara. Ja, ik draag Thérèse over, maar niet van harte.

'Verstandig van je, Barbara, heel verstandig. Het doet me deugd te zien dat je zo meegaand kunt zijn. Ik hoor dat je pogingen doet oude vertrouwensbreuken te herstellen, dat je probeert de koning en de prins aan te moedigen begrip voor elkaar te hebben. Dat zullen de jacobieten onder ons niet plezierig vinden. Zij hebben liever dat de koning en de prins van Wales ruzie maken. Bevalt het je aan het hof? Bevallen je taken je? Mooi. Mooi. De koning is vanmorgen hier geweest, samen met de hertogin van Kendall. De vriendelijkheid waarmee ze mij en mijn vrouw in deze tijd bejegenen is bijzonder vleiend.'

Hij pronkte met de ontvangen gunst als een pauw met zijn staart, maar het was lang niet zeker dat hij haar zou behouden. Hij zou haar niet behouden als hij Rochester niet kon berechten. In de gedachtengang van de koning was Rochester het hoofd van de samenzwering. In de gedachtengang van de koning diende Rochester bestraft te worden.

Zij behoorde nu tot het huishouden van de koning. Zij wist dit.

'Je lijkt op de rozen in deze krans, Barbara, fris en op een bepaalde manier zuiver. Het doet me goed te weten dat er iemand in mijn omgeving is die ik kan vertrouwen.'

'Sta toe dat Augustus Cromwell bezoek ontvangt van zijn vrouw, één enkel bezoekje, verder niets.'

Hij lachte, vond het werkelijk grappig.

'Twee verzoeken binnen enkele ogenblikken. Je bent een echt hofbeest geworden, Barbara.'

'Het is erg weinig, maar zou erg veel betekenen. Zij is mijn beste vriendin...'

Walpole hief zijn hand, en Barbara zweeg.

'Zoals we allemaal weten. Zelfs voor jou zal ik dat niet doen; ik zou het zelfs niet kùnnen doen als ik het wilde. Het is de wil van de koning dat er geen bezoek komt.'

Jouw wil, dacht Barbara. Hij heeft de afhandeling van de samenzwering aan jou overgedragen. Walpole is zo vasthoudend als een oude jachthond, had de koning haar verteld. Hij zal jacobieten vinden. En dat is hem geraden ook.

'Dit is geen zaak van vriendschap, maar van staat, van verraad, waar jij je mooie hoofdje niet mee moet vermoeien.'

Ze had hem wel willen slaan. Ze hadden het niet alleen over verraad, maar ook over leven en dood. Ze hadden het over politiek en over overleving: van hem en van Gussy. Je zult Gussy opofferen zoals je Roger hebt opgeofferd, dacht Barbara, en met meer gemak, want Gussy betekent voor jou niets meer dan voer om de bloeddorst van het volk naar jacobieten mee te stillen, de bloeddorst van de koning. Dit bevalt me niet, dacht Barbara. Het bevalt me helemaal niet.

In het rijtuig zei Carlyle: 'Ik zal een sieraad voor de hertogin van Kendall kopen. Jij moet haar het sieraad geven, Bab; vraag haar dan ervoor te zorgen dat ik een onderhoud met de koning krijg. Zeg tegen haar dat er dan nog een sieraad zal komen. Een onderhoud met de koning zal me in mijn eer herstellen, dat weet ik.' Walpoles wreedheid heeft Tommy gebroken, dacht Barbara. Het doet me aan Harry denken, en ik weet niet waarom maar ik heb angst, voor Tommy en voor mezelf.

Walpole gaf zijn lakei opdracht voorlopig geen bezoekers naar boven te halen. Hij staarde naar de stapel papieren die op een tafel lag. Papieren waarvan zelfs de dood van zijn dochter hem niet afleidde, papieren die hij telkens weer naploos, op zoek naar de weg die hem naar het gewenste doel zou leiden. Zelfs tijdens het condoleantiebezoek van de koning vandaag was de naam van Rochester gevallen.

Hij heeft de Kerk al die tijd gebruikt als een instituut van waaruit hij mij kon aanvallen, zei de koning. Hij heeft zijn ambtsgewaad wie weet hoe lang gebruikt om verraad te bedekken. Er moet een eind aan worden gemaakt. De vijanden van mijn huis moeten vermorzeld worden.

Ondanks Philip Neyoe, ondanks Christopher Layer was er geen direct en beslissend bewijs van verraad zoals nodig was om voor een burgerlijke rechtbank tot vervolging over te gaan. Alles was uit de tweede hand. Dit had hij nog niet aan de koning verteld.

De openbare mening, altijd een wispelturig, veranderlijk schepsel, begon weer naar de andere kant over te hellen. Het tafereel van Jane Cromwell, die haar kroost met zich meesleepte van de ene salon naar de andere – zelfs vanmorgen naar zijn eigen salon – om iedereen die maar wilde luisteren over de onschuld en de goede eigenschappen van haar echtgenoot te vertellen, deed de zaak geen goed. Het deed hem een tiran lijken, een monster. Hij probeerde de macht van de Anglicaanse kerk te breken; hij was goddeloos en immoreel, heette het.

Ik kan niet winnen als ze me God als tegenstander geven, zei de koning. Je moet bewijzen dat Rochester zich op een goddeloze manier heeft gedragen door een samenzwering te beramen tegen zijn koning en zijn vaderland.

Had hij zich te ver in zee gewaagd door iets te beloven wat hij niet kon waar maken? Hij zou processen aanspannen tegen Christopher Layer en Augustus Cromwell. Hun schuld kon hij bewijzen. Maar de koning wilde meer.

Alleen dit ene hoofd maar, dacht Walpole, in de papieren turend, op de Verraderspoort, en ik ben waar ik wil zijn. Maar dat hoofd krijg ik niet veroordeeld. De bisschop en zijn aanhang zijn vooralsnog listiger dan ik.

Hij kon aan niets anders denken. Toen het bericht van de dood van zijn dochter was gekomen, had hij gedacht: gelukkig, een paar dagen zonder dat de koning naar mijn vorderingen vraagt. Zijn vrouw had hem erom veracht.

Er werd op de deur geklopt. Een bediende kwam binnen met een enkele witte roos.

Walpole las het briefje dat eraan was gehecht en zei, vriendelijk: 'Wie heeft je dit gegeven?'

'De lakei beneden, mijnheer.'

'Stuur hem dadelijk naar me toe. Dadelijk, hoor je.'

Maar al toen hij de opdracht gaf, wist hij dat de lakei hem niets zou kunnen vertellen.

'Mijn oprechte deelneming' stond op het briefje, en het was ondertekend met 'Duncannon'. De witte roos was de bloem van het Huis Stuart. Duncannon dreef de spot met hem. Wat had Barbara hem ook weer verteld? Dat de wilden blufften. Duncannon blufte ook, tegen hem, en won. Wat had hij al niet een bedragen uitgegeven aan pogingen hem te vinden. En een tijd aan het ondervragen van anderen. Hij wilde deze Duncannon bijna even graag in handen krijgen als Rochester. Morgen zou hij de beloning die voor Duncannon was uitgeloofd laten verdubbelen. Ik heb met veel plezier op je gejaagd, zou hij zeggen, vlak voordat de beul hem onthoofdde.

Spionnen en ganzenjongen.

Namen schoten hem te binnen, van jonge edellieden die onder verdenking hadden gestaan, maar waren losgelaten wegens gebrek aan bewijs: de hertog van Wharton, Philip Stanhope en anderen. Als Barbara's broer Harry nog geleefd had, zou zijn naam boven aan de lijst hebben gestaan. Een kind van Diana was tot alles in staat. Hij legde de roos neer naast de krans die Barbara had meegebracht, die ze eigenhandig had gemaakt, zei ze, een krans met witte rozen erin, wit als symbool van maagdelijkheid.

Of van het huis Stuart.

Hij bleef opeens stokstijf staan en staarde naar de krans. En als het ganzenjong nu eens geen man was, zoals iedereen dacht, maar een vrouw? Een vrouw wier broer en vader jacobieten waren geweest, een vrouw die in Rome door koning Jacobus was ontvangen, een vrouw die volgens zijn gegevens met elke jacobiet in Italië aan tafel had gezeten. Een vrouw die zich nu in het koninklijk huishouden bevond en wier ster door haar charme en verstand snel steeg. Ze leest de koning 's avonds voor, had de hertogin van Kendall hem onlangs opgebiecht, en de hertogin van Kendall was niet eens een vriendin van Walpole. Hij zegt dat hij de klank van haar stem prettig vindt.

Wat leest ze hem voor?

Robinson Crusoe.

Walpoles hart begon sneller te kloppen.

Als hij de koning in plaats van Rochester een ganzenjong kon geven, was het misschien ook goed. Heb je mijn dochter geruïneerd om je eigen ambities te verwezenlijken, had Diana hem gevraagd. Als dat zo is, zal ik je hart uit je lijf snijden en het opeten. Maar hun komende kind had haar afgeleid. Robin, je bent walgelijk, had zijn vrouw gezegd. Is er dan niets heilig voor je buiten je carrière?

Nee, eigenlijk niet. Niets. Niemand.

Het was droevig, maar waar.

54

Pendarves en Barbara liepen door een van de huizen aan Devane Square. Alle prachtige reliëfversieringen aan de muren, om de deuren, rondom het plafond – guirlandes van houten bloemen, schelpen, violen, muzieknoten en spelende kindertjes – waren weg. Ook de kroonluchters, die van zilver waren geweest, waren verdwenen. De muurkandelaars waren van zilver geweest, Roger op zijn extravagantst. Boven haar waren nog de op het plafond geschilderde glorieuze scènes overgebleven van goden en godinnen, zwevend op wolken. Het was niet mogelijk geweest de schilderingen in hun geheel te verwijderen, anders had het Parlement het wel gedaan toen Roger beboet werd wegens zijn aandeel in de South Sea. De kamer waarin ze zich bevonden was zeer licht, met ramen in drie buitenmuren.

'Ik dacht erover alles eenvoudig te laten afwerken,' zei ze, 'zoals ze het in Virginia doen. De muren met eenvoudige houtpanelen bekleden, in plaats van ingewikkeld snijwerk. Alle kamers heel licht groen en blauw laten schilderen. Dat spaart kosten.' Ze zou hier binnenkort gaan wonen. Pendarves betaalde voor de inrichting van het huis.

Pendarves wees naar buiten, en ze zag door een raam dat Andreas van zijn paard steeg en de kerk binnenging.

'Wat denk je dat hij zal doen wanneer hij het merkt?' vroeg ze.

'Van tweeën een. Eisen dat je onmiddellijk de schuldbrieven afbetaalt...'

'Wat ik niet kan.'

'Of eisen dat hij hier mag bouwen, net als ik. Je hebt nog niet gezegd wat je doet met de pacht voor deze huizen.'

'Ik geef de pacht niet uit handen. Die blijft van mij. Ik heb uitgerekend dat je aan huren binnen vijf jaar de kosten terug hebt, plus de rente. Ik zal je daarom zes jaar lang alle huren geven.' Deze drie huizen zouden niet zijn eigendom worden, maar hij bouwde er nog meer, en die zouden wel van hem zijn. Maar zij bezat de grond waar ze op stonden, en daarvoor moest hij haar pacht betalen.

Hij dacht even na over wat ze had gezegd en mepte toen grinnikend op de vensterbank, kennelijk in zijn nopjes. De papieren waren gereed, papieren die hem het recht gaven deze rij stadshuizen af te bouwen, ze op zijn naam te huren en er nog meer te bouwen.

'Ik zorg dat je hier met Kerstmis woont, Bab.'

De stadshuizen zouden sneller verhuurd worden als zij in een ervan woonde. Ze was in de mode, en haar stiefvader, die niet van gisteren was, wilde dat feit benutten. Dat mocht. Ze begreep het. Het was ook in haar voordeel. Morgen kwam de koning in zijn koets, met zijn nichten en zijn kleindochters naar de kerk kijken en over het plein wandelen. Wren was in alle staten van opwinding.

Een kerkklok in Marylebone sloeg het uur. Bij de laatste slag gingen Pendarves en zij naar buiten en ze zag Batseba aankomen. Die trouwe Batseba; ze kwam haar halen zodat ze niet te laat zou komen.

Waarom neem je nou een halfwilde zigeunerin als kamenier, had haar moeder gevraagd.

Waarom niet, had Barbara geantwoord.

Tim droeg haar grootmoeder uit de kerk, met kolonel Perry naast haar, en Wren en Andreas in de achterhoede. De koetsier reed de koets naar voren die hen naar Diana's huis in de stad zou brengen.

'We gaan op het plein een tuin aanleggen in de stijl van Virginia,' zei Wren tegen Andreas.

Barbara zuchtte. Wren kon nooit een geheim bewaren. Pendarves werkte zich meteen in de koets, maar haar grootmoeder en kolonel Perry bleven buiten.

'Werkelijk?' Andreas keek haar aan. Hij probeerde erachter te komen wat ze van plan was, zag ze.

'Ja. Ik wil seringen, de lievelingsheester van mijn koloniale vriend majoor Custis, en wilde viooltjes, die net zo'n tekening hebben als de littekens op het gezicht van de slaven.'

'Een fontein in het midden, dacht ik,' zei Wren. 'Afgezaagd, ik weet het, maar de mensen houden nu eenmaal van water. En hyacinten, lady Devane, vertel hem van de hyacinten. Honderden hyacinten,' zei hij, niet in staat zijn vreugde te bedwingen, 'die overal bloeien, ter ere van de page. De bomen komen allemaal uit Virginia; wingerd; de tuin misschien een beetje wild, dacht ik – gedurfd, ik weet het, niet gebruikelijk, niet formeel, maar het is tijd dat ik mezelf eens op een geheel ander terrein begeef.'

'Een hele onderneming,' zei Andreas, 'en kostbaar ook.'

'Nu nog een droom. We zijn vier oude dromers, meer niet,' zei de hertogin. Ze stak geld in het plein. 'Excuseer ons, maar we moeten echt gaan.'

'Gaat u naar Leicester House?'

'Ja,' zei Barbara.

'En morgen komt Zijne Majesteit op bezoek?'

'Ja.'

'Ik heb gehoord dat u geld inzamelt voor zwerfkinderen.' Andreas glimlachte naar Perry, maar zijn ogen glimlachten niet.

'Dat klopt,' zei Wren. 'Hij gaat steeds op stap in de ergste buurten van Londen, en dan ziet hij dus de droesem van onze stad. Hij zegt dat ze als wilde honden leven tussen de pakhuizen bij London Bridge. Hij wil dat ik een tehuis voor hen ontwerp.'

'U mag mij noteren voor tweehonderdvijftig pond,' zei Andreas.

'Je mag Wren niets vertellen van je plannen voor de stadshuizen,' zei de hertogin op strenge toon tegen Pendarves toen de koets wegreed. 'Anders begint hij over het ontwerp te praten en vergeet hij dat we dit geheim willen houden.'

'Wat denkt u dat Andreas zal doen wanneer hij hoort dat Pendarves huizen in pacht krijgt?' vroeg kolonel Perry.

'Hij zal wel willen dat ik de schuldbrieven aflos, maar dan ga ik naar de koning en huil een deuntje, en aangezien hij ook bij de koning in de gunst wil komen, graaf wil worden, zal hij wel soepel moeten zijn.' Barbara zei het op luchtige toon, maar zo voelde ze zich niet.

'Ik hoop dat het zo gemakkelijk zal gaan,' zei haar grootmoeder bits.

Ik had het vreemde gevoel, dacht Barbara terwijl ze daar met Andreas en Wren stond te praten, dat ik de aanleg van de Virginiaanse tuin niet zal zien. Ze dacht aan het slavenlied voor de doden, maar het verdween toen de koets stilhield en zij naar haar slaapkamer rende om zich te verkleden. Thérèse was er om haar te helpen, maar Barbara was nog boos, kon het haar nog niet vergeven en wilde niet dat ze haar hielp. Vandaag zou ze Thérèse in Leicester House aan de prinses van Wales presenteren. Het laatste lid van haar gezinnetje, op haar hond na, was weg.

'Nu is Batseba mijn kamenier.'

De groene ogen van Batseba flitsten een ogenblik naar Barbara toen ze haar een japon aanreikte. Lieve Jezus, dacht Barbara, heb ik een soort Annie als kamenier genomen?

'Wacht beneden op mij,' zei Barbara tegen Thérèse.

'Ja, madame,' zei Thérèse.

'Ik wilde niet huilen waar ze bij was,' zei ze tegen Batseba zodra de deur achter Thérèse dichtging, 'al is het niet jouw plaats om dat te moeten weten. Ik wil niet dat ze weggaat. Ik heb er spijt van dat ik me heb laten bepraten. Ik zal haar missen. Jij hoeft me niet de les te lezen met gezichten en blikken. Daar heb ik geen behoefte aan. Mijn grootmoeder en Annie lezen me al vaak genoeg de les. Goed. Hoe is het, heeft Caesar White de wieg al gevonden?'

Caesar en Montrose zochten in het pakhuis naar de mooie wieg die Roger had laten maken voor het kind waarop ze hadden gehoopt, nog niet wetend dat er geen kinderen zouden komen. Ze had hem nooit verteld dat ze onvruchtbaar was. De wieg kwam in de keuken te staan, voor het zoontje van Batseba.

Batseba schudde haar hoofd.

'Waar is je kind?'

Batseba antwoordde niet, haar gezicht bleef uitdrukkingsloos, een leegheid die Barbara altijd in het hart trof.

'Mijn moeder heeft gezegd dat je hem in de keuken moet laten, hè, zodat ik hem niet zie? Maar je moet niet op haar letten. Breng hem rustig mee wanneer je me komt kleden, wanneer je iets voor mij doet. Vandaag geen veren.'

Iedereen droeg nu veren. Kruiden, dacht Barbara, Batseba weet veel van kruiden en bloemen, en wanneer het lente wordt, laat ik haar kruiden in mijn haar vlechten. Misschien kunnen we er een halsketting van vlechten. Kruiden in de tabak – ze draaide langzaam rond, zodat Batseba lubben en linten kon schikken, kant kon uittrekken en op laten bollen – dat is een idee. De snuif van de First Curle-tabak zou als nieuwjaarsgeschenk van haar grootmoeder aan Zijne Majesteit worden gepresenteerd.

Buiten op de gang begon Harry naar haar te blaffen en rende toen de trap af. Hij rende naar Thérèse, en dan weer terug naar haar – hij was gewoon tussen hen heen en weer te rennen. Ze moest even blijven staan. Ze voelde aan de halsband om haar hals. Haar huishouden, het gezin dat ze voor zichzelf had gecreëerd, was nu ontbonden. Thérèse had Tommy's brief gelezen, had gevraagd of ze bij de prinses in dienst mocht treden. Nee, zei Barbara. Ja, zei kolonel Perry, haar verlangen om over te gaan naar het huishouden van de prinses heeft niets te maken met jou of haar achting voor jou. Ze heeft haar eigen dromen, die je haar moet gunnen. Ze hoort tot mijn gezin, zei Barbara, het gezin dat ik gevormd heb toen dat voor Roger en mij onmogelijk bleek. Iedereen gaat weg – Harry is weg, en Hyacinthe en Charlotte, en nu Thérèse. Het doet me pijn. Ik voel me verlaten. Ik ben bang. Je zult een ander gezin hebben, zei kolonel Perry, op den duur. Gun Thérèse haar dromen. We moeten nooit de verwachtingen van een ander verstoren. Het valt me zwaar mensen te laten gaan, zei Barbara, vooral mensen van wie ik houd. Des te meer reden om het te leren, antwoordde hij.

De doden zijn in het kind dat huilt, in de flambouw die brandt, in het vuur dat dooft. De doden zijn niet dood, zongen de slaven.

Tal van herinneringen wervelden door Barbara's hoofd: Thérèse en Hyacinthe; de honden en haar broer in de tuin in Frankrijk, in een gondel in Venetië, op een met cipressen omzoomd terras. Maak me mooi, had ze tegen Thérèse gezegd, voor Roger. Roger, dacht ze, Devane Square begint weer te verrijzen. Maar mijn hart is er niet zo bij betrokken als ik had gedacht.

In de slaapkamer streek Batseba het rijkostuum waar Barbara uit-
gestapt was, zorgvuldig glad. Ze opende een zakje dat aan haar
middel hing en strooide lavendel en reigersbek in de plooien. Ze
moest nog erg veel leren. Thérèse en Annie bestookten haar met
alle dingen die ze moest leren. De meesteres van dit huis had violette ogen die haar koel opnamen. De andere bedienden jouwden
haar uit. Zigeuner, zeiden ze. Heks.

Een wieg voor het kind, had lady Devane gezegd, een mooie
wieg met engeltjes in houtsnijwerk om over hem te waken wanneer hij slaapt.

Ik kan die idioot van je niet zíen, zei die met de violette ogen.
Zorg dat hij uit mijn ogen blijft of ik laat hem bij de paarden in
de stal slapen.

We gaan in het huis wonen, zei lady Devane, en dan zul je de
keuken en de kamer ernaast helemaal voor jezelf hebben. Je zult
mijn huishoudster en kamenier zijn, Batseba. Kun je dat aan? Ik
denk het wel. Wanneer je kind groter wordt, kunnen we hem leren staljongen te zijn. Ik denk dat hij de paarden leuk zal vinden.
Ik denk dat hij er goed mee om zal gaan.

Een hele eigen kamer; een wieg voor haar zoon, die staljongen
zou worden. Batseba drukte de lavendel, de reigersbek aan met
behendige vingers, lange en vaardige vingers. Het was alsof ze er
liefde en geluk in drukte. Waarschijnlijk was dat ook zo.

Beneden las de hertogin Thérèse de les.

'Je zult onthouden bij wie je bent begonnen. Je blijft van haar,
ook al ga je naar hen toe. Ze is goed voor je geweest, beter dan
je verdient.'

'Zoals mademoiselle Fuseau heel goed weet.' Kolonel Perry
stuurde Thérèse handig Barbara's kant op, die zojuist was binnengekomen.

'Tommy Carlyle is er nog niet.'

'Dan moeten we maar wachten.'

'Je kunt niet langer wachten, dat weet je best. De prinses zal
beledigd zijn.'

'Alles wat ik doe beledigt haar,' zei Barbara. Als de prinses al
dankbaar was, liet ze dat niet merken. De groten zijn monsters
die voortdurend gevoed moeten worden, en nooit verzadigd blijven, had Carlyle haar gezegd. Als je lang genoeg te midden van
hen verkeert, zul je zelf uiteindelijk ook zo worden.

Nee, had ze gezegd.

Ja, zei Carlyle. Niemand ontkomt eraan.

'Toch moet je maar gaan,' zei de hertogin. 'We sturen hem achter je aan als hij komt. Waarschijnlijk is hij allang in Leicester House en verkondigt tegen iedereen hoe goed hij is, dat hij dit allemaal heeft geregeld.'

'Hij heeft het ook geregeld.'

'Je bent te goedig.'

'Hij zal naar het sieraad vragen,' zei Barbara. 'Ik heb het aan de hertogin van Kendall gegeven, maar ze heeft nog niets gezegd.'

'Dat moet je hem zeggen,' zei de hertogin. 'Dat zal hij niet leuk vinden, maar het is nu eenmaal zo.'

'Wat is dat?' Barbara wees naar een hoed die Thérèse in haar ene hand had verfrommeld.

Het was een hoed van Hyacinthe.

'Laat maar,' zei Barbara. 'Ik weet van wie die hoed is. Kom, Thérèse, we moeten gaan.'

Thérèse ging van de een naar de ander, heel stil, heel bleek. Ze voelt het ook, dacht Barbara. O, Thérèse, ik had nooit gedacht dat wij uit elkaar zouden gaan. Reken nooit ergens op, behalve op verandering, zei kolonel Perry. Dat is de essentie van het leven. Barbara zag dat Pendarves een paar muntstukken in Thérèses handen drukte. Ze glimlachte. Zelf vond ze altijd munten in de zak van haar japon of in een kamer waarvan Pendarves wist dat ze er zou komen. De kaboutertjes hebben ze achtergelaten, zei hij. Hij was veel te aardig om het leven met haar moeder aan te kunnen.

In de koets zwegen Barbara en Thérèse. De ruzie tussen hen lag nog te vers in het geheugen. Ik kan niet geloven dat je bij me weg wilt, had Barbara gezegd.

Ik ga de toekomstige koningin dienen, had Thérèse geantwoord. Begrijp het alstublieft.

'Luister,' zei Barbara nu, terwijl de koets een scherpe bocht maakte. 'Mrs. Clayton is de favoriete dienares van de prinses. Ik heb gehoord dat het een brave vrouw is; ze is zeer loyaal aan de prinses, dat is algemeen bekend. Ze zal je in de gaten houden om te zien hoe je dient, en behalve de prinses is zij degene die je tevreden moet stellen. Er zal jaloezie zijn tussen de kameniers, dat is altijd zo. Mrs. Selwyn en Mrs. Pollexfen mogen Mrs. Clayton niet, hoor ik van Carlyle. Misschien zullen ze proberen je verkeerde raad te geven, zodat je domme fouten maakt; luister daarom alleen naar Mrs. Clayton. Neem alleen van haar opdrachten aan. Je zult heel wat kleinzielig gekibbel tegenkomen. Ik zeg je dit vanuit mijn eigen ervaring als hofdame. Mensen zijn altijd op ruzie uit. Probeer geen partij te kiezen, doe je werk en houd je op de achtergrond. Mrs. Clayton vindt discretie het belangrijkste, en de prinses ook.'

'Vergeeft u het mij?'

'Nee.'

Ze hotsten door de straten die naar Leicester House leidden. De koets hield stil. Het is afgelopen, dacht Barbara. Een lakei van Leicester House hield het portier open.

'Ik heb van je gehouden, je was voor mij meer dan een bediende. Ik wens je het beste.'

Barbara stak haar hand uit over de ruimte die hen scheidde. Thérèse nam de hand aan.

In het huis ging een lakei hen voor naar een lange salon. Daar zat de prinses omringd door haar jonge en oudere hofdames. De prinses zag Barbara en knikte. Haar ogen glansden.

Ze is verheugd, dacht Barbara, dankbaar omdat ik Thérèse aan haar geef. Begint ze eindelijk te begrijpen dat ik haar geen kwaad toewens? Ze keek om zich heen, maar zag Carlyle niet. Hij had hier moeten zijn.

'Ik moet met u spreken,' zei de prinses. '... opgehangen,' hoorde Barbara. 'Ze hebben hem vanmorgen gevonden.'

'Ik begrijp het niet,' zei Barbara. Ze begreep het echt niet.

'Haal wat water voor lady Devane,' zei de prinses tegen iemand. 'Natuurlijk is het een schok. Het was een schok voor ons allemaal.'

'Ik ben bang. Je naam staat op vlugschriften die overal zijn aangeplakt. Ik wil dat je uit Engeland weggaat. Het is een teken, ik zeg het je. Ik heb het gevoeld sinds ik de vlugschriften heb gezien: je moet weg. Ik had moeten weten hoe wanhopig hij was. Niemand wilde hem ontvangen. De mensen wilden niet tegen hem praten wanneer hij in een salon kwam. Ik wist hoe trots hij was. Tony en ik hadden er vandaag ruzie over. Hij zegt dat ik hem er de schuld van geef, maar dat heb ik nooit gezegd. Hij zegt dat het niemands schuld is. Niemands schuld! Hoe kan dat nou? Het is toch eigenlijk, als je alles nagaat, de schuld van ons allemaal? Ik heb de hertogin van Kendall een saffier gegeven om een goed woordje voor hem te doen bij de koning om hem een onderhoud toe te staan. "Doe het snel," zei ik tegen haar. "Hij is er niet best aan toe. Vijf tellen zijn genoeg," zei ik. "Alleen het feit dat de koning hem ontvangt, dat dat bekend wordt, zal erg veel betekenen, zal hem helpen het gevoel te krijgen dat hij weer een plaats kan innemen." En weet je wat ze vandaag zei, over zijn dood? "Nu zal ik die saffier nooit dragen. Dat brengt ongeluk," zei ze. Urenlang was hij altijd bezig haar te amuseren, haar vreselijke nichten te plezieren; hun alle roddels te vertellen, de geruchten die hij verzameld had als evenzovele doornige bloemen, om hen te amuseren. Betekende dat voor haar niet meer dan dat?'

Tommy Carlyle had zich verhangen.

Tranen rolden over Barbara's gezicht.

Ik houd van je, Barbara, dacht Slane. De terugbezorging van Hyacinthes halsband had haar pijn gedaan. De nog steeds doorgaande vendetta tegen Walpole vermoeide haar, evenals het getouwtrek om Devane Square. Ik haal niet meer rustig adem, zei ze tegen hem. Ik moet van 's morgens vroeg tot 's avonds laat verbergen wat ik denk. Hoe is het zover gekomen?

Slane hoorde bij de dingen die ze moest verbergen. Hij wist het, wist dat zijn aanwezigheid voor haar spanning opriep. Ze is te gevoelig voor het hofleven, zei Louisa. We hadden het moeten weten.

'Niemand kent het hart van een ander,' zei hij. 'Ik zou vannacht kunnen besluiten mezelf van het leven te beroven, en het feit dat jij om me geeft zou me niet tegenhouden, als ik daartoe had besloten, als ik me zo alleen, zo wanhopig voelde.'

'Wie zal er nog meer sterven voor alles afgelopen is? "Geen mens is een eiland... Iedereen maakt deel uit van het continent, van het vasteland..."'

Hij pakte haar handen vast.

'Heb je alles gedaan wat je kon? Ben je vriendelijk, verdraagzaam, geduldig geweest?'

'Niet altijd.'

'Wie is dat altíjd? Ben je het een groot deel van de tijd geweest? Je bent God niet, Barbara; je hebt geen zeggenschap over leven en dood van een ander. Hij heeft deze keus gemaakt. Hij had zijn eigen leven, zijn eigen contract met zijn eigen God. Ik heb geleerd dat het een zonde is in de ogen van God om mezelf het leven te benemen, maar onder bepaalde omstandigheden zou ik het doen, en het erop wagen bij God. Maar voor wie zijn deze tranen nu eigenlijk? Voor Carlyle, die dood is, of voor jou, die misschien niet alles voor hem was wat je wilde zijn? Je bent geen heilige. Dat ben je niet, Barbara. En begin niet weer John Donne te citeren. Ik weet dat de dood van elk ander mij minder maakt. Maar de geboorte van elk ander mens, de overwinning van elk ander mens? Als ik deel in het verlies van allen, mag ik dan niet ook delen in de vreugde van allen? Is dan de overwinning van de een ook die van mij? Het moet zo zijn. Het kan niet anders.'

Hij had zojuist bericht gekregen dat Walpole ging proberen Rochester te laten veroordelen volgens een wet op straf en boete. Het was een gedurfde, briljante manoeuvre. Het betekende dat Rochester niet voor een rechtbank zou hoeven te verschijnen. Walpole had niet het directe bewijs dat hij nodig had – een brief in Rochesters handschrift of een betrouwbare getuige die wilde verklaren: ja, hij staat aan het hoofd van de invasie. De minister zou daarom een motie indienen om het Parlement tot rechtbank te maken. Het Parlement hoefde zich niet te houden aan de normale rechtsregels en hij kon het allerlei bewijzen presenteren, hoe miniem ook. Walpole veranderde de regels opdat hij zou winnen.

Het zag ernaar uit dat Charles, en de anderen, helemaal niet berecht zouden worden, alleen een tijdlang in de gevangenis zouden moeten zitten. Maar Christopher Layer zou berecht worden, en Gussy ook, omdat er directe bewijzen tegen hen waren, bewijzen die voor een rechtbank toelaatbaar waren, en omdat Walpole hen wilde laten onthoofden. Hij zou hen onthoofden en Rochester verbannen.

Maar voor het zover was, zou Slane Gussy uit de Tower bevrijden. Hoe, dat wist hij nog niet precies. Hij zou Layer ook meenemen als het kon. 'Doe het,' schreef Rochester, 'doe alles wat je kunt om Walpole te vernederen. Ik had uit Engeland weg moeten gaan toen je me waarschuwde. Bedankt voor je boodschap over de wet op straf en boete. Het is een schok voor me, maar ik zal vechten. Het zal een duel worden om de eer, en hoewel hij als overwinnaar kan eindigen en mij zal verbannen, eindigt hij dan bij het publiek niet als winnaar.'

Barbara voelde aan de halsband.

'Ik heb al zoveel mensen verloren van wie ik hield. Ik kan jou niet ook verliezen. Echt niet. Ik zal breken, Slane.'

De tijd begon te dringen. Hij kon zijn hart horen kloppen. Er was zoveel wat ze moesten zeggen, zoveel plannen die ze moesten maken.

'Hou je van me?'

'Dat weet je.'

'Zeg het nog eens.'

'Ik hou van je.'

Hij wierp de twee stukken van een gebroken munt op tafel, en zijn vink in haar kooi sprong onrustig heen en weer. Jane had hem de gewoonte verteld: breek een kromme ninepence en neem elk een stuk. Dan was je verloofd, zei ze. Hij vroeg zich af wat er door Barbara's hoofd ging – haar positie, natuurlijk, en Devane Square, en de geboorte van het kind van haar moeder. Er waren ook mannen om haar heen, die haar opkomst zagen, en wisten dat haar boete verlaagd zou worden, en haar dus weer als een stuk op de huwelijksmarkt zagen, iemand die een familie roem en fortuin kon bezorgen.

'Trouw met me,' zei hij.

Ze keek van de munthelften naar hem, met een ernstige uitdrukking op haar gezicht.

'Wanneer?'

'Eens.'

'Ik kan geen kinderen krijgen, Slane.'

Daar hadden ze nooit over gesproken. Hij was nooit doorgegaan op de trilling die hij in haar stem had gehoord toen ze voor het eerst met elkaar geslapen hadden. Was dit de reden geweest? Hij kon voelen hoe hard haar woorden bij hem aankwamen, en hij haatte zichzelf omdat hij dit voelde, en omdat hij liet merken dat hij het voelde.

'Stop die munt weer weg,' zei ze.

Ik beloof je mijn trouw, wilde hij tegen haar gaan zeggen. Er was veel te doen: naar Italië gaan, verslag uitbrengen aan Jamie, naar Frankrijk gaan, zich daar vestigen. De brief was al verstuurd aan zijn moeder. 'Zoek een regiment voor me,' had hij geschreven. Hij zou officier worden in het Franse leger. Wanneer ik een huis heb, wilde hij gaan zeggen, zal ik je laten komen. Geef je nog om me, kom dan. Zo niet... En dan hadden ze elkaar moeten kussen zoals mannen elkaar kusten wanneer de een de ander tot ridder had geslagen, kuis, kortstondig, om trouw aan een ideaal te bezegelen.

'Kom een eindje met me wandelen, Barbara.'

'Nee, het is te gevaarlijk.'

'Bedek je haar met de kap van je mantel. Dan zal niemand je herkennen.'

Ze wandelden door de schemerige straatjes rondom de Tower, wandelden zoals een man zou kunnen wandelen met zijn liefje, openlijk, zodat iedereen het kon zien. Hij kocht iets te eten voor haar, en ze passeerden ramen waarachter gezinnen bij kaarslicht bijeenzaten. Ze gingen zitten op de riviertrap, met achter hen donker en massief de reusachtige muur die de gebouwen omringde die samen de Tower vormden. Hij zei dingen tegen haar in het Keltisch: dat ze zijn liefste was, dat hij het vreselijk vond om haar te moeten verlaten – dingen die hij nog niet in het Engels kon zeggen. 'Ik wilde kinderen bij je,' zei hij in het Keltisch. 'Ik wilde een zoon om de zoon die ik heb verloren te vervangen. Dit breekt mijn hart.'

In zijn kamer gingen ze in zijn bed liggen. Ze streelde zijn gezicht en hij voelde een zekere rust over zich komen.

'Vertel me meer over je leven in Frankrijk.'

'Je weet dat mijn moeder getrouwd is met een Franse hertog, en mijn zuster met een andere. Ik heb een oom die het bevel voert over een regiment Ierse soldaten onder de Franse vlag.'

'Daarom kun je hen een positie voor je laten kopen. Je zou een fantastisch kolonel zijn.'

Hij huiverde. Hij had een versluierd visioen voor de geest, van Barbara, zingend, in een mooie kamer, waarvan de deuren naar buiten openstonden, zijden gordijnen met kwasten en franje, glanzend gewreven houten vloeren, iemand die op de luit speelde. Een man in uniform stond naar haar te kijken, een man met een ooglap, die een arm miste. Was hij dat zelf? Hoe meer hij probeerde te zien, hoe sneller het verdween. Er waren vrouwen die legers volgden – hoeren, ja, maar ook echtgenotes, die buiten het legerkamp kampeerden en hun man over bergen en rivieren volgden, die de gewonden verpleegden wanneer de veldslagen begonnen. Hij kon zich goed voorstellen dat Barbara dat allebei deed, en er zich goed bij voelde. De kracht en de hartstocht die ze in zich had, zouden toenemen als geklopte room.

Hij draaide haar op haar rug, kuste een schouder. Morgen was het vrijdag. Charles moest zijn enkele witte roos krijgen, gewikkeld in een ruwe schets van een gehangene. Hij vond het altijd grappig Charles dat te sturen. Ik kan bij je komen wanneer ik maar wil, had hij tegen Charles gezegd. Wanneer hij wegging, moest hij iets regelen zodat de rozen bezorgd bleven worden.

'Ik wil dat je weggaat,' zei ze.

Hij bracht zijn handen naar haar borsten, zijn mond naar haar nek en haar oor, voegde zich naar de vorm van haar naakte lichaam. Ze werd stil, zuchtte, verplaatste zijn hand naar de lichte welving van haar buik, een beweging die hem opwond.

'Niet nu,' zei hij. 'Er is niets wat je kunt zeggen om me nu te laten vertrekken. Ik zal gauw gaan, maar ik moet eerst nog een kleinigheid doen. De nacht verstrijkt, je vriend is gestorven, je bent naakt en zucht onder mijn handen. Je begeert me. Ik begeer jou. Het is nu geen tijd om te praten, Barbara.'

Gisteren had een stadsomroeper twee processen in november aangekondigd, dat tegen Layer en dat tegen Gussy. Het broeide weer in de stad, als een vulkaan die net niet tot uitbarsting kwam. Het tijdstip was goed gekozen. Guy Fawkes Day was in november. Fawkes, een katholiek, had honderd jaar geleden geprobeerd het Parlement op te blazen. De processen zouden na Guy Fawkes Day zijn, en ook na Queen Elizabeth's Day, wanneer er branende kaarsen voor de ramen werden geplaatst ter nagedachtenis aan haar regering en het einde van de paperij. De koning en zijn ministers speelden in op de oude angst dat Jamie Engeland weer katholiek zou maken. Slane zou proberen Layer en Gussy vóór de processen te ontvoeren, zodat Walpole zijn demonstratieve verraders kwijt was.

Hij sloot zijn ogen bij het heftige en stralende genot, en vergat al het andere. Toen het voorbij was, kroop ze tegen zijn rug aan, streelde zijn buik met lichte vingers en fluisterde dat hij het noodlot niet moest tarten. Ze drukte haar wang tegen zijn rug.

'Ik aanbid je,' zei Barbara in het Frans. 'Mijn vriend, mijn lieve. Schat. Bloedmaand, zo heette november in de oude tijd. Slane, ik begin bang te worden, en dat is geen prettig gevoel. Weet je wat kolonel Perry zegt? Dat hij weet dat er in elke gebeurtenis iets goeds is, dat hij dat gelooft. Mijn grootmoeder zegt dat hij een dromer is en een gek, of een echte heilige. Maar zou het niet heerlijk zijn als er in alles iets goeds was, iets goeds wat we misschien niet kunnen zien omdat we daar te klein voor zijn, maar toch iets goeds? Zou het zo eenvoudig kunnen zijn? Te zoeken naar het goede?'

'Slaap, mijn liefste. Ik zal je wekken voor het ochtend wordt.'

'Ik wil dat je weggaat. Nu,' zei ze in het Engels.

Iets rammelde met zijn klauwen naar hem, een zo dringende waarschuwing dat hij even zweeg.

'Ik ga weg na Gussy's proces. Ik zweer het.'

Het gerammel van klauwen werd wat minder maar hield niet op.

Barbara wilde hem vertellen over het gevoel dat ze had gehad dat ze de Virginiaanse tuin niet zou zien, maar ze deed het niet. Ze hield haar wang tegen zijn schouderblad en dacht aan de uitdrukking op zijn gezicht toen hij had gehoord dat ze onvruchtbaar was.

Door deze dood, door de komende processen voelen we ons allemaal kwetsbaar, worden we allemaal krankzinnig, dacht Slane. Het gevoel in zijn middenrif hield aan. Een van ons beiden is in gevaar, dacht hij.

Hij stond op van het bed en ging bij het raam staan. Hij keek omhoog naar de sterren van deze koude nacht, keek naar de Tower, waar in verschillende torens licht brandde. Hij dacht aan Gussy, aan vriendschap, aan liefde, dacht dingen die hij zich zelden toestond te denken. Zijn dromen van zonen waren als as in zijn mond. Wie wist welke wendingen het leven zou nemen? Waar is dat goede van u hierin, kolonel Perry, dacht hij. De beide helften van het gebroken ninepence-stuk lagen vergeten op de tafel.

Trouw je in 't geel, wordt schaamte je deel, trouw je in 't zwart, berouwt het je hart.

Pas tegen het einde van de nacht, toen de dageraad aanbrak, dacht hij verder dan zichzelf, dacht hij aan haar, wat haar onvruchtbaarheid voor haar moest betekenen. Hij maakte haar wakker, en ze ging zitten, verdwaasd en slaperig als een kind. Ze moest een mooi kind zijn geweest, met veel wild haar en een nog wilder hart. Zijn we niet allemaal ooit zo geweest? Een veeleisend kind, stelde hij zich zo voor. Ze wilde graag winnen, zei Jane. Ze schreeuwde graag. Ze huilde het hardst en het heftigst als ze pijn had.

'Wat moet dat voor jou verdrietig zijn,' zei hij, 'dat er geen kinderen zullen zijn. Vertel me erover.'

De uitdrukking op haar gezicht raakte hem in zijn ziel. Als hij duizend diamanten had gehad, zou hij ze in haar schoot hebben uitgestrooid om haar verdriet te verzachten.

'Ik kan er niet over praten.'

'Trouw met me.'

'Nee. Ga, doe wat je moet doen, denk aan mij, aan wat ik je niet kan geven en aan wat ik je wel kan geven. En als er een tijd komt dat je me wilt zoals ik ben, wanneer je me niet ziet als iets onvolmaakts, iets met een gebrek, maar als een vrouw met wie je het leven wilt delen, vraag het dan nog eens.'

'Wat zul je dan zeggen?'

'Wie weet dat, Slane? Moeten we dat nu al weten?'

Nee. Omdat hij het al wist. Ze hield van hem.

Een van hen beiden was in gevaar. Hij voelde het weer. Maar wie?

'We moeten voorzichtig zijn in de manier waarop we elkaar van nu af aan zien. Je moet hier niet meer komen, Barbara.'

'Waarom niet?'

'Ik heb een angstig gevoel.'

'Ja. Ik ook. Ga alsjeblieft weg, Slane.'
'Ik zal gaan. Spoedig.'

Tony schonk zich nog een glas wijn in. Barbara had Carlyles dood bestempeld als een falen van vriendschap. En meer: een falen van leiderschap. Hij was jouw vertegenwoordiger, en je had daarom de taak voor hem te zorgen, bijna als in een huwelijk, Tony, in ziekte of gezondheid. Hij was een waardevol man voor jou, en je hebt je door Robin een rad voor ogen laten draaien. Je bent een werktuig van Robin. Morgen zal de een of ander tegen je zeggen dat Carlyle een sodomiet was die je respect niet waard was; iemand zal over zijn gebreken, zijn fouten spreken, en zeggen dat het juist was wat je deed, maar dan liegen ze, Tony. En als je hen gelooft, zul je zelf ook liegen. Tegen jezelf.

Ze was hard. Ze was keihard tegen hem. En ze had altijd gelijk.

In Rome stond Philippe voor het beeld van Michelangelo dat de *Pietà* heette, van de dode Christus in de armen van zijn moeder. Te midden van de schatten van de Sint-Pieter was het een van de bezienswaardigheden van Rome. Hij bleef hier een tijdlang staan en overpeinsde het genie van een man die een brok marmer gelijktijdig wist te bezielen met verdriet en gratie, tot hij dezelfde priester zag die hij hier de laatste vier dagen had gezien. Toen bewoog hij langs de aangegeven weg, van het ene beeld of schilderij naar het volgende, tot hij uiteindelijk bij het schitterende altaar van oogverblindend groen marmer en goud stond. Bij een zijaltaar stak hij de vereiste zeven kaarsen aan, en vervolgens wandelde hij uit de schemerige Sint-Pieter naar buiten in de stralende zon van de piazza die zich voor de kerk uitstrekte en waar heel Rome langskwam.

Hij moest dit ritueel nog drie dagen uitvoeren. Hij moest wachten, had men hem in Parijs gezegd, tot de jacobieten contact met hem opnamen. Hij twijfelde er niet aan dat ze contact zouden opnemen. Een bekeerling zoals hij trok de aandacht.

Walpole had Roger meer gekwetst dan nodig was, en hoe? Door niet alles te doen wat gedaan kon worden; door met een subtiliteit die Philippe kon respecteren de gebeurtenissen aan te wakkeren tot een grotere sneeuwbal gevormd was dan gebeurd zou zijn als hij niets had gedaan. Philippe werd gek van deze gedachten, ze hitsten hem bijna onverdraaglijk op. Hij had begrip voor noodzaak, begreep ook dat er een moment kwam waarop je niets meer kon doen voor een vriend die tot de ondergang gedoemd was, maar om dat noodlot te gebruiken, het nog verergerd te hebben ten bate van je eigen doeleinden was onvergeeflijk, en vooral onvergeeflijk omdat het Roger betrof. Devane House had niet afgebroken hoeven te worden. Philippe had Roger vergezeld om er schilderijen voor te zoeken, had hem vergezeld wanneer hij – met het oog van de meester – antieke voorwerpen uit het oude Rome uitzocht om in zijn Tempel der Kunsten tentoon te stellen. Hij kon zich Roger voor de geest halen, zijn elegantie, die in de gekozen werken weerspiegeld werd. Devane House had het beste van Roger vertegenwoordigd.

's Nachts werd Philippe wakker uit een onrustige slaap en ijsbeerde door de kamer. In gedachten ging hij woord voor woord zijn gesprekken met Rochester en met Tommy Carlyle na, ging hij de gebeurtenissen van de South Sea Bubble na. Barbara had gelijk. Roger was tot zondebok gemaakt. Het was een briljante tactiek van Walpole. Maar Walpole was niet de enige die slim en briljant was in dit geheime drama.

Philippe had belet gevraagd bij hoge jacobieten in Parijs, maar ze hadden eerst niet geloofd dat hij het oprecht meende. Hij had weken moeten wachten voor ze hem wilden ontvangen, terwijl de gebeurtenissen in Engeland hun loop namen. Philippe las de berichten die de Franse ambassadeur hem stuurde. Weer arrestaties. Een wet volgens welke gevangenen voor de rechter moesten worden gebracht om te vernemen waarvan ze werden beschuldigd, werd voorlopig aangehouden. Slim van Walpole om het Engelse recht naar zijn hand te zetten. Er werd een beloning uitgeloofd voor inlichtingen aangaande een zekere Lucius, burggraaf Duncannon, die een geheim agent voor de Pretendent zou zijn.

Hij liet de tijd dat ze hem lieten wachten niet onbenut. Hij bracht een bezoek aan Lord Bolingbroke, de ambitieuze hoveling van koningin Anne die in 1715 uit Engeland was gevlucht. Philippe en hij wandelden door de tuinen van het landgoed buiten Parijs waar Bolingbroke nu woonde. Ik verlang naar huis, zei Bolingbroke. Ik verlang ernaar mijn land weer te dienen. Ik ben verstandiger dan ik vroeger was. Ik ben nederig geworden.

Nederig? Bolingbroke? Nee. Maar hij wilde wel heel graag naar Engeland terug, dat was duidelijk.

Bolingbroke en Walpole waren oude vijanden. Oude haat, die wel gevoed moest worden om niet uit te doven, was een nuttig iets. Walpole komt nu bij de meest vertrouwde ministers van koning George. Ik denk dat hij de eerste onder hen wordt, als het hem lukt de bisschop van Rochester voor de rechter te brengen.

De uitdrukking op Bolingbrokes gezicht was bepaald bevredigend.

Philippe liep ongeduldig door de menigte op de piazza. Nu was het al oktober, en hij had koning Jacobus nog steeds niet gesproken. Tegen een achtergrond van jacobitische traagheid doemde tegen het eind van de maand de kroning van Frankrijks jonge prins op, die Lodewijk xv zou worden. Philippe mocht er als prins van Soissons niet wegblijven. Als koninklijke neef, een prins van den bloede, moest hij een rol spelen in de grootscheepse ceremoniën die de gebeurtenis zouden omlijsten. Het was al te lang geleden dat er een koning van Frankrijk gekroond was. Ze hadden deze jongen gered van de pokken en van de gruwelijke rode uitslag die zijn overgrootvader, zijn grootvader en zijn vader had gedood. Deze jongen was een wonder; zijn overleving en zijn kroning waren een teken dat Frankrijk voorbestemd was voor de grootheid die door de Engelse generaals Tamworth en Marlborough in de schaduw was gesteld. Nog drie dagen. Het was dwaasheid om hem te laten wachten. Hij was bereid de aarde te verschroeien om Roger te wreken. Hij had een kwart van zijn fortuin aan de zaak van de jacobieten geschonken.

Barbara, die in de berichten van de Franse ambassadeur in Engeland voorkwam, wandelde door de gangen van zijn geest. 'We moeten haar het hof maken,' zei de ambassadeur. 'Het is duidelijk dat zij een favoriete is van zowel de koning als de prins, maar toch deelt ze blijkbaar met geen van beiden het bed. Interessant.'

Lieve Barbara. Hij had ervoor kunnen zorgen dat ze onder de schuld verpletterd was als een insekt onder een voet. Maar Walpole had de vriendschap verraden, had Roger verraden. Philippe zou zorgen dat dat verraad werd gewroken. En Barbara, de lieve Barbara, moest nu stijgen, zodat Walpole ten val zou komen.

Thérèse probeerde op te houden met huilen, maar het ging niet. Het was Allerzielen; in deze nacht waarden spoken en geesten rond, en in de keuken van Leicester House waren bedienden bezig noten te roosteren in het vuur en elkaar enge verhalen te vertellen. Thérèse had geen spookverhaal nodig om bang te zijn. Ze hadden ditmaal alles ondersteboven gekeerd. De stromatras was van haar bed getrokken, het stro was eruit gerukt en overal neergegooid. Het water in haar kan was op de vloer uitgegoten. Haar kleren, haar brieven, haar kammen, haar naalden en garen, zelfs de spelden in haar speldenkussen waren rondgestrooid. Het kant dat ze bezig was aan de japon van de prinses te naaien was van de mouw gescheurd en hing er in flarden bij. Op een muur stond met rouge het woord 'papist' geschreven, en een van haar moesjes diende als punt op de i.

Waarom hadden ze het gedaan? Wat wilden ze?

Vier dagen geleden had de peluw aan een andere kant van het bed gelegen dan ze hem had achtergelaten. Drie dagen geleden waren al haar japonnen op de vloer gegooid, maar toen was er niets anders aangeraakt. Twee dagen geleden was het linnen van haar bed gehaald en in een keurige stapel opgevouwen voor haar deur gelegd. De eerste keer, en ook de tweede keer nog had ze gedacht: iemand plaagt me omdat ik nieuw ben, en omdat ik een Française ben.

Toen ze gisteren door de reeks grote salons liep, zag ze op een spiegel het woord VERRAAD staan, met een getekend figuurtje van een gehangen vrouw. Toen had ze het huis verlaten en had zich stroomopwaarts naar het dorp Twickenham laten roeien om haar vrienden Caesar en Montrose op te zoeken en het hun te vertellen. Ze schrokken er erg van.

Dit was een moeilijk huishouden. De prins was onderhevig aan boze buien die hij niet kon beheersen. Ze troffen willekeurig wie, van zijn echtgenote tot een of andere staljongen die hem zijn paard bracht. En Mrs. Howard, de maîtresse van de prins, leefde in het huishouden als kamenier van de prinses. Zo'n situatie bracht snelle, voortdurende wervelingen van boosaardigheid voort.

De prinses vergaf de koning niet dat hij de drie prinsessen bij zich hield, en vergaf madame Barbara niet dat zij hun hofdame was geworden. Men zei dat de moeder van de prins opgesloten was in een kasteel in de bergen bij Hannover. Haar misdaad was overspel, lang geleden gepleegd; het was de reden waarom de koning van haar gescheiden was en haar had verbannen. Hij had haar minnaar vermoord en begraven onder de vloerplanken van het huis waar de driehoeksverhouding zich had afgespeeld, zei men. Er rustte een vloek op de koning: hij zou een jaar na zijn vrouw sterven. Thérèse had gehoord dat de prinses geloofde dat ze op een woensdag zou sterven, en op die dag altijd onrustig en lastig was.

Er hing in dit huis een ongelukkige sfeer, even tastbaar als de steen van de buitenmuren, en dit ongeluk deelde zich ook aan haar mee. Nu moest ze naar Mrs. Clayton om uit te leggen dat de japon niet klaar zou zijn voor vanavond, terwijl de prinses er uitdrukkelijk om had gevraagd.

Haar hele binnenste trilde van het kwaad dat haar werd toegewenst. Ze voelde het. Wie deed haar dit aan? En waarom?

55

Eén november.

'Bezoekers,' zei Batseba fluisterend als altijd. 'Ze wachten.'

Barbara opende de keukendeur. Thérèse en Caesar en Montrose stonden onder de bomen van het park achter het huis van haar moeder. Ze glimlachte, blij hen te zien. Montrose kwam naar haar toe bij het tuinhek, dat knarste door de kou toen Barbara het openmaakte.

'Er is iets gebeurd. Doe alsof alles in orde is. We worden waarschijnlijk bespied.'

'Bespied? Waarom?'

'Alstublieft, lady Devane.'

Montrose wuifde bedrieglijk opgewekt naar Caesar en Thérèse dat ze konden komen. Eén blik op het gezicht van Thérèse, dat half schuilging onder de kap van haar mantel, en Barbara voelde haar maag ineenkrimpen.

'We gaan naar binnen. Een bezoekje aan lady Devane, voor wie we allemaal hebben gewerkt, daar steekt immers geen kwaad in?' zei Montrose te luid. Hij was een slecht acteur.

In de keuken hoorde Barbara Thérèses verhaal aan, met aanvankelijke verbijstering die overging in boosheid.

'Gisteravond,' zei Thérèse, 'zeiden ze dat u me kwam opzoeken, en ik ging naar beneden, en toen naar buiten in de tuin om u te zoeken, en daar waren twee mannen. Ze zetten me in een koets en dreigden me iets aan te doen als ik iets zei of probeerde te ontsnappen. Ze blinddoekten me, madame. Ze lieten de blinddoek om toen de koets al stilstond, tot ik in een of andere kamer was, en daar ondervroegen ze me. Ik mocht niets zeggen, zeiden ze, anders zou ik naar Frankrijk worden gestuurd, naar de gevangenis daar, weg van de wereld en van alles dat me lief is. "Je weet dat je landgenoten iemand zonder proces gevangenzetten en de sleutel weggooien," zeiden zij tegen mij. "Wij kunnen ervoor zorgen dat dat met jou gebeurt."'

'Waarover werd je ondervraagd?' zei Barbara.

'Over… over Parijs, monsieur Harry, de hertog van Wharton. O-over u.'

Een angstig vermoeden kroop als een slang door Barbara.

'Ze vroegen dingen over Rome, over uw vader, over monsieur Harry en wat hij daar deed. Wat ú daar deed. Ik wist niet wat ik moest zeggen. Was u bij de Pretendent geweest toen u in Rome was, vroegen ze. "Natuurlijk," zei ik, "iedereen kwam bij hem." Ze vroegen dingen over Virginia, over de opzichter, Blackstone. "Had je een verhouding met hem?" vroegen ze. "Nee," zei ik. Hoe durfden ze zoiets te vragen, zei ik. Wist ik dat hij een jacobiet was? Ze bedreigden me, madame. Ze zeiden dat ik uit Engeland weg zou moeten als ik de waarheid niet vertelde. "Ik heb jullie de waarheid verteld," zei ik, maar ze vroegen het me steeds weer, tot ik moe werd en begon te huilen. Ze vonden het leuk dat ik huilde. Ze zeiden dat als ik zou vertellen dat ik ondervraagd was, ze me overal zouden weten te vinden, en mijn tong eruit zouden laten snijden.'

Robin. Barbara voelde zich koud worden. Onderschat zijn vastbeslotenheid niet, zijn onverzoenlijkheid. Woorden van Carlyle, vóór de schandpaal. Gevoeligheid was niet gunstig geweest voor Tommy, en zou voor haar niet gunstig zijn, want gevoeligheid legde het af tegen Robins gedreven ambitie.

Ze liet Thérèse alles nog eens herhalen.

'Je moet hier vannacht blijven, achter een gesloten deur,' zei ze. 'Ik denk dat iemand probeert mij te betrekken bij de jacobitische samenzwering.'

Iedereen praatte over niets anders dan de processen wegens hoogverraad. Barbara voelde hoe de angst door de gangen van St. James's Palace waarde. Je kon overal de spanning voelen, die zich samenpakte als donkere wolken.

'Wie zou zoiets doen?' riep Montrose.

'Bent u veilig?' Caesars gezicht stond ernstig.

'Nee, ik ben niet veilig. Ik wil dat jullie drieën dit goed onthouden. Als ik verdwijn, moet je me in de Tower zoeken.'

'Wie bedreigt u zo?' vroeg Caesar.

'Robert Walpole. Onthoud dat ook. Walpole.'

Ze vielen stil. Ja, dacht Barbara, als ik verdwijn, zullen jullie het tegen de machthebbers moeten opnemen.

Wat moest ze doen? Een briefje naar Slane. Ze mochten elkaar niet meer zien. Hij moest uit Londen weg. Ik kan het gevaar zien, opgerold, met flitsende tong, klaar om aan te vallen, dacht ze. Een bezoek aan haar grootmoeder en aan Tony. Tony was boos op haar, maar hij was familie. Hij zou haar helpen. Walpole drong op. Ze moest terugduwen. Ze moest haar eigen kracht gebruiken, anders werd ze onder de voet gelopen.

Kinderen zongen de liedjes die bij de dag pasten, bedoeld om de herinnering aan het buskruitverraad van Guy Fawkes levend te houden.

Feestvierders droegen een Guy Fawkes-pop gemaakt van stokken en oude lappen rond. De katholieken van Londen, die weer in de stad waren toegelaten, hielden hun deuren deze nacht stijf op slot. De kerkklokken luidden. Fawkes-poppen verschrompelden en verbrandden in rokerige vuren die overal in de stad waren aangelegd.

Barbara, die met haar grootmoeder, lady Doleraine en de jonge prinsessen toekeek, huiverde. Ze zat in een koets te midden van een menigte koetsen op Lincoln's Inn Fields, waar een reusachtig vreugdevuur brandde, waar de Londenaars rond de vlammen dansten en er strooien Fawkes-poppen in wierpen. Haar grootmoeder boog zich naar voren en pakte haar hand.

'Houd je het nog vol tot morgen?' vroeg haar grootmoeder. Dan zou hun onderhoud met de koning plaatsvinden.

'Ja.'

Er werd op het portier van de koets geklopt, en lady Doleraine boog zich uit het raam.

Nadat ze even met iemand had gesproken, zei ze tegen Barbara: 'Het is lady Shrewsborough. Ze vraagt of u met haar om het vuur wilt wandelen.'

'O, mogen wij ook mee,' zei prinses Amelia.

Lady Doleraine, hun gouvernante, schudde haar hoofd.

Terwijl de prinsessen om het hardst zeurden of het mocht, stapte Barbara uit de koets.

Lord Carteret, een minister van de koning, had haar verteld dat de koning erover dacht voor zijn kleindochters een huis te bouwen aan Devane Square, op de plaats waar Rogers huis gestaan had. Princess House, dacht Barbara, en ze zag het al voor zich, tegen de top van een lage heuvel, met daarachter de stille velden en het mooie dorp Marylebone, en aan de voorzijde zicht op de Virginiaanse tuin en de wegen die naar St. James's Palace liepen.

Achter tante Shrew verscheen opeens Laurence Slane. Zijn gezicht stond plechtig, hij had zijn ogen op Barbara's gezicht gevestigd. Hij had dit geregeld.

'Ik wandel liever alleen met mijn tante,' zei ze tegen hem. Als hij haar koelheid niet kon interpreteren, niet kon zien dat ze bang was, was hij een idioot. Waarom was hij niet weggegaan? Lieve Jezus, ze was echt bang. 'Blijf uit mijn buurt en ga weg uit Engeland,' had ze geschreven.

'Waarom heb je Slane weggestuurd? Hij is onschuldig gezelschap, en ik vind het prettig als een knappe vent mijn arm vasthoudt,' zei tante Shrew terwijl Barbara en zij rondom het vuur begonnen te wandelen. Het laaide twintig voet hoog op, en de vlammen sisten, knetterden, loeiden van diep uit het houten binnenste. Het licht van het vuur vormde flakkerende schaduwen.

'Ik wilde niet dat hij zou horen wat ik u te zeggen heb. Ik heb het niemand verteld, zelfs mijn moeder niet. Walpole heeft naspeuringen gedaan naar mijn verleden.'

'Waarom in 's hemelsnaam?'

'Om te zien of ik een jacobiet ben.'

'Mijn god.'

'Ja. Laten we doorwandelen en blijven praten zoals een tante met haar nicht zou praten. Er is niemand zo dichtbij dat we kunnen worden afgeluisterd, maar ik wil geen risico nemen. Ik heb morgen een onderhoud met de koning en Walpole. Ik ben van plan het hem openlijk voor de voeten te werpen. Tony en grootmama zullen er ook zijn.'

Ze liepen enige tijd zwijgend verder. Rondom dronken Londenaars jenever uit donkere flessen, die ze vervolgens in het vuur gooiden.

'Het is verstandig dat je Tony en je grootmoeder meeneemt. Ik had zelf geen betere keus kunnen doen. Ik zal aan je denken, Bab. Dat moet je weten.'

'Dank u, tante Shrew. Laten we teruggaan naar de koets.'

Tal van mensen wandelden om het vreugdevuur heen.

Mrs. Modest Welsh en haar man wandelden er ook. Mrs. Welsh bewonderde de hoogte van het vuur, het bulderen van de vlammen. Ze waren bij de groep koetsen waar de adel was bijeengekomen om te kijken. Vrouwen hingen uit de ramen van de koetsen met juwelen om hun hals en in hun oren. Mannen, bij wie kanten lubben uit de mouw van hun jas staken, en wier gespen en zwaardgevesten blonken in het licht van het vuur, stonden in groepjes bijeen. Hun pruiken waren lang en weelderig, hun hoeden hadden een zwierige, brede rand.

Een man, een knappe kerel met donkere wenkbrauwen stond

een eindje van hen af. Hij luisterde naar een bejaarde vrouw, een van de weinige vrouwen die niet in een koets zaten. Zij droeg een reusachtige, schuinstaande hoed als een man, waar donkere, valse krullen onderuit kwamen, en vele juwelen, vele armbanden.

'Ik vermoord hem,' zei Slane.

Tante Shrew legde haar hand op zijn arm. 'Jij gaat uit Londen weg, en wel dadelijk. Barbara zou hetzelfde zeggen.'

'Ze heeft het al gezegd.' Hij kon niet weggaan. Hij wilde niet weggaan. De precieze toedracht van de reddingsoperatie was nog niet duidelijk. Hij mocht niet weg zonder Gussy. Twee dagen geleden had het kind van een bewaker een witte roos van Gussy bij hem bezorgd. Blijvende trouw, betekende dat. Zelfs al werd hij veroordeeld, zei dit gebaar, zou hij niets loslaten. Zou Gussy het in Frankrijk leuk vinden? Anders was het jammer voor hem. En nu bedreigde Walpole Barbara.

'Nou, God mag je vervloeken, waarom heb je dan niet naar haar geluisterd? Jouw aandeel hierin is afgelopen. Dat moet je onder ogen zien, en je moet ons aan onze eigen mogelijkheden overlaten. Het zou mijn hart breken als ik moest meemaken dat je onthoofd werd.'

'Dat is hem,' zei Mrs. Welsh.

'Wie?' zei haar man.

'De man die toen naar een huurkamer vroeg.'

Ze wees haar man Slane aan.

'Weet je het zeker?'

'Hij heeft geen gezicht dat je gauw vergeet,' antwoordde Mrs. Welsh bits.

Haar man greep haar hand en sleurde haar tussen de koetsen door. Ondertussen vroeg hij aan de koetsiers of de Lord Treasurer hier was. Ze gingen van koets naar koets, tot eindelijk een koetsier zei: 'Hij is hier, en wie mag jij dan wel zijn dat je hem zoekt?'

'Modest Welsh, een bode van de koning.'

'De Lord Treasurer is bezig. Je zal moeten wachten, meneer de bode van de koning.'

In plaats daarvan klopte Welsh luid op het rijkversierde en gelakte portier van de koets. De gordijntjes van de ramen en van het portierraam waren dichtgetrokken.

Waarom komt hij naar het vuur, als hij er niet naar kijkt? dacht Mrs. Welsh.

'Hola,' zei de koetsier, maar Welsh klopte weer.

De koetsier kwam van de bok af en ging voor Welsh staan, klaar voor een gevecht, maar het portier ging langzaam open, en een dikke man in rijke kleding, met ogen die loom en verzadigd keken, stapte uit. Mrs. Welsh ving een glimp op van een vrouw in de koets, die met gesloten ogen en slordig opgetrokken japon achterover leunde tegen de bank. Onder de opgetrokken japon was een dikke, zwangere buik te zien.

'Modest Welsh,' zei Walpole. 'Wat kan ik op deze mooie avond voor je doen?'

'Vergeeft u mij dat ik u stoor, mijnheer, maar het is belangrijk.'

'Dat is je wel geraden. Wat is er?'

'Blijf hier,' droeg Welsh zijn vrouw op, en Walpole en hij liepen weg en verdwenen even later achter de rijtuigen uit het gezicht. Toen ze terugkwamen, had Walpole een glimlach om zijn mond. Hij knipoogde naar Mrs. Welsh voor hij weer in de koets stapte.

'Je zult een nieuwe japon krijgen,' zei Welsh tegen haar, 'met de complimenten van de Lord Treasurer.'

'Twee nieuwe japonnen,' kwam een stem van binnen in de koets.'

'Twee nieuwe japonnen,' herstelde Welsh.

Slane maakte een stevig ontbijt voor zichzelf klaar en dacht aan de bewaker van de Tower die hij op dit onheuse tijdstip voor dag en dauw ging omkopen. Zijn vinkje vloog door de kamer en streek van tijd tot tijd op de tafel neer zodat hij haar ook haar ontbijt kon voeren. Tijd om te gaan. Het was nog ongeveer een uur voor zonsopgang, en de dienst van de man begon bij zonsopgang. Slane stak zijn hand uit naar de vink, maar ze vloog omhoog in een hoek van de kamer en ging ergens zitten waar hij niet bij haar kon.

'Als je niet in je kooi gaat, moet ik je zo achterlaten,' zei hij. De vink hield haar kopje scheef.

'Kom, schatje, in je kooi.'

Ze bleef zitten waar ze zat. Koppig vogeltje, dacht hij. Vanavond zou ze hem verwijten dat hij haar niet in de kooi had gestopt. Hij zou haar ergens vinden, uitgeput van een hele dag vrijheid. Je zou beter voor me moeten zorgen, schold ze dan. Hij holde de trap van zijn logement af. Het was windstil en donker, met de absolute stilte van de vroege morgen voor zonsopgang. Slanes bewaker zei dat hij anderen kende die omgekocht konden worden. Op dit moment mocht Gussy niet uit zijn cel. Als Slane er op de een of andere manier voor kon zorgen dat Gussy lichaamsbeweging mocht hebben, kon hij hem misschien weghalen. Anders zou hij hem moeten pakken wanneer ze hem heen en weer brachten voor het proces, over twee weken. Dat betekende dat hij langer in Engeland zou moeten blijven dan hij eigenlijk wilde, maar...

Ze kwamen hem achterop en grepen hem. Hij liep over een ontsnappingsplan te denken. Hij had zelfs geen argwaan tot hun armen door de zijne haakten.

Walpole. Hij wist het meteen.

'Dieven! Help! Ik word beroofd...' Hij stelde zich teweer, zoals iedereen zou doen, maar hij werd fluks in een koets geduwd. Dadelijk probeerde hij het andere portier. Het was afgesloten.

'Wat is dit?' wilde hij weten. Zijn geest zocht als een razende naar een uitweg. 'Wie zijn jullie? Ik zal jullie voor een baljuw laten halen. Wat willen jullie?'

'Je hoeft je niet zo op te winden,' zei een van de mannen. 'Een hoge wil je spreken, in het geheim. Die hoge heeft ons gevraagd je zacht aan te pakken, maar we kunnen je alleen zacht aanpakken als jij je koest houdt.'

'Een hoge? Wie dan? Dit is een truc. Jullie proberen me te beroven...'

Hij drukte zich tegen het portier van de koets, maar werd tegengehouden.

'Moeten we je soms pijn doen?' vroeg de eerste man.

'Als je maar niets met mijn gezicht doet. Ik ben toneelspeler. Neem de munten die ik bij me heb. Ze zitten hier in deze zak. Laat me dan gaan. Ik zal niets zeggen. Ik zweer het.'

'We gaan je nu blinddoeken. Rustig, rustig, geen grappen van jou, geen grappen van ons. Houd zijn armen vast. Ik vertrouw hem niet.'

Hij deed nog een laatste poging, maar ze sloegen hem hard genoeg om hem te laten weten dat ze hem pijn zouden doen als het nodig was.

'Voorzichtig met zijn gezicht, hoor,' zei er een.

Toen de koets stilhield, werd hij eruit geholpen. Ze hielden zijn armen stevig vast, aan weerskanten een man. Hij werd een gebouw in gebracht, trappen op, een kamer in. Toen hun handen hem loslieten, trok hij de blinddoek weg. Ze zaten aan weerskanten van de deur op een stoel. Achter hem stond een houten brits.

'Ga liggen,' zei een van de mannen. 'De man die je wil zien, komt voorlopig nog niet. Hij heeft vandaag iets anders te doen.'

De koning stond bij zijn open haard. Door een kleine deur, die zo mooi in de muur paste dat hij onzichtbaar was, kwam een van de persoonlijke bedienden van de koning binnen, Mehemet. Hij knikte naar Tony en de hertogin en glimlachte naar Barbara.

Daarop werden Walpole en Lord Townshend binnengeleid, en toen Walpole Barbara en haar familieleden zag, verdween heel even elke uitdrukking van zijn gezicht. Aha. De koning had hen niet gewaarschuwd dat ik om dit onderhoud heb gevraagd, dacht Barbara. Mooi.

Walpole glimlachte en kwam naar voren om haar op de wang te kussen alsof er niets aan de hand was. Barbara wendde zich van hem af. Hij keek verbaasd.

Slimme kerel, dacht Barbara. En levensgevaarlijk.

Nu keek Walpole naar de gezichten van haar familieleden, met een vragende, verbluffte, onschuldige uitdrukking op zijn gezicht.

'Er is een misverstand gerezen, een onprettige zaak. Zijne Majesteit meent dat zijn Engels niet toereikend is voor alles wat besproken zal worden, en het onderwerp is te gevoelig om er nog een minister bij te betrekken,' zei Mehemet. Zijn optreden was zeer ernstig, zeer waardig. Ik bid hierover tot Allah, had hij Barbara verteld toen ze elkaar in de paleisgang hadden gesproken, dat alles moge gaan zoals het moet gaan. Er bestonden weinig geheimen voor een persoonlijke bediende. Daarom was een goede, die geheimen kon bewaren, zo waardevol.

'Mij is gevraagd voor hem het woord te doen. De voormalige Franse kamenier van lady Devane heeft een bepaalde behandeling ondergaan die lady Devane zelf schijnt te betreffen. Zij is naar ons toe gekomen – ik spreek natuurlijk voor de koning – met haar neef en de hertogin, om te vragen of zij zich zelf mag verweren tegen eventuele verdenkingen die tegen haar bestaan.'

'Verdenkingen?' zei Walpole.

'Haar kamenier is op brute wijze opgepakt, op brute wijze ondervraagd en men heeft haar onder bedreiging gezegd hierover te zwijgen,' zei Tony.

Tony was boos. Barbara had hem nog nooit zo boos gezien. Een held, dacht ze, die de eer van de familie verdedigt. Bravo, neef.

'Er zijn de kamenier naar ik begrijp vragen gesteld,' zei Tony, 'over burggraaf Alderley en lady Devane, over hun activiteiten enkele jaren geleden in Parijs en in Rome. Er werd ook, naar ik begrijp, een bepaalde lasterlijke beschuldiging geuit – die ik niet zal herhalen omdat ik hem te ergerlijk vind – over haar tijd in Virginia.'

Mehemet herhaalde dit zacht in het Frans, maar de koning legde hem ongeduldig met een gebaar het zwijgen op. Hij had het begrepen.

'Dat mijn kleinzoon en zijn vader jacobieten waren, is geen geheim,' zei de hertogin. Zij was in het zwart gekleed, met overal diamanten, en de medailles van haar echtgenoot als bakens opgespeld tussen de diamanten. 'Als u diegenen onder ons gaat verdenken die jacobitische verwanten hebben, verdenkt u meer dan de helft van de families in Engeland. Een lid van onze eigen familie – Lord Russel – zit op ditzelfde ogenblik in de gevangenis, maar dat betekent niet dat wij zijn opvattingen delen.'

'En het betekent ook niet,' zei Tony, 'dat hij schuldig is. Hij is beschuldigd door Layer, die zoals we allemaal weten, half gek is. Een beschuldiging is geen bewijs van schuld. Althans niet volgens mijn begrip van het Engelse recht. Als er een beschuldiging tegen lady Devane bestaat, willen wij dat meteen weten. Ik wil niet dat er nog meer familieleden in het holst van de nacht worden gevangengenomen, zonder schriftelijke aanklacht, zonder gelegenheid om voor een rechter te verschijnen en zich te verdedigen. Mijn zuster is nog niet bekomen van de wijze waarop Lord Russel is gearresteerd. Ik zal geen verontschuldigingen aanvoeren voor burggraaf Alderley, die in zijn graf ligt en dus niemand meer kan schaden, maar ik wil wel zeggen dat er nimmer ook maar een gerucht of één enkel feit is geweest dat erop wijst dat lady Devane zijn opvattingen ooit heeft gedeeld. Dat zij van haar broer hield, zal niemand ontkennen, maar van iemand houden is niet hetzelfde als hem steunen in zijn verraad.'

'Lady Devane,' zei Mehemet, 'wilt u alstublieft herhalen wat uw kamenier u heeft verteld.'

Barbara hield haar ogen op beide ministers gevestigd terwijl ze Thérèses verhaal herhaalde. Geen van beiden zei iets, hoewel Townshend blijk gaf van ergernis en gêne.

'Hebt u een duidelijke reden om lady Devane te verdenken?' zei de koning in het Engels tegen Walpole. Hij sprak met een zwaar accent maar de woorden waren duidelijk.

'Nee.'

'Is er enig bewijs, een brief aan haar, een beschrijving van haar, een plaats waar zij wordt genoemd, wat dan ook behalve haar relatie met haar broer?' vroeg Mehemet voor de koning.

'Nee.'

'Hoe durven jullie dan te beweren...' begon Tony, maar de koning wendde zich met een streng gezicht naar hem toe, zodat Tony zweeg.

'Wilt u zich een ogenblik terugtrekken terwijl ik met mijn ministers spreek?' vroeg de koning aan Barbara en haar familie. En tot Mehemet: 'Jij ook.'

Toen hij met Walpole en Townshend alleen was, zei de koning in het Engels: 'U bent niet naar mij toegekomen?'

'We wilden meer bewijzen hebben betreffende lady Devane, Majesteit, voor we u ermee lastig vielen,' zei Townshend.

'En hebt u er meer?'

'Nee.'

'Die kamenier?'

'Een Française, katholiek, was in Parijs en in Rome bij hen.'

'En voordat ze bij lady Devane in dienst trad?'

'In Parijs, als een van de dienstmeiden van de dochters van de prins van Condé.'

'Staat de prins van Condé onder verdenking?'

Walpole negeerde de ironische opmerking van de koning. 'Die opzichter in Virginia...' begon hij, maar de koning hield hem met een kort handgebaar tegen.

'Niets anders dan een koloniale opzichter die jacobiet is...'

'En een vader en een broer,' merkte Walpole op. 'Alle jacobieten maakten haar in Italië het hof.'

'... en daarop baseert u uw verdenking van haar?' eindigde de koning, alsof Walpole niets had gezegd. 'Ik wil zekerheid hierover.'

'Die kwestie van het ganzenjong,' begon Townshend. 'Hij – we dachten dat het misschien iemand was die we kennen, een vrouw misschien...'

Townshend zweeg, alsof hij zelf hoorde hoe zwak het klonk.

'En die vrouw zou lady Devane zijn? Ze is het hele voorjaar in Virginia geweest. Hoe lang is zij deze gevreesde jacobiet geweest, dit ganzenjong waarvan gezegd wordt dat het mijn koninkrijk is binnengedrongen? Sinds voor de dood van Lord Devane? Of daarna?'

De koning pakte opeens een bel en liet hem klingelen, ongeduldig. Mehemet verscheen. De koning begon hem in afgebeten Frans toe te spreken, en Mehemet vertaalde het met zachte stem en een ondoorgrondelijke uitdrukking op zijn gezicht.

De boosheid behoefde niet vertaald te worden, een boosheid zo groot dat de koning niet in het Engels had kunnen doorgaan.

'Waarom is ze dan naar Virginia gegaan?' zei Mehemet. 'Om opstanden in mijn koloniën te beramen? Heeft ze de ontvoering van haar page beraamd, zodat ze een reden zou hebben om terug te komen? U hebt dit onhandig aangepakt. Als ik me niet vergis hebt u zich de vijandschap van de hertog van Tamworth en zijn grootmoeder op de hals gehaald.'

'Ik kan de hertog weer voor me winnen, als het moet,' zei Walpole vlug.

'Als u wenst dat we onze onderzoekingen staken...' begon Townshend stijfjes, bijna arrogant.

De koning snoerde hem de mond. 'Vertel mij nu, eens en voor altijd, of er enige reden is om lady Devane te verdenken?'

Geen van beiden antwoordde.

'Dan zult u haar in mijn aanwezigheid en in aanwezigheid van haar neef en grootmoeder persoonlijk uw excuses aanbieden en u zult haar kamenier met rust laten.'

De koning glimlachte. Zijn boosheid verdween. 'U vervolgt de vijanden van mijn huis. Uw ijver wordt op prijs gesteld, al bent u niet handig. Ik heb grote achting voor lady Devane. Ik ben blij dat ze nergens schuldig aan is, maar als ze dat wel was...'

De stilte die op zijn woorden volgde, was veelzeggend. Walpole en Townshend reageerden als honden die getuchtigd zijn maar vervolgens door hun meester op de kop worden geklopt.

'Het deed me onzegbaar veel verdriet er ook maar aan te denken dat ze jacobitische betrekkingen zou kunnen onderhouden,' zei Walpole. 'Ze is als een dochter voor mij. Een geschenk aan de kamenier zou ons onhandig optreden kunnen verzachten. Vijftig pond, misschien.'

'Twintig,' zei de koning. Op zijn hoofdknik ging Mehemet de anderen halen.

Lord Townshend bood formeel zijn excuses aan, maar Walpole schudde zijn hoofd en legde een hand op zijn hart.

'Ik ben een idioot, en ik vraag jullie vergiffenis. Ik heb mijn trouw aan de troon mijn oordeelsvermogen laten vertroebelen. Ik zou lady Devane, die als een dochter voor mij is, voor geen goud verdriet doen. Zeg alstublieft dat u mij vergeeft.'

De hertogin en Tony zeiden niets.

Barbara zei: 'Het was allemaal erg beangstigend en verwarrend voor mij. Ik wist niet wat ik moest doen.'

Walpole nam haar handen in de zijne.

'Zeg me hoe ik het kan goedmaken. Zeg me hoe ik onze vriendschap kan herstellen.'

'Verlaag nu, nog vóór Kerstmis, de boete ten overstaan van het Lagerhuis,' antwoordde Barbara.

Walpole glimlachte. Onderhandelen was iets dat hij begreep. 'Beschouw het als geregeld. Met toestemming van Zijne Majesteit, natuurlijk.'

'Het heeft altijd mijn toestemming gehad.'

De koning zond de ministers weg en hoorde Tony's formele dankbetuiging aan. Het was duidelijk dat de hertog niet voldaan was en nog steeds boos.

'Een ogenblik alleen met lady Devane,' zei de koning.

'Ik dank u hiervoor, sire, voor de gelegenheid de heren die mij beschuldigden, te ontmoeten,' zei Barbara toen de anderen waren weggegaan.

'Dat is te scherp gesteld. U werd nergens van beschuldigd.'

Ze keek de koning recht in de ogen. 'Naar mijn gevoel wel.'

'Ik geef u een geschenk.'

'Ik verlang geen geschenk, Uwe Majesteit.'

'Uw Jane Cromwell mag één nacht, en slechts één nacht, bij haar echtgenoot doorbrengen voor zijn proces begint.'

'Doet u dit om mij een genoegen te doen, sire, of om Walpole te misnoegen?'

'U bent te schrander. Beide.'

'Ik dank u uit de grond van mijn hart. Dit betekent heel veel voor mij. Zij is mijn beste vriendin.'

Juist toen ze de deur opendeed om weg te gaan zei hij: 'Er is nog iets.'

Barbara wachtte.

'De datum voor de terechtstelling van Augustus Cromwell is vastgesteld. Wij hebben daartoe gisteren besloten.'

'Uwe Majesteit, er is geen proces geweest...'

'Ach, maar hij zal schuldig worden bevonden. Ik heb zelf het bewijsmateriaal bekeken. We zullen op de laatste dag van februari zijn hoofd van hem afnemen. En de dag daarop, beginnen we tegen de bisschop van Rochester... Hebt u vanavond dienst?'

'Ja, sire.' Haar keel zat dichtgeschroefd. Ze kon nauwelijks spreken.

'Komt u mij voorlezen wanneer de prinsessen in bed liggen?'

'Natuurlijk, Uwe Majesteit.'

'Geen stem hoor ik zo graag als de uwe.'

'Dank u, Uwe Majesteit.'

'Wat gaat u doen als u zich geen zorgen meer hoeft te maken over uw schuld?'

'Ik zal zingen als een leeuwerik in de zon.'

Toen ze met Tony en haar grootmoeder in de koets zat, had Barbara wel willen huilen. De koning gaf met de ene hand en nam met de andere.

'Was dat een van de Turken van de koning?' vroeg de hertogin.

Ze bedoelde Mehemet. 'Ja. Hij is de persoonlijke kamerdienaar van de koning, als jongen gevangengenomen. Hij behandelt alle privé-zaken van de koning, en de koning is erg op hem gesteld.'

'Het is dus goed dat deze Mehemet erbij was.'

'Ik denk het wel. Het betekende dat de koning alles vertrouwelijk wilde houden.'

'Ik ben niet van plan het vertrouwelijk te houden,' zei de hertogin. 'Ik ben van plan iedereen die me komt bezoeken te vertellen hoe Walpole zich tegenover jou heeft gedragen. Ik zal het hem nooit vergeven, tot de dag dat ik sterf.'

'Zie je nu waartoe Walpole in staat is?' zei Barbara tegen Tony. 'Zie je nu dat hij als het erop aankomt, iedereen zal verraden?'

Tony keek haar aan met een strakke uitdrukking op zijn gezicht. 'Ik ben nu zijn vijand, Barbara. Wees daarvan verzekerd.'

In dat opzicht lijken ze op elkaar, dacht Barbara, terwijl ze van hem naar haar grootmoeder keek. Die onverzoenlijkheid, die koppigheid. Wat ben ik blij dat ik hen heb, hun standvastigheid. O, arme Gussy.

'Verzekerd,' zei de hertogin. 'Er is niet zoiets als zekerheid aan het hof, of je nu minister bent of favoriete. Het kan allebei in een ommezien veranderen. Ik was erbij toen de hertogin van Marlborough koningin Anne om haar vinger kon winden, en de hertog van Marlborough en Richard de ene overwinning na de andere behaalden, en ik was er ook bij toen koningin haar vriendin niet eens meer een knikje gunde, en toen Marlborough van zijn bevelhebberschap ontheven werd, hoeveel overwinningen hij ook had behaald. Vorsten moet je niet vertrouwen.'

Behalve zo af en toe, dacht Barbara. Ik denk dat ik heel stilletjes zal huilen wanneer ik de prins van Wales vertel over Robin en wat er vandaag gebeurd is.

In het huis van haar moeder rende Barbara de trap op, klopte op de deur van haar moeders slaapkamer en ging naar binnen voordat ze daartoe toestemming had gekregen. Andreas was net bezig zijn broek dicht te knopen en staarde haar ontzet aan.

Barbara ging in een stoel bij het bed zitten, alsof dit de gewoonste zaak van de wereld was, en wachtte. Na enkele ogenblikken, toen het duidelijk was dat ze niet uit de kamer weg zou gaan, kleedde Andreas zich verder aan; hij trok zijn jas aan en raapte zijn schoenen op.

Haar moeder lag op haar zij. Sliep ze? Andreas nam op ferme toon afscheid, zodat Barbara met moeite haar lachen kon inhouden. Haar ogen keken hem tintelend aan. Zodra de deur zich achter hem sloot, schudde Barbara aan haar moeders schouder.

'Wat?' Diana draaide zich niet om.

'Robin heeft geprobeerd mij voor jacobiet uit te maken.'

Nu draaide Diana zich om. Haar gezicht was moe en verzakt.

'Hij was bezig bewijzen tegen mij te verzamelen. Ik heb hem er in het bijzijn van de koning mee geconfronteerd, en hij krabbelde terug en gaf toe dat hij niets had dan Harry's oude avonturen en zijn eigen hoop.'

Ze ziet er niet goed uit, dacht Barbara. Waar is haar oude heftigheid, haar vuur, haar gevloek en geschreeuw?

'Hebt u niets te zeggen, moeder?'

'Je hebt het gewonnen.'

Is het mijn broertje dat je kracht wegneemt? dacht Barbara, en voor het eerst dacht ze aan de mogelijkheid dat haar moeder, alle theebladeren ten spijt, inderdaad in het kraambed zou kunnen sterven, of misschien nu al stervende was. Vrouwen stierven inderdaad heel vaak op die manier. En ze dacht aan Andreas, aan de scène waarvan ze zoëven gedeeltelijk getuige was geweest. Haar moeder was bezig hem te verzwakken, hem te temmen. Waarom? Toen wist ze het. Voor haar. Op haar eigen manier had Diana haar lief.

Het was nu laat in de middag. Robert Walpole zat voor een tafel met enkele papieren erop, een karaf en twee glazen. Aan de ene zijde van de tafel zat een klerk met een pen in zijn hand.

'Mijnheer,' zei Slane, 'wat betekent dit?'

'Laat ik mezelf voorstellen.'

'Iedereen weet wie u bent.'

Walpole glimlachte, koel, vriendelijk. 'Wijn?'

'Nee, dank u.' Hij had tijd gehad om na te denken. Als Walpole wist dat hij Duncannon was, zou hij meteen naar de Tower zijn gebracht. Daardoor voelde hij zich geruster. Wat is er vandaag gebeurd bij je confrontatie met mijn liefste? Ik kan van je gezicht niets aflezen. Is mijn liefste je te machtig geweest, Walpole? Ze is een verstandiger man dan wij beiden. Ze zei dat ik weg moest gaan, en ik wilde niet luisteren.

'Ik wil alleen antwoord op een paar vraagjes,' zei Walpole.

'Ik geef antwoord op alles wat u maar wilt, maar moest ik daarvoor de hele dag wachten?'

'Had u dan iets beters te doen? Waar ging u zo vroeg in de ochtend heen? Het was toch bij zonsopgang, Bone?' Hij sprak tot de klerk.

'Ik wilde gaan vissen.'

'Ik mag zelf ook graag vissen, maar er is nooit tijd voor. Enfin, we zijn zo klaar, en dan kunt u weer gaan, denk ik. Waar was u op zesentwintig september?'

'Geen idee.'

'U woont sinds twee jaar in Londen, als ik het wel heb? Bent u tevreden over uw huurkamer?

Slane vouwde zijn armen over elkaar, ongeduldig. 'Heel tevreden, dank u.'

'U wilt niet verhuizen?'

'Ik verhuis wanneer ik het nodig vind.'

'En wanneer zou dat nodig zijn?'

'Om me te verbergen voor een jaloerse vrouw of voor iemand aan wie ik geld schuldig ben. Mijn leven heeft zo zijn hoogtepunten en dieptepunten.'

'U gaat in Leicester House kaarten met de prinses van Wales. U bent een gunsteling van lady Shrewsborough. Ik zie meer hoogtepunten dan dieptepunten.'

'Het gaat me soms voor de wind.'

'Ik heb hier een zekere Mrs. Modest Welsh die zegt dat u eind september bij haar bent gekomen en gevraagd hebt of ze een huurkamer had. Ze herinnert zich u heel goed.' Walpole tuurde op een vel papier. '"Een knappe man, donkere ogen, donkere wenkbrauwen, een litteken." Ze verhuurt geen kamers, dus ze vond het vreemd dat een vreemde dat kwam vragen.'

'Dat was ik niet.'

'Dan zult u er zeker geen bezwaar tegen hebben dat ik het aan Mrs. Welsh vraag?'

'Nee.'

'Uitstekend. Bone.' Walpole maakte een gebaar naar de klerk, die opstond en naar een deur in een zijmuur liep.

Mrs. Welsh kwam de kamer binnen.

'Hij is het,' zei ze tegen Walpole. 'Dat is die man.'

Slane stond op en boog voor haar.

'Ik heb deze vrouw nooit eerder in mijn leven gezien. Ik heb u nooit eerder gezien, mevrouw.'

'Ik deed de deur open en daar stond hij. Hij vroeg of ik huurders had.'

'U verwart mij met iemand anders.' Slane bleef geduldig, maar met moeite.

'Nee. U was het.'

'Ik denk het niet.'

'Dank u, Mrs. Welsh,' zei Walpole. Bone sloot de deur achter haar.

'Mag ik nu gaan?' vroeg Slane.

'Laten we nog wat praten tot ik het iets duidelijker heb. U hebt niet aan Mrs. Welsh gevraagd of ze huurkamers had?'

'Nee, zeker niet.'

'Bent u er zeker van dat u zich niets herinnert over zesentwintig september?'

'Heel zeker.'

'Ik laat Mrs. Welsh weer binnenkomen. Bone, nog een keer Mrs. Welsh.'

'Het is haar woord tegen het mijne. Hiermee zult u niets bereiken, mijnheer.'

Maar het was niet Mrs. Welsh die door de deur kwam. Het was de man bij wie Slane naar Neyoe had geïnformeerd.

Slane voelde zich slap worden.

'Bone, ik vroeg je Mrs. Welsh te halen. Dit is een vergissing. Maar goed, Slane, ik geloof dat u de heer Webster Adam wel kent. Mijnheer Adam, is dit de man die bij u informeerde naar Philip Neyoe?'

'Dat is hem zeker. Ik heb hem gezien op de dag dat het lijk werd gevonden, en een dag of vier daarna kwam hij naar me toe en vroeg me van alles over Neyoe. Of hij bij Welsh in huis had gewoond; of hij vaak wegging en terugkwam. Ik vertelde het hem, want ik wist niet dat het misschien verkeerd was.'

'Dank u zeer, mijnheer Adam. Uw hulp is van grote waarde geweest.'

Er viel een stilte nadat Adam de kamer was uitgegaan. Slane luisterde naar het gekras van de pen van de klerk. Hij legde verontwaardiging in zijn stem, trok een verontwaardigd gezicht.

'Ik ken die man niet. Ik heb hem nooit eerder gezien. Iemand liegt u iets voor, mijnheer...'

'Inderdaad, en dat doet hij heel knap. Bravo, Slane. Vertel me hoe je Neyoe kende?'

Slane zuchtte, en liet zich met een nors gezicht in de stoel zakken. 'We zijn in hetzelfde dorp opgegroeid.'

'In Ierland?'

'Ja.'

'En welk dorp mag dat dan wel zijn?'

Hij noemde de eerste plaatsnaam die hem inviel.

'Zijn jullie samen naar Londen gekomen?'

'Nee. Ik had hem in geen jaren gezien. We liepen elkaar in Londen tegen het lijf, en hij vroeg me af en toe brieven voor hem op te halen bij bepaalde taveernes en koffiehuizen.'

'Brieven voor hem?'

'Voor hem, soms voor andere mannen.'

'Welke namen?'

'Burford, Rogers... Meer herinner ik me er niet.' Dit waren jacobitische codenamen. Niet die van Gussy, niet die van Rochester. God vergeve me, dacht Slane.

'En het verontrustte u niet dat de heer Neyoe post ontving onder andere namen dan zijn eigen naam. Daar had u geen vragen over?'

'Niet echt. Ik was alleen maar blij met het maal dat hij af en toe voor me betaalde. Het betekende niets voor me. Het was mijn zaak niet.'

'Corresponderen met de Pretendent of een van zijn aanhangers is hoogverraad.'

'De Pretendent! Ik heb geen brieven geschreven! En ook niet ontvangen! Ik heb een vriend een gunst bewezen.'

Ik moet uit deze kamer weg zien te komen, dacht Slane, dat is het enige wat erop zit.

'Die vriend was een jacobiet. U moet van zijn jacobitische opvattingen afgeweten hebben.'

'Nee.'

'Hij heeft nooit geprobeerd u voor zijn zaak te winnen, u nooit meer gevraagd dan een brief voor hem op te halen?'

'Hij vroeg vaak om geld, verder niets.'

'Hij wilde niet aan lady Shrewsborough of aan de prinses van Wales worden voorgesteld?'

'Hemel, nee. Dat zou ik nooit hebben gedaan. Het was een miezerig mannetje.'

Walpole glimlachte niet. 'En toen u hem bij het water zag liggen, wat dacht u toen?'

'Ik schrok ervan, ik werd bang. Ik weet het niet. Philip was me geld schuldig en ik had hem al een tijd gezocht. Ik had nooit verwacht dat ik hem dood zou vinden.'

'U werd bang, zegt u. Waarom bang?'

'De dood is immers altijd beangstigend?'

'Inderdaad. Dus u zag Philip Neyoe na zijn dood, u hoorde van de heer Adam Webster dat hij in het huis van Modest Welsh had gewoond, maar toch houdt u vol dat u niet hebt aangebeld en bij Mrs. Welsh hebt gevraagd of ze kamers verhuurde.'

'Nee, dat heb ik niet gedaan.'

'Iemand heeft iets uit Neyoe's zak gehaald nadat hij dood was. Bent u de kar waarop het lijk van Neyoe werd vervoerd, naar Whitehall gevolgd en hebt u iets uit zijn zak gehaald?'

'Beslist niet!'

Als Walpole die ambtenaar binnenriep, zou de man Slane identificeren. Ik heb hem gevraagd of hij iemand had zien wegrennen, en hij zei dat ik die kant op moest. Bood me nog een appel aan ook, de brutale vlerk.

'U hebt dus met Neyoe niet gesproken over uw vriendschappen in hoge kringen – uw kaartspelletjes met de prinses, met lady Shrewsborough...'

Slane stond op en trok de tafel omhoog tegen Walpole aan, die in zijn stoel neerviel met de tafel boven op hem. Het gezicht van de klerk toonde schrik. Hij zat nog steeds in zijn stoel, met de pen in de hand. Slane was bij een deur, opende die. Daar stonden de twee mannen die hem hadden gevangengenomen. Ze duwden hem terug in de kamer, zagen Walpole die bezig was op te krabbelen uit de rommel. Ze duwden Slane tegen een muur en ramden met vuisten in zijn gezicht en zijn buik. De slag van zijn hoofd tegen de muur nam zijn vechtlust weg. Het bekende misselijke gevoel verspreidde zich rond zijn middenrif, en in zijn hoofd gonsde het zo hevig dat hij de pijn van hun vuisten bijna niet voelde.

'Genoeg.'

Walpole zei dit. Slane kon niet denken door het aanzwellende, misselijk makende bonzen in zijn hoofd en lijf. Ik heb mijn hoofd weer bezeerd, dacht hij voor hij het bewustzijn verloor.

Toen hij zijn ogen opendeed, zat de klerk, Bone, op zijn knieën naast hem. Er lag een natte doek op zijn hoofd. Hij ging zitten, boog zich voorover en braakte wat van zijn ontbijt uit. Bone maakte een geluid van afkeer. God zij dank dat ik gegeten had, dacht Slane.

'Kun je zitten?' hoorde hij Walpole zeggen.

Hij knarsetandde. 'Nee.'

Walpole hield een zakdoek tegen zijn neus. 'Die stank.'

'Zet een raam open,' hijgde Slane, voor hij nog meer van zijn ontbijt overgaf.

'Doe het,' beval Walpole, en Bone haastte zich om te gehoorzamen. De koele lucht was heerlijk. Iedereen ademde haar diep in. Slane kroop zo'n beetje naar het raam, gevolgd door Walpole's handlangers.

Hij hees zich op en zag dat hij maar twee ramen onder zich had. Het lukte hem nog meer ontbijtresten over hun schoenen uit te storten, havermoutpap, bacon, geroosterd brood. Een van de mannen maakte een kokhalzend geluid. De andere deed een stap achteruit. Een seconde later was Slane het raam uit en viel naar beneden. Met zijn ene hand greep hij een ogenblik de tuit van een goot vast. Zo kon hij zichzelf lang genoeg tegenhouden om zijn gedachten te verzamelen en zijn val te verzachten. Toch kwam hij nog te hard neer. Hij hoorde iets knappen in zijn enkel, voelde het in golven van pijn opstijgen in zijn been en zijn heup. Zijn hoofd gonsde, en zijn buik waar ze hem hadden geraakt. Op sommige dagen kon je beter in bed blijven liggen.

Hij keek naar het raam. Niemand te zien. Walpole's mannen waren al op de trap, kwamen naar beneden om hem te halen. Hij rende, hinkte half – als het moest zou hij kruipen – en hield alleen even stil om zijn pruik en zijn jas uit te trekken en die onder een lading hooi in een kar te stoppen. Hij kende dit deel van Londen als zijn broekzak. Hij kende elk deel van Londen als zijn broekzak. Een andere pruik en een jas stelen zou een peuleschil zijn. Het zou ook een peuleschil zijn om in Seven Dials te komen, de vreselijke krottenwijk van Londen, waar het wemelde van de drankholen en vervallen gebouwen. Hij hoefde daarvoor alleen maar een lid van zijn legertje bedelkinderen te bereiken, één bedelkind om hem te leiden, dan was hij buutvrij, om in termen van een spelletje uit zijn jeugd te spreken. Vaarwel, Gussy, ik kan je niet redden. Walpole heeft gewonnen. Wat een bittere gedachte. Zijn vinkje. Wat zal er met haar gebeuren? Vaarwel Barbara. Het ga je goed, mijn lief. We zijn nog niet klaar, jij en ik, maar ik moet Engeland verlaten. De schikgodinnen hebben te luid en te duidelijk gesproken.

'"Het was een vreselijke aanblik voor mij, vooral toen ik, naar het strand gaande, de gruwelijke tekenen kon zien die hun afgrijselijk werk daar achtergelaten had, namelijk het bloed, de beenderen en een deel van het vlees van menselijke lichamen, die hier opgegeten en verslonden waren..."'

Barbara las de koning voor. Hij zat als een jongen te luisteren. Ze las door tot ze over de woorden begon te struikelen.

'U bent moe,' zei de koning. 'Het is een lange dag geweest.'

In de slaapkamer in het St. James' paleis die voor Barbara als hofdame bestemd was, hielp Batseba haar met uitkleden en bracht haar een doekje en water om zich te wassen. Batseba sprak geen woord en daar was Barbara blij om. Toen ze op de deur hoorden kloppen, ging Batseba erheen, deed de deur open en riep Barbara zacht zoals altijd. Op de vloer voor de deur lag een bos rozen. Barbara haalde ze naar binnen en knielde bij de haard om ze te bekijken. Ze waren van een diep, heel donker rood, als bloed, en er zat één witte roos tussen. Slane. Hij was weg. Ze wist niet hoe en ze wist niet waarom, maar hij was weg. God zij dank.

Ze legde de witte roos in het vuur. De rest drukte ze tegen zich aan alsof ze Slane waren. Nee, niet meer Slane. Duncannon. Er was pijn in haar hart, en ze begon te huilen, maar er was ook blijdschap. Hoe luidde dat vers, die mooie, mooie woorden? Doe mij blijdschap en vreugde horen, laat het gebeente dat Gij verbrijzeld hebt, weer jubelen. Er was nog veel te doen: Gussy's proces, de boete, Gussy's dood die ze zou moeten verwerken, maar Slane was veilig. Nu kon ze slapen, wat ze al dagen niet had gekund.

Morgen ging Jane bij Gussy op bezoek. Dat had ze tenminste nog.

56

Ze waren bijeengekomen in het huis van tante Shrew om Jane als een bruid aan te kleden. Janes haar was met verhitte tangen gekruld, en Barbara had het uitgeborsteld en er haar mooiste veren tussen gespeld. Jane droeg een schitterende japon van tante Shrew en een van Barbara's halskettingen, en Barbara had poeder op haar gezicht aangebracht, oorbellen in haar oren geschroefd en moesjes bij haar mond vastgeplakt.

Lady Ashford nam de japon met spelden in waar hij te ruim viel.

'Te mager,' zei ze tegen haar dochter.

'Genoeg voor Gussy,' zei tante Shrew.

'Klaar,' zei Barbara. Ze klapte in haar handen. 'Dames en heren, ik presenteer u Mrs. Augustus Cromwell.'

Ze pakte Janes hand en liet haar ronddraaien. Iedereen in de kamer applaudisseerde.

'Nu moet je eens naar mij luisteren, Jane Cromwell.' Tante Shrew hield een leren tasje omhoog. 'Wat jij moet doen is flirten met elke man in de kamer van de wacht van zijn toren, en als je dat niet kunt moet je hun in elk geval munten geven en zeggen dat ze daarmee later in een taveerne op de gezondheid van je man mogen drinken. Vertrouw maar op mij, Jane. Maak hen tot bondgenoten. Glimlach en wees aardig en flirt als je het kunt opbrengen. Je kunt hun vriendschap later nodig hebben.'

Barbara keek naar de poederdons met rouge in haar hand. Ze had nog niemand over de datum van de executie verteld.

'Ik denk niet dat ze het in zich heeft,' zei tante Shrew tegen de hertogin.

'Ze zal uit de hoge geïnspireerd worden om te doen wat ze moet doen,' zei kolonel Perry. 'Ik ga voor je bidden, Jane. Zodra je deze kamer verlaten hebt, laat ik mijn wilde, nukkige vriendinnen achter en ga ik weg om te bidden.'

'Bid liever voor Gussy, want die heeft vannacht kracht nodig,' zei tante Shrew.

Er werd gelachen; vervolgens werd er gekust en een beetje gehuild en gepruild door verschillende kinderen toen Barbara Jane haar beste met bont gevoerde mantel omdeed en die stevig vaststrikte.

'Ik wil ook mee,' zei Amelia, toen ze haar moeder en haar grootvader de kamer uit zag gaan.

Barbara tilde haar op. 'Wil je niet liever een moesje op?'

Amelia liet zich niet gemakkelijk paaien. 'Drie moesjes?'

'Vijf, als je wilt.'

'Ik heb zin in een spelletje kaart,' zei tante Shrew. 'Wie doet er mee? Heeft iemand die boef van een Slane gezien? Hij had gisteravond zullen komen kaarten, maar hij is niet op komen dagen. Een vrouw, denk ik.' Ze deelde kaarten uit aan de hertogin en lady Ashford. 'Ik denk dat ik in Twickenham ga wonen als dit allemaal achter de rug is. Ik ben Londen zat. Ik heb er de fut niet meer voor.'

'Mary, Mary, kleine meid, hoe staat je tuin erbij? Schelpjes fijn en klokjes klein en juffertjes op een rij. Trouw je in 't groen, voor je fatsoen, trouw je in 't grijs, ga je op reis,' zong Barbara voor Janes kinderen die om haar heen stonden. Ook háár kinderen;

Jane had hen altijd met haar gedeeld. Ze wierp een blik op het kaartspelende drietal en dacht aan het aantal jaren dat ze samen telden, de wijsheid die ze samen bezaten.

'Wat is ware liefde?' hoorde ze zichzelf zeggen. Ze dacht aan Slane en aan Roger.

Kolonel Perry, die bezig was zijn mantel aan te trekken, keek haar onderzoekend aan.

'Geef mij een man die goed kaartspeelt, me in bed bevalt en niet al mijn geld leent, en ik ben tevreden,' zei tante Shrew. 'Richard keek volgens mij niet meer naar andere vrouwen om toen hij eenmaal je grootmoeder hier veroverd had.'

Zijn liefde voor mij is zijn dood geworden, dacht de hertogin, maar dat is een ander verhaal.

'Hoe staat het ook weer in de bijbel: ze rekent het kwade niet toe, ze is niet afgunstig, ze is lankmoedig – wat nog meer, Alice?'

'"Alles gelooft zij, alles hoopt zij, alles verdraagt zij",' zei de hertogin.

'Is dat liefde, of dwaasheid? Eenvoud of domheid?' vroeg tante Shrew. 'Het meest wezenlijke van het leven of een leugen? Wie zou daarnaar kunnen leven, behalve een heilige?'

Jane, dacht Barbara, geniet van deze kostbare tijd met je geliefde.

Op het eerste grote binnenplein van de Tower, waar de gracht doorheen lag, stapte Jane uit het rijtuig en schudde haar rokken uit zodat ze er niet over zou struikelen. Ze gingen het sombere gebouw aan de ene kant binnen en Jane volgde een vrouw naar een kleine kamer, terwijl haar vader wachtte.

Toen de vrouw klaar was met haar onderzoek, veegde Jane vlug de tranen weg die in haar ogen waren gekomen door de bruuske manier van doen van de vrouw en haar tastende vingers. Rillend van de kou volgden haar vader en zij de wacht over de brug die over de gracht lag, en liepen langs de hoge buitenmuur. Aan weerskanten waren muren. Ze kreeg een benauwd gevoel en keek even omhoog of ze ook sterren zag, maar er waren deze avond geen sterren, alleen het licht van de lantaarn van de wacht. Ze liepen onder een arcade door. Nog een paar dagen, dan begon het proces tegen Christopher Layer. Waar is de tijd gebleven, dacht Jane. Het is alsof het pas gisteren was dat ik met de kinderen naar Londen vertrok.

'Hier is de Bloody Tower,' zei de wacht, en hij begon allerlei bijzonderheden op te noemen, dat de Tower achttien akker be-

sloeg, dat de hoge muur rondom negentig voet hoog was en omgeven door een gracht. Het was een antiek fort, vertelde hij, waar
elke koning iets aan had toegevoegd. Binnen de muren waren er
vele torens, die elk een eigen naam hadden: White Tower, Bell
Tower, Lion Tower. Jane liep onder de arcade uit. Het was te
donker om veel te zien, maar ze zag hier en daar lantarens, en de
massa van een gebouw achter haar.

'Het is net een klein dorp hier,' zei de wacht. 'De munt is hier,
waar de munten van de koning geslagen en bewaard worden, de
kroonjuwelen liggen hier, de koninklijke menagerie is hier, met
leeuwen en luipaarden.' Hij begon bepaalde kerkers te beschrijven. 'Die hebben hun naam verdiend: Cold Harbour, Little Ease,
Little Hell.'

'Stil toch, man,' zei sir John.

Maar het enige waarvan Jane zich bewust was, was een muur
in de verte, die schijnbaar hemelhoog oprees. De wacht klopte op
een deur voor een gebouw, en opende hem.

'Die trap op,' zei hij met een handgebaar. Boven aan de trap
was de ruimte van de wacht. Jane overlegde het document dat
ondertekend was door de slotvoogd van de Tower. De ruimte van
de wacht was langwerpig, met een open haard aan de ene kant.
Daar zaten vrouwen en kinderen.

'Familie van de wachten,' zei haar vader.

Jane begon de wachten munten in de hand te drukken, die weliswaar verbaasd opkeken maar ze meteen aannamen.

'Ik ben mevrouw Cromwell. Ik ben erg blij dat ik mijn lieve
man mag zien. Drinkt u vanavond op onze vreugde. Drink op de
genade van de koning na afloop.'

Een van de deuren die zich in de muren bevonden, stond open.
Jane zag een trap die naar boven ging.

'We hebben de deur voor u opengezet,' zei een wacht.

Dus dat was de deur van de trap die naar Gussy's cel boven
leidde; de cel bevond zich in een zijtoren van het gebouw.

Jane deed haar mantel af, vouwde hem zorgvuldig op en ging
voor haar vader staan.

'Ik heb hetzelfde gevoel als toen ik je weggaf bij je huwelijk,'
zei sir John.

Hij legde zijn hand op Janes hoofd. 'Vader van ons allen, zegen dit geliefde kind en haar geliefde echtgenoot. Ik leg de zorg
voor hen in Uw handen.'

Jane liep naar de deur. Er stond al een wacht klaar op de trap.

'De deur boven is open. Ik heb hem voor u ontsloten. Trek hem niet helemaal dicht, anders sluit u zichzelf op.'

Ze bleef ergens halverwege stilstaan. Het was donker, maar er was licht vóór haar. De houten deur van de cel stond op een kier en er straalde zacht licht uit als een welkom. Ze betastte de koude steen van de muur. Hij voelde massief, ondoordringbaar aan. Ze stapte naar binnen, een klein kamertje, een haard waarin een vuur brandde, al was het nog steeds koud. Ze kon zich voorstellen dat deze stenen nooit warm werden.

Ze zag hem, hij stond in de schaduw. Barbara had haar gewaarschuwd dat hij ruw behandeld kon zijn, maar het viel haar zwaar zijn gezicht te zien, de kwetsuren. Op dat moment haatte ze Walpole meer dan ze ooit iemand had gehaat. Ik zal dit onthouden, dacht ze. Het zal me sterken.

Hij kwam naar haar toe, en op zijn gezicht zag ze een heerlijke glimlach. Onder de blauwe plekken, de zwellingen was het nog altijd Gussy. Ik houd van je, dacht ze. Jij bent mijn hart. Hoe zal ik zonder je kunnen leven als ze je veroordelen? Ze raakte zijn gezicht aan, met een emotie zo sterk dat het pijn deed om te ademen.

'Wat hebben ze met je gedaan?'

'Van alles. Maar ik ben niet zo veranderd als jij. Je ziet eruit als een koningin. Ik herkende je haast niet.'

Hij raakte haar gezicht aan op de plaats waar Barbara een moesje had aangebracht.

'Ik wilde er mooi uitzien voor jou.'

'Je bent voor mij altijd mooi geweest, Jane.'

Ze omhelsden elkaar. Ze rook zijn hemd, zijn borst, hem. Gussy. Te mager. Zwellingen op zijn rug. Wat hadden ze met hem gedaan? Ze had alleen deze avond om het te zien.

Ze gingen een eindje van elkaar af staan; hun aanwezigheid, deze nabijheid was een verrukking. Hand in hand, want ze kon hem niet loslaten, liepen ze naar het smalle bed.

'Wacht,' zei hij.

Hij trok het dek weg. Overal lagen witte rozeblaadjes.

'Een geschenk van vrienden, ik weet niet wie. Ik hoorde op de deur kloppen, de sleutel in het slot omdraaien, en ik vond een zak op de trap, vol met deze blaadjes. Ons bruidsbed, Jane, beter dan de eerste keer.'

Ze ging zitten. Hij knielde voor haar neer, nam haar gezicht in zijn handen, kuste haar lippen, haar wenkbrauwen en voorhoofd, kuste de plaatsen waar Barbara de moesjes had aangebracht. De tederheid van zijn kussen, de manier waarop ze haar hart deden beven, was bijna te veel om te verdragen.

'Domme Janie, huil nou niet. Mijn duifje, mijn liefje, mijn engel, laat mij deze malle veren wegnemen, laat me deze japon losrijgen en zien waar die stoute Barbara nog meer moesjes heeft aangebracht...'

'Waar ben je toch met je gedachten, Alice?' zei tante Shrew. 'Ik heb alweer gewonnen. Je weet toch,' zei ze, 'dat ze zeggen dat de koning voor de prinsessen een huis gaat bouwen aan Devane Square. Wren is buiten zichzelf van opwinding; hij mag bedenken wat er op die heuvel moet komen waar Devane House heeft gestaan. Het zal moeilijk zijn om iets te bouwen dat net zo mooi is, zegt hij. Hij denkt dat het gebouw dat er komt moet passen bij de Virginiaanse tuin. Je hebt het goed gedaan, Barbara. Je hebt Rogers puinhoop aangepakt en er iets uit laten groeien.

Zie, gij zijt schoon, mijn liefste, uw ogen zijn als duiven. De hertogin dacht aan Richard. Zie, gij zijt schoon, mijn geliefde, ja, heerlijk, en lommerrijk is onze legerstede: dat had Richard gezegd in hun huwelijksnacht. Richard, ik ga sterven. Het werd gezegd, door Barbara, door Diana, door Andreas, dat sir John zijn hoeve zou verliezen. De oogst was slecht, en hij had schulden door de South Sea. Stuur hem naar Virginia, zei Barbara. Waarom niet, grootmama? Stuur hem en lady Ashford en Jane en de kinderen erheen. Hij kan daar uw vertegenwoordiger zijn. Doe het.

'In 't roze trouw,' zong Barbara voor Amelia en de andere kinderen, die tegen haar rokken aangedrukt zaten, 'hij denkt altijd aan jou. Trouw in 't blauw, voor eeuwige trouw.'

57

Het eerste proces begon.

'Het oordeel van de rechtbank luidt dat u, Christopher Layer, zult worden teruggebracht naar de plaats vanwaar u gekomen bent, en vandaar zult u gesleept worden naar de plaats van terechtstelling, en daar zult u opgehangen worden aan de nek, maar niet tot u dood bent, want u zult levend worden losgesneden, en uw ingewanden zullen uitgenomen worden en voor uw ogen verbrand. Uw hoofd zal van uw lichaam worden verwijderd, en uw lichaam zal worden gevierendeeld, en uw hoofd en de vier delen zullen worden gebracht naar een plaats zoals het Zijne Majesteit behaagt.'

De in Westminster Hall verzamelde menigte slaakte een diepe zucht. De hele lange zaal was één deinende, fluisterende mensenmassa; er dromden zoveel mensen opeen om alles te zien en te horen dat de getuigen nauwelijks bij de getuigenbank konden komen.

Layer werd weggeleid, huilend; hij riep dat hij verraden was.

'Hij is niemand, hij heeft geen rang, geen fortuin, geen familie die iets betekent,' zei tante Shrew. Met Tony en kolonel Perry was ze elke dag naar het proces komen kijken. 'Het is onvoorstelbaar dat hij van belang kan zijn geweest voor zo'n grote samenzwering. Hij wilde de kapitein-generaal van ons leger gevangennemen, Lord Cadogan gevangennemen, de prins en de prinses, Walpole en Lord Townshend. Het is klinkklare onzin dat hij een sleutelrol heeft gespeeld, het is geraaskal van een krankzinnige dromer.'

Het waren onderdelen van de echte samenzwering, maar dat zei ze niet.

'En wat betreft de mensen die tegen hem getuigd hebben,' vervolgde ze, 'ik zou nog niet op hun getuigenis afgaan om een hond te hangen. Het valt in dezelfde orde als dat waanzinnige gerucht dat Laurence Slane uit Londen is weggegaan omdat hij een jacobitische agent is. Een Ierse nietsnut, ja, maar een agent toch vast niet.'

'Layer zat in een komplot om de koning van de troon te stoten. Dat kunt u niet ontkennen, tante Shrew, u kunt de bewijzen die tegen hem zijn ingebracht niet ontkennen,' zei Tony.

'En daarom moet hij sterven. Dat begrijp ik best. De straf voor hoogverraad is de dood.'

De menigte was intussen genoeg uitgedund om het mogelijk te maken te beginnen een weg naar buiten te zoeken. Vlak onder de ramen van deze langwerpige zaal, op het punt waar de gotische bogen die het dak ondersteunden begonnen, hingen de in oorlogen buitgemaakte strijdvlaggen in rijen van gerafelde en gehavende glorie. Tante Shrew wees kolonel Perry de vlaggen aan en vertelde over haar broer, Richard, en zijn overwinning bij Lille.

'Dit proces is een schijnvertoning geweest, om de meute op te hitsen,' zei ze. 'Er is niets ingebracht dat Layer met de bisschop van Rochester in verband brengt, maar je hoort iedereen om ons

heen over Rochester praten, en dat we bijna in oorlog zijn. Ja-
cobitische troepen. Jacobitische wapens. Het jacobitische kwaad.
Walpole is een slimme kerel. Ik dacht dat je boos op hem was,
Tony, vanwege zijn treffen met Barbara.'

'Ik ben boos, maar ik kan niet om de waarheid heen die me
wordt getoond, en mijn boosheid op hem heeft niets te maken
met mijn trouw aan de koning.'

'De jury heeft er maar zes dagen voor nodig gehad om Layer
te veroordelen. Het zal nog veel sneller gaan met Gussy Cromwell. Is Jane daarop voorbereid?' zei tante Shrew.

'Zijn we er ooit op voorbereid een geliefd mens ter dood te zien
veroordelen?' zei kolonel Perry.

'Vraag het aan Barbara.'

'Haar erop voor te bereiden? Hoe moet Barbara dat doen?
Waarom moet Barbara dat doen?' vroeg kolonel Perry.

'Het is haar natuurlijke taak,' zei tante Shrew. 'Zij is het hart
van deze familie.'

Die avond gaf de koning een avondsalon om zijn genoegen over
dit eerste vonnis kenbaar te maken. Iedereen was er, of men dit
genoegen nu deelde of niet.

Barbara stond bij sir Gideon Andreas, die niet tevreden over
haar was.

'Waarom laat u de rij huizen door Pendarves afbouwen?'

'Hij vroeg of hij het mocht doen.'

'Ik heb dat ook gevraagd.'

'Ja, maar hij heeft het het eerst gevraagd.'

'Onder welke voorwaarden?'

Ze antwoordde niet.

'Hoort u eens,' zei hij. 'Ik ben geen vijand van u.'

Nee, dacht Barbara, daar heeft mijn moeder voor gezorgd.

'Het zou in uw eigen belang zijn mij niet tot vijand te maken,
maar dat probeert u wel. Wilt u soms dat ik eis dat u de schuldbrieven die ik bezit, aflost?'

'Ik kan de schuldbrieven die u hebt niet betalen. U kunt eisen
wat u wilt.'

'Dat weet ik natuurlijk ook wel. Ik probeer zowel u als mezelf voordeel te laten halen uit de fouten van uw echtgenoot,
maar u laat dat niet toe. Rijdt u eens een morgen met me mee
naar Marylebone, vanwaar we een mooi uitzicht hebben op Devane Square. Laat mij u de plannen die ik ermee heb, ontvou-
wen. Kom nu, één rit met mij zal u geen kwaad doen. Is het waar

dat de koning op Devane Square een huis voor de prinsessen gaat bouwen?

'Daar heeft niemand iets over gezegd.'

Het zou haar nieuwjaarsgeschenk zijn, had de dwerg van de koning haar verteld. De koning zou haar een reeks plannen voorleggen.

'Nou, er wordt over gepraat. Ik wil grondpachten kopen op Devane Square.'

'Ik verkoop de pachtrechten niet.'

'Nu weet ik eindelijk een van uw voorwaarden. U gunt de huren aan degene die bouwt?'

'Gedurende een bepaalde, onderling overeengekomen tijd.'

'Alle huren?'

'Alle huren. Anders zou het immers nooit eerlijk zijn?'

'Eerlijk?'

'Een belangrijk woord voor mij, sir Gideon. Iemand heeft me ooit verteld dat de winst van een ander ook winst voor mij is.'

'Wie heeft dat gezegd?'

'Kolonel Perry.'

'De man die het tweede huis huurt.'

'Ja. Lady Doleraine wenkt mij, sir Gideon. Als u mij wilt excuseren.'

'Ik wil de twee overige zijden van het plein,' zei sir Gideon. 'Ik wil ze nu. Ik ben bereid om, zoals u het noemt, eerlijk te zijn.'

Hij wilde ze voordat er in het Parlement over de boete zou worden gedebatteerd, wat binnenkort zou gebeuren. Walpole hield woord. Als de boete verlaagd wordt, had Pendarves gezegd, zal elke man in de stad die bouwplannen heeft, achter je aan zitten.

'We zullen er spoedig nog eens over praten,' antwoordde Barbara.

'Dat zullen we zeker.'

Barbara leidde de prinsessen naar boven, naar hun eigen vertrekken. Ze hadden tal van vragen over het proces van die dag terwijl Barbara leiding gaf aan het ontkleden en het aantrekken van hun nachtjaponnen.

'Ze gaan hem vierendelen en ophangen,' zei Caroline, de jongste.

'Zouden de jacobieten ons ook gevangengenomen hebben?' vroeg Anne.

'Ik weet het niet,' zei Barbara. 'Jullie moeten deze vragen niet aan mij stellen. Jullie moeten bij lady Doleraine zijn.'

'Die zal geen antwoord geven. Ze zal zeggen: sst, niet aan zulke dingen denken. Dat weet u ook wel. Wilden ze papa, mama en grootpapa echt vermoorden?' vroeg Caroline.

'Koningen en prinsen vermoorden elkaar niet,' zei Barbara. 'Dat zou niet eervol zijn.'

'Maar ze stoppen elkaar in de gevangenis. We zouden allemaal in de gevangenis zitten,' zei Amelia.

Barbara liet de prinsessen over aan de kameniers en aan lady Doleraine, die toezicht hield op gebeden, gedachten en handelingen. Ze liep terug door de gangen die haar naar de plaats zouden brengen waar iedereen bijeen was en dacht aan het vonnis van vandaag, aan Slane en aan het komende proces tegen Gussy. Ze ging even zitten in een vensterbank in een van de gangen, liet haar hoofd tegen de muur steunen en sloot haar ogen. Iedereen had haar nodig, en ze was moe. Het vergde veel om haar huidige leven vol te houden, misschien wel meer dan ze wilde geven.

'Daar ben je. Je probeert me toch niet ongemerkt in de steek te laten, Bab?' zei Pendarves enige ogenblikken later.

'Eerlijk gezegd wel. Ik geloof niet dat dit de geschikte avond is om haar te benaderen.'

'Maar Bab, je hebt het beloofd.'

'Moet ik altijd mijn beloften nakomen? Waarom moet ik altijd beloften nakomen? Ik leef aan het hof en kan net zo goed liegen als iedereen hier.'

Hij antwoordde niet.

'Ga naar de nis aan het eind van de galerij,' zei ze tegen hem, en ging vervolgens zelf in de verschillende vertrekken zoeken. Tenslotte vond ze haar oudtante, die natuurlijk zat te kaarten. Tante Shrew droeg een zwarte pruik, donker als kolenstof, en een zwarte japon met rode linten; op haar schouder zat de zwarte vogel met de rode kuif uit Virginia die Barbara haar had gegeven, zo stil en gedwee alsof hij was opgezet. Hij bewoog alleen om aan de diamanten te knabbelen die aan het oor van haar tante hingen.

'Als Laurence Slane een jacobitische agent is,' hoorde ze tante Shrew zeggen, 'dan ben ik er ook een. Robert Walpole is gewoon jaloers op zijn knappe toneelspelersgezicht.'

Barbara fluisterde haar iets in.

'Ik denk maar niet, Bab. Door dit vonnis heb ik geen trek meer.'

Barbara trok aan de staartveren van de vogel. Krijsend vloog hij naar degene die aan de andere kant van de tafel zat. Toen de kraai weer gevangen was en de munten en kaarten van de vloer waren opgeraapt en excuses aangeboden, volgde tante Shrew Barbara naar een nis aan het einde van een lange galerij.

'Ik ben een idioot als ik het doe,' zei ze. 'Een driedubbele idioot.'

'U hebt het beloofd. Kijk, hij is er al, en wacht op u. Luister gewoon naar wat hij te zeggen heeft. Meer hoeft u niet te doen. Hij verwacht niet meer. Hij denkt dat hij doodgaat. Er is al twee keer een arts bij hem geweest.'

'Dat is de enige reden waarom ik erin heb toegestemd met hem te praten, daar kun je op rekenen.'

Haar tante overhandigde haar de kraai; Barbara liep een paar stappen weg. De galerij, lang en vol beelden en schilderijen en zware tafels, hoog opgestapeld met boeken, was verlaten.

'Lou,' hoorde Barbara Pendarves zeggen, 'vergeef me. Ik heb geen woorden voor wat ik heb gedaan, maar ze heeft me behekst, ik zweer het je. Als het niet zo was dat ze een kind van mij draagt, denk ik nu soms wel eens dat ik haar op de brandstapel zou kunnen zien. De dingen die ze allemaal doet, Lou, daar kon ik geen weerstand aan bieden; het vlees is zwak...'

'Goeie God, man, je gaat ze me toch hoop ik niet beschrijven?'

'Ik denk dat ze van plan is me door middel van wellust te vermoorden en dan mijn fortuin op te strijken. Ik ben bang voor haar, zeg ik je. Bab zal je vertellen dat ik tegenwoordig in een van de stadshuizen slaap. Ik weet dat ik een idioot ben geweest, dat jij het bent van wie ik in mijn hart houd, van wie ik altijd heb gehouden. Vergeef me, vergeef een oude man zijn domme hartstochten. Ik voel me zo alleen zonder jou. Ik voel me een geestverschijning. Het is net alsof ik niet meer besta, maar rondwaar...'

'Hoe ik me heb laten ompraten om met deze ontmoeting akkoord te gaan, zal ik nooit snappen, behalve dat Barbara nog een heilige zou kunnen overreden als ze in de stemming is. Je bent een leugenaar en een bedrieger en een lafaard...'

'Ja, Lou, je hebt gelijk, Lou, ik heb het praten met jou zo gemist, Lou, jouw eerlijkheid, de manier waarop jij rond voor de zaken uitkomt...'

Na enige tijd stilte werd Barbara wel erg nieuwsgierig. Ze kon het niet laten even te gaan kijken. Ze liep op haar tenen naar de nis.

Haar oudtante zat in een stoel. Pendarves lag op zijn knieën voor haar; zijn gezicht lag in de schoot van haar japon, hij had zijn armen om haar middel, en zijn schouders schokten. Hij huilde. Op het gezicht van tante Shrew lag een merkwaardige uitdrukking: een mengeling van boosheid, medelijden, ergernis, ontsteltenis en zelfspot. Haar zwart gehandschoende hand, met tien kostbare armbanden erom, streelde zacht zijn nek, als om hem te troosten. Of misschien troostte ze zichzelf.

'Wat zijn we allemaal toch een idioten,' leek haar gelaatsuitdrukking te zeggen. Ze zag Barbara en haalde haar schouders op. Barbara opende haar handen, en de kraai vloog eruit op naar tante Shrew, nam zijn plaats op haar schouder in en staarde met zijn kraalogen neer op Pendarves, die niet bewogen had.

Barbara liep naar de trap die naar de salons beneden leidde waar de meeste gasten zouden zijn. Iemand kwam de trap op naar haar toe. Het was Wharton, met een hoogrood gezicht. Hij had flink gedronken.

'Heb je ze bij elkaar gekregen?'

'Ze zitten in een alkoof aan het einde van de galerij.'

'Ze heeft hem niet onmiddellijk een oorvijg gegeven?'

Barbara schudde van nee.

Buiten, alleen, in de nacht die te koud was om zonder een met bont gevoerde mantel te betreden, keek ze omhoog naar de sterren. Toen ging ze naar de haar toegewezen kamer en trok haar mantel aan. Weer buiten riep ze om een rijtuig.

In de galerij wachtte Wharton tot tante Shrew hem zag. Ze liet Pendarves daar achter. Hij veegde met een grote witte zakdoek over zijn gezicht en snoot luidruchtig zijn neus.

'Het bericht luidt dat hij in veiligheid is, bij zijn moeder buiten Parijs,' zei Wharton. 'Hij heeft ons gevraagd een van de koninklijke zwanen voor hem te stelen en Gussy te redden.'

'God zij dank, o, god zij dank. Ik heb dagen niet geslapen,' zei tante Shrew. 'Is het boeket rozen voor Layer bezorgd?' Witte rozen zouden hem berichten dat men op de dag van zijn terechtstelling voor hem zou zorgen, hem iets zou geven om de pijn te verdoven.

'Is vanmiddag gebeurd.'

Pendarves kwam bij hen staan. 'Zeg altijd tegen een vrouw dat je van haar houdt, wanneer dat zo is,' zei hij, nog steeds zijn ogen deppend. 'Het is belangrijk. Er is misschien niets anders zo belangrijk in dit leven.'

'Het zouden er te veel zijn,' zei Wharton. 'Ik zou niet weten

627

waar ik moest beginnen.' Nog wat te drinken, dacht hij, tot ik niets meer voel. Soms vroeg hij zich af of het niet beter zou zijn geweest als hij gearresteerd was, hoewel de angst die hij had uitgestaan in de afgelopen weken van spanning over wie de volgende zou zijn, niet iets was wat hij nog eens wilde doorstaan. Gearresteerd zijn zou je evenmin hebben uitgehouden, had Slane gezegd. Was dat waar? Hij kon zichzelf in een cel zien – nu hij er zeker van was dat hij er niet in gestopt zou worden – waar hij op nobele wijze zweeg, zoals de bisschop van Rochester en Augustus Cromwell en Charles – hij gelukkig ook – deden.

We wachten af, zei lady Shrewsborough, en kijken wat er gebeurt. En wanneer we iets weten, gaan we nieuwe plannen maken. Hij die geduld heeft, kan alles volvoeren. Iets drinken, en geduld behoorde tot het mogelijke.

Een bediende ging Barbara voor op de trap naar een kleine kamer waar sir John en lady Ashford zaten. Het was donker in de kamer, behalve het vuur in de haard. Kinderen lagen in hun bedden te slapen. Barbara ging naar hen toe en kuste hen op het voorhoofd.

'Waar is Jane?'

'In de kamer hiernaast. Ze wilde alleen zijn.'

'Waar is koning Jacobus?' zei Janes moeder. 'Hij zou komen, met zijn grote generaal Ormonde, met zijn soldaten; hij had de overwinning zullen behalen, hij had ons niet zo in de steek moeten laten, als vissen op het droge, omdat ze te dicht bij de kust zijn gekomen en de golf die hen droeg zich heeft teruggetrokken, en nu spartelen we hier in het zand en sommigen van ons moeten sterven. Onze lieve Gussy zal sterven.'

Barbara pakte lady Ashfords hand.

'Ik weet het.'

Lady Ashford begon te huilen.

'Straks maak je een van de kinderen wakker,' zei sir John tegen zijn vrouw. 'Wanneer het proces afgelopen is wil ik een onderhoud met de koning, Barbara.'

'Hij spreekt op dit moment niet met Tories. Ik zal geen onderhoud voor u kunnen verkrijgen.' Ze maakte een machteloos gebaar, en sir John knikte.

Barbara klopte op de deur en opende hem. Jane zat in een schommelstoel; ze had haar oudste en haar jongste kind bij zich. Harry Augustus lag te slapen in haar schoot; Amelia was wakker.

Barbara pakte Amelia, kuste haar mollige gezichtje en pakte een kaars om naar haar te kijken. Kleintje, dacht ze, je bent niet zo klein dat je niet begrijpt wat er gaat gebeuren, hè?

'Ze wil niet slapen,' zei Jane.

Nee, dacht Barbara, dat kan ik me voorstellen. Ze ging in een stoel zitten, kuste Amelia, begon haar gezicht en haar armen te strelen en te zeggen dat ze van haar hield. Hiermee ging ze een hele tijd door. Haar stem was kalm en ze zong de rijmpjes en boodschappen uit haar meisjestijd.

'Vlieg, lieveheersbeestje,...'

De oogleden van Amelia's koppige ogen bleven gesloten. Ze was ingedommeld. Barbara keek naar Jane. Het was beter zoals Roger doodging, want ik geloofde het niet, en daarom kon ik het aan, dacht ze. 'Ik kan niets bedenken om tegen je te zeggen, Jane.'

'Ik ben blij dat je gekomen bent. Grappig dat iedereen opeens over Laurence Slane praat. Verleden Pasen heeft hij Gussy overgehaald om met mij naar Greenwich Hill te gaan. We zijn eraf gerold zoals jonge stellen dat doen, in elkaar verstrengeld. Ik heb nog nooit zo gelachen. Ik moet daar steeds aan denken, aan Greenwich Hill en die rolpartij. Ik heb me vannacht geamuseerd met laatste wensen. Eén jaar meer met Jeremy dan ik heb gehad. Nog één keer samen van Greenwich Hill af rollen. Nog één kind, al denk ik elke keer dat ik een kind krijg dat ik doodga.'

Moeder, dacht Barbara.

'Nog één meisjesvoorjaar op Tamworth. Herinner je je hoe we een heildronk gingen uitbrengen op de appelbomen zodat er het volgende jaar een goede oogst zou zijn? We gingen met zijn allen naar de boomgaarden, iedereen, jouw grootmoeder, moeder, vader, het werkvolk, en we zongen tot de bomen, wat zongen we, Barbara, hoe was het ook alweer? "Oude appelboom, we drinken op jou en hopen dat je rijk zult dragen..."'

'"Want de hemel weet waar wij zullen zijn als er volgend jaar weer appeltjes komen,"' zong Barbara met haar mee. Hun stemmen klonken lief tezamen.

In de kamer ernaast stond sir John op toen hij hen hoorde en liep naar een raam, en hij dacht aan drie wilde kinderen, twee meisjes en een jongen, die door de bossen van Tamworth holden.

'We zongen de bomen toe en dronken op hun gezondheid en goten emmers cider over hun wortels uit. We schreeuwden en dansten om alles weg te jagen dat hun groei zou kunnen belemmeren. En we lieten in cider geweekt brood in de bomen achter voor de vogels. Daarom was de lente mijn liefste seizoen, vanwege de appelbomen van jouw grootmoeder. Als ik mijn ogen dichtdoe kan ik ze nu zien en ruiken. Daar werden Harry en ik verliefd op elkaar, in de appelboomgaard. Hij zat me achterna, en ik viel en huilde en toen hij me troostte gaf hij me op de een of andere manier een kus, en toen wisten we dat we van elkaar hielden.'

'Hoe oud was je toen?'

'Dertien. Nee, veertien.'

'Waar was ik?'

'Vooruit gerend. Je was me altijd voor, Bab. Het enige waarin ik je de baas ben, is het krijgen van kinderen, en dat kan iedereen.'

'Weet je hoe ik je bewonder?'

'Mij?'

'Zo van huis tot huis te gaan als jij de afgelopen maanden hebt gedaan. De ene brief na de andere te schrijven. Uren bij mensen in de hal of in de salon te zitten, weggestuurd te worden en toch terug te komen. Zo volhardend te zijn. Ons hele leven zal ik je blijven bewonderen om de moed die je in de afgelopen maanden aan de dag hebt gelegd.'

'Dank je, Barbara. Ik wil je een gunst vragen. Als Gussy veroordeeld wordt, wil ik dat je me helpt een verzoekschrift op te stellen dat ik aan de koning wil aanbieden. Ik ga hem om genade voor Gussy vragen. Wil je me helpen dat te schrijven?'

'Ja.'

Later bracht sir John Barbara naar buiten en bleef wachten tot ze in een koets zat. Barbara gaf de koetsier het adres van tante Shrew op. Haar oudtante was op, in haar slaapkamer, en speelde patience.

'Je moeder is zo dik als drie huizen,' zei ze. 'Als ik niet beter wist, zou ik zeggen dat ze verder heen is dan iedereen denkt. Lumpy maakt zich zorgen over haar. Hij zegt dat ze denkt dat ze in het kraambed zal sterven. Hoe is het met Jane?'

'Hoe weet u dat ik bij haar ben geweest?'

'Iedereen weet dat je vanavond bij de bijeenkomst bent weggegaan, en de meeste mensen konden wel raden waarom.'

'Maakte de koning een boze indruk?'

'Het is in deze stad nog geen misdaad om met iemand bevriend te zijn, hoewel we het misschien nog beleven dat Robert Walpole daar een misdaad van maakt. Ik heb je iets interessants te vertellen, Barbara. Ik heb gehoord dat Lord Bolingbroke vraagt of hij mag terugkomen naar Engeland. Hij vraagt pardon aan koning George en wil zijn landgoederen en titels terug.'

'Maar de koning zal hem toch zeker geen pardon verlenen! Hij was de minister van buitenlandse zaken van koning Jacobus.'

'Men zegt dat er tienduizend pond naar de hertogin van Kendall onderweg zijn om de komst van Bolingbroke te vergemakkelijken.'

'Ze hangen Gussy op maar vergeven Bolingbroke?'

'Bolingbroke kan hun informatie geven over koning Jacobus en over agenten. En hij heeft de ballingschap ervaren, de armoede geproefd. Hij zal nu meegaander zijn.'

'Dat is niet eerlijk.'

'Nee. Wharton heeft een briefje voor je achtergelaten, Barbara.'

Barbara opende het briefje. 'Hij is veilig in Frankrijk', stond erin. 'Vraag verder niets. Verbrand dit.'

'Waarom glimlach je?' zei tante Shrew. 'Ga me nou niet vertellen dat je iets voor Wharton voelt. Hij is niets dan narigheid, Bab.'

'... opgehangen, maar niet tot de dood erop volgt, want je zult levend worden losgesneden, en je ingewanden zullen worden uitgenomen en...'

Jane stond op. Hoewel Barbara een reactie had verwacht, was ze niet voorbereid op de snelheid waarmee Jane vluchtte. Ze rende, de mensen gingen voor haar uiteen, vormden een vrije baan waarover ze kon vluchten, voor Barbara wist hoe ze het had. De rechter riep de zaal tot de orde, maar de mensen roezemoesden, draaiden zich om en probeerden iets te zien. Tony was al opgesprongen en ging achter haar aan. Harriet stak haar hand uit en kneep in die van Barbara. Naast haar schudde Wharton zijn hoofd. De hertogin zat te huilen, met de tranen als plechtige, heldere stroompjes over haar wangen, en lady Ashford ook.

Barbara drong zich door de menigte naar buiten en keek om zich heen.

'Daar,' zei Harriet. Ze zagen Tony en sir John aan de rand van de binnenplaats, waar de openheid overging in smalle straatjes en stegen. Tony hield Jane vast en praatte op haar in.

Sir John nam Jane van Tony over.

'O God,' zei Jane. Haar gezicht was ziekelijk bleek. 'O, God, help me, help hem, onze kinderen. Ik wist het maar ik kan het niet geloven nu het gebeurd is. Ik kan het niet geloven.'

Er was een koets voorgereden. Sir John hielp zijn dochter en zijn vrouw naar binnen. Tony, Harriet en Wharton stonden aan de overkant van de binnenplaats; Tim droeg de hertogin. Er waren nog anderen: tante Shrew, Pendarves, kolonel Perry. Barbara ging naar haar grootmoeder, wier gezicht veel weghad van dat van Jane.

'Wat is er, grootmama?' zei Barbara. 'U gaat niet dood omdat Gussy doodgaat. Houd daarmee op.'

Daar was Tony's koets. Barbara zei dat ze zonder haar moesten gaan.

Ze vond de kleine tuin bij de rivier, waar ze kort na haar terugkeer in Londen Walpole het eerst had gezien.

Slane zou huilen als hij hoorde dat Gussy moest sterven. Ze wilde zelf ook huilen. Het brengt ongeluk, had de hertogin van Kendall over Tommy's dood gezegd. Nu zal ik de saffier niet dragen. Tienduizend pond en Lord Bolingbroke, een notoire verrader, krijgt vergiffenis. Verraderlijke brieven en Gussy Cromwell wordt opgehangen, leeggehaald en gevierendeeld.

Ze dacht aan de woorden van tante Shrew: de liefde bedekt alles, gelooft alles, hoopt alles, verdraagt alles.

Liefde of dwaasheid?

Eenvoud of vergissing?

Wie, behalve een heilige, zou daarnaar kunnen leven?

58

Drie dagen, drie nachten, en de petitie om genade te vragen voor Gussy was geschreven. Barbara smokkelde Jane St. James's Palace binnen. 'Hier komt hij altijd langs op weg naar zijn wandeling door de galerij. Hij is in vergadering met zijn Raad. Je zult misschien lang moeten wachten.'

De ramen staken erkervormig naar buiten, en in deze galerij hadden houtsnijders daar zetels in uitgesneden. Jane ging zitten. Vlieg, lieveheersbeestje, naar oost, noord, west of zuid, naar de man die mij kiest als bruid, dacht ze. Gussy maakte lijsten van dingen die ze na zijn dood moest doen. Hij mocht deze laatste dagen bezoek hebben; er mochten twee mensen tegelijk bij hem in de cel. Ze vertelde hem niet waar ze mee bezig was. Hij zou niet willen dat ze dit deed.

Het moeilijkste wat ik ooit heb moeten doen, dacht Jane, terwijl ze haar handen in elkaar kneep om zichzelf moed te geven, was het flanel over het gezicht van mijn kind te leggen. Het was de gewoonte het gezicht van de overledene te bedekken met een lap flanel. Dat was moeilijker dan wat ze nu deed, een koning aanklampen. Zou ze Gussy's lichaam wassen zoals ze dat van Jeremy had gewassen? Hoe moest je een lichaam zonder hoofd en zonder darmen wassen?

Hoe moest ze zorgen dat ze niet gek werd? Ga naar Virginia, had Barbara gezegd. Jij met de kinderen en je vader en moeder. Ga naar Virginia en maak er een plek voor jezelf. Barbara had de Franse hugenoten beschreven, die boven de watervallen woonden, in hun keurige hoeven en piepkleine huisjes. Trouw met een Fransman als je hart weer genezen is, zei Barbara. Krijg meer kinderen, desnoods voor mij. Krijg meer kinderen. Daar was Jane goed in, haar enige triomf in dit leven, kinderen krijgen... Ze schrok op.

Er kwamen mannen haar kant op in de galerij, en ze was ergens anders met haar gedachten, ze was tegenwoordig altijd ergens anders, hoorde mensen vaak niet tot ze bijna tegen haar opbotsten. Jane stond snel op want ze herkende er enkelen – Lord Townshend, Lord Carteret, Lord Cadogan – mannen in wier hal ze menig uur had doorgebracht.

Ze deed een stap naar voren en viel bijna op haar knieën. Haar voet sliep. Ze zouden haar gewoon voorbijlopen. Deze vensterbanken waren zo diep in de muur geplaatst dat je erin kon verdwijnen. Zij mocht niet verdwijnen. Ze moesten haar zien. Ze liep wankelend naar hen toe als een dronken vrouw, haar voet was onbruikbaar, liet haar in de steek, was niet aanwezig. Ze had geen idee wat ze wel van haar moesten denken.

Ze viel tegen een van de mannen aan, en verscheidene mannen deinsden terug, met ernstige, geschrokken gezichten. Nu viel ze, of stortte half neer, op haar knieën, in een bedoelde revérence, en stak de petitie aan de man in het midden toe, een man die haar met koele, licht gekleurde ogen bekeek.

Ze zei vlug: 'Uwe Majesteit, ik ben de vrouw van de ongelukkige Augustus Cromwell en ik smeek u nederig mijn smeekschrift aan te nemen...'

Maar de koning bekeek haar niet verder en liep door. Hij raakte het papier in haar hand niet aan.

Nee, dacht Jane. Hij moet me tenminste aanhoren. Ik zal zorgen dat hij me hoort. Hij moet mijn petitie aannemen.

Ze stak haar handen omhoog, greep de panden van zijn jas en draaide die krachtig om; ze wist niet meer wat ze deed, wist alleen dat ze gehoord moest en zou worden. Maar hij liep door, en ze werd op haar knieën door de galerij gesleept. Het deerde haar niet. Ze liet niet los.

'Uwe Majesteit, alstublieft, ik smeek u, neem mijn smeekschrift aan. Laat me weten dat ik dat heb gedaan... O!'

Ze voelde handen op haar schouders, haar armen.

Een van de mannen van de koning maakte haar hand los van het jaspand van de koning, een andere greep haar stevig bij de schouders zodat ze op haar ellebogen terechtkwam. Wat een on-voorstelbare schande. Ze voelde de schaamte schroeien door haar hele lichaam.

De koning verwijderde zich, weer omringd door zijn gevolg. Ze bleef half voorover op de vloer liggen. De koning had haar de halve galerij door gesleept voor zijn ministers haar van hem had-den kunnen losmaken.

God zij hem genadig, dacht ze, want ik zal hem dit nooit ver-geven. De vernedering was als een kaarsvlam in haar, maar er was nu ook een kleiner vlammetje: woede.

En daar was opeens Barbara, lieve Barbara, die haar rokken rechtstreek, haar overeind hielp, haar handen streelde en telkens weer haar naam noemde. Ze bracht haar naar de vensterbank, waar Jane in neerzonk als een lappenpop, want ze had het gevoel dat haar lichaam van een ander was.

'Ik kan niet geloven dat ze je zo behandeld hebben,' hoorde ze Barbara zeggen, en in haar stem was de boosheid die Jane diep van binnen, onder de schaamte, ook voelde.

'Lady Devane.'

In een andere kamer riep een wacht Barbara's naam.

Barbara verstarde. Jane zag angst op haar gezicht komen. Bar-bara kneep stevig in Janes handen.

'Ik moet je even alleen laten. Kun je naar huis komen?'

'Ja. Is alles in orde met jou?'

'Nee. Ik verkeer in ernstige moeilijkheden.'

Daar heb ik niet aan gedacht, dacht Jane, wat het voor Bar-bara betekende om dit voor mij te doen. De koning zal begrijpen dat zij me hierheen heeft gebracht en me een plaats heeft gewe-zen waar ik hem zou zien.

Barbara volgde de wacht. Ze had nog steeds het beeld voor ogen van Jane die over de vloer werd gesleept alsof ze niets was, het beeld van de drie mannen, alledrie twee keer zo groot als Ja-ne, die haar wegtrokken van koning George en haar liggend ach-ter zich lieten alsof ze niets was.

De koning bevond zich in zijn kabinet, het meest intieme vertrek, de kleine kamer naast de slaapkamer. Hij stond voor het vuur met zijn armen op de schoorsteenmantel.

De wacht kondigde Barbara aan en sloot de deur. Ze was alleen met de koning, die zijn ogen afwendde van het vuur om haar van top tot teen op te nemen.

Woedend, dacht Barbara, hij is woedend.

'Zoiets wil ik nooit meer doorstaan. Nooit meer.'

Ziedend, dacht Barbara. Ik word weggestuurd.

'Ik moest haar op haar knieën over de vloer slepen. Ze huilde erbarmelijk, smeekte me naar haar te luisteren. Denkt u dat ik geen oren heb, geen hart?'

En nu kwam hij bij de haard vandaan en ging tegenover Barbara staan, en ze wenste dat hij bij de haard was blijven staan, want hij beefde letterlijk van woede. Zijn ogen namen haar furieus, verzengend, onverzoenlijk op.

De mensen achten hem niet genoeg, dacht Barbara, een snelle, flitsende gedachte, als een zomervleermuis, en ze zonk instinctief naar de vloer in een revérence, met hoofd en nek gebogen.

'Denkt u dat ik de kinderen van Cromwell niet heb gezien? Denkt u dat ik niet begrijp dat ze na zijn dood geen vader meer zullen hebben? Denkt u dat ik niet telkens weer heb gehoord dat hij een goed mens is, een toegewijd geestelijke in de zorg voor zijn kudde? Hij heeft hoogverraad tegen mij beraamd, begrijpt u wat dat betekent? En dat kan ik niet toestaan, in genen dele. Ik moet het vermorzelen waar ik het aantref, en dat zal ik ook doen.'

Ze veranderde niet van houding terwijl zijn woorden op haar neerkwamen. Ze klemde haar handen stijf in elkaar.

'Mijn kleindochters adoreren u, maar ik zal niet toestaan dat u in mijn eigen huishouden ontevredenheid en kwaadwilligheid tegen mij kweekt. Daar zorgt mijn familie al voor.'

'Mag ze... zult u nog toestaan dat ze hem bezoekt, dat vrienden en familie hem bezoeken?' Barbara sprak ademloos, hortend, de woorden kort afgebeten. 'Het is alles wat ze hebben. Verbied u de bezoeken alstublieft niet, hierom. Augustus Cromwell is haar man, de vader van haar kinderen. Ze kon niets anders doen dan om zijn leven smeken. Als uw leven bedreigd werd, zouden de hertogin van Kendall en uw kleinkinderen hetzelfde doen, voor u smeken, ziet u dat niet? Dat is het enige wat mijn vriendin heeft gedaan, proberen een smeekbede te doen voor haar geliefde echtgenoot. Dat is geen misdaad. Het is uit liefde gedaan.'

De koning zweeg. Zijn gezicht stond somber en Barbara sloot haar ogen. Het zou haast gemakkelijker zijn als hij me sloeg, dacht ze. Dit ogenblik duurt eindeloos. Heb ik alles verloren?

'Ik zal de bezoeken niet verbieden,' zei hij. Hij stak waarschuwend zijn wijsvinger op. 'Maar ik wens haar nooit meer te zien.'

'Dat begrijp ik, Uwe Majesteit.'

'U kunt gaan.'

Ze kon zijn ogen voelen, die op haar gericht waren, door haar heen sneden; ze voelde de boosheid die nog van hem afstraalde. Toen ze terugliep naar haar kamer, dacht ze aan wat een oudere hofdame over het hof had gezegd, dat het hartverscheurend was soms, zo moeilijk. Het is de bedoeling dat ik ongeschikte vriendschappen en verdriet verberg, dat ik er nooit over spreek, en doe alsof ze niet bestaan, dacht ze. Dat verwachten ze van me.

Ik weet niet of ik het kan, dacht Barbara. Hoe kan ik doen alsof Gussy's dood niets betekent? Wat word ik als ik dat kan? Wat ben ik bezig te worden?

'Diana vond dat je het moest weten,' zei Pendarves. 'Iedereen praat over niets anders. Wel tien mensen hebben gezien hoe Jane Cromwell vanmiddag door de galerij gesleept werd.'

'Is Barbara van het hof weggestuurd?' Het was Tony die dit vroeg.

'Ze zeggen dat Zijne Majesteit haar zeer streng heeft toegesproken, maar ze wil er niets over zeggen en niemand durft het aan hem te vragen.'

'Bedank Diana namens mij.' De hertogin stak Pendarves haar handen toe, die zich erover boog en de slaapkamer uitging.

'Ik rijd erheen om te zien hoe het met Barbara is,' zei Tony.

'Kijk of ze hier een tijdje wil komen, of ze bij me wil zijn. Zeg tegen haar dat ik haar nodig heb, Tony.'

Tony knielde bij haar neer. 'Wat is er dan? Vertel het aan mij.'

'Dit allemaal. Sir John.'

De hertogin kon zijn naam ternauwernood uitspreken. Naar Virginia gaan, had hij gezegd. Hij had het woord 'Virginia' uitgesproken alsof ze hem had voorgesteld op reis te gaan naar Sodom en Gomorra. Laat me, Alice, alsjeblieft. Zodra Gussy terechtgesteld was, zou de hertogin naar Tamworth vertrekken. Het proces tegen Rochester zou dé gebeurtenis van dit voorjaar worden, een finale botsing tussen de oude wereld en de nieuwe, maar ze zou er niet bij zijn; de bossen en de wereld van Tamworth, de seizoenen en de bijen daar zouden het laatste zijn wat haar ogen zouden zien.

Tony stak zijn handen naar haar uit, hij verplaatste haar; hij ging zelf in haar stoel zitten en zette haar op zijn schoot, alsof zij een kind was en hij de vader. Hij hield haar tegen zich aan. Het is een kaartenhuis, dacht de hertogin, onze ambitie in het leven. Volg Jacobus niet, zei ik tegen Richard, zodat we niet in ballingschap hoefden te leven of ons fortuin in een oorlog zouden verliezen. Als ik Richard jaren geleden had laten doen wat hij werkelijk wilde, zou dan nu alles anders zijn? Zou hij nog leven? En mijn zonen? Had ze Barbara, en ook Tony, behandeld als stukken op een schaakbord, die ze naar haar eigen inzicht had verplaatst? En hun inzicht? Bitter waren zinloosheid en verdriet in haar hart.

59

Jane klemde haar handen in elkaar, nu ze alles had gezegd. De volgende ogenblikken waren bepalend voor haar verdere leven, en dat van Gussy.

'Dat lukt nooit,' zei haar vader.

'Als we betrapt worden...' zei haar moeder.

'Komen we allemaal in de Tower terecht,' eindigde haar vader.

Jane stond op. Dan zou ze het alleen doen. Ze raapte haar mantel op, en dacht aan alles wat er moest gebeuren: vrouwen gezocht, kleren ingepakt, iets voor de kinderen geregeld – erg veel te doen tussen nu en dan.

'De veiligheid van de hertogin mag niet in gevaar komen,' zei haar vader. 'Haar mag niets overkomen vanwege dit.'

Ja, dat gold ook voor Barbara. 'Maak in het openbaar ruzie met haar.'

'Vertel me het plan nog eens,' zei haar vader, 'en niet zo vlug.'

Jane deed het, maar de woorden buitelden over elkaar heen. Ze gaan me helpen, dacht ze. Er begon een licht te stralen in haar. Het gaf haar een zweverig gevoel.

'Waarom niet?' zei sir John, toen Jane was uitgesproken.

'En als we betrapt worden?' zei haar moeder.

'Is dat erger dan dit?'

'Janie, John, vang haar op!'

Toen Jane haar ogen weer opendeed, keek haar moeder haar

aan op de manier van moeders die al je geheimen weten omdat ze je zo goed kennen.

'Verwacht je een kind? Als je een kind verwacht...'

'Nee.' Ja. De grap dat Gussy zijn broek maar hoefde te laten zakken, was uitgekomen. Ze wist alleen dat ze ook nu nog, te midden van dit alles, kinderen kreeg. 'Ik heb de laatste tijd niet gegeten.'

'Dat kan iedereen zien die ogen in z'n hoofd heeft.'

Dat was haar vader, woest, boos, meesmuilend, een gekooide beer. 'Nou dan moest je er maar eens mee beginnen. We kunnen niet hebben dat je flauwvalt in de Tower als we Gussy gaan redden.'

Toen Jane weg was, zei sir John tegen zijn vrouw: 'Onze Jane, wie zou dat ooit van haar gedacht hebben?'

'Als we betrapt worden, wordt het onze dood.'

'Ik ben toch al dood van binnen.'

Jane wachtte in de kerk op Devane Square op Barbara. Sir Christopher Wren was er ook; hij bracht haar een koetsdeken en stopte die om haar benen in met een vriendelijk, snel gebaar, voor hij weer naar de beeldsnijders bij het altaar ging. Hij had gisteren van haar smadelijke behandeling gehoord. Vandaag zou hij kunnen vertellen over de scène die zich in zijn kerk had afgespeeld, de ruzie tussen Jane Cromwell en lady Devane; hij zou er niet omheen kunnen.

Daar was Barbara al, de flinke, dappere Barbara. Ze moet me iets van die beide eigenschappen geven, dacht Jane. Ze gingen samen zitten en hielden elkaars hand vast onder de deken, zoals ze lang geleden in Tamworth Church altijd deden.

'Ik ga ruzie met je maken, Barbara,' zei Jane. 'Zo dadelijk, nadat ik je heb verteld waar ik mee bezig ben. Ik ga proberen Gussy uit de Tower te halen...'

'Een redding! Je hebt iets bedacht!'

'Maar ik wil niet dat het jou schaadt, ongeacht of het lukt of niet.'

'Het is waanzin. Ik kan niet geloven dat je het doet. Wat heb je nodig? Waarmee kan ik je helpen?'

'Ik heb een vrouw nodig om me te helpen. En ik heb munten nodig.'

'Batseba...'

'Nee. Dat is jouw kamenier, en ik wil niet dat dit op welke manier ook met jou in verband kan worden gebracht. Ik verwacht een kind, geloof ik, Barbara.'

'O, Jane, dan is een van je wensen uitgekomen. Waar zul je na afloop heen gaan?'

'Naar Virginia.'

'Ja, ik zal een brief schrijven die je vader aan Blackstone kan geven. Hij zal jullie helpen. Zijn er schepen binnen? Het is bijna december. Ik zal nagaan of er een schip is en je dat laten weten.'

'Houd nog even mijn hand vast, want zo dadelijk ga ik tegen je schreeuwen en je ervan beschuldigen dat je niet alles voor me doet wat je zou kunnen doen, en ik zal je niet weerzien. Het is beter dat we elkaar hierna niet meer zien. Zeg het niet tegen je grootmoeder. Vader vindt het beter dat ze van niets weet tot alles voorbij is.'

'Ik houd van je, Jane.'

'Ik houd van jou, Barbara. Geef me iets dat van jou is. Het geeft niet wat.'

Barbara maakte een zilverkleurig lint van haar mouw los. Ze drukten elkaar langdurig de hand; hun hele leven samen lag erin besloten, hun hele vriendschap. Harry en de appelbomen. Tamworth en de laan naar de kerk, hun hele gouden meisjestijd.

'Het lukt nooit.'

'Ik verwacht een kind.'

Gussy nam Janes handen in de zijne. Er viel niets meer te zeggen. Ze had hem haar plan verteld; zelfs nu, terwijl ze het nog eens herhaalde, dacht ze: het is te onnozel, te simpel, het werkt vast niet. Als Gussy weigert...

'Dan is het in Gods handen, Jane. We zullen bidden.'

'Doe je het?'

'Ja.'

Nog tien dagen, nog tien dagen en dan verandert mijn leven voorgoed, dacht Jane later toen ze buiten was en van de Tower weg wandelde naar de huurkamer waar haar vader wachtte.

Haar moeder was al in het geheim bezig alles te verkopen – zilver, serviesgoed, juwelen, kleren – zodat ze geld zouden hebben om de kapitein van het schip waarmee ze zouden varen te betalen. Ze was op weg naar de hertog van Tamworth om hem honderd pond te leen te vragen. Hij zou het geven zonder te willen weten waarvoor ze het nodig had. Barbara had al vijftig pond gestuurd en zou nog meer sturen. Jane was op zoek naar twee vrouwen om haar te helpen, want haar moeder zou met de kinderen zitten.

Wie kon haar helpen?
Wie kon het veilig riskeren?

In de keuken van Saylor House las Annie het briefje dat Barbara had gestuurd nog eens door.

'Wat heb je in de zin, Annie-lief?' zei Tim.

Annie wilde niet naar Tims brutale gezicht kijken. Ze had net de theeblaren bekeken. Alles was te zien in de theeblaren. Zelfs Tim.

'Ik wil het niet hebben,' zei sir John Ashford, zodat zelfs gasten aan de andere kant van de kamer stil werden. 'U houdt er maar eens mee op uw bemoeizuchtige vingers in mijn zaken te steken.'

Lord Cowper liep snel bij de gast met wie hij in gesprek was weg, en ging naar John Ashford en de hertogin van Tamworth toe. Ashford maakte een scène en blafte de hertogin toe alsof ze een marktvrouw was.

'Ik weet het heus wel,' zei sir John, terwijl de mensen om hen heen onder elkaar fluisterden en keken. 'U hebt gevraagd Ladybeth van Andreas te mogen kopen, ontkent u het maar niet. U hebt het immers altijd willen hebben? Inhalige vrouw.'

'Nee,' zei de hertogin. 'U weet dat dat niet waar is.'

Het lukte Lord Cowper maar net om Tony te weerhouden sir John te lijf te gaan. Nu volgde Tony Cowper en sir John de trap af, terwijl Cowper deze man, een oude vriend, maar een vriend die te ver was gegaan, toefluisterde: 'Je vergeet jezelf, John. Je moet mijn huis onmiddellijk verlaten.'

Tony wrong zich langs Cowper en pakte sir John bij de arm. 'U zult mijn grootmoeder nooit meer op een dergelijke wijze toespreken.'

Sir John trok zich los. 'Wil je met mij duelleren? Of mij een dief noemen? Jonge Whig-schavuit. Ik spuw op jou en op elke Saylor die ik ken.'

Lord Cowper ging voor Tony staan. 'Ik smeek je, laat hem gewoon vertrekken. Denk aan wat hij allemaal heeft moeten meemaken...'

Boven stond Barbara haar grootmoeder bij. Annie was hun mantels gaan halen. Haar grootmoeder zei niets, maar haar gezicht was te bleek en haar handen klemden zich om haar stok en lieten hem dan weer los.

'Hij meende het niet,' zei Barbara zacht. 'Het komt door alle spanning. Hebt u aangeboden de hoeve van Andreas te kopen?'

'Ja, maar om hem aan John terug te geven, niet meteen, maar op den duur. Wanneer je verdriet hebt, heb je het vertrouwde nodig om je te troosten, de dingen die je kent. Hij zal dit alles niet overleven zonder zijn hoeve.'

Er biggelde een traan over de wang van de hertogin. Dood, dacht ze, ik ben klaar voor je.

'Het heeft mijn moeders hart gebroken,' zei Diana tegen Walpole, die haar kwam bezoeken. 'Ze heeft sir John in deze tijd alleen maar trouwe vriendschap gegeven. Ik heb hem nooit gemogen.'

'Zal ik hem voor je in de Tower zetten?'

'Nee, laat maar. Je gaat de boete toch wel verlagen, hè?'

'Ja. Het zal de laatste zaak zijn die we in het Parlement behandelen voor het kerstreces. Het gekke is, Diana, dat Barbara meer dan ooit in de gunst is bij de koning. "Zij is een echte vriendin," zegt hij. "Dat is een zeldzaam iets." Ik begrijp er niets van.'

'Ik ook niet,' zei Diana.

'Niet zo verdrietig zijn,' zei Barbara, terwijl ze op de hand van de hertogin klopte. 'Alstublieft niet zo verdrietig zijn. Sir John zal zijn excuses sturen. Ik weet het zeker. Laat hem even betijen.'

Whig of Tory, het maakt voor mij niet meer uit, dacht de hertogin. George of Jacobus – het maakt niet uit. Viooltjesolie; als ze op Tamworth was, zou Annie nu viooltjesolie maken: een aftreksel viooltjesbladeren in een glas gedaan met verse blaadjes, en even laten staan, hielp tegen melancholie, dofheid en zwaarmoedigheid.

John, je hebt mijn hart gebroken.

Kolonel Perry trof Barbara wandelend aan om het middengedeelte van Devane Square, waar haar Virginiaanse tuin zou komen. Hij steeg van zijn paard.

'Ik heb uitgezocht of er een schip naar Virginia gaat, zoals je me hebt gevraagd.'

'Dank u.'

Hij hield zijn hoofd scheef en keek naar haar, terwijl ze langs de lange touwen liep die Wren tussen houten palen had gespannen om de vorm van de tuin aan te geven. Hij droomde van haar. De engel was er weer en zei dat hij goed over haar moest waken.

'Hoe kan ik u helpen?' zei hij. Hij wist niets anders te zeggen.

'Wees mijn vriend,' zei Barbara. 'Wandel met mij terwijl ik deze tuin in gedachten voor me zie. Verzeker me dat Walpole mijn boete werkelijk zal verminderen. En bid voor Jane.'

'Ik doe niet anders. Ik bid dat datgene zal gebeuren wat voor iedereen het beste is, wat goed en liefdevol is.'

'Ja.'

Nog vijf dagen. Annie liep door de straat waar mevrouw Cromwell in een gebouw een kamer had gehuurd. Ze klopte op een deur boven aan de trap. Jane deed open.

'Ik wil u helpen,' hoorde Annie zichzelf zeggen.

Janes gezicht sloot zich, werd terughoudend. 'Mij helpen?'

'Hem uit de Tower te halen.'

'Hoe kun je dat weten! Hoe?' En toen Annie niet antwoordde: 'Ik heb twee vrouwen nodig. Kun jij vrouwen vinden die met mij naar de Tower willen gaan? Ze hoeven niets anders te doen dan kleren binnen te brengen die hij kan dragen als hij eruit gaat. Ik zal hun allebei twintig pond geven.'

'Uw moeder?'

'Die moet bij de kinderen blijven. De kinderen zouden zich bij niemand anders behoorlijk gedragen, behalve bij Barbara.'

'Ik heb groene thee en twee eieren meegebracht. We laten de thee trekken, en kloppen er dan de dooiers samen met witte suiker doorheen. Dat is versterkend. Vertel me wat u van plan bent.'

Nog vier dagen. Annie vouwde japonnen op. Waar een tweede vrouw te vinden? Zelf zou ze de eerste zijn. Ze zag dat de hertogin naar haar keek en hoestte.

De hertogin perste haar lippen op elkaar. 'Dat hoestje bevalt me niet. Word je soms ziek?'

'Ik ben nooit ziek.' Annie hoestte weer, legde de japon weg, en ging de kamer uit. Tim hield haar tegen in de bediendenkamer en duwde haar in een hoek.

'Vertel het me.'

Ze bekeek hem van top tot teen, zonder uitdrukking op haar gezicht. 'Mevrouw Cromwell gaat mijnheer Cromwell over vier dagen uit de Tower halen.'

Tim deinsde terug, als door een slang gebeten. 'Een...'

'Ontsnapping.' Annie liep om hem heen, naar de grote keuken, waar het keukenpersoneel deeg kneedde en aardappelen sneed, zich niet bewust van het drama dat zich op een paar voet afstand van hen ontvouwde. Tim greep haar bij de arm, trok haar weer in de hoek.

'Weet de hertogin dat?'

'Ze mag het nog niet weten.'

'Ben je nou...'

'Laat me met rust. Ik heb je meer verteld dan ik had mogen doen.'

Nog drie dagen. Annie zat voor een raam en keek naar een vogel die tussen het grind van de tuinpaden pikte. Een tweede vrouw, had Jane wanhopig gevraagd. Vertrouw me, zei Annie. Voelt u zich goed? Drink de thee.

Daar kwam Tim aan over het grindpad, zonder grijns op zijn brutale gezicht. Wat mankeert Tim, had een van de meiden vanmorgen nog gevraagd. Ik heb nog nooit meegemaakt dat hij zo ernstig kijkt. Annie sloot haar ogen, en wachtte geduldig. Na enige tijd voelde ze een hand op haar schouder. Tim knielde bij haar, met voor deze ene keer een ernstig gezicht.

Hoeveel vrouwen houden van je, dacht Annie. Minstens tien.

'Ik wil helpen. Ik kan aan niets anders denken dan aan die kleine mevrouw Cromwell. Het bosviooltje, noemt de hertogin haar, het bosviooltje van Tamworth. Laat mij helpen, Annie. Alsjeblieft.'

'Ik moet een vrouw hebben die met ons mee kan gaan naar de Tower, een vrouw die over haar eigen jurk een extra japon aan heeft. Ze hoeft niets anders te doen dan dat, en daarna verdwijnen. We hebben geld voor haar. Ken jij iemand die het niet erg vindt om uit Londen weg te moeten nadat ze dit gedaan heeft?'

Tim knikte. Annie had wel geweten dat hij iemand wist.

'En verder?' vroeg hij.

'Iemand die een rijtuig of een kar kan rijden. Sir John rijdt ook een rijtuig, dat waar Gussy in zit. Iemand moet een tweede rijtuig besturen, met Jane en mij erin.'

'Ik ben je man.'

'Het is geen spelletje, lakei.'

Hij keek vanuit zijn hoogte op haar neer, brutaal en vrijmoedig. Geen wonder dat de hertogin hem aanbidt, dacht Annie. Als ik een hart had, zou ik hem misschien ook aanbidden.

'De hertogin zal ons missen.'

'Laat dat aan mij over.'

'Tim heeft een liefje,' zei Annie later tegen de hertogin. 'Hij loopt al dagenlang rond met een gezicht van oude lappen. Ruzie gehad met zijn meisje, denkt de kokkin.' Annie hoestte.

'Dat geluid bevalt me niets. Ga rusten.'

'Ik voel me best.'

643

'Je bent niet gezond. Je wordt ziek. Dat kan ik niet hebben.'

'Ik voel me best. U moedert over me als een oude kloek over haar enige kuiken.'

'Bah. Ga dan maar je gang en word ziek. Wat kan het mij schelen. Er luistert toch niemand naar me.'

Nog drie dagen.

'Nu heb ik geweldig goed nieuws,' zei Jane tegen de cipier in de kamer van de wacht bij Gussy's cel. 'De koning zal mijn petitie om genade morgenavond aanvaarden. Ik denk dat mijn man toch zal blijven leven.'

Jane glimlachte en gaf de cipier een kleine zak met munten.

'Daar kunt u met de andere heren hier op drinken. Wilt u dat doen?'

'God zegene u, mevrouw Cromwell, dat doen we graag.'

Ze volgde de cipier op de korte wenteltrap, en bovenaan opende hij de deur van Gussy's cel. Gussy en zij gingen samen op het bed zitten.

'Morgenmiddag. Annie helpt, en een vrouw die Tim heeft gevonden.'

'Wat voor vrouw?'

'Een vrouw van de straat, die genoeg krijgt om uit Londen te verdwijnen. Morgen,' fluisterde Jane, 'gaat mijn moeder met de kinderen naar Gravesend.' Schepen voeren uit vanuit Gravesend, een dorp ten oosten van Londen. Barbara had bericht gestuurd dat er een schip was.

Er werd op de deur geklopt.

'Bezoek,' zei de cipier.

Jane ging de trap af, kwam door de kamer van de wacht, waar de wachten met hun vrouwen en kinderen aan de ene kant bij het vuur zaten, zoals altijd. Zo was ze oorspronkelijk op het idee gekomen: de wachten besteedden meer aandacht aan hun gezin dan aan wie er naar binnen en naar buiten ging. Ze verwachtten niets van haar. Niemand verwachtte iets van haar. Daar was ze te meegaand en te stil voor.

'God zegene u,' riep er een. 'We zullen morgen op een goede afloop voor uw man drinken.'

Buiten de kamer van de wacht was een lange trap, en onderaan stonden vrienden van Gussy, mannen die hij van school kende.

'Er mogen er maar twee tegelijk in zijn cel,' zei ze. 'Ik kan dus niet met u meegaan.'

Toen ze, nadat het bezoek van zijn vrienden afgelopen was, de trap opging om bij Gussy te zijn, bleef Jane een ogenblik staan. Ze voelde zich vreemd, had zich sinds gisteren zo gevoeld. Ze schudde haar hoofd en ging de cel binnen. Dit was haar laatste nacht met Gussy, als haar plan mislukte. Ze gingen samen op het bed liggen en hielden elkaar omvat. Zo lagen ze urenlang.

Winter

... en liefde, deze drie,

60

Op vriesvoeten naderde december de geboorte van de Christus...

De dag was gekomen.

'Dronken als een lor, om dat liefje van hem,' zei Annie. Ze legde haar hand op haar hoofd. 'Wanneer hij zich weer vertoont, zult u hem moeten straffen.'

'Koorts,' zei de hertogin. 'Heb je koorts? Heb je hoofdpijn? Ik wist het. Ga naar bed.'

'Ik voel me best.'

'Je bent ziek.'

De dag.

De kinderen waren met Janes moeder naar Gravesend gegaan. Dit is de laatste dag van mijn oude leven, dacht Jane. Vaarwel, Barbara.

Barbara zat in de werkkamer van Walpole, een hokje bij de zaal waarin het Lagerhuis bijeenkwam. Vanaf deze plaats kon ze het geschreeuw horen. Het ging over Rogers boete, en het was alsof er een open wond was aangeraakt; mannen schreeuwden en brulden over de South Sea Bubble, en de listigheid en verraderlijkheid van de ministers en effectenhandelaars van Zijne Majesteit.

De Tories waren erbovenop gesprongen en er werden nu al twee dagen lang toespraken gehouden, en iedereen maakte zich zo breed mogelijk. Alle oude gevoelens tegen Walpole staken weer de kop op; hij werd uitgemaakt voor de grote wegpoetser, recht in zijn gezicht en in giftige schotschriften. Toch had hij het tijdstip goed gekozen, want veel leden waren afwezig, reeds voor de zomer uit Londen vertrokken naar hun landhuizen. Robin, dacht Barbara, maak je nou nooit een fout? Hoe was het met Jane? Ze wist het niet.

Ze hoorde een luid geschreeuw. Vandaag zou er gestemd worden, had Robin haar verteld. Ze ging naar de deur, keek de gang in. Wat betekende dat? Het geschreeuw duurde voort, en toen zag ze mannen uit de zaal de gang inkomen. Ze zag Wart en Tony, die de behandeling van haar zaak in het Lagerhuis van het begin af hadden gevolgd. Een lange man naast Wart draaide zich om; het was de prins van Soissons.

Barbara was dadelijk op haar hoede. Hij boog naar haar.

Wanneer ben je teruggekomen, dacht ze, maar werd toen afgeleid door Robin, die met een rood hoofd uit de zaal kwam. Ze ging naar hem toe.

'Wat ik heb moeten verduren,' zei hij tegen haar terwijl hij haar handen beetpakte, 'dat kun je je niet voorstellen. Wat ze over me zeiden.' En dan, met een glimlach. 'Het is gebeurd. De boete is je in zijn geheel kwijtgescholden.'

Een schuld van honderdduizend pond, zomaar verdwenen. Ze viel bijna flauw.

'Dank je, Robin.'

Hij vertrok snel om naar zijn buitenhuis te gaan, met mede-neming van de talloze dozen met aantekeningen over Rochester en de invasie, om te bekijken hoe hij de zaak tegen de bisschop zou kunnen voeren. Ze gingen de bisschop veroordelen tot ballingschap, tot tevredenheid van Zijne Majesteit. Hij had lie-ver een lichaam zonder hoofd gehad, maar ballingschap kon er ook mee door. Jane, dacht Barbara, hoe gaat het intussen met jou?

'Ga nog even bij mijn moeder langs voor je de stad uit gaat, Robin.'

'Je maakt je zorgen om haar, hè?'

'Ja.'

'Ik zal het doen.'

En daar was Tony, met een glimlach op zijn ernstige gezicht.

'Het is gelukt,' zei ze. 'Wil je me naar mijn rijtuig brengen, neef?'

Terwijl ze buiten stonden te wachten tot haar koets werd voor-gereden, hoorde ze iemand haar naam roepen. Ze draaide zich om; daar was Wart, en hij was in gezelschap van Philippe.

'We wilden je feliciteren,' zei Wart. 'Iedereen die je kent is blij, Bab.'

'Ik feliciteer je, Barbara,' zei Philippe. 'Je bent als een feniks uit de as herrezen.'

En dat had jij niet verwacht, dacht Barbara, en ook niet ge-wild.

Haar koets was er. Philippe hield het portier voor haar open voor Tony het kon doen. Ze klom naar binnen zonder de hand aan te raken die hij haar toestak om haar te helpen.

'Ik zal je zeer spoedig komen bezoeken,' zei hij.

De koets reed weg.

Wharton en Philippe liepen de straat uit. Philippe bleef staan om een takje kersthulst uit de mand van een straatventer te kopen.

Met zorg en precisie stak hij het in zijn knoopsgat terwijl hij het tafereel voor zich in zich opnam: koetsen en karossen, beambten van Whitehall op weg naar koffiehuizen en taveernes, iemand die vers drinkwater verkocht, iemand die kruiden die geluk brachten te koop aanbood.

'Jammer dat ze geen jacobiet is,' zei hij. 'We moeten haar zien te bekeren.'

In het rijtuig voelde Barbara zich als verdoofd. Ik heb het klaargespeeld, dacht ze. Ik heb Rogers ondergang overleefd, erover getriomfeerd. Ze sloot haar ogen, begon te beven. Op een dag, dacht ze, binnenkort moet ik rouwen om alles wat ik hierdoor ben kwijtgeraakt, maar vandaag niet. Vandaag wil ik over Devane Square rondlopen en tegen mezelf zeggen dat ik het heb klaargespeeld. Ik wil liefs en zegenwensen aan Jane sturen. Jane.

In gedachten repeteerde Jane het plan. Die middag zou ze weer vriendinnen meebrengen die Gussy wilden bezoeken, zoals de wachten haar de afgelopen weken vaak hadden zien doen. Maar vandaag zou Gussy weggaan als een van hen, als de wachten en God het toestonden. Daar was het rijtuig. Tim zat op de bok. Hij lachte haar toe met zijn afgebroken tanden en knikte. Die beste Tim. Die beste Annie. Hun aanwezigheid gaf haar kracht, deed haar denken dat het zou kunnen lukken. Ze zou het hun nooit kunnen terugbetalen. Haar vader zou proberen hun munten te geven, maar Jane betwijfelde of ze die zouden aannemen. Zij deden dit uit liefde voor Tamworth en de hertogin en Ladybeth, voor alles wat ze kenden. Ze deden het uit liefde.

In het rijtuig zei Jane tegen de vrouw: 'Je begrijpt alles? Jij moet eerst met me mee naar boven, naar zijn cel.'

Jane drukte haar hand tegen haar rug, die pijn deed. Kwam het door het kind?

'Wat is er?' zei Annie, die nuchter en grimmig naast de vrouw zat.

'Niets; een pijntje.'

Tim reed het rijtuig de binnenplaats naast de Tower op. Jane keek toe terwijl hij er de poort weer mee uitreed. Het was alleszins mogelijk dat ze de andere kant van deze muren nooit meer zou zien.

Annie, de vrouw en zij staken de plaats over, liepen onder de poort van Martin's Tower door, waar een brug over de gracht ging. De middag was loodgrijs, met wolken als grijze kussens. Ik ben krankzinnig, dacht Jane, volkomen krankzinnig om dit te doen. Het lukt nooit. Ze liepen door een volgende poort van een volgende toren, en over het pad naar de toegang tot alles wat achter die muren lag, die massieve, dikke muren.

Mijn plan is te simpel, dacht Jane. Ik ben een idioot.

Het was donker onder deze laatste poort, de poort die toegang gaf tot alles wat de Tower behelsde, als een kleine stad achter de massieve muren. De Tower telde meer gebouwen dan Williamsburg, had Barbara gezegd.

Jane bleef een ogenblik in de open ruimte staan en ademde de lucht in. Het moet lukken, dacht ze, ik moet dapper zijn. Maar Barbara was de dappere, niet zij. Iemand moest hier nu een eind aan maken, maar wie?

En daar, voor hen, was de toren waarin Gussy gevangenzat. Jane liet Annie in de kamer beneden achter en liep met de vrouw de trap op naar de kamer van de wacht. Voor ze de deur openduwde, haalde ze heel diep adem, zodat ze het helemaal in haar baarmoeder voelde. Een kramp in haar baarmoeder. Er gebeurde iets. Annie wist het wel. Moed.

Ze pakte de vrouw die Tim had meegebracht bij de hand en liep met haar de kamer van de wacht binnen, terwijl ze snel praatte.

'Ik ga vanavond naar de koning,' zei ze tegen de vrouw, wetend dat de wachten die met zijn allen bij het vuur zaten, het zouden horen. 'Ik ben zo opgewonden dat ik nauwelijks kan nadenken. Waar is de cipier? Vlug, maak de deur van de cel van mijn man open.'

Terwijl ze de cipier op de wenteltrap volgde, bleef Jane de hele tijd praten, maar haar hart bonsde zo luid dat ze niet wist hoe haar stem daar overheen moest komen.

'Ik moet me verkleden. Mijn kamenier komt hier om me te helpen met verkleden, cipier. Wilt u me laten weten wanneer ze er is? Ik kan in deze japon niet naar de koning gaan.'

Jane drukte de cipier een munt in de hand; de vrouw en zij gingen naar binnen, en Jane bleef praten, nu tegen Gussy. Ze kwebbelde door terwijl de vrouw de mantel met kap die ze aan had uittrok, en de tweede mantel daaronder ook uittrok, en vervolgens haar japon begon uit te trekken. Er zat nog een japon onder.

Jane trok haar rokken op, en haalde uit een zak in haar onderjurk de pruik en het zakje met rouge die ze had meegebracht. Ze gooide beide op het bed. Terwijl Gussy de japon over zijn hoofd begon te trekken, liep Jane zijn geopende celdeur uit en ging met de vrouw de trap weer af. Toen ze de ruimte van de wacht doorliepen, zei ze tegen haar: 'Mijn kamenier is vermoedelijk in de kamer beneden. Stuur haar naar boven, anders kom ik nog te laat bij de koning. Vlug. Het wordt gauw donker.'

Ze ging met de vrouw de deur uit en liep halverwege de trap Annie tegemoet.

'Bedankt, God zegene je,' fluisterde ze de vrouw toe. 'Maak nu dat je wegkomt uit Londen.' De vrouw knikte.

Annie had de kap van haar mantel om haar hoofd geslagen en hield een zakdoek tegen haar gezicht. Ze huilde luid.

'Huil maar niet, lieve vriendin.' Jane klopte op Annies arm. 'Ik mag de koning vanavond mijn petitie aanbieden, en ik weet zeker dat alles in orde zal komen.'

Samen met Jane beklom Annie de korte wenteltrap naar de cel. Jane praatte aan één stuk door en Annie huilde achter haar zakdoek alsof haar hart zou breken. Gussy had de japon aan en de pruik op.

Snel trok Annie haar mantel uit en stapte uit de hooggehakte schoenen die ze aan had. Jane praatte nog steeds over van alles en nog wat, wat haar maar inviel – je wist niet of een van de wachten of de cipier misschien een paar treden de trap op kwamen om te luisteren.

De deur moest open blijven, want als hij eenmaal gesloten was, kon hij alleen met een sleutel geopend worden. Ze poederde Gussy's gezicht, terwijl Annie hem met rouge bewerkte. Jane merkte dat ze een ogenblik heel stil moest staan. Ze zag dat Annie scherp naar de uitdrukking op haar gezicht keek.

Annie pakte haar arm, maar Jane trok zich los. 'Ik voel me best. Trek jij de andere mantel aan. Laten we nu gaan, voor ik de moed verlies. Houd de kap omlaag. Als ze niet merken dat jij het bent, Annie, is het misschien gelukt.'

Toen Jane bij de onderste trap was aangekomen, liep ze snel terug door de kamer en zei tegen Annie: 'Lieve vriendin, ga eens kijken of mijn kamenier beneden is. Ze weet zeker niet hoe laat het is. Is ze soms vergeten dat ik de koning mijn petitie moet aanbieden? Als ik hem vanavond niet geef, ontvangt hij hem nooit meer! Zeg dat ze voortmaakt. Ik zit op hete kolen tot ze er is. Het is afschuwelijk dat ze zo laat is.'

Een wacht opende de deur, en Jane liep met Annie naar de trap en keek Annie na terwijl ze naar beneden ging. Ze legde haar hand op haar rug, de pijn daar zat diep, en de kramp in haar buik nam toe.

Ik moet opschieten, dacht ze. Half hollend door de kamer van de wacht liep ze de trap weer op. Gussy had de kap op die Annie over zijn hoofd had getrokken. In zijn hand had hij de zakdoek die Annie tegen haar gezicht had gehouden toen ze had gedaan alsof ze huilde. Als niemand erg goed keek, als ze allemaal half blind waren, zou hij ongeveer de huilende vrouw kunnen zijn die Annie had gespeeld.

Gussy en Jane hielden even elkanders handen vast.

'Gods zegen over je,' fluisterde Jane.

Het uur van de waarheid is gekomen, dacht ze. Dom plan, idioot plan, nu pakken ze ons.

Ze pakte zijn hand en begon de trap af te lopen, terwijl ze maar doorkwebbelde, zoals ze schijnbaar al uren had gedaan. 'Nou, er zit niets anders op! Kom mee! Kom mee! Het is niet te geloven dat dit uitgerekend vanavond moet gebeuren. Vlug, lieve vriendin, vlug!'

Achter haar had Gussy de zakdoek naar zijn gezicht gebracht en maakte huilgeluiden, die in Janes oren nergens op leken; de wachten zouden zeker horen dat ze niet echt waren. Jane gaf hem een arm terwijl ze door de kamer van de wacht liepen, een eindeloze tocht, leek het, maar nu waren ze toch bij de deur en niemand hield hen tegen.

'Ga om godswil snel naar mijn huurkamer,' zei ze. 'Je weet waar ik logeer. Ga mijn meid halen en breng haar hier. Onmiddellijk.'

Ze liep met Gussy naar de trap en ging met hem naar beneden. Daar was Annie in de kamer beneden. Jane duwde Gussy naar Annie toe.

'Niet omkijken,' fluisterde ze.

Ze draaide zich om en liep weer naar boven, en moest een keer blijven staan vanwege de pijn, die nu hevig was. In de kamer van de wacht veegde ze een traan weg. Ze kon er niets aan doen.

'Uw meid komt heus wel, mevrouw Cromwell,' zei een van de wachten.

Ze bleef ter plekke staan en verborg haar gezicht in haar handen.

'Niet huilen, mevrouw Cromwell,' zei een ander.

'Ik ga alleen nog even naar boven om afscheid te nemen van mijn man; dan moet ik weg. Ik moet de koning mijn petitie geven.'

Ze veegde blindelings naar tranen die over haar gezicht stroomden, terwijl ze allemaal toekeken. Hoe is het mogelijk, dacht Jane. Ze geloven me. Elk ogenblik kan er een zeggen: u bent betrapt, mevrouw Cromwell. Er zijn twee vrouwen meegegaan naar de cel van uw man, en er zijn er drie naar beneden gekomen.

Omdat ze dit verwachtte, spande haar hele lichaam zich om de woorden uit te spreken. Ze beklom de korte wenteltrap naar de cel en praatte tegen Gussy alsof hij er nog was. 'Ik kan niets anders doen dan nu weggaan. Geef me een kus, schat. Als de Tower nog open is wanneer ik bij de koning ben geweest, kom ik vanavond terug. Anders zie ik je morgenochtend.'

Een langdurige kramp overviel haar en deed haar hijgen. Toen hij voorbij was en ze dacht dat ze kon lopen, ging ze naar de trap – alles voelde nu vreemd, net alsof ze door water waadde – en sloot de deur van Gussy's cel. Nu kon alleen de cipier hem weer openmaken. Ze liep de trap af.

In de kamer van de wacht zei ze tegen de cipier: 'Ik moet weg. Als ik op tijd klaar ben, kom ik nog terug. Mijn man wil een tijdlang bidden.'

Ze stopte de cipier nog een munt in de hand.

'Ik smeek u, gunt u hem vanavond zijn rust. U hoeft straks ook geen kaarsen te brengen. Ik heb de deur gesloten. U kunt gaan kijken, maar ik vraag u hem niet te storen. Ik kan zijn gebeden vanavond goed gebruiken.'

'God zegene u, mevrouw Cromwell. Ik hoop dat het vanavond goed voor u afloopt. Ik zal ook voor u bidden.'

De cipier bracht haar naar de deur en maakte hem zelf voor haar open. Jane stapte de deur door en de trap op. Ze was duizelig. Was dit echt gebeurd? Voelden ze geen nattigheid? Had ze Gussy uit de Tower gehaald? Was het zo gemakkelijk?

Drie bruine mantels, een vrouwenpruik en een japon, was dat alles wat ervoor nodig was?

Ze wachtte even tot een wacht de deur achter haar had geopend en haar naam had gebruld. Het was een dom plan. Hoe had ze ooit kunnen denken dat het zou lukken? De pijn was vreselijk.

Kan ik deze trap aflopen, dacht ze na enige tijd, toen de deur achter haar gesloten bleef. Ze deed het en liep naar buiten, in de vallende schemering; ze liep over het terrein, waar wachten bezig waren de kaarsen in de hangende lantarens aan te steken. Ze liep door de toegangspoort en knikte zoals altijd naar de wacht die daar stond. Wat leek de brug over de gracht nog ver; ze leunde tegen de muur terwijl ze de afstand schatte, maar daar was Annie die snel op haar toe kwam, de goede Annie, de sterke Annie, de Annie van haar en Barbara's jeugd, hun heerlijke jeugd, van appelbloesems en landelijke geneugten, de elfentheekopjes op de heuvel...

'Is hij...'

'Veilig bij uw vader. Al op weg naar Gravesend.'

'Annie...' Het woord was een snik, door de pijn, door de kramp.

'Ik weet het,' zei Annie, en ze pakte haar arm en stak de hare erdoor. 'Loop dit stukje met me mee, door die poort, ja, gewoon blijven lopen, dan lopen we de binnenplaats over en dan wacht Tim op ons. We hebben een koets voor u, lieve Jane, en dan kunt u rusten. Nog een paar stapjes. Denk aan uw man en kinderen die op u wachten in Gravesend; denk aan uw prestatie. U hebt hem weggesnaaid, nou en of. Leun maar op mij, dan zal ik voor u zorgen, dat beloof ik u. Annie is bij je, Jane. We zullen dat kind behouden als het kan. En anders... dan komt er wel een ander kind.'

Ja, dacht Jane. Annie is er.

De schemering was gevallen over Devane Square. Barbara liep de tuin uit. Philippe, dacht ze, zal ik Andreas en jou tegen elkaar laten opbieden om de eer op Rogers plein te mogen bouwen? Met een glimlach om dit idee liep ze de trap op naar het eerste huis, maakte de deur open, en liep nog een trap op naar de salon met ramen aan drie kanten. Ze zou hier met Kerstmis wonen. Er stonden al een paar meubelen in de salon, afgedekt met doeken. Er stond een portret tegen de muur. Ze trok het doek eraf. Roger.

Ik dacht dat ik niet over je dood heen zou komen, en nu ben ik er overheen, dacht ze. Iemand anders heeft mijn hart, maar jij hebt er ook een plaats in. Niets verandert en alles verandert. Het is bijna nieuwjaar. Zal ik je een laatste geschenk geven, Roger, voor we voorgoed uiteengaan?

'Zeg ons, stem die zo helder klinkt, waar is het nieuwgeboren Kind? Ligt het tussen lelies blank...'

Haar welluidende alt weerklonk door de kamer terwijl ze een van de mooie kerstliederen zong.

'Bravo.'

Het was kolonel Perry, die in de omlijsting van de deuropening stond. Hoe lang had hij daar gestaan? In zijn ene hand had hij een fles, in de andere twee bokalen en winterviooltjes uit de kas van Saylor House.

'Perzikenbrandewijn,' zei hij. 'Ik heb bij je moeder thuis gewacht, maar Batseba fluisterde dat ze het gevoel had dat je hierheen zou gaan. Deze viooltjes kwamen voor jou, vlak voor ik ging. Dus?'

Van Annie; viooltjes als herinnering aan de bosviooltjes van Tamworth. Gussy was gered. Ze waren op weg naar Virginia. Was het mogelijk? Was de grote, machtige Walpole overtroefd door een vrouw, een zwakke, verlegen vrouw? O, het was te mooi om waar te zijn. Ze wilde lachen. Ze wilde huilen.

'Het is gebeurd. De boete is kwijtgescholden.'

Hij schonk brandewijn in de bokalen en gaf er een aan Barbara. Toen hij dat deed, zag hij het portret.

'Is dat Lord Devane?'

'Ja.'

'Een knappe man.' Hij hief zijn bokaal. 'Op de overwinning over tegenspoed; op moed ondanks vrees. Een moedig mens is niet degene die geen vrees voelt. De moedige voelt vrees en gaat toch voorwaarts in de richting van zijn dromen. Op jou.' Hij dronk de brandewijn.

Ze kon de tranen al voelen. Als ik begin te huilen, dacht ze, houd ik niet meer op, maar ze kwamen uit haar ogen en rolden over haar wangen, zodat ze haar verraadden.

'Vertel het maar.'

Lieve man. Goede vriend. Engel. De woorden bleven in haar keel steken. 'Roger, mijn broer, mijn huwelijk, Hyacinthe, de droom, de droom die ik had.'

Jane. Jane heeft het gewonnen. Ze heeft haar man en haar kinderen. Grootmama. Nu kunt u niet sterven, want Gussy zal niet sterven.

'Ja. Je hebt veel verloren. Laten we daarop drinken voor we gaan. Het is hier koud, en we moeten weg. Je moet uitrusten van al je arbeid, Barbara; rust is welkom en noodzakelijk. Kom. Hef je glas, en laten we drinken op alles wat weg is, alles wat je verloren hebt.'

Het leek haar alsof ze meer indronk dan zoete brandewijn. Haar hart deed pijn. Het leven is nooit af, zei haar grootmoeder, nooit. Dat is het vreselijke en het mooie ervan.

'Laten we nu dan drinken,' zei kolonel Perry, 'op alles wat nog zal komen. Zoveel, lief kind, zo heel veel.'

Annie liet Tim achter bij de achtertuinpoort van Saylor House, liep snel over de grindpaden met de kap van haar mantel over haar hoofd zodat niemand haar zou herkennen, langs de stal door een zijdeur naar binnen en via de achtertrap naar haar kamer.

Het was gebeurd. Het laatste wat ze van de familie Ashford en Cromwell had gezien, was dat ze wachtten op de oproep van de kapitein om aan boord te gaan. Ze zette water op, liet theebladen weken, zeefde een gedeelte en dronk haar thee op. Daarna keek ze naar de overgebleven theebladen.

Ze zouden veilig de overtocht naar Virginia maken. Mevrouw Barbara en de hertogin zouden de schande overleven. Annie en Barbara waren het hierover eens: ze zouden de hertogin pas later over hun rol in de ontsnapping vertellen, wanneer het eerste kabaal erover was weggestorven. Mevrouw Barbara. Haar leven was wonderbaarlijk. Dit zou een schandaal zijn, maar ook een triomf.

De theebladen. Soms vertelden ze te veel. Ze had zoëven gezien dat er een dode zou zijn. Wie? Annies gedachten gingen naar al degenen die ze uit dit leven had zien heengaan, de twee zonen van de hertogin aan de pokken, Diana's kinderen ook. Harry aan zelfmoord, de hertog, Richard, aan zijn krankzinnigheid. Wat herinnerde ze zich ook weer uit een van de brieven van de hertogin, dat lady Mary Wortley Montagu zei dat er een geneesmiddel tegen pokken was, door de pokken aan te brengen op een klein, open wondje. Dan kwam er koorts en een paar zweren, maar niet meer, niet die gruwel van rottend vlees en de vrijwel zekere dood die de pokken waren.

Had deze geneeswijze altijd bestaan? Bestonden er andere geneeswijzen, ergens? Zou er een dag komen waarop vrouwen niet in het kraambed stierven en de geest van mannen niet maakte dat ze van binnen braken als droge takjes? Annie voelde aan haar gezicht. Tranen voor Jane.

Mevrouw Barbara had hun verhalen verteld over de woeste Indianen van die wereld overzee, Indianen die liederen zongen om hun daden te verkondigen, liederen van krijgers, zei mevrouw Barbara, die als haviken opstegen in de lucht. Zou Jane nu zingen, op het schip, op weg hiervandaan? Zing luid, dacht Annie, verkondig wie je bent. Wat is mijn lied, dacht ze. Hoe klinkt het lied van ieder mens? Er moet een lied zijn, voor elk van ons. Het was immers een cyclus van jaren, een op- en neergaan, een les die geleerd moest worden, en opnieuw geleerd, tot we gesponnen waren, zo zuiver als goud, als de engelen zelf.

Ze bracht haar hand naar haar gezicht en veegde de tranen weg, om Jane en Barbara, om twee meisjes die theevisite hadden gespeeld onder de eiken van Tamworth, met eikeldoppen als kopjes. Elfenkopjes, zeiden ze. Nu waren het beiden krijgers.

Lente

... maar de meeste van deze is de liefde.

61

Barbara zat in de grot van Alexander Pope. Ik ben gek dat ik dit doe, dacht ze.

Walpole had de arme Christopher Layer de volgende maand, in mei, laten ophangen. De beklagenswaardige zat in zijn cel met geketende enkels. Ze zeiden dat hij als een wilde hond huilde in zijn cel, huilde dat hij bedrogen was, dat Walpole hem zijn leven had beloofd in ruil voor zijn getuigenverklaring. Maar sinds de ontsnapping van Gussy was Walpole als een duivel geweest. Als hij bewijzen tegen Barbara had kunnen inbrengen, zou hij het zeker gedaan hebben. Nu wist ze dat ze in geleende tijd leefde; hij zou er op de een of ander manier voor zorgen dat ze onteerd werd, en uit haar functie ontzet.

De waarheid was dat ze bereid was al het gekonkel en geïntrigeer achter zich te laten, maar dat ze een nieuwe liefde had, een kleintje, nog maar een maand oud. Haar broertje. In Frankrijk wachtte er iemand op haar: een zekere Lucius, burggraaf Duncannon, die haar had gevraagd zijn moeder te komen bezoeken.

Het proces tegen Rochester was aan de gang; er werd over niets anders gepraat, want Rochester wees elke beschuldiging van de hand. Toch zou hij verbannen worden, dat stond al vast.

Nog geen bericht van Jane. Lord Bolingbroke, de grote verrader, had gratie gekregen. Tienduizend pond en hij was geen verrader meer.

Ze zat in de wonderlijke grot die Pope had gebouwd in zijn tuin aan de Theems, waar stukken van schelpen en gesteente glinsterden in de schemering van deze spelonk, en wachtte op iemand die de nieuwe leider van de jacobieten was. Het leven ontvouwde zich als een bloem met vele bloemblaadjes. Welke weg zou ze kiezen?

Je hoeft alleen te luisteren, had Philippe gezegd. Hij was nu haar bondgenoot, door Walpole. Hij intrigeerde en maakte plannen voor haar alsof ze zijn dochter was. Verlaat het huishouden van de koning niet, zei hij. We hebben je daar nodig. Barbara wierp haar hoofd in de nek. Als je toch weggaat, zei Philippe, zal ik ervoor zorgen dat je hofdame wordt bij de nieuwe koningin van Frankrijk. Dat is even nuttig.

De nieuwe leider van de jacobieten, zei Philippe, was de voornaamste raadgever van Rochester in deze hele kwestie, een van de oorspronkelijke samenzweerders, een oude getrouwe zonder wie koning Jacobus het niet zou redden.

Ze hoorde voetstappen, beet zenuwachtig op haar lip.

Het laatste wat haar grootmoeder tegen haar had gezegd voor ze naar Tamworth vertrok, was dat ze moed moest houden. Ze hoorde geruis van rokken, gerinkel van armbanden, zeker tien armbanden. Geschrokken keek Barbara naar Philippe.

'Kijk niet zo verschrikt, Bab,' zei tante Shrew. 'Jij en ik moeten eens even praten. Ga nu maar, prins, en laat ons alleen.'

Blackstone zat gehurkt, zwijgend, te wachten, en luisterde, zoals de slaven het hem hadden geleerd. Toch hoorde Kano het eerder, en raakte zijn arm met een vinger aan. Blackstone stond op en keek naar de man die op de open plek in het bos verscheen. Het was een oudere man, zwaar, met een vermoeid, afgetobd gezicht; er was een heel gezelschap bij hem, nog tussen de bomen: een vrouw van zijn leeftijd, een jongere vrouw, hoogzwanger, een lange, gebogen man en minstens vier kinderen, allemaal getekend door de reis, met de uitdrukking op hun gezicht die veroorzaakt werd door de overtocht per schip en het aankomen in een vreemd land, een woest bebost land.

'Jacobiet,' stond in de brief waarmee deze oudere man gisteren bij hem was gekomen. 'Ik stuur je hierbij mijn liefste vrienden... proces... ontsnapt... geheimhouding en zorg... zoek een plek voor hen in het gebied achter dat van de hugenoten.'

Ik ben sir John Ashford, zei de man, en dat ik u dat vertel, betekent dat ik mijn leven in uw handen leg, althans dat zal zo zijn wanneer de schepen met het nieuws over de jacobietenprocessen in Londen hier aankomen, maar lady Devane heeft gezegd dat ik u kon vertrouwen. We hebben ons sinds onze aankomst schuilgehouden. Het heeft dagen geduurd om bij u te komen. Mijn dochter loopt op alledag. We zijn erg moe. Kunt u ons helpen?

'Help hen,' schreef lady Devane.

Maar natuurlijk. Daar waren vrienden voor.

Blackstone kwam uit zijn schuilplaats te voorschijn en glimlachte, met witte tanden in zijn woeste baard.

'Goedemiddag, mijnheer John Ashford, wat kan ik voor u doen?'

Ontzondig mij met hysop, dan ben ik rein, was mij, dan ben ik witter dan sneeuw; doe mij blijdschap en vreugde horen, laat het gebeente dat Gij verbrijzeld hebt, weer jubelen.

Epiloog

Twee jaar later: 1725

Telkens schoten Thérèse teksten van slavenliederen te binnen, met dezelfde snelheid, dezelfde schietende beweging als de paarse draad die ze door de plooi van de stof in haar hand trok. Ze borduurde bloemen, viooltjes, tientallen viooltjes op een mouw. Ik wil viooltjes, Thérèse, had madame geschreven, langs de hele zoom en over de lengte van de mouw. Ze wilde viooltjes. Ze zou ze krijgen. Het was haar trouwjapon die Thérèse bezig was te maken, met alle vreugde en vaardigheid die haar handen en hoofd konden opbrengen.

De doden zijn niet dood, ging het slavenlied in haar hoofd.

'Er is iemand voor je.' Een andere bediende stond bij de deur.

Voorzichtig legde Thérèse de geplooide stof terzijde om de bediende te volgen naar de grote keuken van Leicester House. Ze was intussen alom geliefd, bij de bedienden en bij de prinses. Nog een jaar of misschien twee, dan had ze de munten bij elkaar voor haar eigen winkel. Kom naar Parijs, schreef madame. Je kunt even gemakkelijk een winkel in Parijs hebben als in Londen.

'Buiten,' zei de bediende. 'Hij zei dat hij door de hertog van Tamworth hierheen is gestuurd.'

Thérèse gluurde uit een raam. Daar stond een magere jongen, met kleren zo rafelig dat ze van een bedelaar konden zijn. Ze dacht dat haar hart een ogenblik stilstond, zodat ze niet de kracht had om de deur open te trekken. Maar toen kwam de kracht, en de vreugde.

De hertogin zat te doezelen op haar terras. Tim hield de wacht over haar, tegen een grote stenen vaas geleund. Ze droomde, een heerlijke droom. Juni, dacht de hertogin in haar droom. Ze hield van de maand juni. Richards rozen bloeiden als gekken. Door de lindenlaan kwam sir John Ashford aanrijden, in een boerenkar, met een jonge vrouw en kinderen naast hem. De hertogin glimlachte. Ze zag haar vriend tegenwoordig alleen nog in dromen. Er was dit jaar een brief gekomen, uit Virginia, van een zekere heer John, die haar een okshoofd van zijn tabak stuurde, met zijn complimenten.

'Kijk, uwe genade,' zei Tim, in haar droom, 'wie daar aankomt in de laan. Het zijn sir John en mevrouw Cromwell. Zal ik de kokkin vragen het water op te zetten?'

Lang geleden hadden Harry en Jane gevreeën in de appelboomgaard. Ze dachten dat zij het niet wist, zij die alles wist wat er op Tamworth omging. Ze waren verliefd geweest. Kalverliefde. Waar niets van gekomen was. Harry was dood. En Jane was nu ook dood, had mijnheer John geschreven. Wat had Barbara getreurd. Ze hadden allemaal getreurd; zelfs Tony, die nu koeler was dan ooit, zelfs Tony was geroerd. Hebt u geholpen met die ontsnapping, had hij haar gevraagd in de paar maanden erna toen niemand over iets anders praatte, voor Walpole het proces tegen de bisschop voerde en het gesprek daarover ging. Nee, kon ze naar waarheid zeggen. Anderen wel, dat zei ze niet, maar hij wist het. Natuurlijk wist hij het.

Sir John en de inzittenden van de kar wuifden vrolijk naar haar toen de kar en zijn paard rammelend stilhielden op de keitjes van de binnenplaats voor het huis. Wat waren dromen toch fijn. Daar was Jane bijvoorbeeld, levend en wel.

'Hij heeft zijn kleinkinderen meegebracht,' zei ze tegen Tim. Ze waren zoals ze zich hen herinnerde van de laatste keer dat ze hen had gezien, in de winter van Gussy's ontsnapping. 'Laat Perryman hen bij me brengen. Kinderen horen buiten te zijn op een avond zoals deze.'

De zachte avondschemer en de rozegeur zouden hen zegenen. Zij wist wat kinderen nodig hadden. Ja, dat wist ze. Ze had ooit drie zonen gehad. En die waren van kleine jongens opgegroeid tot jongemannen die boven haar uittorenden, en nu waakte ze over hun graven zoals ze vroeger over hun wiegjes had gewaakt, en in de volheid van de tijd leek dat niet langer een vloek, maar eerder een zegen. Ze had haar zonen liefgehad. Die liefde was nog altijd in haar hart. De dood kon die niet wegnemen. Een verlies maakte een mens bang om opnieuw te beminnen, maar uiteindelijk was er niets anders dan liefde... 'De liefde,' schreef Paulus, 'alles bedekt zij, alles gelooft zij, alles hoopt zij, alles verdraagt zij... Toen ik een kind was, sprak ik als een kind, voelde ik als een kind, overlegde ik als een kind. Nu ik een man ben geworden, heb ik afgelegd wat kinderlijk was.'

Ze had gedacht dat ze zou doodgaan toen zij waren gestorven, maar ze was niet doodgegaan... 'Want nu zien wij nog door een spiegel, in raadselen, doch straks van aangezicht tot aangezicht. Nu ken ik onvolkomen, maar dan zal ik ten volle kennen, zoals ik zelf gekend ben.' ... Ze had de vele graven bezocht van hen die waren heengegaan en voelde slechts tederheid en dankbaarheid dat ze hen zo lang had mogen hebben... 'Zo blijven dan: Geloof, hoop en liefde, deze drie, maar de meeste van deze is de liefde.' ... Liefde.

'Het zal je niet helpen je ogen te sluiten en te doen alsof je slaapt,' zei John, haar lieve vriend. Ze miste hem zo. 'Ik kom je bezoeken, en je kunt niet om me heen.' Hij gaf haar een ferme klap op de wang. 'Amelia, Thomas, Winifred, kom hare genade laten zien dat jullie ook manieren hebben. Al zijn het er niet veel.'

Ze glimlachte om wat zijn stem uitdrukte, en terwijl Dulcinea van haar schoot afsprong, keek de hertogin naar het drietal dat voor haar boog en revérences maakte. Toen kwam Jane naar voren met Harry Augustus in haar armen. Er was er nog een, het kind dat ze in Virginia had gekregen, maar dat hadden ze daar zeker achtergelaten. Jane zag er niet ouder uit dan veertien jaar – misschien wàs ze veertien. Dit was tenslotte een droom. Jane bukte zich om haar te kussen.

'Je vader schreef dat je dood was,' zei de hertogin.

'Ja.'

'Dat vind ik heel erg. Barbara was er kapot van toen ze het hoorde. Ze heeft de dienst van de koning verlaten, is naar Frankrijk vertrokken. Ze gaat trouwen met een kolonel in het Franse leger en wil dat ik op de bruiloft kom. Ik ben te oud, maar ze zegt dat ze me zelf zal komen halen, of anders kolonel Perry zal sturen om me te halen.'

Annie had ook getreurd, maar dat zei de hertogin niet. Het was een van de weinige keren dat de hertogin Annie had zien huilen, op de dag dat ze de brief uit Virginia kregen.

'Een bruiloft, wat heerlijk,' zei Jane. 'Zeg tegen haar dat ik er zal zijn, om haar mijn zegen te geven.'

Ja, natuurlijk zou ze er zijn. Vroeger zou de hertogin zoiets nooit hebben geloofd, maar nu wist ze dat het waar was. Onze geliefden waren overal om ons heen om ons te zegenen.

Perryman en Tim brachten leunstoelen naar buiten op het terras, en een andere lakei droeg een kleine, donkere tafel. Annie kwam naar voren met een reusachtig zilveren dienblad, en er was thee en melk en citroentaartjes en warm, versgebakken brood en Tamworth-boter en honing en jams. Het werd een wirwar van kinderen en lawaai toen Jane haar drie oudsten een plaats gaf op het terras, en Annie grote witte servetten op hun schoot uitspreidde.

Toen de kinderen klaar waren en het terras bedekt was met bergen kruimels en plassen gemorste melk, bood Tim aan met hen op het gazon te gaan spelen in de schemering.

'Vertel me al je nieuws.' De hertogin nam een zeer groot uitgevallen citroentaartje, ondanks de blik die Annie haar toewierp. U had jaren geleden al dood moeten zijn geweest, zou Annie vanavond zeggen, wanneer de hertogin last had van een opgeblazen buik. Bah. Annie was een koppige ouwe zeur. Parijs, zei Annie. Ik zou het wel eens willen zien. Belachelijk idee dat ze naar Parijs zouden kunnen gaan. Tony ging erheen. Denk je dat ik het huwelijk van Barbara zou willen missen, zei hij, maar iets in zijn gezicht waarschuwde de hertogin. Familie. Nooit gedroegen ze zich behoorlijk. Tony steeg in de achting van de koning. Hij was nog geen minister, maar hij zou het vast wel worden. Hij schaarde zich bij degenen die zich tegen Walpole keerden, en liet zijn verachting voor de man openlijk blijken.

'Ik heb een plantage voorbij de watervallen, achter de nederzetting van de hugenoten. Het is mooie, vruchtbare grond. Ik heb vorig jaar mijn eerste tabaksoogst binnengehaald,' zei John.

Dat wist ze ook wel. Hij had haar een okshoofd gestuurd. De tabak droeg de naam 'Vriendschap'. Zo heette zijn plantage.

Vanaf het gazon kwamen kreetjes van verrukt afgrijzen, en iedereen draaide zich om. Tim was in een monster veranderd en zat de drie kinderen achterna. Maar hij was een monster met een gebroken been, dat hij langzaam achter zich aan sleepte, en de kinderen krijsten van pret en renden in kringetjes om hem heen, en hij zwaaide met zijn armen om zich heen en kwam telkens vlakbij om te proberen hen te vangen, maar hij miste steeds.

De hertogin rilde onder haar dunne shawl. In het huis was Perryman bezig de kaarsen aan te steken. Ik moet nu gaan, dacht de hertogin, onwillig om haar droom, haar tijd met John en Jane op te geven. Vannacht zal ik in mijn bed liggen en aan deze droom denken en me de geur van Richards rozen herinneren, dit bitterzoete ogenblik waarin de kleinkinderen van mijn vriend op het gazon spelen en zijn geliefde dochter naast me zit.

'Pak me dan!' gilde Amelia uitdagend naar Tim. 'Je kunt me lekker niet pakken!'

Plotseling was Tims been genezen, en hij greep haar, en ze doorsneed de lucht met haar bloedstollend gekrijs toen hij haar oppakte en hoog in de lucht gooide voor hij haar weer opving.

'Ze zullen vannacht als een blok slapen,' zei Jane. In haar armen begon de zuigeling, Harry Augustus, te huilen toen hij zijn zusje hoorde gillen. Sir John stond op en stak zijn armen naar hem uit, en Jane gaf het kind aan zijn grootvader, die de brede treden van het terras afliep, terwijl hij het kind op de rug klopte en het zacht toesprak.

'Ik wilde niet dat je doodging,' zei de hertogin.

Ze is gestorven met ons allemaal om haar heen, had John geschreven. Ze is geen ogenblik alleen geweest toen ze stervende was, en dat is mijn enige troost. Ze kon niet meer op krachten komen na de reis en de bevalling. Ze heeft het geprobeerd, maar het ging niet. Ze is nooit sterk geweest.

Integendeel, dacht de hertogin, ze was de sterkste van ons allemaal.

De zuigeling huilde nog steeds een beetje, en hij hield zijn grootvaders pruik vast met één klein, grimmig vuistje, en leek met een geconcentreerde uitdrukking op zijn gezicht te luisteren naar de sussende woorden van zijn grootvader.

'Weet u,' zei Jane, 'ik geloof dat Harry Augustus het lievelingetje van vader is,' en ze glimlachte naar de hertogin; het was een mooie glimlach, met een spoor van ondeugendheid erin. Nee, John had Harry niet gemogen, hij had hem een wilde schavuit gevonden die het hart van zijn dochter zou breken. De hertogin herinnerde zich de tijd dat Jane en Barbara en Harry bandeloos rondrenden op Tamworth en Ladybeth Farm. Nog niet zo heel lang geleden. Het was goed dat er weer kinderen over het gazon renden.

'Ik had moeten goedvinden dat Harry met je trouwde,' zei ze.

'Nee. U had gelijk.' Janes stem was vriendelijk.

Kalverliefde, had Diana gezegd.

'Harry zou mijn hart hebben gebroken.'

'Hij wilde niet echt deugen, hè?'

'Nee.'

'Waarom hielden we dan toch van hem?'

'Wij zijn domme vrouwen.'

'Kom dan hier en laat deze domme oude vrouw je kussen.' De hertogin kuste Jane op beide wangen. 'Ga een poosje in Richards rozentuin wandelen. De rozen staan in volle bloei, en op die wangen van jou mag ook wel een kleurtje opbloeien. Ga, voor de zon weggaat. Pluk zoveel rozen als je wilt... Pluk een boeket en geef het aan...' Ze zweeg.

Pluk een boeket voor jezelf, Jane, en voor Harry, en voor jouw Jeremy en mijn Richard en voor al degenen die ons zijn voorgegaan... Hoe zei de psalm het? 'Antwoord mij, o Here, want rijk is uw goedertierenheid, wend U tot mij naar uw grote barmhartigheid.' ... goedertierenheid, barmhartigheid: de linden langs de laan, haar rozen, deze droom over John en Jane, haar oude vriend die op haar toe kwam met zijn kleine kleinzoon slapend in zijn armen, Dulcinea die nu op de tafel zat en tussen het eten rondscharrelde om de laatste kruimels van de citroentaartjes te zoeken en op te eten. Uiteindelijk waren er grootse daden, maar er was ook dit, dat uiterst belangrijk was...

De deur was open. Thérèse en de jongen staarden elkaar aan voor ze tenslotte zijn naam kon uitbrengen.

'Hyacinthe.'

Nu waren ze in elkanders armen. Hij is even groot als ik, dacht Thérèse, en de tranen stroomden over haar wangen.

'Waar,' zei hij – zijn ogen waren donker, woest, treurig, diep als een oceaan; oud, dacht Thérèse, hij heeft nu oude ogen – 'waar is madame?'

De doden zijn niet dood... Ze zijn in het stervende vuur, in het wenende gras... in de jammerende rotsen... De doden zijn niet dood... Luister... luister... luister.

Tim schudde stevig aan de schouder van de hertogin, want het beviel hem niet hoe haar hoofd opzij hing. Ze was toch niet... ze kon toch niet... daar waren ze allemaal bang voor.

De hertogin deed één oog open. 'Het wordt een mooie boel als lakeien zich zo gaan gedragen als jij nu. Ik zou je moeten laten afranselen omdat je me uit zo'n prachtige droom hebt gehaald.'

'Ik dacht dat u...'

'Dood was? Bah!'

Maar wat was de droom? Waar ze net uit was gekomen, of dit, nu? Parijs. Ze was te oud...

Luister. Luister. Luister.